KB118413

불안의 책

이 도서의 국립중앙도서관 출판예정도서목록(CIP)은 서지정보유통지원시스템 홈페이지(http://seoji.
nl.go.kr)와 국가자료공동목록시스템(http://www.nl.go.kr/kolisnet)에서 이용하실 수 있습니다.
(CIP제어번호: CIP2014025509)

세계문학전집
130

Fernando Pessoa : Livro do Desassossego

불안의 책

리스본의 회계사무원 베르나르두 소아르스의 작품

페르난두 페소아 지음

오진영 옮김

문학동네

일러두기

1. 번역 대본으로는 *Livro do Desassossego*, Fernando Pessoa, Companhia de Bolso, 2010(organização Richard Zenith)을 사용했다.
2. 주석은 모두 옮긴이주이다.
3. 본문 중 고딕체는 원서에서 이탤릭체로 강조한 부분이다.
4. 본문 중 이탤릭체는 원서에서 영어로 쓰인 부분이다.
5. 본문 중 작은따옴표로 표시한 단어는 원서에서 첫 자를 대문자로 강조한 부분이다.
6. 본문에서 사용한 여러 가지 기호는 다음을 의미한다.

　□: 작가가 빈칸으로 남겨놓은 부분
　(…): 원문에서 알아볼 수 없는 단어나 구절
　(?): 원문을 정확히 알아볼 수 없어 추측한 부분

차례 ▌

머리말

리스본에는 제법 품격 있는 주점 이층에 자리잡고 꽤 알찬 가정식 식사를 내놓는 식당이 몇 군데 있다. 기차도 닿지 않는 시골 마을에나 있을 법한 식당이다. 일요일을 제외하고는 한산한 편인 이런 식당에 가면, 외모는 평범하지만 인생의 단면을 보여주는 흥미로운 유형의 인간들을 만날 수 있다.

조용하고 가격이 적당한 데를 찾다가 그중 한 식당에 자주 가던 시절의 일이다. 저녁 일곱시쯤 식사를 하러 갈 때마다 보게 되는 사람이 있었다. 처음에는 그다지 관심을 두지 않았는데 점점 눈길이 갔다.

그는 서른 살 전후로 보였다. 여위고 키가 큰 편으로, 앉아 있을 때는 몸이 심하게 구부정했지만 서 있을 때는 그렇지도 않았다. 옷차림을 보면 아무렇게나 걸쳐 입은 듯하지만 그렇다고 아주 아무렇게나 입은 것은 아니었다. 창백하고 별 특징 없는 얼굴에는 호기심을 일으킬 정도는 아니지만 뭔가 고뇌의 흔적이 어려 있었는데, 어떤 종류의 고뇌인지 알아채기 어려웠다. 결핍, 번민, 그리고 이미 많은 고통을 겪은 자의 체념에서 오는 괴로움 등 여러 감정을 나타내는 듯했다.

그는 늘 적게 먹는 편이었고, 식사가 끝나면 직접 손으로 만 담배를 피웠다. 주위 사람들을 유심히 관찰하곤 했는데, 무언가를 캐내는 자의 눈빛은 아니었지만 분명 보통 이상의 관심을 보였다. 치밀하게 관찰한다기보다는, 사람들의 행동을 분석하거나 외모를 기억해둘 생각은 없지만 그래도 흥미는 있다는 듯이 쳐다보았다. 내가 처음 그에게 관심을 갖게 된 것도 바로 그런 인상 때문이었다.

그를 좀더 자세히 살펴보기 시작했다. 그에게서는 어떤 지적인 분위기가 모호하게 감돌았다. 그러나 어딘가 실의에 잠긴 모습과 차갑게 굳어버린 괴로움이 고르게 인상 전체를 덮고 있어서 다른 특징을 들춰내기는 어려웠다.

우연히 식당 종업원을 통해 그가 근처 사무실에서 일한다는 사실을 알게 됐다.

그러던 어느 날, 길가 식당 창문 아래서 두 남자가 주먹다짐을 벌이는 사건이 일어났다. 나와 내가 말하는 그 남자를 포함해서 식당에 있던 사람들은 모두 창가로 달려가 구경했다. 나는 아무 말이나 툭 던졌고, 그도 비슷한 투로 대꾸했다. 그의 목소리는 무미건조하고 자신감이 없었다. 기대해봐야 소용이 없기에 아무것도 기대하지 않는 자의 목소리처럼. 저녁식사 시간에 식당에서 마주치는 사람에게서 이런 인상을 받는 건 터무니없는 일일지도 모르겠다.

그날 이후로 우리는 마주치면 인사를 나누는 사이가 됐다. 그러던 어느 날 우리 둘 다 아홉시 반쯤 식당을 찾았다. 이런 대수롭지 않은 우연으로 서로를 가까이 느끼게 되었고, 우리는 자연스럽게 대화를 나누었다. 그는 내게 글쓰는 사람이냐고 물었고 나는 그렇다고 대답했다. 발간된 지 얼마 안 된 잡지 『오르페우』*에 기고한다고 덧붙였다. 정말 좋은 잡지라며 그가 열렬히 칭찬하는 바람에 나는 진정으로 놀랐다. 나는 『오르페우』에 기고하는 작가들의 예술을 이해할 만한 독자는 소수에 불과하다고 생각했기에 약간 의외라고 말했다. 그는 아마 자신이 그 소수 중 한 명일 거라고 대답하며 『오르페우』에서 그리 새로운 것을 발견하진 못했다고 덧붙였다. 약간 부끄러워하면서 털어놓기를, 자기는 어디 갈 곳도 없고, 할 일도 없고, 찾아갈 친구도 없고, 책에도 흥미가 없는 사람인지라 평소 셋방에서 글을 쓰며 밤을 보낸다고 했다.

*

그는 방 두 개를 고급스러워 보이는 가구들로 꾸며놓았는데, 다른 기본 항목들을 절약하고 취한 선택임이 틀림없었다. 특히 그가 신중하게 고른 것은 두껍고 푹신한 팔걸이 의자와 커튼, 양탄자였다. 그는 이런 가구들로 실내를 장식한 이유를 "권태의 품위를 지키기 위해서"라고 설명했다. 현대적인 스타일로 꾸민 방에서는 권태가 불편함, 육체적 고통이 돼버린다면서.

---

* 페르난두 페소아가 실제로 관여했던 모더니즘 계열의 문학잡지.

그는 지켜야 할 의무라곤 없는 사람이었다. 어렸을 때부터 혼자 자랐다. 어느 집단에도 속해본 적이 없었다. 학교를 다닌 적도 없었다. 어떤 단체의 일원이 된 적도 없었다. 많은 사람이 그러하듯—생각해보면 다들 그렇지 않은가?—그가 인생에서 맞닥뜨린 우연한 상황들은 희한하게도, 무기력과 고립된 본능의 형상을 따라 본능의 모양대로* 잘 맞아떨어졌던 것이다.

국가와 사회의 요구에 부응한 적도 없었다. 사실은 자신의 본능이 요구하는 일마저도 피하는 편이었다. 친구나 애인이 있었던 적도 없었다. 나는 어떤 방식으로든 그와 친밀해진 유일한 사람이었다. 비록 진실로 나를 친구로 여기는 게 아니라 언제나 꾸며낸 모습으로 대한다는 생각은 들었지만, 어쨌든 자신의 책을 맡길 누군가를 원한다는 사실은 항상 알고 있었다. 이 사실이 처음에는 곤혹스러웠지만 곧 기쁜 마음으로, 이 모든 일을 심리학자의 관점에서 판단하고는 친구로서—그가 나를 가까이했던 이유인—이 책의 출판을 돕기로 했다.

이런 면에서조차 그를 둘러싼 상황이 신기할 만큼 우호적으로 작용해, 그는 나처럼 유용하고 자신을 도울 수 있는 사람을 만난 것이다.

페르난두 페소아

---

* 「창세기」 1장 26절에 나오는 "우리의 형상을 따라 우리의 모양대로 우리가 사람을 만들고" 참조.

사실 없는 자서전

아무 연관성이 없고 연관성을 갖추려는 의지도 없는 단상들 속에 나의 사실 없는 자서전. 삶이 없는 인생 이야기를 무심히 털어놓는다. 이는 나의 '고백록'이라고 할 수 있는데, 내가 아무것도 말하지 않는다면, 그것은 할말이 아무것도 없기 때문이다.

—텍스트 12에서

1

나는 대부분의 젊은이들이, 그들의 앞 세대가 이유를 알지 못한 채 신을 믿었듯이, 이유를 알지 못한 채 신에 대한 믿음을 잃어버린 시대에 태어났다. 인간의 영혼은 이성이 아니라 감성에 근거해 판단하는 경향이 있어 대부분의 젊은이들은 '신'의 대체물로 '인류'를 선택했다. 그러나 나는 언제나 주변부에 속한 인간이고, 내가 속한 집단뿐만 아니라 집단을 둘러싼 거대한 공간까지 보는 사람이다. 그래서 신을 완전히 내버리지도, 인류를 대체물로 받아들이지도 않았다. 내 생각에 존재를 증명할 수 없지만 신은 존재할 수도 있고, 그럴 경우 경배의 대상이 되어야 한다. 반면에 인류는 일종의 생물학적 개념이라서, 인간이라는 동물종 이상이 될 수 없고, 다른 동물종과 마찬가지로 경배의 대상이 될 수도 없다. '자유'와 '평등'의 의식儀式과 더불어 인류에 대한 숭배는, 동물이 신처럼 숭배되고 신이 동물의 머리를 지녔던 고대 숭배 신앙의 재현 같았다.

그리하여 신을 어떻게 믿어야 할지 모르고 동물의 집합체를 믿을 수도 없었던 나는, 주변부에 속한 인간들이 그렇듯 모든 것들로부터 거리를 두게 되었다. 그 거리를 데카당스라 부를 수 있을 것이다. 데카당스란 무의식의 완전한 상실이고, 무의식이야말로 삶의 기반이다. 만일 심장이 의식을 갖고 생각할 수 있었다면, 진작 멈췄을 것이다.

그러니 나처럼 어떻게 살아야 할지 모르는 채로 살아가는 얼마 안 되는 이들에게서 단념이라는 삶의 방식과 숙명이 된 관조를 빼고 나면 무엇이 남겠는가? 종교적인 삶이 무엇인지 모르고, 알 능력도 없다. 신앙은 이성을 통해 얻을 수 없기 때문이다. 인간이라는 추상적 관념을 믿을 수 없고, 그것으로 무엇을 할지도 알 수 없다. 그러므로 우리에게 영혼은 오로지 삶에 대한 미학적인 관조를 위해 존재한다. 세상의 모든 장엄함과 동떨어지고, 성스러움에 관심이 없으며, 인간적인 것을 경멸하는 우리는 정제된 쾌락주의 안에서 우리의 뇌신경에 어울리도록 배양된 무의미한 감각에 스스로를 맡겨버린다.

과학에서는 모든 것이 절대적인 자연법칙에 복종한다는 핵심 교훈만을 취한다. 이 절대 법칙 앞에서 우리는 제멋대로 반항할 수 없다. 왜냐하면 반항 역시 자연법칙이기 때문이다. 그리하여 이 교훈마저도 아주 오래된, 거스를 수 없는 운명과 다를 바 없음을 확인하고, 허약한 자가 운동선수에게 필요한 훈련을 포기하듯이 더는 애쓰지 않는다. 그저 학식을 소망하는 자의 양심을 갖고, 감각의 책 위에 고개를 숙일 따름이다.

그 무엇도 심각하게 여기지 않고 감각만이 확신할 수 있는 유일한 현실임을 인정하면서, 우리는 감각 안에 은신처를 마련하고, 방대한 이국땅을 탐험하듯이 감각을 탐구한다. 우리가 미학적인 관조뿐 아니라 그 방법과 결과를 표현하는 일에도 열중하는 이유가 있다. 우리가 쓰는 산문과 시는―다른 사람을 감동시키거나 설득하려는 의지를 걷어내고 보면―독서의 주관적인 쾌락에 온전한 객관성을 부여하려고 큰 소리로 책을 낭독하는 행위와 다름없기 때문이다.

모든 작품은 필연적으로 불완전하며, 우리가 쓰는 글은 가장 불확실한 미학적 관조의 결과임을 잘 알고 있다. 그러나 모든 것이 불완전하니, 더이상 아름다울 수 없는 석양이나 더이상 고요한 졸음을 가져다줄 수 없는 산들바람은 존재하지 않는다. 그러므로 조각상과 산을 똑같이 관조하는 자로서 지나가는 날들을 독서하듯 즐기며 모든 것을 우리 자신의 본질로 바꾸기 위해 모든 것을 꿈꾸는 우리는, 한번 완성되고 나면 우리와 아무 상관도 없을뿐더러 예전에 있었던 일인 양 즐길 수 있는 일이 되어버리는 분석과 묘사를 늘어놓을 것이다.

이런 입장은, 인생은 감옥과 같아서 우리는 그 안에서 시간을 때우기 위해 밀짚을 엮어야 한다고 했던 비니*와 같은 비관론자의 입장과는 다르다. 비관론은 모든 것을 비극적으로 바라보는, 과장스럽고 불편한 태도다. 우리가 하는 일은 아무 가치가 없고, 우리가 그 일을 하는 것

─────────

* 프랑스의 낭만주의 시인이자 소설가.

은 단지 시간을 때우기 위해서라는 건 사실이다. 하지만 우리는 자신의 '운명'을 잊기 위해 밀짚을 엮는 죄수라기보다는 그저 생각 없이 시간을 보내기 위해 베개에 수를 놓는 소녀에 가깝다.

인생은 깊이를 알 수 없는 심연으로 가는 마차를 기다리며 머물러야 하는 여인숙이라고 생각한다. 나를 어디로 데려갈지는 알 수 없다. 나는 아무것도 모르니까. 이 여인숙에 머물며 기다려야만 하니 감옥으로 여길 수도 있겠고, 여기서 다른 사람들을 만날 수 있으니 사교장으로 여길 수도 있겠다. 하지만 나는 참을성 없는 사람도 평범한 사람도 아니다. 그러므로 이 여인숙을 감옥으로 여기는 건 잠들지 못하고 무기력하게 방안에 누워 있는 이들의 몫으로 남겨둔다. 사교장으로 여기는 건 음악 소리와 말소리가 편안하게 들려오는 저쪽 거실에서 대화를 나누는 이들에게 넘긴다. 나는 문가에 앉아 바깥 풍경의 색채와 소리로 눈과 귀를 적시며 마차를 기다리는 동안, 내가 만든 유랑의 노래를 천천히 부른다.

언젠가 우리 모두에게 밤이 오고 마차가 도착하리라. 나에게 주어진 산들바람을 즐기고, 그렇게 즐길 수 있도록 주어진 내 영혼을 즐길 뿐 더이상 묻지도 찾지도 않는다. 내가 여행객들의 책에 적은 글을 언젠가 다른 이들이 읽고 나처럼 경치를 감상하며 즐거워할 수 있다면, 그것으로 족하다. 만약 아무도 읽지 않거나 읽었으나 누구 하나 즐거워하지 않는다 해도 무방하다.

2

무엇을 혐오할지 선택해야 한다. 나의 지성이 싫어하는 꿈인가, 아니면 나의 감성이 증오하는 행동인가. 태생적으로 나와는 거리가 먼 행동인가, 아니면 태생적으로 누구하고나 거리가 먼 꿈인가.

둘 다 혐오하기에 아무것도 선택하지 않는다. 하지만 꿈과 행동 중 하나를 선택해야 할 때면 둘을 한데 섞는다.

3

여름날 긴긴 저녁 도심의 고요를, 특히 하루의 가장 북적이는 시간과 대조를 이루어 더욱 고요하게 느껴지는 순간을 사랑한다. 아르세날 거리와 알판데가 거리, 알판데가 거리가 끝나는 곳에서 동쪽으로 뻗어나간 슬픈 거리들, 조용한 선창가를 따라 이어진 길, 저녁때 그 적적한 거리들을 걷노라면 그것들이 자아내는 슬픔이 나를 위로한다. 나는 지금 내가 사는 시대보다 앞선 과거의 시대를 살고 있다. 세자리우 베르드* 같은 이와 동시대인이라는 느낌이 만족스럽다. 내 안에는 같은 시구는 아니나 그가 쓴 시와 본질적으로 동일한 시가 있다. 밤이 올 때까지 이 거리를 걷고 있자니 내 인생이 이 거리의 삶과 닮았다고 느껴진다. 낮에는 아무 의미 없이 북적이고 밤에는 북적임이 철저히 부재한

---

* 포르투갈 현대시의 아버지라고 불리며 주로 리스본을 배경으로 한 시를 썼다. 페소아가 '알바루 드 캄푸스'라는 이명(異名)으로 시를 쓸 때 많은 영향을 받았다.

데, 이 또한 아무 의미 없다. 나는 낮에는 아무것도 아니고, 밤에는 나 자신이다. 나와 알판데가 거리 사이에는 아무런 차이가 없다. 그것은 거리이고 나는 영혼이라는, 사물의 핵심을 생각할 때 그다지 중요하지 않은 차이가 있을 뿐이다. 사람과 사물의 운명은 둘 다 관념적이다. 세상의 불가사의라는 대수학 안에서 둘 다 아무런 특징 없는 명칭에 불과하다.

그러나 무엇인가 더 있다…… 이 느리고 공허한 시간 속에서 온몸으로 느끼는 슬픔이 영혼에서 마음으로 치솟는다. 모든 것은 내가 느끼는 감각이자 내 힘으로 바꿀 수 없는 외부적인 무엇이라는 쓰라린 자각이다. 아, 얼마나 여러 번 나의 꿈들은, 내가 꿈을 경멸하고 꿈이 나오든 상관없이 존재하는 한, 현실을 대신하는 게 아니라 현실과 마찬가지임을 선포하면서, 내 앞에 사물처럼 버티고 서 있기 일쑤였던가. 길모퉁이를 돌아나가는 전차처럼, 또는 밤늦은 시간에 야경꾼이 외치는 목소리, 해 질 무렵의 지루함을 깨뜨리며 갑자기 치솟는 분수인 양 알아들을 수 없는 아랍 노래 같은 목소리처럼 내 앞에 나타나던 꿈들.

약혼한 연인들이 지나가고, 여자 재봉사들이 지나가고, 놀러가고 싶은 마음으로 다급해진 청년들이 지나가고, 세상 모든 것에서 손을 뗀 자들이 여느 날처럼 산책을 하며 담배를 피우고, 가게 문가에 게으른 방랑자처럼 기대선 주인은 멍하니 거리를 내다본다. 열을 지은 군인들이 천천히, 어떤 이는 힘차게 어떤 이는 기운 없이, 시끄럽거나 더 시끄러운 소리를 내면서 몽유병자처럼 지나간다. 이따금 보통 사람들도 지나간다. 이 시간이면 자동차는 드물고 엔진 소리는 음악처럼 들린다. 내 마음에는 근심스러운 평화와 체념으로 얻은 고요가 있다.

이 모두가 지나가지만 내게는 아무 의미가 없고, 내 운명과 상관이 없으며, 심지어 운명 자체와도 상관없다. 단지 무의식일 뿐이고 우연히 날아온 돌을 맞고 튀어나온 불평, 이해 못할 목소리들의 메아리, 인생의 복합적인 뒤섞임일 뿐이다.

4

……이윽고 꿈속의 드높은 왕좌로부터 리스본의 회계사무원으로 돌아온다.

그러나 나는 이 대비에 억눌리지 않고 오히려 자유로워진다. 이 아이러니야말로 나를 살아 있게 한다. 나를 모욕하는 것들은 높이 나부끼는 내 깃발이고, 나에게 던져지는 비웃음은 내가 새롭게 태어날 새벽을 예고하는 나팔 소리다.

아무것도 아니기에 위대한 존재가 누리는 밤의 영광이여! 아무도 모르는 찬란함이 빛나는 침울한 왕좌…… 갑자기 나는 숭고한 감정을 느낀다. 그건 황무지의 수도승이나 은신처의 은둔자가, 예수가 속세를 떠나 동굴과 사막으로 간 본질적인 이유를 깨달을 때 느낄 법한 감정이다.

한심하고 이름 없는 사무원인 나는 보잘것없는 내 방 책상 앞에 앉아 영혼을 구원하기라도 하듯 단어들을 쓴다. 저멀리 높고 넓은 언덕

위 이 세상 것이 아닌 듯한 일몰과, 인생의 즐거움을 포기하고 얻은 조각상과, 환멸에 빠져 종교를 단념했음에도 내 손가락에 그대로 남아 있는 신앙의 반지로 나를 그럴듯하게 꾸민다.

5

지금 내 앞에는 비스듬히 기울어진 오래된 책상 위에 커다랗고 두꺼운 장부가 펼쳐져 있다. 장부를 보던 나의 피곤한 눈과 그보다 더 피곤한 영혼을 들어올린다. 이 모든 것이 의미하는 무無의 저 너머로는 똑같이 생긴 가게 선반들과 종업원들, 그리고 평범한 장소의 질서와 평온함이 있는 창고가 도라도레스 거리를 마주보고 있다. 유리창을 통해 또다른 현실의 소리가, 선반 언저리에 있는 고요만큼이나 평범한 소리가 들려온다.

다시 눈을 내리고 회사의 실적을 세심하게 숫자로 적어넣은 회계장부를 바라본다. 남몰래 미소 지으며 생각한다. 농장 이름과 가격이 적혀 있고 흰 여백과 줄과 글자와 눈금이 새겨진 종이들과 씨름하는 인생에는, 위대한 항해자들과 위대한 성인들, 모든 시대의 시인들, 그러니까 어디에도 기록으로 남지 않은 채 세상의 평가를 받지 못하고 사라진 수많은 이들이 들어 있다는 사실을 떠올린다.

생소한 원단 이름을 써내려가는 동안 인도와 사마르칸트*로 가는 문

---

* 우즈베키스탄 동부에 위치한 도시로, 고대 실크로드의 교역 기지로 번창했다.

이 열린다. 세번째 줄의 각운이 맞지 않는, 어디서 왔는지 알 수 없는 페르시아의 4행시는 불안해하는 나를 멀리서 지탱해준다. 하지만 나는 실수하지 않는다. 글씨를 쓰고, 덧셈을 하고, 장부를 작성해가며 사무실 업무를 정상적으로 수행한다.

6

인생에서 원했던 것은 너무나 적었건만 그마저도 주어지지 않았다. 한줄기 햇살, 가까운 들판, 한줌의 평온과 한 쪽의 빵, 내가 존재한다는 사실을 깨닫고 그로 인해 괴로워하지 않기, 다른 이들에게 아무것도 요구하지 않고 다른 이들로부터 아무것도 요구받지 않기. 그러나 이 모든 것을 거부당했다. 동냥 주는 것을 거절하는 이가 동정심이 없어서가 아니라 단지 외투 주머니 단추를 풀기 귀찮아서 그러듯이. 결국 내가 원한 것들은 내게 주어지지 않았다.

언제나 그래왔듯이, 앞으로도 그렇겠지만, 적막한 내 방에서 홀로 서글픈 심정으로 글을 쓴다. 그리고 정말 보잘것없어 보이는 나의 목소리가 혹시라도 수많은 목소리들의 본질, 수많은 삶들이 열망하는 자기표현, 그리고 일상에 매인 운명, 부질없는 꿈과 가능성 없는 희망을 감수하며 살아가는 나를 비롯한 수많은 영혼들의 인내심을 담아낼 수 있지 않을까 하는 생각이 든다. 이런 사실을 의식하는 순간 나의 심장은 힘차게 고동친다. 삶이 고양될 때면 더욱더 강렬하게 살아 있음을 느낀다. 내 안에 있는 어떤 종교적인 힘, 일종의 기도, 절규가 느껴진다. 그러나 자각은 나를 제자리로 되돌리곤 한다…… 도라도레스 거리의 건물 사층 방에 있는 나를 졸린 상태에서 본다. 무언가를 반쯤 써 내려간 종이 위로 아름다움이라곤 찾아볼 수 없는 텅 빈 삶과, 닳아빠진 압지 너머 손을 뻗어 재떨이에 비벼 끄려던 싸구려 담배가 보인다. 여기 이 사층 방에 있는 내가 삶에 대해 묻고, 영혼이 느끼는 바를 말하고, 천재나 유명 작가라도 되는 듯이 글을 쓰고 있다니! 여기, 내가, 이렇게!……

7

오늘도 내 인생의 영적靈的 본질의 대부분을 차지하는 헛되고 가치 없는 몽상에 잠긴 나는 도라도레스 거리와 바스케스 사장, 회계관리장인 모레이라로부터, 사무실의 모든 직원과 사환, 배달부 소년과 고양이로부터 영원히 자유로워지는 순간을 상상했다. 꿈속에서 나의 자유는 남쪽 바다가 나더러 발견하라고 베풀어준 신기한 섬과도 같았다. 자유는 진정한 안식이자 예술적 성취이며 존재의 지적인 완성이 될 텐데.

그러나 정오쯤 휴식 시간에 카페에 들러 이런 상상을 했을 때 갑자기 울적한 기분이 나의 꿈을 훔쳐갔다. 만일 자유로워진다면 후회하리라는 예감이 들었다. 그렇다, 실제로 그런 상황에 맞닥뜨리기라도 한 듯 말할 수 있다. 나는 후회할 거라고. 바스케스 사장과 모레이라 관리

장과 출납원 보르즈스, 모든 착실한 직원들, 우체국에 편지를 가져가
는 유쾌한 사환과 배달부 소년, 순한 고양이, 이 모든 것이 이미 내 삶
의 일부가 되었다. 눈물 없이는 이 모두와 이별할 수 없을 것이다. 비
록 형편없어 보일지라도 그들은 나의 일부가 되었고, 그들과 헤어진다
면 죽을 것 같은 심정이 되리라.

더구나 내일 아침 그들에게서 떠난다면, 이 도라도레스 거리라는 옷
을 벗는다면 나는 어떤 일을 할 것이며(결국 어떤 일이든 해야 하기 때
문에) 또 어떤 옷을 입어야 할 것인가(결국 어떤 옷이든 입어야 하기
때문에).

누구에게나 바스케스 사장 같은 고용주가 있을 것이다. 어떤 이에게
는 보이는 형태로, 어떤 이에게는 보이지 않는 형태로. 나에게 그는 바
스케스라는 이름의 건강하고 쾌활한 남자로 가끔은 심술궂게 굴지만
겉과 속이 다르지 않고, 잇속에 밝지만 위대한 천재들 혹은 좌우파를
불문하고 훌륭한 인물들에게서도 좀처럼 찾아보기 힘든 공정함이라는
미덕을 기본적으로 지닌 사람이다. 어떤 이들은 더 많은 부와 명예, 불
멸을 향한 갈망과 허영심 따위를 고용주로 모시고 있다…… 나는 나
의 고용주로 바스케스라는 인물을 선호한다. 까다롭게 굴 때조차 이
세상 모든 추상적인 고용주들보다 훨씬 다루기 쉬운 그를.

정부 발주사업을 많이 맡아 잘나가는 회사를 경영하는 친구는 지난
번에 내 벌이가 시원찮다는 점을 지적하면서 말했다. "소아르스, 자네
는 착취당하고 있어!" 내가 착취당하는 건 사실이다. 하지만 착취당하
지 않는 삶이 어디 있겠는가. 바스케스 사장에게 착취당하는 것이 허
영과 명예, 울분과 질투, 또는 불가능한 꿈에 착취당하는 것보다 못하

다고 누가 말할 수 있단 말인가.

심지어 '신'에게 착취당하는 이도 있지 않은가, 이 허망한 세상의 예언자들과 성자들처럼.

그래서 집을 찾아 돌아오는 사람들처럼, 나는 내 집은 아니지만 도라도레스 거리의 널찍한 사무실로 돌아온다. 인생으로부터 나를 보호해주는 성채라도 되는 양 내 자리에 정좌한다. 회계장부와 낡은 잉크병 받침대, 조금 떨어진 옆자리에서 송장送狀을 작성하는 동료 세르지우의 굽은 등을 보면 눈물이 어릴 정도로 따뜻한 친밀감을 느낀다. 그들을 사랑하노라. 그들 말고는 사랑할 대상이 없어서이기도 하고, 또 원래 인간 영혼의 사랑에는 아무 가치가 없기 때문이기도 하다. 그러니 무엇인가를 사랑한다면, 별들의 광대한 무심함에 기울이는 사랑이든 내 잉크병 받침대의 한 귀퉁이에 대한 사랑이든 별 차이는 없다.

8

나의 고용주 바스케스. 설명하기 힘들지만 최면이라도 걸린 듯 바스케스 사장에 대해 깊이 생각할 때가 종종 있다. 낮 동안 나의 소유주이며 내 인생의 우연한 장애물인 그는 나에게 대체 누구란 말인가? 이유를 알 수 없는 어떤 걱정거리 때문에 모든 사람에게 짜증을 부릴 때를 제외하면, 그는 내게 잘해주고 친절하게 말을 걸어준다. 그렇다, 그를 자꾸 생각하는 이유는 뭘까? 그는 일종의 상징인가? 원인인가? 대체 뭐지?

바스케스 사장. 나는 앞으로 내가 분명히 느끼게 될 아련한 그리움으로 미래의 시점에서 벌써 그를 기억한다. 훗날 어느 구석에 있는 작은 집에서 지금 쓰지 않는 작품을 여전히 쓰지 않으면서, 그 작품을 쓰지 않기 위해 지금 갖다붙이는 갖가지 변명들과는 다른 이런저런 변명들을 여전히 갖다붙이면서 나는 조용히 살고 있을 것이다. 아니면 자기가 천재라고 믿었지만 사실은 몽상에 빠진 거지에 불과한 빈민수용소에 들어간 인간 폐물들과, 더는 싸워 이길 힘도 없고 싸움을 거부하고 포기할 힘도 없는 이름 없는 무리와 어울려 완전한 패배에 만족하고 있을 것이다. 어디에 있든지 나는 도라도레스 거리의 사무실과 바스케스 사장을 회상하며 그리워할 테고, 지금의 지루한 일상을 마치 한 번도 주어진 적 없는 사랑이나 단 한 번도 내 것이 아니었던 승리인 양 감개무량하게 떠올릴 것이다.

바스케스. 나의 고용주. 나는 오늘 바로 여기에서 그를 보듯, 나는 오늘 미래의 시점에서 그를 본다. 중키에 다부진 몸, 다소 무례할 때도 있지만 대체로 다정하며 솔직하고 영리하고 때로는 심술궂고 때로는 상냥한 사람. 핏줄이 색깔 있는 작은 근육처럼 튀어나온 털북숭이 손으로 돈을 다룰 때 서두르는 법이 없고, 단단하지만 뚱뚱하지 않은 목과 혈색 좋고 탱탱한 뺨에 늘 단정하게 손질된 짙은 색 수염을 기른 나의 고용주. 나는 그를 본다. 기운차고 신중한 태도와 생각에 잠긴 눈빛을 본다. 그의 마음에 들지 못할 때면 몹시 괴롭고, 그가 너그럽고 인간적인 미소를 지어 보일 때면 청중의 박수갈채라도 받은 듯 기쁘다.

아마도 내 주위에는 사장보다 흥미로운 인물이 없어서 이 평범하다 못해 진부한 인물을 놓고 나 자신을 잊어버릴 만큼 깊이 생각하는지도 모른다. 여기에는 어떤 상징이 있다고 믿는다. 어느 먼 전생에서 이 사람은 나에게 지금보다 훨씬 중요한 인물이었다고 거의 확신한다.

9

아, 알겠다! 나의 고용주 바스케스 사장은 바로 '인생'이다. 지루하고 불가피하고 고압적이며 속을 헤아릴 수 없는 인생. 이 진부한 인물이야말로 인생의 진부함을 의미한다. 곁에서 볼 때 바스케스는 나에게 모든 것이다. 왜냐하면 나에게 인생은 모두 겉으로 보이는 것에 불과하기 때문이다.

도라도레스 거리에 있는 이 사무실이 내게 인생을 의미한다면, 같은 거리의 내가 살고 있는 이층* 방은 예술을 의미한다. 그래, 예술. 인생과 같은 거리에 살되 주소는 다른 예술. 나를 삶에서 해방시켜주지만 산다는 것 자체에서 해방시켜주지는 못하고, 인생과 마찬가지로 지루하기 짝이 없으며, 단지 다른 장소에 있을 뿐인 예술. 그렇다, 나를 위해 도라도레스 거리는 모든 사물의 의미와 모든 수수께끼의 해답을 품고 있다. 단, 왜 수수께끼가 존재하는가 하는, 결코 해답이 있을 수 없는 수수께끼는 제외하고.

---

* 본문의 다른 부분에는 소아르스의 방이 사층에 있다고 나와 있다. 이러한 불일치는 작가의 착각으로 보인다.

10

무능하고 예민한 나는 나쁘든 좋든, 고귀하든 천하든, 난폭하고 강렬한 충동은 다룰 수 있지만 내 영혼의 본질로 파고들어 지속되는 감정과 계속 이어지는 정서에는 속수무책이다. 내 안의 모든 것은 항상 다른 무엇이 되려 한다. 영혼은 칭얼거리는 어린아이를 못 견디듯 스스로를 못 견디고, 불안은 점점 커지면서 언제나 그 자리에 있다. 나는 모든 것에 흥미를 느끼지만 무엇에도 붙들려 있지 않다. 모든 일에 반응하지만 늘 꿈꾸는 상태다. 나와 대화하는 이의 미묘한 표정을 감지하고 말투의 아주 작은 특징도 알아챈다. 하지만 듣기는 하되 귀기울이지는 않고 다른 걸 생각하다보니, 그가 한 말도 내가 한 말도 머리에 남지 않는다. 그래서 이미 여러 번 한 이야기를 같은 사람에게 또 하고, 그가 이미 대답한 질문을 다시 던진다. 그렇지만 내가 기억하지 못하는 이야기를 하던 순간 상대방 얼굴 근육의 움직임과, 나는 기억하지 못하는 내 이야기를 듣던 그의 관심 어린 눈빛은 마치 사진처럼 단네 단어로 선명하게 묘사할 수 있다. 나는 두 사람이고, 그 둘은 마치 붙어 있지 않은 샴쌍둥이처럼 서로 거리를 두고 있다.

11

기도문

우리는 결코 자신을 실현할 수 없습니다.
우리는 두 개의 심연, 하늘을 응시하는 우물입니다.

12

누군가 일대기를 써주는 사람들이나, 직접 자서전을 쓸 수 있는 사람들이 부럽다. 아니 부러운지도 잘 모르겠다. 이렇게 아무 연관성이 없고 연관성을 갖추려는 의지도 없는 단상들 속에 나의 사실 없는 자서전, 삶이 없는 인생 이야기를 무심히 털어놓는다. 이는 나의 '고백록'이라고 할 수 있는데, 내가 아무것도 말하지 않는다면, 그것은 할말이 아무것도 없기 때문이다.

누군가의 고백이 가치 있거나 쓸모가 있을까? 우리에게 일어난 일은 우리에게만 일어나는가, 아니면 모두에게 일어나는가. 다른 모든 이들에게도 일어나는 일이라면 전혀 새로울 게 없고, 오직 우리에게만 일어나는 일이라면 다른 이들이 이해하지 못할 텐데. 내가 느낀 것을 글로 쓰는 이유는 느낌의 열기를 가라앉힐 수 있기 때문이다. 내 고백은 하나도 중요하지 않다. 중요한 것은 아무것도 없기 때문이다. 나는 내 느낌에 따라 풍경화를 그린다. 내 감각들로 휴식을 얻는다. 슬픈 심정으로 수를 놓는 여자들, 삶이 거기 있기에 하염없이 바느질을 하는 여자들을 이해한다. 나이 많은 친척 아주머니 한 분은 기나긴 밤에 혼자 카드점을 보며 시간을 보내곤 했다. 여기 내 느낌의 고백은 나의 카드점이다. 카드에서 운명을 읽는 사람들과 달리 나는 해석하지 않고 뜻을 캐묻지도 않는다. 카드점에서 카드 자체에는 특별한 의미가 없기 때문이다. 나는 형형색색의 실타래를 풀듯이 나를 풀어내거나, 아이들이 손가락에 실을 걸치고 주고받는 실뜨기놀이를 하듯 나 자신의 형상을 만든다. 다만 내 엄지손가락을 움직이며 실의 고리를 놓치지 않도록 주의할 뿐이다. 손을 뒤집으면 모양이 달라지고 그러면 다시 새로 시작한다.

산다는 것은 타인의 의도대로 양말을 뜨는 일이다. 하지만 그러는 동안 생각은 자유롭고, 상아 바늘로 뜨개코가 하나씩 이어질 때 마법에 걸린 모든 왕자들은 뜨개코의 뜰에서 산책한다. 사물의 뜨개질…… 휴지休止…… 무無……

그 밖에 나는 내게서 무엇을 기대할 수 있을까? 지긋지긋할 정도로 예리한 감각과 느낌에 대한 깊은 자각…… 날카로운 지성은 나 자신을 파괴할 정도이고, 꿈꾸는 능력만은 유별나서 나를 즐겁게 하고…… 이미 죽어버린 의지와 살아 있는 아이를 달래듯이 그 의지를 흔드는 성찰…… 그래, 바느질……

13

나의 비참한 상황은 아무렇게나 이어지는 사색을 기록하느라 조금
씩 모아놓은 이 단어들로부터 어떤 영향도 받지 않는다. 물을 다 마셨
는데도 잔의 밑바닥에 녹지 않고 남아 있는 찌꺼기처럼 나는 모든 표
현의 밑바닥에서 무가치한 존재로 살아간다. 장부에 숫자를 기입할 때
처럼 세심하되 무심하게 나의 문학을 기록한다. 별들이 반짝이는 광대
한 하늘과 무수히 많은 영혼들의 수수께끼, 알 수 없는 심연의 밤과 결
코 이해할 수 없는 혼돈, 이 모든 것 앞에서, 영혼의 단상을 종잇장에
적는 일과 장부에 숫자를 기입하는 일은 도라도레스 거리에 국한되어
있다는 점에서 마찬가지이고 어마어마하게 광대한 우주 안에서 너무
나 사소한 일이다.

이 모든 것이 한낱 꿈이고 주마등처럼 스쳐가는 환상이기에 그 꿈이
장부의 숫자인지 잘 다듬어진 산문인지는 중요치 않다. 공주가 나오는
꿈을 꾸는 것이 사무실 출입문이 나오는 꿈을 꾸는 것보다 더 좋을 이
유가 있을까? 우리가 아는 모든 것은 우리가 받는 인상이고, 우리의 전
부는 남들이 받는 인상, 즉 우리의 멜로드라마다. 그 안에서 우리는 스스
로가 배우인 동시에 관객이고, 시청의 승인을 받은 우리 자신의 신이다.

14

완성을 미루고만 있는 우리의 작품이 형편없으리라는 것을 알고 있

다. 하지만 아예 시작하지도 않은 작품은 그보다 더 형편없다. 무엇인가를 만든다면 적어도 남아는 있게 된다. 초라하지만 그래도 존재한다. 다리를 저는 내 이웃의 정원에 놓인 하나뿐인 화분에 핀 조그마한 식물처럼. 그 화분은 내 이웃에게 기쁨을 주며, 때로는 나에게도 즐거움을 준다. 내가 쓰는 글이 형편없다는 사실을 알고 있지만, 그래도 나의 글 덕분에 상처받은 슬픈 영혼이 잠시 시름을 잊을 수도 있으리라. 그것으로 충분하고, 혹시 충분하지 않다 해도 나름의 가치가 있다. 인생사 모든 것이 다 그러하듯.

더 권태로워지리라는 예감을 동반한 권태. 내일이 되면 오늘 후회했다는 사실을 후회할 것이 분명한 후회. 쓸모도 없고 진실성도 없이 혼란스럽기만 한 거대한 혼란……

……기차역 대합실 의자에 웅크리고 앉아, 나의 경멸은 나의 낙담을 망토처럼 두른 채 잠이 들고……

……내 지식과 삶이 절반씩 섞인 꿈속 이미지로 이루어진 세상……

지금 이 순간 주의를 기울이는 일은 내게 중요하지 않다. 나는 시간을 한껏 잡아늘이고 싶고, 아무 조건 없이 나 자신이 되고 싶다.

15

한 뼘씩 한 뼘씩, 원래 내 것이던 내면의 땅을 정복했다. 조금씩 조금씩, 무의미하게 머물렀던 그 늪을 되찾았다. 나는 무한한 존재인 나를 낳았으나, 나 자신을 나로부터 억지로 끄집어내야 했다.

16

카스카이스와 리스본 사이에서 백일몽을 꾼다. 바스케스 사장이 에스토릴 해변에 소유한 집의 재산세를 내기 위해 카스카이스로 떠난 길이었다. 오고가는 데 한 시간씩 걸리는 길을 나서기 전부터 큰 강과 대서양이 만나는 다양한 풍경을 즐거이 감상할 수 있으리라는 기대에 들떴다. 그런데 정작 가는 길에는 추상적인 사색에 빠져 그토록 보기를 고대했던 물가 풍경을 보는 둥 마는 둥 했고, 오는 길에는 그 감각들을 마음속에 새기느라 또 정신이 없었다. 여행의 세부 하나도, 풍경의 작은 일부도 제대로 묘사할 수 없으리라. 여행에서 얻은 것이라고는 모순과 망각의 결과물인 이 종잇장들뿐이다. 반대의 경우였더라면 더 좋았을지 아니면 더 나빴을지는 알 수 없다. 반대의 경우가 무엇인지도 모르겠다.

기차는 점차 속력을 늦추고 카이스 두 소드레 역에 진입한다. 리스본에 도착했지만 결론은 얻지 못했다.

17

어쩌면 지금이 내 인생을 들여다보려는 단 한 번의 노력을 해야 할 마지막 기회인지도 모르겠다. 거대한 사막 한가운데 있는 나를 응시한다. 말 그대로 내가 어제 무엇이었는지 이야기하고, 어떻게 여기에 이르렀는지를 나 자신에게 설명하려 한다.

18

영혼에 미소를 띠고 도라도레스 거리와 이 사무실, 이 사람들 사이에 한정된 인생을 고요히 받아들인다. 먹고 마시기에 부족함이 없고 잘 곳이 있고 꿈꾸고 글을 쓸 약간의 시간이 있는데 무엇을 더 '신'에게 요구하며 '운명'에게 바라겠는가?

커다란 야망이 있었고 거창한 꿈도 있었다. 배달부 소년도 여자 재봉사도 마찬가지일 것이다. 꿈은 누구에게나 있으므로 차이가 있다면 꿈을 이루는 능력이나 꿈을 성취하는 운명일 것이다.

꿈속에서 나는 배달부 소년과 여자 재봉사와 똑같다. 나와 그들의 차이는 내가 글을 쓸 줄 안다는 것뿐이다. 그렇다, 글쓰기는 나를 그들과 구별짓는 하나의 행위, 하나의 현실이다. 그러나 내 영혼 안에서 나는 그들과 다를 게 없다.

남쪽 바다에는 섬들과 세계적인 위대한 열정이 있다는 것을 알고 있고, □*

만일 세계가 내 손안에 있다면, 분명 도라도레스 거리로 데려가는 티켓 한 장과 그 세계를 바꿀 것이다.

나는 언제까지나 회계사무원으로 살아갈 운명을 타고났을지도 모른다. 시나 문학은 내 머리에 앉은 나비와 같아서, 그것이 아름다울수록 나를 더 우스꽝스럽게 만들 것이다.

모레이라 관리장이 그리워지겠지. 하지만 영예로운 승진 앞에서 그리움이 무슨 의미가 있겠는가?

바스케스 사무실의 회계관리장이 되는 날이 내 인생에서 가장 위대한 날일 테지, 나도 안다. 씁쓸하고 냉소적인 예감이지만 나의 지성을 걸고 확신한다.

19

바닷가 포구의 숲과 풀밭 사이로 욕망의 불꽃이 텅 빈 심연의 불확

---

* 본문에 등장하는 □ 기호는, 작가가 원고에서 빈칸으로 남겨놓은 부분을 의미한다.

실함으로부터 간헐적으로 올라온다. 밀과 많은 것들 사이에서 무엇을 선택하든 마찬가지였고, 사이프러스 나무들 사이는 여전히 멀다.

단어들이 소리의 내적인 공명과 다양한 의미와 함께 음색의 조화에 따라 합쳐지거나 따로 떨어지면서 발휘하는 위력, 서로 다른 문장의 의미 사이에 놓인 문장의 화려함, 자취가 남긴 악의, 숲이 품은 희망, 그리고 어린 시절 나의 도피처인 농장에 있던 호수의 절대적인 고요만 있을 뿐…… 그래서 터무니없이 대담한 높은 벽 사이에서, 나무들의 행렬과 창백한 불안 속에서, 내가 아닌 누군가는 더욱 완강한 자들에게 거부당한 슬픈 목소리의 고백을 들으리라. 담벼락 위에서 보이는 길로 기사들이 돌아오지 않는다 해도 보이지 않는 뜰에서 창槍 부딪치는 소리 들려오는 '최후의 성'에 더이상 평화는 없을 것이다. 언젠가 자라서 인생을 잃고 경이로움을 잃을 어린아이를 밤에 무어족 공주의 전설*로 매혹시키던 이를 제외하고 어느 이름도 그 길 이편에서는 기억되지 못할 것이다.

길 잃은 이들의 발소리는 물결치는 녹색 들판 사이에 아무런 길도 내지 못하면서 마치 다가올 추억처럼 가볍게 들려온다. 노인들이 올 뿐 젊은이들은 결코 오지 않을 것이다. 길가에서는 북들이 울리고, 나팔들은 무엇인가를 떨어뜨릴 힘이 남아 있었다면 그것들을 떨어뜨리고야 말았을 쇠약한 팔에 간신히 매달려 있었다.

그러나 환상이 끝나자 잦아들던 고함소리가 다시 들려왔고, 나무들이 열 지어 선 길가를 불안하게 헤매는 개들이 보였다. 모든 것이 장례

---

* 무어족이 이베리아반도를 점령한 이후 포르투갈과 스페인 민담에 남은 설화.

식처럼 터무니없었고, 다른 이들의 꿈속 공주들은 언제까지고 자유롭게 거닐고 있었다.

20

나를 계속해서 압박해오는 어떤 상황에서 벗어나려 할 때마다 곧 비슷한 상황에 다시금 둘러싸이고 만다. 마치 사물을 주관하는 보이지 않는 섭리 속에 나에 대한 돌이킬 수 없는 적대감이라도 있는 것 같다. 내 목을 조르는 어느 손 하나를 간신히 떼어낸다. 곧이어 그 손을 떼어낸 내 손에는, 목에서 손을 떼어내는 순간 내 목에 걸려 있던 올가미가 함께 묶여 있음을 알게 된다. 그 올가미를 조심스럽게 벗겨보려 하지만, 내 손으로 내 목을 더욱 조르게 될 뿐이다.

21

신이 존재하든 존재하지 않든, 우리는 신의 노예다.

22

거울 속에 비친 내 모습이 언제나 내 영혼에 달라붙어다닌다. 나는 내 생각 속에서조차 구부정하고 허약한 나일 뿐 다른 모습이 될 수 없다.

나의 모든 것은 오래전에 죽은 어린아이의 해묵은 앨범 표지에 붙어 있는 광택 나는 왕자 그림 같다.

나를 사랑한다는 것은 나를 불쌍히 여기는 것이다. 언젠가 미래 끝자락에서 누군가 나에 대해 시 한 편을 쓸 테고, 그때 비로소 나는 나의 왕국을 다스리기 시작할 것이다.

신은 우리가 존재한다는 사실 자체이고 그것이 전부는 아니다.

23

부조리

우리 자신이 누구인지 더이상 알 수 없을 때까지, 가짜로라도 스핑크스가 되어 질문을 던져보자. 우리는 사실 가짜 스핑크스에 불과하며 우리가 정말로 누구인지 모르기 때문이다. 삶에 동의하는 유일한 방법은 우리 자신에게 동의하지 않는 것이다. 부조리야말로 신성한 것이다.

이론과 반대로 행동하기 위해서 이론을 세우고 거기에 대해 심사숙고하자. 우리의 행동에 모순되는 이론을 통해 우리의 행동을 정당화하자. 길을 만들고 그 길로 가는 게 아니라 정반대로 행동하자. 우리와 상관없고, 그렇게 되기를 원하지도 않고, 그런 식으로 여겨지기를 바라지도 않는 어떤 행동과 자세를 취하자.

책을 읽지 않기 위해 책을 사자. 음악을 듣거나 거기에 누가 오는지 보려는 생각 없이 음악회에 가자. 걷느라 지쳐 있을 때 긴 시간 산책하고, 시골이 따분하므로 시골에서 며칠을 지내자.

24

오늘은 가끔 나를 괴롭히는 오랜 걱정 때문에 몸까지 좋지 않았다. 나의 생존을 의지하다시피 하는 이층 식당에 식사하러 갔는데 평소만큼 먹거나 마실 수가 없었다. 식당을 나서려는데 내가 포도주를 반병가량 남겼음을 알아차린 종업원이 내 쪽을 돌아보며 말했다. "안녕히 가십시오, 소아르스 씨, 쾌차하시기 바랍니다."

그 간단한 인사말에 깃든 음악 소리 같은 느낌이 마치 먹구름을 걷어가는 바람처럼 내 영혼을 부드럽게 어루만졌다. 그러면서 전에는 한 번도 인식하지 못했던 사실을 알게 됐다. 카페와 식당의 종업원들과 이발사, 또 길모퉁이에서 일하는 배달원들은 나와 자연스럽고 자발적인 공감대를 형성하고 있으며 그런 공감대는 명목상 나와 훨씬 더 친밀한 사람들에게서는 기대할 수 없다는 사실이었다.

동지애란 미묘한 것이다.

어떤 이들은 세상을 지배하고, 어떤 이들은 그 세상이다. 어느 미국인 백만장자, 카이사르 또는 나폴레옹이나 레닌, 작은 마을의 사회주의 지도자 사이에는 질적 차이는 없고 양적 차이만 있다. 그들 아래에는 우리같이 눈에 띄지 않는 이들, 즉 경솔한 극작가 윌리엄 셰익스피어와 학교 선생 존 밀턴과 방랑자 단테 알리기에리, 어제 나에게 우편물을 가져다준 배달원이나 잡담을 들려준 이발사, 바로 오늘 포도주 반병을 남긴 나를 보고 쾌차를 빌어주는 동지애를 발휘한 식당 종업원이 있다.

25

형편없는 석판화. 나는 내가 보고 있다는 사실도 잊은 채 그림을 바라본다. 그것은 계단 아래 진열장 안의 다른 그림들 사이 중앙에 걸려 있다.

그녀는 프리마베라 꽃을 가슴에 모아 안고 슬픈 눈으로 나를 보고 있다. 종이의 광택 덕분에 미소는 빛나고 뺨에는 혈색이 돈다. 그녀 뒤로 펼쳐진 하늘은 연푸른 옷감색이다. 그녀의 입술은 조각한 듯이 자그마한데 그림엽서에서와 같은 입술 모양 위로 그녀의 눈은 커다란 슬픔을 담고 하염없이 나를 바라본다. 꽃을 들고 있는 그녀의 팔은 누군가의 팔을 연상시킨다. 드레스인지 블라우스인지 모를 의상의 깊게 파인 목선이 한쪽 어깨를 드러낸다. 그 눈은 정말 슬프다. 석판화 특유의 깊이 있는 사실감에서 솟아나는 어떤 진실성을 담고 나를 바라본다. 그녀는 프리마베라 꽃과 함께 왔다. 그녀의 눈이 크기 때문에 슬퍼 보이는 게 아니다. 나는 급히 진열장 앞을 떠난다. 길을 건너서는 무기력한 분노를 느끼며 돌아본다. 그녀는 아직도 프리마베라 꽃을 가슴에 안고 있고 두 눈에 내가 일찍이 느껴본 적 없는 슬픔을 담고 있다. 멀리서 보니 석판화의 색깔이 더욱 다채롭다. 위로 올려 묶은 여인의 머리에 달린 짙은 분홍색 리본을 아끼는 미처 알아보지 못했다. 석판화 속에조차 사람의 눈에는 끔찍한 무언가가 있다. 피할 수 없는 의식의 경고, 영혼의 존재를 알리는 소리 없는 절규다. 나는 혼신의 힘을 다해 나를 덮치는 잠을 떨치고 개처럼 몸을 흔들어 어두운 안개의 습기를 털어낸다. 멀리서 바라본 이 형이상학적인 석판화 속 여인의 눈빛은 내가 그곳을 떠난다는 사실은 안중에 없고 뭔가 다른 것에게 작별을 고하는 듯하다. 삶 전체의 슬픔을 담고서 마치 내가 신의 존재를 알고 있다는 양 나를 쳐다본다. 그림 밑에는 달력이 인쇄돼 있고, 그 위아래로 조잡하게 칠해진 두 개의 검은색 줄이 완만하게 둘러져 있었다. 위와 아래의 경계선 사이에서, 1929라는 숫자와 해마다 찾아오기 마련인 1월 1일을 가리는, 고풍스러운 글씨체로 장식한 삽화 위에서 슬픈 눈동자가 아이러니하게 웃고 있다.

흥미롭게도 나는 어딘가에서 그 그림을 이미 본 적이 있다. 사무실 한구석에 똑같은 달력이 걸려 있어 수없이 봤던 그림이다. 그러나 석판화의 비밀 때문인지 아니면 나 자신의 비밀 때문인지 몰라도 사무실 그림 속 여인의 눈빛에는 그런 슬픔이 없다. 그냥 한 장의 석판화일 뿐이다. (광택지에 인쇄되어 빛바랜 인생을 살아가는, 사무실의 왼손잡이 직원 알베스의 머리 근처에 걸린 채 잠든 그림일 뿐이다.)

이 모든 것을 웃어넘기고 싶지만 마음이 몹시 불안하다. 문득 영혼에 엄습하는 갑작스러운 통증의 냉기를 느낀다. 이 부조리에 저항할 기운이 없다. 신의 비밀을 향한 창문으로 나도 모르는 사이에 다가간 걸까? 계단 아래 진열장은 어디로 이어지는 걸까? 나를 바라보던 석판화 속 여인의 눈은 무엇인가? 온몸이 떨린다. 무심결에 눈을 들고 사무실 한구석의 진짜 그림이 걸린 곳을 바라본다. 하염없이 바라본다.

26

각각의 감정에 하나의 개성을, 각각의 영혼 상태에 하나의 영혼을 부여하기.

한 무리의 아가씨들이 굽잇길을 지나갔다. 걸어가며 부르는 노랫소리가 행복하게 들렸다. 그들이 누구인지 나는 모른다. 아무런 느낌 없이, 멀리서 들려오는 소리에 잠시 귀를 기울였다. 그녀들로 인한 슬픔이 가슴에 사무쳤다.

그녀들의 미래가 염려돼서? 그녀들의 자각 없는 의식 때문에? 어쩌면 그녀들이 아니라 단지 나 때문에 슬펐는지도 모른다.

27

문학이란 예술과 사상의 결합이며 현실의 흠을 덜어낸 결과로, 인간적인 모든 노력을 기울여 이루어야 하는 목표다. 그것이 동물적인 본성의 여분이 아니라 진정으로 인간적인 것에서 비롯된 노력인 한에서 그러하다. 어떤 사물을 표현하는 것은 추한 부분은 빼버리고 미덕만을 보존하는 일이다. 들판의 푸름에 대한 묘사에서 들판은 실제보다 더욱 푸르다. 상상 속에서 묘사한 꽃의 색깔은 세포의 실제 생명력 이상의 영속성을 갖게 된다.

움직이는 것은 살아 있고, 말해지는 것은 살아남는다. 너무나 잘 묘사되었기에 사실성이 떨어진다는 말은 옳지 않다. 생각이 편협한 평론가들은 어떤 시는 길게 운율을 맞추지만 결국은 아름다운 날이라고 말하는 글일 뿐이라고 지적한다. 그러나 아름다운 날이라고 말하기도 쉽지 않거니와 아름다운 날은 곧 지나가버린다. 그 아름다운 날을 미사여구로 꾸민 기억 안에 잘 보존하여 순식간에 흘러가버리는 저 공허한 세상의 들판과 하늘에서 새로운 꽃과 별로 빛나게 하자.

수많은 세월이 흐른 후 뒤에 오는 이들에게 우리라는 존재의 모든 것은, 우리가 강렬하게 상상할 것들, 즉 상상을 구체화하여 현실로 이루어낼 것들이다. 역사는 빛바랜 파노라마 안에서 이루어지는 여러 해석들의 흐름과 믿을 수 없는 증인들의 혼란스러운 합의에 불과할 뿐이다. 우리는 모두 소설가이고 우리가 본 것을 말하는데, 보는 것은 다른 모든 일이 그렇듯 복잡한 일이다.

수많은 근본적인 생각과 정말로 형이상학적인 주제에 대해 할말이 너무 많은 지금, 갑자기 피곤이 밀려오니 더이상 쓰거나 생각하지 않으련다. 말하고 싶다는 열의에 잠이 쏟아지고, 눈을 감고 내가 말할 수도 있었던 모든 것을 고양이를 쓰다듬듯 부드럽게 어루만진다.

28

한 소절의 음악이나 한 자락의 꿈, 뭐라도 좋으니 내가 느끼게 해줬으면, 내가 생각에 빠지지 않게 해줬으면.

29

지붕 위를 두드리던 마지막 빗방울 소리도 멎고 돌을 깐 포장도로 위로 파란 하늘빛이 천천히 퍼지며 높고 활기찬 자동차 소음이 일어나면, 더는 기다릴 수 없다는 듯 햇빛을 받으려고 창문을 열어젖히는 소리들이 들려왔다. 가까운 골목 안쪽 좁은 거리에서 가장 먼저 가게문을 연 복권장수가 손님을 부르는 목소리가 들려왔고, 건너편 가게에서 상자에 못박는 소리가 맑은 공간을 울렸다.

그날은 모호한 휴일, 법적 휴일이지만 제대로 지켜지지 않는 그런 휴일이었다. 노동과 휴식이 섞인 날, 나는 할 일이 없었다. 일찍 일어났지만 존재할 준비가 되기까지 시간이 걸렸다. 방안에서 왔다갔다하는 동안 아무 연관 없고 가망 없는 꿈들을 떠올렸다. 잊어버린 행동들, 아무렇게나 이루어진 불가능했던 야망들, 만약 이루어졌다면 확고하고 지속적이었을 대화 같은 것들이었다. 이렇게 엄숙하지도 차분하지도 않은 몽상 속에서, 희망도 목적도 없는 꾸물거림 속에서, 자유로운 아침을 빈들거리며 보냈다. 내가 소리 내어 낮게 중얼거린 단어들은 수도원 같은 초라한 고립의 공간 속에서 여러 갈래로 흩어졌다.

혼자 있을 땐 누구나 그렇듯 누가 본다면 참으로 우스꽝스러웠을 모양새였다. 잠옷 위에 이른 아침 일어났을 때 입는 낡은 외투를 걸쳤다. 오래된 실내화는 너덜너덜했는데 특히 왼쪽이 더 심했다. 낡아빠진 외투 주머니에 손을 집어넣고 세상 모든 이들의 꿈과 다를 바 없는 쓸데없는 몽상에 빠져 내 작은 방이 큰길이라도 되는 양 성큼성큼 단호한 발걸음을 이리저리 옮겼다.

하나뿐인 창문을 열자 처마에 고인 빗물이 떨어지는 소리가 여전히 들려왔다. 아직도 비 그친 후의 축축하고 시원한 공기가 느껴졌다. 하늘은 완전히 파랗게 물들었고 이미 힘을 잃었거나 지친 비가 남겨놓은 구름들은 하늘에게 마땅히 누려야 할 길을 내주고 '성채'* 뒤쪽으로 물러갔다.

행복을 느낄 만한 순간이었다. 하지만 뭔가 알 수 없는 불안이, 정체를 알기 힘들지만 어쩌면 고상한 욕망이 나를 압도했다. 어쩌면 내가 살아 있음을 느끼기까지 시간이 좀 걸린 것일 수도 있다. 내가 마침내 높은 창문에서 몸을 내밀고 정말로 바라보지는 않으면서 거리로 시선을 보냈을 때, 문득 나 자신이, 말리려고 창가에 가져갔다가 잊힌 바람에 둘둘 엉킨 채 난간에 천천히 얼룩을 남기는 젖은 걸레 같다는 느낌이 들었다.

30

슬픈 일인지는 모르겠지만 내가 메마른 심장을 가졌다는 사실을 인정한다. 나에게는 형용사 하나의 쓰임이 실제로 흘리는 눈물보다 더 중요하다. 나의 스승 비에이라**는 □

그러나 가끔씩은 나도 달라질 때가 있어 눈물을 흘리는데, 한 번도 어머니를 가져본 적 없는 자의 뜨거운 눈물이다. 이 죽어버린 눈물로

---

* 리스본에 있는 일곱 개 언덕 중 가장 높은 곳에 자리잡은 카스텔루 데 상 조르즈.
** 안토니우 비에이라. 예수회 신부이며 포르투갈의 유명한 문학가다.

더워진 나의 눈이 심장 안에서 뜨겁게 타오른다.

나는 어머니를 기억하지 못한다. 어머니는 내가 한 살 때 돌아가셨다. 나의 무디고 산만한 감수성은 바로 이 온정의 결핍에서, 기억할 수 없는 입맞춤에 대한 부질없는 그리움에서 비롯되었다. 나는 가짜다. 마치 실수로 안긴 것처럼 언제나 낯선 이의 품안에서 깨어나곤 했다.

아, 내가 아닌 다른 사람이 될 수도 있었다는 생각, 다른 사람이 되고 싶다는 생각을 떨쳐낼 수 없어 괴롭다! 엄마 뱃속에 있을 때부터 어린 뺨에 입맞춤을 받을 때까지 사랑받으며 컸더라면, 나는 지금 다른 사람이 되어 있지 않을까?

한 번도 누군가의 아들이 되어본 적이 없었던 데 기인한 결핍이야말로 나의 감정적 무관심에서 큰 몫을 차지하는지도 모른다. 나를 안아줬던 어떤 이도 진심으로 안아준 적이 없었다. '운명'이 허락했다면 내 곁에 있어줬을 어머니는 멀리 무덤 속에 있었다.

다 자란 후 사람들에게 들은 이야기다. 내 어머니가 아름다웠다고 어린 나에게 얘기해줬을 때 나는 아무 대답도 하지 않았다고 한다. 그때 내 육체와 영혼은 성장했어도 아직 감정을 이해하지는 못했기에, 죽은 어머니에 대한 사람들의 말이 내가 상상하기 어려운 책에 쓰여 있는 글을 읽는 것만큼도 와 닿지 않았다.

멀리 떨어져 살던 아버지는 내가 세 살 때 자살했다. 나는 한 번도 그를 만나보지 못했다. 왜 나와 떨어져 살았는지는 지금도 모른다. 알고 싶어한 적도 없다. 아버지의 부음을 전해들은 직후 첫 식사 시간의 무거운 침묵을 기억한다. 사람들이 나를 힐끔힐끔 바라보던 것이 기억난다. 나는 그 시선에 담긴 뜻을 이해하고 말없이 그들을 마주봤다. 내가 그들을 보지 않을 때에도 나를 바라볼까봐 더욱 바른 자세로 식사를 계속했다.

원하진 않았지만 내가 타고난 감수성의 혼란스러운 밑바닥에 있는 것들의 총체가 바로 나라는 존재다.

31

모두가 잠들어 적막한 집, 벽 뒤편에 걸린 괘종시계가 새벽 네시를 알리는 명징한 종소리가 들린다. 난 아직 잠들지 못했고 잠들기를 기대하지도 않는다. 잠들지 못하게 하는 걱정거리가 있어서도 아니고 편히 쉬지 못하게 하는 육체적인 고통이 있는 것도 아니건만, 내 것인데도 낯선 육체는 죽은 듯한 침묵에 싸인 채 가로등의 희미한 달빛 때문에 더욱 쓸쓸한 그늘 속에 누워 있다. 너무 잠이 몰려와 생각을 할 수 없고, 잠을 이룰 수 없어서 느낄 수도 없다.

모든 것을 거부하는 밤이 만들어낸 추상적이고 발가벗은 우주만이 주위를 둘러싸고 있다. 반쯤은 피곤하고 반쯤은 불안한 상태로 사물의 신비에 대한 형이상학적인 이해에 도달했음을 몸으로 느낀다. 이럴 때면 나의 정신은 천천히 희미해지고, 아무 형태도 없는 일상의 조각들이 의식의 표면에서 떠다니고, 불면의 얇은 막 안에서 회계장부를 작성하느라 허우적댄다. 또 어떤 때는 나를 붙잡았던 반半수면 상태에서 깨어나는 동안 시적詩的이고 종잡을 수 없는 색깔을 한 애매모호한 이미지들이 망연해하는 내 앞에서 소리도 없이 장관을 펼쳐놓기도 한다. 나의 눈은 완전히 감기지 않은 상태다. 희미한 시야 가장자리로 먼 불빛이 번진다. 저 아래 적막한 길가에 켜진 가로등 불빛이다.

이 불면에서 벗어나 잠들고, 나를 모르는 누군가에게 비밀스럽게 속삭인 달콤하고 서글픈 이야기들로 간헐적인 의식을 대신한다면!…… 이 불면에서 벗어나 정말로 잠들 수 있는 밤의 해변가에 밀려왔다 밀려가는 드넓은 바다의 파도가 된다면!…… 이 상태에서 벗어나 알 수 없는 외부의 무언가가 된다면, 멀리 있는 가로수 나뭇가지의 흔들림, 떨어지는 모습이 아니라 소리로 알 수 있는 낙엽의 부드러운 낙하, 멀리 있는 분수의 파도 같은 물줄기가 된다면, 그리고 칠흑 같은 공원에서, 어둠이 만든 자연의 미로와 끝없는 뒤얽힘 속에서 길을 잃을 때처럼 불확실해진다면!…… 이 불면에서 벗어나고, 마침내 벗어나고, 그러나 다른 형태의 무엇인가로 살아남아 책의 한 페이지가 되거나 풀어헤친 머리카락 한 타래, 반쯤 열린 창문가로 뻗어올라 흔들리는 담쟁이덩굴, 자갈돌이 깔린 굽잇길을 걸어가는 무심한 발걸음, 모두 잠든 마을에서 마지막으로 피어오른 연기, 이른 새벽길을 가는 마차꾼의 손에 잊힌 채 들려 있는 채찍이 된다면…… 부조리와 혼란과 망각, 그러니까 삶에 속하지 않는 모든 것들……

이윽고 졸음도 휴식도 없이 가설만 가득한 이 식물 같은 삶에서 나 나름의 방식으로 잠들고 안식을 취하지 못하는 내 눈꺼풀 아래로는 거리의 말없는 가로등 불빛이 반사되어 더러운 바닷물 거품처럼 맴돈다.

나는 자는 동시에 자지 않는다.

내가 누워 있는 곳 뒤편으로 집안의 정적이 무한대와 접촉한다. 시간이 한 방울씩 떨어지는 소리를 듣지만 어느 방울도 소리를 내지 않는다. 그동안 일어난 모든 일과 거의 다 잊힌 옛 기억이 내 육신의 심장을 물리적으로 짓누른다. 머리의 무게로 납작하게 눌린 베개를 느낀다. 나의 피부와 베갯잇은 그림자 연극 속의 사람들처럼 서로를 어루만진다. 나의 뇌는 내 귀의 무게가 몇 그램인지까지 감지한다. 피곤에 겨워 눈을 깜박일 때 속눈썹은 높이 솟은 새하얀 쿠션 속에서 거의 들리지도 않을 만큼 작은 소리를 낸다. 한숨을 쉬면서 호흡하지만 호흡은 그저 이루어질 뿐이지 내가 하는 것은 아니다. 나는 느끼지도 생각하지도 못하면서 고통스러워한다. 무한대의 한가운데, 확고한 한자리에 놓인 시계가 메마르고 공허한 반시간이 또 흘러갔다고 알려준다. 모든 것이 너무 지나치고, 너무 심오하고, 너무 캄캄하고, 너무 차갑다!

나는 시간을 흘려보내고, 침묵을 흘려보낸다. 아무 형태 없는 세상이 나를 스치고 지나간다.

신비의 아이처럼 수탉 한 마리가 밤인 줄도 모르고 별안간 울어댄다. 내 안에 아침이 밝았으니 이제 잠들 수 있다. 베갯잇이 얼굴에 남겨놓은 말랑한 주름 대신 미소가 입가에 자리잡는다. 삶에 굴복할 수 있고, 잠들 수 있고, 나 자신을 잊을 수 있다…… 나를 어둠으로 감싸는 졸음 사이로 들리는 소리는, 아까 수탉의 그 울음소리를 기억해내는 게 아니라면, 다시 한번 울고 있는 수탉 울음소리다.

32

불면의 밤을 위한 교향곡

온 우주가 하나의 실수인 양 모든 것이 잠들었다. 불안하게 휘몰아치는 바람은 존재하지 않는 군부대 위로 펼쳐지는 형체 없는 깃발이었다. 아무것도 아닌 것이 높고 거센 돌풍에 산산이 찢어지고, 창틀은 가장자리가 달그락거릴 정도로 유리를 흔들어댄다. 모든 것의 맨 밑바닥에서 침묵하는 밤은 신의 무덤이다(내 영혼은 신에 대한 안타까움을 느낀다).

그리고 갑자기 새로운 우주의 질서가 도시를 지배하고, 소강상태에서 바람은 불어오고, 하늘 높은 곳의 무수한 흔들림을 졸음 속에서 감지한다. 마루 바닥문이 닫히듯 밤이 닫히자 거대한 고요가 밀려와 나는 잠들고 싶어진다.

33

불현듯 다가온 초가을에는 앞당겨 일어나는 사건처럼 어둠이 빨리 내려앉기 때문에, 마치 하루 일과가 더 늦게 끝나는 것처럼 느껴진다. 이럴 때면 나는 날이 어두워지고 있으니 곧 일이 끝날 거라는 기대감을 일하는 도중에도 즐긴다. 어둠은 밤이고 밤은 곧 휴식, 귀가, 자유를 의미하니까. 어둑해진 넓은 사무실 안을 밝히는 불이 켜지고 다가

오는 밤을 느끼며 하던 일을 계속할 때면, 나는 내가 아닌 다른 사람의 기억에 속하는 것 같은 터무니없는 안락함을 느끼고, 숫자들을 써내려가는 작업은 마치 잠들기 전에 하는 독서처럼 편안하다.

우리 모두는 외부 환경의 노예다. 태양이 환한 날은 좁은 골목길의 카페에 앉아서도 넓은 들판에 있는 것처럼 느끼고, 하늘이 흐린 날은 야외에 있어도 문 없는 집 같은 우리 자신 속으로 몸을 웅크린다. 아직 낮의 사물들 안에 있을지라도, 밤의 왕림은 이제 쉬어야 한다는 내밀한 의식을 천천히 펴지는 부챗살처럼 펼친다.

그렇다고 해서 일하는 속도가 줄어드는 것은 아니다. 오히려 더 활기가 넘친다. 우리는 일하는 것이 아니라 우리에게 주어진 일을 갖고 즐기는 중이다. 별안간, 내 운명이나 다름없는 줄 쳐진 커다란 장부 사이로, 나이든 친척 아주머니 소유인 세상과 접촉이 없는 오래된 집과, 거기서 열시에 졸며 마시던 차와, 리넨을 씌운 식탁 위를 밝히던 내 잃어버린 어린 시절의 석유램프가 다가와 빛을 내자, 옆자리 모레이라 관리장의 모습은 검은 전깃불 속으로 무한히 멀리 사라져 보이지 않는다. 친척 아주머니보다 더 나이든 가정부가 졸음에 겨워하며 나이 많은 하인들 특유의 무뚝뚝하지만 인내심 있는 태도로 차를 내오고, 나는 이미 죽어버린 모든 과거를 가로지르면서도 실수 하나 없이 각종 항목과 숫자를 써내려가는 중이다. 나는 지금 의무와 세상 때문에 오염된 적 없고 의문과 미래 때문에 더럽혀진 적 없는 기나긴 밤 속에서 내 안으로 도망가고, 내 안에서 나를 잃어버리고, 나를 잊어버린다.

나를 장부의 숫자와 상관없는 사람으로 만들어버리는 이 감정이 어찌나 부드러운지, 누가 만일 이 순간에 질문을 던진다면 나는 마치 내 존재가 텅 비어버린 것처럼, 마치 내가 들고 다니는 열려 있는 휴대용 타자기와 다름없는 존재인 것처럼 부드러운 목소리로 대답할 것이다. 나의 꿈을 누군가 방해할지라도 놀라지 않는다. 그 꿈은 어찌나 부드러운지 나는 말하고 글쓰고 대답하고 대화하는 모든 행동 뒤에서 여전히 꿈꾸고 있을 테니까. 그 모든 일을 하면서 잃어버린 추억 속의 차를 다 마시고 나자, 이제 사무실 문을 닫을 시간이 되었다…… 장부를 천천히 덮으며 흘린 적 없는 눈물 때문에 피곤한 눈을 들어올리는 내 마음은 여러 감정이 섞여 복잡하고 괴롭다. 이제 사무실 문을 닫으면 나의 꿈도 닫히기에. 장부를 덮는 내 손으로 다시 돌이킬 수 없는 과거 역시 덮는 셈이기에. 이제 동반자도 평화도 없이 불면이 기다리는 침대로 돌아가, 향수와 적막의 운명이 만나는 검은 밤의 바닷물 같은, 나의 혼란스러운 의식의 밀물과 썰물에 몸을 맡겨야 하기에.

34

이따금 이 도라도레스 거리를 결코 떠나지 못할 거라는 생각이 든다. 이렇게 써놓고 보니, 이 거리가 영원처럼 느껴진다.

쾌락도, 영광도, 권력도 아니다. 자유, 오직 자유뿐.

신앙의 망령에서 이성의 망령으로 가는 것은 감방을 옮기는 일과 같다. 우리를 오래되고 추상적인 우상으로부터 해방시키는 예술은, 관대한 이념과 사회적 관심사—이것도 우상이다—로부터도 해방시킨다.

개성을 잃어버림으로써 개성을 찾는 것, 신앙 자체가 이러한 운명을
보증한다.

35

……인류를 위해 일하거나, 나라를 위해 희생하거나, 문명이 지속
되도록 자신의 목숨을 거는 사람들에게 뿌리깊고 진저리나는 경멸을
느낀다……

……그 경멸은 지루함으로 가득찬 감정이다. 그들은 각자에게 유일
한 현실은 자신의 영혼뿐이고, 현실 세계와 타인 따위는 제대로 소화
되지 못한 정신이 꿈에 나타나는 것처럼 끔찍한 악몽임을 모르기 때
문이다.

그런 노력에 대한 나의 혐오감은, 폭력을 동반한 활동에 이르면, 온
몸이 비틀리는 공포에 가까워진다. 전쟁, 생산적이고 활동적인 노동,
다른 이를 돕는 일들…… 내게 이 모든 일은 그저 주제넘은 행위일 뿐
이다. □

내 영혼이라는 지고의 현실 앞에서, 근본적이고 지속적인 꿈의 순수하
고 절대적인 위대함 앞에서, 모든 실용적이고 외부적인 것들은 그저 시
시하고 하찮을 뿐이다. 꿈이야말로, 내게는 더욱 중요한 현실이다.

초라한 셋방의 더러운 벽도, 내가 근무하는 사무실의 낡은 책상들도, 오래된 시가지의 가난한 풍경도 매일 마주하다보니 언제까지고 변치 않을 것 같고 개선의 여지도 없어 보인다. 그렇기는 해도 이들은 삶의 누추한 일상 속에서 자주 느끼는 역겨움의 원인은 아니다. 역겨움을 느끼게 하는 건 바로 사람들이다. 일상적인 접촉과 대화를 통해 나를 알고는 있지만 사실은 나를 전혀 모르는 사람들로 인해 내 영혼의 목구멍에 생리적인 혐오감으로 침이 뭉친다. 외관상으로 볼 때는 내 삶과 나란히 있는 그들 삶의 추악한 단조로움이, 내가 그들과 같은 부류일 거라고 믿는 그들의 확신이 내게 죄수복을 입혀 감옥에 가두고 나를 사기꾼, 거지와 같은 신세로 떨어뜨린다.

가끔은 그들의 평범한 일상의 자잘한 것들에 흥미를 느껴 그 정체를 명확히 알아보고 싶을 때가 있다. 그러면 나는―루이스 드 소자가 무언가를 묘사할 때 그랬다고 비에이라가 전하는 것처럼―평범함의 특이성을 발견한다. 그러한 나는 그리스의 지성적인 시의 시대를 열어젖힌 영혼을 물려받은 시인이다. 그렇지만 때로는 나를 짓누르는 바로 이 순간처럼 외부에 있는 사물보다 나 자신이 훨씬 더 멀게 느껴지고, 모든 것이 잘못 내린 기차역에서 외롭게 다음에 올 삼등 열차를 기다리는 비 내리고 질척이는 밤처럼 변해버리는 순간도 있다.

항상 객관성을 유지하려는 나의 장점 덕분에 나 자신에 대한 생각에만 빠지지 않을 수 있다. 하지만 모든 장점이 그러하고 심지어 모든 단점도 그렇듯이, 그 장점이 과연 장점인지 점점 확신을 잃어간다. 그럴 때면 스스로에게 질문을 던진다. 어찌 비루한 환상에 순응해 살고 있는 이 사람들처럼 비겁하게도 여기 머무를 수 있으며 살아남을 수 있느냐고. 이때 멀리서 비치는 불빛같이 떠오르는 해결책들은 내 상상력의 여성적 면모를 드러낸다. 자살, 도주, 포기, 귀족적인 자기 인식의 거창한 행위들, 발코니석도 없는 극장에서 펼쳐지는 존재의 허세 넘치는 영웅담.

그러나 더 나은 현실 속의 이상적인 줄리엣은 내 핏속에 흐르는 상상 속 로미오와의 문학적 조우를 거절하고 높이 달린 창문을 닫아버린다. 줄리엣과 로미오는 각자의 아버지에게 복종한다. 몬터규와 캐퓰렛의 싸움은 계속되고, 일어나지 않았던 일 위로 막이 내리고, 나는 집으로 돌아간다. 여주인은 늘상 없고 주인집 아이들도 거의 마주치지 않는 집의 지저분한 내 방으로. 회사 직원들은 내일에야 다시 볼 것이다. 시인의 목에 전혀 어색하지 않게 둘려 있는 사무원풍의 외투깃을 세우고, 항상 들르는 상점에서 구입한 장화를 신고 차가운 빗물이 고인 물웅덩이를 무의식적으로 피하고, 늘 그렇듯이 영혼의 자존감과 우산을 잊어버렸다는 사실에 조금 신경쓰면서 나는 집으로 돌아간다.

37

고통스러운 간주곡

한구석에 던져진 물건 같고, 길에 떨어진 넝마쪽 같은 천덕스러운 존재인 내가 삶 앞에서 그렇지 않은 척한다.

38

모든 사람을 부러워하는 이유는 그들이 내가 아니기 때문이다. 내가 아닌 사람이 되는 것, 이것은 모든 불가능한 것들 중에서 가장 불가능하게 여겨지므로 날마다 열망하는 것이고, 슬픈 순간마다 체념하는 것이다.

암울한 태양빛이 질풍처럼 쏟아져 나의 눈과 나의 시력을 태워버렸다. 뜨거운 노란색이 나뭇잎의 검푸름 안에 머물고 있다. 무기력은 □

39

마치 운명이 내민 의술의 손길이 나의 지병인 시력장애를 치유하여 놀라운 효과를 내기라도 한 것처럼, 갑자기 나는 익명의 삶에서 고개를 쳐들고 내가 어떻게 존재하는지 분명히 깨닫는다. 그리고 이제까지 내가 한 모든 일, 나의 모든 생각, 나의 모든 행위는 일종의 속임수이자 미친 짓임을 알게 된다. 그 사실을 여태 깨닫지 못했다는 사실이 놀라울 뿐이다. 지금까지의 나는 무척이나 낯설고 결국 그것은 내가 아님을 알게 된다.

태양이 구름을 가르고 들판에 빛을 던지듯 나의 지난 삶을 돌이켜보

니 나의 확신에 찬 행동, 가장 분명한 생각, 가장 논리적인 의도 들은
결국 타고난 술주정, 기질적인 광기, 거대한 무지일 뿐 실은 아무것도
아니었음을 형이상학적 경탄과 함께 깨닫는다. 나는 스스로 행동한 게
아니라 시키는 대로 행동했을 뿐이다. 나는 배우가 아니라 배우의 동
작에 불과했다.

내가 했던 일이나 생각은 모두, 내가 밖으로 드러냈다는 이유만으로
내 것인 줄 알았지만 사실은 아니었던 허구적인 존재에 대한 복종의
표현이거나, 숨쉬는 공기 같은 것이라고 생각했던 상황의 무게에 대한
복종의 표현이었다. 지금 이 사실을 발견하고 보니, 항상 나는 이 도시
에 소속되어 있다고 생각했었지만 한낱 외로운 망명객에 지나지 않음
을 깨닫는다. 내 생각의 가장 깊은 중심에서 나는 내가 아니었다.

의식의 한계를 넘는 실망과 더불어 냉소적인 공포가 밀려온다. 나는
오발탄이나 다름없고, 한 번도 제대로 살아본 적이 없으며, 그저 생각
과 의식으로 시간을 채우며 존재했을 뿐임을 이제 알겠다. 지금 나는
현실 같은 꿈이 계속되던 잠에서 깨어난 기분이기도 하고, 오랫동안
불빛 침침한 감옥에 갇혀 있다가 지진이 나는 바람에 밖으로 나온 기
분이기도 하다.

느끼는 것과 보는 것 사이에서 항상 꿈꾸는 상태로 떠다녔던 나라는
존재의 실상에 대한 갑작스러운 발견이 선고만을 앞둔 유죄판결처럼
나를 짓누른다.

자신이 실제로 존재한다고 느낄 때 그 느낌을 표현하기란 어려운 일
이고, 나는 영혼이 독립적인 실체라는 것을 인간의 언어로 어떻게 정
의할 수 있을지 모르겠다. 정말 내게 열이 있는지, 아니면 잠자듯 무기

력하게 살게 만든 열병에서 벗어났는지 잘 모르겠다. 거듭 말하거니와 나는 영문을 모른 채 낯선 마을에 들어선 나그네다. 기억을 잃고 오랫동안 다른 사람이 되어 살았던 사람들의 경우와 마찬가지다. 세상에 태어나 의식을 갖게 된 이후로 참으로 오랫동안 나는 내가 아닌 사람으로 살아왔다. 그리고 지금 갑자기 다리 한가운데서 깨어나 강물을 굽어보며 그 어떤 순간보다 내가 확실히 존재한다고 느끼는 것이다. 그러나 이 도시는 낯설고, 거리는 처음 보는 곳이고, 문제들은 여전히 해결되지 않는다. 그러니 그저 다리에 기댄 채, 진실이 떠나버리기를, 그래서 아무것도 아닌 허구인 나, 지성적이고 자연스러운 나로 다시 돌아가기를 기다릴 뿐이다.

이 모든 것은 한순간이었을 뿐 이미 지나가버렸다. 나를 둘러싼 익숙한 가구들과 먼지 낀 유리창으로 비치는 햇살 아래 낡은 벽지 문양이 보인다. 한순간 진실을 보았다. 한순간 나는 위대한 인물들이 평생 지니는 의식이 내 안에 있음을 느꼈다. 위대한 인물들의 말과 행동을 떠올리며 그들 역시 '현실'이라는 '악마'의 거부할 수 없는 유혹을 받았을 거라고 짐작해본다. 자신에 대해 아무것도 모르는 게 우리네 삶이다. 자신에 대한 오해가 우리의 생각이다. 지금 내게 일어난 일처럼 한순간 빛이 켜지면서 자신을 알게 되는 것은 내밀한 모나드*의 개념을, 영혼이 말하는 마법의 언어를 슬쩍 엿보는 일이다. 하지만 그 갑작스러운 빛은 모든 것을 태우고, 모든 것을 소멸시킨다. 심지어 우리 자신으로부터 우리를 발가벗겨버린다.

---

* 독일 철학자 라이프니츠가 사용한 개념으로, 무엇으로도 나눌 수 없는 궁극의 실체.

이는 그저 한순간의 일이었고, 나는 나를 보았다. 그 순간이 지나가 버린 지금은 내가 누구였는지 모른다. 그리고 마침내 잠이 오는데, 이 유는 모르지만, 이 모든 것의 의미가 잠에 있다고 생각하기 때문이다.

40

이유는 알 수 없지만 때때로 죽음의 예감이 스치고 지나갈 때가 있다. 이는 특정한 통증으로 나타나지 않으니 결국은 영적인 병이라 할 수 있는 정체 모를 질병이고, 충분히 자는 것 이상의 깊은 잠을 요구하는 피로감이기도 하다. 확실한 것은 병이 계속 악화되어 결국에는 아무 미련 없이 허약한 손을 침대보 위에 조용히 늘어뜨리게 되리라는 느낌이다.

그렇다면 우리가 죽음이라고 부르는 것의 정체는 대체 무엇일까, 생각해본다. 죽음의 불가사의함이야 어차피 내가 꿰뚫어볼 수 없으니 그만두고, 삶이 멈출 때 육신의 감각이 궁금하다. 인간들은 죽음을 두려워하지만 어렴풋이 두려워할 뿐이다. 보통 사람들은 삶의 전투를 잘이어간다. 그러다 늙거나 병들면 자신이 심연이라고 인정한 무無의 심연을 두려워하며 거의 쳐다보지 않는다. 이 모두가 상상력이 부족한 탓이다. 특히 죽음이 일종의 잠이라는 생각이야말로 재고의 가치가 없다. 죽음은 잠과 닮은 점이라곤 전혀 없는데 왜 그런 말을 할까? 잠의 핵심은 깨어나는 데 있으나 알다시피 죽음은 그렇지 않다. 만일 죽음이 잠과 비슷하다면 죽음에서 깨어난다는 개념도 있어야 한다. 하지만 보통 사람들은 그렇게 생각하지 않는다. 그저 죽음을 깨어나지 않는 잠이라고 생각하는데 이건 정말 아무 의미도 없는 얘기다. 강조하거니와 죽음은 잠과 닮은 점이 없다. 왜냐하면 잠잘 때 우리는 살아 있기 때문이다. 죽음은 우리가 아는 무엇과도 닮지 않았는데, 어느 누구도 죽음이나 죽음과 비교할 만한 것을 경험한 적이 없기 때문이다.

죽은 사람을 볼 때마다 나는 죽음이란 길을 떠나는 일 같다고 생각한다. 시체는 그가 떠나면서 남긴 옷과도 같다. 누군가 떠났고 그동안 입고 있던 유일한 겉옷은 그에게 더이상 필요가 없었다.

41

빗소리에서 솟아난 정적이 지금 내가 바라보는 좁은 거리 위로 잿빛 단조로움을 점점 넓게 퍼뜨리고 있다. 나는 모든 것에 기대듯이 유리창에 기대서서 깨어 있는 채로 자는 중이다. 음울한 건물 벽면과 열린 창문을 배경으로 검게 빛나며 떨어지는 물줄기 앞에서 내가 느끼는 감각을 알고 싶어 나 자신의 내면을 살펴본다. 내가 무엇을 느끼는지 모르겠고, 무엇을 느끼고 싶은지도 모르겠다. 내가 뭘 생각하는지도 모르고, 내가 누구인지도 모른다.

감각 없는 내 눈 앞에서, 내 인생의 때늦은 모든 고통이, 일상 속 우연한 기회에 자연스럽게 걸쳤던 행복이라는 옷을 벗어던진다. 이제야 깨닫거니와 때로는 행복했고 때로는 만족스러웠던 모든 순간마다 나는 항상 슬펐다. 이 사실을 깨달은 나의 일부는 지금 내 뒤에 서 있다.

그는 창문에 기댄 내 몸 위로 엎드려 내 어깨나 머리 너머를 넘겨보듯 나보다 더 내밀한 눈빛으로, 어둡고 음침한 대기를 정교하게 세공하면서 천천히 물결치며 떨어지는 빗줄기를 바라보고 있다.

우리에게 요구된 적 없는 것까지 포함한 우리의 의무를 다 버리고, 우리 것이 돼본 적 없는 것까지 포함한 우리의 안락함을 다 포기하고, 광기의 자줏빛 도포를 걸치고 꿈꾸던 왕족의 가짜 레이스를 두른 채, 그저 남은 흔적과 불확실한 것에 의지해서 산다면…… 내리는 빗줄기를 버거워하지 않고 내면의 공허에 상처받지 않는 존재가 된다면…… 영혼도 생각도 없이 아무 감각도 없이 산길을 헤매고 가파른 비탈 틈에 숨은 먼 골짜기를 떠돌며 돌이킬 수 없이 빠져든다면…… 그림 같은 풍경 속에서 길을 잃는다면…… 존재하지 않고 먼 곳의 색깔로 남는다면……

내가 서 있는 창문 안쪽에서는 잘 느껴지지 않는 한줄기 가벼운 바람이 떨어지는 빗방울을 여러 갈래 공기층으로 조각낸다. 내게는 보이지 않는 하늘 한 귀퉁이가 환하게 밝아온다. 건너편 건물 창문의 조금 더러워진 유리 너머 벽에 걸린 달력이 여태 보이지 않다가 지금은 뿌연 창문 너머로 희미하게 보이는 걸로 미루어 알 수 있다.

잊는다. 보지 않고, 생각하지 않는다.

비가 그치자 마치 커다란 식탁보를 흔들어 털어낸 빵가루처럼 미세한 다이아몬드 가루가 대기에 흩뿌려진 것 같다. 하늘이 개기 시작하는 게 느껴진다. 창문 너머로 달력이 더욱 선명하게 보인다. 달력에는 여자 얼굴이 있고, 나머지 부분도 전에 본 적 있어 쉽게 알아볼 수 있다. 그리고 유명한 상표의 치약도 있다.

그런데 이렇게 몰두해서 보기 전에 나는 무슨 생각을 하고 있었지? 모르겠다. 의지? 노력? 인생? 더욱 밝아진 햇빛이 이제 거의 파랗게 갠 하늘을 드러낸다. 그러나 평온은 없다. 이미 팔린 농장 한구석에 있던 오래된 우물 같고 먼지를 뒤집어쓴 채 남의 집 다락방에 갇혔던 어릴 적 기억 같은 내 마음의 밑바닥에는 평온이 없고 앞으로도 결코 없으리라! 내게 평온은 없고, 아아! 평온을 바라는 소망조차 없어라……

42

언제나 똑같고 변화 없는 내 삶을 지속하는 무기력, 결코 변하지 않으리라는 사실을 덮고 있는 표면에 붙은 먼지나 티끌처럼 남아 있는 이 무기력을 나는 일종의 위생관념의 결여라고 이해할 수밖에 없다.

몸을 씻듯 운명도 씻어주고, 옷을 갈아입듯 삶도 갈아줘야 한다. 먹고 자는 일처럼 목숨을 부지하기 위해서가 아니라 우리 자신을 존중하기 때문에 그리해야 하고, 그것을 우리는 위생이라고 부른다.

스스로 위생적이지 못한 삶을 선택하는 것이 아니라 그저 대수롭지 않게 여기는 사람들이 많다. 한편 둔감하게 늘 똑같은 상태로 사는 이유가 그것을 원해서도 원하는 삶을 살 수 없어 순응했기 때문도 아니고, 지성에 내재된 역설로 인해 자의식이 무뎌졌기 때문인 사람들도 많다.

위험에 직면했을 때 공포에 질려 도망치지 못하는 것처럼, 자신의 더러움을 역겨워하면서도 역겨움에 마비되어 더러움을 떨쳐내지 못하는 돼지들이 있다. 나 같은 운명적인 돼지들은 자신의 무기력에 깊이 매료되어 일상의 진부함으로부터 벗어나지 못한다. 그들은 뱀이 근처에 없을 거라며 마음놓고 있는 새들 같고, 카멜레온의 끈끈한 혓바닥이 다가올 때까지 아무것도 보지 못한 채 나무줄기 주위를 맴도는 파리들 같다.

그렇게 나는 항상 머무는 나무줄기 주위에서 나의 의식적인 무의식을 거닐게 한다. 나는 머물러 있는데 홀로 앞으로 나아가는 내 운명을 거닐게 하고, 나는 따라가지 않는데 홀로 흘러가는 내 시간을 거닐게 한다. 나의 지루함을 달래는 유일한 방법은 지루함에 대한 짧은 기록을 남기는 것이다. 나는 감옥 철창 안쪽에 창문이 있는 것만으로도 다행이라 여기고, 유리창에 어쩔 수 없이 쌓인 먼지 위에 대문자로 내 이름을 씀으로써 죽음과의 계약서에 매일 서명한다.

죽음과의 계약이라고? 아니, 죽음과도 약속하지 않겠다. 나처럼 사는 인간은 죽지 않는다. 시들어버리고, 끝나버리고, 말라버릴 뿐이다. 그런 인간이 살던 장소는 그가 사라진 후에도 남고, 걷던 거리도 변하지 않고, 살던 집에도 누군가가 계속 살아간다. 그것이 전부이며, 우리는 그것을 무無라고 부른다. 그러나 무라고 부정하는 비극마저도 박수갈채를 보내는 이들 앞에 내세울 수 없으니, 진실과 삶의 무기력한 표명인 우리, 창틀 안과 밖에 더께로 앉은 먼지 같은 우리, '영원한 밤'이 남편인 '혼돈'을 잃고 '신'과 결혼하는 바람에 신의 의붓자식이 되고 '운명'의 손자가 된 우리가 정말 무인지는 확신할 수 없기 때문이다.

이루어질 수 없는 것을 향해 도라도레스 거리를 떠난다면…… 책상에서 일어나 미지의 세계로 떠난다면…… 하지만 그 길은 우리의 존재를 말해주는 '위대한 책'인 '이성'과 교차한다.

43

추상적인 지성의 피로가 있는데 이는 피로 중에서 가장 끔찍하다. 육체의 피로처럼 무겁지 않고, 감정의 피로처럼 불안하지 않다. 온 세상에 대한 우리 의식의 무게라서 영혼이 숨쉴 틈마저 남기지 않는 피로다.

이런 피로는 마치 구름을 흩어놓는 바람처럼, 인생의 의미에 대한 우리의 생각과 미래의 희망을 위해 세워놓았던 모든 계획과 야심을 갈가리 찢어버리고 한줌의 재로 갈아버린다. 아무것도 아니었고 아무것도 될 수 없는 누더기로 만들어버린다. 그러한 패배 뒤편으로 황량하게 별만 떠 있는 하늘의 검고 순수한 외로움이 떠오른다.

삶의 불가사의에 우리는 상처 입고 여러모로 두려워한다. 그것은 때로 형체 없는 유령처럼 우리를 덮친다. 또 비존재가 소름 끼치는 형체를 띠고 나타나 영혼은 최악의 공포로 얼어붙고 만다. 때로 그 불가사의는 우리 뒤에 있으면서 우리가 돌아보지 않을 때에만 보인다. 그것은 결코 실체를 알 수 없으리라는 극심한 두려움 안에 자리잡은 진실이다.

하지만 오늘 나를 무너뜨리는 이 두려움은 그다지 고차원적이지 않으면서도 나를 더욱 갉아먹는다. 그것은 생각을 하고 싶지 않다는 욕구, 나 자신이 아무것도 아니었기를 바라는 소망, 몸과 영혼을 구성하는 모든 세포들이 의식하는 좌절이다. 그것은 무한의 감옥에 갇혔다는 돌연한 느낌이다. 이 감옥이 전부인데 어디로 도망칠 엄두를 낼 것인가?

그러자 이제는 사탄 이전에도 있었을 사타니즘을 향한 터무니없는 갈망이 밀려든다. 시간도 실체도 없는 어느 날엔가는 신의 영역 바깥으로 향한 탈출구를 찾아낼 것이고, 그래서 우리의 가장 심오한 자아는, 어떤 식으로인지는 모르지만 더는 존재 혹은 비존재의 일부가 되지 않으리라는 갈망이다.

44

설명하기 힘들지만 의식적인 주의를 동반하는 졸음의 공격을 받을 때가 있다. 졸음처럼 모호한 것이 공격이란 걸 할 수 있다면 말이지만. 가만히 앉아 있을 때와 같은 상태로 길을 걸어갈 때가 있다. 이때 나의 의식은 분명히 깨어 있음에도 불구하고 마치 온몸이 휴식을 취할 때처럼 무기력하다. 반대 방향에서 걸어오는 행인을 알아채도 피하지 못할 정도다. 어쩌다가 나와 마주친 사람이 말을 걸어온다면 나는 몇 마디 말로 대답할 수 없을 뿐 아니라 대답을 머릿속에 떠올리지도 못할 것이다. 어떤 욕구도 희망도 가질 수 없고, 이렇게 말할 수 있다면, 온전한 전체로서의 나의 의지뿐 아니라, 나를 구성하는 각 요소에 속한 부분적인 의지를 표현하는 어떤 행동도 취할 수 없을 것이다. 물론 생각할 수도, 느낄 수도, 원할 수도 없으리라. 그런데도 걷고, 길을 가고, 떠

돌아다닌다. 나의 움직임 중 나의 정지된 상태를 밖으로 드러내는 것은 전혀 없다(다른 이들이 감지하지 못하는 걸로 미루어 알 수 있다). 이렇게 넋이 빠진 상태는 눕거나 비스듬히 기댄 사람에게는 자연스럽고 편안할지 몰라도 거리를 걷고 있는 사람에게는 불편하다못해 고통스럽기까지 하다.

마치 무기력에 취한 상태라고나 할까, 취했으되 취한 즐거움이 없는 상태다. 회복될 가망이 없는 병이다. 살아 있는 죽음이다.

45

책을 읽고 꿈을 꾸고 글쓰기를 생각하면서 감정에 흔들리지 않고 교양 있는 삶을 산다면. 삶이 어찌나 조용히 흐르는지 권태에 빠질 것 같지만 너무 생각이 많아 권태에 빠지지 않는 삶을 산다면. 감정과 생각에서 멀리 떨어져 이런 삶을 살되 감정에 대한 생각과 생각에 대한 감정, 그 속에서만 산다면. 꽃들에 둘러싸인 탁한 호수처럼 태양 아래 금빛으로 고여 있다면. 인생에 아무것도 요구하지 않는 고결한 영혼을 그림자 안에 지닌다면. 꽃잎에 앉은 먼지처럼 오후의 바람을 타고 세상을 돌아다니다가 저물녘의 무기력을 따라 내려앉아 더 큰 것들 사이에 묻힌다면. 즐거움도 슬픔도 없이 명료한 이해만 갖고 빛나는 태양과 머나먼 별들에 감사하면서 그렇게 된다면. 그 이상 원하지도 그 이상 갖지도 그 이상 되지도 않는다면…… 굶주린 자의 음악, 맹인의 노래, 이름 없는 길손의 유골, 짐도 목적지도 없이 사막을 떠도는 낙타 행렬……

46

시인 카에이루*가 작은 시골 마을에 살면서 자연스럽게 느낀 바를 간결하게 쓴 글을 열린 마음으로 다시 읽다보면 일종의 영감과 해방감을 맛보게 된다. 그는 작은 마을에 살면 바로 그 작은 규모 때문에 도시에서보다 세상을 더 많이 보게 되고, 그러므로 시골은 도시보다 크다고 말한다……

"나의 크기는 내가 보는 것들의 크기이지
내 키의 크기가 아니라네."

말한 사람의 의도와 상관없이 홀로 떠오른 것 같은 이런 문장은 사는 동안 내가 자발적으로 삶에 추가한 형이상학적 관념들을 깨끗이 씻어낸다. 그 문장을 읽은 후, 좁은 거리 위로 난 내 방 창문으로 가서 광대한 하늘과 무수한 별들을 올려다본다. 온몸을 흔드는 찬란한 날갯짓과 함께 나는 자유롭다.
"나의 크기는 내가 보는 것들의 크기!" 온 정신을 집중해서 이 문장을 떠올릴 때마다 별들이 수놓인 우주를 재구성하기 위해 만들어진

* 알베르투 카에이루. 페소아의 수많은 이명(異名) 중 하나로 시골에 살면서 전원시를 쓴 인물이다.

글 같다는 생각이 든다. "나의 크기는 내가 보는 것들의 크기!" 정신의 소유란 얼마나 광대한가. 심오한 감정의 우물에서부터 우물에 비친, 그러니까 어떤 의미에서는 우물 안에 있는 저 높은 별들에까지 이어진다.

그리고 지금, 본다는 것의 의미를 인식한 나는 이렇게 노래하며 죽고 싶다는 확신 속에서 하늘의 광대하고 객관적인 형이상학을 바라본다. "나의 크기는 내가 보는 것들의 크기!" 이때, 온전히 나의 것인 희미한 달빛이 검푸른 지평선을 일그러뜨리기 시작한다.

나는 두 팔을 높이 쳐들고서 아무 의미 없는 거친 말들을 외치고 싶고, 숭고한 불가사의 앞에서 말하고 싶고, 텅 빈 물질의 거대한 공간에 대고 나의 새롭게 확장된 자아를 선언하고 싶다.

그러나 곧 들뜬 마음을 다잡고 침착해진다. "나의 크기는 내가 보는 것들의 크기!" 내 영혼 전체가 된 그 문장을 나의 모든 감정을 기댈 의지처로 삼는다. 밤이 되어 멀리 비치기 시작한 견고한 달빛이 전하는, 정체를 알 수 없는 평화가 저 바깥세상 도시 위로 퍼지듯이 내 위에, 그리고 내 안에 내려앉는다.

47

……내 혼란스러운 감정의 슬픈 무질서 안에서……

피로와 거짓된 단념으로 이루어진 황혼녘의 슬픔, 아무것도 느끼기 귀찮은 권태, 오열을 억누르거나 진실을 깨달을 때의 아픔. 부주의한 내 영혼 속으로 모든 것을 포기한 듯한 풍경이 펼쳐진다. 버려진 몸짓으로 이루어진 오솔길, 제대로 품어본 적 없는 꿈으로 높이 쌓은 화단, 황량한 길을 분리하는 산울타리 같은 불연속성, 더이상 물이 샘솟지 않는 오래된 연못 같은 추측, 내 혼란스러운 감정의 슬픈 무질서 안에서 이 모든 게 얽혀 초라해 보인다.

48

이해하기 위해서, 나는 나 자신을 파괴했다. 이해하는 것은 사랑하는 것을 잊는 것이다. 나는 어떤 대상을 이해한 후에야 그것을 사랑하거나 증오할 수 있다고 한 레오나르도 다빈치의 발언만큼 거짓인 동시에 의미심장한 발언을 알지 못한다.

고독은 나를 황폐하게 만들고, 동행은 나를 억압한다. 다른 사람이 곁에 있으면 생각이 방향을 잃는다. 모든 분석력을 동원해도 정의할 수 없을 정도로 특이한 방심 상태에서 곁에 있는 존재에 대해 꿈꾸기 때문이다.

49

고립은 자신의 형상을 따라 자신의 모양대로 나를 만들었다. 단 한 명일지라도 다른 사람이 근처에 있으면 바로 생각이 느려지기 시작한다. 보통 사람들은 옆에 타인이 있으면 의견을 표현하고 말을 주고받으려는 자극이 생기는 모양이다. 하지만 내게 타인과의 접촉은, 이런 표현이 언어학적 관점에서 허용된다면, 반反자극이다. 혼자 있을 때면 온갖 종류의 현명한 어구가 생각나고, 묻는 이 없지만 재빠른 대답을 찾아내고, 상대는 없지만 재치 있고 사교적인 말들이 섬광처럼 떠오른다. 그러나 다른 사람 앞에 있을 때 이 모든 능력은 자취도 없이 사라진다. 그만 멍청해져버린 나는 말을 잇지 못하고, 반시간이 채 지나기도 전에 졸음만 쏟아질 뿐이다. 그렇다, 타인과 대화하면 잠이 온다. 내 상상 속의 유령 같은 친구들, 그리고 꿈속의 대화만이 진정한 현실성을 갖고 선명한 윤곽을 띤다. 오직 그 속에서만 영혼이 거울 앞에서처럼 모습을 드러낸다.

다른 사람들과 접촉해야 한다는 생각만으로도 나는 불안해진다. 친구와의 간단한 저녁식사 약속마저 말로 표현하기 어려운 괴로움을 불러일으킨다. 장례식에 가고, 사무실 동료와 함께 일을 처리하고, 기차역에 누군가를 마중나가는 등의 사회적 의무들을 떠올리기만 해도 하루종일 안절부절못한다. 정작 닥치면 별일 아니고 그리 걱정할 만한 일도 아닌데 전날 밤부터 근심스러워 잠을 설치기도 한다. 이런 일은 다음에도 또 반복되고 아무리 여러 번 겪어도 나아지는 법이 없다.

"나의 습관은 고독으로 인해 생긴 것이지 사람들로 인해 생긴 게 아니다"라고 말한 이가 루소였는지 세낭쿠르*였는지는 확실하지 않다. 어쨌든 이 말은, 나 같은 인종까지는 아닐지라도 나 같은 부류의 인간의 영혼을 잘 보여준다.

50

반딧불이 한 마리가 제자리에서 맴돌고 있다. 나를 둘러싼 어둑한 시골 들판은 너무 조용해서 기분좋은 향기가 느껴질 정도다. 이 모든 평화가 나를 아프게 짓누른다. 형체 없는 권태가 숨통을 조인다.

시골에 올 일은 거의 없고 여기서 하룻밤 이상을 보내는 일은 더욱 없는 편이다. 그런데 오늘은 친구 집을 찾아갔다가 어찌나 간곡하게 청하는지 차마 거절하지 못하고, 큰 연회장에 처음 가보는 수줍음 많은 사람처럼 쭈뼛거리며 이곳에 오고 만 것이다. 그럭저럭 즐거운 마음으로 도착했고 시골 공기도 좋았고 경치도 마음에 들었고 점심과 저녁도 잘 대접받았건만, 지금 밤 깊은 시각, 불 꺼진 방에 혼자 있는 내 마음에 괴로움이 차오른다.

내가 묵는 방의 창문 밖으로는 들판이 끝없이 펼쳐져 있고, 소리는 들리지 않지만 느낄 수 있는 산들바람이 불어오고 희미한 별들이 빛나는 거대한 밤이 있다. 창가에 앉아 저 밖에 있는 우주의 생명의 무상함에 대한 명상에 잠긴다. 이 시간 모든 사물이 드러내는 비가시성에서부터

---

* 프랑스 소설가. 19세기 낭만주의의 선구자로 평가받는다.

내 왼손을 얹은 나뭇결 거친 창턱, 칠한 지 오래되어 금이 간 흰색 창턱에 이르기까지 불안을 자아내는 하모니가 있다.

얼마나 그리며 원했던 평화인데 왜 당장이라도 쉽고 적당한 방법만 있다면 여기서 도망치고 싶을까! 도시의 높은 건물과 좁은 거리들 사이에 있을 때 나는, 문명이라는 식탁보가 페인트칠한 소나무 탁자를 잊게 만드는 그곳과 달리 자연 속에는 평화와 산문散文과 확고함이 있을 것이라고 믿었는데! 그러나 기분좋을 만큼 적당히 피곤하고 건강한 신체를 느끼는 지금 내 마음은 편안하지 않고 갇힌 기분이고 집에 가고 싶다.

이런 현상이 내게만 일어나는 건지, 도시의 문명 안에서 잔뼈가 굵은 사람이라면 누구나 마찬가지인지 잘 모르겠다. 내게는, 그리고 나 같은 부류의 사람들에게는 인공적인 것이 자연스럽고 자연은 낯설어진 듯하다. 정확히 말하자면 인공적인 것이 자연적인 것으로 바뀐 것이 아니라 자연적인 것의 의미가 달라진 것이다. 나는 자동차를 타지 않으며 싫어한다. 전화나 전보같이 생활을 편리하게 만들어주는 현대 과학의 산물을 이용하지 않고 좋아하지도 않는다. 애호가들의 삶을 즐겁게 해주는 전축이나 라디오 같은 현대 과학의 흥미로운 부산물도 마찬가지다.

이런 물건들에 흥미도 없거니와 갖고 싶지도 않다. 대신 나는 테주강*을 좋아하는데, 그 옆에 큰 도시가 있기 때문이다. 나는 하늘을 좋아하는데, 도심에 자리잡은 거리의 사층 방에서 바라보는 하늘이라서 좋

---

* 이베리아반도에서 가장 긴 강으로 리스본을 거친다.

아한다. 나는 그라사 또는 상 페드루 드 알칸타라*에서 달빛 아래 고요한 도시의 불규칙적이고 장엄한 풍광을 내려다볼 때만큼의 감동을, 들판이나 자연을 볼 때에는 느끼지 못한다. 나는 햇빛 눈부신 리스본 거리의 다채로운 꽃들만큼 아름다운 꽃을 본 적이 없다.

옷을 입고 사는 종족만이 나체의 아름다움을 찬미한다. 저항이 있을 때 더욱 큰 힘을 내듯이 수치심은 관능적인 매력을 더해준다.

인공적인 것을 통해 자연을 더욱 만끽할 수 있다. 이 광활한 들판을 즐기는 이유는 내가 이 들판에 살지 않기 때문이다. 통제받으며 살아본 사람만이 자유의 기쁨을 이해한다.

문명은 우리에게 자연을 가르친다. 인공성은 자연을 감상하기 위해 거치는 길이다.

그렇지만 인공적인 것과 자연적인 것을 혼동해서는 안 된다.

인공과 자연이 이루는 조화 안에 탁월한 인간 정신에 깃든 자연스러움이 있다.

51

테주 강 남쪽 기슭의 하늘은 쉬지 않고 날아다니는 갈매기들의 눈부시게 하얀 날개와 대조되는 불길한 검은색이었다. 하지만 비바람은 이

---

* 모두 리스본에서 전망이 좋은 높은 지역이다.

미 지나갔다. 비를 잔뜩 머금은 어두컴컴한 구름은 맞은편 강변 쪽으로 이미 흘러갔고, 살짝 내린 비로 습기가 남아 있는 시내는 길바닥부터 하늘까지 활짝 개었고, 흰색이 조금 남은 북쪽 하늘은 파랗게 바뀌고 있었다. 봄날의 신선한 대기는 약간 차가웠다.

이렇게 텅 비고 가늠할 수 없는 날이면 나는 즐거이 명상에 빠진다. 명상은 아무것도 아니지만 그 완전한 투명성 안에서 포착되는 것들이 있다. 멀리 검은 하늘을 배경으로 한 청량한 날의 적막한 차가움. 검은 구름과의 대조를 통해 모든 사물의 불가사의를 암시하는 갈매기떼 같은 어떤 직관들이.

그런데 갑자기 깊이 모를 어두운 남쪽 하늘이 나의 문학적 취향과는 달리, 진짜인지 가짜인지 애매한 기억 속의 다른 하늘을 떠올리게 한다. 그 하늘은 어쩌면 다른 생에서 보았을지도 모르는 하늘, 주위에 도시도 없이 슬픈 풀밭만 무성한 작은 강이 흐르는 북쪽 어느 지역의 하늘이다. 어찌된 셈인지 몰라도 나의 상상 속에서 야생 오리들을 위한 풍경이 펼쳐지는데, 어쩌다 꾸는 생생한 꿈처럼 선명해서 마치 상상한 장면이 내 눈앞에 있는 것 같다.

사냥꾼들과 근심 있는 사람들만이 찾아올 법한, 풀이 무성한 강가의 들쭉날쭉한 가장자리는 흙탕이 섞인 황토색 강물과 만나서 장난감 같은 배들이나 정박할 만한 조그마한 만으로 이어진다. 그 옆에는 사람이 지나가기 힘들 만큼 빽빽하게 진녹색 줄기들이 자라고, 시커먼 진흙 위로 흐르는 물이 반짝이는 작은 늪이 있다.

황량한 잿빛 하늘은 그 하늘보다 더 어두운 구름 때문에 여기저기 이지러져 있다. 느껴지지는 않지만 바람이 불고 있다. 강 건너편으로 보인 건 사실은 이 방치된 큰 강 가운데 있는 길쭉한 섬이고, 그 뒤편으로 진짜 강 건너편이 원근을 가늠하기 힘든 거리에 어렴풋이 보인다.

아무도 그곳에 가지 않으며, 앞으로도 가지 않으리라. 비록 내가 시간과 공간을 거슬러 세상에서 그 풍경으로 도망갈 수 있다고 할지라도 아무도 그곳에 가지 않을 것이다. 무엇을 기다리는지도 모른 채 나는 헛되이 기다릴 것이다. 닫혀가는 하늘 속으로 조금씩 사라져가는 어두운 구름의 색깔로 모든 공간을 감싸며 천천히 내려앉는 밤, 그것뿐이리라.

갑자기 여기 있는 내가 그곳에서 오는 추위를 느낀다. 추위는 뼛속에서 생겨나 몸을 떨게 한다. 나는 크게 숨을 쉬며 생각에서 깨어난다. 증권거래소 근처 상가 앞에서 나와 마주친 남자는 왠지 모를 불신이 담긴 눈으로 나를 쳐다본다. 밤이 다가오고 검은 하늘은 남쪽 강변으로 내리누르듯이 낮게 깔린다.

52

바람이 불었다⋯⋯ 처음에는 비어 있는 공간에서 나오는 목소리 같았고⋯⋯ 구멍 안으로 공간이 빨려들어가는 소리, 아무것도 없는 대기의 침묵이 내는 소리였다. 이어서 세상의 맨 밑바닥에서 올라온 흐느낌이 창틀을 흔들었고 비로소 정말로 바람이 불었다. 그다음에는 침묵의 울부짖음이, 밤이 더 깊어지기 전에는 터지지 않았던 울음이, 사물의 삐걱거림이, 조각들의 떨어짐이, 세상의 끝에서 온 원자 하나가 더욱 큰 소리를 냈다.

그다음에는 마치 □

53

마치 폭풍우 몰아친 밤이 지나간 다음날처럼 기독교가 사람들의 영혼에서 떠나자, 그전까지는 보이지 않던 폐해가 드러났다. 기독교가 완전히 떠난 다음에야 비로소 그 폐해가 명백히 드러났던 것이다. 어떤 이들은 기독교가 떠남으로 인해 폐해가 생겼다고 믿지만, 그것으로 폐해가 드러난 것일 뿐 폐해가 생긴 것은 아니다.

그래서 눈에 보이는 파괴와 명백한 고통이, 위선적인 애정으로 가려줄 검은 장막 없이 우리의 정신세계에 남았다. 영혼은 있는 그대로 제모습을 드러냈다.

그리하여 요즘 사람들은 낭만주의라는 병을 앓게 되었다. 낭만주의란 기독교에서 환상과 신화를 제거하고 그 시르죽은 병적인 본질이 고스란히 드러난 것이다.

낭만주의의 근본 결함은 우리에게 필요한 것과 우리가 원하는 것을 혼동하는 데 있다. 우리 모두가 삶을 유지하고 지속하기 위해 필요불가결한 것들이 있다. 또한 우리 모두는 좀더 완전한 삶, 완벽한 행복, 꿈의 실현을 원한다. □

인간이기에 필요한 것을 원하고, 인간이기에 필요하지는 않아도 원하는 것이 있다. 그런데 필요한 것과 원하는 것을 똑같이 갈망한다면,

완벽하지 못하다는 이유로 마치 일용할 양식이 없는 것처럼 고통스러워한다면 그건 병이다. 하늘의 달을 따서 손에 넣을 방법이 있기라도 한 듯 달을 갖고 싶어하는 것이 바로 낭만주의의 병폐다.

"두 마리 토끼를 다 잡을 수는 없다."

정치라는 저급한 영역뿐만 아니라 개인의 내밀한 영역에서도 똑같은 병폐가 발생한다.

한편 이교도들의 경우에는 현실 세계에서 사물과 사람에게 발생하는 이런 병폐가 덜한 편이었다. 그들도 인간인지라 역시 불가능한 것을 소망했지만 간절히 원하지는 않았다. 그들의 종교는 □였고, 세상의 공허로 영혼을 채우는 종교의 초월적 측면은, 종교의 비밀스러운 영역 안에서, 보통 사람들과 □로부터 거리가 먼 신참자들에게만 전수되었다.

54

나는 여러 번 꿈속에서 낭만주의자들이 마음에 그렸던, 개성이 강하고 위풍당당한 인간으로 살아보려고 노력했다. 그럴 때마다 그런 삶을 시도하는 나 자신이 우스워서 견딜 수 없었다. 최상의 인간이 되고 싶다는 꿈은 모든 평범한 사람들 마음속에 있으며, 낭만주의란 다름아니라 평상시 우리의 일상을 통제하는 것들을 반대로 뒤집어 드러낸 것이다. 거의 모든 사람들은 내밀한 상상 속에서는 위대한 제국을 꿈꾸며, 모든 남자들을 복종시키고, 모든 여자들을 굴복시키며, 모든 시대에 걸쳐 가장 영예로운 곳에서 모든 백성들이 우러러보는 존재가 된다. 꿈꾸는 것이 습관이 된 나 같은 소수의 사람들만이 그런 꿈의 미학적 가능성을 두고 웃어버릴 만큼 충분히 현명하다.

낭만주의에 대한 비판은 여기서 끝나지 않는다. 낭만주의의 가장 큰 문제점은 인간 본성의 내적 진실을 밖으로 드러낸다는 것이다. 낭만주의의 과잉과 부조리, 인간의 마음을 유혹하고 감동시키는 여러 능력은 그것이 영혼의 깊은 곳에 있는 것을 형상화했다는 데 기인한다. '운명'이 아닌 다른 무언가가 인간의 가능성을 좌우한다면, 그것은 심지어 구체적이고 눈에 잘 띄는 형태로 형상화될 수도 있을 것이다.

나처럼 인간의 마음을 뒤흔드는 그런 유혹을 비웃는 사람마저도, 유명인사가 된다는 건 얼마나 근사한 일인가, 누구에게나 사랑받는 사람이 된다는 건 얼마나 멋진 일인가, 승리를 거두는 건 얼마나 찬란한 일인가를 종종 생각해본다. 하지만 나에게 이런 고귀한 역할을 부여해볼 때면 내가 사는 거리처럼 옆에 늘 함께 있는 또다른 나의 웃음소리가 귓전을 울린다. 내가 유명인사가 된다고? 내게는 유명한 회계사무원이 보인다. 명예로운 자리에 높이 선 나? 그런 일이 도라도레스 거리의 사무실에서 직원들에게 둘러싸여 있는 내게 일어날 리 없다. 벌떼처럼 모여든 군중들로부터 박수갈채를 받는 나? 그 소리는 내가 사는 사층까지 왔다가도 싸구려 셋방의 거칠고 조잡한 가구와 꿈에서조차 나를 졸렬하게 만드는 너절한 물건 나부랭이에 부딪힐 것이다. 모든 환상

속의 스페인 귀족들처럼 스페인에 성채를 가져본 적도 없다. 나의 성채는 오래되고 더럽고 짝이 모자라 쓸모없는 카드로 만들어졌다. 카드로 만든 성채는 무너진 게 아니라 한쪽으로 몰려 있는 식탁보를 원래대로 돌려놓고 싶었던 하녀의 성급한 손길에 파괴되고 말았다. 운명의 저주인 양 다과 시간에 맞춰 시계의 종이 울렸기 때문이다. 하지만 이런 상상조차 부질없으니, 나는 시골 별장은 물론 나이 많은 친척 아주머니도 없고 친척 집에서 늦은 밤 가족들과 휴식을 즐기며 차를 마셔본 적도 없기 때문이다. 내 꿈은 심지어 비유와 묘사에서도 잘못되었다. 나의 제국은 낡은 카드놀이에서조차 건설되지 못했다. 나의 승전보는 커피 주전자 끓는 소리나 늙은 고양이 울음소리만큼도 멀리 퍼지지 못했다. 지금까지 살아왔듯 그렇게 죽으리라. 변두리에 쌓여 있는 폐물과 수취인 불명의 우편물들 사이에서 무게로 달아 팔려가는 신세로.

적어도 나는 환멸의 영광을 마치 위대한 꿈의 영광인 양 높이 들고 불신의 찬란함을 패배의 깃발 삼아 치켜들고 모든 것의 심연 속 거대한 가능성을 향해 나아갈 것이다. 우리가 허약한 손에 깃발을 쥐고 진흙탕과 약자들의 핏물 사이로 질질 끌고 가다가 높이 들어올리면서 이리저리 움직이는 모래언덕 속으로 사라질 때, 그것이 저항이었는지 도전이었는지 아니면 좌절의 몸짓이었는지 어느 누구도 알지 못하리라. 원래 누구나 아는 것은 아무것도 없으므로 누구도 그게 무엇이었는지 모른다. 그리고 모래언덕은 깃발이 있든 없든 상관없이 다 삼켜버린다. 모래는 나의 인생, 나의 글, 나의 영원성을 다 덮어버린다.

나는 패배에 대한 나의 자각을 승리의 깃발인 양 들고 간다.

55

정신적으로 낭만주의자의 계보에 속하면서도 나는 고전주의 작품을 읽는 동안에만 마음의 평화를 얻는다. 고전주의의 엄격함과 명료함은 왠지 모르게 안도감을 준다. 고전주의 작품을 읽음으로써 나는 삶이 확장되는 즐거움을 누리는데, 실제로는 가본 적 없는 거대한 공간을 상상하게 되기 때문이다. 거기서는 이교의 신들도 그들이 알지 못하는 것으로부터 안식을 얻는다.

감정, 어떤 때는 단지 상상에 불과한 감정까지도 세세히 분석하기, 바깥에 보이는 풍경과 마음을 일치시키기, 신경의 모든 움직임을 치밀하게 해부하기, 욕망을 의지처럼 사용하고 갈망을 생각처럼 사용하기, 이 모든 것이 내게는 너무 익숙해서 다른 이들에게서 이런 모습을 보았을 때 흥미롭지도 편안하지도 않다. 그런 것들을 느낄 때마다 바로 내가 그런 것들을 느끼고 있다는 이유 때문에 뭔가 다른 걸 느끼고 싶어지는데, 바로 고전주의 작품 읽기가 그 해답이다.

솔직하고 당당하게 고백한다…… 샤토브리앙*의 문장들은 종종 내 생각을 그대로 목소리로 옮겨놓은 것 같고, 라마르틴**의 시구들은 종종 나의 자기 인식을 위해 쓰인 것 같아서 되풀이해 읽었다. 하지만 비에

---

* 프랑스 낭만주의 문학의 선구자.
** 프랑스 낭만주의 시인.

이라의 산문이나 호라티우스*의 영향을 받은 몇 안 되는 시인들의 작품을 읽을 때처럼 매혹되고 고양되지는 않는다.

독서로 자유를 얻는다. 독서로 객관성을 획득한다. 나는 내가 되기를 멈추고, 산만하게 흩어져 있는 존재가 되기를 그만둔다. 내가 읽는 것은 때로 나를 짓누르는 보이지 않는 의복 같은 것이 아니라 현실 세계를 뚜렷하게 드러내는 명료함이고, 만물을 비추는 태양이고, 고요한 대지에 그림자를 드리운 달이고, 바다로 이어지는 거대한 공간이고, 녹색 이파리를 흔드는 나무의 견고함이고, 농장 연못에 깃든 평화이고, 포도나무 덩굴이 우거진 해안의 비탈길이다.

퇴위하는 왕처럼 나는 읽는다. 왕관과 망토는 떠나는 왕이 땅에 내려놓는 순간에 가장 존엄해지는 법이니, 나의 모든 권태와 몽상의 트로피를 모자이크 타일 바닥에 내려놓고, 본다는 행위의 고귀함만을 들고 계단을 오른다.

지나가는 사람처럼 나는 읽는다. 고전주의 작가들 속에서, 차분한 영혼들 속에서, 고통받지만 말하지 않는 이들 속에서 나는 성스러운 길손이 되고, 머리에 기름을 붓고 목적 없는 세상에 이유 없이 묵상하는 순례자가 되고, 떠나는 길에 만난 마지막 거지에게 자신의 고독을 최후의 동냥으로 건네준 '위대한 망명길에 나선 왕자'가 된다.

---

* 고대 로마 시인으로 그의 『시론詩論』은 근세까지 작시법의 성전으로 평가되었다.

56

회사의 한 투자자는 어딘가 늘 아픈 사람인데, 잠깐 몸이 괜찮아져서 변덕이 발동했는지 사무실 직원들의 단체 사진을 찍고 싶어했다. 그래서 그저께 모든 직원들이 쾌활한 사진사의 지시에 따라, 바스케스 사장의 집무실과 사무실을 분리하는 경계인 얄팍하고 더러운 흰색 칸막이 앞에 나란히 섰다. 바스케스 사장이 중앙에 서고, 매일 출근해 뭔가를 하기는 하는데 궁극적인 목적이 무엇인지는 하느님만이 아실 사람들이 처음에는 부서별로 모였다가 나중에는 그런 구분도 없이 되는대로 두 줄로 늘어섰다.

오늘 나는 평소보다 조금 늦게 출근했다. 이틀 전에 찍은 사진은 이미 까맣게 잊은 채 사무실에 들어서니, 평소보다 일찍 출근한 모레이라와 판매 담당 직원 한 명이 거무스름한 종이 위로 몸을 숙이고 뭔가를 들여다보고 있었다. 전전날 찍은 사진임을 즉시 알 수 있었다. 개중 잘 나온 사진을 두 장 현상한 것이었다.

당연한 얘기지만 사진에서 내 얼굴을 제일 먼저 찾아봤다. 사진 속 내 얼굴에서 진실을 마주하기란 고통스러웠다. 내 외모에 자부심을 느낀 적은 한 번도 없었지만 매일 만나는 사람들과 나란히 줄 서 있는 내 모습을 보니 나 자신이 정말 아무것도 아닌 존재로 느껴졌다. 이러기는 처음이었다. 나는 좌절한 예수회 교도 같아 보인다. 여위고 무표정한 얼굴에는 지성도 열정도 없고, 생기 없는 파도 같은 얼굴들 사이에서 눈에 띌 만한 특징이 아무것도 없다. 아니, 생기 없는 파도라니, 그렇지 않다. 표정이 뚜렷한 얼굴들이 있다. 바스케스 사장의 넓적하고 유쾌한 얼굴, 단호한 눈빛, 빳빳한 수염은 그를 잘 드러내고 있다. 지구상에 있는 수천 명의 사람들에게 거듭 되풀이되어 너무 평범해진 활력과 기민함마저도 심리적 특징의 증명서인 양 사진에 잘 나타나 있다. 두 명의 영업사원은 영리해 보이고 판매원의 얼굴은 모레이라의 어깨에 반쯤 가려져 있음에도 잘 나왔다. 그리고 나의 직속 상사 모레이라! 단조로움과 영속성의 전형이라고 할 만한 모레이라마저도 나보다는 훨씬 활기차 보인다! 심지어 사무실 사환도—지금 나는 질투가 아니라고 부정하고 싶은 어떤 감정을 힘겹게 억누르고 있다—문구점의 스핑크스 인형같이 희미하게 미소 짓는 나와는 딴판으로 뚜렷하고 분명한 표정을 짓고 있다.

이건 무엇을 의미하는가? 필름이 잘못 전할 리 없는 이 진실은 무엇인가? 냉정한 카메라 렌즈가 기록한 확실성은 무엇인가? 저렇게 보이는 나는 누구인가? 그럼에도…… 그리고 이 모든 것이 자아내는 모욕감은?

"자네 참 잘 나왔네그려." 모레이라가 갑자기 내게 말했다. 그러더니 곁에 있던 직원에게 몸을 돌려 말하기를, "안 그런가? 이 친구 얼굴 그대로잖아." 직원은 상냥하게 고개를 끄덕이며 동의했고, 나는 쓰레기통에 처박힌 듯한 심정이 되었다.

57

그리고 오늘, 내 인생이 지나온 길을 생각해보니 나 자신이 누군가가 팔에 건 바구니에 담겨 변두리 전차역 사이를 옮겨다니는 동물처럼 느껴진다. 떠올려보면 우스꽝스러운 이미지인데, 그것이 가리키는 인생은 더욱 우스꽝스럽다. 이런 소풍용 바구니에는 절반씩을 덮는 두 개의 뚜껑이 있기 마련이고, 동물이 꼼지락거릴 때마다 한쪽 뚜껑이 살짝 열린다. 하지만 바구니를 든 팔이 중심 부분을 꽉 누르고, 미약한 존재가 뚜껑을 들어올리려는 움직임은 나비의 여린 날갯짓처럼 부질없을 뿐이다.

바구니를 묘사하면서 나에 대해 이야기하고 있다는 것을 잊어버렸다. 내게는 바구니와, 바구니를 든 하녀의 햇볕에 그을린 살찐 팔이 선명하게 보인다. 그녀의 팔과 팔에 난 솜털만 보일 뿐이다. 나는 편안하지 않다—갑자기—한 마리의 동물일 뿐인, 두 정류장 사이에서 흔들거리는 내가 담겨 있는 □ 바구니에 달린 하얀 손잡이와 리본의 □ 시원함이 아니라면. 벤치 같은 곳에 앉아 쉬고 있으니 바구니 밖 사람들의 말소리가 들려온다. 그녀가 다시 바구니를 들어올릴 때까지 나는 고요히 잠든다.

58

환경은 사물의 영혼이다. 모든 사물은 나름대로 자신을 표현하고 이 표현은 외부 조건으로부터 주어진다. 세 가지 요소가 서로 교차하며 한 사물을 이루는데 이는 물질의 양, 우리가 해석하는 방식, 사물이 놓인 환경이다. 이를테면 내가 글을 쓰고 있는 이 책상은 나무로 만들었으며, 이름은 책상이고, 이 방에 속한 가구 중 하나다. 이 책상에 대한 생각을 글로 옮긴다면, 글은 이것이 나무로 만들어졌고, 책상이라고 불리며, 일정한 용도와 목적이 있다는 개념들로 구성될 것이다. 또한 책상 위에 놓인 사물의 배열 상태에 따라 영혼을 드러내는 물건들을 수용하고 반영하며 그 물건들에 의해 변형된다는 개념이 포함될 것이다. 책상의 색깔과, 색의 낡은 정도, 얼룩이나 흠 등은 외부 조건에 의해 생긴 것으로 사실 나무라는 본질보다 이런 것들이 책상에 영혼을 부여하는 것이다. 그리고 그것이 책상으로서 존재하는 영혼의 내밀한 본질은 역시 외부에서 주어진 것이고, 바로 그것의 개성을 이룬다.

그러므로 우리가 무생물이라고 부르는 물건에 영혼을 부여하는 일은 문학적으로도 인간적으로도 절대 실수가 아니다. 사물이 된다는 것은 어떤 속성을 부여받는 대상이 되는 것이다. 물론 나무가 느낀다든지, 강물이 '달려간다'든지, 석양이 슬퍼한다든지, (하늘 같은 푸른빛의) 평온한 바다가 (햇빛을 받아) 미소 짓는다는 말은 틀렸다고 볼 수 있다. 만일 그렇다면 어떤 사물에 아름다움을 부여하는 일도 마찬가지로 실수다. 어떤 사물에 색과 형태가 있다거나 심지어 존재한다고 말하는 것도 실수다. 그렇다고 치면 이 바다는 단지 소금물이다. 이 석양은 이 위도와 경도에서 줄어들기 시작하는 태양빛이다. 내 앞에서 장난치는 이 어린아이는 세포들의 지적인 집합체다. 아니, 그보다는 시계태엽처럼 맞물려 돌아가는 원자들의 움직임이고, 태양계 수백만 개가 작은 형체 안에서 일으키는 이상한 전기 결합이다.

어차피 모든 것은 밖으로부터 주어지며, 결국 사람의 영혼이란 땅으로부터 사람의 육체라는 똥덩어리를 분리해서 비춰주는 햇빛일 뿐이다.

결론을 이끌어낼 수 있는 사람이라면 이러한 고찰에서 하나의 온전한 철학을 발견할 수도 있을 것이다. 그러나 나는 그러지 못한다. 논리적 가능성에 대한 모호한 생각이 떠올라도, 돌담 옆 검은 흙바닥 위의 똥덩어리가 마치 젖어 으깨진 지푸라기처럼 금빛으로 보이도록 태양이 한줄기 서광을 비추면 내게는 모든 것이 희미해질 뿐이기 때문이다.

나는 그런 사람이다. 생각하고 싶을 때 나는 본다. 내 영혼의 깊은 곳으로 내려가보고 싶을 때면 나는 불현듯 멈춰 서서 모든 걸 잊고, 길게 이어진 나선형 계단 끝에서 위층 창문을 통해, 태양이 제멋대로 뻗어나간 지붕들을 황갈색 작별 인사로 물들이는 모습을 지켜볼 뿐이다.

59

나의 의지가 꿈의 영향을 받아 평상시보다 높게 일어서고 한순간이나마 그네에 앉은 어린아이처럼 높이 날아오를 때가 있다. 하지만 그럴 때마다 나는 그네를 타고 시립 공원의 바닥으로 내려오는 아이처럼 다시 내려와, 전투에 들고 갈 깃발도 없고 칼집에서 칼을 뽑을 힘도 없는 나의 패배에 직면해야 한다.

나는 길을 가다 우연히 마주치는 많은 사람들도 나처럼 이길 수 없는 전쟁에 깃발도 없이 참가한 군대라고 느끼리라 생각한다. 소리 없이 움직이는 입술, 불안해하는 눈빛, 다 같이 기도할 때 목청을 높이는 모습을 보면 알 수 있다. 나는 뒤돌아서 패배자에 걸맞게 축 처진 그들의 어깨를 바라본다. 아마 그들도 모두 나처럼 제방을 비추는 달빛도, 늪의 시*도 없이, 진흙과 갈대밭 사이에서 비참하게 완패당한 낙오자라고 느낄 것이다.

그들은 모두 나처럼 격앙되고 서글픈 마음을 가졌다. 나는 그들을 잘 안다. 몇몇은 가게 점원이고 또 몇몇은 사무원이며 어떤 이들은 작은 상점의 주인이다. 그중에는 자기 얘기를 떠들어대느라 저도 모르게 도취되거나 인색한 이기심을 감출 의향도 없이 자기만의 생각에 빠진, 작은 선술집과 카페를 떠도는 승리자들도 있다. 그러나 딱하게도 이들 모두는 시인이고, 내가 그들의 눈빛에서 알아보듯이, 그들은 나의 눈빛에서 우리가 똑같이 부적합한 존재라는 슬픈 신호를 알아본다. 나처럼 그들도 모두, 과거 속에 미래가 있다.

모두들 점심 먹으러 나가고 없는 사무실에 혼자 남아 빈둥거리는 지금 이 순간, 나는 지저분한 창문 너머로 길 건너편에서 비틀거리며 천천히 걸어가는 한 노인을 본다. 그는 술에 취한 게 아니라 꿈을 꾸는 중이다. 존재하지 않는 것에 주의를 집중하고 있으며, 어쩌면 아직도 그것을 기다리는 중이다. 정의롭지 못한 신들에게 조금이라도 정의가 있다면, 신들의 가호로 우리는 비록 불가능한 꿈일지라도 간직할 수 있고, 비록 사소한 꿈일지라도 그 꿈을 꾸며 행복할 수 있을 것이다. 오늘 나는 아직 젊으니 '남쪽' 바닷가의 섬이나 불가능한 인도 여행을 꿈꿀 수 있다. 같은 신들이 내일은 작은 담뱃가게의 주인이 되고 싶

* '늪'이라는 단어로 시작하는 페소아의 시 「황혼에 대한 단상」을 가리킨다.

다거나 은퇴하여 교외에 집을 갖고 싶다는 꿈을 내게 내려줄지도 모른다. 모든 꿈은 그것이 꿈이라는 점에서 똑같다. 신들이 내 꿈을 다른 것으로 바꿔주기를, 그러나 꿈꾸는 능력은 그대로 내버려두기를.

잠시 이런 생각을 하는 동안 노인을 잊고 있었다. 그는 이제 보이지 않는다. 창문을 열고 찾아보지만 역시 보이지 않는다. 가버렸다. 나에게 어떤 상징을 보여주는 것이 그의 의무였다. 자기 의무를 다했기에 저 모퉁이를 돌아서 가버린 것이다. 누군가 나에게 노인은 절대적인 모퉁이를 돌아 가버렸고 아예 이곳에 있었던 적이 없다고 말한다면, 나는 지금 창문을 닫는 것과 같은 태도로 순순히 그 사실을 받아들일 것이다.

과연 그럴 수 있을까?⋯⋯

고귀한 언어와 의지로 제국을 얻었지만 방과 음식을 구할 돈이 필요한 불쌍한 외판원 같은 반쪽짜리 신 같은 존재들이여! 그들은 한때 영광스러운 꿈을 지닌 지도자의 휘하에 있었으나 지금은 해산되어 늪 속 진흙탕 사이에서 길을 잃어버린 군인들 같다. 그들에게는 위대한 업적에 대한 희미한 개념과 한때 부대의 일원이었다는 의식, 그리고 한 번도 본 적 없는 지도자가 무엇을 이루었는지 모른다는 허망함이 남아 있을 뿐이다.

그들은 후미의 병사들이 이미 도망친 부대의 대장이 되는 꿈을 한순간씩 품어본다. 그렇게 각자 시냇가 진흙탕에 발을 담그고 서서 아무도 누릴 수 없는 승리를, 그저 누군가 터는 걸 잊어버려 얼룩진 식탁보에 남은 빵부스러기 같은 승리를 갈구하며 힘껏 외쳐본다.

그들은 마치 세심하게 청소하지 않은 가구 틈새를 먼지가 채우듯이 우리 일상의 틈새를 채운다. 특별할 것 없는 한낮의 햇빛 아래서 붉은 마호가니 가구에 앉은 회색 벌레 같아 보인다. 손톱으로 살짝 긁어도 떨어져나가련만 아무도 신경쓰지 않는다.

고상한 꿈을 꾸는 가엾은 동료들을 내가 얼마나 질투하면서도 경멸하는지! 그보다는 꿈에 대해 이야기할 사람이 자기 자신밖에 없고, 꿈에 대해 쓴다면 시가 되겠지만 자신 외에는 쓴 시를 보여줄 사람도 없는 더욱 불쌍한 자들이 나와 가깝다. 그들은 보여줄 책이 없고 자신의 영혼만이 유일한 문학인 이들, 살아갈 능력을 검증하는 비밀스러운 선험적 시험을 통과하지 못해 결국 질식해 죽어가는 이들이다.

어떤 이들은 어제 골목에서 마주친 다섯 명과 싸워 제압한 영웅이다. 어떤 이들은 세상에 존재하지 않는 여인들조차 감히 저항하지 못하는 유혹자다. 그들은 그런 이야기를 정말로 믿고, 어쩌면 믿기 위해서 그 이야기를 한다. 다른 이들은 □. 그들에게는 세상의 정복자가 누구든 보통 사람일 뿐이다.

그들 모두는 나무통 안의 뱀장어들처럼 서로 엉켜 위아래로 기어 돌아다니지만 결코 통 밖으로 빠져나오지 않는다. 가끔 그들에 대한 기사가 신문에 실린다. 그들 중 일부는 더 자주 언급되지만 결코 유명해지지는 않는다.

어리석은 자의 매혹적인 꿈을 가졌기에 그들은 행복하다. 그러나 나같이 환상 없는 꿈을 꾸는 자들에게는 □

60

고통스러운 간주곡

나에게 행복하냐고 묻는다면, 그렇지 않다고 대답할 것이다.

61

부끄러워하는 것은 귀족적인 것이다. 행동할 줄 모르는 것은 훌륭한 것이며, 생활에 서툰 것은 위대한 것이다.

다만, 단절의 표현으로서의 '권태'와 경멸의 표현으로서의 '예술'만이 우리의 □를 만족을 닮은 감정으로 빛나게 할 것이다.

우리의 타락이 빚어낸 도깨비불은 우리의 암흑을 밝히는 최소한의 빛이다.

불행만이 우리를 높은 곳으로 끌어올리고, 불행 안에서 우리가 즐기는 권태는 고대 영웅들의 후손처럼 고결하다.

나는 내 마음속에 다 그려지지 않은 몸짓들과, 내 입술에 올릴 생각조차 못했던 말들과, 끝까지 꿈꾸지 못하고 잊어버린 꿈들이 담긴 우물이다.

나는 누군가 건물을 짓는 도중에 무엇을 지으려 했는지 생각하다 지쳐버려 결국 폐허가 되어버린 건물의 폐허다.

단지 즐기고 있다는 이유로 즐거워하는 이들을 증오하고, 우리가 그들처럼 행복해할 줄 모른다는 이유로 행복한 이들을 경멸하는 걸 잊지 말자. 그런 가짜 경멸과 허약한 증오야말로 거칠고 흙이 묻어 더럽기는 해도, 우리 '권태'의 오만하고 유일한 조각상, 야릇한 미소가 비밀스럽고 모호한 인상을 자아내는 어두운 조각상을 세울 수 있는 주춧돌인 것이다.

자신의 삶을 어느 누구에게도 맡기지 않는 이는 축복받은 자다.

62

나는 진부한 인간성을 보면 생리적인 구토감을 느끼는데 사실 모든 인간성은 다 진부하다. 어떨 때는 토할 것 같은 느낌을 가라앉히기 위해 일부러 토하는 경우처럼 의도적으로 메스꺼운 정도를 높이기도 한다.

곧 다가올 하루의 따분한 일상이 감옥이라도 되는 양 두려운 마음으로 이른 아침에 집을 나서 아직 문을 열지 않은 가게와 사무실이 늘어선 길을 따라 천천히 걷는 것은 내가 가장 좋아하는 일과다. 이 길을 걷는 동안 귀에 들리는, 지나가는 처녀총각들이 나누는 대화의 파편들은 내 열린 명상을 수련하는 보이지 않는 학교에 냉소적인 동냥처럼 떨어진다.

그건 항상 같은 순서로 이어지는 같은 문장들이다. "글쎄 그 여자가 뭐랬냐면……"이라는 말의 억양은 이어질 은밀한 이야기를 암시한다.
"그 사람이 아니라면, 너는……"에 발끈하며 대답하는 항의성 발언은
이미 멀어져 들리지 않는다. "그래요, 네. 알겠습니다……" 다음에는
여자 재봉사가 귀에 거슬리는 시끄러운 목소리로, "그런데 우리 엄마
는 관심 없으시대……"라고 말하고, "나 말이야?" 하고 외친, 기름종
이에 싼 도시락 꾸러미를 들고 가는 청년의 놀라움은 내게도 지저분한
금발머리 처녀에게도 별로 설득력이 없다. "내 생각에 그건 틀림없
이……" 내 귓전에 와 닿은 아가씨 서너 명의 깔깔대는 웃음소리와 외
설스러움은 □ "그래서 내가 그 자식 면상을 똑바로 쳐다보면서 말했
다 이거야……" 이건 거짓말이다. 말투로 보아 그 자식이란 청년의 상
사인 모양인데, 그가 책상들로 둘러싸인 경기장 같은 사무실에서 허수
아비 검투사 같은 이 청년을 상대해줬을 리 만무하다. "그러고는 화장
실로 가서 담배 한 대 피웠지, 뭐……" 엉덩이에 어두운색 겉감을 댄
바지를 입은 청년이 웃는다.

　혼자서 또는 여럿이서 지나가는 어떤 이들은 말이 없거나 말소리가
잘 들리지 않지만, 나의 투명한 직관은 그들의 모든 목소리를 또렷하
게 알아듣는다. 하지만 그들의 힐끗대는 눈길, 자기도 모르게 드러내
보인 저급함, 추잡한 속임수에서 보이는 것들을 감히 말하지 않는다.
즉각 찢어버릴 수 있다 해도 적어놓을 생각도 하지 않는다. 한 번의 자
극으로도 충분히 구토가 유발되기에 나는 감히 시도조차 하지 않는다.

　"그 자식은 얼마나 취했는지 계단도 못 보더라고." 나는 고개를 든
다. 이 청년은 적어도 상황을 묘사한다. 이들이 묘사하려 할 때는 그나
마 참아줄 만한데, 묘사하는 동안 그들은 스스로를 잊기 때문이다. 내

구토감이 가라앉는다. 그 자식이 보인다. 사진처럼 선명하게 보인다. 순박한 속어마저 달갑다. 은혜로운 바람이 내 이마를 스친다. 계단을 보지도 못할 만큼 취한 자식이라니. 어쩌면 그 계단은 인류가 넘어지고 더듬고 구르면서 오르고 있는 환영 같은 것이고, 벽만 없으면 우리는 건물 밑으로 추락할지도 모른다.

은밀한 이야기, 헛소문, 실제로는 그럴 배짱도 없으면서 큰소리를 떵떵 치는 것, 자기 영혼의 무의식적 의식을 걸친 가엾은 창조물의 만족, 땀투성이인데다 냄새나는 성性, 원숭이들이 서로를 긁어주듯 지껄이는 농담, 자신들이 극도로 무가치한 존재임을 알지 못하는 저 끔찍한 무지…… 이 모두가 꿈속의 혼돈에서 욕망의 축축한 껍질과 부서진 감정의 잔여물이 만들어낸 괴물 같고 불쾌한 동물을 연상시킨다.

63

인간 영혼의 한평생은 고작 그림자 속 움직임에 불과하다. 우리는 의식의 여명 속에 살면서 우리가 누구인지, 혹은 누구라고 생각하는지 확실히 알지 못한다. 저마다 허영을 품고 살며, 실수를 하는데 그 실수가 얼마나 심각한지 알지 못한다. 우리는 공연의 막간에 잠깐 진행되는 그 무엇이며, 가끔 어떤 문을 통해 기껏해야 무대배경에 불과한 것을 훔쳐본다. 세상은 밤에 들려오는 목소리처럼 혼란스럽다.

글을 쓰는 동안에만 지속되는 명료한 정신으로 기록한 이 글들을 다시 읽어보며 나 스스로에게 묻는다. 이 글은 대체 무엇이고 무엇을 위한 것인가? 감정을 느낄 때 나는 누구인가? 내가 나일 때 내 안에서 죽는 것은 무엇인가?

높은 언덕에 올라가 골짜기에 사는 사람들의 흔적을 살피는 사람처럼 위에서 스스로를 굽어보니, 나 자신이 다른 모든 사물과 더불어 혼란스럽고 희미한 풍경 같다.

이렇게 내 영혼의 심연이 열리는 시간이면 아무리 작고 사소한 것일지라도 이별의 편지처럼 힘겹게 느껴진다. 나는 항상 깨어나기 직전의 상태처럼 느끼며, 내 몸을 감싼 피부마저 나를 짓누르고, 도달하는 결론마다 내 목을 졸라댄다. 내 목소리가 어딘가에 닿을 수 있다면 큰 소리로 외칠 것이다. 그러나 무거운 졸음이 쏟아지고, 졸음은 제멋대로 뻗은 들판의 반쯤 그림자 진 잔디밭을 햇빛의 여러 가지 빛깔과 초록색이 되게 하는 구름의 움직임처럼, 내 몸의 한 감각에서 다른 감각으로 옮겨간다.

나는 여기저기를 뒤지고 있지만, 무엇을 찾고 있는지 모르고 어디서 찾을 수 있는지도 모르는 사람 같다. 아무도 없는데 우리는 혼자 숨바꼭질을 한다. 어딘가에 이 모두를 초월하는 속임수가 있고, 우리가 단지 들을 수만 있는 가변적인 신성이 존재한다.

그래, 이 글들에 담긴 초라한 시간들, 작은 위안과 환상, 목적지로 가는 길을 잃은 커다란 희망들, 닫힌 방 같은 상처, 어떤 목소리들, 깊은 피로, 쓰이지 않은 복음서를 나는 다시 한번 읽어본다.

우리 모두에게는 허영이 있다. 그 허영 때문에 우리와 똑같은 영혼을 가진 타인들이 존재한다는 사실을 잊는다. 나의 허영심은 몇 장의 종이, 몇 구절의 글, 몇 가지 의구심이다……

다시 읽었다고? 거짓말이다! 감히 다시 읽지 못한다. 다시 읽을 수 없다. 다시 읽는 게 무슨 소용이 있나? 그 글 안에는 내가 아닌 다른 사람이 있다. 나는 이제 더이상 아무것도 이해할 수 없다……

64

지금은 비록 불완전한 내 글을 보며 나는 눈물을 흘리지만, 먼 훗날 사람들이 내 글을 읽는다면 내가 이룰 수도 있었을 완벽함이 아니라 이 눈물에 더 감동받을 것이다. 완벽한 글을 쓸 수 있었다면 울지 않았겠지만 더이상 글을 쓰지도 않았을 것이다. 완벽은 결코 구현되지 않는다. 성인聖人들도 눈물을 흘리고, 그래서 인간이다. 신은 침묵한다. 그래서 우리는 성인은 사랑할 수 있지만 신은 사랑할 수 없다.

65

영혼의 보물과 '왕관'의 □을 수호하는 고귀하고 신성한 수줍음.

하지만 적어도 한 사람의 영혼 속에 약간의 독, 근심, 불안을 풀어놓고 싶구나. 그렇게 한다면 나의 만성적인 무기력에도 약간의 위로가 될 텐데. 누군가를 비뚤어지게 만드는 일이 인생의 목표가 되리라. 하지만 나의 언어로 누군가의 영혼을 움직일 수 있을까? 나 말고 어느 누가 내 말을 들어줄 것인가?

66

어깨 움츠리기

우리는 보통 모르는 개념을 설명하기 위해 이미 알고 있는 개념을 빌려온다. 죽음을 놓고 잠들었다고 말하는 이유는 잠든 모습과 닮았기 때문이다. 죽음을 새로운 삶이라고 말하는 까닭은 죽음이 지금의 삶과는 다른 무엇이기 때문이다. 실제와는 약간 어긋나는 오해를 통해 우리는 믿음과 희망을 빚어내고, 행복하다고 믿는 가난한 집 아이들처럼 빵 껍질을 케이크라고 부르며 살아간다.

그것이 인생이고, 흔히 문명이라고 알려진 특정한 삶의 방식이 다 그러하다. 문명이란 어떤 대상에게 실제로는 상관도 없는 이름을 부여하고 나서 어떤 결과를 꿈꾸는 것이다. 가짜 이름과 진짜 꿈이 만나 새로운 현실을 만들어낸다. 그 대상은 완전히 다른 것이 되는데, 우리가 그렇게 만들기 때문이다. 우리는 수공업자처럼 현실을 조립한다. 원재료는 동일하지만 우리의 예술은 대상에게 전혀 다른 형식을 부여한다. 소나무로 만든 탁자는 소나무이지만 탁자이기도 하다. 우리는 탁자에 앉는 것이지 소나무에 앉는 것이 아니다. 사랑은 성적 본능이지만 우리는 성적 본능이 아니라 우리가 추측하는 다른 어떤 감정으로 사랑한다. 그리고 이 추측으로 인해 실제로 다른 감정이 생겨난다.

도대체 어떤 외부의 영향 때문에 내가 거리를 걷다 말고 잡념에 빠졌는지, 그래서 지금 카페에 앉아 여유 있고 무신경한 태도로 그것들을 기록하고 있는지 모를 일이다. 어떤 미묘한 빛의 효과인지 모호한 소리인지 향기나 음악 소리에 대한 기억인지 알 수 없다. 생각을 통해 어딘가에 가고 있었는지, 어딘가에 이르고 싶었는지도 모르겠다. 습기 찬 안개가 살짝 깔리고 무더운 날이다. 슬프지만 위협적이지 않고, 이유 없이 지루하다. 정체를 알 수 없는 감정 때문에 마음이 아프고, 주제가 무엇인지도 모르는 논리는 결핍되고, 온 신경에는 아무런 의욕이 없다. 의식의 표면 아래로 슬픔을 느낀다. 지금 아무렇게나 이 글을 쓰고 있는데, 이 말을 하기 위해서도 아니고 아무거나 말하기 위해서도 아니고 그저 뭐든 해서 주의를 돌리기 위해서다. 나는 지금 카페에 앉아, 샌드위치를 쌌던 하얀 종이에 뭉툭한 연필로 천천히 글을 써가는 중이다. 연필을 뾰족하게 깎을 기분도 아니고 그냥 하얀 종이면 되고 더 좋은 종이가 필요하지도 않다. 문득 만족스럽다. 의자에 등을 기댄다. 우울한 저녁은 불확실한 빛 속에서 지루하게, 비 한 방울 내리지 않고 저문다…… 내가 글쓰기를 멈추므로 나는 글쓰기를 멈춘다.

67

착각과 환상에 사로잡혀 나를 보통 사람이라고 느낄 때가 자주 있다. 그럴 때면 삶이 행복하고 나의 존재도 명료하게 지각된다. 유유히 떠다니는 것 같다. 월급을 받아 집으로 가는 발걸음도 즐겁다. 보지 않아도 날씨가 느껴지고, 모든 유기체가 마음에 든다. 명상에 잠기되 생각하지 않는다. 이런 날에는 공원에 가는 일이 특히 즐겁다.

시립 공원의 속성 중에는 내가 나 같지 않다고 느낄 때 특히 잘 알아볼 수 있는 이상하고 한심한 면이 있다. 공원은 문명의 요약본 같은 것이다. 즉 자연을 특징 없이 변형해놓은 곳이다. 거기에는 식물이 자라는 동시에 도로, 그렇다, 도로가 있다. 나무가 자라는 한편 나무 그늘에는 벤치가 놓여 있다. 도시의 네 방향으로 향하는 대로에 있는 벤치들은 더 크고 항상 사람들이 앉아 있다.

화단에 핀 꽃들의 일정한 모양새가 싫진 않다. 하지만 꽃을 이렇게 공적으로 이용하는 건 싫다. 만일 화단이 닫힌 공원에 있다면, 나무들이 중세풍의 구석진 곳에서 자란다면, 벤치에 아무도 없다면, 공원에 대한 쓸모없는 명상도 위로가 될 수 있으리라. 그러나 도시 속 공원이라는 유용하고 질서정연한 공간은 내게는 그저 새장 같은 곳이다. 그 안에서 갖가지 색깔을 자발적으로 피워낸 나무들과 꽃들이 누릴 수 있는 것은 고작, 가질 수 없고 떠날 수 없는 공간, 그리고 본래의 생명이 결여된 아름다움뿐이다.

그러나 이 풍경이 내 것처럼 느껴져 희비극 속 등장인물처럼 풍경 속으로 들어서는 날이 있다. 착각에 빠진 날이긴 해도 적어도 어떤 의미에서는 한결 행복하다. 정신이 산만할 때면 내게 정말 돌아갈 집과 가정이 있다고 상상하기 시작한다. 나 자신을 잊을 때면 삶의 목표가 있는 보통 사람이 되어, 다른 옷을 꺼내 털고 신문을 처음부터 끝까지 읽는다.

하지만 그 환상은 그리 오래가지 않는데, 원래 환상은 오래가지 않기 때문이고 곧 밤이 오기 때문이다. 꽃들의 색깔과 나무 그늘, 정비된 도로와 화단, 이 모두가 희미해지고 작게 줄어든다. 잠시 자신을 정상적인 사람으로 착각했던 내 머리 위로 별들이 수놓인 거대한 하늘이 갑자기 열린다. 마치 밝은 낮이 커튼처럼 가리고 있다가 드러내는 무대 같다. 이제 나는 형체 없는 관객은 잊어버리고, 서커스에 온 어린아이처럼 들뜬 마음으로 첫번째로 등장할 배우들을 기다린다.

나는 자유롭고 길을 잃었다.

느낀다. 열기로 몸을 떤다. 나는 나다.

68

모든 환상과 환상에 속한 모든 것—환상을 잃어버림, 환상을 갖는 일의 부질없음, 결국은 잃어버리기 위해 환상을 가져야 하기에 미리 느끼는 피곤함, 환상을 가졌던 것에 대한 후회, 그렇게 끝날 걸 알면서도 환상을 가졌던 자신의 지성에 대한 부끄러움—으로 인한 피로.

삶의 무의식에 대한 자각은 지성에 부여된 가장 오래된 세금이다. 영혼의 섬광, 이해의 흐름, 불가사의와 철학 등은 무의식적으로 발현된 지성이다. 이들은 신체의 반사작용과 비슷해서 간과 신장이 분비물을 내듯 저절로 반응한다.

69

비가 많이, 더 많이, 점점 더 많이 쏟아진다…… 저 밖의 암흑 속에
서 무엇인가가 곧 무너질 것 같다……

산이 많고 울퉁불퉁한 이 도시의 지형이 오늘은 하나의 넓은 평원,
비 내리는 평원 같다. 시야가 닿는 먼 곳까지 빗줄기의 창백한 검은 빛
깔에 뒤덮인다.
차갑고 이상한 감정에 사로잡힌다. 지금 이 순간, 풍경은 온통 안개
뿐인 듯하고 건물들은 풍경을 뒤덮은 안개 같다.

내가 더이상 존재하지 않는다면 나는 무엇이 될지를 생각한다. 이런
때 이른 고민으로 생긴 신경과민 때문에 육체와 영혼이 얼어붙는다.
미래의 죽음에 대한 터무니없는 기억 탓에 뼛속부터 소름이 돋는다.
내 흐린 직관을 통해 보이는 나는, 빗속에 나뒹굴고 사납게 휘몰아치
는 바람에 신음하는 죽은 물체 같다. 죽은 후에는 느끼지 못할 한기가
지금 내 심장을 물어뜯는다.

70

내게 다른 미덕은 없지만, 적어도 자유롭고 거리낌없는 감각만은 언
제나 참신하다.

오늘 노바 두 알마다 거리를 걷다가 우연히 내 앞에서 걸어가던 남자의 뒷모습을 보았다. 평범한 남자의 평범한 뒷모습, 어디서나 마주칠 법한 행인의 흔해빠진 외투 등판이었다. 왼쪽 옆구리에 오래된 서류가방을 끼고 둥근 우산 손잡이를 오른손에 쥐고는 걸음에 맞춰 우산을 땅에 짚어가며 걷고 있었다.

별안간 나는 그 남자에게 친밀감 비슷한 감정을 느꼈다. 보통 사람들의 평범함에 대해, 일터로 가는 한 가장의 따분한 일상에 대해, 그의 소박하고 행복한 가정에 대해, 힘겹게 삶을 엮어내는 즐겁고도 슬픈 낙樂에 대해, 분석하지 않고 살아가는 순진함에 대해, 그 외투 등판의 동물적인 자연스러움에 대해 누구나 느낄 친밀감을 느꼈다.

그 남자의 등으로 다시 시선을 돌렸다. 그의 등은 나의 이런 생각들을 비춰볼 수 있는 유리창이었다.

내가 느낀 감정은 누군가의 잠든 모습을 볼 때와 똑같았다. 잠든 사람은 누구라도 어린아이처럼 보인다. 자는 동안에는 나쁜 짓을 할 수 없고 삶을 의식할 수 없기에, 최악의 범죄자나 오로지 자기밖에 모르는 이기주의자도 잠이 들었을 때만은 자연의 마법에 의해 성자가 된다. 내 생각에 잠자는 사람을 죽이는 것과 어린아이를 죽이는 것은 죄질의 차이가 없다.

앞서가는 남자의 등은 잠을 자고 있다. 내 앞에서 나와 같은 속도로 걸어가는 그의 전全 존재는 잠을 자고 있다. 그는 무의식적으로 걸어가고 무의식적으로 살아간다. 우리 모두가 잠들어 있듯이 그도 잠들어 있다. 인생은 한바탕 꿈이다. 어느 누구도 자신이 무엇을 하는지, 무엇을 원하는지, 무엇을 아는지 알지 못한다. '운명'의 영원한 어린아이인 우리는 잠든 채 일생을 보낸다. 그런 이유로 나는 이런 감정이 내 생각을 지배할 때면, 어린아이 같은 인류를, 잠들어 있는 모든 사회와 사물과 사람을 감싸안는 가없는 너그러움을 느끼게 된다.

지금 이 순간 나는 결론도 목표도 없는 즉각적인 인도주의에 압도된다. 마치 신의 눈으로 바라보고 있는 것처럼 자비심이 밀려온다. 나는 세상에서 유일하게 의식 있는 존재가 된 듯, 동정심을 담아 모든 불쌍한 인간들과 가없은 인류를 바라본다. 저들은 모두 여기서 무얼 하고 있단 말인가?

나는 폐의 단순한 호흡에서 시작해 도시와 제국의 건설에 이르기까지 모든 삶의 목표와 움직임을, 하나의 현실과 다른 현실 사이에서, 그리고 절대자의 어느 하루와 다음날 사이에서 자기 의지와 상관없이 흘러가는 졸음이나 꿈, 또는 휴식 따위라고 간주한다. 나는 관념적으로 모성적인 존재가 되어, 선하든 악하든 잠든 내 자녀들이라는 점에서 동등한 이들을 내려다본다. 그들에게 무한한 자애로움을 느낀다.

앞사람의 등에서 눈길을 돌려 길을 지나가는 모든 사람을 바라본다. 내 앞에서 걸어가는 의식 없는 남자의 뒷모습을 보고 느꼈던 부조리하고 냉정한 자비심으로 나는 그들 하나하나를 끌어안는다. 그들은 모두 그 남자와 같다. 담소를 나누며 일터로 향하는 아가씨들, 출근길에 웃고 있는 젊은이들, 무거운 장바구니를 들고 집으로 돌아가는 가슴 큰 하녀들, 오늘의 첫 배달을 나가는 소년들, 그들은 모두 얼굴과 육체만 다를 뿐 하나의 무의식이며 보이지 않는 누군가의 손에 걸린 실로 조종되는 꼭두각시다. 의식을 드러내는 온갖 태도와 몸짓을 보이며 지나가고 있지만, 그들에게는 의식을 지녔다는 의식 자체가 없기에 결국 아무것도 의식하지 못한다. 유식한 사람이나 무식한 사람이나, 그들은 똑같이 무지하다. 젊은이나 늙은이나, 그들의 나이는 모두 같다. 남자거나 여자거나, 그들은 존재하지 않는 동일한 성性에 속한다.

71

내가 다른 이들과 어울리지 못한다고 마음 깊이 절실히 느끼는 이유는, 대부분의 사람들이 느낌을 가지고 생각하는 반면 나는 생각을 가지고 느끼기 때문인 것 같다.

보통 사람들에게는 느끼는 것이 사는 것이고, 생각하는 것은 어떻게 살지 안다는 것이다. 하지만 나에게는 생각하는 것이 바로 사는 것이고, 느끼는 것은 생각을 키우는 양식일 뿐이다.

흥미로운 점은 나의 부족한 열정이나마 불러일으키는 이들은 나와 같은 종류의 영혼을 가진 이들이 아니라 기질 면에서 나와 정반대인 사람들이라는 사실이다. 이를테면 나는 문학가 중 고전주의 작가들을 가장 존경하는데 그들은 나와는 전혀 닮은 점이 없다. 샤토브리앙과 비에이라 중에서 한 작가의 책만 읽어야 한다면, 나는 주저 없이 비에이라를 선택할 것이다.

나와 다른 사람일수록 더 사실적으로 느껴지는데 아무래도 내 주관의 영향을 덜 받기 때문일 것이다. 그런 이유로, 내가 끊임없이 주목하는 연구 대상은, 내가 혐오하고 먼 거리를 유지하는 바로 평범한 인간 집단이다. 나는 그들을 싫어하기에 좋아한다. 그들을 느끼는 게 괴롭

기 때문에 그들을 관찰하는 것이 좋다. 그림으로 감상하기에 훌륭한
풍경은 대체로 편안한 잠자리가 되지 못한다.

72

아미엘*은 우리가 보는 풍경은 우리 영혼의 상태라고 말했다. 하지
만 이 문장은 나약한 몽상가의 부서지기 쉬운 행복일 뿐이다. 풍경은
풍경이 되는 순간 더이상 영혼의 상태가 될 수 없다. 객관화하는 것은
창조하는 것이다. 이미 완성된 시는 시를 쓰려고 생각했던 상태와는
본질적으로 다른 것이다. 본다는 것은 일종의 꿈꾸는 상태임에도 불구
하고 우리가 꿈꾼다고 말하는 대신에 본다고 말하는 이유는 우리가 그
둘을 구분하기 때문이다.
　이런 언어심리학적 사색은 대체 어디에 쓸모가 있는가? 나와 상관
없이 풀잎이 자라고 자라나는 그 풀잎 위에 비가 내린다. 햇빛은 이미
자랐거나 앞으로 자라날 풀잎을 비춘다. 언덕은 먼 옛날부터 그 자리
에 있고, 바람은 호메로스**가 없더라도 그가 바람 소리를 들었던 때와
똑같이 불어온다. 그러니까 영혼의 상태가 하나의 풍경이라고 말하는
편이 더 적합하다. 이 문장은 이론의 거짓이 아니라 은유의 진실을 포
함하기에 더 합당할 것이다.

---

* 19세기 스위스 철학자. 독신으로 살며 방대한 분량의 일기를 남겼고 이는 사후에
『아미엘의 일기』로 출간되었다.
** 고대 그리스 시인이자 『일리아스』와 『오디세이아』의 작가.

이렇게 되는대로 적은 문장은 상 페드루 드 알칸타라 전망대에서 만물을 고루 비추는 햇빛 아래 펼쳐진 광활한 도시 풍경을 내려다보았을 때 떠올랐다. 이렇게 광대한 전망 앞에 서면 나는 170센티미터의 키와 61킬로그램의 몸무게라는 신체조건을 잊게 된다. 나는, 꿈은 그저 꿈이기를 꿈꾸는 이들을 향해 지극히 형이상학적인 미소를 짓고, 고상하고 순수한 이해심으로 절대적인 외부 세계의 진실을 사랑하게 된다.

저멀리 보이는 테주 강은 파란 호수처럼 보이고 먼 해안의 언덕들은 스위스의 산들을 평평하게 눌러놓은 것 같다. 포수 두 비스푸*에서 작은 배 한 척—검은 화물 증기선—이 여기서는 보이지 않는 강 하구를 향해 출발한다. 나를 보호해주는 모든 신들이시여, 지금과 같은 내 모습이 사라지는 그날까지, 외부 세계의 현실에 대한 이 선명하고 환한 시선이, 나의 무가치함에 대한 본능적인 자각이, 보잘것없는 존재로서의 편안함이, 그리고 자신이 행복하다고 상상할 수 있는 위안이 나와 함께하도록 지켜주소서.

73

아무도 없는 산봉우리에 오르면 특권을 누린다는 느낌이 든다. 자신의 키로 인해 우리는 산 정상보다 높아진다. 적어도 그 장소에서는 자연에서 가장 높은 곳이 우리의 두 발 아래에 있다. 위치 덕분에 우리는

---

* 리스본 북동부의 항만.

눈에 보이는 세상의 왕이다. 주변 모든 것이 우리보다 낮은 데 있고, 인생은 경사진 비탈길 혹은 높이 올라 정점에 이른 우리 앞에 놓인 낮은 평원이다.

우리는 모든 것을 우연과 술수로 얻었을 뿐 지금 우리가 이룬 높이는 우리의 것이 아니다. 정상에 올랐어도 우리의 높이는 그저 우리의 키만한 높이일 뿐이다. 우리가 올라선 산이 우리를 높였지만 그 높이는 우리가 올라간 곳의 높이일 뿐이다.

부자들은 더 수월하게 숨쉬고, 유명한 이들은 더 많은 자유를 누린다. 귀족의 작위는 하나의 작은 산 정상이다. 모든 것이 인위적이지만 그 인위성마저도 우리 것이 아니다. 우리가 산을 몸소 오르거나, 누군가 우리를 산에 데려가거나, 아니면 산 위에 있는 집에서 태어나거나.

그러나 위대한 사람은 골짜기에서 하늘까지의 거리와 산 위에서 하늘까지의 거리에 사실은 별 차이가 없음을 안다. 만일 홍수가 난다면 산 위에 있는 편이 유리할 것이다. 하지만 신의 저주가, 유피테르*가 보내는 벼락이거나 아이올로스**의 바람이라면 골짜기에서 피난처를 찾고 몸을 낮춰 재앙을 피하는 편이 좋을 것이다.

정말로 현명한 사람은 높이 오를 수 있는 잠재력을 근육에 담고 있지만, 의식으로는 산을 오르기를 거부하는 자다. 그는 자신의 시선 덕분에 모든 산을 소유하고, 자신의 위치 덕분에 모든 계곡을 가진 자다. 정상을 황금색으로 물들이는 태양은 정상에서 아주 밝은 빛을 견뎌야 하는 이보다 골짜기에 있는 이에게 더욱 금빛으로 빛난다. 숲속 높은

---

* 로마신화에 나오는 최고의 신. 그리스신화의 제우스.
** 그리스신화에 나오는 바람의 신.

곳에 자리잡은 왕궁은 거기에 갇혀 그곳이 얼마나 아름다운지를 잊어버린 자보다 골짜기에서 바라보는 사람에게 더 아름다운 법이다.

나는 인생에서 위안을 얻지 못하기에 이런 생각들을 떠올리며 위안으로 삼는다. 그리고 테주 강으로 향하는 이 저지대의 거리를 걸어가는 육체와 영혼의 방랑자인 내가, 이미 기울어버린 태양의 다채로운 빛을 받아 다른 세상의 영광처럼 찬란히 빛나는 도시의 높은 곳들을 바라볼 때, 상징은 현실과 하나가 된다.

74

뇌우

움직이지 않는 구름 사이로 보이는 푸른 하늘은 투명한 흰색으로 얼룩져 있었다.

사무실 안쪽에 있던 배달부 소년이 언제나 똑같은 우편물 상자를 끈으로 묶다가 잠시 동작을 멈췄다……

"이런 날씨는 여태 한 번밖에 못 봤는데" 하고 통계적인 말을 했다.

차가운 침묵. 거리에서 들려오던 소음을 칼로 잘라낸 것 같았다. 모든 것이 병든 상태인 양, 전 우주에 걸친 호흡의 정지가 한참 동안 느껴졌다. 우주 전체가 멈췄다. 순간, 순간, 순간. 침묵이 어둠을 더욱 검게 칠한다.

갑자기, 살아나는 강철, □

전차의 금속성은 얼마나 인간적인가! 심연에서 되살아난 거리에 소박하게 비가 내리는 풍경은 얼마나 유쾌한가!

아, 나의 고향 리스본!

75

나는 속도의 쾌감과 공포를 맛보기 위해 성능 좋은 자동차나 급행열차를 필요로 하지 않는다. 전차와, 가공할 정도로 발달한 나의 추상 능력이면 충분하다.

달리는 전차 안에서 나는 지속적이고도 즉각적인 분석을 통해 차의 개념과 속력의 개념을 완전히 분리하고 그 둘이 서로 다른 것이 되게 한다. 그렇게 하면 나는 전차가 아니라 전차의 '단순한 속도' 안에 있다는 느낌이 든다. 그것도 지루해져서 더 강렬한 속도의 망상에 몸을 맡기고 싶으면 이번에는 '속도의 순수한 모방'의 세계로 생각을 옮긴다. 전차가 낼 수 있는 최고 속도를 넘어 원하는 대로 속도를 높이거나 낮출 수 있다.

나는 위험을 감수하는 것을 싫어하는데, 무언가를 강렬히 느끼는 게 두려워서가 아니다. 내 감각에 대한 완전한 집중이 흐트러져 불편해지고 나만의 고유한 특징을 잃어버리기 때문이다.

위험이 있는 곳에는 결코 가지 않는다. 위험이 지루해질까봐 두렵다.

석양은 지성적인 현상이다.

76

가끔 나는 자의식에 대한 지리학이 발달할 미래의 가능성을 놓고 흥미로운 생각에 잠긴다. 언젠가는 자신의 감각을 연구하는 미래의 역사가들이 자의식에 대해 취하는 행동을 토대로 정밀한 과학을 완성할 수 있을 거라고 믿는다. 아직 우리는 이 어려운 예술—지금으로서는 예술일 뿐이다—의 초보 단계에 있는바, 감각의 화학은 지금 감각의 연금술 단계에 머물러 있다. 미래의 과학자는 내면의 삶을 특별히 관찰할 것이다. 자신의 내면 분석에 쓸 정확한 도구를 자신으로부터 만들어낼 것이다. 자신을 분석할 정밀한 도구를 생각의 철과 청동으로 어려움 없이 만들어낼 것이다. 여기서 철과 청동이란 진짜 영혼으로 만들어진 철과 청동을 의미한다. 아마 그것만이 유일한 제조법이리라. 내면을 엄격하게 분석하려면 아무래도 정확한 도구에 대한 개념을 마련하고 구체적으로 가시화할 필요가 있을 것이다. 마찬가지로 영혼을 분석하기 위해서는 그것이 머물 일정한 공간을 상정하고, 실재하는 물질인 양 영혼을 단순화해야 할 것이다. 이 모든 일이 내면의 감각을 극도로 정제하는 작업에 달려 있는데, 이 작업을 가능한 선까지 끌고 간다면 틀림없이 우리 안의 어떤 공간, 물질적인 것들로 가득차 있지만 아무런 실재성이 없는 공간처럼 실재적인 공간을 드러내거나 만들어낼 것이다.

이 내면의 공간은 또다른 새로운 차원에 불과할지도 모른다. 아마 언젠가는 과학적인 연구로, 모든 것은 같은 공간의 다른 차원일 뿐이고, 따라서 온전히 육체적이거나 정신적인 것은 없고, 우리는 어떤 차원에서는 육체로 살고 어떤 차원에서는 정신으로 산다는 것을 밝혀낼 것이다. 그리고 어쩌면 어딘가 다른 차원이 있어 지금 여기와는 다른 삶을, 여기와 똑같이 현실로 인식하며 살고 있는지도 모른다. 이따금 나는 이 연구가 우리를 어디까지 데려갈 수 있을지를 두고 쓸데없는 명상에 잠기는 것이 즐겁다.

우리가 신이라고 부르는 것, 우리가 아는 시공간적 현실 및 논리와는 다른 차원에서 명백하게 존재하는 그것이 실은 우리의 존재 방식 중 하나이고, 다른 차원에 실재하는 우리 자신의 감정이라는 사실이 언젠가 밝혀질지도 모른다. 내게 그것은 불가능한 일이 아닌 것처럼 보인다. 어쩌면 꿈은 우리가 살고 있는 서로 다른 차원이거나 두 차원이 교차하는 지점일지도 모른다. 우리의 육체가 길이와 너비와 높이로 이루어진 차원에서 사는 동안 우리의 꿈은 이상 속에, 자아 안에, 공간 안에 살고 있을 것이다. 꿈은 공간 속에서는 눈에 보이는 표현을 통해, 이상 속에서는 비물질적인 핵심을 통해, 그리고 자아 안에서는 보다 내밀한 개인적 차원을 통해 살고 있을 것이다. 자아 자체, 우리 개개인의 '나'는 아마도 신성한 차원일 것이다. 이 모든 것은 복잡한 일이고 틀림없이 때가 되면 밝혀질 것이다. 현재의 몽상가들은 어쩌면 미래의 궁극적인 과학을 이끄는 위대한 선지자일지도 모른다. 물론 나는 미래의 궁극적인 과학을 믿지 않지만. 이건 논점에서 벗어난 이야기다.

나는 이렇게 가끔, 과학을 구축하려고 성실하게 노력하는 자의 진지한 집중력을 발휘하여 이런 형이상학적 고찰을 하는 편이다. 나는 정말 과학을 구축하고 있는지도 모른다. 하지만 자만심은 과학적인 정밀함의 엄격한 공평성에 지장을 줄 수도 있으니까 이를 두고 너무 자만해서는 안 되겠다.

77

부질없는 일에 과학이나 과학적인 접근을 동원하는 것만큼 시간 때우기에 적당한 것도 없다. 그래서 종종 나는 다른 사람이 나를 관찰하듯 나의 심령을 주의깊게 연구한다. 이런 별 쓸모 없는 시도를 통해 얻는 재미는 때로는 서글프고 때로는 고통스럽다.

나는 내가 다른 사람에게 주는 일반적인 인상이 어떠한지 신중하게 탐구해 결론을 끌어낸다. 대부분의 사람들은 내게 호감을 갖는 편이며, 심지어 모호하고 흥미로운 존경심을 느끼기도 한다. 하지만 내게는 사람을 강렬하게 끌어당기는 힘이 없다. 아무도 나와 깊은 우정을 나누지 않으리라. 바로 그런 이유로 많은 이들이 나를 존중할 수 있는 것이다.

78

어떤 감정들은 영혼 전체를 채우는 안개 같은 잠이 되어 우리를 생각하지도, 행동하지도, 명료하게 깨어 있지도 못하게 만든다. 마치 한숨도 못 잔 듯이 꿈속의 무언가가 우리 안에서 돌아다니고 낮의 무기력한 태양은 멈춰 있는 감각의 표면을 미지근하게 데운다. 우리는 아무것도 아닌 상태에 만취해 있고, 우리의 의지는 지나가던 나태한 발길에 차여 물이 다 쏟아져버린 뒤뜰의 양동이에 불과하다.

주위를 둘러보지만 아무것도 보이지 않는다. 사람이라는 짐승들로 북적이는 긴 거리는 글자들이 움직이기는 하되 아무런 의미를 만들지 못하는 가로누운 간판 같다. 집들은 그저 집일 뿐이다. 거기 있는 것을 분명히 보고 있지만 우리가 보고 있는 것에 아무 의미도 부여할 수 없다.

상자 만드는 가게의 망치질 소리가 이상하게도 가까이 들린다. 그 소리는 제각각 분리되어 초점 없는 메아리로 퍼진다. 마차들은 천둥 치는 날 들리는 소리를 낸다. 목소리들은 목구멍이 아니라 공기로부터 나온다. 저멀리 흐르는 강물은 지쳐 있다.

지금 느끼는 것은 권태가 아니다. 비통함도 아니다. 그것은 다른 사람이 되어 잠들고 싶은 욕망, 월급이 올랐으니 모든 걸 잊고 싶다는 욕망이다. 내 몸에 달린 다리로 구두 속 발을 움직여 땅을 밟아 무의식적으로 걷는 행위를 계속하는 자동주의*만을 느낀다. 어쩌면 그것마저 못 느낀다. 무언가가 머릿속 눈 주위를 짓누르는 듯하고 손가락으로 귀를 틀어막은 것 같다.

이건 마치 영혼의 감기 같다. 아픈 상태를 문학적 이미지로 떠올리자 인생이 현실에서 발을 떼고 회복을 기다리는 일 같다면 좋겠다는

---

* automatismo. 형이상학에서 동물과 인간에게는 물리적, 기계적 법칙에 지배되는 기계의 자동성이 있다는 주장.

소망이 생겨난다. 그리고 회복이라는 생각은 도시 변두리에 있는 마을, 거리와 차바퀴에서 멀리 떨어지고 아늑한 안뜰이 있는 집안을 떠올리게 한다. 그렇다, 아무것도 느낄 수 없다. 우리가 들어가야 하는 문을 의식적으로 통과하고, 몸을 다른 쪽으로 돌릴 수 없기에 오직 잠들 뿐이다. 우리는 모든 것을 지나간다. 거기 서 있는 곰인형이여, 네가 치던 북은 어디로 가버렸는가?

79

지금 막 발생한 듯 가냘픈 바다 냄새가 바람에 실려 테주 강 위를 맴돌다가 해변가 거리 사이로 지저분하게 흩어졌다. 미지근한 바다의 차가운 무기력 안에서 풍기는 싱싱한 역겨움. 위장의 움직임에서 생명이 느껴졌고, 후각은 눈 뒤쪽으로 옮겨간 듯했다. 높이 성글게 떠 있던 구름의 잿빛이 가짜 하얀색으로 변하면서 흩어졌다. 비겁한 하늘은 공기로만 만들어져 소리 없는 뇌우처럼 대기를 위협했다.

날아다니던 갈매기들이 멈췄다. 누군가 공중에 방치한 듯 떠 있는 갈매기들은 공기보다 가벼워 보였다. 무거운 건 아무것도 없었다. 오후는 우리의 불안 위로 내려앉았고, 선선한 바람이 이따금 불었다.

내가 살아야만 했던 인생이 잉태한 불운한 소망들이여! 너희들은 바로 지금 이 시간과 공기, 안개 없는 안개, 가짜 폭풍의 찢어진 옷자락 같구나. 이 풍경과 이 사색을 끝장내기 위해 고함을 지르고 싶다. 하지만 바다의 악취는 내 의식 속에 퍼지고, 내 안에 있는 낮은 파도는 저

밖 어딘가에 있지만 냄새로만 알 수 있는 검은 진흙 수렁을 드러냈다.

나 혼자로 충분하다고 고집했던 어리석음! 거짓으로 꾸민 감각들에 대한 냉소적인 인식! 이런 감각을 느끼는 영혼, 대기와 강에 대한 생각, 이 모든 미로를 헤맨 끝에 고작 인생은 악취가 풍기고 나를 상처 입힌다고 말한다. 그토록 헤맸는데도 「욥기」의 "내 영혼이 내 삶에 지쳤나이다!"*처럼 단순하고 함축적인 고백을 할 줄 모른다.

80

고통스러운 간주곡

싫증나지 않던 것을 포함해서 모든 것에 싫증이 난다. 나의 행복은 나의 고통과 다름없이 고통스럽다.

십자형으로 얽힌 포도덩굴이 얕은 물의 어둡게 빛나는 표면에 초록색 그림자와 격자무늬 햇살을 드리운 어느 농가 뒤뜰 연못에서 종이배를 띄우는 어린아이가 될 수 있다면 좋겠다.

나와 인생 사이에는 아주 얇은 유리 한 장이 있다. 또렷하게 바라보며 인생을 이해한다 해도, 결코 만질 수는 없다.

---

* 「욥기」 10장 1절.

내 슬픔을 합리화한다고? 합리화도 일종의 노력이거늘 무엇 때문에 그리할까? 슬픈 사람은 아무런 노력도 할 수 없다.

내가 몹시도 혐오하는 삶이지만, 삶의 사소한 행동들조차 포기하지 않는다. 포기도 노력인데, 내게는 노력하는 인간의 영혼이 없다.

얼마나 여러 번 나는 저 자동차의 운전수나 마차를 모는 마부가 아니라서 괴로워했던가! 그 밖에 상상할 수 있는 온갖 '다른' 따분한 삶을 단지 내 것이 아니라는 이유로 얼마나 열렬히 원하고, 그것의 다름을 만끽했던가!

만일 다른 인생을 살 수 있다면, 나는 결코 '사물'을 두려워하듯 삶을 두려워하지 않으리라. 삶의 개념이 하나의 '전체'로서 내 생각의 어깨를 짓누르지 않으리라.

나의 꿈들은 번개를 피하려는 우산처럼 어리석은 도피처다.

나는 그렇게도 무기력하고, 가엾고, 행동과 몸짓이 모두 서툴기만 하다.

아무리 내 안으로 깊이 들어가봐도, 내 꿈속의 모든 길은 근심이라는 빈터에 가 닿는다.

그렇게 자주 꿈꾸는 나에게도 꿈이 내게서 달아나는 순간들이 있다. 그럴 때면 사물들이 선명하게 보인다. 나를 둘러싼 안개가 증발한다. 그리고 눈에 보이는 모든 모서리들이 내 영혼의 살결을 벤다. 내가 보는 모든 가혹함이 그 가혹함을 알아보는 나를 상처 입힌다. 모든 사물에게서 보이는 무게가 내 영혼 안에서 무겁게 느껴진다.

내 인생으로 나를 두들겨패는 것이 내 인생인 것 같다.

81

거리의 마차들이 내 졸음에 맞춰 느리게 가르랑거리는 듯하다. 점심 시간이지만 나는 사무실에 남았다. 구름 낀 미지근한 날씨다. 이유는 모르겠으나, 내가 졸린 탓일까, 그 소리는 바로 오늘 날씨와 닮았다.

82

부드러울수록 애무가 아닌 것 같은 애매모호한 어떤 손길이 변덕스러운 오후의 바람이 되어 내 이마와 이성을 향해 불어오는지 나는 알지 못한다. 그러나 나를 힘들게 하는 이 권태감이, 상처를 긁지 않도록 막아주는 옷처럼 그래도 한순간이나마 위안을 준다는 것만은 알고 있다.

공기의 작은 움직임 하나에 의존해 간신히 마음의 평안을 구하는 가련한 감수성이여! 하지만 인간의 감수성이란 다 그런 게 아닐까. 기대하지 않은 현금이나 기대하지 않았던 누군가의 미소가 다른 이들에게 불러일으키는 것이, 어쩌다 한순간 지나가는 바람이 내게 불러일으키는 것보다 대단하진 않다고 생각한다.

잠에 대해 생각할 수 있다. 꿈에 대해 꿈꿀 수 있다. 모든 것의 객관성을 더욱 선명하게 본다. 삶의 바깥 부분을 느끼는 일이 한결 편안하다. 이 모든 것이 사실은, 모퉁이를 돌아설 때 불어온 바람의 미묘한 변화가 피부 표면에 상쾌하게 와 닿았기 때문이다.

우리가 사랑하거나 잃어버리는 모든 것―사물, 사람, 의미―은 다 우리의 피부를 거쳐서 영혼에 도달한다. 신의 눈으로 볼 때 이 모든 것은, 나에게 상상 속의 구원과 상서로운 한순간과 모든 것을 찬란하게 잃는다는 착각을 가져다준 이 서늘한 바람일 뿐이다.

83

부질없는 삶의 흐름의 회오리, 소용돌이여! 시내 중심가의 넓은 광장에는 형형색색의 사람들이 물결을 이루며 지나가다 방향을 틀고, 물웅덩이를 만들었다가 여러 갈래의 시냇물이 되었다가 다시 강줄기로 모여든다. 나는 무심하게 그 흐름을 바라보면서 무작위로 오가는 사람들을 표현하기에 가장 적절한 물의 이미지를 마음속으로 그려본다. 곧 비가 올 것 같기에 물 이미지는 더욱 잘 어울린다.

내가 보기에 뜻하는 바를 정확히 전달하는 이 문장을 적으면서 생각했다. 내 책을 출판할 때는, 마지막 부분에 붙일 '정정함' 난 아래에 '정정 안 함' 난도 넣는 게 좋을 것 같다고. 그리고 거기에다, '무작위로 오가는 사람들'이라는 문장의 경우, 내가 썼듯이 명사는 복수형이고 형용사는 단수형인 게 맞다고 밝힐 것이다.* 하지만 그게 내 생각과 무슨 상관인가? 아무 상관 없다. 그러니 계속 그것을 생각하기로 한다.

광장 주변에서는 전차들이 으르릉대고 찌르릉댄다. 전차들은 마치 어린아이가 다 탄 성냥을 깃대처럼 비스듬히 꽂아놓은 커다랗고 노란 성냥갑 같다. 출발할 때면 쇠 긁히는 소리와 날카로운 휘파람 소리를 낸다. 광장 한가운데 동상 주위로는 바람이 흩뿌린 검은 빵부스러기 같은 비둘기들이 돌아다닌다. 비둘기들은 작은 발로 뒤뚱거리며 걸어간다.

그리고 그들은 그림자들, 그림자들이다……

가까이서 보면 모든 사람은 참 단조롭게도 제각각이다. 비에이라가 인용한 루이스 드 소자 신부의 말은 '평범함의 특이성'이다. 하지만 그가 『대주교의 인생』**에서 한 말과는 반대로, 사람들은 각자 특이하게 평범하다. 나야 아무런들 상관없지만 안타까운 일이라고 생각한다. 인생의 모든 것이 그렇듯이 아무 이유 없이 지금의 이 결론에 이르렀다.

살짝 보이는 도시의 동쪽으로는 거의 수직으로 뻗어올라가며 세워진 집들이 부동자세로 '성채'를 위협하고 있다. 튀어나온 집들의 윤곽에 가려진 창백한 태양이 그 집들을 흐릿한 후광으로 물들이고 있다. 하늘은 흰빛으로 젖은 푸른색이다. 어제 내린 비보다 좀 약하게 오늘도 비가 내릴 것 같다. 근처 시장에서 잘 익은 초록색 향기가 희미하게

* 포르투갈어 문법에서는 명사가 복수형일 경우 형용사도 복수형으로 써야 한다.
** 루이스 드 소자의 1619년 작품.

풍겨오는 걸로 봐서 바람은 동풍 같다. 광장의 동쪽에는 서쪽보다 외지 사람들이 더 많다. 융단을 깔아놓고 총을 쏘아대는 것 같은 소음을 내며 시장의 철문들이 물결치며 위로 내려온다. 나한테 들려오는 그 소리를 표현하자면 이런 문장이 된다. 보통은 철문이 내려갈 때 내는 소리인데 지금은 올라가고 있기 때문일 것이다. 모두 다 설명이 된다.

갑자기 깨닫거니와 나는 세상에서 혼자다. 영혼의 지붕 위에 올라가서 이 모든 것을 본다. 나는 이 세상에서 혼자다. 본다는 것은 멀리 있다는 것이다. 분명하게 본다는 것은 멈추는 것이다. 분석한다는 것은 외부인이 되는 것이다. 모든 사람들이 나를 스치지도 않고 지나간다. 내 주위에는 공기뿐이다. 나는 어찌나 철저히 혼자인지 나와 내 옷 사이의 거리마저 느낄 수 있다. 나는 잠옷을 입은 채 흐릿한 촛불을 들고 커다란 빈집 안을 가로질러 걷는 어린아이다. 살아 있는 그림자들이 나를 에워싼다. 그것들은 내 손안의 불빛과 뻣뻣한 가구들이 만들어낸 그림자다. 여기 햇빛 아래에서는 그 그림자들이 인간이라는 차이가 있을 뿐이다.

84

느끼는 것을 잠시 쉬는 동안 오늘은 내가 쓰는 산문의 형식에 대해 곰곰이 생각해봤다. 실제로 나는 어떤 글을 쓰고 있는지. 많은 작가들이 그러하듯 내게도 글쓰는 체계와 규칙을 세우고 싶다는 비뚤어진 욕구가 있다. 사실 체계와 규칙을 두기 전부터 글을 써왔고, 다른 이들도 마찬가지일 것이다.

오늘 오후 나 자신을 분석해본 결과, 나의 글쓰기 체계는 두 가지 원칙에 의거한다는 것을 발견했다. 훌륭한 고전주의 작가들의 전통을 좇아 나는 즉시 두 원칙을 좋은 글쓰기의 기반으로 삼는다. 첫째, 느끼는 것을 말할 때는 정확히 느낀 대로 쓴다. 분명하다면 분명하게, 모호하다면 모호하게, 혼란스럽다면 혼란스럽게 쓴다. 둘째, 문법은 도구일 뿐, 법칙이 아님을 명심한다.

우리 앞에 행동거지가 남자 같은 아가씨가 있다고 가정해보자. 평범한 사람이라면 "저 아가씨는 꼭 남자 같군"이라고 말할 것이다. 말한다는 것은 곧 표현하는 일이라는 인식이 좀더 강한 다른 평범한 사람은 "저 아가씨는 남자네"라고 말할 것이다. 또 표현의 의무를 의식하고 있지만 생각의 관능적 쾌락인 간결함을 좋아하는 사람이라면 아예 '저 총각'이라고 말할 것이다. 나라면 '저 총각'이라는 표현을 쓰되 '저'를 여성형 관형사로 써서 수식어와 피수식어의 수와 성性을 통일하는 문법 규칙을 파괴할 것이다. 나는 바르게 말할 것이다. 무미건조함과 규칙과 일상을 넘어서는 언어를 사용해, 사진을 찍듯 절대적으로 말할 것이다. 나는 말하지 않고 표현할 것이다.

문법은 언어 사용을 규정하면서 옳고 그름을 구분한다. 예를 들어 동사에는 타동사와 자동사가 있지만 현명한 사람들은 느낀 것을 사진처럼 남기기 위해 자동사와 타동사를 일부러 바꾸어 쓰는 경우가 많다. 평범한 사람들처럼 불분명하게 보는 대신 그렇게 한다. 내가 존재한다고 말하기 위해 "나는 존재한다"고 말할 것이다. 내 영혼의 개별적인 실체성을 강조할 때는 "나는 나로서 존재한다"고 말할 것이다.

하지만 자신이 스스로 결정하고 자기 자신을 창조하는 성스러운 능력이 있는 존재임을 표현하기 위해서는 "존재한다"는 자동사를 타동사로 바꾸어 "나를 존재시킨다"고 말할 것이다. 이렇게 문법을 초월한 승리자로서 "나를 존재시킨다"고 말하리라. 이 짧은 두 마디 안에 나의 철학을 구현했다. 마흔 개의 문장을 써서 아무것도 말하지 않는 것보다 훨씬 낫지 않은가? 철학과 언어학에 더이상 무엇을 요구하겠는가?

자신이 느끼는 것을 어떻게 생각할지 모르는 사람들은 문법에 복종하라. 자신의 표현을 좌우할 수 있는 자는 문법을 이용하라. 로마의 황제 지기스문트는 연설할 때 저지른 문법 실수를 지적한 이에게 "나는 로마의 황제요, 문법 위에 있도다"라고 받아쳤다고 한다. 그렇게 그는 역사 속에 "문법을 초월한 자", 지기스문트로 남았다. 위대한 상징이 아닌가! 자신이 말할 내용을 어떻게 말해야 할지 아는 자는 자기 방식으로 로마의 황제라 할 수 있다. 그 칭호는 장엄하고, 그 정신은 위대하다.

85

내가 직접 알거나 들어서 아는 이들이 작품을 왕성하게 발표한다든가 적어도 긴 작품을 완성하면, 모호한 질투와 경멸이 섞인 부러움을, 일관성 없이 뒤섞인 여러 감정을 느낀다.

무엇이 됐든 작품을 완성했다는 것은, 좋든 나쁘든—작품은 전체적으로 다 좋을 수는 없지만 전체적으로 다 나쁜 작품도 많지 않다―하나의 작품을 완성했다는 면에서 다른 감정에 앞서 질투심을 유발한다. 완성된 작품은 자식과 같다. 다른 모든 인간처럼 불완전하더라도 자식이 우리의 것이듯 작품도 마찬가지다.

스스로를 비판하는 기질을 타고난 탓에 내 단점과 부족한 점만을 보는 나는, 존재하지 않는 것에 대한 몇 개의 글귀, 짧은 구절, 인용구밖에 쓰지 못하는 나는, 내가 쓴 얼마 안 되는 글로 인해 역시 불완전하다. 만일 완결된 작품이라면 혹여 질이 떨어지더라도 어쨌든 하나의 작품이므로 훨씬 나을 것이다. 아니면 자신의 무능력을 인정하고 아예 글을 쓰지 않는 영혼의 온전한 침묵이 더 나을 테고.

86

아마도 인생의 모든 것은 뭔가가 퇴보한 결과가 아닐까 생각한다. 어쩌면 존재란 언제나 근사치―전날 밤이나 주변부에 불과한 것일지도 모른다.

천박해진 신플라톤주의*가 퇴보한 결과이자 로마인들이 헬레니즘을 유대교화한 결과가 기독교의 탄생이듯, 노쇠하고 병든 우리 시대는 서로 일치하거나 모순되는 과거의 위대한 목표들이 여러 갈래로 길을 잃은 상태에 불과하다. 그 목표들이 좌절되면서 우리 자신에 대한 모든

---

* 3세기 이후 로마 시대에 성립된 그리스철학의 학파.

부정이 시작되었다.

우리는 오케스트라의 막간에 살고 있다.

그런데 사층 셋방에 앉아 있는 내가 이 모든 사회학적 고찰과 무슨 상관인가? 이 모든 것이 내게는 바빌론 공주의 꿈처럼 한낱 꿈일 뿐이다. 인류에 대한 성찰은 현재를 연구하는 고고학처럼 부질없는 소일거리다.

모든 것으로부터 소외된 이방인처럼, 꿈의 바다에서 멀리 떨어진 인간의 섬처럼, 모든 것의 표면에서 하릴없이 떠다니는 배처럼, 나는 안개 속으로 사라질 것이다.

87

내게 형이상학은 잠재된 광기가 연장된 형태다. 우리가 진실을 알고 있다면 이미 그것을 보았을 것이고, 그 밖의 모든 것은 체계와 근사치에 불과하다. 우주가 불가해하다는 사실을 생각하는 것만으로도 충분하다. 우주를 이해하려는 시도는 인간 이하가 되는 길이다. 인간이라면 우주를 이해할 수 없다는 사실을 알기 때문이다.

나는 이상한 접시 위에 닫힌 상태로 놓인 상자, 받기는 해야 하는데 열어볼 수 없는 상자와 같은 신앙을 건네받는다. 또 백지 상태인 책장을 자르라고 준 접시 위의 칼과 같은 과학을 건네받는다. 상자 속 먼지 같은 회의도 건네받는다. 안에 먼지만 들어 있는 상자를 왜 내게 주는 걸까?

알 도리가 없기에 나는 글을 쓴다. 알 수 없는 '진실'의 추상적이고 고답적인 용어들을 감정이 이끄는 대로 사용한다. 감정이 명백하고 단호할 때는 신들에 대해 말하면서 다양한 세상에 대한 의식 안에 감정을 끼워넣는다. 감정이 심오할 때는 유일한 '신'에 대해 말하면서 유일한 의식 안에 감정을 집어넣는다. 감정이 생각과 일치할 때는 '운명'에 대해 말하면서 감정은 벽 한쪽에 세워놓는다.

어떤 때는 문장의 리듬 자체가 복수의 신이 아닌 단수의 신을 요구할 것이다. 또 어떤 때는 복수형의 두 음절 '신들'이 필요할 테고, 그러면 나는 말로 우주를 바꿀 것이다. 또 어떤 때는 문장 내부의 각운이나 운율의 이동, 감정의 강조를 고려해서 다신론이나 유일신론 중 하나를 선택할 것이다. 결국 신은 문체에 따라 달라지는 것이다.

88

비록 신이 없다지만 묻고 싶다. 신은 어디에 있는가? 나는 기도하고 싶고 울고 싶고, 내가 저지르지 않은 죄에 대해 후회하고 싶고, 모성과는 다른 위로에 몸을 맡겨 용서받고 싶다.

엎드려 울 수 있는 무릎, 거대하고 형체가 없고 한여름 밤처럼 드넓은, 그러면서도 아늑하고 따뜻하고 여성스러운, 어느 난롯불 옆의 무룔…… 생각할 수 없는 것들과, 뭔지 모를 실패와, 존재하지 않는 것들이 일으키는 안타까움과, 알 수 없는 미래에 대한 소름 끼칠 정도로 엄청난 의심을 떠올리며 그 무릎에 기대어 울어봤으면……

다시 돌아간 어린 시절, 나이든 유모의 손길, 밀싹 같은 어린 금빛 머리칼 사이로 스며드는 옛날이야기를 열중해 듣다가 어느새 잠들어버리던 작은 침대…… 거기 사물의 궁극적인 현실의 슬프고 졸리고 깊은 곳에 있는 이 모든 것은 신의 유일한 위상처럼 거대하고 영원하고 언제까지나 변치 않는다……

가슴팍이나 요람, 아니면 내 목에 드리운 따뜻한 팔…… 나를 울리려는 듯 나지막이 노래를 부르는 목소리…… 난롯불 타는 소리…… 겨울 속의 온기…… 내 의식의 나른한 이탈…… 그다음에는 별들 사이를 떠도는 달처럼 넓은 공간 안에서 잠드는 고요하고 평화로운 꿈……

나의 인위적인 생각들을 깨끗이 없애고 지혜를 다 모으고 애정을 담아서, 입맞추고 싶도록 소중한 장난감인 단어와 이미지와 문장 들을 한자리에 모아놓으면 나는 크고 슬픈 방, 심오하도록 슬픈 방에서 철저히 혼자이고 너무나 작고 나약한 존재가 된다!……

단어와 문장을 가지고 장난하지 않을 때 나는 결국 누구인가? 감각의 거리에 버려진 채 '현실'의 길모퉁이에서 떨다가 '환상'의 빵을 먹고 '슬픔'의 계단에서 잠들어야 하는 불쌍한 고아다. 내 아버지의 이름이 '신'임을 알지만 그 이름은 아무것도 말해주지 않는다. 가끔 외로운 밤이 오면, 울며 그의 이름을 부르고 내가 사랑할 수 있도록 그의 모습

을 만들어본다…… 그러다 문득 나는 그를 알지 못하고, 그는 내 상상
과 다를지도 모르고, 어쩌면 상상 속 그는 내 영혼의 아버지가 아니었
을지도 모른다는 생각이 든다……

나의 비참함을 끌고 다니는 이 거리들, 웅크리고 앉아 누더기 사이
로 파고드는 차가운 밤바람을 맞는 계단들, 이 모든 것은 언제 끝나려
나? 언젠가는 신이 나를 찾아와서 그의 집으로 데려가 따뜻하게 안아
주고 사랑을 베풀어주려나…… 가끔 그런 생각을 하며 그 생각을 할
수 있다는 것만으로 행복에 겨워 운다…… 하지만 거리에 찬 바람이
불어오고 낙엽이 길 위에 떨어지는데…… 눈을 들어 아무 의미도 없
는 하늘의 별들을 바라본다…… 결국 나는 다시 홀로 남아, 어떤 '사
랑'도 나를 데려가 양자로 삼아주지 않고 그 어떤 '우정'도 나와 놀아
주지 않는, 가련한 버려진 어린아이가 된다.

너무나 춥다. 버려진 나는 너무나 피로하다. '바람'이여, 내 어머니
를 찾아다오. 이 '밤'에 내가 모르는 집으로 나를 데려가다오…… 거대
한 '침묵'이여, 나의 유모와 나의 요람과 나를 재우던 자장가를 돌려다
오……

89

아무 소용 없다고 여기는 행동을 고수하기, 아무 효과 없다고 여기
는 규율을 지키기, 그리고 전혀 중요하지 않다고 여기는 철학적, 형이
상학적인 사고방식을 지속적으로 유지하기. 그것이 바로 우월한 인간

이 지닌 유일하게 가치 있는 태도다.

90

현실을 환상의 한 형태로 인지하는 것과 환상을 현실의 한 형태로 인지하는 것은 똑같이 필요하고 똑같이 부질없다. 관조적인 삶이란 게 실제로 가능하려면 실생활의 객관적인 사건들을, 도달할 수 없는 결론의 산발적인 전제들로 여겨야 한다. 하지만 동시에 꿈의 우연적인 성격에도 관심을 기울일 만한데, 그 관심 덕에 우리가 관조적인 존재가 되기 때문이다.

모든 것은 어떻게 보느냐에 따라 경이로운 것이 되거나 방해물이 될 수 있고, 모든 것이거나 아무것도 아닐 수도 있고, 길이 되거나 문제가 될 수도 있다. 어떤 것을 매번 다른 방법으로 본다는 건 대상을 새롭고 다양하게 만드는 일이다. 그러므로 관조하는 영혼은 고향 마을을 한 번도 떠나본 적 없어도 온 우주를 자기 뜻대로 품는다. 무한은 감방이나 사막에도 있다. 돌을 베고 누워 우주를 꿈꿀 수 있다.

명상을 하다보면 처음 보는 대상인데도 모든 것이 갑자기 낡고, 오래되고, 전에 이미 본 것처럼 느껴지는 순간이 온다. 명상을 하는 사람이라면 모두 겪는 일이다. 왜냐하면 무언가에 대해 아무리 명상을 하고 명상으로 대상을 변형한다 해도 그것은 결국 명상이 만들어낸 실체에 불과하기 때문이다. 어느 순간 우리는, 마치 대상은 스펀지이고 우리는 그 안의 물인 것처럼, 지성 없이도 대상을 알고, 감각만으로 명상을 하고, 대상 내부에서 촉각이나 감각을 통해 사고하는 삶을 원하게 된다. 그리하여 우리에게는 모든 감정들로 인한 깊은 피로감이 생각에서 비롯된 감정들 때문에 더욱 깊어지는 밤이 온다. 그런 밤이면 잠도 오지 않고, 달도 별도 뜨지 않고, 모든 것이 거꾸로 뒤집힌 것 같다. 무한은 내면화되어 터질 지경이고, 낮은 낯선 양복의 검은 안감이 되고 만다.

그렇다, 모르는 것을 사랑하는 달팽이 같은 인간이나 자신이 얼마나 구역질나는지 모르는 거머리가 되는 편이 훨씬 낫다. 살기 위해 무지해지는 것! 잊기 위해 느끼는 것! 낡은 범선이 남기고 지나가는 희푸른 물살, 오래된 선실에 눈 밑의 코처럼 자리잡은 긴 방향키가 내뱉은 차가운 침 같은 물살 사이로 인간사 모든 일이 사라진다!

91

시내를 둘러싼 돌담 위에 올라가 넓은 들판을 잠깐 보는 것만으로도 나는 다른 이들이 여행을 떠나 얻는 것보다 더 큰 자유를 누린다. 모든 시점은 밑변의 길이를 가늠할 수 없는 뒤집힌 피라미드의 꼭짓점이다.

예전에는 나를 화나게 했지만 지금은 웃고 넘어가는 일들이 있다. 그중 거의 매일 떠올리는 한 가지는, 평범하고 근면한 사람들이 시인과 예술가를 대하며 웃는 태도다. 신문에 글을 쓰는 지식인들이 짐작하듯 그들이 늘 우월감에서 그러는 것은 아니다. 그들은 종종 애정을 담아 웃는다. 그러나 이는 삶의 확실함과 엄격함에 대해 아무 개념이 없는 자, 즉 어린아이를 대하는 애정과 비슷하다.

전에는 그들에게 분노했었다. 꿈을 꾸고 꿈에 대해 말하는 이들에게 짓는 그들의 미소가 일종의 내면화된 우월감의 발산이라고 순진하게 생각했기 때문이다. 사실 그건 자기와 다른 종류의 사람들에게 보이는 반응일 뿐이었다. 옛날에는 이런 미소가 함축하고 있는 것이 우월감이라 보고 모욕감을 느꼈으나, 지금의 나는 그것을 일종의 무의식적인 의심으로 간주한다. 어른들이 종종 어린아이에게서 자신보다 훨씬 민첩한 영혼을 발견하는 것처럼, 그들은 꿈을 꾸고 꿈에 대해 말하는 우리 같은 이들에게서 뭔가 자신들과 다르고 낯설고 의심스러운 점을 알아보는 것이다. 이제는 오히려 이렇게 생각하고 싶다. 그들 중 지혜로운 이들이 우리의 우월함을 눈치채고 그 사실을 감추기 위해 우월한 태도로 웃는 거라고.

그러나 우리의 우월함은 많은 몽상가들이 자신에게 있다고 여기는 그런 우월함이 아니다. 꿈이 현실보다 우월해서 몽상가가 행동하는 사람보다 우월한 것이 아니다. 몽상가의 우월함은 현실을 그냥 사는 것보다 꿈꾸며 사는 쪽이 훨씬 더 실용적이라는 이유에서 비롯된다. 몽상가들은 행동하는 사람들보다 삶으로부터 훨씬 폭넓고 다양한 쾌락을 취하기에 실용적이다. 더 정확히 말하자면, 몽상가야말로 진정한 활동가인 것이다.

삶이란 본질적으로 정신 상태이기에 우리가 행동하고 생각하는 모든 것은 우리가 가치 있다고 여길 때 가치 있는 것이고, 가치 평가는 우리에게 달려 있다. 몽상가는 지폐를 발행하는 사람이고, 그 지폐는 현실에서 통용되는 방식으로 그의 정신세계에 있는 도시에서 통용된다. 인생의 인위적인 연금술로 만들 수 있는 금은 없다. 그러니 내 영혼이 발행한 지폐를 금과 교환할 수 없다 한들 무슨 상관인가? 우리 이후에 대홍수가 나서 모든 것이 끝장나더라도 우리 모두가 지나간 다음의 일이다. 더 훌륭하고 행복한 이들은 모든 것이 소설이라는 사실을 알고 있기에, 누군가 그들을 위해 쓰기 전에 자신의 소설을 먼저 쓴다. 마키아벨리처럼 궁중 예복을 갖춰 입고서 아무도 모르게.*

92

(어린 시절의 실패놀이와 그 외의 것들)

오로지 꿈만 꾸었을 뿐이다. 꿈만이, 오직 그것만이 내 인생의 의미다. 내면의 삶이 아닌 다른 것에 진지한 관심을 기울인 적이 없다. 내 인생의 가장 큰 아픔들은 내 안으로 향하는 창문을 열고 거기 있는 것들을 바라보느라 나 자신을 잊어버릴 때 가라앉곤 했다.

몽상가 외에는 다른 무엇도 되고 싶지 않았다. 삶에 대해 말하는 이들에게 귀기울인 적도 없었다. 내가 있는 곳에 없는 것과 내가 결코 될 수 없는 것에 늘 속해 있었다. 내 것이 아니기만 하면 아무리 하찮은 것에도 나를 매혹시키는 시詩가 있었다. 아무것도 사랑한 적이 없었다.

---

* 마키아벨리는 권좌에서 물러난 후 고향에 돌아가 평민으로 살 때도 집필할 때는 꼭 관복을 차려입었다고 한다.

내가 유일하게 원했던 것은 내가 상상조차 할 수 없는 것이었다. 내가 인생에 바랐던 것은 느껴볼 겨를도 없이 지나가버리는 것뿐이었다. 사랑에 바랐던 것은 언제나 머나먼 꿈으로 있어달라는 것뿐이었다. 내 안에 있는 비현실적인 풍경 중에서도 나를 매혹시키는 것은 언제나 멀리 있었다. 꿈속에서 거의 보이지 않을 만큼 먼 수도교水道橋는 다른 풍경과 비교되는, 꿈꾸는 듯한 달콤함을 지니고 있었고 그 달콤함이야말로 그 풍경을 사랑하게 만드는 요소였다.

존재하지 않는 세상을 만들어내려는 집착은 내가 죽는 날까지 계속될 것이다. 오늘 서랍장 속에 있는 체스판의 말—비숍과 나이트를 군데군데 눈에 띄게 늘어놓은—과 실패들을 나란히 줄 맞춰놓지 않은 것이 마음에 걸린다…… 그래서 마음속에 항상 살아 있는 인물들을 나란히 줄 세우는 상상을 한다. 그러고 나니 겨울날 난로 앞에서 불을 쬐는 사람처럼 편안해진다. 내 안에는 친구들의 세상이 있고 거기에서 그들은 각자의 사실적이고 개별적이고 불완전한 삶을 산다.

그들 중 어떤 이들은 힘든 삶을, 어떤 이들은 보헤미안의 소박하고 유쾌한 삶을 살아간다. 어떤 이들은 외판원(나 자신이 외판원이라고 상상할 수 있게 되길 바랐다. 이는 나의 가장 큰 야망 중 하나였다. 불행히도 이루어질 수 없는 야망!)이다. 어떤 이들은 내 안에 있는 포르투갈 국경지대의 작은 마을에 산다. 가끔 도시로 나온 그들과 마주칠 때면 나는 감격해 두 팔을 벌린다…… 내 방에서 혼잣말하고 몸짓을 하면서 이 모든 일을 꿈꾼다…… 그들과의 만남을 상상할 때 나는 기쁘고 만족스러워 펄쩍 뛰어오르며 두 눈을 반짝인다. 두 팔을 벌려 참되고 형언할 수 없는 행복을 누린다.

아, 존재하지 않는 것들에 대한 갈망만큼 고통스러운 것은 없어라! 지난날 실제로 겪었던 일을 생각하거나 영영 잃어버린 내 어린 시절을 떠올리며 울 때도 있다. 하지만 그건 내 꿈속의 소박한 인물들, 심지어 꿈속에서 어느 모퉁이나 거리를 거닐 때 우연히 한번 보았을 뿐인 별로 중요하지 않은 인물이 현실의 존재가 아니라는 이유로 느끼는 격렬하고 뜨거운 슬픔과 비교하면 아무것도 아니다.

꿈속의 친구들과 상상 속 수많은 사연들을 공유하고 상상의 카페에 앉아 흥미로운 대화를 수없이 나누었지만 그들은 나의 의식 속이 아니면 어디에도 실재할 공간이 없다. 아무리 그리워해도 그들을 살리거나 소생시킬 수 없다는 비통함은 이 불가능을 만들어낸 신에게 향하는 원망이 되어 눈물로 솟구친다!

아, 내 안에 살아 있고 내 안이 아니면 어디에도 존재할 수 없는 죽은 과거여! 들판의 작은 집 정원의 꽃들은 오직 내 안에만 있구나! 뜰의 채소와 과일나무와 소나무들은 오직 내 꿈속에만 있구나! 내가 상상한 전원생활과 시골 산책은 한 번도 존재한 적 없어라! 길가의 나무와 오솔길과 돌 들, 지나가던 시골 사람들…… 모든 것은 단지 꿈이었을 뿐, 내 기억에 새겨진 채 나를 아프게 한다. 그것들을 꿈꾸며 수많은 시간을 보내던 나는 지금은 꿈꾸던 순간을 회상하며 시간을 보낸다. 그것이 사실은 나의 진정한 그리움이자 나를 눈물짓게 하는 과거이고 죽어버린 진정한 삶이다. 나는 그 삶이 엄숙하게 관에 누운 모습을 바라본다.

전적으로 상상의 산물은 아닌 삶과 풍경들도 있다. 그다지 예술성이 뛰어나지는 않은 몇몇 그림들과 벽에 걸려 있어 매일 보곤 했던 유화들은 어느새 내 안에서 현실이 됐다. 그런 풍경을 떠올리면 더욱 가슴 쓰리고 서글프다. 그 풍경이 실제든 아니든 그곳에 있을 수 없다는 사실이 안타깝다. 어느 정도 자란 후 지냈던 방에 걸려 있던 작은 그림 속, 달빛을 받고 있는 나무 옆에 그려져 있는, 눈에 잘 띄지도 않는 인물이 될 수 없어서 슬펐다. 그림 속 강 옆의 숲속에 숨어 영원한 달빛(솜씨 없이 그려지기는 했지만)을 받으며 버드나무 가지 밑으로 배를 타고 지나가는 사람을 지켜볼 수 없어서 서러웠다. 완벽하게 꿈꾸지 못하는 나의 무능력이 슬펐다. 이 경우 내 그리움의 형태는 달랐고 좌절의 몸짓도 달랐다. 나를 괴롭히는 무능력은 다른 종류의 근심에서 비롯되었다. 이 모든 것에 신의 뜻이 있어, 내 욕망의 행로를 벗어나지 않은 곳에서, 내 향수鄕愁와 몽상이 오르내리는 시간 어디쯤에서 꿈이 실현된다면! 오직 나만을 위하여 꿈이 이루어진 천국이 있다면! 내가 꿈꿨던 친구들을 만나고 내가 만든 거리를 거닐고, 내가 상상한 시골집에서 암탉과 수탉의 울음소리와 이른 아침을 알리는 소리들을 들으며 잠에서 깰 수 있다면…… 그리고 이 모든 것이, 초라한 현실을 품을 내면의 한 차원이 언제나 부족하기에 나의 꿈속에서도 결코 이룰 수 없는 완벽한 순서와 정확한 형태로 신의 뜻에 따라 마련될 수 있다면……

이 글을 쓰고 있던 종이 위로 고개를 든다…… 아직 이른 시간이다. 일요일 정오를 막 지난 참이다. 의식을 지닌 존재가 앓는 질병인 삶의 갖가지 골칫거리가 몸으로 느껴지고 마음을 어지럽힌다. 불행한 이들을 위한 섬, 꿈속에 고립된 이들이 숨을 수 있는 오래된 오솔길은 없구나! 살아야 하고 조금이나마 행동해야 한다. 인생에는 실재하는 다른 사람들이 있으니 직접 부딪치며 살아야 하는구나! 내 영혼이 필요로 하니 이렇게 글을 써야 한다. 글쓰는 것을 꿈만 꿀 수도 없으며, 언어를 사용하거나 자의식을 거치지 않은 채 단지 음악과 여운으로 자신을 표현할 수도 없다. 만일 그럴 수 있다면 나를 표현한다는 느낌만으로 눈물이 차오를 텐데. 내 안의 완만한 굴곡을 따라 마법에 홀린 강물처럼 흘러갈 수 있을 텐데. 그 끝에 오로지 '신'이 있을 뿐인 점점 더 깊은 무의식과 '머나먼' 곳을 향하여 흘러갈 텐데.

93

나에게는 항상 감각보다 감각에 대한 인식이 더 강렬했다. 내가 의식하는 고통보다 내가 고통스러워한다는 인식 자체가 언제나 더 괴로웠다.

나의 감정적인 삶은 이른 시기에 생각의 방으로 옮겨졌고, 거기서 나는 인생의 감정들을 온전히 만끽하며 살 수 있었다.

생각은 한번 감정을 품게 되자 오히려 감정 자체보다 요구가 많아졌고, 감정을 체험하며 살게 된 나의 의식체제는 내가 느끼는 방식을 더욱 일상적이고 육체적이며 유쾌하게 만들었다.

생각이 많아지면서 나는 메아리가 되었고 심연이 되었다. 내 안으로 깊이 파고들어가면서 나는 여러 명으로 늘어났다. 아주 사소한 현상들―빛의 변화, 떨어지는 마른 낙엽, 떨어지는 색 바랜 꽃잎, 담벼락 너머로 들려오는 목소리, 말하는 이와 듣는 이의 발걸음 소리, 오래된 시골 정원의 반쯤 열린 문, 달빛 아래 집들과 아치문이 있는 마당―내 것도 아닌 이 모든 것들이 공명과 그리움의 사슬이 되어 나를 감각적인 사색에 묶어놓는다. 감각 하나하나에 나는 다른 사람이 되고, 규정할 수 없는 인상 하나하나에 고통스럽게 새로 태어난다.

나는 내 것이 아닌 인상들에 의지해 살아간다. 나는 포기를 일삼는 난봉꾼이고, 내가 나인 방식으로 타인이 된다.

94

산다는 것은 달라진다는 것이다. 어제 느낀 것을 오늘도 느낄 수는 없다. 어제 느낀 것을 오늘도 느낀다면, 그건 어제를 기억하는 것이지 느끼는 게 아니다. 어제 이미 살았고 그래서 잃어버린 것을 오늘 살고 있는 시체일 뿐이다.

하루가 다음날로 넘어갈 때 전날 있었던 일들을 칠판에서 모두 지우고 감정의 처녀성의 영원한 부활을 경험하며 새벽마다 새사람이 되는 것, 바로 이것만이, 불완전하더라도 지금의 우리인 존재가 되기 위해 해볼 만한 일이고 될 만한 일이다.

지금 이 새벽은 세상에서 처음 맞는 새벽이다. 수많은 눈알 같은 유리창을 통해 밝아오는 빛이 데려온 고요를 맞이하는 건물들의 정면이 서쪽을 향해, 노란빛 섞인 분홍색에서 차츰 따스한 흰색으로 물드는 것은 처음 있는 일이다. 이런 시간, 이런 빛, 이런 나의 존재는 지금껏 한 번도 없었다. 내일의 모습은 또 다를 테고, 내일은 새로 만들어진 눈으로 새로움이 가득한 광경을 보게 될 것이다.

도시의 높은 산들이여! 가파른 언덕에 지어져 더욱 견고하고 웅장한 건축물들, 빛이 밝은 곳과 그림자가 드리운 곳이 다양한 모양으로 겹친 건물들, 너희가 오늘이고 너희가 바로 나다. 왜냐하면 내가 너희를 보고 있고 나는 내일 너희가 될 터이기에. 방파제에서 두 척의 배가 서로 엇갈려 지나갈 때 배가 지나간 흔적에서 알 수 없는 그리움을 느끼듯이 너희를 사랑한다.

95

밤에 인적 없는 바닷가를 거닐었다. 시간은 가늠하기 어려웠고 순간들은 연결되지 않은 채로 이어졌다. 사람들을 살게 만들었던 모든 생각과 사람들이 죽게 만들었던 모든 감정이, 바닷가를 산책하며 명상에 잠긴 내 머릿속으로 마치 역사의 어두운 요약본처럼 지나갔다.

모든 시대의 열망 때문에 나 홀로 내 안에서 고통스러웠고, 모든 시절의 불안이 나와 함께 파도 소리 들리는 바닷가를 거닐었다. 사람들이 원했으나 이루지 못한 것들, 이루기 위해 죽였던 것들, 아무도 말하지 않았던 가버린 영혼들, 이 모든 것을 떠올리면서 감상에 젖어 밤의 바닷가를 걸었다. 연인이 서로에게서 낯설게 여겼던 것, 아내가 남편에게 숨겼던 것, 어머니가 가져본 적 없는 자식에 대해 상상했던 것, 적절하지 않은 시간이나 놓쳐버린 감정 속에서 그저 미소나 기회로만 남았던 것, 이 모든 것이 해변가 산책에 따라왔다가 함께 돌아갔고, 거칠게 휘도는 파도 소리는 음악이 되어 나를 이 모든 것과 함께 잠재웠다.

우리는 우리가 아닌 것이고, 인생은 빠르고 슬프다. 밤바다의 파도 소리는 밤의 소리다. 그 소리는, 얼마나 많은 영혼들에게 어둠 속에서 희미한 거품처럼 흩어지고 마는 영원한 희망처럼 들렸던가! 원하는 것을 얻은 자들은 어떤 눈물을 흘렸고, 원하는 것을 이룬 자들은 어떤 눈물을 잃었는가! 이 모든 것이 밤 바닷가 산책에서 밤과 심연이 내게 털어놓은 비밀이었다. 우리는 얼마나 많은지! 얼마나 많은 이들이 자신을 속이는지! 우리가 깨어 있는 밤, 감정이 넘쳐 우리 자신을 되찾는 바닷가에서 어떤 바다가 우리 안에서 큰 소리를 내는지! 잃어버린 것들, 찾았어야 했던 것들, 실수로 인해 얻었고 만족했던 것들, 우리가 사랑했고 잃어버렸는데 잃어버린 후에야 잃어버렸기 때문에 사랑했을 뿐 사실은 한 번도 사랑한 적 없음을 비로소 깨달았던 것들, 우리가 느꼈던 것인데 생각했다고 믿었던 것들, 우리가 감정이라고 착각했던 모든 기억들, 그리고 밤 바닷가를 거닐고 있으면 밤의 거대한 밑바닥에서부터 다가와 해안에 잔물결로 부서지는 저 시끄럽고 차가운 바다……

그 누가 자신이 무엇을 생각하고 무엇을 원하는지 알 수 있을까? 자기 자신이 누구인지 아는 사람이 있을까? 음악이 권유하는 건 많지만, 우리는 그렇게 될 수 없음을 잘 안다! 밤이 상기시키는 많은 일들 때문에 우리는 울지만, 사실 그런 일들은 일어난 적이 없었다! 길게 누운 평화가 목청을 높이는 것처럼 파도 소리는 높아졌다가 잦아들고, 저 너머에서 보이지 않는 해변이 침 넘기는 소리가 들린다.

모든 것에 연민을 느낀다면 얼마나 자주 죽게 될까! 해변처럼 고요한 심장으로 육체 없이 인간적으로 떠돌기만 한다면 얼마나 많이 느낄 것인가! 우리가 살아 있는 이 밤, 영원히 끝나지 않을 나의 밤 바닷가 산책길에 모든 것의 모든 바다가 크게 울부짖다가 비웃다가 이윽고 고요히 가라앉는다.

96

나는 현실의 풍경처럼 꿈속의 풍경들을 선명하게 바라본다. 나는 무언가를 위에서 내려다보듯이 나의 꿈을 굽어본다. 나에게 흘러가는 삶을 보는 일은 무언가를 꿈꾸는 일과 마찬가지다.

어떤 사람이 누군가에 대해 말하기를, 그 사람이 꿈에서 보는 모습은 현실에서 보는 것과 똑같은 윤곽과 모양새를 가졌다고 말했다. 누군가 나에게 비슷한 말을 한다면 이해는 하지만 동의하지는 않을 것이다. 내게 꿈에 나오는 모습은 현실과 다르다. 꿈과 현실은 평행선 위에 놓여 있다. 꿈속의 삶과 이 세상의 삶은 모두 저마다의 현실성을 갖지만 서로 다르다. 마치 가까운 사물과 멀리 있는 사물 같다. 꿈속의 모습이 내게 더 가깝지만 □

97

정말 현명한 사람은 외부에서 일어나는 일로 인해 거의 흔들리지 않는다. 그러기 위해서 세상의 사실들보다는 자기에게 가까운 현실이라는 갑옷을 걸친다. 그리고 사실들이 갑옷을 통과할 때 자신의 현실에 맞게 변형시켜 자신에게 이르게 한다.

98

나는 오늘 아침 갑작스러운 혼란에 빠져 일찍 잠에서 깼고, 설명할 수 없는 권태로 숨이 막힐 것 같아 얼른 침대에서 일어났다. 꿈 때문도 현실 때문도 아니었다. 그건 절대적이고 완강한 권태, 알 수 없는 무엇인가에 뿌리를 둔 권태 탓이었다. 내 영혼의 어두운 밑바닥에서, 보이지 않고 알 수 없는 힘들이 서로 싸움을 벌였고, 나는 정체 모를 충격에 온몸을 떨었다.

잠에서 깨는 순간 내 인생 전체에 대한 생리적인 구토감이 치밀었다. 살아야 한다는 사실에 대한 공포가 나와 함께 침대에서 벌떡 일어났다. 모든 것이 공허해 보였고, 문제가 무엇이든 답이 없으리라는 싸늘한 예감이 들었다.

극도로 신경이 곤두선 상태여서 사소한 동작을 할 때조차 떨렸다. 정신병 때문이 아니라 지금 이 자리에 있다는 것 때문에 미치는 게 아닌지 두려웠다. 내 몸은 고함이 터지기 직전의 상태였다. 내 심장 뛰는 소리가 말하는 소리같이 들렸다.

나는 공연히 달라 보이려고 애쓰며 과장스럽게 큰 발걸음으로, 신발도 신지 않은 채 작은 방 안을 가로질렀고, 한쪽에 복도로 통하는 문이 있는 빈 안쪽 방을 대각선으로 걸었다. 연결되지 않는 서툰 동작으로 옷장 위의 솔을 건드렸고, 의자 하나를 넘어뜨렸고, 어느 순간 팔을 휘두르다가 영국식 침대의 철제 기둥에 부딪혔다. 담뱃불을 붙여 거의 무의식적으로 담배를 피우다가 침대 옆 협탁에 재를 떨어뜨리고서야─거기에 기대지도 않았는데 어떻게 그랬지?─내가 지금 무언가에 홀린 상태이거나 그와 비슷한 상황이며, 내게 있어야 할 평상시의 의식은 심연에 빠져버렸음을 깨달았다.

모습을 드러내는 지평선에 희부연 푸른빛을 던지며 희미하게 밝아오는 아침이 은총의 입맞춤처럼 느껴졌다. 진짜 하루를 알리는 그 빛이 나를 무언가로부터 자유롭게 해줬기 때문이다. 그 빛은 아직 드러나지 않은 내 노쇠함이 기댈 팔을 내밀었고, 내 거짓된 어린 시절을 포근히 감싸줬고, 내 흘러넘치는 감수성이 간절히 바라던 휴식을 찾도록 도와줬다.

아, 무슨 아침이 이렇담! 잠에서 깨는 순간 삶의 어리석음과 삶의 커다란 위로를 동시에 맞이하다니! 창밖으로 오래된 좁은 거리가 보이기 시작하자 눈물이 솟구칠 뻔한다. 천천히 밝아오는 햇빛 속에 지저분한 갈색 윤곽을 드러내는 길모퉁이 식료품점의 토담을 보면서 내 마음은 동화를 들을 때처럼 누그러지고, 이제 불안은 사라질 거라 확신하기 시작한다.

이 무슨 쓰라린 아침인가! 어떤 그림자들이 물러가고 어떤 비밀들이 나타나는가? 아무것도 아니다. 영혼의 어둠을 밝히는 성냥불 같은 첫 전차 소리가 들릴 뿐이다. 그리고 처음 지나가는 행인의 단호한 발걸음은 나더러 이제 그러지 말라고 다정한 목소리로 말해주는 구체적인 현실이다.

99

모든 것에 지칠 때가 있다. 심지어 우리에게 휴식을 주는 것마저 피곤하게 다가올 때가 있다. 우리를 피곤하게 하는 것은 피곤하게 하기 때문에 그렇다. 우리에게 휴식을 주는 것은 그것을 얻으려는 생각이 우리를 피곤하게 하기 때문에 그렇다. 모든 걱정과 아픔 아래에는 낙담한 영혼이 있다. 인간적인 걱정과 아픔을 교묘히 피하고 자신의 권태마저 비켜갈 수 있는 이들만이 그것을 알고 있다. 하지만 이렇게 세상으로부터 자신을 보호하는 갑옷을 입은 이들에게는, 어느 순간 의식 속에서 갑옷 전체가 갑자기 무거운 짐이 되고 인생은 전도된 걱정과 잃어버린 아픔이 되는 일이 별로 놀랍지 않다.
내가 바로 그런 순간을 겪고 있다. 나는 적어도 살아 있기는 한지 알고 싶어하는 사람처럼 이 글을 쓰고 있다. 하루종일 반쯤 잠든 상태로 일했고, 꿈속인 양 숫자들을 계산했고, 무력감 속에서 글자들을 적었다. 종일 인생이 내 눈을 누르고 관자놀이를 압박하는 것 같았다. 두 눈을 덮는 졸음과 관자놀이를 누르는 압력이 느껴졌다. 위장이 이 모든 것을 의식했고 메스꺼움과 허탈감으로 이어졌다.

산다는 것은 물질의 형이상학적 실수 같고, 무기력이 저지르는 실수 같다. 나는 하루가 어떤 날인지, 나의 관심을 돌릴 만한 무엇이 그 안에 있는지 보려 들지 않는다. 여기 내가 쓰는 글 속에 기록됨으로써, 나 자신도 나를 원하지 않는 이 공허함의 찻잔을 채울 수 있는 무엇이 있는지 보려 들지 않는다. 하루가 어떤 날인지 보려 들지 않고, 어깨를 움츠린 채, 슬퍼 보이는 바깥 거리에, 사람들 소리가 지나가는 황량한 거리에 해가 비치는지 아닌지 관심도 없다. 나는 어떤 것에도 관심이 없고, 가슴이 아프다. 나는 일을 멈췄고, 이곳에서 꼼짝도 하기 싫다. 나는 비스듬히 기울어진 오래된 책상 모퉁이마다 붙여놓은 지저분한 흰색 압지를 쳐다본다. 낙서처럼 휘갈겨진 집중과 산만의 흔적을 뚫어져라 본다. 그중에는 위아래를 뒤집어서 쓰거나 앞뒤를 바꿔 쓴 내 서명들도 있다. 여기저기 숫자들도 몇 개 있다. 내가 아무 생각 없이 그린 쓸잘 데 없는 그림들도 있다. 압지를 처음 보는 시골뜨기라도 된 것처럼, 생전 처음 대하는 사물을 쳐다보는 자의 눈길로 이 모든 것을 보는 동안 나의 뇌 전체는 시각을 주관하는 뇌의 중심부 뒤에서 아무 일도 하지 않는다.

내 안에서 감당할 수 있는 정도를 넘어서는 내적인 졸음이 밀려온다. 아무것도 원하지 않고, 아무것도 하고 싶지 않으며, 아무데서도 도망치지 않는다.

100

나는 항상 현재에 산다. 미래는 알지 못한다. 과거는 이미 지나갔다. 미래는 모든 것의 가능성이라서 부담스럽고, 과거는 존재하지 않는 현실이라 부담스럽다. 미래에 대한 희망도 과거에 대한 그리움도 없다. 지금까지 나의 인생은 너무나 자주, 아주 철저히, 내가 원했던 바와는 정반대였다. 그걸 잘 알고 있는 내가, 내일의 인생에 무엇을 기대할 수 있단 말인가? 내가 예상하지 못한 일이 일어날 테고, 내가 원하지 않은 일이 생길 테고, 외부에서 시작된 어떤 일들이 내 의지를 통해 일어날 것이다. 이외에 무엇을 추측할 수 있단 말인가? 내 과거에는 앞으로 반복되어 일어나기를 부질없이 바라면서 떠올릴 만한 일이 하나도 없다. 나는 늘 나 자신의 흔적이거나 복제품에 불과했다. 내 과거란 내가 이루지 못한 모든 것이다. 과거의 감정은 그립지조차 않은데, 그 감정을 느끼려면 그 순간을 살아야 하기 때문이다. 일단 지나가버리면 페이지가 넘어간 것이고, 이야기는 계속되지만 이미 다른 맥락 안이다.

해질녘 공원의 나무 그늘은 검푸르고, 서글픈 연못으로 흐르는 물소리는 가느다랗고, 잘 손질된 잔디밭은 녹색이다. 지금 이 순간 너희가 내게는 전 우주다. 너희야말로 내 의식적 감각을 채우는 모든 것이기 때문이다. 거리의 우울함이 공원을 울타리처럼 둘러싸고, 위로는 높은 나뭇가지 너머 오래된 하늘에 별이 다시 빛나기 시작한다. 공원에서 뛰노는 낯선 아이들 소리를 들으면서 이 뜻하지 않은 저녁에 빠져들어 정신을 놓은 채로 삶을 느껴볼 뿐, 나는 인생에서 아무것도 원하지 않는다.

101

우리의 인생이 창가에 영원히 서 있는 것이라면, 멈춰버린 연기처럼 서서 황혼이 산허리를 아프게 물들이는 똑같은 순간을 항상 지켜보는 것이라면. 그렇게 영원을 초월하여 머물 수 있다면! 적어도 가능한 한 그렇게 멈춰 서서 아무 행동도 하지 않고 우리의 창백한 입술로 말하는 죄를 더이상 짓지 않는다면.

날이 어두워지는 것을 보라!…… 만물의 긍정적인 평온함이 내가 숨쉬는 공기 속 쓴맛과 어울려 분노를 일으킨다. 내 영혼이 아파온다…… 한줄기 담배 연기가 느리게 피어올라 멀리 흩어진다. 산란한 권태 때문에 더는 당신을 생각할 수 없다……

모든 것이 다 잉여로구나! 우리와 이 세계, 그리고 이 두 가지 불가사의.

102

인생이란 우리가 인생에 대해 품는 생각이다. 자신이 소유한 경작지가 전부라고 여기는 농부에게 그 땅은 제국이다. 자신이 소유한 제국이 아직 부족하다고 생각하는 황제에게 그 제국은 한 조각의 땅에 불과하다. 가난한 자는 제국을 소유하고, 제왕은 땅 한 쪽을 갖는다. 우리가 정말로 가진 것은 우리의 감각뿐이다. 그러니 감각이 포착한 대상 안이 아니라 감각의 내면에 우리 삶의 현실적 기반을 마련해야 한다.

이 말은 다른 것과 전혀 상관이 없다.

나는 많은 꿈을 꿨다. 많은 꿈을 꾸느라 지쳤지만 그래도 꿈꾸는 일에 지치지는 않는다. 꿈꾸기는 우리를 지치게 하지 않는데, 왜냐하면 꿈꾸는 것은 잊는 것이고 잊는 것은 우리에게 부담을 주지 않기 때문이다. 우리가 깨어 있는 것은 꿈 없는 잠에 빠져든 상태다. 꿈속에서 나는 모든 것을 이루었다. 결국 깨어나고 말았지만 그게 무슨 상관인가? 꿈속에서 나는 수많은 황제가 되었다! 역사적으로 위대하지만 사실은 비열한 인물들! 해적이 자비를 베풀어 목숨을 건진 카이사르는 후에 그 해적을 찾아내 목매달라고 명령했다. 나폴레옹은 세인트헬레나 섬에 유배되어 유언장을 남길 때 웰링턴*을 암살하려 했던 청부업자에게 유산을 남겼다. 그들의 영혼의 위대함이란 고작 이웃의 사팔뜨기 여인네 정도밖에 되지 않았다! 다른 세상에서는 요리사 재목밖에 안 되는 위인들! 나는 꿈에서 수많은 황제가 되었고, 여전히 꿈꾸고 있다.

　나는 수많은 황제가 되었지만 현실에서는 그렇지 않았다. 꿈꾸는 동안 나는 정말로 제왕이었기에 현실에서는 늘 아무것도 아니었다. 나의 군대는 패배했지만 치명적인 패배는 아니어서 아무도 죽지 않았다. 깃발을 잃은 적도 없었다. 꿈속의 길모퉁이에서 군대가 등장하지도 않았다. 바로 여기 도라도레스 거리에서 얼마나 많은 황제가 되었는지 모른다. 내가 되었던 황제들은 아직 나의 상상 속에 살아 있지만 실제 역사 속의 황제들은 이미 죽었으니 여기 도라도레스 거리, 즉 현실은 그

----

* 영국 군인이자 정치가. 워털루에서 나폴레옹군을 격파하고, 1828년 영국 수상이 되었다.

들을 알지 못한다.

나는 발코니도 없는 창문 난간 밖 거리의 심연을 향해 빈 성냥갑을 던진다. 의자에서 일어나 귀를 기울인다. 뭔가를 의미하듯 선명한 소리를 내는 빈 성냥갑 때문에 거리는 더욱 황량하게 느껴진다. 도시 전체의 소리 외에는 아무것도 들리지 않는다. 그렇다, 이 기나긴 일요일에 도시가 내는 소리는 너무 많고 온통 혼란스럽지만 모두 분명하게 들린다.

현실 속에서 최상의 명상은 쉽게 바스러지고 만다. 늦게 점심 먹으러 가기, 성냥을 다 써버리기, 늦은 식사 때문에 기분이 좋지 않은 상태로 거리에 성냥갑 던지기, 그다지 아름답지 않은 황혼이 예상되는 일요일, 나는 이 세상에서 아무것도 아니라는 사실, 그리고 모든 형이상학.

그렇지만 나는 얼마나 많은 황제가 되었던가!

103

나는 행동을 혐오하며 그 혐오감을 온실 안 화초처럼 키운다. 나는 삶에 동의하지 않고, 그 사실이 자랑스럽다.

104

지적인 사상이 일반적으로 허용되려면 어느 정도의 어리석음이 섞여들어가야 한다. 집단적인 사고는 집단적이기에 어리석다. 한 사상이 집단적인 사고라는 테두리 안에 들어가려면 통행세를 내듯 원래 있던 지성의 대부분을 밖에 두고 가야 한다.

젊은 시절 우리에게는, 본래 타고난 꽤 훌륭한 지성과 경험 부족에서 오는 어리석음으로 수준이 좀 떨어지는 지성, 이렇게 두 개의 지성이 공존한다. 어느 정도 나이가 들었을 때에야 비로소 그 두 지성이 합쳐진다. 그래서 젊었을 때는 항상 실수를 한다. 경험이 부족해서가 아니라 합쳐지지 않은 두 지성 때문에 그렇다.

오늘날 월등하게 지성적인 인간에게 남은 유일한 행로는 포기하는 것이다.

105

포기의 미학

순응은 굴복이고 승리는 순응이다. 그래서 승리는 결국은 패배가 되고 모든 승리는 다 타락이다. 승리자들은 승리를 가져다준 투쟁으로 이끌어갔던, 그를 둘러싼 현상황으로 인한 좌절로 얻은 미덕을 승리와 더불어 잃고 만다. 그들은 만족하게 되는데 사실 만족이란 승리자의 정신이 없는 자들, 즉 순응하는 자들만이 누리는 것이다. 목표를 이룬 적 없는 자들만이 승리한다. 언제나 낙담해 있는 자만이 강하다. 가장 훌륭하고 위엄 있는 것은 포기하는 것이다. 모든 평범한 생활을 양보하고 다른 사람과의 교류를 포기한 제왕, 왕권의 보존을 보물상자처럼 버거워하지 않는 제왕이 훌륭한 제국을 다스린다.

106

때때로 타인들의 계산서와 내 삶의 부재를 적어내려가던 장부에서 고개를 들면, 일종의 생리적인 구토감이 밀려온다. 몸을 웅크린 채 앉아 있던 탓이기도 하겠지만, 그건 숫자와 환멸을 초월하는 구토감이다. 나에게 인생은 효과 없는 약 같아서 달갑지 않다. 이럴 때는, 권태에서 정말로 벗어나겠다는 단순한 의지만 있다면 권태를 떨쳐버리기란 아주 간단할 거라는 확실한 예감이 든다.

우리는 행동에 의해 살아가고 행동은 욕구에서 비롯된다. 천재든 거지든 자신이 원하는 걸 모른다면 똑같은 무능력자다. 나는 결국 회계 사무원에 불과한데, 나 자신을 천재라고 소개해봐야 무슨 소용이 있나? 세자리우 베르드*가 의사에게 자신은 가게 점원 베르드가 아닌 시인 세자리우 베르드라고 말했을 때 그에게는 허영이 깃든 쓸모없는 자부심이 있었다. 불쌍한 이 같으니, 그는 그저 점원 세자리우 베르드일

_____

* 이 책 15쪽 텍스트 3 참조.

뿐이었다. 시인 세자리우 베르드는 그가 죽고 난 후 시가 인정받았을 때에야 비로소 태어난 셈이기 때문이다.

행동하는 것이야말로 진정한 지혜다. 나는 무엇이든 원하는 존재가 될 수 있지만 그러려면 뭔가를 원해야 한다. 성공은 성공하는 것이지 성공할 조건을 갖추는 게 아니다. 넓은 땅이라면 어디든 궁궐을 세울 수 있지만 궁궐이 지어지기 전엔 아무것도 아니다.

눈먼 자들이 돌팔매질한 나의 자부심과 거지들이 짓밟은 나의 환멸.

그들은 한 번도 보낸 적 없는 시를 통해 "오로지 꿈에서만 당신을 원하오"라고 사랑하는 여인에게 말한다. 그들에게는 아무 말도 하지 않을 용기가 없다. "오로지 꿈에서만 당신을 원하오." 이 말은 내 오래된 시의 한 구절이다. 나는 미소 지으며 그 기억을 간직하지만, 그 미소에 대해 아무 말도 하지 않는다.

107

나는 흔히 여자들이 좋아한다고 말하지만 실제로 만나면 절대 알아보지 못하는 유형의 남자다. 여자들은 혹 우리 같은 사람들을 알아본다 해도 우리 같은 남자들의 영혼을 알아보지 못한다. 나는 나의 예민한 감정을 경멸하며 참고 견딘다. 나는 사람들이 감탄하는 낭만적인 시인의 모든 특징을 지녔고, 진정한 낭만적 시인이 되게 하는 결핍까지 갖췄다. 여러 소설의 다양한 이야기에 등장하는 주인공들에게서 부분적으로 묘사된 나의 모습을 본다. 그러나 정작 내 인생과 영혼의 본질은 결코 주인공이 될 수 없는 부류에 속한다.

나는 내가 누구인지 도무지 모르겠다. 내가 나에 대해 모르는 것이 무엇인지도 모르겠다. 나는 나 자신을 알기 위해 방랑하는 유목민이다. 나의 내면의 풍요로움은 처음 들판에 나가자마자 달아나버린 양떼처럼 흩어져버렸다.

유일한 비극은 우리 자신을 비극적 존재로 상상할 수 없다는 것이다. 내가 이 세상과 공존하고 있음을 언제나 분명하게 지켜봤다. 세상과 공존하기에는 부족하다고 분명히 느낀 적도 결코 없었다. 그러므로 나는 정상인 적이 한 번도 없었다.

행동하는 것은 휴식하는 것이다.

모든 문제들은 해결할 수 없다. 문제라는 것의 핵심은 해결책이 없다는 데 있다. 사실을 찾아나서는 것은 그 사실이 없음을 의미한다. 생각한다는 것은 어떻게 존재해야 하는지 모른다는 것이다.

가끔은 강가의 테헤이루 두 파수*에서 몇 시간이고 멍하니 생각에 잠긴다. 나는 조급한 마음으로 이 평온함에서 벗어나려고 끊임없이 시

* 지금의 프라사 두 코메르시우로 리스본 최대 규모의 광장. 16세기부터 18세기까지 왕궁이 있던 곳으로 1755년 지진으로 폐허가 되었다가 후에 재건축되었다.

도하지만, 무기력에서 헤어나지 못한다. 이러한 육체적 무력감은 바람의 속삭임에 목소리를 떠올리듯 육감적이다. 그런 상태로 나는 영원히 만족하지 못할 나의 헛된 욕망에 대해 명상한다. 나의 불가능한 열망으로 인해 생겨나는 끝없는 불안에 대해 명상한다. 괴로워할 줄 안다는 고질병이 나를 가장 괴롭게 만든다. 나는 내가 정말로 원하지도 않는 뭔가를 갈망하고, 그것이 진정한 괴로움이 아니기에 괴로워한다.

선창가와 오후와 바다 냄새가 한꺼번에 몰려와 나의 근심 속에 자리 잡는다. 여기에는 피리가 없고 바로 그렇기 때문에 피리 소리를 떠올린다. 그 소리는 상상 속 목동들의 피리 소리보다 감미롭다. 내 마음과 비슷한 이런 순간에 멀리서 들려오는, 시냇가에 흐르는 목가는 나를 아프게 한다. □

108

인생이 위장 장애로 인한 구토감 같고 정신의 존재는 근육을 짓누르는 통증같이 느껴질 때가 있다. 영혼의 황량함을 날카롭게 느낄 때면 몸속 아득히 먼 곳에서 파도가 밀려오고, 육신이 영혼 대신 고통을 당한다.

의식하는 존재로서 느끼는 아픔이 어느 시인*의 다음과 같은 말처럼 느껴지는 날, 나 자신을 의식한다.

---

* 스페인 시인 호세 데 에스프론세다. 그의 대서사시 「살라망카의 학생」 일부를 인용하고 있다.

무기력, 메스꺼움
그리고 고통스러운 욕망.

109

(폭풍)

어두운 침묵이 창백하게 깔린다. 근처를 지나가는 트럭이 빠르게 달
리는 마차들 소리 위로 천둥소리를 낸다. 가까운 하늘에서 실제로 일
어나는 우스꽝스럽고 기계적인 메아리다.

자성을 띤 빛이 예고도 없이 또다시 깜빡이며 터진다. 심장이 벌컥
튀어오른다. 높은 곳에서 유리 천장이 커다란 조각으로 깨져 흩어진
다. 무자비한 빗줄기가 땅의 소음과 맞부딪친다.

(바스케스 사장의) 창백한 얼굴은 두려움으로 파랗게 질려 있다. 그
의 힘겨운 숨소리를 감지하며 나도 그와 다르지 않으리라는 동질감을
느낀다.

꿈을 많이 꾼 다음날이면 크게 뜬 두 눈에 지난밤 꿈의 광채와 확신을 여전히 담은 상태로 거리에 나선다. 다른 사람이 나를 알아보지 못하게 막아내는 나의 자동주의automatismo가 놀랍다. 이런 날이면 나는 일상생활을 영위하는 동안 내 영적 세계를 돌보는 유모의 손을 잡고 놓지 않는다. 그러므로 나의 행보는 꿈속에서의 모호한 구상과 완벽한 조화를 이룬다. 나는 똑바로 걸어가고, 비틀거리지 않으며, 제대로 반응한다. 나는 멀쩡하게 존재한다.

그러다 잠깐 틈이 생기면, 자동차나 행인과 부딪치지 않으려고 걷는 길을 살필 필요가 없고 누군가에게 말을 걸거나 근처 출입문을 찾아 들어갈 필요가 없을 때면, 나는 또다시 물 위에 뜬 종이배처럼 꿈의 물결을 따라 떠다닌다. 야채를 실은 수레 소리 사이로 떠오르는 아침해를 어렴풋이 알아채는 나를 감싸는 흐릿한 환상에 다시 빠져든다.

그럴 때면 바쁘게 흘러가는 삶의 한복판에서 꿈이 멋진 영화처럼 펼쳐진다. 도심의 이 세상 같지 않은 거리를 걸어가는 동안, 존재하지 않는 삶의 현실이 가짜 추억이라는 하얀 천으로 내 머리를 부드럽게 동여맨다. 나는 미지의 나 자신인 바다를 표류하는 항해자다. 내가 있어본 적 없는 곳에서 모든 것에 승리했다. 불가능을 넘어서는 행진에서 몸을 앞으로 굽힌 채 걸어가게 만드는 졸음이 산들바람처럼 신선하다.

누구나 무언가에 중독되어 있다. 나는 존재 자체에 깊이 도취돼 있다. 나는 앞으로 똑바로 걸어갈 때도 감정에 취해 떠돈다. 시간이 되면 사무실에 들어가 다른 사람들처럼 산다. 그럴 시간이 아닐 때는 강으로 가 다른 사람들처럼 강물을 바라본다. 나는 남들과 다르지 않다. 그리고 이러한 모든 행동 뒤에서 아무도 모르게 나의 하늘에 별을 띄우고, 나의 무한대를 누린다.

111

오늘날 사람들은 도덕적 상태와 지적 수준이 원시적이거나 형편없이 낮지 않은 한, 사랑할 때 낭만적인 사랑을 한다. 낭만적인 사랑은 기독교의 영향이 여러 세기 지속된 결과 발생한 극단적인 형태다. 잘 이해하지 못한 사람에게 그것의 본질과 전개 과정을 설명하자면, 낭만적 사랑이란 영혼과 상상력이 만든 옷이며 우연히 나타난 사람에게 입혀놓고 잘 맞는다고 생각하는 옷이라고 비유할 수 있다.

하지만 모든 옷은 영원하지 않기 때문에 어느 정도 시간이 흐른 후에는 우리가 만든 이상적인 의상이 해어지고, 그 아래로 우리가 옷을 입힌 사람의 진짜 육신이 드러나게 된다.

그러므로 낭만적인 사랑이란 환멸에 이르는 길이다. 그렇지 않은 경우는 처음부터 환멸을 인정하고, 이상형을 끊임없이 변경해가며, 영혼의 공작소에서 새 옷을 계속 지어내 그 옷을 입는 사람의 모습을 지속적으로 바꿔갈 때뿐이다.

우리는 아무도 사랑하지 않는다. 우리가 사랑하는 것은 어떤 사람에 대해 우리가 갖고 있는 생각이다. 이는 우리가 만든 개념이므로 결국 우리는 우리 자신을 사랑하는 것이다.

이 사실은 사랑의 전 영역에 걸쳐 적용된다. 성적인 사랑에서 우리는 다른 이의 육체를 매개로 얻는 쾌락을 추구한다. 성적이지 않은 사랑에서는 우리 자신의 생각을 매개로 얻는 쾌락을 추구한다. 자위행위는 비루하지만, 정확히 말해서 자위행위야말로 사랑의 가장 논리적인 표현이다. 아무도 속이지 않고 속지 않는 유일한 사랑인 것이다.

한 사람의 영혼과 다른 사람의 영혼이 맺는 관계는 우리가 취하는 행동과 공통의 언어 같은 불확실하고 다양한 것들을 통해 이루어지므로 매우 복합적이다. 두 사람이 서로 만나는 행위는 사실은 만남이 아니다. 두 사람은 서로에게 "사랑해"라고 말하거나 그렇게 생각하거나 느끼지만, 사실은 영혼의 활동을 구성하는 인상들의 추상적인 총합에서 두 사람의 생각과 삶은 서로 다르다. 심지어 색깔과 향기조차 다르다.

오늘 나는 마치 세상에 처음 존재하는 것처럼 명료하게 사고한다. 내 생각은 표현이 가능하리라는 환상의 살점을 걸치지 않은 해골처럼 명확하다. 그리고 내가 만들었다 버렸다 하는 이 생각들은 그 무엇에서도 비롯되지 않았다. 적어도 내 의식의 맨 앞줄에 있는 어떤 것에서는 발생하지 않았다. 어쩌면 그 생각들의 정체는 어느 영업사원이 여자친구에게 느낀 실망, 외국 잡지에서 번역되어 신문에 실린 연애소설의 한 문장, 혹은 생리적인 원인을 설명할 수 없는 나의 막연한 구토감일 것이다……

베르길리우스에게 주석을 단 이는 틀렸다. 이해하려 할 때 우리는 가장 피곤하다. 사는 것은 생각하지 않는 것이다.

113

사랑이 시작될 때와 비슷한 이틀 또는 사흘……

탐미주의자에게는, 이 시기에 발생하는 느낌이 가치 있다. 여기서 더 나아가면 질투와 고통과 열망이 시작되는 영역으로 들어간다. 이런 감정의 대기실에는 가벼운 쾌감, 욕망의 모호한 향기 같은 사랑의 온갖 달콤함이 있지만 사랑의 깊이는 아직 없다. 감정의 대기실에 머무는 것은 비극적인 사랑의 위대함을 포기하는 것이라 볼 수 있다. 그렇다면 우리는 탐미주의자에게 비극은, 관찰하기에는 흥미롭지만 체험하기에는 괴로운 것임을 기억해야 한다. 삶의 결과물이 상상의 결과물을 훼손한다. 세상은 평범하지 않은 사람들이 지배한다.

지금 얘기한 이론은, 사실은 내 지성의 귀에 난해한 지껄임을 속닥거림으로써 내가 소심한 인간이며 삶을 마주 대할 자신이 없다는 사실을 잊게 만들 뿐이다. 그런 측면을 무시할 수 있다면 꽤 마음에 드는 이론임이 틀림없다.

114

인공성의 미학

인생에 대해 말할 수 없게 방해하는 것은 바로 인생이다. 내가 만일 위대한 사랑을 해봤다면 결코 그것에 대해 말할 수 없으리라.

이 두서없는 이야기를 통해 당신 앞에 드러난 나라는 사람이 정말로 존재하는지 아니면 내가 꾸며낸 미학적인 개념인지는 나 자신도 잘 모르겠다. 그렇다. 나는 미학적으로는 내가 아닌 다른 사람처럼 살고 있다. 나라는 존재와는 동떨어진 재료로 만든 조각상처럼 나의 인생을 만들었다. 나는 나로부터 너무 동떨어져 있고 너무 순수하게 예술적인 방식으로 자신을 인식하기에 가끔은 내가 나를 못 알아볼 정도다. 이러한 비현실성 뒤의 나는 대체 누구인가? 모른다. 누군가 다른 사람임이 틀림없다. 내가 살고, 행동하고, 느끼기를 피하는 이유는—부디 믿어주길—내가 만들어낸 인물의 윤곽을 그대로 보존하고 싶기 때문이다. 내가 되고 싶은 것은 내가 되고 싶었던 존재인데 그것은 내가 아니다. 그 소망을 포기한다면 나는 파괴될 것이다. 육체적으로는 불가능할 테지만 적어도 정신적으로는 예술 작품이 되고 싶다. 그런 이유로 나는 조용히 고립된 곳에서 나 자신을 조각했다. 나의 인공성이 고적한 아름다움 속에서 우스꽝스러운 꽃을 피울 수 있도록, 신선한 공기가 차단되고 직사광선이 닿지 않는 온실 안에 내 자리를 마련했다.

나의 모든 꿈을 하나의 연속되는 삶 속에 모을 수 있다면, 상상 속의 친구들과 내가 창조해낸 사람들로 가득찬 날들이 이어지는 인생, 이런 가짜 인생 안에서 살고 고통받고 즐길 수 있다면 얼마나 근사할까. 나는 가끔 골똘히 생각한다. 그 안에서도 내게 불운한 일이 일어날 수 있고, 엄청난 즐거움을 경험할 수도 있으리라. 그리고 나를 둘러싼 것은 모두 현실이 아니겠지. 하지만 만물이 그 안에서 나름의 존엄한 논리를 가질 테고, 관능적인 허구의 리듬을 타고서 모든 일이 이루어질 것이다. 모든 일이 내 영혼으로 만들어진 도시에서 일어나고 모든 길이 내 안의, 아득히 먼 곳의 기차가 느리게 나아가는 플랫폼까지 뻗어나갈 것이다…… 외부의 삶에서처럼 모든 것이 선명하고 불가피하겠지만 '저무는 태양'의 미학이 함께할 것이다.

115

우리 인생이 다른 사람에게 불가사의한 것이 되도록 꾸려가기. 다른 사람들보다 우리와 가까이 있는, 우리를 잘 아는 사람들이 우리를 더 모르게 하기. 나는 그렇게 내 인생의 형상을 만들었다. 의도하지 않았지만 그러기 위해 지나치게 본능적인 예술을 따른 결과, 나 자신에게 조차도 온전히 선명하고 확실하지 못한 사람이 되고 말았다.

116

글을 쓴다는 것은 잊는 것이다. 문학은 인생을 무시하는 가장 유쾌한 방식이다. 음악은 마음을 달래고, 미술은 기운을 북돋고, 연극이나 무용 같은 행위 예술은 즐거움을 준다. 그러나 문학은 잠에 빠지듯 인생에서 멀어지게 한다. 다른 예술의 경우, 어떤 것은 눈에 보이는데다 살아 있는 형식을 사용하고 또 어떤 것은 인간의 삶 자체를 살아가기에 인생에서 멀어지지 않는다.

그런데 문학은 그렇지 않다. 문학은 인생을 모방한다. 소설은 일어난 적 없는 이야기이고, 희곡은 내레이션 없는 소설이다. 그리고 시는 아무도 사용하지 않는 언어로 표현하는 생각과 느낌이다. 운율을 맞춰 말하는 사람은 없으니까.

117

대부분의 사람들은 자신들이 보고 생각하는 것을 말로 옮길 능력이 부족해 곤란을 겪는다. 그들은 나선형을 말로 정의하는 것보다 어려운 일은 없다고 말한다. 나선형을 정의하기 위해서는 글이 아니라 허공에 손짓으로 한 방향으로 빙빙 돌아간 모양을 그려 보여야 한다고, 그래야만 사람들의 눈이 나선형 계단과 와이어 스프링에 내재하는 추상적인 형태를 감지할 수 있다고 불평한다. 그러나 말한다는 것이 새롭게 한다는 것임을 기억한다면, 나선형을 정의하는 일은 그리 어렵지 않다. 그것은 오르기 시작하되 결코 끝나지 않는 원형이다. 물론 많은 사람들이 그렇게 정의하지 않으리라는 것을 알고 있다. 왜냐하면 그들에게 정의란 정의하려는 게 아니라 다른 이들이 기대하는 바를 말하는 것이기 때문이다. 나는 더욱 정밀하게 말하겠다. 나선형이란 완결되지 않고 휘어져 올라가는 잠재적인 원형이다. 그러나 이 정의는 여전히 추상적이다. 보다 구체적으로, 모든 것이 분명해지도록 말하겠다. 나선형이란 아무것도 아닌 것을 수직으로 감아올라간, 뱀이 아닌 뱀이다.

모든 문학은 삶을 현실적으로 만들려는 시도다. 우리 모두가 알다시피 무심코 행동할 때조차도 인생은 그 직접적인 현실성 속에서 철저히 비현실적이다. 도시, 시골, 개념은 모두 철저하게 허구적인 것으로 우리 자신의 복잡한 감각이 낳은 결과물이다. 우리가 받은 모든 인상들을 문학적으로 표현할 때 비로소 타인과 소통할 수 있다. 어린아이들의 표현은 어떻게 느껴야 하는지 남들에게 배운 것이 아니라 자기가 느낀 바를 말하는 것이기에 더욱 문학적이다. 언젠가 나는 한 아이가 눈물이 쏟아질 것 같은 상태를 묘사하기 위해 평범한 어른, 즉 어떤 멍청이처럼 '나는 울고 싶어요'라고 말하는 게 아니라 '나는 눈물이고 싶어요'라고 말하는 걸 들었다. 위대한 시인에게 영감을 받아 만들어진 듯 너무나도 문학적인 이 문장은 눈꺼풀 안에 차오르는 쓰디쓴 액체, 막 터져나올 듯한 뜨거운 눈물을 단호히 묘사하고 있다. '나는 눈물이고 싶어요'라니! 그 어린아이는 자신의 나선형을 훌륭하게 정의했다.

말한다는 것! 말할 줄 안다는 것! 글로 쓰인 목소리와 지적인 이미지를 통해 존재할 줄 안다는 것! 이거야말로 인생에서 진정 가치 있는 일이다. 나머지는 그저 남자와 여자, 상상 속의 사랑과 꾸며낸 허영, 우리의 소화작용과 망각이 만들어낸 속임수, 바위를 들어올리면 그 밑에 있는 벌레처럼 꿈틀거리는 사람들, 의미 없는 푸른 하늘이라는 거대한 추상 덩어리 아래 사는 사람들일 뿐이다.

118

왜 내가 쓴 글을 아무도 읽지 않을까봐 걱정해야 할까? 나는 인생에서 관심을 돌리기 위해 글을 쓸 뿐이다. 출판하는 이유는 그것이 게임의 법칙이기 때문이다. 만일 내일 내가 쓴 글이 갑자기 전부 없어진다면 물론 유감스러울 것이다. 하지만 평생에 걸쳐 써온 글을 잃었다는 사실을 두고 흔히 상상할 수 있듯이 몹시 비통하거나 미칠 것 같지는 않으리라고 믿는다. 차라리 자식을 잃고 몇 달이 지난 후 평상시로 돌아온 어미와 비슷할 것 같다. 모든 죽은 이들을 보살피는 거대한 땅이, 나와 같은 모정으로는 아니더라도 내가 글을 쓴 종잇장들을 보살필 것이다. 아무 상관 없는 일이다. 아직 깨어 있는 아이를 초조하게 지켜보는 마음, 아이가 마침내 잠자리로 가면 찾아올 평화를 간절히 기다리는 마음으로 인생을 바라보는 이들이 틀림없이 있었을 것이다.

119

『아미엘의 일기』에서 그가 책을 출판했다고 암시하는 대목을 읽을 때마다 실망스럽다. 그건 실수였다. 그러지 않았더라면 아미엘은 정말 위대한 인물이었을 텐데!

『아미엘의 일기』를 읽을 때마다 마음이 아픈 것은 나 자신 때문이다.

아미엘이 친구 셰레*가 영혼의 열매를 '의식에 대한 의식'이라고 묘사했다고 기술한 대목을 읽었을 때, 그것은 바로 내 영혼에 대한 언급 같았다.

120

다른 사람의 고통과 좌절을 보면서 은근히 즐거워하는 인간 심리의 어둡고 헤아리기 힘든 사악함. 나는 그 사악함을 나 자신의 고통에 대입해서 관찰한다. 그럼으로써 내가 우스꽝스럽거나 초라하게 느껴질 때, 그게 다른 사람의 일인 양 즐기면서 바라볼 수 있게 된다. 그러한 이상하고 신기한 감정의 변형에 의해, 나는 다른 사람의 고통과 실패를 목격할 때 누구나 느끼는 사악하고 지극히 인간적인 즐거움을 느끼지 않는다. 다른 사람이 곤란해진 모습을 볼 때 나는 아픔이 아니라 일종의 미학적인 불편함과 은근한 노여움을 느낀다. 그건 동정심 때문이

---

* 프랑스 문학비평가. 아미엘의 유작이 된 저서의 서문을 썼다.

아니다. 우스꽝스러워 보이는 사람이 누구든 나뿐만 아니라 다른 이들에게도 그렇게 보일 거라는 사실 때문이다. 나를 화나게 만드는 것은 누군가 다른 사람 앞에서 우스꽝스러워진다는 사실 자체다. 인간이라는 종은 그럴 권리가 없음에도 불구하고 다른 이의 처지를 이용해서 웃으려 든다. 나는 다른 사람들이 아무리 나를 보고 비웃는다 해도 상관하지 않는데, 내 외부에 있는 것이라면 그게 무엇이든 잘 무장된 경멸로 대하기 때문이다.

나와 타인들 사이에 어느 담벼락보다 철저한 경계선을 그어놓고 나만의 정원을 구분지어놓은지라, 나는 타인들을 그들의 위치에 두고서 완벽하게 분리해놓고 완벽하게 관찰할 수 있다.

행동하지 않을 방법을 찾아내는 것이 내 인생의 관심사이고 사색의 주제다.

나는 국가와 인류에 종속되길 거부한다. 소극적으로라도 저항한다. 국가는 나에게 어떤 행동을 요구할 수 있을 뿐이다. 내가 꼼짝 않는 이상 내게서 아무것도 얻어내지 못한다. 오늘날 사형제도도 폐지되었으니 국가가 할 수 있는 일이라고 해봐야 나를 귀찮게 하는 정도다. 그런 일이 생긴다면 영혼을 더욱 단단히 무장하고 내 꿈속 더 깊은 곳에서 살 것이다. 그러나 그런 일은 일어난 적이 없다. 국가는 나를 귀찮게 하지 않는다. 그런 점에서는 운명이 나를 봐준 것 같다.

121

정신의 활동력이 왕성한 사람들이 다들 그렇듯, 나는 한곳에 고정된 삶에 대해 태생적이고 운명적인 애착을 갖고 있다. 새로운 삶과 낯선 장소는 질색이다.

122

여행을 떠난다는 생각만 해도 멀미가 난다.
나는 내가 한 번도 보지 못한 것들을 이미 다 보았다.
나는 내가 아직 보지 못한 것들을 이미 다 보았다.

끊임없이 새로운 것을 마주하는 권태, 겉으로만 서로 다른 사물들과 개념들 뒤에 놓인 영원한 동일성을 발견하는 권태, 모스크와 절과 교회의 절대적인 유사성, 오두막과 궁궐의 동등함, 예복을 걸친 왕과 벌거벗은 원시인의 육체의 동일함, 인생에서 영원히 반복되는 자신과의 일치, 내 삶 속 흘러가는 모든 것의 정체停滯.

풍경은 반복된다. 기차를 타고 짧은 나들이에 나선 나는 바깥 풍경을 멍하니 바라보는 일과, 내가 아닌 다른 사람이었다면 재미있어했을 책을 멍하니 들여다보는 일을 불안스럽게 헛되이 반복하고 있다. 살아 있는 것만으로도 어렴풋이 멀미가 나고 움직이면 상태가 악화된다.

이 세상에 존재하지 않는 풍경과 내가 결코 읽지 않을 책만이 권태롭지 않다. 나에게 인생은 결코 두뇌에 닿지 않는 졸음이다. 나의 두뇌는 내가 언제든 그 안에서 슬퍼할 수 있는 자유로운 곳이다.

아, 존재하지 않는 이들이 여행을 떠나기를! 아무것도 아닌 사람들에게는 그저 강처럼 흘러가는 것이 인생이다. 그러나 생각하고 느끼고 의식이 깨어 있는 이들은 열차와 자동차, 배가 일으키는 끔찍한 히스테리 때문에 잠들지도, 깨어 있지도 못한다.

비록 짧은 여행이더라도 여행에서 돌아올 때면, 꿈으로 가득한 잠에서 깨어나는 것처럼 돌아온다. 서로 다른 느낌들이 겹치고 본 것들에 취한 나는 몽롱하고 혼란스러운 상태로 돌아온다.

영혼이 충분히 건강하지 않아서 나는 편히 쉴 수가 없다. 내 영혼과 몸 사이에 뭔가 빠져 있는 까닭에 움직이지도 못한다. 내게 필요한 것은 움직임이 아니라 움직이려는 욕망이다.

테헤이루 두 파수에서 카실랴스까지 십 분 정도 걸리는 뱃길을 따라 강을 건너가보고 싶을 때가 있었다. 그렇지만 언제나 수많은 사람들과 나 자신과 내 의도에 위축되곤 했다. 한두 번 가봤지만 뱃길을 가는 내내 신경이 곤두섰고, 육지로 돌아온 다음에야 안심하고 발을 내디딜 수 있었다.

감정이 너무 예민할 때면 테주 강은 끝없이 넓은 대서양 같고, 카실랴스는 다른 대륙, 심지어 다른 우주처럼 느껴진다.

포기는 자유다. 원하지 않는 것이 힘이다.

내 영혼이 나에게 주지 못한 것을 중국이 줄 수 있을까? 내 영혼이 줄 수 없는데 무슨 수로 중국이 그걸 줄 수 있을까? 내가 중국을 본다면 내 영혼을 통해 볼 것이 아닌가? 동양에 가서 부富를 얻을 수 있을지라도 영혼의 재물은 아닐 것이니, 영혼의 재물은 바로 나 자신이기 때문이다. 동양에 가든 어디에 있든 나는 그저 나다.

여행은 느낄 줄 모르는 이들이나 하는 것이다. 그래서 여행 책자는 경험을 풀어놓은 책으로서 항상 부족한 면이 있기 마련이다. 여행기의 가치는 글쓴이의 상상력에 비례한다. 상상력을 가진 작가라면 상상한 풍경을 사진으로 찍듯 세밀하게 묘사해서 우리를 즐겁게 해줄 것이다. 실제로 보았다고 생각하는 풍경에 대한, 아무래도 세밀함이 떨어질 수밖에 없는 묘사를 통해 그럴 수 있듯이 말이다. 우리 모두는 내면을 들여다볼 때를 제외하고는 다 근시안이다. 오직 꿈을 볼 때에만 제대로 볼 수 있다.

지구상에서 우리의 경험은 기본적으로 단 두 종류뿐이다. 보편과 특수. 보편의 묘사는 모든 인간의 영혼과 경험의 공통점을 묘사하는 것이다. 낮과 밤이 흘러가는 광대한 하늘, 수녀처럼 신선한 물이 흐르는 강물, 알 수 없는 깊이 속에 거대한 높이의 산맥을 감춘 대양, 들판과 계절과 집과 얼굴과 몸짓, 의복과 미소, 사랑과 전쟁, 유한한 신과 무한한 신, 세상 근원의 어머니인 형체 없는 '밤', 세상의 모든 것이며 지성을 지닌 괴물인 운명…… 이들을 포함해 모든 보편적인 것을 묘사할 때 내 영혼은 원시적이고 신성한 언어, 아담의 후손이라면 누구나 이해하는 언어를 사용한다. 그러나 산타 주스타 엘리베이터*나 랭스 대성당,** 주아브팬츠***에 대해 이야기할 때, 트라수스몬테스****에서 포르투갈어를 발음하는 방식을 이야기할 때는 어떤 파편화되고 난해한 언어를 사용해야 할까? 추상적인 감정이 아니라 걸어다니는 행위를 통해 느낄 수 있는 울퉁불퉁한 땅바닥처럼 이들 사이에는 표면적인 차이가 있다. 산타 주스타 엘리베이터의 보편성은 생활을 편리하게 만드는 공학적 이론이다. 랭스 대성당의 진실은 랭스라는 지명이나 성당이라는 장소가 아니고 인간 영혼의 심오함에 대한 인식에 바쳐진 성스러운 건물의 종교적 후광이다. 주아브팬츠에서 영원한 것은 옷이란 화려한 색깔로 꾸민 소설이며 인간의 언어라는 사실이고, 옷의 사회적 의미를 단순하게 본다면 새로운 형태의 나체라고 할 수 있다. 지역 사투리에서 보편적인 것은 자연스럽게 살아가는 사람들의 목소리에 깃든 평범한 어투, 집단의 다양성, 다채롭게 이어지는 관습, 민족 간의 차이, 국가 간의 광범위한 다양함이다.

우리는 우리 자신을 스쳐가는 영원한 행인이며, 우리 자신 말고 다른 풍경은 없다. 우리 자신도 우리 것이 아니기에 우리 것은 조금도 없다. 우리는 아무것도 아니기에 가진 것도 없다. 어느 우주를 향해 어느

---

* 리스본의 고지대와 저지대를 연결하는 엘리베이터.
** 프랑스 랭스에 있는 고딕식 성당. 노트르담 대성당이라고도 부른다.
*** 알제리 주아브 종족 사람들로 구성된 프랑스 경보병들이 착용하던 짧은 바지를 응용한 것으로 밑단을 오므린 것이 특징이다.
**** 포르투갈 북부 지역으로 역사적으로 고립된 까닭에 문화·언어적 특수성을 오래 간직해온 곳이다.

손을 내밀 것인가? 우주는 내 것이 아니라 바로 나 자신이다.

124

(*무관심 또는 그 비슷한 것에 대하여*)

스스로를 존중하는 사람이라면 누구나 '극단'까지 살아보기를 원한다. 주어진 것으로 만족한다면 노예다. 더 갖길 원한다면 어린아이다. 더 많이 정복하려 드는 것은 미친 짓이다. 왜냐하면 모든 정복은 □

극단까지 산다는 것은 한계에 이르도록 사는 것으로, 여기에는 세가지 방식이 있다. 우월한 영혼을 가진 사람들은 셋 중에서 자신의 방식을 선택한다. 우선 첫번째 방식은 삶을 극단까지 소유하는 것이다. 밖으로 드러나는 모든 형태의 에너지와 모든 살아 있는 감각을 경험하는 오디세우스의 여행을 하는 것이다. 그러나 모든 것을 모든 방식으로 소유한 후에 온갖 피로를 다 합친 피로에 절어 눈감을 수 있는 사람은 동서고금을 통틀어 지극히 소수에 불과하다.

극소수의 사람들만이 육체와 영혼을 다 바치는 인생을 산다. 그들은 자신의 인생 전체를 사랑하기에 타인을 부러워하지 않는다. 그런 인생은 분명 우월하고 강한 영혼을 가진 모든 이들이 바라는 것이리라. 그러나 그것이 실현 불가능하고 '모든 것'을 얻어내기에는 힘이 부족하다는 사실을 깨달을 때 따라갈 수 있는 두 가지 길이 있다. 하나는 완전한 포기, 공식적이고 완벽한 단념이다. 그럼으로써 활동과 에너지의 영역에서 온전히 소유할 수 없던 것들을 감성의 영역으로 옮기는 것이다. 인류의 대부분을 차지하는 불필요하고 무의미한 자들처럼 부실하고 부적절하고 헛되이 행동하는 것보다는 극도로 행동을 자제하는 편이 훨씬 낫다. 또다른 방식은 완벽한 평형 상태에서 '절대적 균형'의 '한계'를 탐색하는 것이다. 이를 통해 '극단'에 대한 갈망은 의지와 감정에서 '지성'으로 옮겨지고, 개인의 야망은 모든 삶을 살아보거나 느껴보려는 것이 아니라 모든 삶의 질서를 바로잡고 삶을 지적인 '조화'와 '협동' 안에서 운영하려는 것이 된다.

이해에 목마른 고귀한 영혼의 소유자들의 경우 종종 이해하려는 열망이 행동하려는 열망을 대체한다. 이해하려는 열망은 감성의 영역에 속한다. 에너지를 지성으로 대체하고 모든 물질적 삶의 이해관계를 벗어던져 의지와 감정의 고리를 끊어버릴 수 있다면 그것은 인생, 전부를 소유하는 것은 너무 어렵고 부분적으로만 가지는 것은 너무 슬픈 인생보다 가치 있는 일이다.

고대의 항해자들은 인생을 살 필요가 없고 항해만 필요하다고 말했다. 병적인 감성을 지닌 항해자인 우리는 이렇게 말하리라. 인생을 살 필요는 없으며 느낄 필요만 있다.

125

주군이여, 당신의 배들은 재앙 같은 이 책에서 나의 생각이 이룬 것만큼 위대한 항해를 해내지 못했습니다. 대담한 사람들의 용기나 무모

한 사람들의 상상 너머에 있는 곳, 나의 명상으로 돌았던 곳과 나의 □
으로 이르렀던 해변들. 당신의 배들은 그 곳을 돌아오지 못했고 그처
럼 먼 해변도 보지 못했습니다.

주군이여, 당신이 지휘한 항해 덕분에 '현실 세상'이 발견되었습니
다. 이제 '지성의 세상'은 나로 인해 발견될 것입니다.

당신의 항해자들은 괴물과 두려움에 맞서 싸웠습니다. 나의 생각 속
항해 길에도 맞서 싸울 괴물과 두려움이 있었습니다. 사물의 바닥에
있는 추상적인 심연으로 가는 길에는 세상 사람들이 상상조차 할 수
없는 공포와 인간이 경험해보지 못한 두려움이 있습니다. 아무도 모르
는 무한한 바다 너머에 있는 곳은, 세상의 공허로 향하는 추상적인 길
에 비한다면 차라리 인간적입니다.

고향으로부터 멀리 떠나, 집으로 향하는 길에서 추방되어, 같은 일
상이 반복되는 평온과는 영영 멀어진 당신의 사자使者들은 당신이 죽은
후에 지구의 대양 저 끝에 마침내 도착했습니다. 그곳에서 구체적인
물질로서의 새로운 하늘과 새로운 땅을 보았지요.

나는, 나에게로 가는 길에서 멀어져, 내가 사랑하는 삶을 보지 못하
는 장님이 되어, □, 마침내 사물들의 텅 빈 끝, 존재의 한계의 헤아릴
수 없는 가장자리, 세상의 추상적인 심연 속, 그 어디에도 없는 장소의
문 앞에 이르렀습니다.

주군이여, 나는 그 문으로 들어갔습니다. 주군이여, 나는 그 바다 위
를 떠돌았습니다. 주군이여, 나는 보이지 않는 심연을 응시했습니다.

항해자들의 창조자이신 당신의 포르투갈어 이름을 기리며 이 훌륭

한 '발견'의 업적을 바치나이다.

126

나는 정체되어 있다. 누구나 그러듯 다급하게 보낸 편지에 대한 답장을 차일피일 미루는 것과 같은 정체가 아니다. 아무도 그러는 사람은 없겠지만 나에게 유용하고 쉬운 일, 또는 나에게 즐거우면서 유용한 일을 막연히 미루는 것도 아니다. 나의 자기모순에는 그보다 미묘한 구석이 있다. 나는 영혼 자체가 정체되어버린다. 나의 의지, 감정, 생각이 다 멈춰버리고 이 정체는 한참 동안 계속된다. 영혼이 식물인간이 된 상태—말과 행동과 습관 모두—로 다른 사람들에게 나를 표현하고, 그 상태가 다른 이들을 통해 내게 전해질 뿐이다.

이렇게 그림자처럼 살 때면 나는 생각할 수도 느낄 수도 없고, 뭔가를 원할 수도 없다. 숫자나 낙서를 휘갈길 뿐 아무것도 쓰지 못한다. 아무것도 느낄 수 없는 상태인지라 만일 내가 사랑하는 누군가가 죽는다 해도 마치 외국어로 일어나는 일을 지켜보듯 할 것이다. 나는 무력하다. 내가 잠을 자고 말을 하고 어떤 행동을 한다 해도 내장 일부의 본능적인 움직임과 말초적인 호흡에 불과하다.

그렇게 무수한 날들이 지나간다. 그런 날들을 다 더한다면, 그렇게 보내지 않은 날이 내 인생에서 얼마나 될지는 알 수 없다. 이 정체 상태에서 벗어날 때면 나는 상상했던 것처럼 나체가 아니라 나의 진짜 영혼의 부재를 덮어주는 얇은 한 꺼풀 옷을 입고 있을지도 모른다고 가끔 생각한다. 그럴 때면 더욱 내밀한 생각과 더욱 내 것이라는 느낌과 내가 정말로 내가 되는 미로迷路 어딘가에서 잃어버린 의지 앞에서 나의 생각과 감정과 소망 역시 멈춰버린 정체 상태가 아닌가 하는 생각이 든다.

그것이 무엇이든 그대로 놔두련다. 그리고 신이든 신들이든 존재하는 이에게 나를 맡긴다. 운명이 명령하고 우연이 결정하는 대로 따르고 잊힌 약속을 충실히 지키면서.

127

분개하지 않는다. 분개는 힘 있는 자들이나 하는 것이니까. 체념하지 않는다. 체념은 고귀한 자들이나 하는 것이니까. 침묵하지 않는다. 침묵은 위대한 자들이나 하는 것이니까. 나는 힘 있는 자도, 고귀한 자도, 위대한 자도 아니다. 나는 고통스러워하고 꿈을 꾸는 사람이다. 나는 나약한 자라서 그저 불평만 한다. 나는 예술가라서 나의 불평으로 노래를 만들며 놀고, 내 꿈들을 더 아름다워 보이도록 배열하며 논다.

단지 어린아이가 아니라서 유감이다. 어린아이라면 내 꿈을 믿을 수 있을 텐데. 또 미친 사람이 아니라서 유감이다. 미친 사람이라면 주위 사람들을 내 영혼으로부터 죄다 멀리 밀어낼 수 있을 텐데. □

꿈을 너무 진짜처럼 받아들이고, 꿈에 너무 의지해 살다보니 내가 꿈꾸는 삶이라는 가짜 장미에 가시가 돋았다. 꿈조차 내게는 단점이 보여서 반갑지 않다.

유리창을 총천연색으로 칠한다 해도 창밖으로 보이는 타인들의 삶의 소음을 내게서 가릴 수는 없다.

비관주의 사고방식을 만든 이들은 행복할지어다! 그들은 무엇인가를 해냈다는 사실을 도피처로 삼을 뿐 아니라 우주의 고통을 설명했다는 사실에 만족해하고, 그 고통 안에 자신들을 포함시킨다.

나는 세상에 대해 불평하지 않는다. 우주의 이름으로 항의하지 않는다. 나는 비관주의자가 아니다. 괴로워하고 불평하지만 그것이 늘 겪기 마련인 괴로움인지, 인간은 괴로워하며 살 수밖에 없는지 잘 모른다. 그게 옳은지 그른지 알아서 뭐하겠는가?
나는 고통스럽고, 내가 무얼 어쨌기에 그래야 하는지도 모르겠다. (쫓기는 암사슴.)
나는 비관주의자가 아니다. 나는 슬프다.

128

한 번도 이해받기를 원한 적이 없다. 이해받는 것은 몸을 파는 것이나 다름없다. 나는 사람들이 내 모습을 잘못 알고 있기를, 나를 알 수 없는 대상으로 여기며 예의바르고 흔연스럽게 대하기를 원한다.

사무실 사람들이 나를 이상하게 여긴다면 그보다 더 성가신 일은 없을 것이다. 그들이 나를 전혀 이상하게 여기지 않는다는 모순을 즐기고 싶다. 그들이 나를 자기들과 같은 부류라고 오해하는 고행을 겪기를 원한다. 그들과 전혀 구별되지 않는다는 십자가의 시련을 겪기를 원한다. 이름을 남긴 성자들과 수도승들의 순교보다 더욱 미묘한 순교도 있다. 육체와 욕망의 고뇌가 있는 것처럼 지성이 겪는 고뇌가 있다. 전자든 후자든 고뇌에는 일종의 관능적인 희열이 있다. □

129

저물 무렵 썰렁하고 텅 빈 사무실에서 사환 아이가 그날 몫의 배달 상자를 묶고 있었다. 아무 생각 없는 녀석은 '안녕하세요'라고 외칠 때처럼 커다란 목소리로 누구한테랄 것 없이 "웬 천둥이람!" 하고 소리쳤다. 내 가슴이 다시 뛰기 시작했다. 묵시록은 지나갔다. 휴식 시간이었다.

강렬한 불빛, 잠시 동안의 적막, 천둥소리로 이어지는 번개가 가까이서 들렸다가 멀어지면서 우리를 안심시켰다. 신이 멈췄다. 나는 폐 전체로 깊은숨을 몰아쉬었다. 사무실 안 공기가 탁하게 느껴졌다. 사환 주위에 다른 사람들도 있었다. 모두 아무 말이 없었다. 뭔가 흔들리면서 부스럭거리는 소리가 들렸다. 모레이라 관리장이 뭔가를 확인하느라 장부의 두꺼운 종이를 급히 넘기는 소리였다.

130

내가 만일 부잣집에 태어나 운명의 바람으로부터 보호받을 수 있었다면 어땠을까. 그래서 나를 돌봐야 한다는 의무감을 느낀 삼촌의 손에 이끌려 리스본의 한 사무실에 취직하지 않았더라면, 이런저런 직장을 전전하다가 지금처럼 간신히 먹고살 만한 돈을 받고 낮잠이나 다름없는 일을 하는 쥐꼬리 월급쟁이 회계사무원이 되지 않았더라면 어땠을까 하고 자주 생각한다.

만일 그랬더라면 나는 오늘날 이 글들을 쓰지 못했을 것이다. 이 글들은 지금보다 좋은 환경에 있었다면 꿈꾸기만 하고 쓰지 못했을 글보다 훌륭하다고 생각한다. 진부함도 지성의 한 형태이고, 어리석고 거친 현실일수록 영혼을 자연스럽게 보완하기 때문이다.

늘 똑같은 작업을 숙명으로 받아들이지 않고 그로부터 도피하기 위해 더 많이 생각하고 느꼈으니, 생각하고 느끼는 내 능력은 많은 부분 회계사무원이라는 직업 덕분에 얻은 것이다.

설문지의 괄호 안을 나의 지적 성장에 문학적으로 중요한 영향을 준 인물로 채워야 한다면 당연히 세자리우 베르드부터 시작하겠지만, 바스케스 사장과 회계관리장 모레이라, 영업사원 비에이라와 사무실 사환 안토니우도 빼놓을 수 없을 것이다. 그리고 그들 모두를 위하여 나는 중요한 주소인 리스본을 굵은 글씨로 써넣을 것이다.

분명한 사실은 세자리우 베르드만큼이나 나의 사무실 동료들도 나의 세계관에 훌륭한 보정계수補正係數로 작용했다는 것이다. 정확한 의미는 나도 잘 모르지만, 내 생각에 보정계수란 공학자들이 수학을 삶에 적용하는 방법론에 붙인 용어인 듯하다. 만일 그렇다면 그것이 내가 말하려는 바다. 그렇지 않다면 그럴 수도 있다고 해두고, 실패한 비유지만 의도에 의미를 두자.

내가 동원할 수 있는 모든 명료함으로 내 인생이 겉보기에 무엇이었는지 생각해본다. 그것은 마치 손님들의 이야기를 엿들으며 식탁보를 청소하는 하녀의 무심한 솔질에 쓸려 현실의 빵 껍질과 부스러기들과 함께 쓰레받기에 버려진 초콜릿 포장이나 담배 상자처럼 총천연색이다. 똑같은 운명을 지닌 다른 사물들과 차이가 있다면 쓰레받기 속으로 떨어진다는 특권뿐이다. 그리고 신들의 대화는 세상의 하인들이 벌이는 이 사건들과는 무관하게 하녀의 솔질 위에서 계속된다.

그렇다. 내가 만일 부자였다면, 응석받이로 자랐다면, 옷을 잘 차려입고 외모도 말쑥했다면, 나는 빵부스러기 사이에 있는 예쁜 포장지의 짤막한 에피소드조차 되지 못했으리라. 행운의 접시에 고이 모셔져 있다가—"고맙지만, 사양합니다"— 선반 위에서 늙어갔을 것이다. 실제 알맹이를 먹힌 채 버려진 나는 그리스도의 육신에 남은 먼지와 함께 쓰레기통으로 갈 것이다. 그뒤에 어떤 별들 사이로 어떤 일이 이어질지는 상상조차 못하겠으나, 어쨌든 뒤이어 무슨 일이 일어나긴 할 것이다.

131

해야 할 일도 없고 생각해야 할 일도 없으니, 이 종이 위에 나의 이상理想을 적어보겠다.

비에이라의 문체로 말라르메의 감수성 표현하기, 호라티우스의 몸을 하고 베를렌*처럼 꿈꾸기, 달빛을 받으며 호메로스 되기.

모든 것을 모든 방법으로 느끼기, 감정과 함께 생각하고 생각과 함께 느낄 줄 알기, 상상을 동반할 때에만 마음껏 원하기, 겉멋을 부리며 고통을 누리기, 정확히 쓰기 위해 분명히 관찰하기, 위장과 위선을 통해 자신을 알기, 가능한 모든 수단을 동원해서 다른 사람의 처지가 되어보기, 요컨대 모든 감각을 내면으로만 느끼고 그것의 껍질을 완전히 벗겨서 신의 경지에 이르기, 그러고 나서 다시 잘 포장하여 여기서 보이는 저 가게 점원이 새로 나온 구두약 깡통을 늘어놓듯이 진열장에 잘 정돈해놓기.

가능하든 불가능하든 이 모든 이상은 여기서 끝난다. 내 눈앞에는 현실이 있다. 가게 점원도 아니고(점원은 보이지 않는다) 점원의 손이, 가족과 운명을 지닌 영혼의 얼토당토않은 촉수가, 진열장에 깡통들을 정리하느라고 거미줄 없는 거미처럼 이리저리 움직이고 있다.

깡통 하나가 우리 모두의 '운명'처럼 굴러떨어진다.

132

이 세상 풍경을 자세히 들여다볼수록, 모든 사물의 끝없는 변화를

---

* 말라르메와 베를렌은 프랑스의 대표적인 상징주의 시인.

자세히 관찰할수록, 나는 모든 사물에 내재된 허구와 모든 현실의 화려함 속에 거짓 권위가 있음을 더욱 깊이 확신하게 된다. 깊이 사고하는 모든 이들이 한 번쯤은 해봤을 이러한 고찰 가운데, 관습과 유행의 총천연색 퍼레이드, 문명과 진보가 걸어온 복잡한 여정, 제국과 문화의 거창한 혼란이 나에게는 한낱 그림자와 망각 사이에서 꿈꾼 신화와 허구로 보인다. 한때 성취했더라도 이제는 사라진 모든 목표들의 위대한 해결책이 어디에 있는지는 알 수 없다. 모든 사물의 공허함을 이해하고 무아지경에 빠져 "모든 것을 알았노라!"고 외친 부처의 체념에 있는지, 아니면 "omnia fui, nihil expedit", 즉 "모든 것이 되어봤지만, 아무 의미도 없었다"고 말했던 세베루스 황제의 만사에 싫증난 무관심에 있는지.

133

……이 세상, 본능적인 힘이 쌓인 쓰레기 더미임에도 불구하고, 태양 아래 밝으면서도 어두운 황금의 창백한 색조로 빛나는 이 세상.

내가 보기에는 질병, 폭풍, 전쟁 등은 모두 맹목적인 힘의 결과물이며 그 힘은 때로는 무의식적인 미생물을 통해, 때로는 무의식적인 번개와 물을 통해, 또 어느 때는 무의식적인 인간을 통해 작용한다. 나에게 지진과 대학살의 차이는 식칼로 죽였나 단도로 죽였나의 차이일 뿐이다. 사물에 내재한 본래의 괴물—자신의 이익을 위해서든 손해를 위해서든 별 차이가 없는 듯한—이 언덕 위의 바위를 흔드는 것과 사람 마음속의 욕심과 질투를 휘젓는 것은 본질적으로 같은 일이다. 떨어지는 바위가 사람을 죽이고 질투와 욕심으로 무장한 팔이 사람을 죽인다. 본능적인 힘이 쌓인 쓰레기 더미, 그럼에도 태양 아래 밝으면서도 어두운 황금의 창백한 색조로 빛나는 것이 바로 세상이다.

신비주의자들이 사물들의 밑바탕을 구성하는 무심한 야만성에 대처하는 가장 좋은 방법으로서 발견한 것은 바로 거부다. 우리가 서 있는 늪가에 등을 돌리듯 세상에 등을 돌리고 부정하는 것이다. 부처가 그랬듯이 절대적인 현실을 부정하고, 예수가 그랬듯이 상대적인 현실을 부정하는 것이다. □을 부정하는 것이다.

내가 인생에 요구하는 단 한 가지는 나에게 아무것도 요구하지 말라는 것이다. 가져본 적 없는 오두막집의 문가에서 거기 있어본 적 없는 햇볕을 쬐면서 나는 내 피곤한 현실이 가져올 훗날의 노년을 즐겼다(그 미래가 아직 오지 않았음에 감사하며). 삶에 지친 이들에게는 아직 죽지 않고 살아 있다는 것, □에 대한 희망이 있다는 것만으로 충분하다.

□ 꿈꾸지 않을 때만 꿈에 만족하고, 세상에서 멀리 떨어져 꿈꿀 때만 세상에 만족한다. 어디에도 이르지 못하고 다시 돌아오기 위해 떠나기를 반복하는 시계추는, 부질없는 움직임을 계속하고 결국 중심으로 돌아온다는 이중의 숙명에 영원히 갇혀 있다.

134

나를 찾아 헤매지만 나를 만나지 못한다. 나는 꽃병의 연장선상에 맵시 있게 꽂힌 국화의 시간에 속한 사람이다. 신은 내 영혼을 장식물이 되도록 만들었다.

지나치게 화려하고 신중하게 선택된 어떤 디테일이 나의 기질을 결정짓는 특징인지 잘 모르겠다. 내가 장식물을 좋아하는 이유는 그것에서 내 영혼의 본질과 비슷한 뭔가를 보기 때문이다.

135

단순한 일, 정말로 단순한 일, 무엇으로도 더 단순하게 만들 수 없는 일들은 나를 복잡하게 만든다. 가끔 나는 누군가에게 아침인사를 건네는 일마저 두렵다. 마치 큰 소리로 인사말을 건네는 것이 이상하게 뻔뻔스러운 행동인 양 목소리가 말라붙어버린다. 이건 존재 자체의 부끄러움이다. 그것 말고는 달리 부를 이름이 없는 증상이다!

감각을 끊임없이 분석하면 사물을 느끼는 새로운 방법이 만들어진다. 이는 감각이 아니라 지성만으로 사물을 분석하는 이들에게는 인위적인 방법으로 보일 수 있다.

일평생 나는 형이상학적으로 아무 쓸모 없었고, 그저 장난을 치는

데만 진지했다. 무엇인가 해보고 싶었으나, 아무것도 진지하게 이루지 못했다. 짓궂은 '운명'이 나를 갖고 놀았을 뿐이다.

나의 감정이 친츠*나 실크나 양단으로 만들어졌다면 좋을 텐데! 나의 감정이 그런 옷감으로 묘사될 수 있다면! 그렇게 묘사될 수 있다면!

모든 것에 대한 경건한 회한이 내 영혼에 차오른다. 꿈을 가슴에 품었던 이들의 꿈을 비난했던 것에 대해 말없이 슬픈 눈물을 흘린다……시를 썼던 모든 시인들을, 자신들의 이상이 구체화되는 걸 보았던 모든 이상주의자들을, 원하는 것을 이룬 모든 이들을, 나는 이제 증오심 없이 증오한다.

영혼처럼 육신도 지칠 때까지 적막한 거리를 정처 없이 헤맨다. 음악으로 표현되지만 설명할 수 없는 모성적인 연민으로 스스로를 불쌍히 여기며, 자기 자신이 느껴지는 데서 만족하는 오래되고 익숙한 슬픔이 다가올 때까지.

잠들기! 잠에 빠지기! 평안을 누리기! 세상도 없이, 우주도 영혼도 없이, 별도 뜨지 않는 죽어버린 감정의 바다처럼 오로지 평온하게 숨쉬는 추상적인 의식으로 남기!

---

* 주로 꽃무늬가 날염된 광택 나는 면직물.

136

느낀다는 것의 중압감! 느껴야 한다는 것의 중압감!

137

……내 감각이 지나치게 예민한지, 감각의 표현이 너무 예민한지, 아니면 보다 정확히 말해 감각과 감각의 표현 사이에 있는, 표현하려는 나의 욕구에 따라서 오직 표현되기 위해 존재하는 가짜 감정을 만들어내는 지성이 지나치게 예민한지. (어쩌면 내 안에는 내가 아닌 나를 드러내는 기계가 있는지도 모른다.)

138

우리가 보통 박학다식하다고 말하는 지식의 박학함이 있고, 문화라고 부르는 이해의 박학함이 있다. 거기에 한 가지 더, 감성의 박학함이 있다.

감성의 박학은 삶의 경험과 아무 관련이 없다. 우리가 역사로부터 아무것도 배우지 못하듯이, 삶의 경험은 아무것도 가르치지 않는다. 진정한 경험은 현실과의 접촉을 제한하고 접촉에 대한 분석을 심화할 때 얻어진다. 그렇게 할 때 감성이 확장되고 깊어지는데, 왜냐하면 이미 우리 안에는 모든 것이 있기 때문이다. 우리가 할 일은 그것을 찾아내는 것, 그리고 어떻게 찾는지를 알아내는 것이다.

　여행은 무엇이고, 무슨 소용이 있을까? 모든 석양은 그저 석양일 뿐인데 그것을 보러 콘스탄티노플까지 갈 필요는 없다. 여행을 하면 자유를 느낄 수 있다고? 나는 리스본을 떠나 벤피카*에만 가도 자유를 느낀다. 리스본을 떠나 중국까지 간 어느 누구보다 강렬하게 자유를 누릴 수 있다. 내 안에 자유가 없다면 세상 어디에 가도 자유로울 수 없기 때문이다. 칼라일**은 "여기 소박한 엔테풀의 길을 포함해 모든 길은 당신을 세상의 끝으로 데려갈 것"이라고 말했다. 그러나 엔테풀의 길을 따라 끝까지 간다면 결국 엔테풀로 돌아올 것이다. 그러니 우리가 출발했던 그 엔테풀이 바로 우리가 찾으려 했던 세상의 끝이다.

　콩디야크는 그의 유명한 책*** 서문에서 "우리는 아무리 높은 곳에 올라가도, 아무리 낮은 곳에 떨어져도, 결코 우리의 감각으로부터 벗어날 수 없다"고 말했다. 우리는 우리 밖으로 나갈 수 없다. 민감한 상상력을 동원해 우리 자신을 타자화하지 않는 한 타인의 존재에 닿을 수 없다. 진정한 풍경은 우리 자신이 만드는 것이다. 우리가 그것을 창조한 신이기 때문에 그것이 진정 존재하는 대로, 즉 창조된 모습대로 보는 것이다. 세상의 일곱 구역 중 내게 흥미롭고 내가 진정으로 볼 수 있는 곳은 없다. 내가 여행하는 곳은 여덟번째 구역이고, 그것은 내 안

---

* 리스본 근처의 외곽 도시.
** 영국 사상가이자 역사가. 인용된 글은 그의 저서 『의상철학』 중 한 구절이다.
*** 프랑스 철학자 콩디야크는 『인간 지식의 기원에 관한 에세이』에서 우리가 아는 모든 것은 우리의 감각에 의존한다고 말했고, 페소아는 그의 견해를 인용했다.

에 있다.

모든 바다를 항해한 자는 자신 안의 지루함을 항해했을 뿐이다. 나는 이 세상 누구보다 많은 바다를 건넜다. 땅 위에 존재하는 것보다 더 많은 산들을 보았다. 세상에 존재하는 것보다 더 많은 도시들을 둘러봤고, 이 세상 어디에도 없는 거대한 강들이 나의 눈길 아래로 장엄하게 흘러갔다. 내가 만일 여행을 떠난다면, 떠나지 않고도 보았던 것들의 조악한 복사본을 볼 뿐이리라.

다른 나라로 떠나는 자들은 이름 없는 외국인 여행객으로 돌아다닌다. 나는 내가 방문한 나라에서 이름 모를 여행객이 되는 비밀스러운 즐거움을 느꼈을 뿐만 아니라 그 나라의 지배자, 사람들과 문화, 역사와 이웃까지도 되어봤다. 모든 풍경과 모든 집이 나의 상상력을 재료로 신 안에서 창조된 나였으므로, 나는 모든 것을 다 보았다.

139

글을 쓰지 않은 지 오래됐다. 지난 몇 달 동안 나는 살아온 게 아니라 회사 근무와 생리적 활동 사이에서 생각과 감정이 멈춘 상태로 시간을 보냈을 뿐이다. 불행히도 그 상태가 휴식이 되지도 못했는데, 썩어가는 상태에는 발효작용이 있기 때문이다.

글을 쓰지 않은 지 오래됐을 뿐 아니라, 내가 존재하지 않은 지도 오래됐다. 꿈도 거의 꾸지 않은 것 같다. 거리는 내게 그저 거리일 뿐이다. 회사에서 근무할 때는 일만 의식하지만 그렇다고 해서 일에 전념

했다고 말할 수도 없다. 마음 뒤편에서 나는 생각에 잠기는 대신 잠들어 있지만, 여전히 일 뒤에 있는 나는 다른 존재다.

정말 오랫동안 나는 존재하지 않는 상태였다. 내 마음은 지극히 고요하다. 아무도 나의 진정한 모습과 다른 나를 알아보지 못한다. 방금 무엇인가 아주 새로운 일을 했거나 뒤늦게 한 것처럼 숨을 쉬는 나를 느꼈다. 의식을 갖고 있음을 의식하기 시작한다. 아마도 내일은 다시 나로 깨어나 내 존재의 궤적으로 다시 돌아갈 것이다. 그래서 더 행복해질지 그 반대일지 나는 모른다. 아무것도 모른다. 길을 걷다 고개를 들고 성벽이 세워진 언덕 위로 차가운 불덩이로 만든 반사경 같은 노을이 십여 개의 창문을 불태우는 모습을 본다. 그 단단한 불의 눈 주위로, 언덕 위에는 하루가 저물 무렵의 포근함이 가득하다. 적어도 지금 나는 슬픔을 느낄 수 있다. 지금 막 나의 슬픔이, 저 지나가는 전차의 갑작스러운 소음과 젊은이들이 대화하는 소리와 살아 있는 도시의 잊혔던 속삭임과 마주치는 것을—나는 그것을 내 귀로 보았다—의식할 수 있다.

정말 오랫동안 나는 내가 아니었다.

140

이따금 완화시킬 어떤 방법도 떠오르지 않을 만큼 지독한 삶의 피로가 감각 한가운데로 갑작스럽게 솟구쳐오를 때가 있다. 그 피로를 치료하기 위한 방법 중 자살은 효과가 의심스럽고, 자연스러운 죽음은 그것이 의식의 종말을 의미한다 할지라도 충분하지 않다. 이런 피로가 몰려오면 삶의 중단—가능할 수도 있고 불가능할 수도 있다—보다 더 무섭고 심오한 것을 원하게 된다. 즉 처음부터 내가 아예 존재하지 않았기를 원하게 되는데, 그건 불가능한 일이다.

존재 자체를 부정하고자 하는 이러한 열망은 인도인들의 혼란스러운 철학적 사색에서 가끔 엿보이는 것 같다. 하나 그 사색은 그들의 생각을 알리기에는 예리한 감각이 부족하고, 그들의 느낌을 정말 느끼게 하기에는 정확한 사고가 부족하다. 그래서 그런 열망이 엿보이기는 하지만 분명히 보이지는 않는다. 확실한 것은 나는 터무니없고, 불길하고, 치료할 길 없는 이 느낌을 처음 글로 표현한 사람이라는 것이다.

그리고 이 증상은 이에 대한 글을 쓰는 일을 통해 치료된다. 아무리 뿌리깊은 비통함이라 할지라도 순전히 감정으로만 이루어지진 않았다. 지성이 섞여 있는 한, 표현이라는 역설적인 치료약은 언제나 있는 법이다. 문학이 쓸모가 없다지만 적어도 이 경우에는, 비록 소수에게만 해당되기는 해도 분명 소용이 있다.

불행히도 지성의 병은 감정의 병보다 덜 아프고, 불행히도 감정의 병은 육체의 병보다 덜 아프다. '불행히도'라는 단어를 쓰는 이유는 인간의 존엄성이 그 반대를 요구할 것이기 때문이다. 풀 수 없는 문제에 부딪혀 느끼는 지적인 고뇌는 사랑, 질투, 그리움 등의 감정만큼 우리를 아프게 하지 않는다. 강력한 육체적 공포처럼 우리를 압도하지도 않고, 분노나 야심처럼 우리를 변화시키지도 않는다. 그런가 하면 영혼을 파괴하는 어떤 아픔도 치통이나 복통, 출산의 진통(상상하건대)만큼 생생할 수는 없는 법이다.

우리의 지성은 어떤 감정이나 감각을 다른 것보다 고귀하다고 치켜세우며 최고의 자리에 올렸다가, 다른 모든 감정들과 비교하여 분석의 폭을 넓히면 다시 끌어내리기도 한다.

잠을 자는 사람처럼 글을 쓴다. 내 일평생은 서명을 기다리는 영수증이나 마찬가지다.

죽는 날까지 우리 안에 머물러야 하는 수탉에게 횃대를 두 개 주었더니 자유의 찬가를 부르는구나.

141

비 오는 풍경

떨어지는 빗방울은 자연과 함께 울고 있는 나의 실패한 인생이다. 약했다가 거세졌다가 다시 약해지기를 끝없이 반복하는 빗줄기 속에 나의 불안이 녹아 있고, 빗방울과 함께 오늘의 슬픔이 헛되이 땅으로 떨어진다.

비가 오고 또 온다. 빗소리를 듣는 내 영혼이 축축이 젖는다. 너무 많은 비가…… 내 육체는 그것을 느끼는 나의 감각을 둘러싼 축축한 액체다.

불안한 냉기가 내 가여운 심장 위에 얼음처럼 찬 손을 얹는다. 시간은 잿빛이고, □가 시간의 흐름에 따라 길어졌다가 납작해진다. 순간들이 질질 끌린다.

웬 비가 이리 오나!

배수로에서 갑자기 작은 급류가 솟구친다. 떨어지는 빗줄기의 거슬리는 소리가 내 인식 안의 홈통으로 흘러든다. 비는 신음 소리를 내며 나른하게 유리창을 두들긴다. □

차가운 손이 내 목구멍을 쥐어짜 삶을 호흡할 수 없다.

모든 것이 내 안에서 죽어간다. 꿈을 꿀 수 있다는 인식마저도! 나의 육체는 고달프기만 하다. 내가 기대는 부드러운 것들마저 거친 모서리로 내 영혼을 상처 입힌다. 아픔 없이 죽어버리기 좋은 이 흐린 날, 내가 바라보는 곳에서 마주치는 모든 눈빛이 너무나 어둡다.

142

꿈의 가장 경멸스러운 점은 누구나 꿈을 꾼다는 것이다. 낮에 배달 시간 틈틈이 가스등 밑에서 졸곤 하는 배달부 소년이 어두운 곳에서 무슨 생각을 하는지 나는 안다. 어느 권태로운 여름날 지독히도 조용한 사무실에서 내가 출납 장부에 숫자를 적으며 빠져드는 생각과 똑같은 것이다.

143

나는 이루어질 리 만무하고 특별한 일을 꿈꾸는 사람들보다 접근 가능하고 합리적이고 이루어질 법한 일을 꿈꾸는 이들이 더 딱하다. 원대한 꿈을 꾸는 사람들은 좀 미쳐 있기 때문에 자기가 꿈꾸는 것을 믿으며 행복해한다. 아니면 그들은 단순한 몽상가라 영혼의 음악 같은 공상이 별 의미 없이 그들을 달래준다. 하지만 가능한 것을 꿈꾸는 이들은 진짜 환멸을 느낄 가능성이 다분하다. 로마 황제가 될 수 없는 건 크게 실망할 일이 아니지만, 매일 아침 아홉시경 거리에서 마주치는 재봉사 아가씨에게 한 번도 말을 걸지 못하는 일은 나를 비참하게 만든다. 불가능한 꿈은 처음부터 우리의 접근을 막지만, 가능한 꿈은 우리 삶에 개입하고 그 꿈을 이루려는 방향으로 삶을 진행시킨다. 불가능한 꿈은 단독적이고 독립적인 반면, 가능한 꿈은 삶에서 일어나는 우연적인 일들에 의존하게 된다.

그런 이유로 나는 불가능한 풍경과 결코 가보지 못할 넓은 평원을 사랑한다. 특히 과거의 역사 시대에 열광하는데, 거기에서 애초에 내가 이룰 수 있는 일이 없기 때문이다. 나는 존재하지 않는 것을 꿈꾸며 잠든다. 일어날 수 있는 일에 대한 꿈은 나를 잠에서 깨운다.

한낮에 텅 빈 사무실에서 창가에 기댄 채 거리를 내다본다. 거리를 오가는 사람들의 움직임이 느껴지기는 하지만 워낙 깊은 생각에 잠겨 있는지라 그들을 보지 못한다. 나는 불편하게 난간에 팔꿈치를 걸친 채 잠들어버리고 이대로 아무것도 알지 못할 거라는 예감이 든다. 정신이 멀리 가 있지만 수많은 사람이 오가는 거리의 세부가 눈에 들어온다. 마차 위에 쌓아놓은 상자들, 창고 문 앞에 놓인 포댓자루, 그리고 길모퉁이 가게 맨 끝 진열장에 놓인 아무도 살 수 없을 반짝이는 포트와인병들. 이제 내 영혼은 물질적인 차원을 포기하고 상상력을 동원해 탐구한다. 거리를 오가는 이들은 얼마 전 지나간 사람들과 언제나 같은 사람들이고, 항상 흘러가는 누군가이고, 움직임의 한 얼룩이고, 불확실한 목소리이고, 스쳐지나갈 뿐 결코 일어나지 않는 일들이다.

나의 감각이 아니라 감각에 대한 인식을 통해⋯⋯ 무언가 다른 가능성을 감지하려는 찰나인데⋯⋯ 별안간 내 뒤에서 사환이 사무실에 들어오는 소리가 형이상학으로 들린다. 내가 미처 하지 못한 생각을 중단시킨 그를 죽일 수도 있을 것 같다. 몸을 돌리고 말없이 분노에 차서 그를 쳐다본다. 잠재된 살의로 긴장한 채, 내 마음은 이미 그가 건넬 말을 듣는다. 사환이 사무실 안 건너편에 서서 웃음 지으며 큰 소리로 인사한다. 나는 우주를 증오하듯 그를 증오한다. 상상 때문에 눈이 무겁다.

144

여러 날에 걸쳐 내리던 비가 그치고, 하늘은 그간 숨겨놨던 푸른색을 높고 넓은 창공에 다시 드러냈다. 물웅덩이는 시골의 웅덩이처럼 졸고 있고, 대기 중에는 싸늘해진 맑은 즐거움이 떠 있고, 거리 사이에는 더러운 거리를 흥겹게 하고 흐린 겨울 하늘을 봄의 하늘처럼 보이게 하는 뚜렷한 대조가 있다. 일요일이고 나는 할 일이 없다. 날씨가 어찌나 좋은지 집에서 꿈이나 꿀 기분이 아니다. 지성에 의지하는 대신 내 감각을 온전히 사용해서 이날을 즐기기로 한다. 모처럼 휴일을 맞은 직장인처럼 산책을 나선다. 오로지 다시 젊어지는 기분을 즐기기 위해 내가 늙었다고 상상해본다.

일요일 낮 시내 광장에는 다른 종류의 장엄한 움직임이 있다. 한 무리의 사람들이 상 도밍구스 성당에서 미사를 마치고 나오는 한편, 다음 미사도 시작되려 한다. 미사를 마치고 나오는 사람들과, 누가 나오는지 지켜보면서 거기에 없는 누군가를 기다리느라 들어가지 않고 있는 사람들을 본다.

이 모든 것은 하나도 중요하지 않다. 평범한 세상만사가 그렇듯이 이들은 졸고 있는 불가사의이자 성가퀴*다. 나는 지금 막 도착한 전령처럼 내 명상의 평원을 응시한다.

나는 어렸을 때 바로 이 미사에 오곤 했다. 아니면 다른 미사였던가? 아마 이 미사였을 것이다. 격식에 맞게 하나뿐인 정장을 차려입었고, 특별히 즐거울 이유는 없었지만 그곳의 모든 걸 좋아했다. 나는 외면적인 삶을 살고 있었고, 항상 깨끗한 새 정장을 입었다. 언젠가 죽는다는 사실을 어머니로부터 배우지 못한 사람이 무엇을 더 바랄 것인가?

미사의 모든 것이 다 즐거웠으나 지금 와서야 비로소 내가 얼마나 그 시간을 좋아했는지 깨닫는다. 미사를 드릴 때면 거창한 신비를 풀러 가는 듯했고, 미사를 마치고 나올 때면 마치 숲속의 빈터로 걸어나오는

---

* 적으로부터 몸을 보호하고 적을 효과적으로 공격하기 위해 성벽 위에 설치하는 낮은 담장.

것 같았다. 그때는 정말 그랬었고, 지금도 정말 그렇다. 다만 이제 나는 더이상 믿지 않는 자, 과거를 기억하며 슬피 우는 영혼을 지닌 어른, 거짓과 혼란, 불안에 찬 차가운 돌바닥 같은 사람이 되었을 뿐이다.

그렇다, 예전의 내가 어떠했는지 기억하지 못한다면 지금의 나를 도저히 견딜 수 없을 것이다. 성당에서 나오는 사람들과 다음 미사에 참석하려고 모여들기 시작하는 사람들은, 강둑 위 우리집 열린 창 밑으로 느리게 흘러가는 강 위를 지나가는 배들 같다.

추억, 일요일, 미사 시간, 이 모든 즐거움, 이미 흘러갔으되 내 것이었기에 결코 잊을 수 없는 시간의 기적…… 보통 때의 감각이 기이하게 균형을 잃는다. 자동차들의 요란한 침묵 속에서 바퀴 소리를 울리며 광장을 지나가는 마차의 갑작스러운 소음처럼 오늘 바로 여기에서 시간의 태생적인 역설에 의해, 지금의 나와 잃어버린 나 사이에서, 그리고 내 안을 들여다보는 시선 안에서……

145

인간은 높은 곳에 오를수록 더 많은 걸 버려야 한다. 꼭대기에는 자신만을 위한 공간밖에 없다. 더 완벽해질수록 더욱 완전해진다. 그리고 완전해질수록 다른 것은 줄어든다.

이런 생각을 하게 된 것은 신문에서 어느 유명 인사의 다채롭고 훌륭한 삶을 다룬 기사를 읽고 난 후였다. 백만장자 미국인인 그는 모든 것을 다 가진 사람이었다. 돈, 사랑, 우정, 명예, 여행, 특별한 소장품

등 원했던 것을 모두 이루고 소유했다. 돈으로 모든 것을 다 살 수는 없지만 자석처럼 주위의 많은 것을 끌어당겨 큰돈을 벌었던 힘으로 사실상 그는 거의 모든 것을 얻을 수 있었다.

탁자에 신문을 내려놓으며 생각했다. 언제나 그러듯이 오늘도 식당 안쪽 자리에서 점심을 먹고 있는 영업사원, 나와는 어설프게 아는 사이인 저 사람에 대해서도 초점만 좁힌다면 비슷한 신문 기사를 쓸 수 있으리라. 그 백만장자가 가졌던 것을 저 영업사원도 갖고 있다. 물론 자신의 처지에 맞는 규모로. 이 두 남자가 이룬 것은 근본적으로 같고 그들의 명성에는 차이가 없다. 각자의 개별적인 범위 안에서 개인을 파악해야 하기 때문이다. 전 세계에서 그 백만장자의 이름을 모르는 사람은 없겠지만, 마찬가지로 여기 리스본 시내 광장에서는 저 영업사원의 이름을 모르는 이가 없다.

결국 이 남자들은 팔을 뻗었을 때 손에 닿는 모든 것을 소유한 사람들이다. 팔 길이만 다를 뿐 나머지 모든 면에서 그들은 똑같다. 나는 한 번도 이런 사람들을 부러워해본 적이 없다. 나는 진정한 미덕은 손에 닿지 않는 것을 쟁취하는 데 있다고, 우리가 발 딛고 있지 않은 곳에 사는 데 있다고, 살아 있을 때보다 죽은 후에 더욱 생생하게 살아 있는 데 있다고, 불가능하고 불합리한 것을 획득하는 데 있다고, 세상의 현실이라는 장애를 극복하는 데 있다고 항상 생각해왔다.

누군가 나에게 죽은 후에 명성을 누리는 것이 뭐 그리 대단한 기쁨을 주겠느냐고 말한다면, 나는 이렇게 대답하겠다. 우선 인간의 생존에 대해 아는 바가 없기 때문에 나도 확실히는 모른다고. 그러고 나서, 미래의 명성이 주는 즐거움은 사실 현재의 즐거움이라고 말해주련다.

명성이 바로 미래다. 자부심이 주는 행복은 어떤 물질적인 소유로도 얻을 수 없는 행복이다. 그 행복은 환상일 수도 있지만 어떠한 경우에도 지금 여기 있는 것들만 누리는 쾌락보다 훨씬 크다. 백만장자는 한 편의 시도 쓰지 않았으니 후대의 사람들이 그의 시를 칭송할 리 없다. 영업사원은 한 장의 그림도 그리지 않았으므로 미래의 누군가가 그의 그림에 감탄할 리 없다.

그러나 나는, 이 덧없는 삶에서 아무것도 아닌 나는, 실제로 글을 쓰고 있기에 먼 훗날 내 글이 읽히리라 상상하는 기쁨을 누릴 수 있다. 적어도 내게는 명성을 가져다줄 것이 있기에, 마치 아버지가 아들을 자랑스러워하듯 내가 누릴 명성을 생각하며 자부심을 가질 수 있다. 탁자에서 몸을 일으키며 이런 생각을 할 때면, 디트로이트와 미시간 그리고 리스본의 모든 상업 지구 위로 보이지 않는 내 내면의 위엄 있는 풍채가 높게 솟아오르는 것 같다.

그런데 내가 처음에 생각하기 시작한 주제는 이게 아니라 사람들이 인생에서 살아남으려면 얼마나 작아져야 하느냐는 것이었다. 두 가지는 결국 같다. 영광이란 메달이 아니라 동전이다. 한 면에는 인물의 초상이 있고 다른 한 면에는 액수가 쓰여 있다. 액면가가 더 큰 돈은 동전이 아니라 실제 값어치는 얼마 안 나가는 종이로 만든 지폐다.

나같이 보잘것없는 사람들은 이런 형이상학적인 심리분석으로 스스로를 위로한다.

146

어떤 이들은 삶에서 큰 꿈을 품지만 이루지 못한다. 또 어떤 이들은 아무런 꿈도 품지 않기에 마찬가지로 이루지 못한다.

147

모든 노력은 목표와 상관없이 진행되는 과정에서 삶 자체에 의해 경로 이탈을 겪는다. 처음과는 다른 성질의 노력으로 변하고, 다른 목적에 쓰이고, 처음에 이루려 했던 것과 정반대의 결과를 낳기도 한다. 그래서 차라리 소박한 목표가 더 가치 있으니, 소박한 목표만이 온전하게 달성되기 때문이다. 만일 재산을 한밑천 모으려고 노력한다면 어떻게든 이룰 수 있을 것이다. 그 목표는 소박하고, 개인적이든 아니든 모든 계량할 수 있는 목표가 그렇듯 접근이나 확인이 가능하다. 그렇지만 조국에 봉사하겠다거나, 문화를 풍요롭게 만들겠다거나, 인류의 삶을 향상시키겠다는 의지를 어떻게 밀고 나갈 것인가? 그것을 위해 어떤 행동을 취해야 할지도 모르겠거니와 목표가 달성되었는지 확인할 길도 없다. □

148

완전한 인간이란, 이교도에게는 존재하는 인간의 완전함을 뜻한다.
기독교도에게는 존재하지 않는 인간의 완전함을 말한다. 불교도에게
는 인간이 아예 존재하지 않는 완전함을 의미한다.

자연이란 영혼과 신 사이의 차이점이다.

인간이 진술하고 묘사하는 모든 것은 완전히 지워진 텍스트의 가장
자리에 남은 메모 같은 것이다. 그 메모를 보면 원래 텍스트의 내용을
대강 짐작할 수 있지만 항상 의구심이 남는다. 게다가 여러 가지 의미
로 해석할 수 있는 여지도 많다.

149

많은 이들이 인간을 정의했는데, 대체로 동물과 비교해서 정의를 내렸
다. 그래서 "인간은 …하는 동물이다"라든지 "인간은 …하는 동물로
서" 등의 문장을 많이 볼 수 있다. 루소는 "인간은 병든 동물"이라고
말했는데 이는 어느 정도 진실이다. 기독교에서는 "인간은 이성적인
동물"이라고 말하는데 이것도 어느 정도 진실이다. 칼라일은 "인간은
도구를 쓰는 동물"이라고 했는데 이것도 어느 정도 진실이다. 하지만
이런 종류의 정의들은 언제나 불완전하고 부분적이다. 이유는 매우 간

단하다. 인간을 동물과 구별하기는 쉽지 않을뿐더러 구별하는 데 사용할 확실한 기준도 없기 때문이다. 인간의 삶은 동물의 삶처럼 타고난 무의식을 따라 흘러간다. 동물의 본능을 지배하는 근본 법칙이 인간의 지능 또한 지배하는데, 인간의 지능이란 아직 형태를 갖춰가는 단계에 있는 본능에 불과하므로 본능과 다름없이 무의식적이고, 아직 완성되지 않았으므로 불완전하다.

그리스 명문 선집에 "모든 것은 이유 없이 존재한다"는 글이 나온다. 사실 모든 것은 이유 없이 비롯된다. 죽은 숫자들과 공허한 공식을 다루는 수학만이 온전히 논리적이고, 다른 학문은 노을 아래에서 새의 그림자를 잡고 바람에 흔들리는 풀잎의 그림자를 멈추려는 어린애 장난에 불과하다.

정말 재미있고 흥미로운 사실은, 인간과 동물을 제대로 구분짓는 정의를 내리기는 어려운 데 비해 우월한 인간과 평범한 인간을 구분짓는 것은 오히려 쉽다는 것이다.

종교를 비판하는 글과 과학 서적에 매혹되기 쉬운 지성의 유아기 시절에 읽었던 생물학자 헤켈*의 글을 아직도 기억한다. 대충 이런 내용인데, 평범한 인간과 우월한 인간(말하자면 괴테나 칸트 같은) 사이의 거리는 평범한 인간과 원숭이 사이보다 훨씬 멀다는 것이다. 진실을 담고 있는 말이기에 도저히 잊을 수 없었다. 사고思考하는 인간 중 하위에 있는 편인 나와 로레스** 출신 농부 사이의 거리는, 이 농부와 고양이나 개(원숭이라는 말은 안 쓰겠다) 사이의 거리보다 틀림없이 더 멀 것

---

* 독일 생물학자이자 철학자.
** 리스본 북서쪽에 있는 마을.

이다. 고양이에서부터 나에 이르기까지 어느 누구든 주어진 삶 혹은 부과된 운명을 진실로 책임지지 않는다. 우리 모두는 아무도 알지 못하는 뭔가에서 파생된 존재이고, 타인의 행동이 드리운 그림자이고, 그 영향이 구현된 존재이며 결과물이다. 그렇지만 내게는 추상적인 사고와 객관적인 감정이 있기에 나와 농부 사이에는 질적인 차이가 있다. 한편 농부와 고양이의 영혼 사이에는 정도의 차이밖에 없다.

우월한 인간은 역설법을 사용한다는 간단한 특징에 의해 열등한 사람 및 그들의 형제인 동물과 구별된다. 역설법은 우리가 의식하고 있음을 의식할 때 나타나는 첫번째 신호다. 역설법에는 두 단계가 있는데, 첫번째는 소크라테스가 "내가 아는 모든 것은 내가 아무것도 모른다는 것이다"라고 말한 단계이고 두번째는 산세스*가 "나는 심지어 내가 아무것도 모른다는 사실조차 모른다"고 말한 단계다. 첫번째 단계는 스스로를 독단적으로 의심하는 단계로 모든 우월한 인간이 여기에 도달한다. 두번째 단계에서 우리는 스스로를 의심할 뿐 아니라 자신의 의심까지도 의심한다. 인류가 지표면 여기저기에서 낮과 밤을 지켜보며 살아온 길지만 짧은 시간 안에서 지극히 소수만이 여기에 도달했다.

자신을 알려는 일 자체가 오류다. "너 자신을 알라"는 신탁은 헤라클레스의 임무보다 어려운 과제이며, 스핑크스의 수수께끼보다 더 난해하다. 의식적으로 자신을 모르는 것만이 길이다. 그리고 성심성의껏 자신을 모르는 것이 역설의 실질적인 과제다. 우리가 스스로를 모르는

---

* 포르투갈 의사이자 철학자.

방식에 대해 참을성을 갖고 설득력 있게 분석하기, 우리의 의식에 대한 무의식을 의식적으로 기록하기, 자율적인 그림자에 대한 형이상학, 환멸의 황혼을 노래한 시. 이러한 것들이야말로 진정으로 위대한 인간의 위대하고 가치 있는 특징이다.

하지만 무언가는 항상 놓치기 마련이고 어떤 분석은 항상 뒤죽박죽이 되어버리며 진실은, 심지어 그것이 가짜일 때도, 언제나 다음 모퉁이 너머에 있다. 이런 것들이야말로 우리를 지치게 하는 인생보다 더 우리를 지치게 만들고, 늘 우리를 피곤하게 만드는 지식과 명상보다 더 우리를 피곤하게 만든다.

멍하니 책상에 기대어 이런 들쭉날쭉한 생각들을 하며 노닥거리던 의자에서 몸을 일으킨다. 지붕들이 내려다보이는 창가로 다가가 느리게 적막이 깔리는 가운데 도시가 잠드는 모습을 지켜본다. 커다랗고 창백한 하얀 달이 반대편 건물의 높고 낮은 테라스들을 서글프게 비춘다. 달빛은 이 세상의 모든 불가사의를 차갑게 비추는 것 같다. 달빛이 모두 다 보여주는 듯하지만 사실 모든 것은 희미한 빛과 섞인 그림자, 있지도 않은 가짜 간격과 터무니없는 굴곡, 보이는 사물들의 불일치일 뿐이다. 바람도 불지 않고 불가사의는 더 커진 듯하다. 추상적인 생각을 너무 해서 구토감이 일 것 같다. 나에 대해 혹은 다른 무언가에 대해 해결의 실마리를 제공하는 한 장의 글도 나는 쓰지 못할 것이다. 희미한 구름 한 점이 달 위에서 피난처인 양 떠돈다. 나는 이 건물 지붕만큼이나 무지하구나. 모든 자연현상처럼 나는 실패했다.

지성이라는 외피를 두른 삶의 본능적 지속성은 내가 끊임없이 탐구하는 깊은 사색의 주제다. 의식이 인위적인 가면을 쓴다 한들 내가 보기에 그것은 속일 수 없는 무의식을 드러내는 짓일 뿐이다.

인간은 동물을 지배하는 것과 똑같은 외적 차원의 명령에 복종하며 탄생에서 죽음에 이를 때까지 살아간다. 인생을 통틀어 인간은 사는 것이 아니라 식물처럼 자랄 따름이며, 다만 더 복잡하고 큰 규모로 자랄 뿐이다. 인간은 규칙을 따라 살고 있지만 그 규칙이 자신을 규정하는 줄 모를 뿐 아니라 심지어 그것이 존재하는지도 모른다. 인간의 생각과 감정, 행동이 모두 무의식의 지배를 받는데 그것은 의식이 결여되어서가 아니라 이중의 의식이 없기 때문이다.

우리가 환상 속에 살고 있다는 사실에 대한 어렴풋한 자각이야말로 가장 위대한 인간이 지닌 특징이다.

나는 어지러운 마음으로 평범한 사람의 평범한 삶을 떠올려본다. 모든 면에서 그들은 잠재의식적 기질과 외부 환경의 노예나 다름없다. 그들은 자신들이 마치 작은 물건인 양 서로 충돌하게 만드는 사회적 충동과 비사회적 충동의 지배 아래 살아간다.

그들이 늘상 같은 문장을 사용해 말하는 것을 여러 번 들었는데 이는 그들 인생의 부조리와 허무, 무지를 상징한다. 이를테면 물질적인 쾌락에 대해 말할 때 "인생에서 우리가 가져가는 것은……"이라고 한다. 가져가긴 어디로 가져간단 말인가? 어떻게 가져가는데? 무엇 때문에? 이런 질문을 던져 그들을 그림자에서 벗어나게 하는 건 슬픈 일일 것이다…… 유물론자만이 그렇게 말하고, 그런 말을 하는 사람들은 인정하든 안 하든 유물론자다. 도대체 인생에서 무엇을 가져갈 수 있고 어떤 방법으로 가져갈 수 있다고 생각하는가? 돼지갈비와 레드 와인과 여자친구를 어디로 데려갈 것인가? 믿지도 않는 하늘 어딘가로? 평생 언제 썩을지 모를 부패한 육신만을 가져가게 될 어느 땅으로? 이보다 더 비극적이고 이보다 더 인간 본성을 명백히 드러내는 문장은 없다고 생각한다. 만일 식물이 자기가 햇빛을 양분 삼아 자라고 있다는 사실을 알게 된다면, 그렇게 말할 것이다. 만일 동물이 인간처럼 자신을 표현할 수 있다면, 자기의 몽유병적 쾌락에 대해 그렇게 말할 것이다. 어쩌면 후세에 읽힐지도 모른다는 어렴풋한 기대를 갖고 이 글을 쓰고 있는 나조차도 이 글을 쓴 기억이야말로 '내가 인생에서 가져가는 것'이라고 상상한다. 그리고 결국은 평범한 사람의 시체가 평범한 땅에 묻히듯이, 내가 쓴 글도 마찬가지로 부질없는 시체가 되어 평범한 망각 속에 묻힐 것이다. 타인의 돼지갈비와 레드 와인과 여자친구? 내가 무슨 자격으로 그들을 조롱할 것인가?

똑같이 무지한 형제들이고, 같은 피의 다른 표현형, 같은 유전자의 다른 형태일 뿐이다. 우리 중 누가 다른 이를 부정할 수 있을까? 아내는 부정할 수 있더라도 어머니, 아버지, 형제는 부정할 수 없는 법이다.

151

느리게 흘러가는 달밤, 바람도 천천히 불어 그림자가 흔들린다. 아마도 위층에 널어놓은 옷가지일 것이다. 자기가 옷 그림자인지도 모르는 그림자는 주위의 모든 것과 고요한 조화를 이루며 만질 수 없는 형태로 펄럭인다.

일찍 일어나기 위해 창문을 열어뒀지만 나는 아직 잠들지 못했고, 그렇다고 온전히 깨어 있지도 않은 상태. 벌써 밤은 깊어 아무 소리도 들리지 않는다. 달빛은 내 방의 그림자들 너머에 있지만 창문을 통해 들어오지는 않는다. 달빛은 속이 텅 빈 은으로 지은 낮과 같고, 내 방 침대에 누우면 보이는 건너편 건물 지붕은 검은빛이 도는 흰 액체다. 마치 들을 수 없는 이에게 높은 곳에서 보내는 축하 인사처럼 단단한 달빛 안에 슬픈 평화가 흐른다.

잠도 안 오는데 눈을 감은 채 나는 아무것도 보지 않고 머릿속을 텅 비운다. 가장 진실하게 달을 묘사하는 말은 무엇일지 곰곰이 생각한다. 옛날 사람들은 달을 가리켜 흰빛 혹은 은빛이라고 표현했다. 완전히 흰색은 아닌 달의 흰색에는 여러 색이 들어 있다. 지금 침대에서 몸을 일으켜 차가운 창문 저편을 본다면 높이 고립된 대기 속 달은 흐릿해진 노란빛에 푸른 잿빛이 섞인 흰색일 것이다. 서로 다른 어두운색 지붕들 위의 달은 저 아래 건물들을 거무스레한 하얀 빛으로, 적갈색 타일들을 색깔 없는 색깔로 물들일 것이다. 거리 끝에 있는, 발가벗은 조약돌들이 울퉁불퉁하게 원형으로 깔려 있는 평온한 심연에는 잿빛 조약돌에서 흘러나오는 푸른빛만 보인다. 지평선 저 깊은 곳에서 달빛은 하늘 깊은 곳의 검푸른색과는 다른 어두운 푸른색일 것이다. 창문과 만나는 곳에서 달빛은 검노랑색이다.

여기 침대에서 잠이 오지 않아 무거운 눈꺼풀을 들어올린다면 달빛은 은은한 자갯빛 실이 떠다니는 흰 눈 속 같을 것이다. 지금 내 느낌을 생각으로 옮긴다면, 달빛은 하얀 그림자로 변한 권태이고 그 희미한 하얀색 앞에서 눈을 감은 듯 어두워질 것이다.

152

나는 무언가를 끝낼 때마다 경악한다. 경악하고 괴로워한다. 나의 완벽주의 기질로는 아무 일도 끝내지 말아야 한다. 아예 시작조차 하지 말아야 한다. 하지만 종종 그걸 잊고 뭔가를 또 시작한다. 나의 성취는 나의 의지를 행동에 옮긴 결과가 아니고 내 의지가 항복한 결과다. 시작할 때는 더이상 생각할 힘이 없어서 시작한다. 그리고 중간에 그만둘 용기가 없어서 끝까지 간다. 이 책은 나의 비겁함 그 자체다.

가끔 나는 생각을 하다 말고 내가 받은 인상의 실제 구도, 혹은 상상한 구도와 잘 맞는 어떤 풍경을 그려보곤 한다. 그런 풍경을 떠올림으로써 나의 창조적인 무능력을 잠시 잊을 수 있기 때문이다. 이 책을 쓰기 위해 나 자신과 대화를 나누다보면 갑자기 다른 사람과 대화하고 싶어질 때가 있다. 그럴 때면 나는 바로 지금처럼, 햇빛을 받아 물에 젖은 듯 반짝이는 지붕들 위로 떠도는 햇빛에게 말을 건다. 도시의 언덕 위에 서 있는 키 큰 나무들, 소리 없이 무너질 것 같고 이상하리만치 가까워 보이는 나무들의 고요한 흔들림에게 말을 건다. 겹쳐 붙인 포스터처럼 가파른 비탈에 지은 집들, 창문들은 포스터의 글자처럼 보이고 저무는 태양이 포스터를 붙인 축축한 풀을 금색으로 물들이는 집들에게 말을 건다.

　더이상 잘 쓸 수도 없으면서 왜 나는 글을 쓰는가? 글을 씀으로써 지금보다 더욱 열등해질지도 모른다. 하지만 쓸 수 있는 것을 쓰지 않는다면 무엇이 남을까? 뭔가를 이루려 하는 나는 열망에 찬 평민이다. 마치 어두운 방을 싫어하는 사람처럼 나는 침묵을 견딜 수 없다. 나는 메달을 얻으려는 노력보다 메달을 더 가치 있게 여기며, 외투에 달린 모피 장식이 명예롭다고 여기는 사람들과 같다.

　나에게 글쓰는 일은 스스로를 깎아내리는 행위이지만, 차마 글쓰기를 그만둘 수 없다. 나에게 글쓰기는 혐오하면서도 끊지 못하는 마약, 경멸하면서도 의지하게 되는 악덕 같은 것이다. 우리에게 꼭 필요한 어떤 독약들은 아주 미묘한데, 그것은 영혼에서 뽑아낸 재료로 만들어진다. 꿈의 폐허 한구석에서 수확한 약초, 우리가 원했던 것들의 무덤가에 피어난 검은 양귀비꽃, 영혼 속 지옥의 강변에서 가지를 흔드는 음란한 나무들의 긴 잎사귀로.

　그렇다. 글을 쓴다는 것은 나를 잃어버리는 일이다. 하지만 모든 것은 상실이기에 다들 스스로를 잃어버리며 산다. 그러나 나는 아무런 기쁨 없이 나를 잃어버린다. 나의 상실은 알 수 없는 운명으로 태어나 바다로 흘러가는 강물이 아니라, 파도가 높이 몰아쳤을 때 바닷가에 생겼다가 다시는 바다로 돌아가지 못하는 물웅덩이 같다.

153

사력을 다해 의자에서 몸을 일으키지만, 의자를 계속 들고 다니는 것만 같다. 내 주관으로 만든 의자인지라 더욱 무겁게 느껴진다.

154

나에게 나는 누구인가? 내 감정의 일부에 불과하다.

구멍난 양동이처럼 어쩔 도리 없이 마음이 새나간다. 생각? 느낌? 이미 정의된 것들은 전부 피곤하다!

155

지루함을 견디려고 일하는 사람이 있듯이, 나는 때로 아무 할 말이 없어서 글을 쓴다. 보통 사람들은 아무 생각이 없을 때 백일몽에 빠지지만 나는 글쓰기의 형식을 빌려서 빠지는데, 산문으로 꿈꾸는 방법을 알기 때문이다. 그럴 때면 나는 아무것도 느끼지 않는 상태에서 진지한 감정과 진실한 감동을 많이 끌어낸다.

때로는 살아 있다고 느끼는 공허함이 깊어진 끝에 꽉 찬 긍정에 이르는 순간이 있다. 흔히 성인이라고 불리는 위대한 인물들은 행동하는 사람으로, 감정의 일부만이 아닌 모든 감정을 품은 채로 행동에 나선다. 그래서 인생이 아무것도 아니라고 느끼는 감정은 그들을 무한의 세계로 인도한다. 그들은 밤과 별빛으로 화관을 만들어 쓰고, 침묵과 고독의 성유_{聖油}를 스스로에게 붓는다. 한편 초라하게 내가 속해 있는 집단의 인물들은 위대하지만 행동하지 않는다. 인생이 아무것도 아니라는 감정은 우리를 무한소_{無限小}로 데려간다. 감정이 마치 고무줄처럼 늘어나서 그 속의 느슨한 가짜 지속성이 모공을 드러낸다.

그리고 이런 순간에는, 행동하는 것도 아니고 행동하지 않는 것도 아닌 평범한 사람들처럼, 두 부류의 인간들 모두 잠들고 싶어하는데 이는 인류의 포괄적인 현존의 반영이다. 잠은 신 또는 열반이라고 부를 수 있는 것과의 결합이다. 잠은 영혼에 대한 원자 과학으로 사용되는 잠이든, 좋아하는 음악을 듣거나 지루한 단어놀이를 하며 청하는 잠이든, 결국은 감각에 대한 느린 분석이다.

잘 들여다보이지 않는 진열장 앞에 서 있을 때처럼 단어들 사이에서 한참을 머뭇거리며 글을 쓴다. 그 결과 내 글은 반쪽짜리 감정, 그저 비슷할 뿐인 표현들이 되고 만다. 내가 실제로 본 적 없는 직물의 색깔과 내가 모르는 것들로 구성되어 조화를 이룬 전시물이 되고 만다. 나는 마치 죽어버린 자식을 미친듯이 흔드는 어미처럼 나 자신을 흔들면서 글을 쓴다.

정확히 언제인지 모르는 어느 날, 나는 이 세상에서 나 자신을 발견했거니와 태어나서부터 그 순간까지는 그 사실을 모르고 살았다. 내가 어디에 있느냐고 물어봤을 때 모두 나를 기만했고, 서로 모순되는 대답을 했다. 내가 무엇을 해야 하느냐고 물었을 때 모두 잘못된 답을 줬고, 각자 다른 말을 했다. 어찌할 바 몰라 가던 길을 멈추면 내가 왜 아무도 모르는 곳으로 계속 가지 않는지, 또는 가던 길을 돌아가지 않는지 모두들 의아해했다. 교차로에서 잠이 깬 나는 어디에서 왔는지 알지 못했다. 무대 위에 서 있는 나를 발견했지만, 내가 맡은 역할을 알지 못했다. 다른 사람들은 나와 마찬가지로 자기 역할을 모르면서도 금방 대사를 말하곤 했다. 나는 몸종의 옷을 입었지만 사람들은 내가 섬길 여왕을 주지 않았고, 내게 여왕이 없다고 나를 탓했다. 내 손에는 전달할 편지가 있었고, 편지가 백지라고 말했을 때 그들은 나를 비웃었다. 그들이 웃은 것은 모든 편지가 다 백지이기 때문인지 아니면 모든 메시지를 추측으로 알아내야 하기 때문인지 나는 아직도 모른다.

결국 나는 한 번도 가진 적 없는 난롯불을 마주한 양, 교차로에 있는 바위에 걸터앉았다. 그들이 내게 건넨 거짓말로 나 홀로 종이배를 만들기 시작했다. 아무도 나를 믿어주지 않았고, 심지어 거짓말로도 들어주지 않았고, 나의 진실을 증명해 보일 호수湖水도 없었다.

모호한 근심이 그림자에 묶어놓은, 잃어버린 쓸모없는 단어들과 아무렇게나 던진 비유들…… 숲길 어디쯤인지 모를 곳에서 보낸 행복한 시간들의 흔적…… 이미 꺼진 불빛의 기억만으로 어둠 속에서 금빛으로 빛나는 램프…… 보이지 않는 무한한 나무에서 떨어진 마른 나뭇잎처럼, 힘없는 손가락 사이로 미끄러져 바람에 날리지도 않고 땅에 떨어지는 단어들……어느 이름 모를 농장 연못의 추억…… 일어난 적 없는 일들에 대한 애착……

산다는 것! 산다는 것! 그리고 프로세르피나*의 침대에서라면 곤히 잠들 수 있을지도 모른다는 희망.

156

어느 제국의 여왕이 자신의 호숫가에서 내 부서진 삶의 기억을 간직해줄까? 나는 나의 푸른빛 평화가 날아오르기에는 적당치 않은 가로수 길의 심부름꾼이었다. 나의 테라스에서 찰랑거리는 바다 저 먼 곳에는 배들이 떠 있었고, 나는 물에 노를 빠뜨리듯이 남쪽 하늘 구름 속에서 내 영혼을 잃어버렸다.

157

내 안에 정치, 정당, 혁명이 있는 나라를 만들어 내가 그 모든 것이 되는 것, 내가 곧 모든 국민인 이 범신론적 세상에서 신이 되고, 그 세상 사람들의 육체와 영혼과 그들이 발 딛는 땅과 그들이 하는 행동이 되는 것. 모든 것이 되고, 그들이 되면서 그들이 아닌 것이 되는 것! 아, 이거야말로 내가 아직 이루지 못한 꿈이다. 이유는 모르겠지만 이 꿈을 이룬다면 나는 아마 죽어버릴 것만 같다. 누구라도 신에게 그토록 엄청난 신성모독을 저지른 후에는, 모든 것이 되는 신성한 힘을 감히 신에게서 빼앗은 후에는, 더이상 살 수 없을 것 같다.

감각의 예수회를 창조한다면 얼마나 좋을까!

거리의 사람들보다 더 사실적인 비유들이 있다. 수많은 남자와 여자

---

* 유피테르의 딸로 명부의 왕 플루토에게 납치되어 그의 아내가 된다.

들보다 더욱 생생하게 살아가는 책 속의 이미지들이 있다. 완전히 인간적인 개성을 지닌 문학적 구절들이 있다. 내가 쓴 문장 중에는 마치 사람처럼 뚜렷해서 밤이면 내 방 벽과 그림자에 선명한 윤곽이 떠오르는 듯하여 소름이 끼치는 것도 있다. □ 내가 쓴 글들을 큰 소리로 혹은 작은 소리로 읽으면—소리는 숨길 수 없다—오직 온전한 영혼과 완벽한 외양을 모두 갖춘 사물만이 낼 수 있는 소리가 난다.

나는 왜 가끔 꿈꾸는 것과 꿈꾸기를 배우는 것의 서로 모순되며 양립할 수 없는 방법들을 늘어놓는 걸까? 아마도 사실이 아닌 것을 사실로 느끼고 너무 생생하게 꿈꾼 것을 내가 직접 본 것이라고 여기는 일이 너무 자주 반복되다보니, 결과적으로 사실과 거짓을 구분하는 능력을, 내 생각에는 그것도 가짜인데, 잃어버린 것 같다.

나에게는 무엇인가를 현실이라고 느끼기 위해서는, 보거나 듣거나 아니면 다른 감각을 통해 선명하게 감지하는 것으로 충분하다. 심지어 논리적으로 양립할 수 없는 두 가지를 동시에 느끼기도 한다. 아무 상관 없다.

세상에는 그림 속 인물이 되지 못했거나 카드 한 장의 무늬가 되지 못했다는 이유로 오랜 시간 괴로워하는 사람들이 있다. 현대에 살면서 중세 시대 때처럼 살지 못하는 것을 천벌처럼 느끼는 이들도 있다. 나도 얼마 전까지 이런 고통을 겪었지만 지금은 그렇지 않다. 한 단계 올라선 것이다. 하지만 예를 들어 다른 종류의 시공간을 가진 우주에 속한 서로 다른 왕국의 두 왕이 되기를 꿈꿀 수 없기에 여전히 슬프다. 그럴 수 없어 정말로 비통하다. 그럴 수 없음을 잘 알기에 허기가 진다.

상상도 할 수 없는 것을 꿈에서 보는 일은 대단한 몽상가인 나로서도 매우 드물게 이루는 위대한 승리 중 하나다. 이를테면 강가를 산책하는 한 쌍의 남녀 중, 동시에, 혼동되는 일 없이, 따로따로 그 남자와 여자가 되는 꿈을 꾼다. 나는 동시에 똑같은 생생함으로, 같은 방식으로, 겹치는 일 없이, 같은 온전함으로, 남쪽 바다에 떠 있는 배와 오래된 책의 인쇄된 페이지, 그 두 가지가 되어 있는 나를 본다. 얼마나 터무니없는 일처럼 보일까! 하지만 모든 일은 다 터무니없고, 그나마 꿈꾸기는 덜 터무니없는 일이다.

158

비록 꿈속이었지만 플루토처럼 프로세르피나를 유혹한 남자에게는 이 세상 여자와 나누는 사랑이 한낱 꿈에 불과하지 않겠는가?

셸리*처럼 나도 안티고네**를 시간을 초월하여 사랑했다. 현세의 모든 사랑은 내가 잃어버린 것을 떠올리게 할 뿐이었다.

159

하도 오래돼서 언젠가 읽거나 들어본 이야기처럼 느껴지는 사춘기 시절의 일인데, 나는 사랑에 빠지는 모욕적인 아픔을 두 번 겪어봤다.

---

* 영국 낭만주의 시인 퍼시 비시 셸리.
** 그리스신화에 나오는 오이디푸스 왕의 딸.

'아주 오래전'이라고 해야 할지 '얼마 전'이라고 해야 할지 모를 이 과거를 떠올릴 때면 사랑에 대한 환상을 깨뜨리는 경험을 일찍 해서 다행이라는 생각이 든다.

그 경험은 내가 느꼈던 감정 외에는 아무것도 아니었다. 내적 경험의 외적인 면에 대해서만 말하자면, 수없이 많은 인간 군상이 똑같은 고통을 겪어왔다. 그러나 □

나는 감성과 지성이 동시에 얽힌 경험을 통해, 몽상에 빠지는 삶이 비록 병적으로 보이기는 해도 나의 기질에 가장 잘 어울린다는 것을 일찍이 깨달았다. 내 몽상 속에서 일어나는 허구의 일들은 (나중에) 나를 지치게 할지언정 상처를 남기거나 창피를 주지는 않는다. 가질 수 없는 애인들은 내게 거짓 미소도, 가짜 애정도, 계산적인 애무도 주지 않는다. 그들은 결코 우리를 버리지 않으며, 죽거나 떠나버리는 일도 없다.

누구에게나 영혼의 격심한 고통은 우주의 대격동과도 같다. 마음이 고통스러우면 태양이 궤도에서 벗어나고 별들의 운행은 뒤죽박죽이 된다. 그런 고통을 겪는 모든 영혼에게는 '운명'이 고통의 대재앙을 일으키고 모든 하늘과 세상이 암담한 심정 위로 쏟아지는 날이 온다.

자신이 우월한 존재라고 느끼는 동시에 '운명'에게는 가장 미천한 자보다 열등한 취급을 받는 것. 과연 누가 이런 상황에 처했다는 사실을 자랑스러워할까?

만일 내 안의 모든 예술성을 한데 모은 위대한 표현력이 허락된다면 잠을 숭배하는 글을 쓰고 싶다. 내 인생을 통틀어 잠자는 행복보다 더 큰 쾌락을 알지 못한다. 삶과 영혼의 완벽한 소등消燈, 모든 존재와 사람들로부터의 완전한 격리, 기억도 환상도 없는 밤, 과거와 미래의 사라짐. □

160

온종일, 가볍고 미지근한 구름이 깔린 황량한 하루가 혁명이 일어났다는 소식으로 채워졌다. 사실이든 아니든 이런 소식은 항상 경멸과 생리적인 구토감이 섞인 기이한 불편함을 일으킨다. 뭔가를 뒤흔들어 변화시킬 수 있다고 믿는 사람들이 존재한다는 사실이 나의 지성을 고통스럽게 한다. 나에게 폭력은 어떤 종류가 됐든 인간의 어리석음이 노골적으로 드러난 방식일 뿐이다. 모든 혁명가들은 어리석다. 그리고 모든 개혁가들도 마찬가지지만 혁명가들보다는 덜 성가시고 덜 어리석다.

혁명가와 개혁가는 같은 오류를 범한다. 자신에게 전부인 인생 또는 거의 전부인 자신을 위해 자신의 행동을 혁신하거나 지배할 능력이 없는 자들의 도피처. 그것이 바로 외부 세계와 다른 사람들을 변화시키겠다는 노력이다. 모든 혁명가와 개혁가는 다 도피자다. 세상의 변화를 위해 싸운다는 것은 자신과 싸울 능력이 없다는 뜻이다. 개혁한다는 것은 고칠 수 있는 방법이 없다는 뜻이다.

바른 감수성과 곧은 이성을 가진 사람이라면, 세상의 부당함과 악덕에 대해 고민한다면, 부당함과 악덕을 개선하려는 노력을 가장 가까운 곳, 즉 자기 자신에서부터 시작할 것이다. 이 과업을 수행하는 데는 평생이 걸릴 것이다.

모든 것은 세상을 어떻게 보느냐에 달렸다. 세상을 보는 시각을 바꾸는 것이 우리를 위해 세상을 바꾸는 일, 또는 그냥 세상을 바꾸는 일이다. 왜냐하면 세상이란 결국 우리가 보는 세상이기 때문이다. 유려하고 아름다운 글을 쓰도록 하는 우리 내면의 정의, 죽은 감수성을 되살리는 진정한 개혁, 이런 것이야말로 진실이고, 우리의 진실이고, 유일한 진실이다. 나머지는 그저 풍경, 느낌을 담는 액자, 생각을 적어놓는 서류철일 뿐이다. 들판, 집, 포스터, 옷 들 같은 것으로 가득한 총천연색의 풍경이든, 때때로 오래된 단어와 몸짓이 되어 표면에 떠올랐다가 다시 인간 표현의 원초적 어리석음 안으로 가라앉는 지루한 영혼의 흑백 풍경이든 마찬가지다.

혁명? 변화? 나의 진실한 영혼을 걸고 진심으로 바라는 것은 저 특징 없는 구름들이 더이상 하늘을 회색 거품으로 칠하지 않는 것이다. 구름 사이에서 솟아나는 푸른색, 아무것도 아니고 아무것도 원하지 않기에 확실하고 분명한 진실인 푸른색을 보고 싶을 따름이다.

161

사회적 책임을 뜻하는 단어들은 끔찍할 정도로 불쾌하다. 나에게 '의무'라는 단어는 불청객만큼이나 불쾌하다. '시민의 의무' '연대의식' '인도주의'를 비롯해 그 계통의 단어들은 누군가 창문으로 내던져서 내 머리 위에 떨어진 쓰레기처럼 역겹다. 이런 표현이 나와 어울린다거나, 내가 그것을 가치 있고 의미 있는 일로 받아들여야 한다고 상상만 해도 기분이 상한다.

최근에 나는 거리의 한 장난감 가게 진열장에서, 그런 표현들의 정확한 의미를 떠올리게 만드는 물건을 보았다. 인형의 식탁에 놓인 그릇에 담긴 음식 모형이었다. 관능적이고 이기적이고 허영심이 강한 인간, 말재주가 있어서 다른 이의 친구가 되기도 하고 살아가는 재주가 있어서 다른 이의 적이 되기도 하는, 실제로 존재하는 인간. 그런 인간이 공허하고 의미 없는 단어들로 만든 인형과 놀면서 무엇을 얻는단 말인가?

정부를 지탱하는 기반은 규제와 기만, 두 가지다. 금빛으로 번쩍이는 이 단어들의 문제는 규제도 기만도 하지 않는다는 것이다. 기껏해야 사람을 취하게 만드는데 이건 또다른 이야기다.

나는 개혁가를 싫어한다. 개혁가란 세상의 표면에 드러난 악을 치료하기 위해 근본적인 악을 심화하려는 사람들이다. 의사라면 아픈 몸을 치료해 건강하게 만들면 되겠지만, 사회적인 영역에서 무엇이 아픈 상태이고 무엇이 건강한 상태인지는 알 수 없다.

인류는 대자연이 그려내는 장식용 그림들 가운데 최근의 화풍 중 하나에 불과하다고 생각한다. 나는 근본적으로 인간과 나무를 구별하진 않는다. 당연히 사색에 잠긴 내 눈에 더 흥미로워 보이고 장식용으로 더 좋아 보이는 것을 선호한다. 만일 나무에 더 관심 있다면 죽은 사람보다 쓰러진 나무를 보는 쪽이 더 슬프리라. 어린아이의 죽음보다 석양빛이 더 비통하게 느껴지는 날도 있다. 진정으로 느끼기 위해 내 감정을 모든 것의 외부에 놓아두려 한다.

저녁과 밤의 경계선에서 가벼운 바람이 석양빛으로 물들기 시작하는 시간에 이런 생각들을 글로 쓰고 있자니 나 자신을 책망하게 된다. 사실 석양빛으로 물드는 것은 바람이 아니라, 바람이 머뭇거리며 떠다니는 공기다. 그래도 나는 마치 바람이 물드는 것처럼 느끼기에 그렇게 말한다. 나는 나이고, 내가 느끼는 대로 말할 수밖에 없기에.

162

우리가 저지른 바보 같은 행실, 생각 없는 행동, 선행을 하려다 생긴 실수 등 인생에서 일어나는 모든 불쾌한 일은 영혼의 본질에 영향을 주지 않는 외부 사건에 불과하다고 간주해야 한다. 그런 일들은 치통이나 티눈처럼 우리를 불편하게 만들기는 하지만, 비록 그것들이 우리 것이기는 해도 우리 외부에 있는 것이다. 우리는 생체 기능을 보유한 유기체가 치통이나 티눈을 우려하는 만큼만 그런 일들을 걱정하면 된다.

이렇게 근본적으로 신비주의자들과 같은 태도를 견지한다면 우리는 세상뿐만 아니라 우리 자신으로부터 스스로를 보호하게 된다. 우리 안에 있으면서도 외부적이고 우리와 모순되는 대상, 즉 우리의 적을 극복할 수 있기 때문이다.

호라티우스는 정의로운 사람은 그를 둘러싼 세상이 다 무너지더라도 의연하게 버틸 거라고 말했다. 여기서 느껴지는 이미지는 좀 터무니없지만 의미는 타당하다. 설혹 우리 주위에서, 우리인 척하던 것들이 우리와 함께 있다가 무너지더라도 의연해야 한다. 우리가 정의로워서가 아니라 우리는 우리 자신이기 때문이다. 우리 자신이 된다는 것은, 남들이 우리라고 생각하는 것 위에서 세상이 무너질지라도 개의치 않는 것이다.

우월한 사람들에게 인생이란, 대결을 거부하는 꿈이어야 한다.

163

직접경험은 상상력을 타고나지 못한 이들의 핑계이고 도피처다. 나는 호랑이 사냥꾼이 겪는 위험에 대한 글을 읽음으로써, 느낄 만한 가치 있는 모든 모험을 경험한다. 실제 육체적 위험은 이미 지나간 것이므로 느낄 가치가 없다.

행동하는 인간은 자기도 모르게 사고하는 인간에게 종속된다. 모든 일들의 가치는 해석에 달려 있기 때문이다. 어떤 이들은 무언가를 만들어내지만, 거기에 의미를 부여해 생명을 불어넣는 것은 다른 사람들이다. 사는 것은 살아지는 것일 뿐, 무엇에 대해 말하는 것이 그것을 창조하는 것이다.

164

행동하지 않음으로써 모든 것을 만회한다. 우리는 행동하지 않을 때 모든 것을 얻는다. 행동하지 않는 한, 상상이 전부다. 꿈속이 아니라면 아무도 세상의 왕이 될 수 없다. 그리고 자기 자신을 정말로 잘 아는 우리 모두는 왕이 되고 싶어한다.

왕이 되지 않으면서 상상하는 것이 왕좌다. 원하지 않으면서 꿈꾸는 것이 왕관이다. 우리가 단념한 것이 진정한 우리 것이다. 우리가 단념한 것은 우리의 꿈속에서, 존재하지 않는 햇빛과 있을 수 없는 달빛 아래 완벽한 상태로 영원히 보존될 수 있기 때문이다.

165

아무리 그러지 않기를 바란다 해도, 내 영혼이 아닌 모든 것은 내게 배경과 장식에 불과하다. 어떤 인간이 나처럼 살아 있는 존재임을 이성적으로 인식한다 해도, 그 사람을 아름다운 나무에 견준다면 나한테는 나무가 더 중요하다. 내 의지와 상관없이 솔직히 그렇다. 그래서 나는 역사 속 커다란 비극이나 역사를 바꾼 사건과 같은 인간 활동을 마치 영혼 없는 인물을 새겨놓은 화려한 장식벽을 볼 때의 느낌으로 대한다. 중국에서 벌어진 어떤 비극도 심각하게 여겨본 적이 없다. 피와 전염병을 묘사했다 하더라도 그저 멀리 떨어져 있는 장식일 뿐이다.

우연히 목격했던 노동자들의 시위를 떠올리면 지금도 아이러니한 슬픔을 느낀다. 그들의 시위가 얼마나 진지했는지는 잘 모른다(진정성은 개인이 홀로, 개별적으로 느끼는 감정이기에 나로서는 집단의 진정성을 인정하기 어렵다). 그들은 모였다 흩어지곤 하는 어리석고 떠들썩한 인간 집단이었다. 나는 그들이 여러 구호를 외치며 지나가는 모습을 타인의 무심한 눈길로 쳐다보고 있었다. 그때 갑자기 구토감이 올라왔다. 심지어 그들은 그다지 지저분하지도 않았다. 정말로 고통받는 자들은 떼로 모이거나 집단행동을 하지 않는다. 고통스러운 자는 홀로 고통스러워한다.

한심한 집단 같으니! 거기에는 휴머니티도 진정한 고통도 없다! 그들은 현실적이었기에 더욱 터무니없었다. 아무도 그들을 가지고 소설의 한 단락을 쓰거나 무대를 묘사할 수 없을 것이다. 그들은 강물을 따라 흘러가는 쓰레기처럼 인생의 강을 지나가고 있었고, 그 모습을 지켜보는 나는 메스꺼웠고, 우월감을 느꼈고, 졸음에 시달렸다.

166

사람들이 영위하는 삶을 주의깊게 들여다볼수록 동물의 삶과 뭐가 다른지 잘 모르겠다. 사람과 동물은 둘 다 세상에 무심코 던져진 채 살아간다. 둘 다 이따금 만족스러운 순간들을 누린다. 둘 다 매일 똑같은 생리 현상을 해결한다. 둘 다 자신의 생각 이상을 생각하지 못하고, 실제 삶 이상을 살지 못한다. 고양이는 햇볕 아래서 뒹굴다가 거기서 잠든다. 인간은 삶 안에서 자신의 복잡한 문제들을 안고 뒹굴다가 거기서 잠든다. 인간도 짐승도 숙명의 법칙을 벗어나지 못한다. 둘 다 존재의 무게에서 벗어나려는 시도조차 하지 않는다. 인간 중에서 위대한 자들은 영광을 탐하지만, 그건 개인의 불멸을 누리는 영광이 아니라 개인과 관련 없는 추상적인 불멸일 뿐이다.

이런 생각을 자꾸 하다보니 원래는 혐오했던 부류의 인간들이 갑자기 존경스러워진다. 바로 신비주의자들과 금욕주의자들, 즉 티베트의 은둔자들과 성聖 시메온*을 따르는 모든 곳의 주상柱上 고행자들이다. 이들은 황당한 방식에 의지해서라도 동물의 법칙에서 자유로워지려고 진정으로 노력한다. 이들은 좀 미치기는 했어도, 햇볕 아래서 뒹굴거리다가 죽음에 대한 생각 없이 죽음을 기다릴 뿐인 삶을 진정으로 거부한다. 비록 기둥 위에서일지라도 진심으로 찾아 헤맨다. 불 꺼진 수도실 안에 있을지라도 갈망한다. 주어진 고행과 고통 안에 머물면서도 자신들이 모르는 것을 알기를 원한다.

이들과는 달리 서로 다른 복잡한 사정을 안고 동물 같은 삶을 살아가는 우리는, 그저 지나간다는 것의 공허한 엄숙함에 만족하여 대사 없는 배우처럼 무대 위를 가로지른다. 개와 사람, 고양이와 영웅, 벼룩과 천재 들은 고요하게 빛나는 별들 아래에서 존재에 대해 생각하지는 않고(우리 중 가장 훌륭한 이들도 생각 자체를 생각할 뿐이다) 존재를 두고 장난할 뿐이다. 고통과 희생을 감수하는 고행자들은 적어도 그들의 육체와 일상 속에 생각으로 헤아릴 수 없는 무언가가 마법처럼 존재한다고 느끼며 산다. 그들은 눈에 보이는 태양을 부인하기에 자유롭

---

* 주상성자(柱上聖者)로 불리는 시리아의 고행자. 15미터 높이의 기둥 위에서 37년을 살았다.

다. 마음에서 세상의 공허를 없애버렸기에 스스로 충만하다.

고행자들에 대해 말할 때는 나도 신비주의자가 된 것 같지만, 어쩌다 느끼는 동질감으로 이런 글을 몇 자 쓸 뿐이다. 모든 인류처럼 나는 언제까지나 도라도레스 거리의 일부일 것이다. 시로 표현하든 산문으로 말하든 나는 매일 출근하는 직장인일 것이다. 신비주의 안에서든 밖에서든 상관없이 난 평생 같은 자리에서 나의 감정과 감정이 발생하는 순간의 하인으로 고분고분 살아갈 것이다. 나는 언제나 말없는 하늘의 거대한 푸른 가리개 아래에서 알 수 없는 의례의 심부름꾼 역할을 맡아, 행해야 하는 그리고 행하고 있는 삶이라는 옷을 걸치고, 왜 그래야 하는지 알 수 없는 동작과 걸음걸이와 태도 속에 그렇게 살아갈 것이다. 마침내 파티가 끝나거나 내 역할이 끝나서, 저 아래 정원 뒤쪽에 있다고 전해 들은, 커다란 텐트 안에 차려놓은 만찬을 맛보러 갈 수 있을 때까지.

167

오늘 나는 모든 것이 다 지루해서 마치 감옥에 들어온 듯 갑갑하다. 그러나 모든 것이 지루하다는 말은 바로 나 자신이 지루하다는 뜻이다. 어제 본 얼굴일지라도 오늘 보는 그 얼굴은 같지 않다. 오늘은 어제가 아니기 때문이다. 각각의 날들은 그날일 뿐이지 똑같은 다른 날이란 세상에 없다. 다만 우리 영혼 안에서 동일화가—동일하게 느껴지는 것일 뿐 진정한 동일화는 아닌—일어나고, 이 동일화를 통해 모든 것이 비슷하고 단순하게 보일 뿐이다. 세상 사물들은 분리돼 있고 모양이 다양하지만, 우리가 근시면 사물이 불분명하게 어우러진 안개처럼 보이는 것과 마찬가지다.

내가 바라는 것은 도망치는 것이다. 내가 아는 것, 내 것, 내가 사랑하는 것으로부터 도망치는 것이다. 갈 수 없는 인도나 남쪽 바다의 큰 섬이 아닌 아무 시골 마을이나 황야라도 좋으니 어느 곳으로라도 떠나고 싶다. 매일 보는 얼굴들, 일상, 하루하루를 그만 보고 싶다. 어디론가 멀리 떠나 내 고질적인 가식에서 벗어나고 싶다. 휴식이 아니라 삶처럼 다가오는 잠을 느끼고 싶다. 바닷가의 작은 오두막이나 심지어 바위투성이 산비탈의 동굴도 그런 순간을 선사해줄 수 있을 것이다. 그러나 불행히도 내 의지만으로는 그런 순간을 누릴 수 없다.

우리가 노예라는 사실은 도망칠 수 없고, 반항할 수 없고, 따를 수밖에 없는 삶의 유일한 법칙이다. 어떤 이들은 노예로 태어나고, 어떤 이들은 노예가 되고, 어떤 이들은 노예로 있기를 강요받는다. 자유에 대한 우리의 비겁한 사랑—자유를 준다 해도 낯설어 거부할 게 틀림없는—은 우리의 노예근성이 얼마나 떨쳐버리기 어려운 것인지 보여주는 징표다. 모든 것에 대한 지루함에서 벗어날 수 있는 오두막이나 동굴로 가고 싶다고 방금 이야기한 나는, 이 모든 것에 대한 지루함은 나로부터 시작되고 어딜 가도 항상 나와 함께 있다는 사실을 이미 경험으로 알고 있는 나는, 과연 오두막이나 동굴로 떠날 용기를 낼 수 있을까? 질병이 내 주위를 둘러싼 사물이 아니라 내 폐 속에 있다면, 내가 있는 곳과 나 자신에게 숨막혀하는 나는 어디서 마음껏 숨쉴 수 있을까? 깨끗한 햇빛과 탁 트인 들판, 눈앞에 보이는 바다와 끝없이 펼쳐진 수평선을 열망하는 나는 과연 새로운 침대와 음식에 익숙해질 수 있을까? 거리에 나서기 위해 여덟 계단을 내려갈 필요가 없고, 모퉁이 담뱃가게에 들르지 않고, 할 일 없는 이발사와 아침 인사를 주고받지 않는 일에 익숙해질 수 있을까?

우리를 둘러싼 모든 것은 우리의 일부가 되고, 육체와 삶의 감각 속에 침투하여 마치 커다란 거미의 침처럼 우리를 가까이 있는 것들에 교묘하게 연결시킨다. 그러고는 천천히 다가오는 죽음이라는 침대, 바람에 흔들리는 그 침대에 우리를 가둔다. 모든 것이 우리 자신이고 우리 자신이 모든 것이지만, 모든 것이 아무것도 아닐진대 다 무슨 소용인가? 한줄기 햇살, 곧 지나갈 거라고 말해주는 갑작스러운 구름의 그림자, 불어오는 산들바람, 바람이 지나간 후의 침묵, 한 사람 또는 다른 사람의 얼굴, 어떤 목소리들, 재잘거리는 소녀들이 터뜨리는 웃음, 그런 후 깨진 상형문자 같은 별들이 의미 없이 뜨는 밤.

168

……그리고 나는 겁을 먹은 채 삶을 증오하고, 매혹에 빠진 채 죽음을 두려워한다. 나는 뭔가 다른 것이 될 수 있는 무無가 두렵다. 아무것도 없는 상태인 동시에 무엇이든 될 수 있는 무無가 두렵다. 마치 거기에 끔찍한 공포와 공허가 뒤섞여 있는 것처럼, 나의 영혼과 육체의 영원한 호흡이 관 안에서 멈춰버리는 것처럼, 그 안에 불멸성이 갇혀 산산조각나는 것처럼 두렵다. 틀림없이 어떤 사악한 영혼이 만들어냈을 지옥이

라는 관념은, 이렇게 서로 모순되고 서로 타락시키는 두 가지 다른 두려움이 뒤섞인 혼란에서 비롯되었을 것이다.

169

지금까지 쓴 모든 글을 한 문장, 한 문장씩 천천히 맑은 정신으로 다시 읽는다. 그러면서 전부 다 헛소리이고, 차라리 쓰지 않았으면 좋았을 거라는 사실을 깨닫는다. 문장이든 제국이든 일단 성취된 것들은 이미 성취되었다는 바로 그 이유 때문에 사물의 가장 나쁜 면, 즉 부패로 접어들게 된다. 하지만 내가 쓴 글을 다시 읽어가는 이 나른한 순간에 나를 정말 고통스럽게 만드는 것은 따로 있다. 나를 정말 괴롭히는 것은, 내가 쓴 글은 수고할 가치가 없는 글이라는 사실이다. 그리고 그 글을 쓰는 시간을 통해 얻은 것은 그럴 가치가 있는 일이라는 환상뿐이었는데, 이제 환상이 깨졌다는 사실이다.

야망을 품고 무엇을 추구한들 우리에게 남는 결과는 원하던 것을 이루지 못하고 비참해지거나 그것을 이루었다고 생각하고 멍청한 부자가 되는 것, 둘 중 하나다.

또 나를 괴롭히는 것은, 내 최선의 노력은 형편없었고 내가 아니라 내가 꿈꾸는 다른 인물이었다면 더 잘할 수 있었으리라는 생각이다. 예술이나 인생에서 우리가 이루는 모든 것은 우리가 이루고 있다고 생각하는 것의 불완전한 복사판이다. 외향적인 완벽이든 내면적인 완벽이든 다 착각에 불과하다. 마땅히 충족시켜야 하는 기준에 못 미칠 뿐 아니라 우리가 도달할 수 있다고 믿는 수준에도 이르지 못한다. 우리는 안팎으로 공허하며, 기대치와 실현치가 낮은 변방의 존재들이다.

도대체 무슨 고독한 영혼의 활력으로 쓸쓸한 한 페이지 또 한 페이지를 써내려갔던가! 내가 썼던 글이 아니라 쓰고 있다고 믿었던 글의 가짜 마법 속에 한 음절 또 한 음절 살아왔단 말인가! 내 안에서 글이 날개 달린 듯이 펜의 속도보다 빠르게, 마치 삶의 모욕에 대한 복수인 양 나를 속이고 솟아올랐을 때, 나는 역설적인 마법에 홀려 스스로를 내 글을 쓴 시인이라고 생각했구나! 그리고 오늘 나는 내 글들을 다시 읽으면서, 찢어진 틈새로 지푸라기를 질질 흘리며 존재한 적 없는 내장을 비우는 나의 인형들을 본다……

170

마침내 마지막 장마가 남쪽으로 물러가고 비를 밀어낸 바람만 남았다. 선명한 태양빛이 도시의 언덕 위로 돌아왔고, 색색의 건물 창밖에서는 기둥 사이의 빨랫줄에 걸린 수많은 흰 옷가지들이 펄럭거렸다.

살아 있다는 사실에 나도 만족스러웠다. 사무실에 제시간에 도착하리라는 원대한 목표를 품고 집을 나섰다. 오늘 같은 날 삶의 원동력은 지구상에 있는 특정한 장소의 위도와 경도에 따라 책력에 나온 시간에 태양이 떠오르게 하는 또다른 훌륭한 원동력과 결합한다. 불행하다고 느낄 수 없었기 때문에 그 사실만으로도 나는 행복했다. 조바심치지 않고 확신에 찬 마음으로 거리를 걸어 내려갔다. 왜냐하면 내가 일하는 사무실과 나와 일하는 직원들은 분명한 현실이니까. 뭔지 모를 이유로 자유를 느끼는 것은 그리 놀랄 일이 아니다. 프라타 거리에 있는 노점상 바구니에 놓인 바나나가 햇볕 아래 유난히 샛노랗다.

따지고 보면 아주 작은 일들이 나를 기쁘게 한다. 마침내 그친 비, 도시의 남쪽에 비치는 따스한 햇빛, 검은 반점 때문에 더욱 노랗게 보이는 바나나, 바나나 파는 이의 목소리, 프라타 거리의 포장된 보도, 그 끝으로 금빛과 초록빛이 어른거리는 푸른 테주 강, 내게 친숙한 모든 것이 있는 우주의 이 한구석.

언젠가 내가 이 모든 것들을 더이상 볼 수 없는 날이 올 테고 저 거리의 바나나, 약삭빠른 장사꾼의 목소리, 길모퉁이에서 신문팔이 소년이 내미는 신문은 내가 떠나도 계속 존재할 것이다. 바나나는 다른 바나나일 테고, 장사꾼도 다른 장사꾼일 테고, 신문은 고개 숙여 확인해본다면 다른 날짜에 발행된 신문일 것이다. 하지만 그것들은 살아 있는 존재가 아니기에 다른 모습으로 계속 있을 것이고, 나는 살아 있는 존재이기에 비록 같은 모습일지라도 사라질 것이다.

지금 나는 저 바나나를 사들고 이 순간을 기념할 수 있으리라. 하루의 태양빛 전체가 기계장치 없는 탐조등처럼 초점을 모아 바나나를 비추는 듯하다. 하지만 나는 원래 기념적인 행위나 상징적인 행위, 그리고 길에서 물건 사는 행위를 쑥스러워하는 편이다. 바나나를 제대로 포장해주지 않을 수도 있다. 내가 이런 데서 물건 사는 일에 익숙지 않은 사람이란 걸 알아보고 바가지를 씌울 수도 있다. 값을 물어보는 내 목소리가 이상하다고 여길 수도 있다. 산다는 것이 태양이 빛나는 날 바나나장수가 있을 때 거리에서 바나나를 사는 것에 불과할지라도, 글을 쓰는 편이 삶을 감행하는 것보다 낫다.

어쩌면 나중에, 그래 나중에 다른 것을…… 그래 어쩌면…… 잘 모르겠지만……

171

대부분의 사람들 삶 속에 도사린 어리석음보다 나를 더욱 놀라게 하는 것이 하나 있으니, 그 어리석음 안에 있는 지혜로운 측면이다.

평범한 생활의 단조로움은 겉으로 보기에는 참 끔찍하다. 지금 내가 점심을 먹고 있는 이 소박한 식당에서는 조리대 너머로 요리사의 모습이, 내 옆에서 서빙을 하고 있는, 아마도 이 식당에서 삼십 년 넘게 일해왔을 웨이터가 보인다. 이 남자들의 인생이란 과연 무엇인가? 사십 년 동안 저 요리사는 거의 매일 부엌에서 살아왔다. 아주 잠깐씩 쉬는 시간이 있고 수면 시간은 비교적 짧다. 이따금 고향에 가지만 망설임도 안타까움도 없이 돌아온다. 벌어들이는 돈을 조금씩 조금씩 모으고 있으며 그 돈을 쓸 계획은 없다. 일에서 은퇴하고 종국에는 갈리자 지방에 사놓은 땅으로 여생을 보내러 가야 하는 상황이 된다면 아마 병이 날 것이다. 리스본에서 살아온 지 사십 년째지만 호툰다 광장에도 극장에도 가본 적 없다. 단 한 번 원형극장에서 서커스 구경을 했는데, 그날 본 광대들을 아직도 기억한다. 어떻게, 왜 그랬는지 모르지만 결혼을 했고 아들 넷과 딸 하나를 두었다. 주방 조리대에서 내가 있는 쪽으로 몸을 돌릴 때 그의 미소는 엄숙하고 만족에 차 있으며 크나큰 행복을 드러낸다. 그는 꾸며대지 않으며 그럴 이유가 없다. 그가 행복하다고 느낀다면 정말 행복한 것이다.

그리고 지금 내 앞에서, 그의 일생에서 백만번째쯤 될 손님 앞에 커피를 내놓고 있는 나이든 웨이터는 또 어떤가? 그도 요리사와 다를 바 없는 삶을 살아왔고, 유일한 차이라면 각기 맡은 일을 하는 공간인 주방과 홀 사이의 4,5미터 정도 되는 거리다. 그는 아들만 둘 두었고, 갈리자에 더 자주 가는 편이며, 요리사보다는 리스본에서 가본 곳이 더 많고, 포르투에서 사 년간 살아봤다. 마찬가지로 그도 행복하다.

그들 인생의 파노라마를 떠올리며 그런 삶에 대한 두려움, 후회, 분노를 느끼기에 앞서 나는 그 삶의 주인공들, 즉 그런 감정을 누릴 권리가 있는 그들은 두려움, 후회, 분노 따위를 전혀 느끼지 않는다는 사실을 깨닫고 충격을 받는다. 다른 사람들이 우리와 같으며 우리처럼 느낄 것이라는 가정이야말로 문학적 상상력이 범하는 가장 기본적인 실수다. 그러나 인류에게 다행스럽게도, 인간은 모두 자기 자신일 뿐 다른 사람이 될 수 있는 능력은 천재들에게만 있다.

모든 것은 결국 주어진 상황에 의해 좌우된다. 거리에서 일어난 작은 사건을 구경하러 주방에서 달려나온 요리사가 그로 인해 느끼는 즐거움은, 내가 매우 독창적인 주제에 대해 사색하거나 아주 수준 높은 책을 읽거나 아무 소용 없는 꿈에 잠긴 채 만족스러워하며 얻는 즐거움보다 더 크다. 삶이 기본적으로 단조로운 것이라면, 요리사는 나보다 훨씬 빈번하게 또 훨씬 수월하게 단조로움에서 벗어난다. 요리사와 나, 어느 쪽에 진실이 있는지 따질 수는 없다. 진실은 어디에도 없으니까. 다만 행복이 요리사 쪽에 있다는 건 확실하다.

자신의 삶을 아주 단조롭게 만든 이는 현명하다. 그에게는 사소한 일들 하나하나가 경이롭다. 사자 사냥꾼은 세번째 사자를 잡은 이후에는 더이상 모험심을 느끼지 못한다. 반면 요리사는 거리에서 벌어지는 싸움박질 하나에도 세상의 종말 같은 자극을 느낀다. 리스본을 한 번도 떠나보지 못한 사람이 전차를 타고 벤피카까지 간다면 마치 무한대로 가는 여행처럼 느낄 테고, 어쩌다 신트라*까지 가는 날에는 화성에라도 가는 기분일 것이다. 전 세계를 돌아다니는 여행자는 길을 떠나 5천 마일 이상을 가면 새로운 것을 전혀 발견하지 못하는데, 항상 새로운 것만 마주치기 때문이다. 새로운 것은 언제나 새로운 것이 계속되는 일상의 일부가 되고, 두번째로 발견한 새로움 이후에는 새로움이라는 추상적인 개념은 바다에 빠지고 만다.

진정 현명한 사람이라면, 읽을 줄 모르고 말상대가 없더라도, 자신의 감각과 결코 슬퍼할 줄 모르는 영혼만 갖고서 의자에 앉아 온 세상의 구경거리를 즐길 수 있다.

존재가 단조롭지 않도록 존재를 단조롭게 만들자. 지극히 무미건조한 것들로 일상을 채워 아주 사소한 일도 재미나게 하자. 언제나 똑같이 따분하고 의미 없는 일을 하는 회사의 근무시간 동안 나에게는 탈출의 환상이, 머나먼 섬에 대한 꿈의 자취가, 다른 시대의 공원에서 열리는 축제가, 다른 풍경이, 다른 감정이, 다른 내가 왔다 가곤 한다. 서류와 장부들 사이에서 나는 이 모든 걸 가졌더라면 어느 것도 내 것이 아니었으리라고 확신한다. 그러니 바스케스 사장이 꿈속의 왕들보다

---

* 리스본 북서부의 오래된 도시.

낫고, 도라도레스 거리의 내 사무실이 상상 속 공원의 웅장한 산책로보다 낫다. 바스케스 사장이 있기에 꿈속의 왕이 되는 꿈을 즐길 수 있고, 도라도레스 거리의 사무실이 있기에 나는 존재하지 않는 풍경 속 환상을 즐길 수 있다. 내가 만일 정말로 꿈속의 왕이 된다면 더이상 무엇을 꿈꿀 수 있겠는가? 불가능한 꿈의 풍경들을 실제로 가졌다면 더이상 어떤 불가능을 상상할 수 있겠는가?

똑같은 하루하루가 반복되고 어제와 오늘이 머리털 한 올만큼도 다르지 않은 단조로움, 이거야말로 우연히 내 눈앞을 지나가며 나의 주의를 돌리는 파리 한 마리에도, 거리 한구석에서 들려오는 웃음소리에도 즐거워하는 영혼을 선사해준다. 퇴근 시간의 자유로움과 휴일 하루의 무한한 휴식을 만끽하게 해준다.

나는 아무것도 아니므로, 모든 것이 되는 상상을 할 수 있다. 내가 만일 무언가 대단한 것이었다면, 그런 상상을 할 수 없었을 것이다. 회계사무원은 로마 황제가 되는 꿈을 꿀 수 있지만, 영국 왕은 그럴 수 없다. 영국 왕은 꿈에서조차 자신이 아닌 다른 왕이 될 수 없다. 그의 현실이 그것을 허락하지 않는다.

172

비탈길을 올라가면 풍차가 있다. 하지만 노력은 우리를 어디에도 데려다주지 않는다.

하늘은 차갑게 죽어버린 열기를 품고 구름은 완만하게 움직이는 담요처럼 햇빛을 가리는, 초가을의 어느 오후였다.

'운명'은 내게 단 두 가지를 베풀었다. 회계장부와 꿈꾸는 능력.

173

꿈은 코카인보다 위험한데 가장 자연적이기 때문이다. 꿈은 다른 어떤 마약보다도 훨씬 쉽게, 마치 독을 탄 음료를 무심코 마시듯이 우리의 습관 속으로 스며든다. 꿈은 상처를 주거나 아프게 하거나 때려눕히지 않지만, 꿈을 갖게 된 영혼은 치료 불가능한 상태가 된다. 이미 독이 사람의 일부가 되어 제거할 수 없게 된다.

마치 안개 속의 가장행렬처럼 □

내가 꿈에서 배운 것은 일상의 이마에 형상들로 만든 화관 씌우기, 평범한 것을 별난 것처럼 말하고 간단한 것을 이리저리 돌려 말하기, 만들어낸 태양으로 어두운 구석과 잊힌 가구를 금빛으로 칠하기였다. 그리고 글을 쓸 때마다 마치 나를 달래듯이, 나의 집착을 담고 떠다니는 문장들에게 음악을 들려주는 것도 꿈에서 배웠다.

잠을 설친 다음날이면 아무도 우리를 좋아하지 않는다. 달아난 잠은 우리의 인간적인 면들을 함께 가져가버린다. 금방 터질 듯한 짜증이 우리를 둘러싼 생명 없는 공기를 가득 채운 것처럼 느껴진다. 결국 우리를 저버리는 건 우리 자신이고, 침묵의 외교전으로 상처 입는 일도 우리와 우리 사이에서 벌어진다.

오늘 나는 지독한 피로감에 싸인 채 두 발을 질질 끌며 거리를 돌아다녔다. 내 영혼은 동여맨 실타래같이 위축됐고 내가 누구이고 누구였는지, 이름을 잊어버린 내가 무엇인지 알 수 없었다. 나에게 내일이 있는지 모른다. 내가 아는 것이라고는 지난밤 잠들지 못했고, 순간순간 느끼는 혼란이 내면의 언어에 거대한 침묵을 얹어놓는다는 것뿐이다.

아, 다른 이들이 즐겨 찾는 넓은 공원, 많은 이들에게 친숙한 정원, 절대 나와 만날 리 없는 사람들이 거니는 아름다운 산책로! 나는 잠 못 이루는 밤과 밤 사이에서 잉여의 삶을 살 엄두를 못 내는 사람처럼 멈춰 있다가 꿈이 끝날 때처럼 명상에서 갑자기 깨어난다.

나는 자신 속에 틀어박힌 홀로 남은 집이고, 수줍어 도망다니는 유령들이 그 안을 배회한다. 나는 언제나 한쪽 방에 있고, 아니면 그들이 그 방에 있다. 나를 둘러싼 나무들이 바람에 나부끼며 큰 소리를 낸다. 나는 헤매다가 찾아낸다. 헤맨 덕분에 찾아낸다. 아, 너로구나! 턱받이를 두른 나의 어린 시절이여!

그 와중에 나는 또 떠돌아다니는 나뭇잎 같은 잠꾸러기가 되어 거리로 나선다. 가벼운 바람이 나를 땅에서 쓸어내고, 주위 풍경을 배경으로 자잘한 사건들이 벌어지는 가운데 나는 황혼의 끝 무렵처럼 떠돌아다닌다. 질질 끄는 내 발 위로 눈꺼풀이 무겁다. 지금 걷고 있기 때문에 잠들고 싶다. 내 입술은 풀로 붙여놓은 것처럼 굳게 다물어져 있다. 나는 배가 가라앉는 것처럼 걸어간다.

그렇다, 나는 잠을 자지 못했고, 여전히 잠들지 못할 때 나는 더욱 나다워진다. 내가 나를 속이고 있는 이 우연하고 상징적인 반쪽짜리 영혼 상태가 바로 진정한 나 자신이다. 지나가던 한두 사람이 마치 나를 알고 있는 양 이상하게 여기는 눈길로 쳐다본다. 표면을 비벼낸 것처럼 뻑뻑한 눈꺼풀 속의 눈으로 나 역시 그들을 막연하게 바라보긴 하지만, 나로서는 세상이 존재하는지 알고 싶지 않다.

나는 졸리고, 무척 졸리고, 오직 졸릴 뿐이다!

175

우리 세대가 태어난 세상은 두뇌와 심장을 겸비한 이들을 더이상 인정하지 않는 곳이었다. 이전 세대가 저지른 파괴 행위의 결과, 우리가 태어난 세상은 종교적으로 불안전하고 도덕적으로 혼란하고 정치적으로 무질서했다. 우리는 형이상학적 고민과 도덕적 근심과 정치적 불안 한가운데에서 태어났다. 객관적인 형식, 그리고 이성과 과학에 경도된 방법론에 도취된 이전 세대들은 텍스트 비판에서 시작해 신화 비판으로 이어지는 성경 비판을 통해, 유대교의 초기 경전과 복음서를 한 더미의 의심스러운 신화, 전설, 문학 들로 격하시켰다. 그들은 과학적인 비판을 통해 복음서 속 원시적 '과학'의 순진한 개념과 실수들을 드러냈고, 결과적으로 기독교 신앙의 기반을 허물어뜨렸다. 그러는 동시에 자유 토론의 정신으로 모든 형이상학 문제를 열린 광장에 풀어놓음으로써 형이상학과 관련있는 종교 문제들까지도 토론 광장으로 끌어냈다. '실증주의'라고 불리는 불확실한 개념에 도취된 그들은 모든 도덕성을 비판하고, 인생의 모든 규칙을 샅샅이 탐구하며 갖가지 강령들과 부딪쳤다. 결국 남은 것이라고는, 아무것도 확실하지 않고 이것마저도 확실하지 않다는 데서 생겨난 아픔이었다. 문화적 기반을 갖춘 규율이 확립되지 못한 사회는 정치적으로 대가를 치를 수밖에 없다. 이렇듯 우리가 태어난 세상은 사회 혁신을 갈망하는 한편, 알 수 없는 자유와 모호한 발전을 지향하며 들떠 있는 곳이었다.

그러나 우리 아버지 세대의 엉성한 비판은 기독교인이 될 수 없는 불가능성을 우리에게 물려주었지만, 그 불가능성을 인정하고 만족하는 마음은 물려주지 않았다. 이전에 확립되었던 도덕적 형식에 대한 불신은 물려줬지만, 도덕성과 평화로운 공존의 규칙에 대한 무관심은 물려주지 않았다. 정치적인 문제를 불확실한 상태로 놓아두었지만, 우리의 정신이 이 문제를 해결하는 데 무심하도록 놓아두지는 않았다. 우리의 아버지들은 견고한 과거의 반향이 아직 남아 있는 시대에 살았기에 흥겹게 파괴할 수 있었다. 그들이 파괴했던 것이 바로 사회를 지탱하는 힘의 지반이었고, 그렇기에 무너지는 상태를 미처 느끼지 못하면서 파괴할 수 있었다. 하지만 우리는 파괴와 더불어 결과물까지 물려받았다.

오늘날 세상은 어리석은 자, 무감각한 자, 정신없이 동요하는 자의 것이다. 오늘날 인생을 살아가고 승리할 자격은 정신병원에 입원할 자격과 거의 같아졌다. 그 자격은 사고력의 결여, 부도덕함, 지나친 민감함이다.

176

이성의 여인숙

믿음과 비판을 연결하는 길 중간에 이성이라는 여인숙이 있다. 이성이란 어떤 대상을 믿음 없이도 이해할 수 있다는 개념이지만 그래도 역시 믿음이다. 왜냐하면 이해한다는 것은 이해할 수 있는 뭔가가 존재한다는 믿음을 전제로 하기 때문이다.

177

설명할 수 없는 것을 설명할 수 있으리라는 환상을 잠시 동안 가져다주는 형이상학적 이론들, 닫혀 있는 모든 문 중에서 어떤 문이 우리를 미덕으로 이끌지 알아낼 수 있으리라는 착각을 한 시간 정도 하게 만드는 도덕 이론들, 수학을 제외하고는 우리가 풀 수 있는 문제란 없건만 우리가 어떤 문제들을 풀었다고 하루 정도 착각하게 만드는 정치 이론들, 아마도 삶을 대하는 우리의 자세는 이렇게 아무 쓸모 없는 의식 활동과 우리에게 기쁨을 주지는 못하되 적어도 고통의 존재를 잊게 해주는 생각들로 요약될 것이다.

무슨 수를 써도 거부하거나 막을 수 없는 완강한 법칙이 우리를 지배하고 있으므로 모든 노력이 다 소용없다는 인식, 이것은 한 문명이 절정에 도달했음을 보여주는 가장 확실한 징후다. 우리는 우리보다 더 강한 신들의 변덕으로 족쇄가 채워진 노예인지도 모르지만, 신들의 상황도 우리보다 나은 것은 아니다. 신들도 우리와 마찬가지로, 정의와 박애보다 우위에 있고 선과 악에 대해 무심한, 추상적 '운명'이라는 철의 손 아래 복종하기 때문이다.

178

우리는 죽음이다. 우리가 삶이라고 여기는 것은 실제 삶의 잠이고, 진정으로 우리인 것의 죽음이다. 죽은 자들은 태어나는 것이지 죽는 게 아니다. 우리를 둘러싼 세상이 바뀌는 것이다. 우리가 살고 있다고 생각할 때 사실 우리는 죽은 것이다. 우리가 죽을 때 삶이 시작된다.

잠과 삶의 관계는 우리가 삶이라고 부르는 것과 죽음이라고 부르는 것의 관계와 같다. 우리는 자는 중이고 현재의 삶은 꿈이라고 말할 때, 이는 비유나 시적인 표현이 아니고 실제로 그러하다.

우리의 활동 중 우월하다고 간주되는 것은 모두 죽음의 일부이거나 죽음 자체다. 인생은 아무짝에도 쓸모없다는 고백을 빼고 나면 이상理想은 대체 무엇일까? 예술이란 결국 삶에 대한 부정이 아니던가? 조각상은 부패하지 않는 재료로 죽음을 고정하기 위해 깎아놓은 죽은 육체다. 쾌락이라는 것은 얼핏 보기에 삶 속으로 깊이 몰두하는 일 같지만, 사실은 우리 자신 안으로 몰두하는 것이고, 우리와 삶의 관계를 파괴하는 것이며, 죽음의 흥분해서 들뜬 그림자다.

산다는 것은 곧 죽어가는 것이다. 우리 삶을 하루 더 사는 것은 바로 죽음에 하루 더 가까워지는 것이기 때문이다.

우리는 꿈속에 서식한다. 우리는 집과 관습, 관념과 사상, 철학이라는 나무들이 우거진 불가능한 숲 사이를 배회하는 그림자다.

결코 신을 만날 수 없고 신이 존재하는지도 알 수 없으리라! 이 세상에서 저 세상으로, 이 생에서 저 생으로, 언제나 우리를 달래주는 환상과 우리를 어루만져주는 착각 속을 건너다닐 뿐이다.

진실에 도달하는 일은 결코 없고 휴식도 없으리라! 절대로 신과 일체가 될 수 없으리라! 온전한 평화를 누리는 일은 결코 없고 항상 약간의 평화, 그리고 평화에 대한 갈망이 함께하리라!

179

우리 중에서 가장 자부심이 강한 이라 할지라도 제정신이라면, 갈 길을 인도해주는 은혜로운 '아버지'의 손을 갈망하는 유아적 본능을 갖고 있다. 이 세상의 불가사의와 혼돈 속에서 우리를 인도해주는 손이라면, 어떤 형태든 어떤 모양이든 상관없다. 우리 모두는 삶의 바람이 일으켰다가 다시 떨어지게 놔둔 먼지 입자에 불과하다. 오늘은 언제나 불확실하고, 하늘은 언제나 아득히 멀고, 삶은 언제나 다른 곳에 있기에, 우리의 작은 손으로 잡고 기댈 누군가의 손, 강한 힘이 필요하다.

우리 중 가장 높이 올라간 이는 바로 모든 것이 얼마나 불확실하고 공허한지를 깊이 깨달은 자다.

아마도 우리를 이끌고 가는 것은 환상일 것이다. 의식이 우리를 이끌지 않는다는 것은 확실하다.

180

언젠가 성공해서 안정된 생활을 누리며 자유롭게 글을 쓰고 책을 낼 수 있게 된다면 지금의 불안정한 삶, 책을 내지도 못하고 글을 자유롭게 쓰지도 못하는 지금의 삶을 오히려 그리워하게 될 것이다. 지금의 삶이 비록 시시하지만 그래도 다시 돌아올 수 없는 과거이기 때문만은 아니다. 모든 종류의 삶에는 나름의 특별한 성격이 있고 고유한 즐거움이 있기 마련인데 다른 삶을 살게 되면, 비록 생활이 더 나아졌다 하더라도 그 고유한 즐거움은 원래처럼 좋지 못하고 그 특별한 성격은 더이상 특별하지 않아 결국 사라지고 놓쳐버린 것이 되기 때문이다.

만약 언젠가 내 의지의 십자가를 지고 나의 성스러운 갈보리 언덕을 오르는 날이 온다 해도 나는 그 성스러운 언덕에서 또하나의 다른 갈보리 언덕을 발견할 테고, 내가 무용지물이었고 초라하고 불완전했던 시절을 그리워할 것이다. 어떤 식으로든 지금보다 못할 것이다.

나는 지금 졸리다. 거의 아무도 없는 사무실에서 한심한 일들을 해치우느라 온종일 힘들었다. 직원 두 명이 아파 결근했고 다른 이들은 외출했다. 사무실 안쪽에 있는 사환 아이와 나, 둘뿐이다. 말이 안 된다는 걸 알지만, 나는 지금의 모든 걸 그리워하게 될 미래가 그립다.

삶의 가혹함뿐만 아니라 행복으로부터도 나를 보호해주는 금고 안 같은 이곳에 나를 언제까지나 머물게 해달라고 아무 신에게나 간청하고 싶다.

181

저녁이 이른 밤으로 바뀌기 전, 스러지는 햇빛이 던지는 희미한 그림자 속에서 도시가 변해가는 모습 사이로 아무 생각 없이 돌아다니는 것이 좋다. 달리 어쩔 도리가 없다는 듯이 나는 걷는다. 감각보다는 상상을 더 즐겁게 해주는 막연한 슬픔과 함께 걷는다. 걷는 동안 마음속으로 삽화들이 있는 책장을 읽지 않고 넘기며, 그 그림들로 결코 완결되지 않을 이야기를 느긋하게 만들어본다.

어떤 사람들은 책을 빠른 속도로 훑어볼 뿐 다 읽지도 않고 끝마친다. 그렇게 나도 마음속에서 책장을 넘기면서 누군가에게 들려줄 모호한 이야기와 또다른 방랑자에 대한 기억, 비단옷을 입은 사람들이 지나가고 지나가는 공원 산책길의 황혼이나 달빛에 대한 묘사 몇 가지를 얻어낸다.

나는 한 권태와 다른 권태를 구별하지 않는다. 나는 거리와, 저녁 시간과, 꿈꾸었던 책들 사이를 동시에 걸어간다. 그래서 그 길들은 정말로 가본 길이 된다. 이미 바다 한가운데 있는 배에 올라타듯 나는 떠나고 휴식을 취한다.

길게 휘어진 거리가 두 갈래로 나뉘는 곳에서 죽은 가로등 불이 갑자기 켜진다. 뭔가 쿵 넘어진 것처럼 슬픔이 가슴을 조인다. 이제 책 읽기는 끝났다. 그 추상적인 길의 찐득한 대기 속에서 감정선 한 자락만이 멍청한 운명이 흘리는 침방울처럼 내 영혼의 의식 위로 떨어진다.

밤이 깊어가는 도시에는 다른 삶이 있다. 밤을 바라보는 자에게는 다른 영혼이 있다. 나는 비현실을 지각하면서 불확실하게, 비유적으로 계속 걷는다. 나는 누군가 들려주는 이야기 같다. 어찌나 생생하게 들려주는지, 마치 세상이라는 책의 한 장章에서 "그 시각, 한 남자가 천천히 거리를 걸어가는 모습을 볼 수 있었다……"라는 첫 구절이 살아나 내 모습이 된 것 같다.

삶이 나와 무슨 상관이란 말인가?

182

간주곡

삶이 시작되기도 전에 나는 물러나버렸다. 꿈에서조차 삶이 마음에 들지 않았기 때문이다. 꿈 자체가 피곤했다…… 그 피곤함은 끝이 없는 길의 마지막에 마침내 도달한 것 같다는, 허구적이고 누군가 내게 주입한 것 같은 느낌과도 같았다. 나 자신으로부터 흘러넘쳐 어딘지 모르는 곳에 머물게 된 나는, 아무짝에도 쓸모없이 그 자리에 멈춰버렸다. 나는 언젠가 나였던 그 무언가다. 나는 절대 나 자신이라고 느껴지는 자리에 있지 않고, 내가 나를 찾는다 해도 누가 나를 찾는지 모른다. 모든 것에 대한 권태로 나는 허약해졌다. 내 영혼으로부터 쫓겨난 기분이다.

나 자신을 지켜본다. 나를 관찰한다. 어떤 눈길로 봐야 할지 모르는 나의 눈앞으로 내 감정들이 마치 외부의 사물인 양 지나간다. 내가 무엇을 하든 나 자신이 지겹다. 모든 것들이 미지의 뿌리 끝까지 전부, 내 지루함의 색깔과 같다.

'시간'이 나에게 건네준 꽃들은 이미 다 시들어버렸다. 내가 할 수 있는 일이라고는 꽃잎을 천천히 떼어내는 것뿐이다. 그 일도 나이가 드니 힘들구나!

최소한의 활동마저도 영웅적 행동이라도 되는 양 힘이 든다. 아주 사소한 동작을 떠올리기만 해도 정말로 그렇게 하려 했던 것처럼 부담스럽다.

아무것도 바라지 않는다. 삶은 나에게 상처를 줄 뿐이다. 나는 지금 있는 곳에서 잘 지내지 못하며, 어디에 머물더라도 잘 지낼 수 없다.

가장 이상적인 것은 분수, 기껏 솟아올라봐야 같은 자리로 떨어질 뿐인, 햇볕 아래 아무 의미 없이 빛나거나 고요한 밤에 물소리를 내 누군가로 하여금 꿈속에서 강을 떠올리고 곧 잊힐 미소를 짓게 만드는 분수의 거짓 움직임 이상의 어떠한 행동도 하지 않는 것이겠다.

덥고 기분 나쁜 하루가 칙칙하게 시작될 무렵부터 가장자리가 찢어진 먹구름이 갑갑한 도시 위를 떠돌았다. 길게 이어진 침울한 강어귀 위로 그런 구름이 겹겹이 쌓이고, 흐려진 태양을 향한 정체 모를 울화와 비극의 징조가 구름과 함께 퍼져나갔다.

정오에 점심을 먹으러 나가는 길에는 창백한 분위기 속에 불길한 예감이 깔려 있었다. 찢어진 구름 조각들은 거리 풍경을 더욱 어둡게 만들었고, 성벽 옆으로 보이는 하늘은 맑았지만 어딘가 불길한 푸른색이었고, 해가 떠 있긴 했지만 찬란하지는 않았다.

오후 한시 반쯤 사무실에 돌아올 때는 날이 좀 맑아진 것 같았지만 도시의 구시가지 쪽만 그럴 뿐이었다. 강어귀 쪽으로 멀리 넓은 지역까지 확실히 시야에 들어왔다. 그러나 도시 북쪽 위로는 구름들이 검은 팔뚝 끝으로 회백색의 뭉툭한 손톱을 내밀며 다가와 검고 단단한 하나의 구름으로 천천히 모여들고 있었다. 조금만 있으면 구름이 해를 덮을 것이었다. 도시의 소음은 때를 기다리는 듯 잦아드는 것 같았다. 도시의 동쪽 하늘이 약간 갠 것 같았지만 더위를 견디기는 점점 힘들어졌다. 큰 사무실 안에 있던 우리는 땀을 흘려댔다. 모레이라는 "번개가 한바탕 칠 것 같은데"라고 말하고는 회계장부로 관심을 돌렸다.

오후 세시경에는 햇빛이 다 숨어버렸다. 전깃불을 켜야 했고—여름이라는 걸 생각하면 울적한 일이다—처음에는 우편물을 포장하는 사무실 안쪽에, 그다음에는 철도 열차 번호와 우편물 주소를 제대로 적기 어려울 만큼 어두워진 사무실 중간 구역에 불을 켜야 했다. 급기야

네시가 가까워올 무렵에는 창문 가까이에 있는 우리 자리까지도 일하기 힘들 만큼 어둑해졌다. 사무실 안의 모든 전등이 다 켜졌다. 바스케스 사장이 문을 열고 나오면서 말했다. "모레이라 씨, 벤피카에 가려고 했는데 그만두려고. 비가 많이 쏟아질 것 같아요." "바로 그쪽부터 비가 올 겁니다." 아베니다* 근처에 사는 모레이라가 대답했다. 거리에서 들려오는 소음이 갑자기 거세지다가 약간 달라지는 것 같더니, 왠지 모르지만 바로 한 블록 건너에서 들리는 전차의 종소리마저 조금 서글프게 느껴졌다.

184

여름이 가고 가을이 오기 전 그 사이의 따뜻한 시기에는 공기는 무겁고 색은 부드럽고 저녁은 가짜로 꾸민 영광처럼 감각적인 빛깔을 띤다. 이런 저녁은 무無로도 그리움을 빚어내는 상상의 속임수와 비교할 만하고, 끝없이 이어지는 뱀 같은 파도를 일으키며 배가 지나간 흔적처럼 무한정 계속된다.

이런 저녁들은 파도가 높이 치는 바다처럼, 권태보다 더 나쁜 느낌을 주지만 권태라는 말 외에 붙일 이름이 없는 감정으로 나를 채운다. 그 감정은 뭐라고 콕 집어 말할 수 없는 황폐함이고 영혼 전체의 난파 상태다. 자애로운 '신'을 잃어버리고 모든 것의 '본질'이 죽어버린 느

---

* 리스본 중심가에 있는 대로인 아베니다 다 리베르다드를 가리킨다.

낌이다. 살아 있을 때는 내가 사랑했지만 지금은 죽어버린 시체 같은 우주는 다채로운 마지막 구름의 아직 따스한 빛 속에서 녹아버려 아무것도 남지 않았다.

나의 권태에 공포가 더해진다. 나의 지루함은 곧 두려움이다. 내가 흘리는 땀은 차갑지 않은데 내 땀을 감지하는 나의 의식은 차갑다. 몸이 아프진 않지만, 극심하게 불안한 영혼이 육체의 땀구멍으로 흘러넘쳐 온몸으로 퍼진다.

권태가 어찌나 엄청나고, 살아 있다는 것에 대한 공포가 어찌나 위압적인지, 권태와 공포를 잊게 만들거나 진정시킬 완화제나 진통제, 해독제가 될 만한 것을 전혀 떠올릴 수가 없다. 다른 모든 것처럼 잠들기도 두렵다. 다른 모든 것처럼 죽기도 두렵다. 어디론가 가거나 멈춰 있기, 둘 다 불가능하기는 마찬가지다. 희망과 의심, 둘 다 똑같이 차갑고 잿빛이다. 나는 텅 빈 꽃병들이 놓여 있는 선반이다.

하지만 내 평범한 눈으로 저물어가는 노을빛의 마지막 인사를 받노라면 미래에 대한 그리움이 저미는구나! 무기력한 하늘의 금빛 침묵 속에 펼쳐지는 희망의 장례식이 장엄하구나! 공허와 무의 행렬이 푸르고 붉은 빛으로 뻗어나가 광막하고 희뿌연 공간 속으로 창백하게 사라지는구나!

내가 무엇을 원하는지 모르겠고, 무엇을 원하지 않는지도 모르겠다. 원하는 것이 무엇인지에 대해, 어떻게 원하는지에 대해, 일반적으로 무엇인가를 원한다거나 원한다는 것을 원하는 생각과 감정에 대해 아는 것을 멈추었다. 내가 누구인지 모르겠고, 무엇인지도 모르겠다. 허물어진 벽 밑에 깔려 누운 사람처럼, 나는 우주 전체가 무너진 듯한 망연함 아래 누워 있다. 그렇게 나는 나의 흔적을 따라간다. 마침내 밤이 찾아오고 기분이 달라지면서 약간의 편안함이 찾아와, 나 자신을 견디기 어려울 정도의 조바심 위로 마치 산들바람처럼 번지기 시작하는 그때까지.

아, 불안과 근심으로 무기력한 이 잔잔한 밤을 높이 떠 비추는 커다란 달이여! 아름다운 밤하늘의 불길한 평화, 더운 공기의 차가움이라는 역설, 달빛으로 몽롱하고 좀처럼 별빛을 드러내지 않는 검고 푸른 밤.

185

간주곡

무엇이든 가능한 존재로 퇴보하거나, 결국 소멸하고 말 존재로 성장하거나. 기로에 선 이 지독한 시간.

아침이 결코 밝아오지 않았으면 좋겠다. 나와 이 작은 방과 그 안의 공기가 모두 '밤'의 영혼의 일부가 되거나 '암흑' 속으로 사라져버려, 무엇이든 살아 있는 것을 내 기억으로 더럽히는 그림자 하나도 내게 남지 않았으면 좋겠다!

186

내 슬픈 심장이 기도한다. 제발 '운명'에 의미가 있도록 신들이 허락해주기를! 아니, 신들에게 의미가 있도록 '운명'이 허락하기를!

가끔 밤중에 홀로 잠에서 깨면 내 운명을 짜는 보이지 않는 손을 느낀다.

여기 내 삶을 눕힌다. 내 안에 있는 그 무엇도 다른 무엇을 방해하지 않는다.

187

내 인생의 가장 큰 비극은 다른 모든 비극이 그렇듯 '운명'의 아이러니다. 현실의 삶은 유죄판결 같아서 증오한다. 꿈은 저열한 탈출구 같아서 증오한다. 나는 현실의 삶을 이보다 더 추하고 진부할 수 없게 살아내고 있고, 나의 꿈은 이보다 더 강렬하고 지속적일 수 없다. 마치 낮잠 시간에 술에 취한 노예처럼, 하나의 육체로 두 가지 불행을 겪는 신세다.

그렇다, 나는 삶의 암흑 속을 비춰 우리를 둘러싼 사물들을 드러내는 번갯불 같은 명료한 이성을 통해, 내 삶의 전부인 도라도레스 거리의 몹시도 조잡하고 비루하고 겉으로만 멀쩡할 뿐 사실은 방치되어 있는 것들을 분명하게 보고 있다. 직원들의 골수까지 누추한 사무실, 시체처럼 살아갈 뿐 아무 일도 일어나지 않는 이 월세방, 나와는 그저 안면만 익힌 길모퉁이 식료품 가게 주인, 오래된 선술집 입구에 있는 청년들, 매일 똑같은 날들 속에 아무 쓸모 없이 힘들기만 한 일들, 온전치 못하게 뒤집어진 무대장치 안에서만 존재하는 연극처럼 똑같은 역할을 지루하게 반복하는 등장인물들⋯⋯

그러면서도 나는 잘 알고 있다. 이들로부터 벗어나려면 이들을 제압하거나 거부해야 하는데, 현실 속에서 그들을 넘어설 수 없기에 나는 결코 제압하지도 못하고, 무엇을 꿈꾸든 결국 여기를 떠날 수 없으니 거부하지도 못하리라는 것을.

그러니 나의 꿈이란, 나 자신 속으로 도망쳐버리는 수치스러움이고, 남들은 시체같이 쓰러져 코를 골거나 높은 단계로 진화한 식물처럼 고요히 잠들 때나 경험하는 영혼의 폐물 상태로 내 인생을 떨어뜨리는 비겁함이다!

나는 닫힌 문 안에서만 고귀한 행동을 할 수 있고, 쓸모없는 소원은 참으로 쓸모없을 뿐이구나!

카이사르는 "마을에서 일인자가 되는 것이 로마에서 이인자가 되는 것보다 낫다"는 말을 통해 야망이 무엇인지 정의내린 바 있다. 나야 마을에서도 로마에서도 아무것도 아닌 인물이지만. 우리 동네 식료품가게 주인은 적어도 아순상 거리에서 비토리아 거리까지 잘 알려진 사람이다. 그는 이 동네의 카이사르다. 내가 그 사람보다 우월할까? 아무것도 아닌 것을 놓고 우월하다거나 열등하다고 할 수도 없고 애초에 비교 자체가 불가능한데 어떻게 그렇게 말할 수 있을까?

그는 이 동네의 카이사르이고, 여자들이 그를 좋아하는 것은 당연하다.

그렇게 나는 내가 원하지 않는 것을 하고 내가 가질 수 없는 것을 꿈꾸도록 나를 끌고 간다. 내 인생은 □이고, 공공장소의 망가진 시계처럼 부조리하다.

나의 섬약하지만 변함없는 감수성과 길지만 의식적인 꿈이 모여 만들어낸 것은 바로 그림자 안의 인생이라는 나의 특권이다.

188

평범한 사람은 인생이 아무리 고달프다 할지라도 적어도 그것에 대해 생각하지 않는다는 행복을 누린다. 겉으로 보기에 마치 고양이나 개처럼 인생이 흘러가는 대로 살아가는 것, 이것이 사람들이 가장 일반적으로 살아가는 방법이고, 고양이나 개 같은 만족을 누리고 싶다면 그렇게 살아야 한다.

생각하는 것은 곧 파괴하는 것이다. 생각 자체가 생각의 과정을 통해 파괴되는데, 왜냐하면 생각하는 것은 해체하는 것이기 때문이다. 만일 사람들이 삶의 불가사의를 명상하고, 미세한 행동 하나하나마다 영혼을 염탐하는 수천 가지 복잡함을 느낀다면 아마 다시는 행동하려 들지 않고 아예 삶을 포기할 것이다. 다음날 단두대에 오르지 않으려고 미리 자살하는 사람처럼, 공포에 질려 목숨을 끊을지도 모른다.

189

비 오는 날

대기는 더러운 하얀색을 통해 보이는 창백한 노란색처럼 베일 뒤에 감춰진 노란색이다. 회색 공기 속에는 노란색이 거의 없지만 회색 창백함은 그 슬픔 속에 노란색을 띠고 있다.

190

일과를 행하는 시간이 조금이라도 바뀌면 영혼은 차가운 신선함과 더불어 약간은 불편한 쾌감을 감지한다. 매일 여섯시에 퇴근하던 사람이 어쩌다 다섯시에 직장을 나서면 정신적인 여유를 경험하는 동시에 무엇을 해야 할지 모르는 안타까움 비슷한 걸 느끼기 마련이다.

어제는 좀 먼 곳에 일이 생겨서 네시에 사무실을 나왔고, 다섯시에는 볼일을 다 마쳤다. 그 시간에 거리에 있어본 적이 없었기에 마치 다른 도시에 있는 것 같았다. 언제나 똑같은 건물들 앞을 비추는 부드러운 햇빛은 공연히 달콤했고, 언제나처럼 거리에서 마주치는 행인들은 어젯밤 막 배에서 내린 선원들처럼 나를 스쳐지나갔다.

아직 근무시간이었다. 사무실로 돌아가자 이미 퇴근한 줄 알았던 사람이 다시 온 것에 직원들은 놀란 표정을 지었다. 어, 왔어요? 네, 왔어요. 익숙하지만 내 마음속에 각인되지 않은 사람들 사이에서 나는 아무엇도 느낄 필요 없이 자유로웠다…… 내가 거기 있음을 의식하지 않는 곳이니 어떤 의미에서는 그곳이 내 집이었다.

191

때때로 나는 서글프면서도 기쁜 마음으로 이런 생각을 한다. 언젠가 내가 더이상 살아 있지 않은 미래에, 지금 내가 쓰는 이 글들이 찬사를 받는 날이 오고, 마침내 나를 '이해'하는 사람들이 생기고, 진정한 가족들 사이에서 태어나 사랑받을 수 있을 거라고. 하지만 그 가족의 일원으로 태어나기 한참 전에 나는 이미 죽어 있을 것이다. 죽은 자가 살았을 때 겪었던 냉대를 애정이 보상해줄 수 없을 때, 나는 단지 우표 속 초상으로 이해될 것이다.

언젠가 사람들은 내가 다른 이들과는 달리 우리가 태어난 세기의 일부를 해석하는 타고난 사명을 완수했음을 이해할 것이다. 그 사실을 비로소 이해한 이들은, 동시대인들이 나를 이해하지 못했다고, 불행히도 내 작품을 홀대하고 관심을 기울이지 않았다고, 내가 그렇게 살았다니 유감스럽다고 글을 쓸 것이다. 그런 글을 쓰는 이들은 지금 내 주위에 있는 사람들이 나를 이해하지 못하듯이 동시대에 살고 있는 나 같은 사람을 역시 이해하지 못할 것이다. 왜냐하면 사람들은 그들의 증조부 세대에게만 쓸모 있는 것을 배우기 때문이다. 우리는 오로지 죽은 이들을 상대로나 바르게 사는 법을 가르칠 수 있다.

저녁에 글을 쓰고 있는데 비가 오다가 그쳤다. 피부에 닿는 공기의 감촉이 더없이 신선하다. 하루는 잿빛이 아니라 창백한 푸른빛으로 저물어간다. 거리에 깔린 포석에 흐릿한 푸른빛이 반사된다. 삶이란 아픔이지만 그 아픔은 멀리 있다. 느낌은 아무래도 상관없다. 거리의 가게 진열장에 하나둘씩 불이 켜진다. 건물 위층 창문들 안쪽에는, 하루 일과를 마무리짓는 이들을 내려다보는 사람들이 있다. 나를 스치고 지나가는 거지가 내가 어떤 사람인지 안다면 놀랄 것이다.

뭐라고 설명하기 어려운 이 시간이 건물들 사이로 깔린 덜 푸르고 덜 창백한 푸른빛 속에서 조금 더 길어진다.

착각에 가까운 믿음으로, 힘들 때에도 존재하는 무의식적인 즐거움으로 매일 같은 일과를 수행하는 사람들의 하루의 끝을 알리는 장막이 오늘도 부드럽게 내려앉는다. 스러져가는 햇빛과 의미 없는 저녁의 울적함, 안개도 없는데 내 마음에 스며드는 흐릿함이 부드럽게 내려앉는다. 물기 어린 저녁의 창백하게 반짝이는 푸른빛이 부드럽게, 살짝 내려앉는다. 춥고 소박한 땅 위로 부드럽게, 살짝, 슬프게 내려앉는다. 보이지 않는 잿빛이, 쓰라린 지루함이, 잠들지 못하는 권태가 부드럽게 내려앉는다.

192

사물들의 기분 나쁜 침묵 속에 도사리고 있던 폭풍우가 마침내 다른 곳으로 가버렸다. 사흘 동안 쉼 없이 계속됐던 더위 끝에 가볍고 신선하고 미지근한 바람이 사물들의 빛나는 표면을 어루만지러 다가왔다. 살다보면 그렇게, 삶의 무게로 상처받은 영혼이 겉으로 드러나는 이유 없이 갑자기 위로받을 때가 간혹 있다.

생각해보면 우리는, 폭풍우가 어딘가에 내려치기 전 위협하는 날씨 같은, 그런 존재들이다.

사물들의 텅 빈 광대함과 하늘과 땅 위의 거대한 망각……

193

나는 정체를 숨긴 채 내 인생을 서서히 무너뜨리고, 내가 그토록 되고자 했던 모든 것을 천천히 침몰시키는 데 일조했다. 죽음을 알리는 꽃장식이 필요 없는 진실함을 가지고 말할 수 있다. 내가 원했던 것들, 내가 꿈꿨던 것들은 모두 위층의 화분에서 떨어진 돌멩이처럼 가루가 되고 말았다고. 마치 '운명'이 내가 뭔가를 사랑하거나 원하게 만드는 이유가 단지 다음날이면 그걸 잃어버리고 영영 되찾을 수 없을 거라는 걸 알려주기 위해서인 듯했다.

그러면서도 나 자신에 대한 냉소적인 구경꾼으로서 나는 삶을 관찰하는 일에 흥미를 잃은 적이 한 번도 없었다. 그리고 모든 기대가 결국 실망으로 바뀔 거라는 사실을 미리 알게 되면서, 아예 기대와 실망을 함께 즐기는 특별한 즐거움마저 누리고 있다. 쓴 것과 단것을 함께 먹으면 대조 효과로 인해 단것이 더욱 달콤해지는 것과 같은 이치다. 나는 한 번도 전투에서 승리해본 적이 없기에, 전날 밤 다음 전투의 계획을 세우면서 불가피한 후퇴의 세부 사항을 지도에 그리며 즐기는 침울한 전술가다.

결코 가질 수 없을 것만 골라서 갈망하는 운명이 사악한 존재처럼 나를 쫓아다닌다. 내가 만일 거리에서 묘령의 아가씨를 보고 한순간 무심하게나마, 그녀와 사귈 수 있다면 어떨까 상상한다면, 그녀는 틀림없이 열 발짝도 걸어가기 전에 자신의 애인이나 남편과 마주칠 것이다. 낭만주의 작가라면 이 상황을 놓고 비극을 만들 테고, 사정을 모르는 타인들은 희극이라고 느낄 것이다. 그러나 낭만주의 작가인 동시에 나 자신에게 타인인 나는 이 두 가지를 섞어버리고 또다른 아이러니를 찾아 페이지를 넘긴다.

어떤 사람들은 희망 없이는 삶이 불가능하다고 말하고, 어떤 사람들은 희망이 있으면 공허하다고 말한다. 기대도 실망도 않게 되자 내게 인생이란 단순히 나를 포함한 한 장의 그림이 되었다. 그저 눈요기로 만들어진 줄거리 없는 공연 같은 그림 안에 있는, 서로 연결되지 않는 춤, 바람에 흩어지는 나뭇잎, 햇빛에 색이 바뀌는 구름, 도시 이곳저곳의 오래된 거리 들을 구경한다.

나는 여러 면에서 내가 쓰는 글과 닮았다. 나는 문장과 구절 안에 나 자신을 두루마리 펴듯 펼쳐놓고 구두점을 찍는다. 이미지를 배열하고 재배열할 때 나는 어린아이처럼 신문지로 옷을 지어 입은 왕이 된다. 단어들을 연결해 리듬을 만들 때 나는, 꿈속에서는 아직 살아 있는 마른 꽃들을 머리에 꽂은 광인이 된다. 무엇보다도 나는 스스로를 의식하게 된 톱밥인형처럼 차분하다. 머리를 움직이면 뾰족한 모자에 달린 방울이 흔들려 죽은 사람들의 잘그랑대는 인생이나 '운명'을 향한 가

날픈 통보 같은 소리를 내는 톱밥인형처럼.

그렇지만 차분한 불만족에 빠진 나의 감정은 얼마나 자주, 이런 식으로 생각하는 나에 대한 허무와 권태로 조금씩 채워지는지 모른다! 자의식 안에서 일어나는 사건을 제외하면 아무 일도 벌어지지 않는 내 인생, 보통 사람들과는 너무 다른 내 인생의 쓰라림의 근원은 바로 나 자신이라는 사실을, 간헐적으로 이어지는 소리 뒤의 육성을 듣듯, 얼마나 여러 번 느끼는지 모른다! 나 자신이라는 유배생활에서 잠시 깨어나, 아무것도 아닌 사람이 되는 쪽이, 적어도 현실의 쓰라림에 직면하는 행복한 사람이 되는 쪽이 훨씬 더 낫다는 것을 얼마나 여러 번 깨닫는지! 권태 대신에 피곤함을 느끼고, 고통을 상상하는 대신 고통을 겪고, 자신이 죽어가는 모습을 보는 대신, 그렇다, 차라리 자살하는 사람이 되는 쪽이 훨씬 더 낫다는 걸 깨닫는지!

나는 책 속의 인물, 읽힌 삶이 돼버렸다. 내가 느끼는 것은 (내 의지와는 달리) 내가 느꼈다고 쓸 수 있는 방식으로 느껴진다. 내가 생각하는 것은 즉시 단어가 되고 그 생각을 해체하는 이미지와 섞여 완전히 다른 성격의 리듬을 갖게 된다. 그런 식으로 나를 계속 재구성하다보니 나 자신이 파괴된다. 그렇게 자꾸 나 자신을 생각하다보니 나는 내가 아니라 내 생각이 된다. 나 자신을 탐구하다 그만 측심연을 떨어뜨렸다. 내 안이 얼마나 깊은지 생각하며 일생을 보내는 나에게는, 깊은 우물 바닥의 거울에 검고 선명하게 비치는, 나 자신을 관찰하는 내 얼굴을 보여주는 눈길만이 유일하게 남은 측심연이다.

나는 낡아 알아볼 수 없는 카드, 잃어버린 카드 한 벌 중 유일하게 남은 카드 같다. 나는 아무 의미도 없고, 나의 가치를 모르겠고, 나를 알아내기 위해 비교할 것도 전혀 없고, 나를 발견한들 무슨 소용이 있는지도 모르겠다. 계속 이어지는 이미지 속에 진실이 전혀 없지는 않지만, 거짓말을 섞어가면서 나 자신을 묘사하다보면 나는 더이상 내 안에 있지 않고 이미지 안에 있게 된다. 내가 더이상 존재하지 않을 때까지 나에 대해 말하고, 글쓰기 외에 아무 소용 없는 잉크가 되어버린 내 영혼을 가지고 계속 글을 쓴다. 그러나 잠시의 반항은 끝나고 다시 나를 포기한다. 나는 다시 나로, 비록 아무것도 아닐지라도 나로 돌아간다. 이윽고 흘리지 않은 약간의 눈물로 뻑뻑한 눈이 달아오르고, 느끼지 않은 약간의 괴로움으로 마른 목구멍이 거칠게 부어오른다. 그렇지만 내가 울었다면 무엇 때문에 울었는지, 울지 않았던 이유는 무엇인지, 그것조차 알 수 없다. 공상은 마치 그림자처럼 나를 따라다닌다. 이제 그만 잠들고 싶다.

194

끔찍한 피로감이 내 마음속 영혼을 채운다. 내가 한 번도 되어본 적이 없는 존재 때문에 슬프다. 그 존재를 그리워하는 감정이 무엇인지 모르겠다. 나는 해질녘마다 내 희망과 확신에 부딪혀 쓰러진다.

195

세상에는 현실의 삶에서 피크윅과 함께 살지 못하고 워들*과 악수하지 못해 진심으로 비통해하는 인간들이 있다. 나도 그중 한 사람이다. 소설 속 인물들과 같은 시대를 살지 못해서, 그들을 진짜 살아 있는 인물로 만나보지 못해서 나는 뜨거운 눈물을 흘렸다.

재난이 발생해도 피가 흐르지 않고, 죽은 자들도 썩지 않고, 부패해도 부패하지 않기 때문에, 소설 속 재앙은 항상 아름답다.

피크윅은 우스꽝스러울 때에도 우스꽝스럽지 않은데 왜냐하면 소설 속이기 때문이다. 어쩌면 소설은 신이 우리를 통해 창조한 또하나의 완벽한 현실이자 삶이고, 우리는 오로지 소설 창작을 위해 존재하는 게 아닐까? 문명은 오로지 예술과 문학을 만들어내기 위해 존재하는 것 같다. 언어는 예술과 문학을 말하고 남긴다. 문학 속 인물들이야말로 정말로 사실적인 존재가 아닐까? 그럴 수도 있다는 생각에 마음이 괴롭다……

196

우리를 가장 아프게 하고 우리에게 가장 깊은 상처를 주는 감정들은 실상 터무니없는 것들이다. 오로지 불가능하다는 이유로 품게 되는,

---

* 피크윅과 워들은 찰스 디킨스의 소설 『피크윅 클럽의 기록』의 등장인물.

불가능한 것에 대한 갈망, 한 번도 존재하지 않았던 것들에 대한 그리움, 그렇게 될 수도 있었던 일에 대한 아쉬움, 누군가 내가 아닌 다른 사람이 되지 못한 데 대한 비탄, 이 세상의 존재 자체에 대한 불만 같은 것들 말이다. 이런 어중간한 의식은 우리 안에 쓰라린 풍경을 만들고 우리를 영원한 황혼녘으로 만든다. 그럴 때면 우리 자신이, 넓은 강둑 사이에서 강물이 검게 반짝이고 배가 지나가지 않는 강가의 갈대들만 서글프게 어두워져가는 황무지처럼 느껴진다.

이러한 느낌이 절망으로 인해 서서히 미쳐간다는 조짐인지, 아니면 우리가 살았던 다른 세상의 기억인지 잘 모르겠다. 그 기억은 꿈에서 보이는 것들처럼 서로 얽히고설켜 있으며 얼토당토않은 것 같지만 우리가 기억의 처음을 알았다면 원래는 그렇지 않았을 기억이다. 어쩌면 우리는 과거에 다른 존재였고 과거의 그림자에 불과한 지금의 삶에서 그 위대했던 완전함을 불완전하게 감지하는지도 모른다. 잃어버린 견고함을 우리가 현재 살고 있는 이차원의 그림자에서 얻으려 하지만 기껏해야 윤곽만 잡아내고 있을 뿐인지도 모른다.

감정에 대해 이런 생각을 하다보면 분노로 영혼이 괴로워진다는 사실을 알고 있다. 그들의 완전함에 상응하는 것을 전혀 생각해낼 수 없다는 무능력, 우리의 상상 속에서 그들이 이해했던 걸 대체할 그 무엇도 찾을 수 없다는 불가능. 이 무능력과 불가능은 어디서, 누가, 왜 우리에게 내렸는지 모를 유죄판결처럼 가혹하다.

그런 아픔 후에 인생과 인생의 모든 활동에 대한 피할 길 없는 불만, 욕망과 욕망의 실현에 대해 미리 느끼는 피로, 모든 감정에 대한 포괄적인 혐오가 남는다. 이렇게 고통이 심할 때면 꿈에서조차 누군가의 연인이나 영웅이 될 수 없고 행복해질 수도 없다. 모든 것이 공허하고, 심지어 공허하다는 생각 속에서조차 공허하다. 모든 것은 우리가 알아들을 수 없는 다른 언어로, 우리가 이해할 수 없는 음절과 소리로 말해진다. 인생이 허망하고, 영혼도 허망하고, 세상도 허망하다. 모든 신들은 죽음보다 더 철저한 죽음 속에 죽어버렸다. 모든 것은 공허 자체보다 더 공허하다. 모든 것은 아무것도 아닌 것들이 엉킨 혼돈이다.

이런 생각을 하면서 현실이 나의 갈증을 풀어줄 수 있는지 보려고 주위를 살피면 무표정한 집, 무표정한 얼굴, 무표정한 몸짓 들이 보인다. 돌멩이도 육체도 생각도 다 죽어 있다. 모든 동작이 멈춰 일체가 정지한다. 그 무엇도 내게는 의미가 없다. 아무것도 모르겠는데, 낯설어서가 아니라 정말 뭔지를 모르겠다. 세상이 사라져버렸다. 그리고 이 순간의 유일한 현실인 내 영혼의 밑바닥에는, 보이지 않는 강렬한 고통이, 어두운 방에서 누군가 우는 소리 같은 슬픔이 존재한다.

197

시간의 흐름이 몹시도 고통스럽다. 뭔가를 두고 떠나야 할 때마다 과장된 감상에 빠진다. 몇 달을 보냈던 초라한 월세방, 엿새 동안 머물렀던 시골 호텔방의 탁자, 심지어 기차를 기다리며 두 시간을 머물렀던 기차역의 서글픈 대합실까지도 떠나야 할 때면 슬퍼진다. 인생의 좋은 것들을 두고 떠날 때, 다시는 그것을 보거나 가질 수 없음을, 적어도 그 특별한 순간 안에서 다시 누릴 수는 없다는 것을 온 신경의 촉

수를 세워 깨달을 때면 나는 형이상학적인 비탄에 젖는다. 영혼의 심연이 열리고 신의 시간으로부터 불어오는 차가운 바람이 내 창백한 얼굴 위를 스친다.

시간이여! 과거여! 어떤 목소리, 어떤 노래, 우연히 마주친 어떤 향기가 내 영혼의 기억을 덮고 있는 커튼을 들어올리는구나…… 언젠가 내가 그랬지만 다시는 그럴 수 없는 순간이여! 언젠가 내가 가졌지만 다시는 가질 수 없는 것들이여! 죽은 이들! 내 어린 시절에 나를 사랑해준 죽은 이들을 떠올릴 때면 영혼에 차가운 전율이 인다. 모든 마음으로부터 버림받은 듯하고, 나 홀로 밤에, 조용히 닫힌 세상의 모든 문앞에 선 거지처럼 울고 있는 것 같다.

198

휴가 때 쓴 메모

조그마한 두 개의 절벽에 둘러싸여 세상과 격리된, 아주 작은 만을 이루는 작은 해변에서 나 자신으로부터 떠나 사흘 동안 휴가를 보냈다. 바닷가로 내려가는 길은 투박하게 만들어진 나무 계단에서 시작되어 중간부터는 녹슨 쇠 지지대가 있는 바윗길로 이어졌다. 그 길을 따라 내려갈 때마다, 특히 바윗길을 지날 때마다, 내 존재에서 빠져나와 나 자신을 발견하곤 했다.

신비주의자들은, 혹은 그중 어떤 사람들은, 영혼이 감정이나 기억의 일부와 함께 전생의 한순간이나 한 장면, 혹은 전생의 그림자를 기억해내는 최상의 순간이 있다고 말한다. 이때 영혼은 현재보다 만물의 기원이자 출발점에 더 가까운 시간으로 다가가면서 유년기로 돌아간 듯한 느낌과 해방감을 누린다고 한다.

거의 아무도 이용하지 않는 그 계단을 내려가, 언제나 인적 없는 바닷가를 천천히 걷노라면 나 자신일 수도 있는 모나드單子에 더욱 가까이 가려고 마법을 부리는 것 같았다. 평상시에 욕망이나 혐오, 걱정을 통해 나타나던 나의 일상적인 모습이나 특징은 순찰대에 잡힐세라 도망친 범죄자들처럼 사라져 흔적도 없이 지워져버렸다. 어제의 내가 누구였는지 거의 기억나지 않고, 내 안에 매일 살아 있던 존재가 정말 나였는지 믿을 수 없을 만큼 내면에서 멀어진 상태였다. 평상시의 내 감정, 규칙적으로 불규칙한 습관, 다른 사람들과 나눈 대화, 세상의 질서에 대한 적응, 이 모든 것들이 어디선가 읽은 이야기, 인쇄된 전기傳記의 재미없는 한 대목 같았다. 딴생각을 하며 읽은 소설 어느 장章에 나오는 세부 묘사나 너무 늘어져 땅으로 미끄러지는 줄거리 같기도 했다.

파도 소리와 보이지 않는 커다란 비행기처럼 상공을 지나가는 바람 소리만 들려오는 바닷가에서 나는 새로운 종류의 꿈을 경험했다. 그 꿈은 형태 없이 부드럽고 깊은 인상을 남기는 경이로움이었고, 이미지도 감정도 없이 하늘과 물처럼 깨끗했고, 거대한 진실의 깊은 곳에서 솟아오른 바다의 소용돌이처럼 울려퍼졌다. 멀리서는 비스듬히 기울어져 흔들리는 푸른색이었다가 가까이 다가오면서 더러운 초록색을 띤 투명함이 섞여 초록색이 되었고, 날카로운 소리를 내며 부서진 수천 개의 조각난 팔을 어두운 모래밭 위에 흩뿌리고는 마른 거품을 남겼다. 그러면서 모든 파도, 가장 근원적인 자유로의 회귀, 신을 향한 그리움, 바로 이 순간처럼 형태도 고통도 없이 그저 좋았거나 또는 다른 이유로 행복했던 과거의 기억들, 거품 같은 영혼과 그리움으로 만들어진 육체, 그리고 휴식과 죽음, 인생이라는 조난자들의 섬을 거대한 바다처럼 둘러싸고 있는 모든 것 혹은 아무것도 아닌 것들을 다 자기 자신 안으로 끌어모았다.

이윽고 나는 감정을 통해 예전에 보았던 것들, 나 자신의 황혼, 나무들 사이로 흐르는 물소리, 큰 강들의 잔잔함, 슬픈 저녁의 신선함, 명상하듯 어린 시절의 깊은 잠에 빠진 하얀 가슴의 고요한 들먹임, 그런 것들로부터 벗어나 잠 없는 잠에 빠져들었다.

199

가족도 친구도 없이 사는 달콤함, 유배된 자의 느긋함이 있다. 집에서 멀리 떨어졌다는 모호한 불안을 관능적으로 어루만지는 이 느낌을 추방당한 자의 자부심을 동원해 나만의 방식으로 무심히 즐긴다. 우리 느낌에 지나친 관심을 쏟지 말아야 한다는 것이 내 정신 자세의 기본 원칙 중 하나이기 때문이다. 심지어 꿈마저도, 꿈은 우리로 인해 존재한다는 귀족적 자부심을 갖고 내려다봐야 한다. 꿈에 지나친 중요성을 부여한다면 결국, 우리 자신으로부터 떨어져나가 가능한 선에서 현실이 된 것, 그래서 우리로부터 특별한 대우를 받을 권리를 잃은 것을 지나치게 중요하게 여기게 될 것이다.

평범은 내 집같이 편하다. 일상은 엄마의 품이다. 위대한 시의 세계와 숭고한 열망이 어린 높은 산과 초월적이고 신비로운 거대한 바위 사이를 오랫동안 헤매고 다닌 후에 행복한 바보들이 있는 오두막으로 돌아와 또 한 명의 바보로서 그들과 술을 마시기, 신이 우리를 창조한 대로 우리에게 주어진 세계에 만족하고 나머지는 산꼭대기에서 아무것도 하지 않기 위해 산을 올라가는 이들에게 맡겨버리기, 이는 매우 현명한 선택이고 인생의 모든 따뜻함을 향유하는 일이다.

미친 사람 혹은 비정상인 사람이 인생의 여러 경우에서 평범한 사람을 앞지른다는 이야기에 별 감흥을 얻지 못한다. 간질병 환자는 발작을 일으킬 때 엄청나게 힘이 강해진다. 편집증 환자는 보통 사람들 중 소수에게만 있는 추론 능력을 보인다. 종교적 광신자는 극히 일부의 선동가(만일 있다면)만이 모을 수 있는 규모로 신자 집단을 모을 수 있으며, 선동가가 줄 수 없는 확신의 힘을 신자에게 불어넣는다. 이 모든 것은 광기는 그저 광기라는 사실을 증명한다. 나는 영혼의 눈이 먼 채로 사막 한가운데 쓸모없이 고립되어 승리를 거두는 것보다는 꽃의 아름다움을 아는 패배자가 되는 편을 선호한다.

헛된 꿈 때문에 얼마나 내적인 삶에 싫증을 내고 신비주의와 명상에 생리적인 구토감을 느끼는지 모른다. 그렇게 꿈에 빠져 사는 집을 나와 서둘러 회사로 뛰어간다. 거기서 마침내 안전한 항구에 도착한 심정으로 모레이라 관리장의 얼굴을 본다. 모든 걸 고려할 때 별들의 세계보다 모레이라가 더 좋다. 진실보다 현실을 선호한다. 그래, 나는 이 삶이, 삶을 창조한 신보다 좋다. 신이 내게 주었으니 이것이 내가 살아 갈 삶이다. 나는 꿈꾸는 사람인지라 꿈을 꾸지만, 꿈을 개인의 공연장 이상으로 간주할 만큼 어리석지는 않다. 그건 내가 포도주를 즐겨 마시기는 해도 포도주를 삶의 필수품이나 영양 공급원으로 간주하지 않는 것과 마찬가지다.

201

평소 햇빛 가득하고 밝은 이 도시에 이른 아침부터 안개가, 줄지어 늘어선 집들과 버려진 공간과 저마다 높이가 다른 대지와 건물들 위를 햇빛에 서서히 금빛으로 물드는 얇은 망토로 감싸고 있었다. 그러나 정오를 향해 가면서 부드러운 안개는 베일의 그림자 같은 입김과 함께 형체 없이 사라지기 시작했다. 열시쯤 되자 하늘에는 가느다랗고 희미한 푸른색만이 안개의 흔적으로 남았다.

안개의 베일이 미끄러지듯 벗겨지자 도시의 모습이 새로 태어났다. 이미 밝아오던 날이 마치 창문이 활짝 열리듯 밝아졌다. 세상 만물이 내는 소리에도 가벼운 변화가 일었는데 마찬가지로 갑자기 들려온 소리였다. 푸른색 기운이 심지어 길에 깔린 돌과 지나가는 군중의 무표정한 모습에도 스며들었다. 햇볕이 내리쬐어 더웠지만, 여전히 끈적끈적했다. 이미 사라진 안개가 보이지 않게 햇빛을 걸러내고 있었다.

안개 속에서든 아니든, 나에게 도시가 아침잠에서 깨어나는 모습은 전원의 동트는 모습보다 언제나 더 감동적이다. 처음에는 어둑한 빛이었다가 물기를 머금은 빛이 되고 나중에는 황금빛으로 빛나는 태양이 단지 풀밭과 관목숲의 실루엣과 손바닥 같은 수많은 나뭇잎을 비출 뿐인 전원의 아침 모습보다는, 셀 수 없이 많은 유리창과 여러 색깔의 건물 벽과 서로 다른 모양새의 지붕 위로 태양이 사물을 비추는 효과를 몇 배로 늘려가며 다른 수많은 현실과 뚜렷이 구별되는 빛나는 아침을 만들어낼 때, 더 많은 것이 새로이 탄생하고 기대감을 자아낸다. 시골에서 아침을 맞으면 기분이 좋다. 도시에서 아침을 맞으면 기분이 좋을 때도 있고 나쁠 때도 있기 때문에 단지 기분이 좋기만 한 경우보다 더 많은 것을 얻게 된다. 그렇다, 큰 희망은 다른 모든 희망과 마찬가지로 현실이 아니라는 약간은 쓰라린 아련함을 포함하기 때문이다. 시골의 아침은 존재하고, 도시의 아침은 약속한다. 전자는 우리를 살게 하고, 후자는 우리를 생각하게 한다. 그리고 나는 언제나, 세상의 저주받은 위인들처럼, 생각하는 것이 사는 것보다 더 낫다고 여길 수밖에 없다.

202

여름의 끝자락에서 더위가 한풀 꺾이기 시작했고, 저녁이면 가끔씩 광활한 하늘의 한층 부드러워진 색깔과 한 자락 선선한 바람이 가을을 예고하러 온다. 아직 나뭇잎은 색깔이 변하지도 떨어지지도 않았다. 언젠가 우리의 죽음도 다가올 것을 알기에 주위를 온통 둘러싼 죽음을 보면서 자연스럽게 느끼는 공허한 불안감도 아직은 찾아들지 않았다. 다만 남아 있는 활력이 다해가는 것 같았고, 활동하고 있다는 마지막 신호 위로 어렴풋한 졸음이 드리운 듯했다. 아, 참으로 슬프고 냉담한 저녁과 함께 가을은 만물에서 시작되기 전에 우리 안에서 먼저 시작된다.

매년 새로 오는 가을은 우리가 마주할 마지막 가을과 더욱 비슷해지고, 그것은 여름도 마찬가지다. 하지만 가을은 우리가 여름에는 잊기 쉬운 사실, 즉 모든 것은 언젠가는 끝난다는 사실을 상기시킨다. 아직은 가을이 아니고, 떨어지는 나뭇잎의 노란색이나 얼마 후 겨울이 될 축축하고 슬픈 시간이 아직은 대기 중에 보이지 않는다. 하지만 사물의 색깔이 흩어지고 바람 소리가 달라지고 밤이 깊어올 때, 우주의 피할 수 없는 현존 사이로 널리 퍼지는 오래된 침묵을 어렴풋하게 깨닫는 우리의 감정 속에는 미리 예고된 슬픔 한 조각이, 여행을 떠나기 위해 옷을 차려입은 상처 하나가 담겨 있다.

그래, 우리 모두 지나갈 테고 모두 사라질 것이다. 감정을 느꼈던 사람, 장갑을 쓰던 사람, 죽음과 지역 정치에 대해 이야기하던 사람의 어떤 것도 남지 않을 것이다. 한줄기 햇빛이 성인聖人의 얼굴과 평범한 행인의 각반을 똑같이 비추듯이, 그 빛이 똑같이 사라지면, 어떤 이들은 성인이 되고 어떤 이들은 각반을 찬 사람이 되었다는 사실이 남긴 무無를 덮을 어둠만 남을 것이다. 온 세상을 마른 나뭇잎처럼 무심하게 날릴 뿐인 거대한 회오리바람 안에서 왕국은 여자 재봉사의 옷보다 대단할 게 없고, 금발 소녀의 땋은 머리채도 제국을 상징하는 왕홀도 치명적인 회오리 안에서 함께 돌고 있다. 모든 것은 아무것도 아니고, '보이지 않는 세계'로 들어가는 길의 열려 있는 문은 단지 그 앞에 있는 닫힌 문을 보여줄 뿐이다. 우리가 우주라고 느끼는 체계, 그리고 우리를 위하여 우리 안에 만들었던 크고 작은 모든 것들이, 손 없이 휘젓는 바람이 시키는 대로 춤춘다. 모든 것은 먼지 섞인 그림자이고, 들려오는 것은 바람이 무언가를 일으켜세워 휩쓸어가는 소리와 바람이 버리고 간 침묵뿐이다. 가벼운 나뭇잎처럼 땅에 덜 매인 것들은 회오리바람에 높이 날아올랐다가 무거운 것들보다 더 먼 곳에 떨어진다. 먼지와 다름없어 거의 보이지 않고 가까이에서 볼 때만 구별할 수 있는 것들이 회오리바람 안에 하나의 층을 형성한다. 가는 나무줄기들은 바람에 끌려다니다 여기저기 버려진다. 언젠가 모든 것이 마침내 밝혀지는 날이면 심연의 문이 열리고 우리의 과거였던 모든 것—별과 영혼의 쓰레기—이 집밖으로 쓸려나가고, 존재하는 것은 그렇게 다시 시작할 수 있을 것이다.

나의 심장은 마치 내 몸의 일부가 아닌 듯 나를 아프게 한다. 나의 뇌는 내가 느끼는 모든 것을 잠재운다. 그래, 가을의 시작은 황혼 무렵의 구름 몇 조각의 희미하고 둥그스름한 가장자리를 시든 노란색으로 장식하는 웃기 없는 빛을 이 대기와 나의 영혼에 데려온다. 그래, 그것은 가을의 시작이고, 투명한 시간 속에서, 모든 것이 특색 없고 부적절하다는 사실을 깨닫는 선명한 인식이다. 그래, 가을, 여기 있거나 곧 다가올 가을이고, 모든 행동의 예고된 피곤함이고, 모든 꿈들의 예고된 환멸이다. 나는 무엇을 기대할 수 있을까, 또 그것은 어디서 올까? 나에 대한 생각 속에서 나는 이미 안뜰의 나뭇잎들과 먼지 속에 있고, 무無의 주위를 도는 무감각한 궤도 안에 있다. 미지의 장소에서 지는 태양의 마지막 햇살이 금빛으로 물드는 깨끗한 널돌 위에서 부시럭거리고 있다.

내가 생각했던 모든 것, 내가 꿈꿨던 모든 것, 내가 했거나 안 했던 모든 것이 가을이 오면 마치 땅바닥에 여러 방향으로 버려진 다 쓴 성냥개비처럼, 또는 공처럼 오그라진 종잇장들처럼, 거대한 제국과 모든 종교, 그리고 심연 속에서 졸던 어린아이들이 만들어서 어울렸던 철학들처럼 떠나가버릴 것이다. 나의 영혼이었던 모든 것들, 내가 열망했던 것들에서 내가 사는 소박한 집까지, 내가 섬겼던 신들에서부터 바스케스 사장까지, 모든 것들이 가을 안에서 가버릴 것이고, 가을의 무심한 부드러움 안에서 떠날 것이다. 그래, 모든 것이 가을 안에서, 가을 안에서……

203

하루의 빛과 함께 사라지는 것이 우리 안의 부질없는 슬픔으로 끝나는지, 아니면 우리는 그림자 속의 환영일 뿐이고 세상은 뻣뻣한 갈댓잎이 시들어가는 호수에 내려앉는 들오리 한 마리 없는 거대한 고요일 뿐인지, 우리는 알지 못한다. 우리는 아무것도 모르고, 어린 시절에 들었던 이야기의 기억은 사라졌고, 해초만 무성하고, 다가올 하늘의 부드러움도, 불확실함이 별들을 향해 천천히 열릴 때 불어오는 산들바람도 없다. 아무도 없는 사원에 봉헌된 등불은 희미하게 깜빡거리고, 버려진 마을의 우물물은 태양 아래 고여 있고, 나뭇등걸에 새겨진 이름은 지금은 아무 의미 없고, 이름 모를 이들의 명예는 함부로 구겨진 종이처럼 바람 부는 길 위로 날아다니다가 장애물에 걸려 멈춘다. 어떤 사람들은 다른 사람들이 그러듯 창문에 몸을 기댈 것이다. 사악한 그림자를 잊어버린 사람들은 누려본 적 없는 태양을 그리워하며 잠든다. 행동 없이 모험하는 나는, 무한히 먼 곳의 경이로운 가을 저녁 아래 젖은 갈대 사이에서 나른한 권태를 안은 채로, 가까운 강의 진흙을 묻힌 채로, 후회 없이 마지막을 맞을 것이다. 모든 것 사이에서 내 백일몽 뒤의 영혼을 황량하고 괴로운 휘파람 소리처럼 느낄 것이다. 세상의 어둠 속에서 헛되이, 날카롭고 순수하게 울부짖는 소리처럼 느낄 것이다.

204

구름…… 하늘을 포함한 자연이 아닌 도시에서 살다보니, 하늘을 쳐다보지 않고 느끼기만 하며 며칠이 지났고, 그래서 오늘은 하늘에 대해 생각해본다. 구름…… 오늘은 구름이 가장 중요한 현실이고, 마치 구름 덮인 하늘이 내 인생에서 가장 큰 위험인 양 걱정스럽다. 구름…… 이리저리 흩어져 옷 벗고 소란 피우며 강어귀에서 성채 방향으로, 서쪽에서 동쪽으로 흘러간다. 때로 무엇인지 모를 선두의 구름들이 갈가리 부서질 때는 흰색이다. 바람에 밀려가길 기다리며 천천히 머물러 있을 때는 반쯤 검은색을 띤다. 마치 그 자리에 계속 머물고 싶은 듯이 몰려와, 지나갈 틈새도 없이 건물들이 촘촘히 붙어 있는 길 사이에 만들어진 허구의 공간을 그들의 그림자보다 더 어둡게 물들일 때면 더러운 흰색이 섞인 검은색이다.

구름…… 나는 그것을 모른 채 살아가다가 그것을 원치 않으며 죽으리라. 나는 나와 내가 아닌 것의 중간, 꿈꾸는 것과 사는 것의 중간, 나를 포함해 아무것도 아닌 것들의 구체적이고 추상적인 중간이다. 구름…… 나의 감정은 참으로 불안하고, 생각은 참으로 불쾌하며, 욕망은 참으로 부질없구나! 구름…… 항상 흘러가는 구름 중 어떤 것은 건물에 가려 실제로도 그렇게 큰지 알 수 없지만 하늘 전체를 다 덮을 듯 커 보인다. 어떤 것들은 지친 하늘 높은 곳에서 일정하지 않은 크기로 두 개가 하나로 합쳐지기도 하고 하나가 두 개로 쪼개지기도 한다. 그런가 하면 전능한 존재들의 장난감 혹은 희한한 놀이에 쓰이는 이상한 형태의 공 같은 자그마한 구름들은 하늘 한편의 차갑고 거대한 고립 속을 떠다닌다.

구름…… 나 자신을 추궁하고, 나 자신을 모르겠다. 나는 쓸모 있는 일을 한 적이 없고 앞으로도 다르지 않을 것이다. 나는 아무것도 아닌 것을 혼란스럽게 해석하는 일에 인생의 일부를 쓰고, 알 수 없는 우주를 내 것으로 만드는, 아무도 이해하지 못할 느낌들을 산문시로 쓰는 데 나머지 시간을 보냈다. 객관적으로 그리고 주관적으로 나 자신에게 싫증이 난다. 모든 것이 다 지겹고, 그 모든 것이 모든 것인 게 다 지겹다. 구름…… 그것은 모든 것이다. 대기가 해체된 조각들이고, 가치 없는 땅과 존재하지 않는 하늘 사이에 지금 유일하게 존재하는 실체다. 내가 그것에게 강요한 권태의 형언할 수 없는 넝마쪽이고, 색깔 없는 위협으로 농축된 안개이고, 벽 없는 병원의 더러운 솜뭉치다. 구름…… 그것은 나처럼, 보이지 않는 충동에 휘둘려 하늘과 땅 사이에서 파괴된 통로다. 천둥이 치든 안 치든, 기쁨을 주는 흰색이든 침울함을 퍼뜨리는 검은색이든, 중간에서 길을 잃은 이야기이며, 땅의 소음에서 멀지만 하늘의 침묵도 지니지 못한 존재다. 구름…… 그것은 칙칙한 색깔의 실타래가 불연속적으로 굴러가는 것처럼, 부서진 가짜 하늘이 흩어지며 계속되는 것처럼, 여전히 흘러가고, 항상 흘러가며, 언제까지나 흘러갈 것이다.

205

흘러가는 하루가 탈진한 듯한 자줏빛 노을 안에서 끝나간다. 내가 누구인지 말해줄 이 없고, 내가 누구였는지 알 사람도 없다. 나는 아무도 모르는 산에서 아무도 모르는 계곡으로 내려왔고, 내 발자국은 나른한 오후 숲속의 빈터에 남겨진 흔적이었다. 내가 사랑했던 모든 이들은 그림자 안에서 나를 잊어버렸다. 마지막 배가 언제 왔는지 아무도 알지 못했다. 아무도 쓰지 않았을 편지의 소식을 어느 우체국에서도 알지 못했다.

그러나 모든 것은 가짜였다. 전해 들은 이야기를 아무도 들려주지 않았고, 닥쳐올 안개와 우유부단이 낳은 가짜 여행에 희망을 걸고 오래전에 떠난 자가 누구인지 아무도 확실히 모른다. 항상 늦는 이들의 명단 가운데 내 이름이 있고, 다른 모든 것처럼 그 이름 역시 그림자다.

206

숲

아, 그러나 그 작은 방, 잃어버린 내 어린 시절의 오래된 작은 방마
저도 존재하지 않는구나! 그 작은 방은 지금 내 방의 하얀 벽을 넘어
안개처럼 사라져버렸고, 지금 이 방은 마치 인생과 하루처럼, 마부의
발걸음과 누워 졸고 있는 짐승의 몸을 일으키려고 내리치는 희미한 채
찍 소리처럼, 그늘로부터 선명하고 자그마하게 떠올랐다.

207

우리가 옳고 진실이라고 믿는 것이 단지 꿈이 남긴 자취이거나, 우
리가 이해하지 못한 것들이 몽유병자처럼 돌아다니는 형태에 불과한
경우가 얼마나 많은가! 무엇이 옳고 진실인지 아는 사람이 있기나 한
가? 우리가 아름답다고 여겼던 것이 단지 시대의 유행이거나 장소와
시간이 만들어낸 허구인 경우가 얼마나 많은가? 우리 것이라고 여겼는
데 알고 봤더니 너무나 이질적인 것이었고, 우리는 단지 그것을 완전
하게 비추는 거울이거나 투명한 포장에 불과했던 경우는 또 얼마나 많
은가!
스스로를 기만하는 우리의 능력에 대해 생각할수록 확신은 느슨한
손가락 사이로 흘러내리는 모래알처럼 부서진다. 이러한 생각이 감정

이 되어 내 마음속에 먹구름을 드리울 때 온 세상은 그림자로 만들어
진 안개처럼, 가장자리와 구석에 남은 황혼처럼, 간주곡의 허구처럼,
결코 밝아오지 않을 새벽처럼 보인다. 그럴 때면 모든 것이 절대적인
죽음으로 변하고 아주 작은 움직임 하나 없이 정지한다. 그런 생각을
잊기 위해 나의 감각으로 옮겨가지만, 그마저도 일종의 졸음이고 아득
한 것이고 그림자와 혼란의 우연한 파생물, 중간물, 변형물, 부산물일
뿐이다.

　사람들이 절대적인 목적을 이루기 위해 어떻게 노력하는지, 또는 그
런 노력을 발휘하게 하는 믿음을 갖게 되는지 알 수 있다면 금욕자들
과 은둔자들을 진정으로 이해할 수 있을 것 같은 순간, 나는 할 수만
있다면 멀리 외딴 고향에서 맞는 밤의 따스함으로 빚어낸 잘 정제된
절망의 미학을, 요람의 흔들림 같은 내면의 리듬을 만들고 싶다.

　오늘 나는 거리를 걷다가, 자기들끼리 서로 다투었던 두 친구를 따
로 마주쳤다. 각자가 왜 상대에게 화났는지 내게 말해줬다. 둘 다 진실
을 얘기하고 있었다. 둘 다 자신의 이유를 말하고 있었다. 둘 다 옳았
다. 둘 다 틀림없이 옳았다. 한 명은 이것을 보고 나머지 한 명은 저것
을 본다거나, 한 명은 사건의 한쪽 면을 보고 나머지 한 명은 다른 면
을 보는 게 아니었다. 두 사람은 발생한 일의 진상을 정확히 보고 있었
고, 모두 같은 기준에 근거해 사태를 이해하고 있었다. 그렇지만 그 둘
은 뭔가 다른 것을 보았고, 결국 둘 다 옳았다.

　나는 이렇게 두 가지 진실이 성립할 수 있다는 사실에 혼란스러웠다.

208

알든 모르든 우리 모두가 형이상학적 사유를 하는 것처럼, 원하든 원하지 않든 우리 모두에겐 도덕성이 있다. 나의 도덕성은 매우 단순하다. 어느 누구에게든 선도 악도 행하지 않는 것이다. 누구에게도 악을 행하지 않는 이유는, 나처럼 다른 사람들에게도 피해 입지 않을 권리가 있고 세상에 자연스럽게 존재하는 악만으로도 이미 충분하다고 생각하기 때문이다. 이 세상에 사는 우리는 알지 못하는 어느 항구를 떠나 알 수 없는 다른 항구로 항해하는 한배에 오른 신세다. 우리는 여행 동반자로서 서로를 배려해야 한다. 선을 행하지 않는 이유는, 우선 선이 무엇인지 몰라서이고, 선을 행한다고 생각할 때 정말로 선을 행하고 있는지 알 수 없기 때문이다. 내가 동냥을 줄 때 사실은 악을 행하는 것은 아닌지 어떻게 알 수 있나? 누군가를 교육하거나 가르칠 때, 사실은 어떤 나쁜 영향을 주는 것은 아닌지 어떻게 알 수 있나? 알 수 없으므로 나는 아무것도 안 하련다. 그리고 돕거나 뭔가를 밝혀 알려주는 것은 어떤 의미에서 다른 사람의 삶을 방해하는 일이라고 생각한다. 친절이란 우리 기분이 일으키는 변덕이다. 그것이 박애 정신이나 자비심의 귀결일지라도 우리에게 타인을 변덕의 희생자로 만들 권리는 없다. 선행은 부담을 주는 일이기에 나는 선행을 냉정하게 혐오한다.

도덕적인 이유에서 선을 행하지 않으니, 마찬가지로 다른 이들이 내게 선행을 베풀기를 기대하지도 않는다. 만일 병이 난다면 누군가에게 돌봐달라고 청해야 할 텐데 이게 가장 싫은 일이다. 나는 아픈 친구를 찾아간 적이 한 번도 없다. 내가 아플 때 누가 문안을 오면 항상 불편했고, 모욕당한 듯했고, 단호하게 지켜온 내 사생활을 부당하게 침해당한 것처럼 느꼈기 때문이다. 타인이 나에게 뭔가 베푸는 게 싫다. 그건 마치 당사자나 다른 이에게 같은 것을 돌려줘야 한다고 강요하는 것 같다.

나는 지극히 부정적인 의미에서 지극히 사교적인 사람이다. 절대로 남을 해치지 않을 사람이다. 하지만 그 이상은 아니고, 그 이상이 되고 싶지도 않으며, 그 이상이 될 수도 없다. 나는 존재하는 모든 것을 자애로운 시선으로 바라보고 그것에게 지성적인 관심을 기울이지만, 진정 마음에서 우러나는 것은 하나도 없다. 아무것도 믿지 않으며, 아무것도 기대하지 않으며, 아무것도 동정하지 않는다. 나는 모든 종류의 진지함을 고수하는 진지한 이들과 모든 종류의 신비주의를 지키는 신비주의자들, 정확히 말해서 모든 진지한 이들의 진지함과 모든 신비주의자들의 신비주의에 구토감을 느끼고 아연실색한다. 그들이 이런 신비주의를 실행에 옮길 때면, 즉 다른 사람을 설득하고 간섭하려 들거나 진실을 발견하고 세상을 개혁하려 들 때면 이 구토감은 거의 육체적인 증상이 된다.

나는 일찍 가족을 잃었고 이를 행운이라고 여긴다. 덕분에 누군가를 사랑해야 한다는 의무에서 벗어났기 때문이다. 나는 그 의무를 대단히 부담스러워했을 것이다. 내가 느끼는 그리움은 그저 문학적인 것에 불과하다. 어린 시절을 떠올리면 눈물이 나지만 그 눈물은 이미 문장으로 표현될 준비가 된, 즉 운율이 있는 눈물이다. 나에게 어린 시절은 어떤 외부적인 것으로 기억되고 외부적인 것들을 통해 기억된다. 내가 기억하는 것은 오직 외부로 드러난 모습들뿐이다. 어린 시절의 기억 중 나를 감동시키는 것은, 내가 살았던 시골 마을 저녁의 고요함이 아니라 식탁에 차가 준비되어 있던 방식, 집안에 가구가 놓여 있던 모습, 사람들의 얼굴과 신체적인 몸짓 등이다. 내가 그리워하는 건 장면들이다. 그렇기에 내 어린 시절과 마찬가지로 다른 이들의 어린 시절도 나를 감동시킨다. 둘 다 내가 모르는 과거의 순수하게 시각적인 현상이고, 나는 여기에 문학적인 관심을 기울인다. 그렇다, 내가 기억해서가 아니라 내 눈에 보이기 때문에 감동하는 것이다.

아무도 사랑한 적이 없다. 내가 가장 사랑했던 것은 나의 감각들, 의식적으로 보고 있는 상태, 귀기울일 때 받는 느낌, 그리고 세상의 소박한 것들이 과거(과거는 냄새를 통해 참 쉽사리 기억된다)의 일들을 상기시키며 내게 말 걸어오는 방식인 향기 등이다. 그것들은 이를테면 오래전 어느 오후, 나를 무척 아껴줬던 친척 아저씨의 장례식에서 돌아오던 길에 느꼈던 뭔지 모를 안도감처럼 근처 빵집 안에서 빵을 굽고 있다는 단순한 사실 이상의 사실적 느낌과 감정을 불러일으킨다.

이것이 나의 도덕성, 나의 형이상학, 혹은 바로 나다. 내 영혼을 비롯한 모든 것의 옆을 스쳐가는 나그네인 나는 아무것에도 속하지 않고, 아무것도 원하지 않으며, 아무것도 아니다. 그저 보편적 감각의 추상적인 중심이며, 넘어진 상태로 세상의 다양성을 비추는, 지각을 가진 거울이다. 이런 내가 행복한지 불행한지 모르겠다. 아무래도 상관없다.

타인과 협조하고 관계를 맺고 함께 행동하는 것은 형이상학적으로 보면 병적인 충동이다. 타인과 맺는 관계에 개인의 영혼을 빌려줘선 안 된다. 존재란 신성한 것이므로 타인과의 공존이라는 악마적인 것에 절대 항복하면 안 된다.

다른 사람들과 함께 행동하려 들면 꼭 잃게 되는 것이 있다. 바로 홀로 행동하는 미덕이다.

내가 어딘가에 참여하고 있을 때 겉으로 보기에는 나를 확장하는 것 같지만 사실은 나를 제약하는 것이다. 함께 산다는 것은 죽는 것이다. 나에게는 나의 자의식만이 현실이다. 다른 사람들은 자의식 속의 불확실한 현상일 뿐이고, 이 현상에 진정한 현실성을 부여한다는 것은 병적인 악취미나 마찬가지다.

무슨 수를 써서라도 자기가 원하는 방식대로 하려는 어린아이들, 존재하기를 원하는 그들이야말로 신과 가장 가깝다.

어른이 되면 우리의 삶은 다른 이들에게 적선하는 행위로 축소되고 만다. 우리 모두 다른 사람의 적선으로 살아간다. 우리의 개별성을 공생이라는 난잡한 잔치 속에서 낭비해버린다.

입 밖으로 소리 내어 내뱉은 단어 하나하나가 우리를 배반한다. 그나마 참을 수 있는 소통의 매개는 글인데, 글은 영혼 사이에 걸쳐진 다리 위의 돌이 아니라 별 사이의 한줄기 빛이기 때문이다.

설명하는 것은 곧 믿지 않는 것이다. 모든 철학은 영원의 외피를 두른 외교술이고, 외교술이 다 그렇듯 실체는 없이, 자신을 위해서가 아니라 완전히 그리고 순전히 어떤 목적을 위해서 존재한다.

책을 출판하는 작가가 고결해질 수 있는 유일한 운명은, 책을 통해 얻을 수 있는 명성을 누리지 않는 것이다. 그러나 더욱 진실되고 고결한 운명은 아예 출판하지 않는 작가만이 누릴 수 있다. 글을 쓰지 말라는 것이 아니다. 쓰지 않으면 작가가 아니니까. 내가 여기에서 말하는 작가란 모름지기 본성에 따라 글을 쓰되 쓴 것을 혼자만 간직하는 기질을 타고난 사람이다.

글을 쓴다는 것은 꿈을 객관화하는 것이고, 우리의 창조적 본성이 베풀어준 일종의 특혜로서 외부 세계를 하나 만들어내는 것이다. 책을 낸다는 것은 이 세계를 다른 이들에게 줘버리는 것이다. 우리와 그들의 공통된 외부 세계란 볼 수 있고 만질 수 있는 물질로 만들어진 현실적인 '외부 세계'뿐일 텐데 무엇 때문에 그리하겠는가? 다른 사람들이 내 안에 있는 우주와 무슨 상관이란 말인가?

210

낙담의 미학

책을 출판한다는 것은 스스로를 사회화하는 것이다. 얼마나 저열한 욕구인가! 게다가 그것은 현실적인 행동도 못 된다. 돈을 버는 것은 출판업자이고, 생산하는 것은 인쇄업자다. 그래도 최소한 일관성이 없다는 장점은 있다.

의식이 분명해지는 연령이 됐을 때 사람들의 중요한 관심사는 자기 이상의 형상과 이미지를 닮기 위해 심사숙고하고 노력하는 것이다. 무력함이야말로 현대 세계의 부산스러운 □와 소란스러움을 마주한 우리 영혼의 귀족적 태도를 가장 훌륭하게 구체화한 이상이니, 우리의 '이상'은 마땅히 '무력함'과 '게으름'이어야 할 것이다. 무익함도 포함된다고? 아마 그럴 것이다. 그러나 이는 무익함에 매력을 느끼는 이들이나 고려할 문제일 것이다.

211

열정이란 저급한 것이다.

무엇보다 열정의 표출은 진실하지 않을 수 있는 우리의 권리를 침해한다.

우리는 우리가 언제 진실한지 알 수 없다. 어쩌면 우리는 단 한 번도 진실하지 않을 수도 있다. 심지어 오늘 무엇인가를 진실하게 대한다 하더라도 내일 정반대되는 대상에 진심을 쏟을 수도 있다.

나는 확신을 가진 적이 없었다. 항상 감상만 있을 뿐이었다. 황홀한 석양을 봤던 땅이라면 결코 그곳을 싫어할 수 없으리라.

우리가 감상을 밖으로 표현하는 까닭은 정말 그렇게 느꼈기 때문이 아니라 그렇게 느낀다고 자신을 설득하기 위해서다.

212

의견을 가진다는 것은 자신을 배반하는 것이다. 의견이 없는 것은 존재하는 것이다. 모든 의견을 다 가진다는 것은 시인임을 의미한다.

213

내게서 모든 것이 사라져버린다. 내 모든 인생, 내 기억들, 나의 상상, 그리고 이 모든 것을 포함한 나의 개별성이 사라져버린다. 항상 느끼는 바는, 내가 누군가 다른 사람이었으며 다른 사람인 것처럼 느꼈고 다른 사람이라고 생각했다는 것이다. 내가 보고 있는 것은 낯선 무대의 장면이다. 내가 보고 있는 것은 나다.

가끔 내가 쓴 글을 모아놓은 어지러운 서랍 속에서 십 년 전이나 십오 년 전, 때로는 그보다 오래전에 쓴 글들을 보게 된다. 그중 많은 것이, 내가 모르는 다른 사람의 글 같다. 그 글 안에 있는 나를 못 알아보겠다. 분명 그 글을 쓴 사람은 나였는데도. 그 글들은 마치 다른 사람의 꿈에서 깨어나듯 내가 지금 막 깨어난 어느 다른 생에서 쓴 것처럼 느껴진다.

어렸을 적인 열일곱이나 스무 살에 내가 쓴 글을 가끔 본다. 그 나이에 내가 가졌으리라 생각하기 어려운 표현력이 엿보이기도 한다. 사춘기 시절을 막 지났을 무렵에 썼던 어떤 문장들은 여러 해의 세월과 경험으로 단련된 지금의 내가 쓸 법한 글이다. 그때의 나와 지금의 내가 별로 다르지 않다고 인정할 수밖에 없다. 현재의 내가 과거에 비해 많이 발전한 것같이 느끼곤 했지만, 예전의 나와 지금의 내가 같다면 발전은 무슨 발전이란 말인가.

여기에 바로 나 자신을 불신하게 만들고 불안하게 하는 불가사의가 있다.

며칠 전 나는 과거에 썼던 짧은 글을 읽고 소스라치게 놀랐다. 내가 분명히 기억하기로 언어 선택에 신중해진 것은 최근 몇 년 사이의 일이었다. 그런데 서랍에서 발견한 오래전 쓴 글에 바로 그 신중함이 명백히 드러나 있었던 것이다. 당시 나는 나 자신을 전혀 몰랐음이 틀림없다. 내가 이미 도달해 있는 단계로 어떻게 발전한단 말인가? 과거의 내가 결코 몰랐던 나를 오늘은 어떻게 알 수 있단 말인가? 결국 모든 것은 내 안에서 나를 잃어버린 혼란스러운 미궁이 되고 말았다.

생각 속을 헤매던 중 문득 지금 쓰는 이 글을 언젠가 한 번 쓴 적이 있다고 확신하게 된다. 분명히 기억한다. 그리고 내 안에 존재한다고 추정되는 그 사람에게 묻는다. 감각에 대한 플라톤주의 철학에는, 과거를 상기시키는 더 기울어져 있는 기억이 있는지, 이번 생에서만 기억하는 전생의 다른 기억이 혹시 있는지……

신이시여, 맙소사, 내가 보고 있는 것은 누구인가? 나는 몇 명인가? 나는 누구인가? 나와 나 사이에 있는 이 간격은 대체 무엇인가?

한번은 십오 년 전에 내가 프랑스어로 써놓은 글을 발견했다. 한 번도 프랑스에 가본 적 없고 프랑스 사람과 교제한 적도 없고 프랑스어를 연습해본 적도 없기에 당시 프랑스어는 나에게 별로 익숙지 않은 언어였다. 오늘날에는 어느 때보다 프랑스어를 많이 읽는다. 나이를 먹으면서 생각하는 훈련을 더 해왔고, 분명 나는 발전했음이 틀림없다. 그런데 오래전 내가 쓴 글에서 지금의 내가 구사하지 못하는 프랑스어 문장의 안정된 사용법이 보인다. 지금의 나는 쓰지 못할 유려한 문체가 보인다. 거기에는 온전한 구절과 완전한 문장이, 나에게 한때 그런 능력이 있었다는 사실을 기억도 못하는 사이에 잃어버린 언어 지배력을 보여주는 문법 형식과 관용적 표현이 있었다. 이것은 무엇을 의미하는가? 내 안에 있는 누구를 내가 대체한 것인가?

사물과 영혼의 유동성에 대한 이론을 세우고 우리 자신은 삶의 내면의 흐름이라고 이해하기는 쉽다. 우리는 거대한 흐름이고, 수많은 우리가 그 안을 지나간다고 상상할 수 있다…… 하지만 지금 여기 있는 것은, 자신만의 강변 사이를 지나가는 개인성의 흐름 이상의 무엇이다. 한때 나였던 완전히 다른 존재가 있다. 나이가 들면서 상상력과 감수성과 일종의 지적 능력과 느끼는 방식을 잃어버렸다면 안타깝기는 하지만 놀랍지는 않다. 하지만 나를 보고 있는데 마치 다른 사람을 보는 것 같은 지금, 내가 보는 나는 뭐란 말인가? 저 깊은 곳의 나를 보고 있는 내가 서 있는 물가는 어디인가?

또 한번은 내가 썼는지 전혀 기억나지 않는 글을 봤는데—그리 놀랄

일은 아니다—나에게 그런 글을 쓸 능력이 있었다는 사실이 전혀 기억
나지 않았다. 이 사실에 나는 기겁했다. 어떤 문장들은 완전히 다른 정
신세계에 속하는 글 같았다. 마치 나의 오래전 사진을 보는데 의심의 여
지 없이 나이지만 키도 다르고 생김새도 알아보지 못할 만큼 다른 내가
있는 사진, 그러나 분명히 나이기에 경악하게 되는 사진을 발견한 것
같았다.

.

215

나에게는 서로 모순되는 많은 견해와 서로 다른 다양한 신념이 있
다. 내가 생각하고 말하고 행동하는 것이 아니라, 항상 나의 어떤 꿈이
어느 순간 나의 몸을 빌려서 생각하고 말하고 행동하기 때문이다. 내
입에서 나오기는 하지만 다른 내가 하는 말이다. 정말로 내 것이라고
느끼는 건 거대한 무능, 커다란 공허, 인생의 모든 것에 대한 무기력뿐
이다. 나는 진짜로 행동하기 위한 자세조차 취할 줄 모른다. □
나는 어떻게 존재해야 하는지 배워본 적이 없다.
나는 내가 원하는 모든 것을 얻는다, 그것이 내 안에 있는 한.

당신이 이 책을 읽고 나서 관능적인 악몽을 통과했다는 인상을 받기
를 바란다.

옛날에는 도덕적이었던 것이 오늘날 우리에게는 미학적이다……

과거에 사회적이었던 것이 지금은 개인적이다.

내 안에 수천 개의 다양한 석양이 있는데—그중에는 석양이 아닌 것도 있지만—무엇 때문에 석양을 바라보겠는가? 내 안에 있는 석양들을 볼 수 있을 뿐만 아니라 내 안에서 나 스스로가 석양이거늘 무엇 때문에?

216

점점이 흩어진 구름이 온통 하늘을 덮었고 그 위로 저녁놀이 퍼진다. 모든 색깔을 망라한 부드러운 색조가 대기 윗부분의 여러 층위를 메우고 상공에 널리 퍼진 슬픔 속을 자취 없이 떠다닌다. 반은 색이 드러나고 반은 그림자가 진 지붕 꼭대기 위로, 지는 태양의 마지막 느린 빛이 태양의 색도 아니고 자신이 비추고 있는 사물의 색도 아닌 색깔을 만들어낸다. 고요해져가는 도시의 소음 위에 거대한 고요가 머물고 있다. 깊고 조용한 한숨과 함께 모든 것들이 색깔과 소리 너머에서 숨 쉬고 있다.

햇빛이 더이상 닿지 않는 색색의 집들은 이제 회색 톤으로 변하기 시작한다. 여러 가지 색깔 속에 냉기가 서린다. 가벼운 불안이 거리의 가짜 계곡에서 잠든다. 잠들고 고요해진다. 그리고 구름 아래쪽부터 조금씩 그늘이 지기 시작한다. 제일 높은 곳에 떠 있는 하얀 독수리 같은 작은 구름 위로만 태양의 황금빛 미소가 머물러 있다.

내가 인생에서 찾아다녔던 모든 것들은, 찾아다니려고 나 자신이 직접 버렸던 것이다. 나는 마치 뭔가를 찾아다니던 꿈속에서, 뭘 찾는지 이미 잊어버렸건만 넋을 잃은 상태로 찾고 있는 사람 같다. 그래서 뭔가를 찾아 헤매느라 이것저것 뒤지고 들어올리고 옮겨놓는 손의 실제 움직임이, 길고 흰 다섯 손가락이 양손에 달린 모습이, 찾고 있는 대상보다 더 사실적이 돼버린다.

내가 가졌던 모든 것은 저 높은 곳에서 다양한 모습을 보이는 하늘, 머나먼 빛에 물든 아무것도 아닌 넝마쪽, 모든 진실의 슬픈 미소를 띤 죽음이 멀리서 금빛으로 비춰주는 가짜 인생의 파편 같은 것이다. 나는 황혼의 늪가에 선 영주처럼, 텅 빈 무덤들의 도시에 사는 외로운 왕자처럼, 무엇을 어떻게 찾을지 몰랐고, 그게 다였다.

나이거나 나였던 것, 또는 나이거나 나였다고 생각했던 모든 것들이—이런 내 생각들과 저 높은 구름 속 갑자기 사라지는 빛 안에서—인생의 밑바닥에 흐르는 정체 모를 비밀과 진실, 어쩌면 행운마저도 갑자기 사라져버린다. 부재하는 햇빛 같은 이 모든 것만이 내게 남았다. 햇빛이 다양한 높이의 지붕들 위로 손을 늘어뜨리며 지나가자, 하나로 모인 지붕들 위로 모든 사물의 은밀한 그림자가 떠오른다.

멀리서 첫 별이 희미하게 흔들리는 물방울처럼 자그맣게 빛난다.

217

모든 감성의 흔들림은, 설령 유쾌한 흔들림일지라도, 감성 안에 있는 우리가 알지 못하는 내면의 삶을 방해하기 마련이다. 큰 걱정거리뿐만 아니라 자질구레한 염려도 우리 자신으로부터 관심을 돌리게 만들고, 우리 모두가 은연중에 원하는 마음의 평화를 어지럽힌다.

우리는 거의 언제나 우리 자신 밖에서 살고 있으며, 인생 자체는 영원한 분산이다. 그러나 우리는 결국 우리 자신을 중심에 두고 마치 행성처럼 그 주위를 터무니없이 긴 타원을 그리며 돌고 있다.

218

내게는 의식이 있기에 '시간'과 '공간'보다 더 나이가 많다. 사물들은 나로부터 파생된다. 모든 '자연'은 나의 감각이 낳은 자손이다.

나는 찾아 헤매고, 찾지 못한다. 나는 원하고, 가질 수 없다.

나 없이 해가 뜨고 해가 진다. 나 없이 비가 내리고 바람이 울부짖는다. 계절이, 열두 달이, 시간이 흐르는데 이것은 나 때문이 아니다.

내 안에 있지만, 내가 가져갈 수 없는 지상의 땅과 같은, 그 세상의 주인은 □

219

감각의 활동 장소인 나의 영혼은 가끔 나와 함께 도시의 밤거리를 의식적으로 걷곤 한다. 차들이 지나가는 소음이 들리는 □한 가스등 불빛 아래서, 내가 마치 다른 종류의 꿈들 가운데 하나로 느껴지는 지루한 시간에.

내 육신이 도시의 뒷골목과 좁은 길 사이를 돌아다니는 동안, 내 영혼은 감각의 미궁에서 길을 잃는다. 비현실적이고 허위에 찬 개념들을 끌어와 사람을 교란시키는 모든 것, 우주라는 장소는 공허보다 얼마나 더 공허한 곳인지를 논리적이지 않지만 구체적이고 □하게 말해주는 모든 것, 그런 것들이 내 분리된 영혼 앞에 객관적으로 펼쳐진다. 계속해서 이어지는 좁고 넓은 길들, 줄지어 선 가로등, 나무들, 불이 밝혀진 창문과 어두운 창문, 닫힌 문과 열린 문, 나의 근시안 때문에 희미해 보여 더욱 괴물 같고 이해할 수 없고 비현실적인 인상을 주는 가지각색의 밤 풍경이 이유는 알 수 없지만 나를 고통스럽게 한다.

질투와 욕정과 사소한 것들을 말하는 단어 조각들이 내 청각에 다가와 부딪힌다. 속삭이는 중얼거림이 내 의식을 향해 물결치며 밀려온다.

나는 지금 이 모든 것과 내가 동시에 공존한다는 사실에 대한 뚜렷한 인식을 조금씩 잃어간다. 존재하는 것들의 그림자와 존재하는 것들이 실재하는 장소들을 나타내는 그림자 사이에서 듣고 또 조금씩 보면서, 내가 정말로 움직이고 있다는 사실에 대한 뚜렷한 인식을 조금씩 잃어버린다. 어떻게 이 모든 것이 영원한 시간과 끝없는 공간을 직면한 채 존재할 수 있는지, 내게는 점점 어둡고 구별할 수 없고 이해할 수 없는 일이 되어간다.

수동적으로 이어지는 생각을 따라가다보니, 시공간에 대한 의식이 너무 분석적이고 직관적으로 발달한 나머지 세상과의 접촉을 잃어버린 사람들에 대해 생각하게 된다. 틀림없이 이 밤과 비슷했을 어느 밤, 내가 사색에 잠겨 있는 이 도시와 별반 다를 게 없는 어느 도시에는 플라톤, 스코투스 에리우게나,[*] 칸트, 헤겔 같은 사람들이 있었고, 그들은 이 모든 것을 잊고, 이런 □ 인간들과는 다른 사람이 되었다는 사실이, 나한테는 기이하게 느껴진다. 그들 역시 같은 인류였는데 말이다.

지금 길을 걸으면서 이런 생각들을 떠올리는 나 역시 소름 끼치도록 분명히, 멀게 느껴지고 생소하고 혼란스럽고 □

나의 외로운 순례를 끝낸다. 작은 소음들에 끄덕도 않는 거대한 정적이 나를 덮치고 지배하는 것 같다. 만사가 나를 피곤하게 하고, 단순히 여기 있다는 사실과 이런 상태의 나를 알아차린 사실조차 피곤해서 나는 영혼부터 육체까지 기진맥진해 있다. 시간의 영원성, 공간의 무한성과 아무 상관 없고, 측정하거나 이름 붙일 수 있는 어떤 것과도 상관없는 거대한 □의 바닷속으로 가라앉는 느낌 때문에 소리지르고 싶어 당혹스럽다. 이렇게 지독하게도 적막한 공포가 엄습하는 순간이면 내가 물질적으로 어떤 존재인지, 평소 무엇을 하는지, 평상시에 원하고 느끼고 생각하는 것은 무엇인지 모르겠다. 나는 나로부터 분리된 듯하고, 내가 닿을 수 있는 범위 밖으로 밀려난 것 같다. 투쟁하려는

---

[*] 아일랜드 태생의 스코틀랜드 철학자이자 신학자.

도덕적인 충동, 체계화하고 이해하려는 지성적인 노력, 내가 지금 이해하지 못하지만 한때는 이해했다고 기억하는 어떤 것과 내가 아름다움이라고 부르는 것을 창조하려는 부단한 예술적 열망, 이 모든 것이 나의 현실감각에서 사라져버린다. 이 모든 것들로 인해 지금 나는, 스스로를 부질없고 텅 비고 아득히 먼 존재라고 여길 가치도 없다고 느낀다. 지금 나는 그저 하나의 공허, 어느 영혼이 품은 환상, 한 존재가 머무는 장소, 이상한 벌레 한 마리가 빛에 대한 따뜻한 기억을 찾아 헛되이 헤매는 장소인 어두운 의식처럼 느낄 뿐이다.

220

고통스러운 간주곡

무엇 때문에 꿈꾸랴?

내게 한 일이 무엇인가? 아무것도 없다.

'밤'에 이루어지는 영적 활동은 □

윤곽 없는 내부의 조각, 꿈꿀 수 없는 외부의 꿈.

221

나는 언제나 냉소적인 몽상가였고, 내면에 품은 약속을 지키지 못했다. 마치 완전한 타인처럼, 나라고 생각했던 나를 건성으로 쳐다보는 구경꾼처럼, 내 몽상이 실패로 끝나버리는 사태를 흥미롭게 지켜봤다. 내가 믿었던 것을 한 번도 정말로 확신한 적이 없었다. 손안에 모래를 움켜쥐고는 금이라 불렀고, 손바닥을 펴서 그것을 흘려버렸다. 문장만이 유일한 진실이었다. 문장을 쓰고 나면 비로소 모든 게 완성됐다. 나머지는 언제나 모래에 지나지 않았던 모래일 뿐이었다.

나는 항상 꿈꾸는 상태로 늘 외톨이인데, 이것만 아니라면 나를 가리켜 얼마든지 현실주의자라고 부를 수 있으리라. 바깥세상을 자기와 상관없는 별개의 국가로 여기며 사는 현실주의자 말이다. 하지만 나에게 명칭을 부여하고 싶지 않고, 내가 누구인지 모호한 상태가 더 좋고, 나 자신도 나를 예측할 수 없는 심술궂은 자가 되고 싶다.

내게는 항상 꿈을 꾸어야 한다는 일종의 의무감이 있고, 나 자신을 구경하는 구경꾼 이상이 될 수 없고 그 이상을 바라지도 않으니, 되도록 가장 훌륭한 공연을 선보여야 한다. 그러므로 금과 비단으로 나를 치장하고, 상상 속의 극장 안에 가짜 무대를 세우고, 오래된 무대장치를 배경으로 보이지 않는 음악과 부드러운 조명 아래에서 내가 창조한 꿈을 펼친다.

푸른 달빛 어린 무대에 꿈같은 궁전의 테라스가 있는 극장에 갔던 어린 시절의 추억을 특별한 키스의 기억처럼 소중히 간직하고 있다. 궁전 주위에는 곱게 그려진 넓은 공원도 있었고 내 영혼은 모든 것을 마치 현실인 양 경험하는 데 열중했다. 이렇게 인생을 정신적으로 경험하던 순간에 부드럽게 연주되던 음악은 무대에 열렬한 현실감을 부여했다.

무대의 배경은 분명히 푸른 달빛이었다. 누가 무대에 등장했는지는 생각나지 않지만 내 기억 속 장면에 올려진 작품은 베를렌과 페사냐*의 시구에서 비롯되었다. 물론 그날 무대에서 푸른 음악 아래 펼쳐졌던 그 작품을 기억하지 못하는 것은 아니다. 그건 나만의 유려한 무대였고, 달빛이 흐르는 거대한 가장무도회였으며, 밤의 푸른빛과 은빛을 띤 간주곡이었다.

그다음에 삶이 이어졌다. 그날 밤 우리는 '레앙'**으로 저녁식사를 하러 갔다. 내 추억 속의 미각은 그날 먹은 소고기 요리의 맛을 기억한다. 오늘날에는 아무도 그렇게 요리하지 않고, 나도 더는 그런 요리를 먹지 않지만. 이윽고 과거의 나와 현재의 나 사이에 있는 허구의 공간에서 모든 것—먼 곳에서 보낸 나의 어린 시절, 맛있는 저녁식사, 달빛 어린 무대, 미래의 베를렌과 현재의 나—이 모호한 경계선을 사이에 두고 뒤섞인다.

222

폭풍이 몰아치려 하고 거리의 소음이 각자의 목소리로 시끄럽게 떠

---

* 포르투갈의 상징주의 시인으로 페소아에게 큰 영향을 끼쳤다.
** 1885년에 문을 연 리스본 시내의 유명한 식당.

드는 그런 날처럼.

거리는 강렬하고 새하얀 빛 속에 움츠러들었고, 둔탁한 어둠이 세상의 끝에서 끝까지 요란하게 부서지는 소리를 내며 전율했다…… 거세게 쏟아지는 폭우의 거친 슬픔 때문에 대기의 검은 빛깔이 한층 더 흉측했다. 대기는 차갑고, 미지근하고, 뜨겁고, 어디서나 뒤죽박죽이었다. 곧이어 넓은 사무실 안으로 쐐기 모양의 금속성 빛이 밀고 들어와 사람들의 휴식에 틈을 만들더니 차가운 충격과 함께 바윗돌 부딪치는 듯한 소음이 온 사방으로 산산이 흩어져 두터운 침묵으로 가라앉았다. 빗소리는 한결 부드럽게 낮아졌다. 거리의 소음도 불안스럽게 잦아들었다. 새로운 빛이 휙 지나가면서 침묵에 싸인 어둠을 잠깐 노란색으로 비추었고, 한숨을 돌리자 이번에는 떨리는 소리의 충격이 다른 쪽에서 갑자기 메아리쳤다. 불만에 찬 작별 인사처럼 폭풍이 떠나기 시작했다.

……그렇게 질질 끌며 끝나가는 속삭임과 함께, 점점 커지는 빛 안에서 빛 없이, 폭풍의 진동이 멀어지며 잦아들었고 이제는 알마다* 인근을 떠돌고 있었다……

갑자기 무서운 빛 하나가 쪼개졌다. 빛은 모든 이의 머릿속과 방안에서 멈췄다. 모든 것이 멈췄다. 모든 심장이 일순간 정지했다. 모두

---

* 리스본 남쪽 테주 강변에 위치한 도시.

매우 예민한 사람들이다. 죽음이 닥치기라도 한 듯 모두들 침묵에 겁을 먹는다. 모든 것의 눈물처럼 내리는 빗소리가 점점 커지자 사람들은 안심한다. 대기는 납덩이 같다.

223

허약한 번개의 칼날이 넓은 방 안을 음험하게 베고 지나간다. 이어지는 천둥소리는 깊은숨을 멈췄다가 요란한 소리를 낸 후 깊숙이 퍼지며 잦아든다.

빗소리는 상가에 문상 온 여인들이 이야기를 나누느라 잠시 쉬었다가 다시 울 때처럼 크게 울고 있다. 지금 이 공간 안에서는 작은 소리 하나도 불안하게 두드러진다.

224

……우리가 현실이라고 부르는 상상의 에피소드.

이틀째 계속 비가 온다. 차가운 잿빛 하늘에서 영혼을 아프게 만드는 색깔의 비가 내린다. 이틀 연속이라니…… 나는 지금 슬픈 감정에 잠겨 있다. 창가에서 물방울이 떨어지는 소리와 비가 내리는 소리를 들으며 이 슬픔에 대해 생각해본다. 마음은 답답하고, 기억은 괴로운 심정으로 이어진다.

잠도 오지 않고 졸릴 이유도 없지만 어서 잠들고 싶다. 행복했던 어린 시절 옆집 마당에서는 알록달록한 초록색 앵무새가 울곤 했다. 비가 오는 날에도 앵무새의 울음소리는 전혀 애절하지 않았다. 분명히 새장 안에 있던 앵무새는 변하지 않는 감정을 담아 울어댔고, 그 소리는 아직 발명되지 않은 축음기처럼 슬픔 위를 떠돌았다.

내가 그 앵무새를 생각하는 것은 마음이 슬프고, 아득한 어린 시절이 앵무새를 떠올리게 해서인가? 아니다. 내가 앵무새를 떠올린 것은 지금 살고 있는 집 맞은편 마당에서 앵무새 한 마리가 미친듯이 울어대기 때문이다.

모든 게 혼란스럽다. 나는 분명히 기억한다고 믿었는데, 사실은 다른 걸 생각하고 있다. 내가 보려 들면 알아보지 못하고, 주의를 딴 곳으로 돌려야 비로소 분명히 보인다.

손으로 만지면 차가운 회색 창문에서 등을 돌린다. 갑자기 그림자의 마술에 걸린 듯, 내 앞에 옆집 마당에서 앵무새가 울던 그 오래된 집의 내부가 보인다. 살아왔다는 돌이킬 수 없는 사실에 눈꺼풀이 무거워지고 나는 잠에 빠져든다.

225

그렇다, 석양이다. 방심한 상태로 천천히 걸어 알판데가 거리 끝에 도착해서 테혜이루 두 파수 너머로 이미 해가 진 선명한 서쪽 하늘을 본다. 하늘은 초록색이 섞인 파란색에서 밝은 회색으로 변해가는 중이고, 강둑 반대편의 언덕 위 왼쪽으로 생기 없는 분홍색과 밤색이 섞인 안개가 쌓여 웅크리고 있다. 나에게는 없는 크나큰 평화가 이 추상적인 가을 대기에 차갑게 흩어져 있다. 평화는 내게 없지만, 평화가 존재한다고 상상하는 희미한 기쁨을 누린다. 그러나 사실 평화는 있는 것도 없는 것도 아니다. 존재하는 것은 오로지 하늘뿐, 사라져가는 온갖 색깔의, 흰색을 띤 파랑, 파랑이 남은 초록, 초록과 파랑 중간쯤의 창백한 회색 하늘뿐이다. 진짜 구름의 색은 아니지만 구름 색깔을 띤 멀리 희미한 빛깔은 사라져가는 붉은색이었다가 노랗게 어두워져간다. 이 모든 것은 일어나자마자 사라져버리는 광경이며, 하늘과 슬픔의 색조를 띤 채 장황하고 무한하게 퍼진, 무無와 무無 사이의 날개 달린 막간이다.

나는 느끼고 바로 잊어버린다. 우리 모두가 만물에 대해 느끼는 그리움이 차가운 공기에서 발생하는 아편처럼 나를 엄습한다. 내 안에는 보는 행위가 불러일으키는 은밀한 거짓 황홀경이 있다.

바다 위쪽으로는 낙조가 점점 사라져가고 남은 햇빛은 초록빛이 감도는 차가움 때문에 파랗게 질린, 창백한 흰빛 속으로 사그라든다. 대기에는 결코 아무것도 이룰 수 없으리라는 무기력이 흐른다. 하늘의 풍경은 큰 소리로 침묵한다.

이렇게 느낌으로 충만할 때면 거침없이 자신을 드러내는 기질과 내 멋대로 자유로울 수 있는 변덕을 나의 운명으로 삼고 싶어진다. 하지만 아니다. 저 높이 멀리서 사라져가는 하늘만이 전부이고 내가 느끼는 수많은 감정, 여러 가지가 합쳐져 혼란스러운 감정은 내 안의 호수에 비친 의미 없는 하늘 그림자일 뿐이다. 가파른 벼랑 사이 말없이 갇힌 호수 안에서 하늘은 죽은 이의 눈길로 무심히 스스로를 응시한다.

바로 지금처럼 느끼는 나 자신을 아주 여러 번 느꼈고, 정말 힘들었다. 괴로움이라는 감정을 단지 감정이기에 느끼는 것, 지금 여기에 있다는 불안, 알지 못하는 것을 향한 그리움, 모든 감정이 솟구치는 황혼, 나의 외부적인 자의식 속에서 회색 슬픔에 눌려 노랗게 시든 나.

아, 누가 나를 존재한다는 것으로부터 구원해줄까? 나는 죽음도 삶도 원하지 않는다. 내가 원하는 것은 내려갈 수 없는 구덩이 속 다이아몬드처럼 저 갈망의 밑바닥에서 빛난다. 내가 원하는 것은 실재하면서도 부재하는 이 우주의 모든 무게와 슬픔이다. 이름 없는 군대가 들어올린 깃발 같은 하늘의 무게와 슬픔이다. 멈춰버린 전깃불 같은 흰빛을 띤 상상의 초승달이 멀리서 무감각하게 떠오르는 허구의 공간에서 창백하게 사라져가는 색채들의 무게와 슬픔이다.

이 모든 것을 거쳐 도달한 결론은 진정한 신의 부재, 닫힌 영혼과 높은 하늘의 공허한 시체와 같은 신의 부재다. 무한한 감옥—당신이 무한하므로, 당신에게서 벗어나는 것은 불가능하다!

226

가끔 나는 밤거리를 걸어다니며 줄지어 선 건물들, 다양한 건축양식, 건축구조의 미세한 차이, 불 켜진 창문들, 베란다를 독특하게 꾸며주는 화분의 식물들을 영혼에서 솟구치는 투명한 심미안으로 바라본다. 이 모든 것을 바라보는 내 의식의 입술에서 다음과 같은 구원의 외침이 터져나올 때 본능적으로 얼마나 큰 기쁨을 느끼는지 모른다. 하지만 이 모든 건 현실이 아냐!

227

나는 예술 양식으로서 시보다 산문을 선호하는데 여기에는 두 가지 이유가 있다. 첫번째는 개인적인 이유다. 내게는 시 쓰는 재주가 없기에 선택의 여지가 없어서다. 두번째는 모든 사람들에게 적용되는 이유인데, 첫번째 이유의 그림자이거나 위장된 형태라고 볼 수는 없다. 이 두번째 이유는 모든 예술적 가치의 핵심을 건드리는 문제이므로 자세히 살펴볼 만하다.

음악에서 산문으로 가는 통로에서 시는 일종의 중간 지점이라고 생각한다. 음악과 마찬가지로 시도 리듬 법칙에 의해 제약을 받는다. 악보에서처럼 엄격한 규칙은 아닐지라도 시에서 리듬은 주의를 주고 규제를 하며 압력을 가하고 벌을 주는 자동기제로 작용한다. 산문을 쓸때는 보다 자유롭다. 우리는 산문을 쓸 때 음악적인 리듬과 함께 사고할 수 있다. 산문에 시적 리듬을 집어넣으면서 리듬 밖에 머물 수도 있다. 우연히 발생하는 시적 리듬은 산문을 방해하지 않는다. 반면 우연히 발생하는 산문적 리듬은 시를 무너뜨린다.

산문은 모든 예술을 아우른다. 언어 안에 온 세상이 들어 있어서이기도 하고, 자유로운 언어는 말하고 생각하는 모든 가능성을 포함하기 때문이기도 하다. 산문에서는 위치 전환을 통해 모든 것이 가능하다. 이를테면 색깔과 형태가 그렇다. 미술의 경우 색깔과 형태를 내적인 차원 없이 직접적으로만 표현할 뿐이다. 또 리듬. 음악의 경우 형식과 이차적 형식인 사고 없이 직접적으로만 리듬을 표현할 수 있다. 그리고 구조. 건축가는 단단하고 외부적인 재료를 구해서 구조를 만들지만 우리는 산문의 리듬과 망설임과 연속과 흐름을 통해 구조를 만든다. 그리고 사실성. 조각가들은 아우라도 화체化體*도 없이 세상에 사실성을 남겨야 한다. 마지막으로 시. 시인은 비밀결사 조직의 신참자들처럼 비록 자발적이기는 해도 의식과 규율에 복종해야 한다.

완벽히 문명화된 세상이 오면 산문 외에 다른 예술은 없을 거라고 확신한다. 석양을 단지 언어적으로 이해하기 위해 예술을 이용하고, 이해할 수 있는 색채의 선율을 통해 석양을 표현함으로써 우리는 석양을 있는 그대로의 석양이 되게 할 것이다. 형상을 조각하지 않고, 보이고 만져지는 대상의 움직이는 윤곽과 미지근한 땀이 그대로 남아 있게 할 것이다. 다만 그 안에 살기 위해서 집을 지을 터인데, 집의 존재 이유는 바로 그것이다. 시는 분명 다소 유아적이고 기억하기 좋으며 보조적이고 초보적이기에, 어린아이들이 훗날 산문에 접근하는 데 쓰일 것이다.

심지어 이른바 비주류 예술조차 산문을 통해 자신을 반영한다. 춤추고 노래하고 스스로를 낭송하는 산문이 있다. 안무에는 우아하게 춤추는 언어의 리듬이 있어 생각이 그 안에서 옷을 벗고는 투명하고 완전

---

* 성찬의 빵과 포도주를 그리스도의 살과 피로 변화시킨다는 뜻.

한 관능을 드러내 자신을 표현한다. 산문에서는 위대한 배우인 '단어'가 미세한 움직임을 통해 헤아릴 수 없는 우주의 불가사의를 자신의 육체적 실체로 리드미컬하게 변형하기도 한다.

228

모든 것은 상호 연결된다. 나는 석양을 전혀 언급한 바 없는 고전주의 작품을 읽으면서 석양이 품은 모든 색채를 비롯해 석양에 대해 잘 알게 되었다. 사물의 가치와 소리와 모양을 구분하도록 우리를 단련시키는 통사적인 능력과 색을 이해하는 능력, 즉 하늘의 파랑이 사실은 초록일 때를 알아보고 하늘의 초록색 섞인 파랑 안에 있는 노란 부분을 알아보는 능력 사이에는 밀접한 관계가 있다.

구분하는 능력과 세밀한 차이까지 알아보는 능력은 기본적으로 같다. 통사적인 능력이 없다면 지속되는 감정도 없다. 불멸성은 문법학자들이 좌우한다.

229

독서는 다른 사람의 손에 이끌려 꿈을 꾸는 것이다. 부주의하고 산만하게 읽음으로써 우리를 이끄는 손에서 해방될 수 있다. 피상적으로만 지식을 취하는 것이 가장 좋은 독서이며 심오해지는 길이다.

인생은 얼마나 천박하고 저급한지! 아무리 피하고 싶다 해도 천박함과 저급함은 이미 주어졌고, 그것은 당신의 의지나 당신의 의지에 대한 환상과 아무 상관이 없다는 사실을 기억하라.

죽음이란 완전히 다른 상태가 되는 것이다. 그러니 자살은 비겁하다. 자살은 스스로 삶에 완전히 항복하는 것이다.

230

예술은 행동이나 삶을 대체한다. 인생이 감정의 의지적 표현이라면 예술은 감정의 지성적 표현이다. 우리에게 없는 것이나 감히 바랄 수 없는 것, 또는 우리가 이룰 수 없는 것을 꿈속에서는 소유할 수 있는데 이 꿈으로 무언가를 만드는 것이 바로 예술이다. 감정이 너무 격해서 행동으로 옮겼는데도 만족할 수 없을 때가 있다. 이럴 때 삶 속에서 미처 행동으로 다 표현되지 못하고 남은 감정은 예술 작품으로 형상화된다. 즉 예술가에는 두 가지 유형이 있다. 하나는 자신이 갖지 못한 것을 표현하고, 다른 하나는 자신이 갖고 남은 것을 표현한다.

영혼의 비극 중 하나는, 완성한 작품이 조금도 훌륭하지 않다는 사실을 깨닫는 일이다. 그 작품이 영혼이 이룰 수 있는 최선이었음을 깨달을 때 비극은 더욱 극대화된다. 하지만 영혼이 겪을 수 있는 최악의 고문이자 모욕은 글을 쓰기 시작할 때 자기 글이 불완전하고 부족할 거라는 사실을 미리 아는 것, 그리고 쓰는 동안에 글이 불완전하고 결함투성이라는 것을 깨닫는 것이다. 지금 내가 쓰고 있는 글은 만족스럽지 못할 뿐만 아니라 앞으로 쓸 글 역시 결코 마음에 들지 않을 것이다. 철학적으로 알고, 몸으로 알고, 글라디올러스 꽃 사이로 희미하게 엿보여서 안다.

그렇다면 나는 왜 글을 쓰는가? 늘 포기한다고 선언하면서도 실은 온전히 포기하지 못했기 때문이다. 시와 산문에 끌리는 마음을 포기하지 못했다. 그러니 벌칙을 수행하듯 글을 쓸 수밖에 없다. 그리고 가장 큰 벌은 내가 쓰는 글이 완전히 쓸모없고, 결함이 많고, 불확실하다는 사실을 아는 것이다.

어렸을 때부터 시를 썼다. 엉터리 시를 많이 썼는데 그때는 완벽한 줄 알았다. 그때 느꼈던, 완벽한 작품을 썼다는 몽상에 불과한 기쁨을 다시는 느낄 수 없을 것이다. 지금 내가 쓰는 글은 그때보다 훨씬 낫다. 심지어 다른 훌륭한 작가들이 쓸 수 있는 것보다 더 낫다. 하지만 왠지 모르지만, 내가 쓸 수 있을 듯한 글이나 또는 써야 할 것 같은 글보다는 한없이 뒤떨어진다. 그래서 내 어린 시절에 썼던 형편없는 시가 마치 죽은 아이, 죽은 자식, 사라져버린 마지막 희망인 양 그 위로 눈물을 떨어뜨린다.

232

살아갈수록 삶에는 서로 모순되는 두 가지 진실이 있음을 알게 된다. 첫번째는 삶의 현실 앞에서 예술과 문학이 만들어낸 모든 허구는 아무것도 아니라는 점이다. 물론 창작물은 실제 삶보다 더 고급스러운 쾌락을 주지만 그것은 꿈이나 마찬가지다. 꿈에서 우리는 실제 삶에서 느끼지 못하는 것을 느끼고, 실제 삶에서 있을 수 없는 만남을 경험한다. 하지만 꿈에서 깨어나면 그뿐, 꿈은 우리가 나중의 삶에서 떠올릴 그리움과 추억을 조금도 남기지 않는다.

두번째는 모든 고귀한 영혼은 삶을 온전히 살기 위해 모든 것을 경험하고 모든 장소에 가보고 모든 감정을 느끼길 원하지만 객관적으로 그렇게 사는 것은 불가능하다는 점이다. 그래서 고귀한 영혼이 인생을 온전히 살기 위해서는 인생을 주관적으로 살 수밖에 없다. 인생을 부정하는 것만이 인생을 온전히 누리는 길이다.

이 두 가지 진실은 상호 배타적이다. 현명한 사람이라면 두 가지를 합치려 들지 않을 테고 둘 중 하나를 배제하지도 않을 것이다. 그러나 결국 한 가지를 선택해야 하고, 선택하지 않은 다른 한 가지를 가끔 아쉬워할 것이다. 아니면 둘 다 거부하고 자신의 열반 속에서 스스로를 초월할 수도 있다.

인생이 자발적으로 준 것 이상을 인생에 요구하지 않는 자, 해가 있을 때는 해를 쫓아다니고 해가 없을 때는 어디가 됐든 온기를 찾아가는 고양이처럼 본능에 의지해 살아가는 자가 행복한 사람이다. 상상력을 위해 자신의 개성을 포기한 사람이 행복한 사람이고, 다른 사람들의 삶을 관찰하기 좋아하되 모든 감정을 직접 경험하지 않고 다른 이의 감정의 겉모습만을 구경하는 이가 행복한 사람이다. 궁극적으로, 모든 것을 포기했기에 빼앗길 것도 없고 가진 것이 줄어들 일도 없는 자가 행복한 사람이다.

시골 사람, 소설을 읽는 사람, 순수한 금욕주의자, 이 세 유형의 사람들은 행복한 인생을 산다. 왜냐하면 이들은 자신의 개별성을 포기했기 때문이다. 첫번째는 본능으로 살기에 개인성이 없고, 두번째는 상상으로 사는데 상상은 곧 잊히기에 그렇고, 세번째는 살고 있는 게 아니라 아직 죽지 않아 그냥 잠들어 있을 뿐이기에 그렇다.

아무것도 나를 만족시키지 않고, 아무것도 나를 위로하지 못하며, 존재했던 것과 존재하지 않았던 모든 것에 다 싫증이 난다. 내 영혼을 갖고 싶지도 않고, 포기하고 싶지도 않다. 나는 내가 원하지 않는 것을 원하며, 나에게 없는 것을 포기한다. 나는 아무것도 될 수 없고, 어떤 것도 될 수 없다. 나는 나에게 없는 것과 내가 원하지 않는 것 사이에 놓인 다리다.

233

……높은 산과 위대한 사람, 깊은 밤과 영원한 시, 이 모든 위대한

것들 안에 거주하는 장엄한 슬픔.

234

우리가 했던 모든 일이 사랑이라면 죽어도 괜찮다.

235

진실로 사랑받았던 것은 단 한 번뿐이었다. 모든 이들이 항상 나에게 친절하게 대해주기는 했다. 잘 모르는 이조차도 거칠거나 난폭하거나 차갑게 대했던 경우는 거의 없었다. 어떤 이들과의 관계에서는 내가 노력했다면 그들의 친절이 사랑이나 애정으로 발전할 수도 있었으리라. 하지만 그런 노력을 기울이기 위해 인내하거나 정신을 집중한 적은 없었다.

처음에 나의 이런 면을 발견했을 때는 부끄러움이 많아서—우리는 우리 자신에 대해 잘 모른다—라고 생각했다. 하지만 후에 그렇지 않다는 걸 깨달았다. 그건 삶의 권태와는 성격이 다른, 감정의 권태와 관련이 있었다. 나에게는 어떤 감정이든 간에 그 감정을 유지할 인내심이 없었고, 특히 감정을 유지하기 위해 계속 노력해야 할 때는 더욱 그랬다. 왜 그래야 하느냐고, 평소에는 생각하지 않던 내 안의 일부가 생각했다. 나는 '어떻게' 문제를 풀어나가야 할지 파악하는 지성적인 예민함과 심리적인 통찰력은 충분히 지니고 있다. 그러나 '어떻게 풀 것인 지를 어떻게 알 수 있나'라는 문제의 해답은 늘 모른다. 나의 의지박약은 의지를 가지려는 의지 자체가 약한 데서 비롯됐다. 이는 나의 의지와 지성과 감정, 그리고 인생의 모든 면에서 항상 일어나는 일이었다.

하지만 여러 상황이 몹쓸 장난을 쳐서 내가 사랑하고 있고 정말로 사랑받고 있다고 믿도록 이끌었던 그때, 처음에는 마치 돈으로 바꿀 수 없는 복권에 당첨된 것처럼 어리둥절했고 혼란스러웠지만 나 역시 인간이기에 나중에는 약간 우쭐한 심정이 되었다. 그러나 아주 자연스러워 보였던 그 감정은 빠르게 지나가버렸다. 권태와 모멸감, 피로가 뒤섞인, 뭐라고 정의내리기 힘든 불편한 감정이 뒤를 이었다.

권태로 말하자면, '운명'이 나의 자유로운 저녁 시간에 수행해야 할 낯설고 이상한 과제를 내준 것 같았다. 실은 지겨운 상호 간 의무일 뿐인데 마치 무슨 특권인 양, 운명에 감사하며 받아야 한다고 속이면서 떠맡긴 것 같았다. 권태로 말하자면, 삶의 불규칙적인 단조로움만으로는 충분치 않다는 듯이 그 위에 특정한 감정을 유지해야만 하는 의무적인 단조로움까지 겹쳐놓은 것 같았다.

그리고 굴욕감, 그렇다, 굴욕감이었다. 왜 생겼는지 잘 설명되지 않는 이 감정을 감지하는 데 시간이 꽤 걸렸다. 나는 당연히 사랑받는 상태를 좋아했어야 했다. 누군가 나를 사랑받아 마땅한 존재로 주목해준 것을 자랑스러워했어야 옳다. 하지만 짧은 자만의 순간, 그나마 자만심보다 놀라움이 더 컸던 순간이 지나자 굴욕감이 찾아왔다. 다른 사람에게 주어져야 할 상, 받을 자격이 있는 사람에게 주어졌어야 빛났을 상이 실수로 나에게 주어진 것 같았다.

그러나 무엇보다 심했던 건 피곤, 권태를 능가하는 피곤이었다. 나는 경험 부족으로 이해하지 못했던 샤토브리앙의 말을 비로소 이해했다. 그는 작중인물 르네에 대해 "사랑받는 것은 그를 피곤하게 했다"고 말했다. 이제야 경탄을 금치 못하며 그가 나와 동일한 경험을 했음을 깨닫거니와, 그 말의 진실성은 의심의 여지가 없다.

사랑받는 것, 진심으로 사랑받는 것은 얼마나 힘겨운 일인지! 타인의 부담스러운 감정의 대상이 된다는 일의 피곤함! 항상 자유롭고 싶어하는 당신이건만, 타인의 감정에 무신경하고 인간의 영혼이 줄 수 있는 가장 숭고한 감정을 거절했다는 소리를 듣지 않기 위해, 심부름꾼 신세가 되어 응대할 의무를 다하고 도망가지 않고 체면을 지키는 자신의 모습을 보게 된다. 타인의 감정과 연결된 관계에 절대적으로 의존하는 존재가 돼버렸다는 피곤함! 어떤 감정을 의무적으로 느껴야 하고, 반드시 받은 만큼은 아니더라도 어느 정도는 돌려줘야 하기에 조금은 사랑해야 하는 피곤함!

내게 올 때처럼 그렇게 지나가버린 그림자 같은 에피소드는 오늘날 내 지성과 감정에 아무런 흔적을 남기지 않았다. 그리고 그 경험은, 내가 인간이기에 기본적으로 알고 있는 인간사의 법칙으로 추론할 수 있을 경험 이상은 아니었다. 후회하며 돌아볼 어떤 행복도, 후회하며 기억할 어떤 안타까움도 남기지 않았다. 마치 내가 어디선가 읽은 이야기, 다른 누군가에게 일어난 사건, 반쯤만 읽고 나머지 반은 잃어버렸지만 앞부분을 읽으며 별 의미를 못 느꼈고 뒷부분에서 무엇을 읽게 되더라도 마찬가지로 의미 없으리라는 걸 알아버렸기에, 잃어버린 뒷부분에 개의치 않게 된 소설 같았다.

나를 사랑했던 사람에게 감사하는 마음만 남았다. 하지만 그것도 일종의 추상적이고 당황스러워하는 고마움이며, 감정이라기보다 이성에서 우러나온 고마움이다. 나로 인해 안타까워했던 어떤 사람이 있었다는 사실이 유감스럽다. 오직 그 사실만이 유감스럽다.

앞으로 살면서 자연스러운 감정을 느낄 만남과 또 마주칠 것 같지 않다. 첫번째 경험을 철저히 분석한 후에 하게 될 두번째 경험에서 무엇을 느낄지 알고 싶은 마음은 있다. 감정을 훨씬 덜 느낄 수도 있고 더 많이 느낄 수도 있을 것이다. '운명'이 내게 그런 만남을 가져다준다면, 그래도 좋다. 내가 느낄 감정에 대해서는 호기심이 생긴다. 그러나 어떤 사건들이 일어날지는 전혀 궁금하지 않다.

236

사람이든 사랑이든 어떤 이념이든 무엇에도 종속되지 않는 것, 진실을 믿지 않고 진실을 안다는 것의 유용성도 믿지 않으며 초연한 독립성을 유지하는 것, 이것이야말로 늘 사고하며 사는, 내면이 지성적인 자가 갖춰야 할 바른 자세라고 본다. 어딘가에 소속되면 평범해진다. 신념, 이상, 여인, 직업, 이 모든 것이 감옥이고 족쇄다. 존재는 자유로운 것이다. 야망도 우리가 그로 인해 자부심을 갖는다면 한낱 짐일 뿐이다. 그것이 우리를 끌어당기는 밧줄임을 안다면 야망에 대해 자부심을 가질 수 없을 것이다. 안 된다. 심지어 우리 자신에게도 묶이지 말 것! 다른 이들로부터 자유로운 것처럼 우리 자신으로부터 자유로워지고, 명상하되 황홀경에 빠지지 말고, 생각하되 결론을 구하지 말자. 우리가 신으로부터 자유롭다면, 감옥 마당에서 간수가 잠시 한눈을 파는 바람에 생긴 이 짧은 휴식 시간의 행복을 누릴 수 있을 것이다. 내일은 사형이 집행될 것이다. 내일이 아니라면 그다음날에 집행될 것이다. 계획하고 추구했던 것을 의도적으로 잊어버리고, 종말이 오기 전에 햇볕 아래서 거닐자. 태양이 우리의 주름살 없는 이마를 금빛으로 물들이고, 바람은 기대를 접은 자에게 시원하게 불어오리라.

책상에 펜을 집어던지고 경사면으로 굴러내리는 펜을 잡지 않는다. 갑자기 모든 것이 느껴졌다. 화나지 않았으면서 화난 듯이 취한 이 동작으로 나의 기쁨을 드러낸다.

237

인생의 규칙을 위한 메모

다른 사람을 지배할 필요가 있다면 다른 사람이 필요하다는 뜻이다. 지배하는 자는 의존하는 자다.

밖에 있는 건 포함하지 않으면서 당신의 개별성을 확장할 것. 다른 이에게 아무것도 요구하지 말고 시키지도 말고, 그러나 당신에게 그들이 필요할 때면 그들이 되면서.

다른 이에게 절대 의존하지 않도록 필요를 최소한으로 줄일 것.

절대적으로는 이런 삶이 불가능하다. 그러나 상대적으로는 불가능하지 않다.

한 사무실을 운영하는 사람을 예로 들어 생각해본다. 그는 직원들의 업무를 다 할 줄 알아야 한다. 타자기로 서류를 작성하고, 회계장부를 쓰고, 사무실 청소를 할 수 있어야 한다. 그러니까 직원들을 고용하는 이유는 시간을 절약하기 위해서이지 자신의 능력이 부족해서가 아니다. 직원에게 "이 편지를 우체국에 가서 부치고 오게"라고 시키는 까닭은 직접 우체국에 가는 시간을 아끼기 위해서이지 우체국이 어딘지 몰라서가 아니다. "이 사안을 처리하게"라고 직원에게 지시하는 이유는 그것을 처리할 줄 몰라서가 아니라 그 일에 시간을 쓰고 싶지 않아서다.

238

선행을 했다고 상을 받는 것은 아니고 죄를 지었다고 벌을 받는 것도 아니다. 그런 상과 벌이 있다면 그거야말로 정의롭지 못한 일이다. 선행과 악행은 유기체가 처한 운명이고, 그 운명은 피할 수 없다. 즉 어떤 사람은 좋은 사람이 되는 형벌을 받고, 또 어떤 사람은 나쁜 사람으로 사는 형벌을 받는다. 그렇기 때문에 모든 종교는, 아무것도 아니고 아무것도 할 수 없기에 어떤 결과도 누릴 자격이 없는 사람들에게, 다른 세상에서 받을 상과 벌을, 어떤 과학으로도 확인할 수 없고 어떤 신앙으로도 설명할 수 없는 상과 벌을 약속한다.

그러니 우리는 모든 진지한 신념을 버리고, 다른 이들을 감화시키려는 모든 주의를 끊도록 하자.

타르드*가 말했듯이 인생이란 부질없는 것을 통해 불가능한 것을 추구하는 여정이다. 항상 불가능한 것을 찾아보자. 그것이 우리의 숙명이니까. 부질없는 길을 통해 불가능한 것을 찾자. 다른 길은 없으니까. 다만 우리가 찾는 것을 결코 얻을 수 없고, 우리가 가는 길에는 애정이나 그리움을 품을 대상 하나 없을 거라는 사실을 분명히 알아두자.

고전에 주석을 다는 학자들은 우리가 지치지 않고 할 수 있는 건 이해뿐이라고 말했다. 그러니 이해하고 계속 이해하여 이로부터 피어난 유령 같은 꽃송이들로, 역시 시들어버리고 말 화환과 화관을 솜씨 있게 만들어보자.

239

지치지 않고 할 수 있는 건 이해뿐이라는 말. 이 문장의 의미는 가끔 파악하기 어렵다.

결론에 이르기 위해 생각하면 피곤하다. 깊이 생각하고 분석하고 구

---

* 프랑스 사회학자.

분할수록 결론에 이르기는 어려워지기 때문이다.

그래서 우리는 종종 무기력에 빠져 제시된 대상에 대한 설명만 이해하려 한다. 이는 그것이 진실인지 아닌지에는 관심 없이 그저 설명의 세부 사항만을 이해하고 우리에게 보이는 논리적 아름다움에만 주목하는 미학적인 자세다.

우리는 생각하는 것에 지치고, 자신의 견해를 갖는 것에 지치고, 행동하기 위해 생각하려는 시도에도 지친다. 그러나 다른 사람의 영향을 느껴만 보고 끌려가지는 않기 위해, 일시적으로 그들의 견해를 취해보는 일에는 지치지 않는다.

240

비 오는 풍경

밤새도록, 몇 시간이고, 빗줄기 떨어지는 소리가 들렸다. 밤새도록, 나는 잠 못 이뤄 뒤척였고, 빗소리는 차갑고 단조롭게 내 창문을 두드렸다. 높은 곳에서는 바람 한 자락이 채찍을 휘둘러대고, 빗줄기가 소리의 파도를 일으키며 손으로 빠르게 창문을 훑었다. 가끔은 침묵의 소리가 죽어버린 바깥세상을 잠재웠다. 언제나처럼 내 영혼은 사람들 사이에 있든 이불 속에 있든 상관없이 세상을 고통스럽게 감지했다. 행복이 그렇듯 새날의 아침이 자꾸 미루어지고 있었고, 영원히 미루어질 것 같았다.

새로운 날과 행복이 결코 오지 않는다면! 적어도 바라는 것을 얻을 수 있으리라는 환상이 깨지는 일만은 없었으면!

늦은 밤의 차 소리는 도로의 자갈 위로 거칠게 튀어올라 거리의 저 끝에서 커지다가, 내 방 창문 밑에서 깨지는 소리를 내다가, 거리의 먼 끄트머리로, 그리고 결코 잠이 되지 못하는 나의 얕은 졸음의 밑바닥으로 잦아들었다. 가끔씩 이웃집 문이 닫히는 소리가 들렸다. 때때로 진창을 튀기는 발소리, 젖은 옷이 스치는 소리가 들렸다. 여러 사람이 발걸음을 옮길 때는 더 큰 소리가 났다. 그러다 발걸음 소리가 멀어지고, 정적이 돌아왔고, 비는 끈질기게 계속 내렸다.

이루지 못하는 잠에서 깨어 눈을 떴다면, 어두워 보이는 내 방 벽 위로 내가 꾸던 꿈의 조각들과 희미한 빛과 검은 줄이 떠다니고 아무것도 아닌 희미한 형체들이 오르내렸을 것이다. 낮보다 훨씬 커진 가구들이 어둠의 부조리 속에 어렴풋한 얼룩을 만들었을 것이다. 방문은 밤보다 더 희거나 검지는 않겠지만 뭔가 달라 보여 구별됐을 것이다. 창문은 보이지 않고 들리기만 했을 것이다.

비가 다시 불규칙하게 후두둑거리며 떨어졌다. 빗소리와 함께 시간이 지체되고 있었다. 내 영혼의 외로움이 커지고 퍼져나가면서 내가 느끼던 것, 내가 원하던 것, 내가 꿈꾸려 했던 것에 침투했다. 그림자 속에서 나의 불면과 함께했던 방안의 흐릿한 물체들은 이제 슬픔과 함께 나의 적막함 안으로 들어왔다.

241

삼각형 꿈

햇빛이 극도로 느릿느릿하게 노란색, 병색으로 지저분한 노란색이 되었다. 사물 사이의 간격은 점점 넓어졌고, 평소와는 다르게 서로 떨어져 있던 소리들이 간헐적으로 들려왔다. 소리가 들리는 즉시 누가 잘라내는 것처럼 바로 끊어졌다. 달아올랐던 것 같았던 열기는 여전히 뜨겁지만 한결 식은 상태였다. 창의 덧문 틈으로 보이는 단 한 그루의 나무는 기대에 찬 면모를 과시하고 있었다. 그 나무의 초록색은 침묵이 스며들어 남달랐다. 대기의 꽃잎이 닫혔다. 그리고 공간을 구성하는 요소 중 평면 간의 관계가 달라졌고, 그 결과 소리와 빛과 색깔이 공간을 이용하는 방식이 바뀌고 해체되었다.

242

저속한 꿈들, 영혼의 하수구에서 배출된 창피한 꿈이라 아무도 감히 고백하려 들지 않는 꿈들. 더러운 유령처럼, 억압된 감수성의 점액질과 끈적한 거품처럼 우리의 밤을 괴롭히는 꿈들 외에도 우리 안 한구석에 있는, 경멸스럽고 무섭고 말하기조차 싫은 것들을, 영혼은 약간의 노력으로 쉽게 알아본다!

인간의 영혼은 괴짜들이 모인 정신병원이다. 만일 영혼이, 이미 알

고 있는 부끄러움과 체면보다 더 깊은 수치심을 버리고 자신의 진실한
모습을 드러낸다면, 영혼의 참모습은 우물, 공허한 메아리로 가득차고
혐오스러운 생명체와 생명 없는 끈적임과 흐느적거리는 민달팽이와
주관성의 분비물이 서식하는 불길한 우물일 것이다.

243

괴물의 표본을 만들고 싶다면 잠 못 이루는 졸린 영혼에게 밤이 가
져다주는 것들을 사진처럼 선명하게 글로 기록하면 된다. 그것들은 잠
들어 있었다는 증거라곤 찾을 수 없는 꿈들처럼 온통 일관성 없이 뒤
죽박죽이다. 또 박쥐처럼 무기력한 영혼 위를 날아다니거나 흡혈귀처
럼 복종의 피를 빨아들인다.

그것들은 언덕의 잔해 속에서 태어난 애벌레이고, 골짜기를 채운 그
림자이고, 운명이 남긴 흔적이다. 어느 때는 자신들을 품어주고 키워
주는 영혼마저도 혐오하는 벌레이고, 또 어느 때는 아무것도 아닌 대
상의 주위를 불길하게 돌아다니는 유령이고, 심지어 어느 때는 낭비해
버린 감정이 남긴 황당한 동굴에서 기어올라온 뱀이다.

그것들은 배의 거짓 균형을 유지하는 바닥짐 같아서 우리를 쓸모없
는 존재로 만들 때 말고는 쓸모가 없다. 심연에서 나온 의심인 그것들
은 차갑고 미끄러운 몸통을 질질 끌며 우리의 영혼을 가로지른다. 연
기처럼 머물고 발자국을 남기지만 그것들을 감지하는 우리 의식의 메
마른 실체 이상은 아니다. 그중 어떤 것은 꿈과 꿈 사이에 터지는 내

밀한 불꽃놀이 같은 것이고, 나머지는 무의식적인 의식에 비친 모습
이다.

풀려버린 매듭처럼 영혼은 그 자체로 존재하지 않는다. 위대한 광경
은 내일을 위해 존재할 뿐이고, 우리는 이미 주어진 삶을 다 살았다.
대화는 중간에 끊겨 흐지부지되고 말았다. 인생이 이렇게 되리라는 사
실을 누가 알았을까?

나를 찾은 순간 나는 나를 잃어버렸고, 내가 찾아낸 것은 의심스러
우며, 내가 얻었던 것은 이미 내게 없다. 나는 길을 걷듯 잠을 자지만
사실은 깨어 있다. 나는 잠을 자듯 깨어 있고, 나는 내게 속해 있지 않
다. 결국 삶이란 근본적으로 거대한 불면이고, 우리의 모든 생각과 행
동은 의식이 또렷한 인사불성 상태에서 이루어진다.

잠을 잘 수 있다면 행복할 텐데. 이는 지금 내가 깨어 있기에 하는
생각이다. 밤은 나를 숨막히게 짓누르는 말없는 꿈의 이불 뒤에 버티
고 선 거대한 무게다. 내 영혼은 소화불량에 걸렸다.

이 불면이 지나가면 언제나 그렇듯이 새날이 올 테고, 언제나 그렇
듯이 이미 너무 늦을 것이다. 나만 제외하고 모두 잠들어 있기에 행복
하다. 나는 잠들려는 엄두도 못 내고 잠시 휴식을 취한다. 존재하지 않
는 괴물의 커다란 머리들이 나의 밑바닥에서부터 혼란스럽게 솟아오
른다. 그것은 심연 속에서 올라온 동양의 용이다. 말도 안 되는 붉은
혓바닥을 가진 용이 나의 삶 없는 인생을 죽은 듯한 눈길로 응시하지
만, 내 인생은 그 눈을 마주보지 않는다.

제발 뚜껑을 닫아라! 뚜껑을 닫고 무의식과 삶을 종결시켜라! 다행
히도 차가운 창의 열린 덧문으로 창백한 태양빛의 슬픈 빛줄기가 지평

선에 드리워진 그림자를 걷어내기 시작하는 것이 보인다. 다행히도 이제 동이 트려 한다. 나를 괴롭히던 불안에서 거의 풀려난다. 터무니없는 닭 울음소리가 도시 한가운데서 울려퍼진다. 창백한 새벽이 나의 희미한 졸음 속에서 시작된다. 마침내 잠들 수 있으리라. 마차 바퀴 굴러가는 소리. 눈꺼풀은 잠들었으나 나는 아직 잠들지 못한다. 결국 모든 것은 '운명'이다.

244

퇴역 장교가 되는 게 이상적일 듯하다. 영원히 퇴역한 장교가 될 수 없다는 사실이 안타깝다.

완전해지고 싶다는 갈망이 나를 쓸모없는 고뇌 속으로 몰아넣는다.

인생의 비극적인 무의미.

종달새의 자매 같은 나의 호기심.

석양의 야비한 괴로움, 새벽빛의 수줍은 장막.

여기에 앉아보자. 하늘이 더 잘 보인다. 드높은 상공에 광대하게 펼쳐진 별무리가 우리를 위로한다. 그것을 바라보는 동안 삶의 아픔은

잠시 잊히고, 가벼운 부채 같은 바람이 삶에 시달려 뜨거워진 얼굴을
식혀준다.

245

인간의 영혼은 마땅히 그러리라고 예상했던 사실 앞에서조차 놀라
움에 대한 고통스러운 아픔을 피할 수 없다. 여자들의 사랑은 변덕스
러우며 그들이 쉽게 불륜을 저지르는 것은 매우 자연스럽고 전형적인
일이라고 일평생 말해왔던 사람도 정작 아내의 배신에 맞닥뜨리면, 마
치 여성의 굳은 정절과 절개를 절대 불변의 진실이나 당연히 기대할
일로 여겨왔던 양 충격을 받고 절망에 빠질 것이다. 그리고 모든 것은 공
허하고 허무하다고 확신해왔던 이들도, 자신이 쓴 글이 아무것도 아니고
다른 이에게 뭔가를 가르치려는 노력은 헛되며 감정을 전달하기란 불가
능하다는 사실을 깨달을 때 날벼락을 맞은 듯한 기분이 될 것이다.
　이런 일들이나 이와 비슷한 재난을 충분히 예견했으면서도 정작 자
신이 겪게 되자 충격을 받았다는 이유로, 그들의 말이나 글이 정직하
지 않았다고 비난할 수는 없다. 이성적인 단언의 진실성은 즉각적인
감성의 자연스러움과 아무 관련이 없다. 삶에 아픔이 부족하지 않도
록, 반드시 치욕이 주어지도록, 삶에서 감당해야 할 슬픔의 몫을 꼭 치
르도록, 영혼은 그런 충격을 견딜 수밖에 없는 것 같다. 우리는 실수를
저지르고 비통해한다는 점에서 모두 똑같은 신세다. 느끼지 않는 사람
만이 고통을 피한다. 가장 고귀한 이들, 가장 지위가 높은 이들, 가장 신

중한 이들은 모두 자신이 예견했고 대수롭지 않게 여겼던 일들을 겪으며 고통받는다. 인생이란 그런 것이다.

246

우리에게 일어나는 모든 일을 눈으로가 아니라 삶으로 읽은 소설 속 사건이나 에피소드처럼 생각하기. 이런 태도를 취할 때에만 날마다 일어나는 나쁜 일과 변덕스러운 사건을 이겨낼 수 있다.

247

활동적인 삶은 가장 불편한 방식의 자살 같았다. 내게 있어 활동이란 부당하게 죄인 취급을 받은 꿈에 가해진 폭력적인 형벌이었다. 바깥세상에 영향력을 행사하기, 사물을 변화시키기, 한계를 넘어서기, 사람들에게 영향을 주기, 이 모든 것이 내게는 항상 백일몽보다 더 애매모호했다. 어린 시절부터 나는 모든 종류의 행동이 본질적으로 무가치하다는 사실에 기준을 두었고, 이에 근거해 나 자신을 포함한 모든 것에 거리를 두었다.

행동한다는 것은 자기 자신을 거스르는 것이다. 영향력을 행사한다는 것은 집을 떠나는 것이다.

나는 항상 생각해왔다. 진실의 개념에 대해 영혼이 취하는 태도에 비추어볼 때 충격적일 정도로 이해할 수 없는 존재인 회사와 기업, 그리고 사회관계와 가족관계 들이 있다는 것, 특히 현실의 실체란 일련의 감각들에 불과할 뿐이라고 하더라도 그런 복잡하게 간단한 관계들이 존재한다는 것은 얼마나 황당한 일이냐고.

248

현실 세계의 일부로 참여하지 않겠다는 나의 포기 선언이 초래한 결과 중에는, 다른 것들도 있지만, 일종의 흥미로운 정신 현상이 있다.

일체의 행동에서 물러난 상태이고 '만물'에 무관심하기에 나는 완벽하게 객관적으로 바깥세상을 볼 수 있다. 어떤 것에도 흥미가 없고 세상이 바뀌어야 한다고 생각하지도 않으므로, 나는 세상을 바꾸지 않는다.

그래서 나는 □ 할 수 있다.

249

18세기 중반부터 한 끔찍한 질병이 문명사회를 순차적으로 휩쓸었다. 끊임없이 좌절되었던 기독교적 열망이 17세기 동안 계속됐고, 항상 보류되었던 이교도적 열망이 5세기 동안 지속됐다. 가톨릭은 기독교로서 실패했고, 르네상스는 세속주의로서 실패했고, 종교개혁은 보편적인 현상으로서 실패했다. 한때 꿈꾸었던 모든 것이 재앙이 되고,

한때 이루었던 모든 것이 수치가 되고, 우리의 삶이 너무 비참해 다른 이들과 함께할 수 없고 다른 이들의 삶도 너무 비참해 그들과 함께하기를 원할 수 없다는 비통함이 영혼을 덮쳤고 독을 퍼뜨렸다.

타락한 사회에서 타락할 수밖에 없는 행동에 대한 혐오가 사람들의 영혼에 퍼졌다. 영혼의 우월한 활동은 병들었고, 저급한 활동만이 생명력을 갖고 유지되었다. 우월한 활동이 멈춰버린 탓에 저급한 활동이 세상을 지배했다.

그리하여 사상의 저급한 요소들로 형성된 문학과 예술이 탄생했으니 이것이 바로 낭만주의다. 그리고 인간 활동의 저급한 요소들로 형성된 사회 조류가 바로 현대 민주주의다.

지배하기 위해 태어난 영혼들에게 남은 것은 포기하는 일뿐이다. 창조의 힘이 이미 쇠약해진 사회에서 창조하기 위해 태어난 영혼에게는, 오로지 그들의 꿈에서만 존재하는 사회와 아무것도 잉태할 수 없는 자기 성찰만이 자신의 의지대로 창조할 수 있는 유일한 세계였다.

우리는 실패한 위인들과 자신의 모습을 있는 그대로 드러낸 하찮은 이들을 똑같이 '낭만주의자'라 부르고 있다. 사실 두 부류의 공통점은 공공연한 감상주의, 오직 그것뿐이다. 첫번째 부류에게 감상주의는 지성을 능동적으로 활용하지 못하는 무능을 뜻하고, 두번째 부류에게 감상주의는 지성의 결핍을 의미한다. 샤토브리앙과 위고, 비니와 미슐레는 모두 같은 시대의 산물이다. 그러나 샤토브리앙은 위축되었던 위대한 영혼이고, 위고는 시류를 타고 부풀려진 하찮은 영혼이다. 비니는 도망칠 수밖에 없었던 천재이고, 미슐레는 천재 남성으로 살아야 했던 여성이다. 이들 모두의 아버지 격인 장자크 루소에게는 두 가지 경향이 혼재되어 있다. 그에게는 창조자의 지성과 노예의 감성이 같은 비중으로 섞여 있었다. 하지만 그의 사회적 감성은 그의 지성이 명료하게 준비해 놓은 이론들을 감염시켰다. 그의 지성은 그러한 감성과 공존해야 하는 비참한 사태를 한탄하는 데 쓰였을 뿐이다.

근대적 인물이었던 루소는 그 어떤 근대적 인물보다 완전했다. 그는 그를 실패로 몰아간 허약함으로부터 그를 승리로 이끈 힘을 도출했지만, 그에게나 우리에게나 별 의미 없는 힘이었다. 그의 사상 중 일부는 세상을 정복했지만 도시에 들어온 그의 승리의 깃발 아래에는 '패배'라고 쓰여 있었다. 왕관과 홀, 그의 정당한 운명이었던 지배자의 권위와 승리자의 영광은 오히려 승리하지 못하고 뒤에 남은 그의 사상 가운데 있었다.

II

우리가 태어난 이 세계는 한 세기 반 동안 포기와 폭력을 겪어왔다. 우월한 자들의 포기와 저급한 자들의 폭력. 결국 승리는 저급한 자들에게 돌아갔다.

현대사회가 시작된 후로는 행동이나 사상의 영역에서든 정치나 이론의 영역에서든 어떤 우월성도 발휘된 바 없다.

귀족주의의 영향력이 쇠퇴하자 예술에 대해 냉담하고 무관심한 사회 분위기가 생겨났고, 그런 사회에서 세련된 감수성은 더이상 설 자리가 없어졌다. 영혼에게 삶과의 접촉은 갈수록 고통스러운 일이 되었다. 모든 노력은 점점 힘들어졌는데, 노력을 둘러싼 외부 조건이 갈수록 끔찍해졌기 때문이다.

고전주의가 쇠퇴하고 누구나 다 예술가가 될 수 있게 되자, 아주 형편없는 예술가들이 배출됐다. 예술의 기준이 견고한 구조, 그리고 철저한 규칙 준수였을 때는 소수의 사람들만이 예술가가 되고자 할 수 있었고, 그중 대부분이 훌륭한 예술가였다. 그러나 예술이 창조가 아니라 단지 감정 표현으로 바뀌어버리자, 누구에게나 감정은 있으므로 누구나 예술가가 될 수 있는 세상이 되었다.

250

비록 내가 창조하기를 원한다 하더라도. □

유일하게 진실한 예술은 건축뿐이다. 하지만 현대적인 환경으로 인해 건축의 특징은 인간의 영혼에 드러나지 못한다.

그래서 과학이 발달했다. 오늘날에는 기계만이 건축을 포함하고, 수학적인 증명만이 논리적 연쇄가 있는 논증이다.

창조력은 기댈 수 있는 버팀목, 즉 현실이라는 목발이 필요하다.

예술은 일종의 과학이며……
일정한 간격을 두고 고통받는다.

나는 책을 읽을 수 없다. 비평적 감수성이 너무나 예민해서 결함, 불완전함, 개선될 여지 따위만 자꾸 찾아내기 때문이다. 나는 꿈을 꿀 수 없다. 꿈이 너무나 생생한 나머지 그 꿈을 현실과 비교하게 되고, 얼마나 비현실적이고 무가치한 꿈인지 금세 깨닫기 때문이다. 나는 사물과 사람들을 관찰하는 천진한 행복을 누릴 수 없다. 왜냐하면 근원까지 파고 들어가려는 열망을 피할 수 없는데, 나의 관심은 그 열망 없이 존재하지 못하거나 열망의 손에서 죽어버리거나 혹은 말라버리기 때문이다. □

또 나는 모든 체계는 옹호될 수 있으며 지식을 통해 세울 수 있다는 것을 경험을 통해 충분히 잘 알고 있기에 형이상학적인 성찰을 통해 만족할 수 없다. 그리고 체계를 세우는 지적 예술을 즐기려면 형이상학적인 성찰의 목표가 진실의 추구라는 사실을 잊어야 하는데, 나는 그러지를 못한다.

나를 즐겁게 하거나 내게 흥미를 주지 못하는 현재, 그리고 현재를 달라지게 하거나 다른 과거를 가질 수 있을 거라는 꿈이나 가능성이 전혀 없는 미래, 떠올리면 행복해지는 행복한 과거는 내 인생을 땅에 묻는다. 한 번도 가본 적 없는 천국을 자각하는 유령이자, 이루어지지 못한 소망이 사산死産된 시체로서.

단일한 자아로서 고통받는 이들은 행복하여라! 고뇌가 그들을 바꾸기는 해도 분리할 수는 없으니, 그들은 적어도 불신을 믿으며, 거리낌 없는 마음으로 햇볕 아래에 앉을 수 있다.

251

자서전의 일부

처음에는 형이상학적인 성찰이 흥미로웠고, 그다음에는 과학적인 개념들에 몰두했다. 궁극적으로는 사회학적 개념들에 이끌렸다. 하지만 진실을 찾아다닌 여정의 어느 단계에서도 구원과 확신을 얻지 못했다. 어떤 분야의 책도 많이 읽지는 못했다. 적은 독서량이었지만 너무 많은 모순적인 이론들에 지치기에는 충분했다. 그 이론들은 모두 잘 전개된 추론에 기반해 있고, 모두 똑같이 그럴듯하며, 모든 사실을 다 설명한다는 인상을 주는 사실들을 모아놓은 것이었다. 읽던 책에서 피곤한 눈을 들어올리거나 관심이 옆으로 빠져 바깥세상으로 시선을 돌리면 오직 한 가지만 보였다. 그것은 노력과 관련된 관념의 모든 꽃잎들을 하나하나 뜯어 날리면서 모든 생각과 독서가 다 쓸모없다는 것을 확인시켰다. 나는 사물들의 무한한 복잡함, 거대한 총합 □, 그리고 과학이 성립하는 데 필연적일 수도 있을 몇 안 되는 사실들마저도 우리가 파악하기에는 너무 장황하다는 것을 알았다.

*

아무것도 깨달을 수 없다는 좌절감이 조금씩 밀려왔다. 자기 자신을 정당화하는 논리조차 찾지 못하는 회의주의 말고는 아무런 이유나 논리를 찾을 수 없었다. 이 좌절감을 치료하겠다는 생각은 해본 적이 없다. 왜 나를 치료해야 한단 말인가? 건강한 상태는 어떤 것이기에? 이런 상태가 병든 상태라고 내가 어찌 확신할 수 있는가? 어느 누가 우리에게 병이 들었다고, 병든 것은 건강한 상태와 달리 아무도 원하지 않고 논리적이지 못하며 더 □하지 못하다고 단언할 수 있는가? 건강이 더 좋은 것이라 하더라도 내가 아픈 데는 어떤 자연적인 원인이 있지 않을까? 그리고 자연적인 원인 때문이라면 왜 '자연'을 거스른단 말인가, 또 자연에게 어떤 목적이 있어서 내가 아파야 한다면 어쩔 것인가?

무력감 말고는 어떠한 논거도 찾을 수 없었다. 모든 것을 포기해버리는 나의 무력함을 시간이 지날수록 더욱 강렬하고 음울하게 인식하게 되었다. 무력해지는 방식 찾기, 그리고 모든 개인적 노력과 사회적 책임으로부터 도피하기, 이것들이 상상 속에서 나의 존재를 조각하는 데 사용한 □한 재료다.

독서를 포기했고, 삶의 이런저런 미학적인 방식을 기분에 따라 취하는 변덕도 더는 부리지 않았다. 얼마 안 되는 독서량으로부터 내 꿈에 필요한 요소들만 뽑아내는 법을 배웠다. 내게 보이고 들리는 얼마 되지 않는 것들 중에서 길고 뒤틀린 반영을 통해 내 안에서 더욱 확장할 수 있는 것만 추려내서 사용했다. 내 모든 생각과 내가 경험하는 모든 일상들로부터 오로지 감각만을 남기려고 노력했다. 나의 인생을 위해 미학적 기준을 세웠고 이 기준이 순수하게 개인적인 것, 오로지 나만의 것이 되도록 했다.

나의 내면의 쾌락주의를 추구하는 다음 단계는 사회적 감수성을 없애는 것이었다. 스스로를 우스꽝스럽게 느끼지 않으려고 서서히 보호막을 둘렀다. 본능의 호소든 □의 요구든 그것들에 무감각해지도록 나 스스로를 훈련시켰다.

다른 이들과의 접촉을 최소화했다. 삶에 대한 애착과 □을 버리기 위해 최선을 다했다. 피곤에 지친 자가 휴식을 위해 옷을 벗듯이, 명예를 향한 나의 욕망을 천천히 벗어버렸다.

*

형이상학과 □ 과학을 공부한 다음 나는 신경의 균형을 더욱 위협하는 정신 활동으로 들어갔다. 간헐적으로 경련을 일으키지 않고는 끝까지 읽어낼 수 없는 신비주의와 카발라*의 경전들을 읽으면서 끔찍한 밤을 보냈다. 장미십자회**의 미스터리와 의식, 그리고 카발라와 템플기사단***의 □한 상징 등의 무게에 짓눌려 오랫동안 힘들어했다. 마술, □ 연금술처럼 형이상학적으로 악마스러운 논리에 근거한 독성 강한 사색으로 열띤 낮시간을 채웠다. 늘 궁극의 불가사의를 발견하기 직전에 있을 거라는 고통스러운 예감이 일으키는 거짓 활력을 얻었다. 나는 형이상학의 혼미한 하위 체계에 빠져 길을 잃었는데, 이 체계는 혼란스러운 유추, 명료한 사고가 발을 헛디디는 함정, 초자연적인 빛이 주변부의 불가사의를 깨우는 신비롭고 위대한 풍경으로 가득차 있었다.

감각들 때문에 나는 늙었다…… 너무 많은 생각에 기운을 소진했

---

* 중세부터 근세에 걸쳐 퍼졌던 유대교의 신비주의 교파.
** 17세기에서 18세기에 걸쳐 유럽에서 활동했던 반(反)가톨릭적인 기독교 비밀단체.
*** 중세 십자군 시대에 성지 순례자들을 보호하기 위해 결성되었던 종교 기사단.

다…… 내 인생은 끊임없이 사물의 숨겨진 의미를 찾아다니고, 알 수 없는 유추로 불장난을 하고, 전체적인 명료함과 정상적인 통합은 뒤로 미루며 스스로를 폄하하는 형이상학적 열정에 빠져버리고 말았다.

나는 무관심과 정신적 무질서가 복잡하게 얽힌 상태가 되었다. 나는 어디로 도망갔던가? 내 느낌으로는 어디로도 도망가지 않았다. 어디인지 모르는 곳에 나 자신을 방치했을 뿐이었다.

나의 욕망을 더욱 정제하고 연마하려고 욕망에 집중했고 욕망에 한계를 두었다. 무한에 이를 수 있다고 믿거니와, 거기 이르기 위해서는 무한으로 출발할 단 하나의 견실한 항구가 필요하다.

나는 지금 나 자신을 숭배하는 종교 안에서 금욕중이다. 커피 한 잔과 담배 한 개비와 나의 꿈들이, 우주와 별과 일과 사랑과 심지어 아름다움과 영광을 훌륭하게 대체한다. 나에게는 자극이 거의 필요 없다. 나는 내 영혼 안에 충분한 아편을 갖고 있다.

내 꿈은 무엇인가? 나도 모르겠다. 내가 무엇을 생각하고 꿈꾸고 상상하는지 더이상 확실히 알 수 없는 경지에 이르도록 나를 끌고 왔다. 나는 갈수록 더 멀리 있는 것을 꿈꾸고, 갈수록 더 희미하고 불분명하고 보이지 않는 것을 꿈꾸는 것 같다.

인생에 대한 이론을 세우지 않는다. 인생이 좋은 것인지 나쁜 것인지 모르겠고 궁금하지도 않다. 내가 보기에 인생은 대체로 고단하고 슬프며, 그 중간중간에 달콤한 꿈들이 들어 있다. 다른 이들의 인생이 어떤지는 모른다. 그게 나와 무슨 상관인가?

다른 이들의 인생이 나에게 소용 있는 경우는, 그들 각자에게 잘 어

322

울리는 것 같은 인생을 나의 꿈속에서 살아볼 때뿐이다.

252

생각하는 것은 여전히 행동의 한 형태다. 절대적인 백일몽 상태에서, 끼어드는 어떠한 움직임도 없이, 마침내 우리 자신의 의식조차 진창에 빠져 미지근하고 축축한, 더이상 존재하지 않는 상태에 이르렀을 때에야 비로소 완전히 행동을 포기하게 된다.

더이상 이해하지도 분석하지도 않으려는 상태…… 자연을 바라보듯이 우리 자신을 바라보고, 들판을 둘러보듯이 우리의 감상을 둘러보는 것, 그것이 지혜다.

253

……아무런 이론도 갖지 않으려는 성스러운 본능……

254

해 질 무렵 거리를 느리게 걷다가, 사물의 조합이 이룬 기이한 모습들을 보면서 내 영혼은 또 한번 갑작스럽고 강렬한 충격을 받았다. 이렇게 큰 충격을 안긴 것은 자연의 일부가 아니었다. 거리의 건물, 간판, 옷을 차려입고 말을 주고받는 사람과 그들의 직업, 신문 들이었고, 이 모든 것을 관통하는 지성적 논리였다. 보다 정확히 말하자면, 정돈된 거리와 간판, 직업, 사람, 사회가 존재한다는 사실과, 이러한 모든 것이 서로 조화를 이루며 앞으로 나아가고 길을 열어간다는 사실에 충격을 받았다.

인간을 자세히 들여다보면, 강아지나 고양이처럼 무의식적이라는 것을 알 수 있다. 인간은 개미나 꿀벌이 사회를 이루는 무의식보다 훨씬 열등한 종류의 무의식을 통해 말하고 사회의 질서에 편입된다. 그러므로 이 세상을 창조하고 이끌어가는 지성이 존재한다는 사실이 나에게는 불을 보듯 명백하다. 유기체의 존재와 엄격하고 논리적인 물리법칙만큼, 또는 그 이상으로 확실하다.

이럴 때면 언제나, 이름 모를 한 스콜라 철학자의 말을 떠올리게 된다. *Deus est anima brutorum.* 신은 동물들의 영혼이다. 철학자는 이 훌륭한 언명을 통해, 영혼이 열등한 동물들을 인도하는 것이 확실함을, 그들에게는 지성이 없거나 지성의 초기 형태가 있을 뿐임을 설명한다. 그러나 우리 모두는 열등한 동물이고, 말하고 생각하는 것은 새로운 본능이며, 다른 본능에 비해 새것이라서 덜 확실하다. 그러므로 나는 스콜라 철학자의 이 아름답고 정확한 언명을 확장해서 이렇게 말하겠다. 신은 모든 것의 영혼이다.

한 번이라도 우주는 하나의 시계방이라는 위대한 사실을 생각해본 사람이 어떻게 시계공의 존재를 부정할 수 있는지, 나는 도저히 이해할 수 없었다. 심지어 볼테르조차 시계공의 존재를 믿었는데 말이다.

어떤 일들은 분명히 원래 계획에서 어긋났다는 것을 고려할 때(그리고 계획을 알아야 어긋났는지를 알 수 있다), 불완전한 요소에 대한 책임을 이 우월한 지성에게 돌리려는 이들도 있음을 이해할 수 있다. 이해는 하지만 동의하지 않는다. 또한 세상에 있는 악의 존재를 보면서 누군가는 이 지성적인 창조자의 무한한 선의를 인정하지 못하는 것도 이해한다. 마찬가지로 이해는 하지만 동의하지 않는다. 하지만 이 지성적인 창조자, 즉 신의 존재를 부정하는 것은 내가 보기에 지성의 여러 분야 중 거의 모든 면에서 우월한 사람에게 가끔 한 분야에서 발생하는 어리석음 같은 것이다. 가령 산수 계산을 항상 틀리는 사람이라든가, 미적 감수성 역시 지성의 한 분야라고 볼 때 음악이나 회화, 시의 아름다움을 느끼지 못하는 사람처럼 말이다.

나는 시계공이 불완전하다거나 자애롭지 못하다는 견해에 동의하지 않는다고 말했다. 그가 불완전하다고 생각할 수 없는 것은, 우리 눈에 결함이 있거나 비합리적으로 보이는 세상의 지배 과정과 조직일지라도 우리가 만일 전체적인 차원을 알게 된다면 다른 의미를 드러낼 수도 있기 때문이다. 전반적인 과정을 살펴보면 비합리적으로 보이는 일들도 있다. 하지만 모든 것에 이유가 있다면, 비합리적인 측면에도 이유가 있을 것이다. 전체를 모른 채 이유를 파악한다면, 어떻게 어떤 일들이 전체적인 계획 밖에 있다고 말할 수 있단 말인가? 정교한 운율을 지닌 시 중간에 전체적인 운율을 살리기 위해 시인이 불규칙적인 운율을 넣었을 뿐인데, 순수한 운율을 고집하는 어떤 비평가가 그 운율이 잘못되었다고 지적하는 것처럼, '창조자'는 형이상학적 운율의 장엄한 도정 가운데 우리의 좁은 시야에는 불규칙적으로 보이는 운율을 집어

넣을 수도 있다.

나는 시계공이 자애롭지 못하다는 입장에도 동의할 수 없다고 말했다. 이 입장을 반박하기는 좀더 어렵겠지만, 겉으로 보기에만 어려울 뿐이다. 우리는 무엇이 선이고 악인지 잘 알지 못하기 때문에 어떤 일이 좋은지 나쁜지 단정할 수 없다고 말할 수도 있을 것이다. 하지만 아픔이 있다면 비록 그 아픔이 궁극적으로는 우리를 위한 것일지라도 아픔 자체가 나쁜 것이기 때문에 이 세상에 악이 있다는 충분한 증거가 된다. '창조자'의 선의에 의심을 품는 데는 치통 하나로도 충분하다. 하지만 이 입장의 기본 오류는, 우리는 신의 계획을 전혀 모른다는 사실, 그리고 그 '무한한 지성'이 어떤 지성을 지닌 존재인지 전혀 모른다는 사실에 있다. 악의 존재와 악이 존재하는 이유는 별개의 문제다. 이러한 구분은 궤변에 가까울 정도로 미묘한 문제이지만, 구분을 하는 것은 정당하다. 악의 존재는 부정할 수 없지만, 악의 존재가 악하다는 것은 부정해도 된다. 이 문제는 지속될 터인데, 왜냐하면 우리의 불완전함이 지속될 것이기 때문이다.

255

이 삶이 우리에게 베풀어준 한 가지, 삶 자체에 대한 감사 외에 신에게 한 가지 감사할 것이 있다면, 그것은 무지라는 선물이다. 자기 자신을 모르는 무지와 서로를 모르는 무지. 인간의 영혼은 어둡고 끈적끈적한 심연이고, 땅의 표면에서 아무도 사용하지 않는 우물이다. 자기 자신을 정말 잘 알고 있다면 아무도 자신을 사랑하지 않을 것이다. 무지에서 비롯된, 영혼의 피인 허영심이 아니라면 우리의 영혼은 빈혈로 죽을 것이다. 아무도 다른 사람을 알지 못한다. 그래서 천만다행이지, 만일 알았다면 우리의 어머니, 아내, 자식 안에서 가장 고질적이고 형이상학적인 적을 만났을 것이다.

우리는 서로를 모르기 때문에 어울려 살 수 있다. 낭만주의자들이 그 말의 위험을 모른 채 하는 말처럼, 만일 수많은 행복한 부부들이 상대방의 영혼을 들여다보고 서로를 정말로 이해한다면 무슨 일이 벌어질까? 모든 결혼은 다 잘못된 결혼이다. 왜냐하면 사람들의 마음 한구석에 있는 '악마'의 영역인 비밀스러운 장소에 간직된 남성상과 여성상은 배우자가 구현할 수도 없고 상대를 만족시킬 수도 없는 이상형이자 이미지이기 때문이다. 가장 행복한 이들은 자신의 좌절된 욕구를 알지 못하는 자들이다. 덜 행복한 이들은 그것을 알지만 무시하고 살기로 한 자들이다. 때로 불의의 습격이나 퉁명스러운 모욕으로 인해, 그들 안에 숨겨져 있던 악마, 고대의 이브, 기사와 요정 등이 행동과 언어의 표면으로 떠오른다.

우리가 사는 이 삶은 존재하지 않는 위대함과 존재할 수 없는 행복 사이를 흘러가는 오해이며, 우리는 그 사이에서 어느 정도의 즐거움을 누린다. 생각하고 느낄 때조차도 영혼의 존재를 믿지 않는 능력 덕분에 우리는 만족하고 산다. 우리의 인생인 이 가면무도회에서는 잘 맞아 흡족한 예복이면 더이상 바랄 게 없는데, 무도회에서는 예복이 전부이기 때문이다. 마치 춤이 진실인 양 춤에 몰두한 우리는 빛과 색깔의 하인이다. 그리고 우리는, 춤추지 않고 홀로 떨어져 있다면 다를지 몰라도, 저 바깥의 깊고 추운 밤을 알지 못하고, 우리 몸보다 오래 살아남을 의복 아래 있는 언젠가 죽을 육체도 알지 못한다. 실제로는 우리가 추측한 진실의 내밀한 패러디에 지나지 않는데 본질적으로는 우리라고 여기는 것들을 알지 못한다.

우리가 행동하고 말하고 생각하고 느끼는 모든 것은 똑같은 가면을 쓰고 똑같은 옷을 입고 있다. 걸치고 있는 것을 아무리 벗는다 해도 결코 완전한 벌거숭이가 될 수 없는데, 이는 옷을 벗는 문제가 아니라 영혼의 상태와 관련된 문제이기 때문이다. 그래서 우리는 마치 새의 깃털처럼 우리에게 달라붙어 있는 여러 벌의 의상을 육체와 영혼에 걸치고서, 행복하거나 불행하게, 우리가 누구인지 알지 못한 채, 진지하게 게임에 열중하는 아이들을 구경하듯 즐기려고 신이 우리에게 베풀어준 짧은 시간을 살아간다.

우리 중 자유롭거나 아니면 저주받은 어떤 이들이, 우리라고 여긴 모든 것이 우리가 아니며, 우리가 무엇이 진실인지에 대해 속았으며, 옳다고 결론내린 것이 틀렸다는 사실을 갑자기 깨달을 때도 있지만 그것은 아주 드문 일이다. 그리고 누군가, 찰나의 순간이지만 벌거벗은 우주를 보는 사람이 하나의 철학을 세우고, 하나의 종교를 창시한다. 철학이 널리 퍼지고 종교가 보급되면서, 그 철학을 추종하는 이들은 보이지 않는 옷을 입듯 철학을 입고, 그 종교를 믿는 이들은 얼굴에 무엇을 썼는지 곧 잊힐 가면을 쓰듯 종교를 쓰게 된다.

우리는 우리 자신을 모르고 다른 이들을 모르기에 서로 유쾌하게 어울리며 이 공연을 주관한 자들의 무심하게 깔보는 눈길 아래서 별들의 위대한 오케스트라 음악에 맞춰 빙글빙글 춤추다가, 쉬는 시간에는 인간적이고 쓸모없는 이야기를 진지하게 나눈다.

우리가 그들이 우리를 위해 만들어놓은 환상에 갇힌 죄수들임을, 그들만은 알고 있다. 하지만 이 환상이 있는 이유는 무엇인지, 왜 이런 환상 또는 다른 환상이 있는지, 왜 그들은 우리와 마찬가지로 환상에 속아 우리에게 이런 환상을 주는지, 그것은 분명 그들도 모를 것이다.

256

나는 언제나 음모, 책략, 비밀 조직, 신비주의 등 비밀스러운 것들에 거의 생리적인 혐오감을 느껴왔다. 특히 뒤의 두 가지가 불쾌하다. 오로지 그와 관련된 자들만이 신이나 절대자, 혹은 데미우르고스*와의 교감을 통해, 자신들이 이 세상의 기반인 위대한 비밀을 알고 있다며 허세를 부리기 때문이다.

나는 그들의 주장을 믿지 않지만 어떤 이들은 그걸 믿는다는 사실을 인정한다. 그 사람들이 다 미치거나 착각에 빠졌다고 여기면 안 될 이유가 있을까? 단지 그들의 숫자가 많다는 것은 아무 의미가 없다. 집단 착각일 수도 있다.

무엇보다도 놀라운 것은, 이 보이지 않는 현자들과 달인들이 우리에게 자신들의 비밀에 대해 알려주거나 그 비밀을 상기시키는 글을 쓸 때는 무슨 소리인지 통 알아들을 수 없게 쓴다는 것이다. 악마의 비밀

---

* 플라톤의 우주생성론에 나오는 창조신.

에 통달한 사람이 포르투갈어 문법을 통달하지 못했음을 납득하라는 건 나에 대한 모욕이다. 악마를 다루는 것이 문법을 다루는 것보다 쉽단 말인가? 그들의 주장에 따르면 긴 세월의 수련과 노력과 집중을 통해 천체의 비밀을 읽을 수 있게 됐다면서, 대체 왜 그보다 훨씬 적은 노력과 집중을 기울여 문장론을 습득하지 못하는가? 그들에게 명료한 글을 바라지는 않는다. 모호함은 비밀의 일부일 테니까. 하지만 '고차원의 마술'의 원리와 의식 중 무엇이 우아하고 유려한 글쓰기를 막는단 말인가? 우아함과 유려함이라는 특징은 심오한 마술의 영역에 속할 텐데 말이다. 신의 언어를 이해하기 위해 영혼의 에너지를 모두 쏟았기에 인간 언어의 운율과 색채를 공부하기 위한 한줌의 노력을 기울일 힘도 안 남았단 말인가?

나는 가장 기본적인 바탕을 갖추지 못한 현자들을 신뢰할 수 없다. 내가 보기에 그런 이들은 다른 보통 사람들처럼 글을 쓰지 못하는 괴짜 시인이나 마찬가지다. 괴짜는 받아들일 수 있다. 단 그들이 보통보다 우월해서 괴짜이지 보통도 되지 못하는 괴상한 존재가 아님을 입증해주기 바란다.

위대한 수학자도 단순한 산수를 틀릴 수 있을 것이다. 하지만 여기서 내가 문제삼는 것은 실수가 아니라 무지다. 위대한 수학자가 둘 더하기 둘은 다섯이라고 말할 수도 있다고 인정한다. 누구나 방심하면 실수할 수 있다. 하지만 그가 더하기가 무엇인지 모른다거나 덧셈을 어떻게 하는지 모른다면 받아들일 수 없다. 압도적으로 많은 신비주의 교주의 경우가 그러하다.

257

사상은 우아하지 않아도 고결할 수 있지만, 우아함이 부족할수록 사람들에게 미치는 영향은 경감된다. 세련되지 못한 힘은 그저 덩어리에 불과하다.

258

예수의 발을 만졌다고 해서 구두법이 틀려도 된다는 법은 없다.

어떤 사람이 술을 마셔야 글을 잘 쓸 수 있다면 그에게 술을 마시라고 권하겠다. 만일 그가 술은 간에 나쁘다고 한다면 당신의 간이 뭐가 대단하냐고 말해주겠다. 간은 당신이 살아 있는 동안에만 살지만, 당신이 쓰는 시는 당신이 죽은 후에도 살아간다.

259

말하는 것을 좋아한다. 정확히 말하자면, 단어들을 좋아한다. 나에게 단어는 만질 수 있는 몸, 눈에 보이는 세이렌, 구체화된 관능성이다. 어쩌면 진짜 관능성에 대해서는 꿈에도 관심이 없고 심지어 학문적으로도 아무런 흥미가 없다보니, 내 안의 관능적 욕망은 어휘의 운율을 만들어내거나 다른 이가 말하는 운율을 듣고 싶어하는 욕망으로 바뀌었는지도 모른다. 누군가 멋지게 하는 말을 들으면 소름이 돋는다. 피알류*나 샤토브리앙이 쓴 글을 읽을 때면 온몸의 핏줄에 개미가 기어다니는 듯하고, 상상할 수 없는 행복으로 인한 숨죽인 경련 속에 실성할 것 같다. 비에이라의 어떤 글들은 문장 구성법이 얼마나 냉정하고 완벽한지 나는 감동과 무기력한 망상에 빠져 바람 앞의 나뭇가지처럼 떨게 된다.

큰 감동에 빠진 모든 이들이 그렇듯 나 자신을 잃고 온전히 나를 바치는 희열에 푹 잠긴다. 그래서 종종 밖으로 드러나는 백일몽에 빠진 상태로, 생각하려는 욕구 없이 글을 쓰면서, 가슴에 안은 어린애처럼 단어들이 나를 달래게 놔둔다. 단어들은 아무 의미 없는 문장을 만들고, 문장은 내가 느낄 수 있는 물처럼 부드럽게 흐르다가, 어떤 시냇가의 웅덩이에서 물길이 서로 섞이듯 원래의 모습을 잃고 다른 문장이 되고, 다시 그렇게 이어진다. 그렇게 생각과 이미지는 흔들리는 표현이 되어, 얼룩지고 혼란스럽고 가물거리는 상상의 달빛 아래로 후줄근한 비단옷 스치는 소리를 내며 지나가는 행렬처럼, 나를 통과하고 지나간다.

삶이 가져다주고 또 가져가는 것들 때문에 내가 우는 일은 결코 없다. 하지만 나를 울게 만드는 글이 적힌 책들이 있다. 내가 어렸을 적 어느 날 밤 "솔로몬이 궁전을 지었으니……"로 시작되는, 비에이라가 솔로몬 왕에 대해 쓴 유명한 산문을 처음 읽었을 때가 눈앞의 일처럼 생생하게 떠오른다. 혼란에 빠진 나는 전율을 느끼며 글을 끝까지 읽

---

* 포르투갈 소설가이자 사회비평가.

었다. 다 읽은 후에는 너무 행복해 울음을 터뜨렸는데, 이 세상의 어떤 행복에도 그렇게 울 수 없고 어떤 슬픔에도 그런 눈물을 흘릴 수 없으리라. 우리의 명쾌하고 장엄한 언어의 경건한 움직임, 꼭 들어맞는 단어를 써서, 마치 경사진 곳을 흐르는 물처럼 자연스럽게 드러나는 생각의 표현, 소리에 가장 이상적인 색채를 주는 놀라운 모음 활용, 이 모든 것이 마치 강렬한 정치적 열정처럼 본능적으로 나를 사로잡았다. 이미 말했듯이 그래서 울었고, 오늘 그날을 떠올리며 또 한번 운다. 나의 눈물은 내가 그리워하지 않는 어린 시절에 대한 향수 때문이 아니다. 그 순간 느꼈던 감동에 대한 그리움과, 그렇게 위대하고 정확한 언어의 조화를 생전 처음 맛보는 경험은 두 번 다시 할 수 없으리라는 쓰라림 때문이다.

나에게는 정치적, 사회적 감성이 전혀 없다. 그러나 한 가지 의미에서 나는 아주 우월한 애국적 감성을 갖고 있다. 내 조국은 포르투갈어다. 포르투갈이 정복을 당하든 침략을 당하든 나는 내 일신이 위협받지 않는 한 전혀 신경쓰지 않는다. 그러나 내가 정말 혐오하는 것, 내가 느낄 수 있는 단 하나의 증오로서 미워하는 것이 있으니, 그것은 포르투갈어를 틀리게 쓰는 사람도 아니고, 문장론을 모르는 사람도 아니고, 철자를 잘못 쓰는 사람도 아니다. 나는 글이 잘못 쓰인 종이 자체를 마치 사람인 양 증오하고, 잘못된 문법을 마치 때려 마땅한 사람인 양 혐오하고, 철자를 혼동해 쓴 단어를 누가 뱉었는지 상관없이 나를 메스껍게 만드는 가래침인 양 증오한다.

그렇다, 철자법도 인격이기 때문이다. 단어는 보이고 들릴 때 완성된다. 그리스 로마 알파벳의 호화로움은 단어에게 왕실의 가운을 입혀

숙녀와 여왕으로 만들어준다.

260

예술의 역할은 우리가 느끼는 바를 타인들도 느끼게 하는 것, 우리의 개별성을 제공하여 이를 통해 타인들이 스스로에게서 해방되도록 하는 것이다. 내가 느끼는 것의 진정한 실체는 절대로 전달될 수 없고, 나의 느낌이 심오할수록 소통은 더욱 불가능해진다. 그러므로 내가 느낀 것을 타인들에게 전달하기 위해서는 나의 감정을 그들의 언어로 번역해야 한다. 즉 그들이 읽었을 때 내가 느낀 바를 정확히 느낄 수 있도록 글을 써야 하는 것이다. 예술의 정의에 따르면 여기서 타인이란 특정한 이 사람이나 저 사람이 아니라 모든 사람을 뜻한다. 결국 내가 해야 하는 일은, 내 느낌의 진정한 본질을 다소 왜곡하더라도 나의 감정을 전형적인 인간 감정으로 전환하는 것이다.

모든 추상적인 것은 독자의 집중력을 유발하기 어렵기 때문에 이해하기 힘들다. 그러므로 나의 추상적인 개념을 구체적으로 풀어보는 간단한 예를 들어보겠다. 회계장부 정리에 지쳐서라든지, 할 일이 없어 권태롭다든지, 아무튼 어떤 이유로 인해 삶에 관한 모호한 슬픔과 마음을 어지럽고 불안하게 만드는 근심이 나를 짓누른다고 가정해보자. 이 감정을 그것에 가깝고 딱 맞는 글로 옮기려 할 때, 글이 내 심정에 더 적절하게 들어맞을수록 나 개인의 고유한 감정을 잘 드러낼 것이고, 그 결과 다른 이에게 전달되는 것은 줄어들 것이다. 글로써 다른 이들과 소통할 수 없다면 차라리 쓰지 말고 그냥 혼자 느끼는 편이 더 쉽고 합당하다.

하지만 내가 다른 이들과의 소통을 원한다고, 즉 예술을 하고 싶어 한다고 가정해보자. 우리가 남들과 함께 느끼는 동일성을 전달하는 것이 예술이다. 그런 동일성이 없다면 소통은 없을 테고, 소통할 필요도 없을 것이다. 권태로운 리스본 사람 혹은 지친 회계사무원인 나의 특별하고 개인적인 조건에서 내가 느끼는 감정에 들어 있는 것과 공통된 음정과 색조, 형태를 지닌, 다른 평범한 사람들의 감정을 찾아본다. 그 결과 나는 평범한 영혼에 깃든 평범한 감정 중에서 나의 감정과 공통된 요소는 잃어버린 어린 시절에 대한 그리움이라고 결론짓는다.

나는 이제 나의 테마로 들어가는 문의 열쇠를 얻었다. 나의 잃어버린 어린 시절에 대해 글을 쓰고 그 시절을 생각하며 눈물 흘린다. 어린 시절 살던 시골의 오래된 집에 있던 사람들과 가구들의 세밀한 특징까지 떠올리면서 한참 동안 감상에 젖는다. 아무런 권리도 의무도 없었고 아직 생각하고 느낄 줄 몰라 자유롭던 시절의 행복을 떠올린다. 이런 회상을 눈앞에 그리듯이 글로 잘 써낸다면 어린 시절과 상관없는 나의 감정도 독자들에게 정확히 전달될 것이다.

내가 거짓말을 했을까? 아니다, 나는 이해했던 것이다. 꿈꾸고 싶다는 욕구에서 발생하는 유치하고 자발적인 거짓말을 제외하면, 거짓말은 다른 이들의 실존을 인정하는 것, 우리가 그들에게 맞춰줄 수 없으니 적어도 그들을 우리에게 맞춰야 할 필요성을 인정하는 것이기 때문이다. 거짓말이란 간단히 말해서 영혼의 이상적인 언어다. 우리가 비논리적인 방식으로 음절이 결합된 결과인 단어들을 사용하여, 단어들만으로는 결코 표현할 수 없는 감정과 생각의 미묘하고 내밀한 움직임을 사실적인 언어로 전달하고자 노력하는 것처럼, 우리는 거짓말과 허구를 사용하여 서로를 더욱 잘 이해하고자 한다. 개인적이고 소통 불가능한 진실만으로는 서로를 결코 이해할 수 없다.

예술은 사회적이기 때문에 거짓말을 한다. 위대한 예술에는 두 가지 형태가 있다. 하나는 우리 영혼의 가장 깊은 곳에 말을 걸고, 다른 하나는 우리 영혼의 깨어 있는 곳에 말을 건다. 첫번째가 시이고, 두번째가 소설이다. 시는 구조를 통해 거짓말을 하고, 소설은 거짓말을 하려는 의도에서 출발한다. 시는 다양한 규칙을 엄격하게 지키는 글, 다시 말해서 말의 본질에 대해 거짓말을 하는 글을 통해 우리에게 진실을 전하려고 한다. 소설은 우리 모두가 거짓임을 알고 있는 현실을 통해 진실을 전달하고자 한다.

꾸며내는 것은 사랑하는 것이다. 나는 언제나 아름다운 미소와 의미심장한 시선을 대할 때면, 누가 미소 짓고 눈빛을 보내든 간에, 그의 영혼 안에 있는 어떤 정치가가 우리의 표를 사려고 하는지, 어떤 매춘부가 우리의 돈을 원하는지 헤아려보게 된다. 하지만 우리의 표를 사는 정치가는 적어도 우리의 표를 사는 것을 사랑하고, 매춘부는 적어도 우리의 돈에 팔리는 것을 사랑한다. 원하든 원하지 않든 우리는 보편적인 인류애에서 벗어날 수 없다. 우리는 모두 서로를 사랑하고, 거짓말은 우리가 교환하는 입맞춤이다.

261

내 안의 모든 애정은 표면적으로만 발생하지만, 그래도 진실하다. 나는 언제나 배우였지만 정직하게 연기했다. 내가 사랑했을 때마다 정말로 사랑하는 척 꾸몄고, 나 자신에게도 정말 그런 척했다.

262

오늘 나는 불현듯 황당하긴 하지만 타당한 감정을 느꼈다. 섬광이 스치듯 나는 아무도 아니라는 사실을 깨달은 것이다. 결코 아무도 아니라는 사실을. 그 섬광이 비쳤을 때, 그동안 내가 도시라고 생각했던 것은 황량한 들판이었음이 드러났다. 나에게 나 자신의 정체를 폭로한 불길한 불빛은 그 위에 있는 하늘을 보여주지 않았다. 이 세상이 시작되기도 전에 나는 존재할 힘을 빼앗겼다. 만일 다시 태어난 거라면, 나는 나 없이, 내가 아닌 채로 태어났던 것이었다.

나는 존재하지 않는 도시의 변두리이고, 결코 쓰이지 않은 책에 대한 장황한 서평이다. 나는 아무도, 아무도 아니다. 나는 느낄 줄 모르고, 생각할 줄 모르고, 원할 줄도 모른다. 나는 집필되지 못한 소설 속 인물로서, 나를 어떻게 완성해야 할지 몰랐던 이의 꿈속에서 공기 중에만 떠돌다가 존재해보지도 못하고 흩어지고 말았다.

항상 생각하고 항상 느끼는데도 나의 생각에는 논리가 없고, 나의 감정에는 느낌이 없다. 나는 저 높은 곳의 다락방 문을 열고 나와 무한한 공간을 거쳐, 방향도 없이 끝도 없이 공허하게 추락하는 중이다. 내 영혼은 검은 소용돌이, 허공을 감싸고 원을 그리는 거대한 현기증, 안이 텅 빈 구멍을 둘러싼 무한한 바다의 움직임이다. 흐르기보다는 돌고 있는 물 위로 내가 이 세상에서 보고 들은 모든 이미지들, 그러니까 집, 얼굴, 책, 상자, 음악의 흔적과 목소리의 음절들이 바닥 모를 불길한 소용돌이를 만들며 둥둥 떠다닌다.

이 모든 혼란 속에 있는 나, 진정한 나는 그 심연의 기하학에만 존재하는 중심이다. 나는 모든 것이 돌아가는 중심에 있는 무無인데, 모든 회전에는 중심이 있어야 하기 때문에, 오로지 이 회전이 있기 위해 내가 중심으로서 존재한다. 나는, 진정한 나는, 벽은 없이 벽의 끈적끈적함으로만 둘러싸인 우물이고, 주위에 아무것도 없는 모든 것의 중심이다.

내 안에서 웃고 있는 것은, 단지 인간의 얼굴을 한 악마가 아니라 지옥 자체 같다. 내 안에 있는 것은, 죽어버린 우주의 울부짖는 광기, 빙글빙글 도는 물리적인 공간의 시체, 바람 속에 음침하게 표류하는 모든 세상의 끝이다. 이는 유일한 현실이자 모든 것으로서, 형태도 시간도 없이, 이를 만들어낸 신의 존재도 없이, 심지어 스스로의 존재도 없이, 절대적인 암흑 속에서 불가능한 회전을 계속한다.

어떻게 생각하는 것인지 알 수만 있다면! 어떻게 느끼는 것인지 알 수만 있다면!

내 어머니는 너무 일찍 돌아가셔서 나는 어머니를 전혀 알지 못했다……

263

그렇게 자주 권태로우면서도 여태껏 한 번도 권태의 정체를 심각하게 생각해보지 않았다는 건 흥미로운 일이다. 오늘 나는 인생에도 그무엇에도 관심이 없는, 이도 저도 아닌 상태에 놓여 있다. 그래서 문득 결심하기를, 지금까지 한 번도 해본 적 없으니, 권태를 분석하기로 했다. 내가 하는 분석마다 소설 비슷하게 되어버리는 경향은 있지만, 그래도 나의 감상이 섞인 생각에 의거해서 해보기로 했다.

권태가 단지 게으름뱅이의 졸음에 상응하는 깨어 있는 상태인지 아니면 나른한 졸음보다는 고상한 무엇인지 잘 모르겠다. 내 경험에 비추어보면 권태는 자주 발생하기는 해도, 특정한 상황에서 나타난다는 규칙성이 없고 예측도 불가하다. 어느 무기력한 일요일을 권태 없이 보낼 수도 있고, 일에 집중하고 있는 근무시간인데 구름이 하늘에 나타나듯 갑자기 권태가 덮칠 수도 있다. 권태는 건강하거나 건강하지 않은 상태와 연결할 수 없고, 내 안에 명백한 원인을 둔 결과물로 파악되지도 않는다.

권태를 겉모습을 위장한 형이상학적 고뇌라든가, 헤아릴 수 없는 거대한 환멸이라든가, 삶을 향한 창가에 기대선 지친 영혼이 읊는 침묵의 시…… 이런 식으로 말하는 것은, 어린아이가 그림의 윤곽선을 넘어 색을 칠하는 바람에 그림을 흐릿하게 만들듯이 권태에 색을 칠하는

것일 뿐이고, 나에게는 생각의 지하실에 울리는 말의 메아리 이상이
되지 못한다.

권태…… 그것은 생각 없이 생각하는데 생각하는 일의 피곤함이 따
르는 것이다. 느낌 없이 느끼는데 느끼는 일의 괴로움이 따르는 것이
다. 원하지 않으면서 원하는 것인데 원하게 만드는 일에 수반되는 구
역질이 같이 오는 것이다. 이 모든 것이 권태 안에 있지만 권태 자체는
아니고, 기껏해야 권태에 대한 은유이거나 해석에 불과하다. 직접적인
감각을 동원해 설명하자면, 권태는 마치 영혼의 성 주위를 둘러싼 해
자 위 도개교가 들어올려져 있어서, 성밖으로 건너갈 수 없고 오로지
바라볼 수만 있는 것과 같은 상태다. 우리를 소외시키는 것이 있는데,
그것은 우리 자신처럼 정체돼 있고 더러운 물만이 우리의 이해할 수
없는 고립을 둘러싸고 있다.

권태…… 고통 없이 고통스럽고, 욕구 없이 원하고, 이성 없이 생각
하고…… 이는 부정적인 악마에게 사로잡힌 듯하고, 아무것도 아닌
것에 홀린 것 같다. 마법사나 요정들이 우리의 이미지를 만들어 괴롭
힐 때, 별들의 이동을 통해 그 고통이 우리에게 영향을 미친다고 한다.
이 이미지와 관련지어 말하자면, 권태는 악마의 사악한 마술이 내게
반영되는 것인데, 그 마술은 나의 이미지가 아니라 이미지의 그림자에
영향을 미친다고 볼 수 있다. 내 영혼의 바깥 부분에 있는 나의 내밀한
그림자, 바로 그곳에서 종이를 붙이거나 바늘로 찌르는 일이 벌어진
다. 나는 자신의 그림자를 팔아버린 사나이,* 아니 더 정확히 말하자면

* 아델베르트 폰 샤미소의 소설 『페터 슐레밀의 기이한 이야기』의 주인공.

그 사나이가 팔아버린 그림자 같은 존재다.

권태…… 나는 열심히 일한다. 도덕주의자들이 사회적 의무라고 부를 법한 일을 수행하며 살아간다. 대단한 노력을 기울이진 않지만 성의 없지도 게으르지도 않게 의무 또는 운명을 수행한다. 그러나 가끔은 한창 일하는 중에, 또는 도덕주의자들에 따르면 내가 마땅히 누려야 한다는 휴식 시간 중간에 쓰라린 무기력이 내 영혼을 채우고, 나는 일이나 휴식이 아니라 나 자신이 지겨워진다.

나에 대해서 생각하지도 않았는데 왜 내가 지겨워지는 걸까? 아무것도 생각하지 않았는데 무엇 때문에 지겨운 걸까? 우주의 불가사의가 내 회계장부 또는 나의 휴식 위에 내려앉은 걸까? 산다는 것의 보편적인 고통이 내 영혼을 매개로 갑자기 구체적인 모습을 드러내는 걸까? 누구인지도 모르는 사람에게 그렇게 고상한 일이 벌어질 이유가 있을까? 권태는 공허한 느낌이며 식욕을 동반하지 않는 허기 같은 것으로, 담배를 너무 많이 피웠거나 소화가 안 될 때 뇌와 위장에 느껴지는 감각만큼이나 고상하다……

권태…… 어쩌면 이것은 우리가 영혼을 신뢰하지 않았기에 영혼이 느끼는, 아주 깊은 곳에 있는 불만, 우리 내면에 있는 슬픈 어린아이가 갖고 싶은 신성한 장난감을 사주지 않았다고 느끼는 절망일 것이다. 어쩌면 심오한 감각의 어두운 길에서 이끌어주는 손이 절실히 필요한데도, 아무것도 생각할 수 없는 침묵의 밤과 아무것도 느낄 수 없는 텅 빈 길밖에 감지할 수 없는 자의 불안일 것이다……

권태…… 신을 믿는 자에게는 권태가 없다. 권태는 신화의 부재다. 믿음이 없는 이들은 의심조차 불가능하고, 그들 안에 도사린 회의주마저 의문을 던질 힘을 잃는다. 그렇다, 이것이 바로 권태다. 영혼이 스스로 착각하는 능력마저 잃어버리는 것, 생각이 진실을 향해 굳건히 딛고 올라설 상상 속 계단을 잃어버리는 것이다.

264

과식했을 때의 느낌을 비유적으로 안다. 위장이 아니라 감정을 통해서 알고 있다. 내 안에서 무엇인가가 너무 많이 먹은 날, 내 몸은 무겁고 행동은 둔하다. 손 하나 까딱하기 싫다.

이럴 때는 사라졌던 상상의 잔재가 나른한 무기력 속에서 불길한 사실처럼 가시 돋듯 나타난다. 이럴 때 나는 무지의 바닥 위에 계획을 세우고서 가설에 뿌리를 둔 체계를 구성하고, 결코 일어나지 않을 일들의 광채에 눈부셔한다.

이런 이상한 시간에는 나의 물질적인 삶뿐 아니라 도덕적인 삶마저도 단순한 부속물처럼 여겨진다. 나의 의무뿐 아니라 존재마저 등한시하게 되고, 우주 전체가 피곤하게 느껴진다. 내가 아는 것과 꿈꾸는 것이 똑같은 무게로 눈꺼풀을 누르는 가운데 나는 잠든다. 그렇다, 이런 시간에 나는 어느 때보다 나 자신에 대해 잘 알게 된다. 나는 누구의 소유도 아닌 농원의 나무 아래에 누운 모든 거지들의 모든 낮잠이다.

여행 가고 싶다는 생각이 내가 아닌 다른 누군가를 유혹하는 듯한 암시적인 느낌으로 나를 유혹한다. 온 세상의 광활한 전경이, 흘러가는 총천연색 권태처럼 나의 깨어 있는 상상 속을 가로지른다. 나는 더 이상 움직이고 싶지 않은 사람이 되어 욕망의 밑그림을 그린다. 앞으로 보게 될 풍경들에 미리 지쳐버린 피로가 냉혹한 바람처럼 다가와, 힘없이 늘어진 내 심장에 피어난 꽃을 괴롭힌다.

여행은 독서와 같고, 독서는 다른 모든 것과 같다…… 나는 고전과 현대물이 고요히 공존하는 박학다식한 삶을 꿈꾼다. 그 삶에서 나는 다른 이들의 감정을 통해 내 감정을 새롭게 할 수 있고 명상하는 이들과 대체로 생각만 했던 자들, 대부분의 작가들이 그러한데, 그들 사이의 모순에 기반한 사고로 나 자신을 채울 수 있을 것이다. 하지만 독서에 대한 이러한 꿈은 책상 위에서 책을 한 권 집어들자마자 사라져버리고, 책을 읽는 실제 행위는 읽고 싶다는 모든 욕구를 없앤다…… 마찬가지로 어쩌다 기차역이나 항구 같은 출발지에 가까이 가는 순간, 여행에 대한 모든 상상은 창백하게 시들어버린다. 그리고 나에게 가장 확실한 두 가지, 나처럼 아무 가치 없는 두 가지로 돌아온다. 바로 아무도 모르는 나그네 같은 나의 일상, 그리고 잠들지 못한 자의 불면증 같은 나의 꿈이다.

독서는 다른 모든 것과 같다…… 말없이 흘러가는 내 일상을 중단시킬 수 있는 일이 일어날 때면 나는 내 안에 있는 요정, 만일 노래를 배웠다면 세이렌이 될 수도 있었을 가엾은 요정을 항의를 가득 담은 눈길로 쳐다본다.

266

처음 리스본에 왔을 때 내가 살던 집에서는, 한 번도 본 적 없는 소녀가 반복해서 피아노 음계를 연습하는 소리가 위층에서 들려오곤 했다. 오늘 나는 알았다. 내 영혼의 창고 저 아래 있는 문을 열면 그날의 소녀, 지금쯤 여인이 되었거나 어쩌면 이미 죽어서 푸른 사이프러스 나무가 검게 시들어가는 하얀 공간 안에 들어가 있을 소녀가 반복해서 피아노 건반을 두드리던 때의 음계 소리가, 어떤 알 수 없는 침투현상에 의해 아직도 들려온다는 사실을.

당시 나는 어린아이였으나 이제는 아니다. 하지만 기억 속의 소리는 그 시절에 듣던 것과 똑같고, 그 소리가 어딘가에서 잠든 척하려다 일어날 때마다 손가락의 느린 움직임과 단조로운 리듬이 그대로 전해진다. 그 소리를 느끼거나 생각할 때면 내게 익숙한, 모호하고 근심스러운 슬픔이 밀려온다.

내가 우는 이유는 어린 시절을 잃어버려서가 아니다. 어린 시절을 포함해서 모든 것을 잃어버렸기 때문이다. 끈질기게 되풀이되는, 끔찍할 정도로 아득히 먼, 누가 치는지 모를 위층의 피아노 소리와 함께 내 머리를 아프게 하는 것은, 구체적인 시간의 상실이 아니라 시간의 추상적인 증발이다. 내 기억의 터무니없이 깊은 곳에 있는, 사실은 음악 소리가 아닌 향수鄕愁를 끊임없이 두들겨대고 있는 것, 그것은 영속하는 것은 아무것도 없다는 불가사의다.

지금 나는 아무런 느낌 없이, 내가 한 번도 만난 적 없는 소녀가 내가 한 번도 본 적 없는 방안에서 이미 죽어버린 영원히 똑같은 음계를 한 음씩 조심스럽게 두드리는 광경을 눈앞에 떠올린다. 나는 그 장면을 보고 또 보고, 본 것을 재구성한다. 이윽고 그 위층 집 전체가 어제는 느끼지 않았던 오늘의 그리움의 대상이 되어 나의 불확실한 관조에 의해 허구로 세워진다.

그러나 이 모든 것이 나에게 이식된 것으로 내가 느끼는 그리움은 사실 내 것이 아니고 추상적인 것도 아닌, 실상은 누군지도 모르는 제삼자에게서 가로챈 감정으로, 이 감정은 나에게는 문학적이지만 비에이라가 말한 대로 제삼자에게는 문자 그대로의 감정일 거라고 추측한다. 나의 괴로움과 근심은 내가 추측한 감정이고, 나를 눈물 흘리게 한 그리움 역시 상상과 투사를 통해 떠올리고 느낀 감정이다.

그리고 피아노를 배우는 이의 음계 소리는 세상의 밑바닥에서 오는 끈질김으로, 건반을 형이상학적으로 두드리는 집요함으로, 내 기억의 척추를 울리고 울리고 또 울린다. 그것은 오늘날에는 다른 모습이 된, 이제는 다른 사람들이 사는 과거의 거리다. 오늘 곁에 없다는 투명한 부재를 통해 나에게 말을 걸어오는 이미 죽은 사람들이다. 내가 과거에 했거나 하지 않았던 일들에 대한 후회, 밤에 들려오는 개울물 소리, 조용한 건물의 밑에서 들려오는 소음이다.

머릿속에서 고함을 내지르고 싶다. 자신이 머물 장소도 아닌데 내 안에서 형체 없는 고문자처럼 울어대는 말도 안 되는 축음기를 멈추고, 부숴버리고, 산산조각내고 싶다. 나는 내 영혼이, 마치 다른 이들이 몰고 가는 자동차처럼 나를 내버려두고 앞으로 가버렸으면 좋겠다. 그 소리를 들어야 하기에 미쳐버릴 것 같다. 결국 증오스러울 만큼 예민한 뇌와 얇은 막 같은 피부와 지나치게 민감한 신경 속에서, 오! 내 기억 속의 지긋지긋한 피아노 음계를 연주하는 건반들은 바로 나다.

그래서 마치 나의 머릿속 어느 부분이 제멋대로 작동하게 된 것처럼, 내가 리스본에 와서 처음 살았던 집에서 들은 피아노 음계가 내 아래와 위에서 언제까지나 연주되고 또 연주되는 것이다.

267

그것은 네모 선장*이 맞닥뜨린 최후의 죽음이다. 나 역시 곧 죽을 것이다.

그 순간, 나의 유년기는 지속될 가능성을 빼앗기고 말았다.

268

후각은 특이한 시각이다. 그것은 잠재의식이 순간적으로 그려내는 감상적인 장면을 불러일으킨다. 나는 매우 여러 번 그것을 경험했다. 나는 지금 거리를 걸어간다. 아무것도 보지 않고, 아니 정확히 말해 모

---

* 쥘 베른의 소설 『해저 2만리』의 등장인물.

든 사람들이 그런 것처럼 전부 다 본다. 거리를 걸어가기는 하지만 길가 양쪽에 사람들이 지어놓은 다양한 모양의 집들이 있는 거리인지는 모른다. 거리를 걸어간다. 근처 빵집에서 메스꺼울 정도로 달콤한 빵냄새가 흘러나온다. 이때 어느 먼 동네에서 보냈던 유년기가, 우리가 잃어버린 전부인 요정의 나라에 있는 또다른 빵집이 떠오른다. 거리를 걸어간다. 갑자기 비좁은 가게의 기울어진 선반에서 과일 향기가 난다. 이번에는 언제 어디였는지 모르지만 잠깐 살았던 시골 마을, 뒷마당에 나무가 있고 평화로운 어린 시절을 보냈던 마을이 떠오른다. 거리를 걸어간다. 상자 가게에서 풍기는 상자 냄새에 나는 뜻하지 않게 당황한다. 오, 나의 세자리우여, 당신이 내 앞에 나타나고, 나는 추억을 통해 문학이라는 유일한 진실로 돌아왔으니, 마침내 나는 행복하다오.

269

『피크윅 클럽의 기록』*을 이미 읽어버렸다는 것은 내 인생의 가장 큰 비극 중 하나다. (그 책을 처음 읽는 순간으로 돌아갈 수 없다.)

---

* 찰스 디킨스의 첫 장편소설.

우리는 예술을 통해 존재의 누추함에서 자유로워진다는 환상을 품는다. 우리는 덴마크 왕자 햄릿의 고난과 고통을 느끼는 동안, 우리 것이기에 추악하고 그 자체가 추악하기에 추악한, 우리 자신의 고난과 고통을 잊는다.

사랑과 잠, 마약과 술은 예술의 기본 형태와 다름없다. 더 정확히 말하자면 예술과 같은 효과를 낸다. 하지만 사랑과 잠과 마약에는 환멸이 따른다. 사랑은 우리를 지치게 하고 실망을 준다. 잠을 자면 깨어나야 하고, 또 자는 동안은 사는 게 아니다. 마약을 복용하면 자극을 얻는 데 사용한 육신이 손상을 입는 대가를 치른다. 그러나 예술에는 환멸이 따르지 않는데, 예술은 처음부터 환상을 인정하고 들어가기 때문이다. 우리는 예술로부터 깨어나지는 않는다. 왜냐하면 예술 안에서 우리는 자는 게 아니라 꿈꾸기 때문이다. 예술을 향유했다고 내야 하는 세금이나 요금은 없다.

어떤 의미에서 예술이 주는 쾌락은 우리 것이 아니기에, 그걸 누렸다고 해서 대가를 치를 필요도 없고 후회할 까닭도 없다.

예술이란 우리 것이 아니면서 우리를 행복하게 하는 모든 것, 즉 지나간 일들의 자취, 누군가에게 건넨 미소, 노을, 시, 객관적 우주를 의미한다.

소유하는 것은 상실하는 것이다. 소유하지 않고 느끼면 진정 그것을 간직하게 되는데, 대상으로부터 핵심만을 취하기 때문이다.

271

사랑 자체보다 사랑의 주변부가 알 만한 가치가 있는 것이다……

사랑을 억제하면 실제로 사랑을 경험하는 것보다 훨씬 더 분명하게 사랑이라는 현상을 이해할 수 있다. 처녀성은 사랑을 깊이 이해하기 위한 열쇠가 될 수도 있다. 행동은 보상을 주지만 혼란도 초래한다. 소유하면 소유당하게 되므로 결국 자신을 잃는다. 오직 관념으로 접근할 때만 손상 없이 현실의 의미를 파악한다.

272

예수그리스도는 감정의 한 유형이다.

만신전에는 서로 배타적인 온갖 신들을 위한 자리가 있고, 모두 각자의 보좌와 왕권을 갖는다. 이 신들은 모든 것이 될 수 있는데, 왜냐하면 여기에는 한계가 없고, 논리적인 한계조차 없기 때문이다. 그리고 다양한 불멸성이 어우러져 우리가 여러 종류의 무한대와 다채로운 영원성의 공존을 즐길 수 있도록 허락한다.

273

역사에서 확실한 것은 없다. 모든 것이 추악하지만 질서정연한 시대가 있는가 하면, 모든 것이 고귀하지만 무질서했던 시대도 있다. 쇠락의 시대였지만 정신적인 활력은 풍요로울 때도 있었고, 번성의 시대였지만 지성은 쇠약했던 때도 있었다. 모든 것이 뒤섞이고 교차하는 가운데 진실은 추측 속에만 존재한다.

얼마나 많은 고귀한 이상이 똥더미에 떨어져버렸으며, 얼마나 많은 간절한 열망들이 하수에 떠내려갔는가!

예측할 수 없는 운명의 혼돈 속에 존재한다는 점에서 나에게는 신이나 인간이나 마찬가지다. 그들은 이 초라한 사층 방, 나의 꿈속에서 행진한다. 내게 있어 그들은 누군가의 신앙의 대상일 뿐이다. 놀라움과 의심의 눈길을 한 흑인들이 숭배하는 물신, 미개척지 야만인들의 동물신, 이집트인 형상을 한 상징, 그리스의 빛나는 신들, 로마의 당당한 신들, 태양과 감정의 신 미트라, 책망과 자비의 주 예수그리스도, 똑같은 그리스도에 대한 다양한 해석들, 새로운 도시의 새로운 신들, 모두 다 오류와 환상의 슬픈 행렬(성지순례 행렬이나 장례 행렬)에 맞춰 지나간다. 그들은 모두 행진하며, 그 뒤로는 땅 위에 드리우는 텅 빈 그림자에 불과한 꿈들이건만, 최악의 몽상가들이 단지 땅 위에 있다는 이유로 땅에 정착했다고 믿는 꿈들이 따라간다. 그 꿈들은 영혼도 육체도 없는 한심한 개념들—'자유' '휴머니티' '행복' '보다 나은 미래' '사회과학' 따위—로서, 마치 거지들이 훔친 제왕의 망토 자락에 쓸려가는 나뭇잎처럼 어두운 외로움 속으로 끌려간다.

아! 혁명가들이 부르주아와 평민, 귀족과 평민, 지배자와 피지배자를 구별한 것은 얼마나 어리석고 한심한 실수인가. 유일하게 구별할 수 있는 것은 적응한 자와 적응하지 못한 자뿐이다. 나머지는 문학, 그것도 형편없는 문학이다. 거지는 잘 적응만 한다면 내일이라도 왕이 될 수 있다. 다만 그럼으로써 거지로 사는 삶의 미덕을 잃게 된다. 국경을 넘어가는 바람에 국적을 잃은 셈이다.

이런 생각은 활기 없는 거리로 향한 지저분한 창이 달린 좁은 사무실에 앉아 있는 나를 위로한다. 이런 생각은 세계의식의 창조자들을 형제처럼 느끼게 하여 나를 위로한다. 경솔한 극작가 윌리엄 셰익스피어, 학교 선생 존 밀턴, 방랑자 단테 알리기에리, □ 언급이 허락된다면, 이 세상에서 아무것도 아니었고 역사에 의해 존재 자체를 의심받았던 예수그리스도까지. 그 밖에 다른 부류의 사람들도 있다. 정부 고문관이었던 요한 볼프강 폰 괴테, 국회의원 빅토르 위고, 국가원수 레닌, 국가원수 무솔리니 □

그림자 안에 있는 우리들은 배달부 및 이발사 틈에 섞여서 인류를 구성한다. □

한편에는 특권을 가진 왕과 명예를 가진 황제, 후광이 드리워진 천재와 영광을 누리는 성인, 지배권을 가진 국가원수, 창녀, 예언자, 부자 들이 있다…… 맞은편에 우리가 있다. 길모퉁이의 배달부, 경솔한 극작가 윌리엄 셰익스피어, 농담을 좋아하는 이발사, 학교 선생 존 밀턴, 가게 점원, 방랑자 단테 알리기에리, 사는 동안 인정받지 못했고 죽음으로 인해 잊히거나 추어올려진 사람들.

275

세계를 지배하는 힘은 우리 안에서 시작된다. 진실한 자들이 세상을 지배하는 것은 아니고, 그렇다고 진실하지 못한 자들이 지배하는 것도 아니다. 세상을 지배하는 자는 자신 안에서 인위적이고 자동적인 방법으로 사실적인 진정성을 만들어내는 사람이다. 그 진정성은 그들을 강력하게 만들고, 다른 이들의 그럴싸한 진정성 위에서 빛난다. 자기 자신을 능숙하게 속일 줄 아는 것이 정치가에게 우선적으로 요구되는 자질이다. 오로지 시인과 철학자만이 이 세상을 있는 그대로 보는데, 환상 없이 살 수 있는 능력이 그들에게만 있기 때문이다. 명료하게 보는 자는 행동하지 않는다.

276

견해는 천박하다. 심지어 진정성이 없을 때조차도 천박하다.

모든 진정성에는 관용이 없다. 진정 어린 자유주의 정신이란 있을 수 없다. 그러므로 자유주의 정신은 없다.

거기 있는 것은 모두 망가졌고 이름이 없고 쓸데없다. 그곳에서 본 공감의 과시는 오히려 가난하고 슬픈 영혼의 밑바닥을 드러내는 것 같았다. 이는 말로 표현되는 순간보다 오래 지속되지 않고, 공감의 원인은 새로운 것에 대한 호기심처럼 곧 사라지고 마는 일종의 동정심이거나 오붓한 저녁식사 자리의 포도주에 불과하다는 사실을, 나는 여러 차례의 조용하고 예민한 관찰을 통해 알게 됐다. 인도주의적 감성의 표현과 소비된 브랜디의 양 사이에는 항상 직접적인 관계가 있었고, 위대한 행동은 알고 보면 주량을 넘긴 술이나 지나친 갈증의 결과였던 경우가 많았다.

이런 인물들은 모두 자신의 영혼을 지옥의 하층민인 악마, 탐욕과 게으름을 몹시 좋아하는 악마에게 팔아버렸다. 그들은 나태와 허영에 취해 살았고, 전갈의 침으로 인해 주름이 지고 쭈그러든 단어의 쿠션에서 흐느적거리다 죽었다.

이런 모든 사람들의 가장 유별난 특징은 모든 의미에서 아무런 중요성도 없다는 것이다. 어떤 이들은 주요 신문에 글을 썼지만 존재가치를 남기지 못했다. 또 어떤 이들은 관보에 공직자로 이름을 올렸지만 인생에서 아무것도 이루지 못했다. 또다른 이들은 꽤 유명해진 시인이었지만 다들 똑같은 잿빛 먼지에 우둔한 얼굴이 창백해져버렸다. 그들은 모두 살아 있는 것처럼 허리에 손을 올려놓은 채 뻣뻣하게 방부처리된 무덤의 시체에 지나지 않았다.

명료하지 못한 정신 상태로 멈춰 있던 짧은 시기를 돌이켜보면, 정말 즐겁고 좋은 기억 몇 가지와 지루하고 불행했던 수많은 기억이 남아 있다. 어떤 기억은 무無에서 도드라져 보이는 몇 가지 윤곽이고, 다른 어떤 기억은 우연히 만난 종업원에게 건넨 몸짓에 불과하다. 요약하자면 생리적인 구토감을 일으키는 권태와 몇 가지 웃기는 일화의 추억이다.

텅 빈 공간과 같은 그 기억들 사이에는 유행이 지난 농담을 하면서 다른 사람들처럼 항상 같은 사람들에 대한 험담을 하는 나이든 남자들이 몇 명 있다.

약간의 사회적 명예를 누리는 인물들이, 작은 명예를 등한시하는 더 하찮은 사람들로부터 비난받는 것을 보았을 때 참으로 딱했다. 그러면서 위대한 인물 집단의 제일 아래층에 있는 이들의 승리를 이해했으니, 그들은 인류가 아니라 그 하찮은 사람들에게 이긴 것이다.

항상 배가 고픈 불쌍한 악마들. 그들은 점심밥을 원하거나 명예를 원하거나 인생이 베푸는 후식을 원하는 등 항상 배고픔에 시달린다. 그들이 누구인지 모른 채 그들이 하는 말을 듣는다면, 나폴레옹의 선생이나 셰익스피어의 스승격인 인물의 말을 듣고 있다고 착각할 것이다.

사랑에서 승리한 이들도 있고, 정치에서 승리한 이들도 있고, 예술에서 승리한 이들도 있다. 첫번째 경우는 자신의 승리에 대해 떠벌릴 수 있다는 장점이 있는데, 다른 사람들이 모르는 사이에 연애에 성공할 수 있기 때문이다. 물론 누군가가 자신의 섹스 편력에 대해 떠들어대는 소리를 듣노라면 그의 이야기가 일곱번째 여자의 정복에 이를 때쯤 의심을 품지 않을 수 없게 된다. 그들의 애인은 거의 모두 이름 있는 가문의 여인이거나 유명인사이며, 그들이 얼마나 많은 귀족 여인들을 손에 넣었는지 그 여인들의 점잖고 엄숙한 증조할머니들까지 합해야 그들이 떠벌리는 숫자가 되기 때문이다.

몸싸움에 능한 어떤 이들은 환락의 밤거리, 시아두*의 한 모퉁이에서 유럽의 권투 챔피언을 살해했단다. 어떤 이들은 모든 정부 부처의 모든 수장들에게 영향력을 행사한다는데 적어도 그들의 주장은 그럴듯한 편이다.

어떤 이들은 지독한 사디스트이고, 어떤 이들은 상습적인 동성애자이며, 또 어떤 이들은 자신이 여성에게 난폭하게 굴고 평생 여자들을 채찍으로 다스렸다고, 커다랗고 서글픈 목소리로 고백한다. 나중에 그들은 항상 누군가에게 커피를 얻어 마신다.

그리고 시인들과 □이 있다.

도라도레스 거리의 사무실에서처럼, 보통 사람들이 일상에서 맞닥뜨리는 먹고사는 문제를 제대로 이해하면 이 모든 그림자들의 물살에 절대 휘말리지 않을 것이다. 그래서 나는 언제나 그 꼭두각시들의 정신병원에서부터 나의 상사 모레이라 관리장이 실재하는 곳으로 크게 안도하며 돌아오곤 한다. 모레이라는 실력 있는 진짜 회계사다. 비록 옷은 아무렇게나 입고 체구도 볼품없지만, 앞에서 언급한 인간들은 지니지 못한 인간됨을 갖춘 사람이다.

___

* 리스본 시내의 중심가로 페소아가 살던 시대에 예술가들이 많이 드나들던 곳.

대부분의 사람들이 자기 것이 아닌 허위의 삶을 자발적으로 살아간
다. 그래서 오스카 와일드는 '대부분의 사람들은 타인들'*이라고 바르
게 지적했다. 어떤 사람들은 자신이 원하지 않는 무언가를 찾아 헤매
며 산다. 또 어떤 사람들은 자신들에게 아무 소용 없는 것을 찾아 헤매
며 산다. 또 어떤 이들은 심지어 길을 잃고 □

그럼에도 불구하고 대부분의 사람들은 행복해하고, 그럴 가치가 없
는데도 삶을 향유한다. 대체로 인간은 그렇게 자주 울지 않으며, 그가
늘어놓는 불평은 그의 문학이 된다. 비관주의적인 삶을 사는 것은 민
주주의 강령을 실현하는 것만큼이나 어렵다. 세상의 부조리를 놓고 탄
식하는 이들은 소수에 불과하다. 사람들은 자기 일이 아니라면 울지
않는다. 레오파르디나 안테루** 같은 이에게 애인이 없다면? 이 우주는
고통이다. 비니 같은 이가 사랑받지 못한다면? 이 세상은 감옥이다. 샤
토브리앙 같은 이가 불가능을 꿈꾼다면? 인간의 삶은 권태롭다. 욥*** 같
은 이가 피부병에 걸린다면? 세상은 피부병으로 뒤덮인다. 사람들이
슬퍼하는 자의 티눈 난 발을 밟는다면? 아아 슬프구나, 아픈 발과 태양
과 별이여.

이 모든 것과 상관없이 인류는 꼭 울어야 할 일에만, 그것도 최소한
으로만 울면서, 계속해서 밥을 먹고 사랑을 하고 생활을 이어간다. 죽

---

* 오스카 와일드의 옥중서한『심연으로부터』의 한 구절.
** 레오파르디는 이탈리아 시인이자 언어학자, 안테루는 포르투갈 시인이자 철학자.
*** 구약성서「욥기」의 주인공.

은 자식도 몇 년 지나면 생일에나 기억한다. 잃어버린 돈에 대해서는 다시 돈을 벌어 그걸 메울 때까지만, 또는 그 손실에 익숙하지 않을 동안만 슬퍼한다.

인간은 생의 의지를 회복하고 다시 힘을 얻는다. 죽은 것은 땅에 묻힌다. 잃어버린 것은 잊힌다.

279

오늘 그동안 우리 사무실에서 사환으로 일했던 소년이 고향으로 돌아가 정착하기 위해 회사를 그만두었다. 나는 그 소년이 이 인간 조직의 일부이므로 나의 일부이자 내 세계의 일부로 여겨왔다. 그가 오늘 떠났다. 아까 복도에서 우연히 마주쳤을 때 우리는 작별 인사에 어울리는 아쉬움을 나누며 서로 어색하게 끌어안았는데, 내 의지와 달리 마음속에서는 두 눈이 뜨거워지는 바람에 울지 않으려고 애써 참았다.

우리가 함께한 경험은, 비록 같이 일하며 우연히 겪은 일이거나 함께 본 것뿐일지라도 우리의 것이었기에 우리의 일부가 되었다. 그러니까 내가 알지 못하는 갈리자 지방의 어느 마을로 오늘 떠난 사람은 그 소년이 아니었다. 눈으로 볼 수 있고 또 인간적이었던, 즉 내 삶의 실체를 이루는 살아 있는 일부가 떠난 것이었다. 오늘 나의 일부가 줄어들었다. 오늘의 나는 이전의 나와 같지 않다. 사무실 사환 아이가 떠났다.

우리가 사는 곳에서 일어나는 모든 일은 우리 안에서 일어난다. 우리가 보는 곳에서 없어지는 것은 우리 안에서도 없어진다. 과거에 누군가 있던 동안 우리가 봤던 모든 것은, 그것이 떠날 때 우리에게서 떨어져나간다. 사무실 사환 아이가 떠났다.

더 지치고, 더 늙고, 의욕은 더 약해진 나는 사무실의 높은 책상에 앉아 어제 하던 서류 작업을 계속한다. 하지만 오늘의 흐릿한 슬픔과 어지러운 생각을 애써 통제해야 하기에 평소처럼 자동적으로 장부정리가 되지 않고 자꾸 중단된다. 오늘 같은 날은 일부러 무력하게 나 자신의 노예가 돼야만 비로소 일을 할 수 있다. 사무실 사환 아이가 떠났다.

그렇다, 내일이나 다른 어느 날, 나의 죽음이나 내가 떠날 시간을 알리는 소리 없는 벨이 울릴 때면, 나 역시 계단 밑 서랍장 안에 넣어놓은 오래된 복사기처럼 더이상 여기 없는 사람이 될 것이다. 그래, 내일이나 운명이 정하는 그날이면 내 안에서 나인 척했던 사람은 종말을 맞을 것이다. 나도 고향으로 갈까? 어디로 갈지 나는 모르겠다. 오늘, 그가 남긴 빈자리로 인해 삶의 비극이 더욱 생생하게 느껴지고, 이 사건이 대수롭게 여길 일이 아니기에 더욱 마음에 걸린다. 나의 신이여, 나의 신이여, 사무실 사환 아이가 떠나버렸습니다.

280

오! 별들이 빛으로 위장하는 밤이여, 오! 우주의 크기와 맞먹는 유일한 존재인 밤이여, 내 몸과 영혼을 그대의 일부로 만들어다오. 그래서 순수한 어둠 속에서 나를 잃어버리고, 내 안의 별들 같은 꿈도 없이, 앞날을 비춰주리라 믿어 기다리는 태양도 없이 나 역시 밤이 될 수 있도록.

281

그것은 처음에는 사물들의 어둡고 움푹한 구덩이에서 다른 소리를 만들어내는 어떤 소리다. 이어서 거리의 표지판 흔들리는 소리와 함께 짐승 울음소리가 희미하게 들린다. 뒤이어 공간이 갑자기 높게 울부짖는 소리가 들리고, 모든 것이 떨리다가 이윽고 멈춘다. 이 모든 것에 대한 두려움 속에는 먼저 지나간 두려움을 말없이 바라보는 두려움 같은 침묵이 있다.

그러고 나서 바람만 분다. 오직 바람만 부는 가운데 졸음에 겨운 나는, 닫힌 문들과 창유리가 요란하게 덜컹거리는 소리를 알아차린다.

나는 잠들지 못한다. 나는 잠과 깨어 있는 상태 사이에 있다. 의식의 흔적만 남아 있다. 무의식의 무게 없이 잠이 나를 짓누른다…… 나는 존재하지 않는다. 바람…… 잠에서 깨어 다시 잠을 청하지만 아직 잠들지 않았다. 내가 나를 알아볼 수 없는 곳 너머에 시끄럽고 불분명한 소리들이 있는 풍경이 펼쳐져 있다. 조심스럽게, 잠들 가능성을 음미해본다. 나는 실제로 자고 있지만 내가 자고 있는지 잘 모르겠다. 잠처럼 보이는 것 안에는 항상 모든 사물의 종말을 알리는 소리와 어둠 속에 부는 바람이 있고, 더욱 귀기울여 들으면 내 폐와 심장에서 들리는 소리가 있다.

마지막으로 남아 있던 별들이 새벽하늘에서 창백한 빛을 띠다가 사라지고, 낮게 깔린 약간의 구름 위로 비치는 오렌지색 섞인 노란 햇살 안에서 바람이 조금씩 따뜻해질 때면, 밤새 잠 못 이루고 우주를 생각했던 침대에서, 아무것도 하지 않았건만 피곤한 몸을 마침내 천천히 일으킬 수 있다.

밤새 깨어 있느라 뜨겁게 충혈된 눈을 하고 창가로 갔다. 빽빽한 지붕들 위로 햇빛이 다양한 형태로 창백한 노란빛을 드리웠다. 잠을 자지 못해 멍한 상태로 모든 것을 바라보며 서 있었다. 높이 솟은 집들의 윤곽 위로 그 성긴 노란빛은 공기 같았다. 내가 향하고 선 서쪽 하늘 끝의 지평선은 이미 초록빛을 띤 흰색이었다.

오늘 나의 하루는 아무것도 이해하지 못할 때처럼 힘들 것이다. 오늘 나의 모든 행동은 이루지 못한 잠으로 인한 피곤이 아니라 지난밤의 불면에 기인할 것이다. 오늘 나는 평소보다 더 심하게 몽유병 환자처럼 돌아다니겠지만, 이는 잠을 자지 않아서가 아니라 잠들 수 없었기 때문이다.

하루가 바로 철학인 날, 삶에 대한 해석을 암시하는 날, 우리의 보편적 운명의 책에 달린, 비평으로 가득한 방주傍註인 날들이 있다. 오늘이 바로 그런 날이라고 느낀다. 나의 무거운 눈과 텅 빈 머리를 어처구니없는 연필로 삼아, 무용지물이되 심오한 주석을 달고 있다는 터무니없는 생각이 든다.

자유란 고립을 견디는 능력이다. 당신이 다른 사람들에게서 멀리 떨어져 살 수 있다면, 즉 돈이나 친교, 또는 사랑이나 명예, 호기심 등, 조용히 혼자서 만족시킬 수 없는 욕구들을 해결하려고 다른 사람들을 찾지 않을 수 있다면, 당신은 자유롭다. 만일 혼자 살 수 없다면 당신은 노예로 태어난 사람이다. 아무리 고귀한 영혼과 정신을 갖고 있다 해도 혼자 살 수 없다면 당신은 귀족적인 노예, 지적인 노예일 뿐이고 결코 자유롭지 못하다. 그렇게 태어났다면 당신의 비극이 아니라 '운명' 자체의 비극이다. 하지만 삶이 당신에게 노예가 되도록 강요한다면, 당신은 불운하다. 홀로 충분히 살 수 있고 고립되어 살 수 있도록 자유롭게 태어난 당신인데 가난이 당신을 다른 사람들과 함께 살도록 강요한다면, 당신은 불운하다. 이 경우 비극은 당신의 것이고, 당신을 따라다닌다.

자유롭게 태어나는 것은 인간의 가장 큰 위대함의 징표로, 검박한 수도승을 왕보다 우월하게 만들고 심지어 신보다 높은 반열에 올려놓는다. 왕들과 신들은 자신의 힘을 경멸함으로써 자족하는 게 아니라, 그 힘에 의지하여 자족하기 때문이다.

죽음은 해방이다. 죽으면 누구도 필요하지 않기 때문이다. 가엾은 노예는 죽을 때에야 비로소 행복과 불행, 갈망에 찬 삶, 지속되던 삶으로부터 자유를 얻는다. 죽음으로써 왕은 자신이 포기하려 하지 않았던 영토로부터 자유로워진다. 숱한 연애를 했던 여인은 자랑스러워했던 성공으로부터 해방된다. 정복자는 그의 삶에 예정되어 있던 승리로부터 자유를 얻는다.

그래서 죽음은 우리의 불쌍하고 우스꽝스러운 육체가 미처 몰랐던 호화로운 옷을 입혀 우리를 고귀하게 만든다. 설령 자유를 원하지 않았던 사람이더라도 죽음과 함께 자유를 얻는다. 설령 노예로 사는 쪽을 눈물로 원했더라도 죽으면 더이상 노예가 아니다. 왕위에 있을 뿐 인간 자체는 매우 보잘것없는 왕일지라도 단지 왕이기에 우월하듯이, 죽은 육신이 험악하게 변하더라도 죽음으로 자유를 얻기에 죽은 자는 우월하다.

피곤해진 나는 창의 덧문을 닫고, 세상을 거부하고, 잠깐 동안의 자유를 누린다. 내일 나는 다시 노예로 돌아갈 것이다. 하지만 지금 이 순간은, 아무도 필요 없고 혹시 누군가의 목소리나 방문이 나를 방해하지 않을까 하는 것만 염려하는 지금은, 나의 조그마한 자유를, 최고의 순간을 만끽한다.

의자에 등을 기대고 앉아 나를 압박하는 삶을 잊는다. 단지 내가 고통을 받았다는 사실만이 고통스럽다.

284

손가락 끝으로라도 삶을 건드리지 말자.
생각만으로라도 사랑하지 말자.
꿈에서조차 여인의 키스가 주는 느낌을 알지 못하기를.

병약함의 장인으로서, 환상에서 벗어나는 법을 남들에게 가르칠 정도로 탁월해지자. 인생의 구경꾼으로서, 새롭거나 아름다운 것이라곤 전혀 볼 수 없으리란 사실을 이미 너무나 잘 알고 있지만, 그래도 모든 담벼락 너머로 내다보자.

절망의 직조공으로서, 그저 수의를 짜자. 한 번도 꿈꿔본 적 없는 꿈을 위한 흰 수의를, 우리가 죽는 날을 위한 검은 수의를, 그저 꿈만 꾸었던 우리의 행동에 걸맞은 회색 수의를, 우리의 쓸모없는 감각을 위한 왕실의 자주색 수의를.

떡갈나무 숲에서 골짜기에서 늪가에서 □ 사냥꾼들이 늑대와 암사슴과 □ 야생오리를 사냥한다. 그들이 사냥을 해서가 아니라 즐거워한다는 이유로(우리는 그렇지 못한데) 그들을 증오하자.

우리의 표정에 곧 울음을 터뜨릴 사람이 지을 듯한 창백한 미소와, 아무것도 보고 싶지 않아 하는 사람이 띨 듯한 공허한 눈빛이 있기를. 그리고 인생을 무시하며 오로지 생을 무시하기 위해 살아가는 사람처럼 우리의 이목구비 전체에 경멸이 번지기를.

그리고 우리의 경멸은 일하고 투쟁하는 이들을 향하고, 우리의 증오는 희망과 믿음을 갖는 자들을 향하기를.

285

나는 한 번도 깨어 있었던 적이 없다는 것을 거의 확신한다. 내가 살아 있는 게 실은 꿈을 꾸는 게 아닌지, 내가 꿈꾸는 게 실은 살아 있는 게 아닌지, 혹은 꿈과 삶이 뒤섞이고 교차하며 상호 침투한 결과 나의 의식적인 자아가 형성된 것인지, 잘 모르겠다.

다른 모든 사람들처럼 나 자신을 분명히 의식하면서 삶에 충실하다가도 때로는 의구심이라는 이상한 감정이 엄습한다. 내가 과연 존재하는지, 혹시 내가 누군가의 꿈속에 등장하는 인물이 아닌지 궁금해진다. 나는 사실 어느 소설 속 인물이고 문체의 긴 파동을 타고 복합적으로 서술된 이야기 속 현실 안에서 움직이는지도 모른다고, 꽤 구체적으로 상상해본다.

소설 속 어떤 인물들은 평소 현실에서 우리와 대화하고 어울리는 친구나 아는 사람들보다 훨씬 중요해진다는 걸 이미 여러 차례 알아차렸다. 그러므로 세상의 모든 것은, 꿈과 소설이 마치 큰 상자 속에 작은 상자가 있고 그 안에 더 작은 상자가 계속해서 들어 있는 것처럼, 사실은 상호 연결되어 있지 않을까 상상하게 된다. 그렇게 모든 것은, 끝없는 밤에 지어낸 이야기가 전개되는 천일야화처럼, 여러 이야기로 이루어진 하나의 이야기가 아닌가, 라고.

생각하기 시작하면 모든 것이 터무니없어 보인다. 느끼기 시작하면 모든 것이 이상한 듯하다. 원하기 시작하면 내가 아니라 내 안에 있는 뭔가가 원하고 있다. 내 안에서 어떤 움직임이 일어날 때마다 그것은 내가 한 일이 아니었음을 인지한다. 꿈을 꿀 때면 누가 나에 대해 글을 쓰는 것 같다. 어떤 감정을 느낄 때면 마치 누가 나를 그리는 것 같다. 내가 뭔가를 원할 때면, 마치 물건처럼 차에 실렸는데도 내 뜻대로 간다고 여기면서, 도착할 때까지는 가고 싶어한 적도 없는 어떤 곳을 향해 가는 것 같다.

모든 게 혼란스러워라! 보는 것이 생각하는 것보다 훨씬 낫고, 읽는 것이 쓰는 것보다 더 낫구나! 내가 보는 것에 속을 수는 있어도, 내 것으로 인정하지는 않는다. 내가 읽는 글이 내게 부담을 줄 수 있지만, 그걸 내가 썼다고 괴로워하지 않는다. 우리는 의식하며 생각하는 존재, 의식의 두 단계를 거쳐서 우리가 안다는 것을 알게 되는, 생각하는 존재다. 그런 존재인 우리가 뭔가를 생각할 때면 모든 게 얼마나 고통스러운가! 오늘 날씨가 정말 화창하지만, 이런 생각을 떨칠 수 없다…… 생각하기 아니면 느끼기, 또는 뒷자리의 무대장치 사이에 제3의 뭔가가 있을까? 석양과 무력감이 몰고 온 권태, 접어놓은 부채, 살아야만 했다는 피로감……

286

아직 어렸을 적에 우리는 키 큰 나무들이 있고 숲이 부드럽게 웅성거리는 곳으로 산책을 갔었다. 정처 없이 길을 걷던 중 갑자기 마주친 숲속 빈터는 달빛을 받아 마치 호수 같았고, 나뭇가지들이 엉킨 가장자리는 밤보다 더 어두운 밤 같았다. 거대한 숲에서 불어오는 산들바람이 나무 사이로 숨을 쉬었다. 우리는 불가능한 일들에 대해 얘기했다. 우리의 목소리는 밤과 달빛과 숲의 일부였다. 우리 목소리가 마치 다른 사람의 목소리처럼 들렸다.

인적 드문 숲이었지만 길이 있었다. 얼룩진 그림자와 차갑고 단단한 달빛 사이로 돌아다니며 우리는 본능적으로 길을 찾아 따라갔다. 우리는 불가능한 일들에 대해 얘기했고, 주위에 있는 현실의 풍경 역시 불가능한 것처럼 보였다.

287

결코 완벽함에 이를 수 없기에 우리는 완벽함을 동경한다. 만일 이를 수 있는 것이었다면 아마 거부했으리라. 인간은 불완전한 존재이기에 완벽하다는 것은 비인간적이다.

우리는 천국을 은밀히 혐오한다. 우리의 열망은 하늘에 있는 땅을 원하는 불쌍한 인간의 소망과도 비슷하다. 감정을 가진 영혼을 매혹시키는 것은 추상적인 황홀경이나 절대적인 경이로움이 아니라, 집과 언덕, 푸른 바다 위 녹색 섬, 나무 사이로 난 길과 오래된 농장에서 보내는 휴식 시간이다. 설령 우리가 그런 걸 한 번도 누려보지 못했다 해도 마찬가지다. 만일 하늘나라에 그런 땅이 없다면, 하늘나라는 없는 편이 낫다. 만일 그렇다면, 만사는 아무 의미 없고 줄거리 없는 소설의 종말일 테니까.

완벽함에 이르려면 비인간적인 냉정함을 갖춰야 하고, 그러다보면 완벽함을 추구하게 만드는 인간적 심성을 잃을 것이다.

우리는 절박하게 완벽을 추구하는 위대한 예술가들을 우러러보고 경외심을 품는다. 그들이 완벽에 접근하는 걸 보며 감탄하지만, 우리가 감탄하는 이유는 그것이 단지 접근하는 데 불과하기 때문이다.

288

인간이 완전해질 수 있음을 믿지 못하니 얼마나 큰 비극인가!……
—그리고 그것을 믿는다면 얼마나 큰 비극인가!

289

내가 만일 『리어 왕』을 썼다면 남은 평생 후회했을 것이다. 왜냐하면 이 작품은 너무나 방대한 나머지, 작품의 괴물 같은 결함들, 그것이 아니었으면 완벽했을 장면에 있는 미세한 결함들이 도드라져 보이기 때문이다. 그것은 태양에 있는 얼룩이 아니라 부서진 그리스 조각상이라고 부를 만하다. 그 결과 작품 전체가 실수와 잘못된 시각과 무지와 형편없는 취향의 흔적과 단점과 부주의로 가득하다. 위대한 작품이 되기에 알맞은 크기와 숭고한 작품이 되기에 적절한 완벽함으로 글을 쓰는 성스러운 능력과 행운을 가진 자는 아무도 없다. 한번에 써내려간 것이 아니면 영혼의 변덕에 휘둘리게 된다.

이런 생각을 하다보면 '아름다움'을 위해 유용하고 좋은 것은 결코 만들 수 없으리라는 뼈아픈 확신과 거대한 절망이 밀려온다. 완벽에 이르는 길은 '신'이 되는 것밖에 없다. 우리가 작품을 만들기 위해 최선을 다할 때는 시간이 소요되는데, 그 시간이 흐르는 동안 우리 영혼은 다양한 상태를 거쳐가고 각 상태의 서로 다른 특성은 작품의 일관된 성격을 방해한다. 우리가 글을 쓸 때 유일하게 확신할 수 있는 점은 글을 참 못 쓴다는 것이다. 위대하고 완벽하고 유일한 작품의 창조는 우리로선 감히 꿈도 꿀 수 없는 일이다.

호의를 갖고 내 말을 들어주기를. 내 말을 다 들은 후에, 꿈이 삶보다 더 나은 것이 아닌지 말해주기를. 아무리 일해도 성과가 없다. 노력해도 무엇 하나 이룰 수 없다. 오로지 포기만이 고귀하고 고상하다. 우리가 성취한 것은 항상 부족하고 우리가 만든 작품은 언제나 꿈꾸던 작품의 괴이한 그림자에 불과하다는 사실을 인정하는 것이 바로 포기이기 때문이다.

내 상상 속 희곡의 등장인물들의 대화를 큰 소리로 읽고 들을 수 있게 종이에 세세히 적을 수 있다면 얼마나 좋을까? 희곡 속의 움직임은 막힘없이 완벽하고 대사에는 결함이 없지만, 그 움직임을 내가 현실로 투사할 수 있도록 마음속에 공간적으로 그릴 수는 없다. 마음속 대화의 실체가 내가 귀기울여 듣고 글로 옮길 수 있는 실제 단어로 구성된 것도 아니다.

나는 몇몇 서정시인들을 좋아하는데, 그 이유는 단지 그들이 서사시나 극시를 쓰지 않았기 때문이다. 그들은 한순간의 감정이나 꿈의 표현 이상을 바라지 않을 만큼 현명한 직관을 지녔기 때문이다. 무의식 상태에서 쓸 수 있는 것, 딱 그만큼이 성취 가능한 완벽한 경지다. 셰익스피어의 어떤 희곡도 하이네의 서정시만큼 만족스럽지 못하다. 하이네의 서정시는 완벽한 반면 셰익스피어의 작품을 비롯한 모든 희곡은 항상 불완전하다. 아, 사람의 육체처럼 각 부분이 완벽한 조화를 이루고 각 부분의 다양한 특징들이 통합된, 단일성과 일관성 있는 생명력을 갖춘 하나의 '전체'를 완성할 수 있다면 얼마나 좋을까!

지금 내 말을 듣고는 있지만 제대로 경청하지 않는 당신은 이것이 얼마나 큰 비극인지 알지 못한다. 부모를 잃는 것, 명예와 행복을 얻지 못하는 것, 친구도 애인도 갖지 못하는 것 등은 다 견딜 수 있다. 견딜 수 없는 것은 행위나 단어로는 절대 이룰 수 없는 아름다운 대상을 꿈꾸는 일이다. 완벽한 작품을 만들었다는 인식, 자신의 작품에 대한 흡족함은, 고요한 여름날 나무 그늘 아래서 취하는 달콤한 낮잠이다.

290

삶과 멀리 거리를 두고 기대앉아 있노라면, 내가 결코 쓸 수 없을 문장들이 무기력한 나에게 들려오고, 결코 묘사할 수 없을 풍경들이 나의 명상 속에서 명료하게 표현된다. 모든 단어가 제자리에 들어 있는 완벽한 문장을 짓고, 정밀한 희곡의 줄거리가 마음속에 전개되고, 모든 단어들 속에서 위대한 시를 구성하는 어휘와 운율을 느끼며, 끝없는 열정이 보이지 않는 노예처럼 그림자 속에서 나를 따라다닌다. 그러나 이 모든 감각이 내 몸에서 활동을 개시하기 직전인 상태로 앉아 있던 의자에서 몸을 일으켜 글을 쓰기 위해 책상에 앉는 순간, 단어들은 달아나고 희곡도 죽어버리고 율동적인 속삭임을 하나로 모으던 살아 있는 결합 관계도 사라져버린다. 그 자리엔 아득한 그리움, 머나먼 산 위를 비추던 햇빛의 자취, 황량한 변두리의 나뭇잎을 날리는 바람, 결코 밝혀지지 않은 친족 관계, 타인들이 즐기는 난잡한 잔치, 언젠가 우리를 뒤돌아봐줄 것 같지만 사실은 존재하지 않는 여인만이 남는다.

모든 종류의 글을 구상했다. 내가 쓴 『일리아스』는 호메로스가 결코 이루지 못한 논리적인 구조와 고대 서정시의 유기적인 결합을 이루어 낼 터였다. 아직 쓰이지 않은 내 시의 세밀한 완성도와 비교하면, 베르길리우스의 정교함이 무색하고 밀턴의 강렬한 필체도 허약하다. 나의 우화적인 풍자는 특정 요인들을 엄격하게 연결하는 상징적 정확성에서 스위프트*의 모든 작품들을 앞질렀다. 나는 얼마나 여러 명의 베를렌이 되었던가!

이 모든 일들이 다 꿈만은 아니었던 의자에서 몸을 일으킬 때마다 나는 이중의 비극을 경험한다. 모든 것이 무의미하다는 비극, 그리고 전부 다 꿈은 아니고 어떤 것은 내 생각과 현실 사이의 추상적인 경계선에 남아 있다는 비극이다.

나는 현실보다 꿈속에서 천재였다. 그것이 나의 비극이다. 나는 내 일등으로 달리다가 결승선 바로 앞에서 넘어져버린 달리기 선수였다.

291

예술에 개량자라는 역할이 있다면 적어도 내 인생에는 예술가로서 담당할 몫이 있었을 것이다……

다른 예술가들이 이루어놓은 작품을 완벽하게 다듬어주기만 하는

---

* 『걸리버 여행기』를 쓴 영국의 풍자작가.

일······ 어쩌면 『일리아스』는 그렇게 만들어졌는지도 모른다.

최초의 작품을 창작하는 그 힘겨움만 아니라면 뭐든 좋다!

소설을 쓰는 이들이 너무나 부럽다. 소설을 쓰기 시작하고 전개하고 완결짓는 사람들! 나는 소설을 장별로 나눠 구상하고, 때로는 대사로 들어갈 문장과 대사를 연결할 문장을 구상할 수 있지만, 그 구상을 종이에 옮겨적는 꿈은 이룰 수 없을 것이다. □

292

전쟁부터 논리적 증명까지 모든 행위는 기만적이다. 모든 포기 역시 기만적이다. 행동을 포기하지 않으면서 행동하지 않을 수 있다면! 그것이야말로 내 영광이 쓴 꿈의 왕관이고, 나의 위대함이 든 침묵의 왕홀일 것이다.

나는 고통스럽지조차 않다. 모든 것에 대한 나의 경멸은 어쩌나 완전한지 나는 나 자신조차 경멸한다. 다른 이들의 고통을 경멸하듯 나의 고통을 경멸하고, 내 경멸로 나의 고통을 깔아뭉갠다.

아, 하지만 그럴수록 더 고통스럽구나······ 자신의 고통에 가치를 부여하는 건 자만심의 햇살로 고통에 금박을 입히는 짓이다. 몹시 고통에 시달리다보면 '고통이 선택한 자'가 되었다는 착각에 빠진다. 그리하여 □

293

고통스러운 간주곡

긴 시간 책을 들여다보다가 눈을 들면 평범한 햇빛에도 눈이 부시고 아픈 것처럼, 나 자신만 한참 들여다보다가 바깥세상으로 눈을 돌려 세상, 다른 이들의 존재, 공간 속 움직임의 상호 관계와 위치의 선명함, 나와는 상관없는 독립성을 바라보면 아프고 쓰라리다. 나는 다른 사람들의 사실적인 감정에 걸려 넘어진다. 나와 그들의 심리적 대립은 나를 곤경에 빠뜨리고 넘어뜨린다. 내 귓가에 닿는 그들의 이상한 말소리, 마룻바닥을 울리는 단호하고 거친 발걸음, 정말로 존재하는 몸짓, 나와는 다른 종에 속하는 그들의 다양하고 복잡한 존재 방식 사이에서 나는 미끄러져 넘어지고 굴러떨어진다.

어쩌다 그들 사이에 끼어들면, 이미 죽었는데 아직 살아 있는 것처럼 무력하고 공허한 내가 느껴진다. 처음 불어오는 바람에 땅 위로 쓰러지고 처음 닿는 육체적 접촉에 먼지로 사라지는, 고통스럽고 창백한 그림자 같은 내가 느껴진다.

그럴 때 나는 질문한다. 나를 고립시키고 고양시키려고 쏟았던 모든 노력이 과연 가치 있는 일이었을까? 내 인생을, 나의 '영광의 십자가'를 향해 가는 느린 여정으로 만든 행위에는 종교적인 의미가 있었을까? 비록 그것이 가치 있다는 사실을 내가 안다 해도 적어도 지금 이 순간만은, 아무 가치 없었고 앞으로도 그러하리라는 감정에 휩싸인다.

294

돈, 어린이들, 정신병자들 □

부_富를 부러워하지 말고, 부를 정신적으로만 사랑할 것. 부유함은 자유다.

295

돈은 아름답다. 돈은 우리를 자유롭게 해주기 때문이다. □

북경에서 죽고 싶은데 그럴 수 없다는 것은 다가올 대재앙에 대한 생각처럼 나를 압박한다.

쓸모없는 물건들을 사들이는 구매자는 흔히 여겨지는 것보다 현명한 사람들이다. 그들이 사는 건 작은 꿈이다. 그들은 원하는 것을 손에 넣을 때 어린아이가 된다. 별 쓸모 없는 자잘한 물건의 매혹에 굴복해 돈을 지불하고, 바닷가에서 조개껍데기를 줍는 아이들—아이들의 천진난만한 행복을 가장 잘 보여주는 장면—의 기쁨을 만끽하며 물건들을 소유한다. 바닷가에서 조개껍데기를 줍는 것! 어린아이에게는 모든 조개껍데기가 제각기 독특하다. 가장 아름다운 조개껍데기 두 개를 손에 쥐고 잠든 아이에게서 그것을 빼앗는다면—범죄다! 영혼의 한 조각

을 훔치는 것이고 꿈의 한 자락을 빼앗는 것이다!—아이는 막 창조한
세상을 도둑맞은 신처럼 울음을 터뜨릴 것이다.

296

부조리와 역설에 집착하는 것은 슬픔에 빠진 자들이 의지하는 동물
적인 행복이다. 정상적인 사람들이 활력과 생기를 표현하느라 엉뚱한 농
담을 하고 다른 사람의 등을 두드리기도 하는 것처럼, 기쁨과 열정을 느
끼지 못하는 이들은 지성으로 재주넘기를 하고 자기 방식으로 삶을 표현
한다.

297

'부조리로 돌아간다reductio ad absurdum'는 내가 가장 좋아하는 음료
수다.

298

모든 것이 부조리하다. 어떤 사람은 돈을 벌고 모으느라 한평생 고
생한다. 재산을 남겨줄 자식도 없고 하늘에서 그 돈으로 자기 자리를

맡을 수 있으리라는 희망도 없는데 그렇게 한다. 또 어떤 사람은 죽은 후에도 남을 명성을 얻고자 혼신의 힘을 다한다. 죽으면 그 명성을 느끼지 못한다는 걸 알면서도 그렇게 한다. 어떤 사람은 정말 좋아하지도 않는 것들을 찾아서 힘겹게 일한다. 또 어떤 사람은 □

어떤 이는 아무 소용 없이 그저 배우려고 읽는다. 또 어떤 이는 아무 쓸모 없이 그저 살기 위해 쾌락을 찾는다.

전차를 타고 가는 동안 평소 습관대로 주위 사람들의 사소한 특징을 찬찬히 살펴본다. 내게는 사소한 것들이 단서이고 목소리이고 글자다. 내 앞에 서 있는 젊은 여인이 입고 있는 옷을, 마음속으로 소재인 직물과 옷을 만든 작업—왜냐면 내가 보고 있는 것은 옷이지 천이 아니니까—으로 분리한다. 목 주위 테두리를 섬세하게 수놓은 칼라는 수놓는 데 쓰인 비단실과 수놓은 솜씨로 분리한다. 이번에는 마치 정치경제학 입문서를 펼친 것처럼 내 안에서 공장이 지어지고 노동이 펼쳐진다. 천을 만든 공장이 보이고, 젊은 여인의 옷 칼라에 물결 모양의 수를 놓는 데 쓰인 어두운 색상의 실을 생산하는 공장도 보인다. 공장 안의 여러 부서, 기계, 노동자, 여자 재봉사 들도 보인다. 내 마음속 시선은 이제 사무실 안으로 꿰뚫고 들어가 거기서 쉬고 있는 공장장을 보고 장부에 적혀 있는 모든 회계 기록을 본다. 그것뿐이 아니다. 그 모든 것 너머로, 공장과 사무실에서 직장생활을 하는 이들의 가정생활까지 본다…… 내 눈앞에서 이 모든 일이 전개되는 이유는, 지금 내 앞에 서 있지만 다른 쪽으로 고개를 돌리고 있어 얼굴이 보이지 않는 이의 까무잡잡한 목 아래, 연한 초록색 원피스에 있는, 규칙적으로 불규칙적인 진초록색 수를 놓은 테두리 장식을 보고 있기 때문이다.

인류의 모든 사회적 삶이 내 눈앞에 펼쳐져 있다.

그리고 그 너머로 나는, 지금 전차 안 내 앞에 있는 여인이 언젠가는 죽을 그녀의 목 주위로 연초록색 바탕에 진초록색 비단실로 평범한 물결 모양을 수놓은 옷을 걸칠 수 있도록 노동한 모든 이들의 사랑과 비밀과 영혼을 느낀다.

현기증이 난다. 거친 밀짚으로 촘촘하게 짜 만든 전차 의자는 나를 어딘가 먼 곳으로 데려가고, 나는 공장들, 노동자들, 노동자들의 집, 인생, 현실, 모든 것의 형태로 확장된다.

피곤하고 어지러운 상태로 전차에서 내린다. 나는 지금 막 인생 전체를 살았다.

299

어딘가로 떠날 때마다, 아주 먼 여행을 경험하게 된다. 전차를 타고 카스카이스까지 가는 짧은 시간 동안 나는 마치 네댓 나라의 도시와 시골의 풍경을 둘러본 듯 녹초가 된다.

지나가면서 집과 별장, 흰색과 침묵으로 벽을 칠한 외딴 농가 하나하나를 볼 때마다 내가 그 안에서 처음에는 행복하게, 그러다가 지루하게, 나중에는 싫증을 내며 살아가는 모습을 상상한다. 나는 집 한 채에 대해 상상하는 즉시 그 집을 떠나고, 이번에는 거기서 살았던 시간을 가슴 아프게 그리워한다. 그래서 내가 하는 모든 여행은 커다란 기쁨과 엄청난 지루함과 셀 수 없이 많은 거짓 그리움을 거둬 모은 고통스럽고 행복한 수확물이다.

그러면서 내가 지나가는 모든 집과 별장, 농가에 살고 있는 이들의 모든 인생을 내 안에서 살아본다. 그 모든 개인들의 삶을 동시에 산다. 동시에 다양한 감정과 여러 감각을 느끼는 나의 특별한 재능, 여러 사람의 삶을—밖으로는 그들을 보고 동시에 안으로 느끼면서—한꺼번에 살아가는 특별한 재능 덕분에 나는 아버지, 어머니, 자식들, 사촌들, 가정부, 가정부의 사촌 등 한번에 모든 사람이 된다.

내 안에 여러 인물들을 만들었다. 나는 끊임없이 인물들을 만들어낸다. 꿈 하나가 시작되면 바로 한 인물이 나타나고, 그 꿈은 내가 아니라 그 인물이 꾸는 꿈이 된다.

창조하기 위해 나는 나 자신을 파괴했다. 내 안의 나 자신을 너무 많이 밖으로 드러낸 나머지 이제 내 안에서 나는 껍데기로만 존재한다. 나는 다양한 배우들이 다양한 작품을 공연하는 텅 빈 무대다.

300

삼각형 꿈

꿈속에서 나는 갑판에서 떨고 있었다. '머나먼 나라의 왕자'인 나의 영혼 속으로 소름 돋는 예감이 지나갔다.

작은 선실 안의 눈에 보일 듯 뚜렷한 공기 안으로 시끄럽고 위협적인 침묵이 병색 짙은 바람처럼 쳐들어왔다.

이윽고 예감과 침묵은 더이상 흔들리지 않지만, 아직 파도치는 바다 위에 비친 달빛 안에서 거칠고 불안한 반짝임이 된다. 아직 들어보진 못했지만 '왕자'의 궁전 옆에 사이프러스 나무가 있다는 것은 분명해졌다.

첫번째 번개의 칼이 저 너머에서 희미하게 선회했다…… 파도가 높이 치는 바다 위 달빛은 번개와 같은 색이다. 이 모든 것은, 나와 상관없는 그 왕자의 궁전이 지금은 이미 폐허이고 아득한 과거임을 의미한다……

음울한 소리를 내며 배가 물살을 가르고 선실 안은 검푸르게 어두워진다. 왕자는 죽지 않았고, 어딘가에 포로로 잡힌 것도 아니다. 나는 왕자가 어떻게 되었는지 모른다. 어떤 냉혹하고 알 수 없는 일들이 그에게 닥칠 운명인 걸까?……

301

새로운 감각을 느끼려면 당신 안에 새로운 정신을 만들어야 한다. 새로운 방식으로 느끼지 않으면서 새로운 것을 느끼려 들면 그건 헛수고다. 새로운 정신이 아니면서 새로운 방식으로 느끼려 들면 그것도 헛수고다. 모든 건 우리가 느끼는 대로 존재하기 때문에. 얼마나 오랫동안 당신은 이 사실을 모르면서 알고 있었는가? 새로운 것이 존재할 수 있고 새로운 것을 느낄 수 있는 유일한 길은, 우리가 느끼는 방식을 새롭게 하는 것이다.

당신의 정신을 바꾸어라. 어떻게 하느냐고? 그건 당신이 알아내야 할 일이다.

태어나서 죽을 때까지 우리의 몸이 조금씩 변하는 것처럼 정신도 그러하다. 병을 앓거나 병에서 회복될 때 육체가 급격히 변하듯 정신도 급격히 변화시킬 방법을 강구하라.

우리가 의견을 갖고 있다는 사실을 누구도 믿지 않도록 절대 강연하지 마라. 대중에게 다가가 그들과 대화하지 마라. 그들이 원한다면 우리 책을 읽게 하라.

더구나 강연을 하는 자는 배우와 비슷하다. 훌륭한 예술가는 배우를 예술의 심부름꾼으로 여기고 경멸한다.

302

나는 항상 두 가지 일을 동시에 생각하고 처리한다는 사실을 발견했다. 추측건대 누구나 이런 면을 조금씩 갖고 있을 것이다. 어떤 일들이 남긴 인상은 하도 희미해서 나중에 그 일을 떠올릴 때에야 비로소 그런 일이 있었다는 사실을 알게 된다. 내 생각에는 모든 인간에게 있는 두 겹의 관심 중 한 부분—아마도 내적인 부분—을 구성하는 것이 그런 희미한 인상들이다. 그런데 내 경우에는 내가 대응하는 두 가지 현실이 똑같이 선명하다. 여기에 나만의 특별함이 있다. 어쩌면 여기에 나의 비극이 있으며, 그 비극을 희극으로 만드는 무언가가 있다.

나는 지금 회계장부 위에 고개를 숙이고 어느 이름 없는 회사의 의미 없는 출납 기록을 열심히 작성하고 있다. 그러는 동시에 나의 생각은 실재하지 않는 동양의 어느 풍경 안을 지나는, 존재하지 않는 배의 항로를 똑같은 집중력으로 따라가는 중이다. 내 눈앞에서 그 두 가지는 똑같이 선명하고 똑같이 잘 보인다. 하나는 내가 바스케스 회계사무소의 상업적 서사시를 한 구절씩 조심스럽게 적어가는 줄 쳐진 종이다. 다른 하나는 배의 갑판으로, 나는 거기서 타르 칠을 한 나무 마룻바닥의 규칙적인 무늬 너머에 줄지어 놓여 있는 긴 의자들과 여행중에 휴식을 취하는 승객들의 다리를 주의깊게 바라본다.

(내가 만일 소년이 타고 가는 자전거에 부딪혀 넘어진다면, 그 소년의 자전거도 내 이야기의 일부가 된다.)

흡연실의 돌출부가 시야를 가리는 바람에 내 눈에는 사람들의 다리만 보인다.

잉크병 안에 펜을 넣어 잉크를 찍는데, 바로 옆에 있다고 느끼는 흡연실의 문이 열리고 낯선 이의 모습이 나타난다. 그는 등을 돌리고 다른 사람들 쪽으로 걸어간다. 걸음은 느리고 뒷모습은 평범하다. 그는 영국 사람이다. 다른 회계 서류를 작성하기 시작한다. 어디서부터 계산이 잘못됐나 검토해본다. 마르케스 씨의 거래는 입금이 아니라 인출이다(뚱뚱한 몸에 친절하고 농담을 잘하는 그의 모습이 눈앞에 보이고, 그 순간 배는 사라진다).

303

감정이 없는 자가 세상을 지배한다. 실용적인 인간이 되기 위한 가장 중요한 조건은 바로 감성의 결여다. 실용적인 삶의 가장 중요한 특성은 행동을 추진하는 능력, 즉 의지다. 행동을 방해하는 두 가지 요소는 바로 감성과 분석적인 사고다. 분석적인 사고란 결국 감성을 동반한 생각이다. 모든 행동은 개성이 각자의 본성에 따라 바깥세상에 투사된 것이다. 바깥세상을 구성하는 요소는 대부분 인간이므로 개성의 투사, 즉 행동이란 다름아니라 우리의 행동 양식에 따라 다른 사람들의 길을 가로지르고 그들을 방해하고 아프게 하거나 제압하는 일이다.

그러므로 행동하기 위해서는 다른 이들의 개성과 아픔, 기쁨을 쉽게 상상하지 못하는 무능력이 필요하다. 타인에게 잘 공감하는 자는 행동하지 못한다. 행동하는 사람은 바깥세상을 움직이지 않는 물질만으로 이루어진 장소로 간주한다. 그가 걸어가는 길 위의 돌멩이나 길에서 차버리는 돌멩이처럼 본질적으로 움직이지 않는 물질, 또는 그에게 저항할 수 없고 움직이지 않는 인간이므로 돌멩이나 마찬가지라서 차버렸거나 그 위로 지나가도 상관없는 존재로 이루어진 세상이라고 간주하는 것이다.

실용적인 인간의 특징을 가장 잘 보여주는 예는 전략가다. 그는 가장 중요한 일에 극단적인 행동력을 집중시키는 사람이다. 모든 인생은 전쟁이므로 전투는 인생의 종합판이다. 전략가는 체스말로 게임을 하는 체스 선수처럼 인간의 목숨으로 게임을 하는 사람이다. 만일 전략가가 한 번의 공격으로 천 개의 가정을 어둠에 몰아넣고 삼천 명의 가슴에 고통을 줄 거라는 사실을 고려한다면, 과연 그를 전략가라 할 수 있겠는가? 우리가 진정 인간적이라면 세상은 어찌되겠는가? 인간이 진실되게 느낀다면, 문명은 있을 수 없었을 것이다. 예술은 행동할 때 잊어야 했던 감성이 찾아가는 도피처다. 예술은 나갈 수 없었기에 집에 머물러 있던 신데렐라다.

행동하는 인간은 모두 기본적으로 낙천적이고 쾌활한데, 감정을 느끼지 못하는 자는 행복하기 때문이다. 결코 침울해지는 법이 없는 사람을 본다면 바로 그가 행동하는 인간이라고 생각하면 된다. 마음이 언짢고 내키지 않아도 일하는 사람은 행동의 보조자다. 그런 사람은 내가 나의 인생에서 회계사무원이 되었듯이 일반적이고 거대한 삶의 틀 안에서 회계사무원이 될 수 있겠지만, 결코 사물과 사람들을 이끄는 지도자는 될 수 없다. 지도자에게는 감성이 없어야 한다. 감정을 느껴야 슬픔도 느낀다. 그러므로 지배하는 자는 늘 행복하다.

바스케스 사장은 오늘 병든 남자와 그 가족을 파산시키는 결정을 내렸다. 사장은 그를 이해관계가 서로 부딪치는 사업 대상으로만 간주했고, 그 역시 한 개인으로 존재한다는 사실은 완전히 잊었다. 결정을 내린 후에야 사장에게 감성이 찾아왔다. 물론 일이 끝난 후의 일이다. 그 전에 찾아왔다면 그런 결정을 내리지 못했을 것이다. "이런 친구들은 정말 딱해." 그가 말했다. "이제 완전히 망한 거야." 그러고 나서 시가를 꺼내 물며 덧붙였다. "언제든 나를 찾아오면……"—자선을 베풀겠다는 뜻이다—"그 친구 덕분에 몇십 콘투*를 벌 수 있었던 기회에 대한 보답은 잊지 않을 거야."

바스케스 사장은 강도가 아니다. 행동하는 인간일 뿐이다. 그는 아주 관대한 인물이니까, 이날 파산한 사람은 정말로 훗날 바스케스 사장의 적선을 기대해도 된다.

행동하는 인간은 다 바스케스 사장과 비슷하다. 그들은 기업과 상점의 주인, 정치가, 군인, 종교적·사회적 지도자, 유명한 시인과 예술가, 아름다운 여인, 하고 싶은 걸 하는 어린이다. 명령하는 자는 느끼지 않는다. 승리하는 자는 승리하기 위해 무엇이 필요한가만을 생각한다. 그 외 대부분의 일반인들, 즉 애매하고 불분명하고 감상적이고 상상력이 풍부하지만 허약한 이들은 꼭두각시 공연이 끝날 때까지 배우들의 모습이 잘 보이도록 받쳐주는 무대배경에 불과하다. 그들은 '위대한 선수'가 두 개의 개성을 만든 후 자신을 상대로 속이기 게임을 벌이며 즐겁게 시간을 보내려고 그 위에서 말을 움직이다가 제자리에 간수하는 네모난 체스판에 불과하다.

304

신념은 행동의 본능이다.

---

* 포르투갈의 화폐단위.

305

모든 것을, 특히 본능적인 것을 믿지 않는 내 생활 습관과, 태생적으로 진지하지 못한 태도는, 내가 그것*을 지속하지 못하게 막는 장애물을 무력화한다.

기본적으로 내가 하는 일은 다른 사람을 이용해 내 꿈을 만들어가는 것이다. 나는 그들의 견해를 나의 이성과 직관을 통해 발전시켜 내 것으로 만든다(나는 원래 의견이 없는지라 어떤 의견이든 취할 수 있다). 또 그들을 나의 취향에 맞게 개조하고, 그들의 개성을 나의 꿈과 유사하게 만든다.

나는 현실의 삶보다 꿈을 워낙 선호하기 때문에, 언어를 매개로 만나는(이것이 내게는 접촉을 위한 유일한 매개다) 다른 이들의 의견과 감정을 통해 실체 없는 나 자신의 개성이 물 흐르듯 흘러가도록 놔둘 수 있고 계속 꿈꿀 수 있다.

다른 사람들은 바닷물이 멋대로 구부러진 경로를 따라 흐르는 도랑이나 수도관 같은 존재다. 텅 비어 마른 도랑이나 수도관으로 있을 때보다 햇빛에 반짝이는 물이 흐를 때 그들의 굴곡 많은 경로가 더 명확히 드러난다.

때로는 조급한 생각으로 내가 남들의 꿈에 얹혀서 기생하는 존재처럼 여겨질 때도 있지만, 실제로는 다른 이들을 통해 나의 꿈을 만들어갈 때 생겨나는 감정에 그들이 기생하도록 몰아간다. 나는 그들의 개

---

* 원문에서 이 텍스트의 앞부분이 누락되어 여기서 '그것'이 가리키는 말이 무엇인지 알 수 없다.

성을 둘러싼 껍질에 서식한다. 내 영혼의 점토 위에 그들의 발자국을 본뜨고 그 발자취를 의식 안 깊은 곳에 취함으로써, 그들보다 더 그들다운 발걸음으로 그들의 길을 걷는다.

대체로 나는 나 자신을 분리해서 동시에 두 가지 서로 다른 정신활동을 좇는 습관을 통해, 다른 이들이 느끼는 감정에 명료하고 강도 높게 적응하는 동시에 그들의 정신 속 알려지지 않은 상태를, 그들이 누구이고 무엇을 생각하는지를, 순수한 객관성의 토대 위에서 분석한다. 나는 이렇게 늘 꿈 사이에 살고 멈출 수 없는 백일몽에 빠져 있으면서도, 때로는 죽어 있는 그들 감정의 정제된 고갱이를 살아낼 뿐만 아니라, 그들 정신 안에 종종 휴면 상태로 누워 있는 다양한 영혼의 힘들이 상호 연결된 논리를 이해하고 분류한다.

그리고 이 모든 과정에서 그들의 인상, 복장은 물론이고 몸짓 하나까지도 빠뜨리지 않는다. 나는 그들의 꿈과 본능적인 기질과 육체와 태도까지 한꺼번에 살아내고 있다. 통일성 있고 광범위하게 퍼져 있는 상태로 나는 도처에 있는 그들 안에 산다. 나는 대화의 순간마다 의식적인 동시에 무의식적이고, 분석되는 동시에 분석하는, 펼쳐진 부채 안에 모여 있는 그들 다수이며 그들을 창조한다.

306

내가 속한 세대는 기독교 신앙에 대한 불신을 물려받았고, 다른 모든 신앙에 대한 불신을 자체적으로 만들어냈다. 우리 부모 세대는 기독교 신앙에서 출발해 다른 형태의 환상으로 전이된 신앙을 아직 갖고 있었다. 어떤 이들은 사회적 평등에 열광했고, 어떤 이들은 아름다움에만 몰두했으며, 또 어떤 이들은 과학과 과학이 이룬 성과를 맹신했다. 그리고 더 기독교적인 어떤 이들은 '동양'과 '서양'을 헤매며, 단지 삶을 이어가는 것만으로는 공허감을 떨칠 수 없는 자신들의 의식을 달래줄 새로운 종교를 찾아나섰다.

우리는 이 모든 걸 잃었다. 우리는 신앙이 주는 위로를 조금도 누릴 수 없는 고아로 태어났다. 각각의 문명은 해당 문명을 대표하는 종교의 특별한 행로를 따라간다. 다른 종교로 옮겨가는 것은 전에 가졌던 것을 잃어버리는 것이고, 결국 다 잃어버리는 것이다.

우리는 원래 있던 것을 잃었고, 다른 모든 것도 잃었다.

그래서 우리는 삶이 외롭다는 느낌에 싸인 채 홀로 남았다. 배의 존재 이유는 항해처럼 보이지만, 사실은 항해가 아니라 항구에 도착하는 것이다. 우리는 도착해야 할 항구가 무엇인지 전혀 모르는 상태로 항해하는 스스로를 발견했다. 그러다보니 사는 건 중요하지 않고 오로지 항해가 전부라는 선원들의 모험적인 수칙을 고통스러운 방식으로 반복하고 있다.

환상이 없으므로 우리는 환상을 가질 수 없는 이의 환상인 꿈만 갖고 살고 있다. 자기 안에 있는 것만 갖고 살았기에 위축되었는데, 왜냐하면 부족함이 없는 사람이란 자신에 대해 알지 못하는 사람이기 때문이다. 신앙이 없으면 희망도 없고, 희망이 없으니 스스로의 인생도 없다. 미래에 대한 개념이 없으니 현재에 대한 개념도 없다. 행동하는 인간한테 오늘이란 미래의 서문序文이기 때문이다. 우리는 투쟁하려는 열정 없이 태어났으므로 투쟁할 힘은 우리가 태어날 때 사산死産된 것이다.

우리 중 일부는 힘들게 수고하지 않고, 의식적인 노력과 고귀한 성취감도 없이, 그저 일용할 양식을 찾는 천박하고 저급한 노력을 기울이고, 평범한 일상을 우둔하게 정복하는 데서 멈춰버리고 말았다.

우리 중 고결한 정신을 타고난 이들은 아무것도 원하거나 바라지 않고 사회와 국가로부터 물러나서 우리의 존재라는 십자가를 망각의 갈보리 언덕까지 지고 가려 한다. 그것은, 십자가의 운반자처럼 의식 속에 신성한 의식을 지니지 못한 사람에게는 불가능한 과제다.

그들과는 달리 영혼의 바깥에서만 맴도는 사람들은 여전히 소음과 혼란을 숭배하는 데 몰두해 있다. 자기 목소리를 직접 들을 때마다 살아 있다 생각하고, 사랑의 겉모습과 스칠 때마다 사랑한다고 여기면서. 우리는 살아 있다는 걸 알았기에 삶이 고통스러웠고, 죽음에 대한 정상적인 개념을 이미 잃었기에 죽음이 두렵지 않았다.

하지만 '죽어버린 시간'의 영적 한계에 갇힌 '종말의 종족'이 있으니, 이들은 부정할 용기도 없고 자신 속으로 숨을 용기도 없는 자들이다. 그들은 부정과 불만, 슬픔 속에서 살았다. 또 자신이 살아가는 방식 안에 갇혀 아무 움직임 없이, 방의 네 벽과 행동할 줄 모르는 무능이라는 네 담벼락 사이에서 인생을 살았다.

307

낙담의 미학

삶에서 아름다움을 추출할 수 없으니, 그럼 적어도 삶에서 아름다움을 추출할 수 없다는 사실로부터 아름다움을 추출해보자. 우리의 실패로 승리를, 긍정적이고 당당한 것을 만들어 기념비를 세우고, 권위를 부여하고 영혼을 승인하자.

삶이 우리에게 갇혀 있을 감옥만을 주었다면 최선을 다해 그것을 장식하자. 움직이지 않는 감옥 담벼락 외곽을 색색의 조각으로 새긴 우리의 망각과 꿈의 그림자로 장식하자.

모든 몽상가들처럼 나는 언제나 나의 소명은 창작이라고 느꼈다. 생전 노력할 줄 모르고 의지를 행동으로 옮길 줄도 모르기에 내게 창작이란 꿈꾸고 원하고 소망하는 것을 의미했고, 내게 행동이란 실행하고 싶은 행동을 꿈꾸는 것이었다.

308

나는 내 삶의 무능력에 천재라는 이름을 붙여주었고, 나의 비겁을 세련이라고 부름으로써 숨겼다. 나 자신을 가짜 황금으로 금박을 입힌 신처럼 만들어 대리석처럼 보이게 칠한 종이 제단 위에 세웠다.

하지만 나는 나를 속여넘기지 못했고, 나의 자기기만도 (…)

309

우리 자신을 칭찬하는 즐거움……

비 내리는 풍경

비 내리는 풍경에서는 추위와 슬픔, 어떤 길을 선택해도 희망이 없다는 느낌, 그리고 지금까지 꿈꿨던 모든 이상理想의 냄새가 난다.

요즘 여자들은 자신의 외모와 몸매에 어찌나 공을 들이는지, 무엇으로도 대체할 수 없는 덧없는 존재인 것 같다는 안타까움을 불러일으킨다.

그녀들의 □과 장식으로 어찌나 잘 칠하고 색을 입혔는지, 살아 있는 육체라기보다 장식물처럼 보인다. 시각적으로 볼 때 치장된 벽, 그림판, 액자 이상으로 느껴지지 않는다……

어깨 위에 숄을 두르는 간단한 행위의 시각적인 효과를 요즘처럼 많이 의식하는 것도 예전에는 없었던 일이다. 옛날에는 숄은 그저 의상의 일부였지만, 오늘날에는 순전히 미학적인 취향으로 결정하는 세부 사항이다.

이렇게 모든 것이 예술이 되어 생생한 빛을 내는 오늘날에는 모두들 의식의 꽃잎을 떼어내고 변하기 쉬운 환상 속 □와 합쳐진다.

이 여자들은 존재하지 않는 그림에서 빠져나온 인물 같구나…… 어떤 여자들은 그림보다 더 섬세하다…… 어떤 이들의 선명함은 너무 과장스럽다. 마치 주변 배경에서 뚜렷이 분리됨으로써 더욱 비현실적으로 보이고 싶어하는 것처럼.

310

내 영혼은 비밀스러운 오케스트라다. 내 안에서 어떤 악기가 연주되고 울리는지, 현악기인지 하프인지 심벌즈인지 북인지 모른다. 나는 나 자신이 교향곡 같다는 것만 알 뿐이다.

———————

모든 동작은 죽어버린 꿈이기에, 모든 노력은 범죄다.

———————

당신의 손은 결박당한 비둘기다. 당신의 입술은 말 못하는 비둘기다(내 눈앞에 구구거리며 왔다).
당신의 모든 몸짓은 새와 같다. 자세를 낮출 때는 제비이고, 나를 바라볼 때는 콘도르이고, 무심하고 자랑스러운 황홀경에 이르렀을 때는 독수리다. 내가 당신을 볼 때 당신은 날갯짓 가득한 호수다.
당신은 온통 날개이고, 전부 □이다.

비가 내리고, 내리고, 내리고……

비가 신음 소리를 내며 쉬지 않고 내린다. □

내 몸은 영혼을 추위에 떨게 만든다…… 대기 중의 추위가 아니라
비를 보는 데서 오는 추위……

누구나 인생에서 쾌락을 찾기에, 모든 쾌락은 타락이다. 그중 가장
사악한 타락은 남들이 다 하는 일을 하는 것이다.

311

가끔 예상치 못한, 예상할 이유도 없는 일상의 압박에 숨막히고 내
주위 지인들의 몸짓과 목소리에 생리적인 구토감이 인다. 나의 예민한
감수성 덕분에 위장과 머리로 즉각 느껴지는 생리적인 구토감이다. 내
게 말을 거는 사람 하나하나가, 나를 쳐다보는 얼굴 하나하나가 모욕
이나 오물인 양 나에게 상처를 입힌다. 모든 것에 대한 혐오감이 내 안
에 흘러넘치고, 그것을 느끼고 있는 나를 느낌으로써 현기증이 난다.

이렇게 위장이 고통스러운 순간에는 거의 반드시, 남자나 여자, 심
지어 어린아이가, 나를 괴롭히는 일상성을 대표하는 살아 있는 상징으
로 내 앞에 있다. 내가 주관적으로 생각해낸 감정의 표상이 아니라 하
나의 객관적인 사실로 나타난다. 마치 마법을 통해 내 안의 느낌이 그

와 유사한 모습으로 외부로 표현된 것처럼, 내게 해당되는 규칙의 본보기가 되어 내 앞에 나타난다.

312

마주치는 모든 사람들, 그리고 의무적으로 수행해야 하는 일상에서 만나는 모든 사람들이 제각기 혹은 함께 어울려 무언가를 상징하는 것처럼 보이는 날이 있다. 그런 날이면 사람들은 내 삶을 암울하게 묘사하는 예언적이고 비밀스러운 문장을 형성한다. 그런 날, 거리는 책이 되고 사무실은 그 안의 사람들이 단어로 존재하는 페이지가 된다. 잘 아는 사람 혹은 모르는 사람과 내가 나누는 말은 관용구라서, 뜻을 찾아볼 사전은 없어도 대체로 의미를 짐작할 수 있다. 그들은 말하고 표현하지만, 자신에 대해 말하고 표현하는 게 아니다. 이미 말했듯이 그들은 단어인데, 자신의 의미를 그대로 드러내는 게 아니라 그 안에 있는 것을 엿볼 수 있게 해준다. 나는 그저 사물의 표면에 갑작스럽게 나타난 유리판이 안에 있는 것을 가리기도 하고 드러내기도 하는 것을 침침한 눈으로 희미하게 구분할 뿐이다. 색깔에 대한 이야기를 듣는 장님처럼, 나는 알지는 못해도 이해하는 것이다.

거리를 걸어가며 가끔 다른 이들이 솔직하게 털어놓는 대화를 듣는다. 대개 다른 여자, 다른 남자, 다른 여자의 남자친구 또는 다른 남자의 애인에 대한 이야기다.

사람들이 깨어 있는 시간의 대부분을 차지하는 이런 대화의 냄새만

맡아도 나는 역겨운 권태와 거미떼 사이로 추방당한 자의 괴로움을 느낀다. 사람들 사이에 찌그러진 나의 굴욕을 갑작스럽게 깨닫는다. 지주와 농장 앞에서는 나도 이 구역에 있는 모든 사람들과 마찬가지로 소작인 신세임을 알아챈다. 내 인생은 비 오는 마당에 쌓인 다른 사람들이 버린 쓰레기 더미나 다름없고, 나는 가게 창고 뒤쪽의 창살 사이로 그것을 엿보며 역겨워한다.

313

자기들이 불행한 줄도 모르는 이 모든 사람들의 행복이 나를 짜증스럽게 한다. 인간의 삶은, 참다운 감성을 갖춘 자라면 느껴야 마땅한 괴로움의 연속이다. 하지만 그들의 실제 상태는 식물이나 다름없어서 고통이 그들의 영혼을 건드리지 못하고 지나가버린다. 그런 인생은 치통이 있지만 진정한 행운 덕분에 치통을 의식하지 않고 살아가는 경우에 비할 수 있다. 영혼이 고통을 느끼지 않고 살아가는 것은 바로 신들이 내려준 가장 큰 재능으로서, 이 능력 덕분에 사람들은 신들과 비슷해지고, 신들처럼 우월(비록 방식은 다르지만)하게 기쁨과 슬픔을 맛본다.

그렇기에, 그럼에도 불구하고, 그들 모두를 사랑한다. 나의 사랑스러운 식물들이여!

현대사회에서 우월한 영혼을 지닌 자들을 무력화해야 한다는 규정을 만들고 싶다.

사회는 감성과 지성이 우월한 자들이 없다면 자율적으로 운영될 것이다. 그들이야말로 사회에 피해를 주는 유일한 자들이라고 확신해도 된다. 원시 부족사회는 그들이 없었기에 행복한 상태를 유지할 수 있었다.

우월한 자들은 일할 줄 모르는지라 아마 사회에서 추방된다면 불쌍하게도 바로 죽어버릴 것이다. 그들에게는 어리석음이라는 빈틈이 없어 어쩌면 지루해서 죽을지도 모른다. 그러나 나는 인류의 행복이라는 관점에서 이렇게 주장한다.

사회에서 우월성을 드러내는 이들을 우월한 자들만의 섬으로 추방하는 게 좋다. 우월한 자들을 짐승처럼 우리에 넣어 사육하면 좋겠다.

내 말을 믿어주기를. 지식인들이 인간 사회의 다양한 문제점을 지적하지 않는다면, 인류는 그 문제들을 알아차리지도 못할 것이다. 감수성이 예민한 자들은 다른 이들까지 그들에게 공감하느라 고통받게 만든다.

어쨌든 지금은 우리가 한 사회 안에서 살고 있으니, 우월한 자들의 유일한 의무는 종족 전체의 삶에 최소한으로만 참여하는 것이다. 신문을 아예 읽지 않거나 별로 중요하지 않은 가십거리나 읽으면 된다. 지방신문의 간결한 기사들이 주는 쾌락이 얼마나 큰지 상상도 못할 것이다. 기사 속 평범한 이름들은 나에게 무한한 세계의 문을 열어준다.

우월한 인간이 누릴 수 있는 가장 명예로운 상태는 국가 통치자의 이름이 뭔지 모르고, 자신이 살고 있는 나라가 공화정인지 왕정인지도 모르는 채로 사는 것이다.

우월한 인간은 주위에서 일어나는 일들에 관심을 쏟지 않도록 자기 영혼을 다스리는 데 노력해야 한다. 그러지 않으면 자신을 돌보기 위해 할 수 없이 다른 이들에게 관심을 기울일 것이다.

315

시간을 낭비하는 방식에도 미학이 있다. 감각이 예리한 이들을 위한 무력화 안내서가 있으니, 여기에는 온갖 형식의 명석함을 무력화하는 처방전도 있다. 사회 관습에 대항하고, 본능의 충동에 맞서고, 감정의 요구에 대적해 싸우는 전략은 보통 미학자들로서는 수행하기 어려운 연구를 필요로 한다. 양심의 가책에 대한 면밀한 병인학病因學이 필요하고, 정상적인 것을 추종하는 성향에 대한 역설적인 진단을 내려야 한다. 또한 삶의 개입에 대처하는 기민함을 키워야 한다. 다른 이들의 의견에 영향을 받지 않도록 스스로 무장하는 신중함이 필요하고, 다른 이들과 공존할 경우 들이닥칠 소리 없는 기습에 대비해 말랑한 무관심으로 영혼을 둘러싸야 한다.

316

삶을 묵묵히 받아들이는 심미적인 태도를 통해 우리는 인생과 생활
이 가져다주는 모욕과 굴욕이 우리의 감성에서 중요하지 않은 주변부
에만 머물도록, 우리의 의식적인 영혼의 담 안으로는 들어오지 못하도
록 막아낸다.

우리는 모두 어딘가 혐오스러운 존재다. 이미 저지른 죄악 혹은 영
혼이 우리에게 저지르라고 졸라대는 죄악을 짊어지고 다닌다.

317

타인이, 나의 영혼이 아닌 다른 영혼이, 나한테는 유일해 보이는 나
의 의식과 전혀 상관 없는 다른 의식이 어떻게 존재할 수 있는지, 이를
이해하는 게 나의 변함없는 관심사다. 지금 내 앞에 있는 사람, 나와
같은 단어를 쓰고 내가 하거나 내가 할 수 있을 행동과 비슷한 행동을
취하는 사람이 어떤 의미에서는 나와 비슷할 것이라고 이해는 한다.
하지만 이는 내가 상상하는 그림 속 인물, 소설에 나오는 인물, 무대에
서 연기하는 배우로 등장하는 희곡 속 인물도 마찬가지다.
추측건대 아무도 타인의 존재를 진심으로 인정하지 않는다. 그 사람
이 살아 있고, 자신처럼 생각하고 느낀다는 것까지는 인정할 수 있다.
그러나 거기엔 항상 말로 표현할 수 없는 차이가, 물질화되어 드러나

는 차별이 있다. 가판대를 사이에 두고 말을 나눴던 가게 주인이나 전차 안에서 무심코 우리를 쳐다본 사람들, 길에서 별것 아닌 우연으로 마주친 사람들보다, 지나가버린 과거의 인물이나 책에서 읽은 인물의 이미지가 훨씬 더 현실감 있게 다가온다. 타인이란 우리에게는 그저 풍경일 뿐인데, 대체로 너무 익숙한 거리처럼 눈에 잘 들어오지 않는 풍경이다.

나 역시 현실이라고 간주되고 형이상학적으로는 무의미한 살과 뼈로 이루어진 수많은 사람들보다 책에 나오는 인물들과 그림에서 보았던 인물들에게 더 큰 친근감과 동질감을 느낀다. 실제로 '살과 뼈'라는 말은 아주 적절한 표현이다. 사람들은 마치 정육점의 대리석 진열대 위에 조각내 올려놓은 고깃덩어리, 죽었는데 살아 있는 것처럼 피를 흘리는 '운명'의 갈비와 다리 토막 같기 때문이다.

누구나 나와 마찬가지임을 알기 때문에 이런 생각이 부끄럽지 않다. 서로에 대한 사람들의 경멸과 무관심, 마치 암살자가 누구를 살해한다는 느낌 없이 사람을 살해하거나 군인들이 누군가를 죽이고 있다는 생각 없이 사람을 죽이는 것과 같은 종류의 경멸과 무관심 뒤에는, 타인역시 영혼이 있는 존재라는 매우 난해해 보이는 사실에 아무도 관심을 기울이지 않는다는 사실이 버티고 있다.

어느 날, 어느 순간에 어느 바람이 내게 데려왔는지, 어느 문이 내 앞에 열렸는지 모르겠지만 나는 불현듯 깨달았다. 저 길모퉁이 식료품 가게 주인은 영혼을 가진 존재이고, 지금 이 순간 가게 문 옆 감자 포대 위로 몸을 굽히는 점원은 정말로 고통을 느낄 수 있는 영혼이라는 사실을.

어제 누군가 담뱃가게 점원이 자살했다는 소식을 전해줬을 때 나는 믿을 수가 없었다. 가엾은 인간, 그 역시 존재했었어! 그를 몰랐던 사람들과 마찬가지로 그를 알았던 우리 모두는, 이 사실을 잊고 있었다. 내일이면 우리는 그를 더 쉽게 잊을 것이다. 하지만 그는 분명히 영혼 있는 존재였기 때문에 자살했다. 틀림없이 연애 사건이나 고민이 있었겠지? 그러나 그 점원에 대한 기억에는 어깨 부분이 잘못 재단돼 비틀리고 여러 가지 색이 섞인 지저분한 코트와 멍청해 보이던 미소밖에 없다. 그토록 심한 괴로움을 겪은 끝에 죽음을 택한, 괴롭지 않았다면 자살했을 리 없는 누군가에게 남은 전부는 그것뿐이다…… 한번은 담배를 사면서 그가 곧 대머리가 될 거라고 생각했다. 하지만 결국은 대머리가 될 만큼 오래 살지도 않았다. 이 역시 내게 남은 그에 대한 기억이다. 사실 그에 대한 기억이라기보다는 내가 했던 생각이니 그 밖에 무엇이 더 있을 수 있을까?

갑자기 눈앞에 그의 죽은 몸과 관, 낯선 무덤이 보인다. 그리고 갑자기 깨닫는다. 어깨 부위가 비틀린 코트를 입고 있던 담뱃가게 점원은 어떤 의미에서 인류 전체였다는 것을.

깨달음은 찰나에 왔다. 오늘 지금 내가 살아 있다는 사실만큼이나 분명하게 그는 죽었다. 그것뿐이다.

그렇다, 타인은 존재하지 않는다…… 칙칙한 안개 같은 빛깔로 무거운 날개를 늘어뜨리고 머물러 있는 저 석양은 오로지 나를 위한 것이다. 저녁놀 아래 잔물결 치는 큰 강도 보이지는 않지만 나를 위한 것이다. 강 근처에 만들어져 강물이 와 닿는 이 광장 역시 나를 위해 만들어졌다. 오늘 담뱃가게 점원이 일반 묘지에 묻혔던가? 그렇다면 오늘의 이 석양은 그를 위한 것이 아니다. 그러나 이런 생각을 했으므로, 나의 의지와는 달리, 오늘의 석양은 더이상 나를 위한 것도 아니다……

318

……깊은 밤 항해할 때 서로 신호를 건네지도 않고 서로 알지도 못하는 배들.

319

오늘 나는 내가 실패했음을 깨닫는다. 나의 실패를 예견하지 못했다니 놀라울 뿐이다. 도대체 무슨 정신으로 성공을 예상했던 걸까? 내게는 승자의 눈먼 힘도 광인의 확실한 전망도 없었다…… 나는 어느 추운 날처럼 명료하고 슬펐다.

선명한 사물들이 나를 위로하고, 햇빛을 받아 반짝이는 사물들이 나를 위로한다. 파란 하늘 아래 흘러가는 인생을 보니 큰 힘이 된다. 나 자신을 기약 없이 잊어버리고, 내가 기억할 수 있었던 것보다 더 많이 잊어버린다. 사물들의 충만함이 공기처럼 가볍고 반투명한 내 심장을 채우고, 나는 바라보는 것만으로 만족스럽다. 나는 언제나 육체 없는 시선, 그저 내가 바라보았고 나를 스쳐지나갔던 미풍을 제외하면 아무런 영혼도 없는 그런 시선이었다.

나에게는 보헤미안을 닮은 기질이 있어 손가락 사이로 무언가가 빠져나가듯 인생이 그냥 흘러가게 놔둔다. 그걸 움켜잡겠다는 생각만 해도 졸음이 쏟아진다. 하지만 보헤미안적인 영혼을 밖에서 보완하는 요소, 즉 불현듯 생겨났다 떠나가는 감정을 느긋하게 허용하는 성격은 없다. 그래서 항상 외로운 보헤미안이라는 황당한 존재였거나 신비스러운 보헤미안이라는 불가능한 존재였다.

'자연'과 함께 보낸 휴식의 시간들, 부드러운 고독 안에 새긴 시간들을 언제까지나 훈장처럼 간직할 것이다. 그런 시간에는 내 인생의 모든 목표들, 내가 가고 싶었던 모든 길들을 다 잊어버렸다. 내 열망의 푸른 무릎을 베고 누운, 평온함으로 충만한 영혼과 더불어 아무것도 아닌 나의 존재를 즐겼다. 하지만 영혼의 밑바닥에 깔린 실패와 좌절로부터 벗어난, 지울 수 없는 시간을 즐겨본 적은 없었다. 그렇게 영혼이 자유로웠던 시간마다 잠든 아픔이 하나씩 의식의 담 너머에 있는 다른 정원에서 막연히 꽃을 피웠다. 하지만 슬픈 꽃들의 향기와 색깔은 직감을 통해 벽을 타고 넘어왔고 결국 꽃이 피어난 정원은, 혼란스럽고 설명할 길 없는 나의 존재, 나의 졸린 일상 안에 자리잡은 희미한 일부가 되고 말았다.

내 인생의 강이 마지막에 이른 곳은 내면의 바닷속이었다. 내 꿈속의 대저택 주위에 있는 나무들은 가을을 맞았다. 나를 둘러싼 풍경은 내 영혼에 씌워진 가시면류관이다. 내 인생에서 가장 행복한 순간은 꿈, 슬픈 꿈을 꿀 때였다. 나는 슬픈 꿈의 호수에 비친 내 모습을, 물위로 고개를 숙이고 거기 비친 신선한 자기 모습을 보는 눈먼 나르시스처럼 바라본다. 자신의 추상적 감정의 비밀을 모두 알고 있는, 어둠 속에서도 볼 수 있는 마음속 시선, 자신의 상상 속 한구석에서 어머니가 자식을 돌볼 때의 시선으로 자기 모습을 바라보는 나르시스처럼.

당신의 가짜 진주 목걸이는 나와 함께 내 최상의 순간들을 사랑했다. 카네이션은 아마도 화려하지 않다는 이유로 우리가 가장 좋아했던 꽃일 것이다. 당신의 입술은 당신 미소의 아이러니를 엄숙하게 축하했다. 당신은 진정 당신의 운명을 이해했는가? 당신 눈 속의 슬픔에 적힌 수수께끼가 모든 것을 포기한 입술 위에 어두운 그림자를 드리운 이유는 당신이 그것을 이해하지 못해도 알았기 때문이다. 우리의 '조국'은 장미꽃들에게서 너무나 멀리 떨어져 있었다. 우리의 정원에 흐르는 폭포 물은 고요하고 투명했다. 물이 고이는 좁은 바위틈에는 어릴 적 간직했던 비밀이 있었다. 꿈꾸기에 하등 부족한 것 없었고 상상하는 데 조금도 뒤떨어지지 않았던 어린 시절, 거대한 군사작전을 실행하면서 폭포 속 바위에 세워놓을 수 있었던 장난감 병정의 크기만한 멈춰버린 꿈들이 있었다.

내가 실패했다는 것을 안다. 자신을 드러눕게 만든 열병을 기진맥진한 상태로 인정하는 사람처럼 나는 실패의 모호한 관능을 즐긴다.

나에게는 친구를 사귀는 능력이 있었지만, 한 번도 친구가 없었다.

친구들이 나타나지 않았기 때문이기도 했고, 내가 상상했던 우정이 나의 잘못된 꿈이었기 때문이기도 했다. 나는 항상 혼자였다. 나 자신을 잘 알게 될수록 더욱 혼자가 되었다.

320

흐릿한 태양 아래 여름의 막바지 더위가 한풀 꺾이자, 본격적인 가을이 되기 전에 웃고 싶지 않은 하늘처럼 한없이 늘어지는 가벼운 슬픔과 함께 가을이 시작되었다. 가장 푸를 때의 본모습을 잃은 하늘의 푸른색은 때로는 더 밝았고 때로는 초록빛을 띠었다. 여러 색감의 흐릿한 자줏빛 구름 안에는 일종의 망각이 있었다. 구름이 흘러가는 곳의 말없는 고독을 채우는 것은 무기력이 아니라 권태였다.

진짜 가을은, 아직 싸늘하지는 않은 대기 중에서 한기가 느껴지고 아직 흐릿하지 않은 색깔들이 흐릿해지면서 찾아왔다. 풍경의 질감과 사물들이 흩어진 모습 속에 깃든 그림자와 이탈의 느낌과 함께 진짜 가을이 왔다. 아직 아무것도 죽지 않았지만 모든 것은, 아직 떠오르지 않은 미소처럼, 삶을 그리워하며 돌아보고 있었다.

드디어 완연한 가을이 되었다. 공기는 바람 때문에 싸늘해지고 나뭇잎은 아직 낙엽이 되기 전이지만 건조한 소리를 냈다. 대지는 어렴풋한 늪처럼 헤아릴 수 없는 형태와 색깔을 띠었다. 마지막 미소였던 것들은 피곤으로 감기는 눈꺼풀처럼, 지쳐 늘어지는 몸짓처럼 퇴색되었다. 그리하여 우리가 느낄 줄 아는, 혹은 느낄 줄 안다고 생각하는 모든 것이 자신과의 작별 인사를 가슴에 꼭 끌어안았다. 안뜰에 불어온 회오리바람 소리가 다른 무언가에 대한 우리의 의식을 관통해 퍼져나 갔다. 삶을 진정으로 느끼기 위해서는 휴식하며 자신을 추스를 필요가 있다.

아직 가을이 한창일 때 오는 첫 겨울비는 이런 어중간한 색조를 인 정사정없이 씻어내버렸다. 멈춰 있는 것에 부딪혀 울부짖고, 묶인 것 들을 휘젓고, 움직이는 것들을 쓸어내는 거센 바람은, 불규칙한 빗줄 기의 아우성 사이로, 누군지 모를 이가 항의하며 토해내는 잃어버린 말들과 영혼 없는 절망이 쏟아내는 분노와 슬픔의 소리를 끌어올렸다.

그리고 마침내 추운 잿빛 가을이 끝났다. 모든 것의 진흙으로 변할 모든 것의 먼지와 함께, 이제 겨울 같은 가을이 왔다. 하지만 겨울의 추위가 가져다주는 좋은 면들―무더운 여름은 갔고, 곧 봄이 오고 있 으며, 가을은 마침내 겨울의 모양새를 갖추었다는―도 같이 왔다. 그 리고 더위도 슬픔도 떠올리게 하지 않는 칙칙한 느낌의 높은 하늘의 대기 중에서는 모든 것이 밤과 무한한 명상에 걸맞았다.

내게 가을은 가을에 대해 이런 생각을 하기 전에도 똑같았다. 오늘 나는 그것을 기억하기에 이 글을 적는다. 지금 내가 살고 있는 가을은 내가 잃어버린 가을이다.

321

기회란 돈과 같다. 생각해보면 돈이란 바로 기회다. 행동하는 사람에게 기회란 의지를 실현할 계제인데, 나는 의지에 관심이 없다. 나같이 행동하지 않는 사람에게 기회란 노래해줄 세이렌이 없는 노래와도 같다. 기회가 오더라도 방탕한 자세로 퇴짜 놓고, 쓸 수 없도록 그것을 높은 데 놓아두어야 한다.

'……할 기회에'라는 문장의 빈칸에는 단념의 조각상을 세울 것이다.

아! 태양 아래 넓은 들판들은 그림자 속에서 당신들을 쳐다보는 관객이다. 당신들은 오직 그들을 위해 존재한다.

거품으로 만든 뱀의 아이러니와, 슬프고 장엄한 그림자 속에서 자신의 리듬에 맞춰 숨쉬며 솟아오르고 미소 지으며 사라지는 파도 같은, 위대한 단어들과 긴 문장들의 알코올.

322

모든 동작은 아무리 간단해도 내면의 비밀을 폭로한다. 모든 동작은 혁명적인 행동이고, 어쩌면 우리 의도의 진정한 □로부터의 추방이다.

행동은 생각의 병이고, 상상의 암이다. 행동은 스스로를 추방하는 것이다. 모든 행동은 불완전하고 결함이 있다. 내가 꿈꾸는 시는 글로 적기 전까지만 완벽하다. 이건 예수그리스도의 신화에 기록된 사실이다. 인간이 된 신은 순교자가 될 수밖에 없었다. 위대한 몽상가는 위대한 순교자를 아들로 두었다.

나무 잎사귀의 찢어진 그림자, 새들의 떨리는 노랫소리, 햇빛 아래 차갑게 빛나는 긴 팔뚝을 늘어뜨린 강물, 식물들, 양귀비꽃들, 그리고 감각들의 단순함. 이 모든 것을 느끼면서 예전에 느끼지 못했던 것을 지금 느끼는 것처럼 그것들을 그리워한다.

시간은 해 질 무렵에 달리는 마차처럼 내 생각의 그림자 사이로 삐걱거리는 소리를 내며 돌아온다. 생각에 잠겨 있던 눈을 들어올린다면 세상의 장관壯觀을 보고 뜨겁게 달아오를 것이다.

꿈을 실현하려면 꿈을 잊고 다른 곳으로 관심을 돌려야 한다. 그러므로 실현이란 곧 실현하지 않는 것이다. 장미에 가시가 있듯이 인생은 역설로 가득하다.

나는 새로운 부조리를 위한 찬가를 만들고 싶다. 이는 영혼의 새로운 무정부주의를 부정하는 헌장이 될 것이다. 나는 항상 내 꿈의 축약본을 펴낸다면 인류에게 유익하리라고 생각했다. 바로 그렇기 때문에 나는 그것을 만들려 하지 않았다. 내가 뭔가 유익한 존재가 될지도 모른다는 생각만으로도 짜증이 올라오고 진이 빠진다.

나는 삶의 주변부에 시골집들을 갖고 있다. 이따금 도시 활동에서 빠져나와 백일몽 속의 나무와 꽃 사이로 도망간다. 내 행동반경에 울리는 메아리는 내가 피신한 녹색지대에 전혀 와 닿지 않는다. 그곳에서 끝없는 행렬 같은 기억들을 자장가 삼아 잠든다. 명상의 술잔으로 오직 황금빛 포도주의 미소만을 마신다. 두 눈을 감고 포도주를 눈으로만 마실 때 인생은 먼 바다 위 돛단배처럼 흘러간다.

햇빛 찬란한 날은 내가 소유하지 못한 것을 상기시킨다. 푸른 하늘, 하얀 구름, 나무들, 존재하지 않는 피리—나뭇가지들의 흔들림 때문에 완성하지 못한 전원시…… 이 모든 것은 손가락으로 가볍게 스쳐보는 벙어리 하프다.

식물처럼 단조로운 침묵의 회합…… 양귀비꽃처럼 울려퍼지던 당신의 이름…… 연못…… 나의 귀향…… 미사 시간에 정신을 놓은 미친 신부. 이건 내 꿈속의 기억이다…… 눈을 뜨고 있어도 전혀 보이지 않는다…… 내가 보는 것들은 여기에 없다…… 물……

뒤죽박죽 얽힌 혼란 속에서 나무들의 선명한 녹색은 내 피의 일부다. 먼 곳에 있는 심장 속에서 나의 삶이 고동친다. 나는 현실을 위해 태어난 사람이 아니었건만, 삶은 굳이 따라와 내 곁에 있다.

운명의 괴로움이여! 내가 내일 죽을지 누가 아는가! 오늘 내 영혼에 어떤 끔찍한 일이 일어날지 누가 아는가!…… 가끔 이런 생각을 할 때면 불확실한 삶에 어떤 일이 발생할지도 모르는데 우리로 하여금 발걸음을 옮기게 하는, 최고의 폭군에게 소름이 끼친다.

323

……비는 여전히 청승맞지만 우주 전체가 다 지쳐서인지 훨씬 유순하게 내린다. 번개는 없고 다만 멀리서 짧은 천둥이 무뚝뚝하게 중얼대는 소리만 가끔 들리다가 그것 역시 지쳤는지 간간이 끊어진다. 갑자기 비의 기세가 누그러진다. 직원 한 명이 도라도레스 거리로 난 창문을 열었다. 시원한 공기가 더위의 잔해와 함께 사무실 안으로 밀려들어왔다. 사장실에서 바스케스 사장이 전화에 대고 크게 말하는 소리가 들려왔다. "그러니까 아직도 통화중이란 말이오?" 이어 통명스러운 소리가 들려온다. 아마 저쪽 교환원을 향한 상스러운(짐작건대) 대꾸일 것이다.

324

꿈을 가지려면 환상을 품지 않는 법을 반드시 알아야 한다.

그럼으로써 당신은 감각이 섞이고 감정이 흘러넘치고 생각이 서로 혼합되는, 꿈의 경지인, 포기의 정점에 이를 것이다. 그곳에서 색깔과 소리는 서로 비슷한 맛이 되고, 증오는 사랑과 비슷한 맛이 되고, 구체는 추상과, 추상은 구체와 비슷한 맛이 될 것이다. 모든 것을 연결하는 동시에 개별 요소들을 고립시켜 분리하던 매듭이 끊어진다. 모든 것이 섞이고 혼란스러워진다.

325

우리의 은밀한 불신에서 비롯된 나태와 무기력을 총천연색으로 덮어주는 '간주곡의 허구'*.

326

나는 꿈꾸지 않는다, 나는 살지 않는다. 나는 현실의 삶을 꿈꾼다. 우리에게 배를 꿈꿀 힘이 있다면 모든 배는 꿈의 배다. 꿈꾸는 자를 죽이는 것은 꿈꿀 때는 살지 않는다는 것을 의미한다. 행동하는 자에게 상처를 주는 것은 살 때는 꿈꾸지 않는다는 것을 의미한다. 나는 꿈의 아름다움과 삶의 현실성을 한 가지 행복의 색깔 안에 녹여넣었다. 우리는 꿈을 꿀 수는 있어도, 주머니 안에 손수건을 넣고 다니듯이 혹은 자신의 육체를 소유하듯이 꿈을 지참할 수는 없다. 아무리 인생을 충만하게 살고 엄청난 성공을 거두며 사는 사람이라 해도 다른 사람들과의 접촉의 □을 피할 수 없다. 가끔은 장애물에 걸려 넘어지고 때로는 세월의 흐름을 절감한다.

꿈을 죽이는 건 우리 자신을 죽이는 것이다. 우리 영혼을 절단하는 것이다. 꿈이야말로 진정한 우리의 것, 망가뜨릴 수 없고 변형시킬 수 없는 우리의 것이다.

----

* 페소아의 시집 제목.

우주와 삶은―그것이 현실이든 환상이든―모든 이들의 것이다. 누구나 내가 보는 것을 보고 내가 갖고 있는 것을 가질 수 있다. 아니면 적어도 보거나 갖는다고 상상할 수 있으니 이것이 바로 □

하지만 내가 꿈꾸는 것은 나 외에 어느 누구도 볼 수 없고 가질 수 없다. 내가 보는 바깥세상이 다른 사람들이 보는 것과 다르다면, 그것은 나의 꿈에서 본 것, 내 눈과 귀에 달라붙은 것을 바깥세상을 볼 때 무심코 끼워넣기 때문이다.

327

이렇게 맑고 화창한 날에는 조용한 소리들마저 금빛이다. 어디에나 부드러움이 깃들어 있다. 누가 나에게 전쟁이 났다고 말한다면, 나는 전쟁이 났을 리 없다고 답할 것이다. 이런 날에는 온통 부드러울 뿐인 이 상태를 무엇으로도 깨뜨릴 수 없다.

328

두 손 모아 내 손을 잡고 내 말을 들어다오, 내 사랑아.

고해성사를 듣고 충고의 말을 건네는 신부처럼 부드럽게 위로하는 목소리로 나는 그대에게 말하고 싶다. 목표를 이루려는 열망은 우리가 실제로 이루는 것에 훨씬 못 미친다는 사실을.

나의 목소리에 그대여, 귀기울여다오. 우리 함께 절망의 기도문을 암송하자.

모든 예술가의 작품에는 더 완벽해질 여지가 있었다. 한 줄 한 줄 읽어보면, 위대한 시에서 더이상 좋아질 수 없을 법한 구절은 얼마 안 되고, 더이상 강렬할 수 없을 법한 장면도 별로 없으며, 하나의 전체로서 더이상 훌륭할 수 없을 듯이 완벽한 작품 역시 하나도 없다.

어느 날 이 사실을 깨닫고 생각하게 된 예술가의 고뇌란! 두 번 다시 그의 작품은 기쁨이 되지 못하고 그는 더이상 편안한 잠을 이루지 못한다. 이제 젊음을 잃은 청년이 되어 불행하게 늙어간다.

그리고 왜 사람들은 자신을 표현하려는 걸까? 몇 마디 말보다 침묵으로 남겨두는 편이 차라리 나을 것이다.

포기는 아름다운 것이라고 나 자신을 설득할 수 있다면, 나는 영원히 서글프도록 행복할 텐데!

나 자신도 듣고 있는 나의 말을 당신은 달가워하지 않는구나. 내가 큰 소리로 하는 말을 듣는 나의 귀는 내면의 귀가 내 생각을 듣는 것처럼 듣지 못한다. 심지어 나조차 내 말을 잘못 알아듣고 여러 번 나 자신에게 무슨 뜻인지 물어봐야 하는 판이니 다른 이들은 얼마나 많이 나를 오해하겠는가!

우리에 대한 타인의 이해는 참으로 복잡한 오해들로 구성된다.

이해받기를 원하는 자는 결국 타인에게 이해받는 행복을 누리지 못한다. 왜냐하면 다른 사람들이 자신을 이해해주기 바라는 자들은 항상 복잡하고 난해해서 결국 그들은 이해받는 행복을 누릴 수 없기 때문이다. 반면 다른 이들이 쉽게 이해하는 단순한 사람들에게는 타인에게 이해받고 싶어하는 욕구가 없다.

329

타인이여, 우리 모두는 서로를 보지 못한다는 사실을 염두에 둔 적 있는가? 우리가 서로에 대해 얼마나 모르는지 깊이 생각해본 적 있는가? 우리는 마주보고 있어도 서로를 보지 못한다. 서로의 말을 듣고 있지만 각자 자기 안에 있는 말을 들을 뿐이다.

다른 사람의 말은 우리 청력의 실수이고, 우리 이해력의 난파難破일 뿐이다. 타인의 말에 대한 우리의 이해를 어떻게 믿을 수 있단 말인가. 그들이 생생한 관능을 표현한 말에서 우리는 죽음을 듣는다. 다른 이들이 심오한 뜻은 조금도 담지 않고 입술에서 떨어지게 놔둔 말에서 관능과 삶을 읽는다.

당신이 해석하는 개울물 소리, 순수한 해설자, 우리가 의미를 부여하는 것뿐인 나무의 목소리─아, 누군지 모를 내 사랑이여, 이 모든 것이 다 우리이고 동시에 우리 감옥의 창살 사이로 재가 되어 날아가는 환상이로구나!

330

아마도 모두 다 거짓은 아니기에 아, 내 사랑이여, 거짓말이 선사하는 황홀경에서 우리를 깨어나게 하는 건 없는 듯하다.

최고의 세련됨! 최대의 왜곡! 부조리한 거짓말에는 사실의 곡해라는 매력과 더불어 결백한 의도라는 궁극적인 최상의 매력이 있다. 결백한 의도에서 비롯된 왜곡, 누가 이 최고의 세련됨을 능가할 수 있겠는가? 우리에게 즐거움을 주려는 목적도 없고 우리에게 아픔을 주려는 분노도 없이, 단지 쾌락과 고통 사이에서 땅으로 떨어진, 어른이 갖고 노는 조악한 장난감처럼 무용지물인데다 부조리한 왜곡!

아름다운 사람아, 당신은 필요하지도 않은 물건을 사는 즐거움을 모르는가? 우리가 방심한 사이 실수로 택한 길에서 생기는 재미를 아는가? 자신의 본질에게 거짓말을 하고 자신의 의도를 부인하는 거짓된 행동, 인간에게 이보다 더 아름다운 색깔을 띤 행동이 있을까?

유용할 수도 있었던 삶을 낭비하고, 조금만 더 노력하면 아름다울 수 있었을 작품을 만들지 않고, 성공에 이를 것이 확실한 길을 가다 포기하는 일의 숭고함이여!

아, 내 사랑아, 잃어버려 다시는 찾지 못할 작품, 오늘날 제목만 남은 협정, 불타버린 도서관, 부서진 조각상의 영광이여!

진정으로 아름다운 작품을 불태워버리는 예술가들, 혹은 아름다운 작품을 만들 수 있으면서도 일부러 평범한 작품을 만든 예술가들, 실로 완벽한 시를 쓸 능력이 있다는 걸 알면서도 절대 그런 시를 쓰지 않겠다는 결정을 내린 위대한 '침묵'의 시인들(완벽하지 않을 경우에도 마찬가지다). 그들의 부조리는 얼마나 성스러운가.

만일 우리가 모나리자의 초상화를 볼 수 없다면 그것은 훨씬 더 아름다운 작품이 되지 않을까? 누군가 그림을 훔쳐서 태워버린다면 그는 화가보다 더 위대한 예술가가 되는 게 아닐까?

예술은 왜 아름다운가? 쓸모없기에 아름답다. 삶은 왜 흉측한가? 온통 목적과 목표와 의지로 이루어졌기 때문에 흉측하다. 인생의 모든 길은 한 지점에서 다른 지점으로 가기 위해 존재한다. 아무도 떠나지 않는 장소와 아무도 도달하지 않는 장소 사이에 길이 주어진다면! 누군가 들판의 중간에서 시작해 다른 곳의 중간까지 가는 길을 만드는 데 인생을 건다면! 그 길을 끝까지 연장한다면 유용해지겠지만 그러지 않고 기품을 지켜 중간 구간으로만 남겨둔다면!

폐허의 아름다움이란? 바로 아무짝에도 쓸모없다는 것이다.

과거의 달콤함이란? 기억한다는 것, 과거를 기억한다는 건 현재로 만드는 것인데 과거는 현재가 아니고 현재일 수도 없다는 것—부조리, 내 사랑이여, 부조리.

그리고 이 모든 걸 말하는 나, 나는 왜 이 책을 쓰는가? 이 책이 불완전하다는 사실을 알기 때문이다. 내 꿈속에서는 완벽했지만 쓰기 시작하면 불완전해진다. 그러므로 쓴다.

무엇보다 내가 무용성, 부조리함, □을 옹호하는 사람이기 때문에, 나 자신에게 거짓말하고 내가 세운 이론을 어기기 위해 이 책을 쓴다.

이 모든 일에서 최고의 영광은, 내 사랑이여, 어쩌면 이 모든 것이 사실이 아니고 나조차 사실임을 믿지 않는다고 생각하는 것이다.

그러니 거짓말이 우리에게 기쁨을 주기 시작하면 바로 진실을 털어놓음으로써 거짓말을 속여넘기자. 그리고 거짓말이 우리를 괴롭히면 멈추자. 혹시라도 고통이 비뚤어진 기쁨으로 변하기 전에……

331

두통이 시작되면 우주 전체가 나를 아프게 한다. 도덕적인 고뇌보다 훨씬 노골적인 육체의 아픔은 영혼으로 반사되고, 육체의 아픔에 포함되지 않는 다른 비극들은 한꺼번에 터져나온다. 모든 것이 다 참을 수 없어지고 별들도 예외일 수 없다.

나는 우리의 정신이, 두개골이라고 불리는 물질 안의 뇌라고 불리는 물질이 일으키는 작용이라는 타락한 개념에 결코 동의하지 않고 동의한 적이 없으며 앞으로도 동의할 수 없다. 그런 개념을 지지하는 사람들을 유물론자라고 부르는 모양인데 나는 유물론자가 될 수 없다. 나는 회색이거나 아니면 무슨 색이든 상관없는 물질 덩어리와, 나의 눈 뒤에서 하늘을 보고 하늘에 대해 생각하고 보이지 않는 하늘을 상상하는 나라는 존재 사이에 어떤 명백한—또는 눈에 보이는—관계가 있다고 인정할 수 없기 때문이다. 벽과 거기에 비친 내 그림자가 같지 않은 것처럼, 한 가지가 다른 것과 같은 장소에 있다는 이유만으로 그 둘이 같다고 생각할 수 없다. 혹은 정신이 두뇌에 의존하는 것은 내가 여행할 때 이용하는 차편에 의지하는 것보다 더 대단한 일이라고 생각하는 함정에 빠지지도 않는다. 그러나 우리 안에는 순수한 영혼과 육체의 영혼이 더불어 살고 있기 때문에 둘 사이에 말다툼이 벌어질 때도 있다고 생각한다. 그리고 대체로 둘 중 더 천박한 쪽이 상대편의 신경을 건드린다.

　오늘 머리가 몹시 아프다. 어쩌면 배가 아파서 그런 건지도 모르겠다. 하지만 통증이 일단 배에서 머리로 전해지면, 두뇌 뒤쪽에서 이루어지는 명상을 방해한다. 누가 내 눈을 가린다고 장님이 되는 것은 아니지만 앞을 볼 수 없어진다. 마찬가지로 두통 때문에, 이 지루하고 부조리한 시간에 별로 보고 싶지 않은 바깥세상의 구경거리 속에서 감탄할 만하거나 가치 있는 것을 찾을 수 없다. 내가 지금 머리가 아프다는 것은 나를 불쾌하게 만드는 문제를 의식한다는 것이고, 불쾌한 사람들이 그렇듯이 나는 지금 화가 나 있다. 내 주위에 가까이 있을 뿐 나를 불쾌하게 만들지 않는 이까지 포함해서 모두에게 분노하기 쉬운 상태다.

　내 소원은 죽는 것, 잠시라도 죽는 것인데 이유는 내가 말했듯이 오로지 머리가 아파서다. 그리고 이 순간 불현듯 나는 위대한 산문가라면 이 상태를 얼마나 고급스럽게 묘사할 것인지 생각하게 된다. 그런 산문가라면 세상의 이름 없는 고통을 한 문장 한 문장 펼쳐 보일 것이다. 문장 뒤에 있는 그의 상상의 눈앞에서는 이 지구의 다양한 인간 드라마가 전개되고 뜨겁게 맥박 치는 관자놀이를 통해 고뇌와 불행에 대한 모든 철학이 종이 위에 모습을 드러낼 것이다. 그러나 나에게는 고급스러운 문체가 없다. 머리가 아프니까 머리가 아플 뿐이다. 내 머리가 아프니까 온 우주가 다 아플 뿐이다. 이때 우주는 나의 존재를 모르는 채 존재하는 진짜 우주가 아니다. 그것은 나만의 우주, 손으로 머리카락을 쓸어내릴 때 모든 가닥이 다 아픈데, 이는 오로지 나를 괴롭히기 위한 아픔이란 사실을 깨닫게 하는 우주다.

332

……걱정거리를 만들어내는 나의 능력은 정말 놀랍다. 형이상학적인 성향을 타고나지 못했으면서도 나는, 형이상학적이고 종교적인 문제의 해결책을 찾아 헤매느라 며칠 동안 몸까지 아플 정도로 심히 괴로웠다…… 그러다 별안간 깨달았다. 내가 종교적 고민에 대한 해답이라고 생각했던 것은 감정의 문제를 이성의 용어로 해결하려는 것과 다름없다는 점을.

333

해결할 수 있는 문제는 없다. 어느 누구도 고르디우스의 매듭*을 풀수 없다. 그저 포기하든가, 잘라버릴 뿐이다. 우리는 지성적인 문제들을 감정적으로 함부로 해결해버리곤 한다. 생각하기 지쳐서 혹은 결론을 내리는 것이 두려워서다. 아니면 무언가에 의지하고 싶다는 터무니없는 욕구 때문이거나, 빨리 다른 사람들과 어울리는 일상생활로 돌아가고 싶다는 군서群棲본능 때문이기도 하다.

우리는 결코 어느 한 문제와 관련된 모든 요인을 알 수는 없으므로, 절대 문제를 풀 수 없다.

---

* 그리스신화에 나오는 프리기아의 왕 고르디우스가 묶은 풀기 어려운 매듭에서 유래된 표현. 이 매듭을 푸는 사람이 아시아의 지배자가 되리라는 신탁을 듣고 알렉산드로스대왕이 풀려 했으나 실패하자 칼로 잘랐다고 전해진다.

진실에 도달하기에는 자료가 부족하고, 이 자료들을 철저히 해석하는 지성적 과정도 부족하다.

334

마지막으로 글을 쓴 지 몇 달이 지났다. 내가 나 아닌 다른 사람이 된 것 같은, 정신의 수면 상태에서 살았다. 다른 사람의 행복을 대신 누린다는 느낌이 종종 들었다. 나는 존재하지 않았고, 다른 사람이 되어 아무 생각 없이 살았다.

그러다 오늘 갑자기 원래의 나로, 혹은 내가 꿈꾸는 나로 돌아왔다. 별로 대수롭지 않은 일을 마친 후 격심한 피로감이 밀려온 순간에 일어난 일이었다. 비스듬히 기울어진 높은 책상에 팔꿈치를 대고 양손에 머리를 묻고 잠시 눈을 감은 순간 나 자신을 되찾았다.

나는 아득한 가짜 꿈속에서 내가 되어봤던 모든 것을 기억했다. 그 모든 것이 되기 이전인지 이후인지 잘 몰라도, 바로 내 눈앞인 듯 선명한 풍경 하나가 갑자기 떠올랐다. 들판 위에 오래된 농장이 있고, 그 한가운데 텅 빈 탈곡장이 있는 풍경이었다.

그 순간 인생이 얼마나 덧없는지 느꼈다. 보고 느끼고 기억하고 잊어버리는 모든 일이, 바깥 거리에서 들리는 불분명하고 희미한 소음과 조용한 사무실 안에서 평온하게 사무 보는 작은 소리와 함께 어렴풋한 팔꿈치 통증 안에 섞여버렸다.

손을 책상 위에 내려놓고 죽어버린 세계로 가득한 지친 시선을 들었을 때, 잉크병 위에 앉은 금파리 한 마리(이 사무실의 소리가 아니었던 그 윙윙대는 소리!)가 눈에 들어왔다. 나는 맥없이 깨어나 심연의 밑바닥에서 파리를 관찰했다. 파리는 초록빛을 띤 검푸른색이었고 징그러운 광채는 그다지 흉하지 않았다. 그것은 한 생명이었다!

신이나 '진실'이라는 악마같이 최상의 힘을 가진 존재—그들의 그림자 아래에서 우리가 방랑하는—가 볼 때 우리는 한순간 그 앞에 앉아 있는 광채 나는 파리가 아닌지 누가 알겠는가? 너무 단순한 가설일까? 진부한 관찰일까? 경솔한 철학일까? 그럴지도 모른다. 하지만 나는 생각하지 않았다. 나는 느꼈다. 그 우스꽝스러운 비교를 통해 육체적으로, 직접적으로, 깊고 어두운 공포마저 느꼈다. 내가 나를 파리와 비교했을 때 나는 정말 파리였다. 내가 파리처럼 느낀다고 상상했을 때 나는 정말 내가 파리인 것처럼 느꼈다. 내가 파리의 영혼을 가졌고, 파리처럼 잠들었고, 파리처럼 내 안에 갇혔다고 느꼈다. 가장 끔찍한 것은, 파리라고 느끼는 동시에 내가 나라고 느꼈다는 사실이다. 내가 파리를 자로 때려 뭉개버릴 수 있는 것처럼 신이 거대한 자막대기로 날 때려 잡지 않을까 하는 생각에 문득 천장으로 눈길이 갔다. 다행히도 내가 다시 시선을 내렸을 때 파리는 소리도 없이 날아가버리고 없었다. 아무 생각 없이 일하러 온 자들이 모인 사무실은 이렇게 다시 철학 없는 상태로 돌아갔다.

335

"감정이 있다는 건 성가신 일이오." 이 말은 잠시 끼어든 잡담에서 누군가가 툭 던진 말인데, 그후로 항상 내 기억의 밑바닥에서 반짝거린다. 통속적인 표현이 이 문장을 맛깔스럽게 살려준다.

336

사람들이 오가는 적막한 거리를, 합당한 관심을 기울여 관찰해본 사람이 얼마나 될지 모르겠다. 대개 이렇게 말머리를 꺼내는 이유는 다른 뭔가를 이야기하기 위해서인데 실제로 그러하다. 적막한 거리란 아무도 없는 거리가 아니라 지나는 사람들이 그곳이 적막한 곳인 양 지나가는 거리다. 그런 거리를 봤던 사람이라면 이 말을 이해하기 어렵지 않을 것이다. 당나귀밖에 본 적 없는 사람이 얼룩말을 상상하기는 힘든 법이지만.

우리의 감각은 우리가 어느 정도로, 어떻게 감각을 이해하느냐에 따라 달라진다. 세상에는 특정한 방식으로 이해되어야 하는 이해의 방식이 있는 것이다.

삶에 대한 권태와 분노와 괴로움이 마치 발밑의 땅에서 내 머리로 올라오는 것 같은 날이 있다. 실제로 견디고 있지 않다면 정말 못 견딜 날이다. 그것은 삶이 내 안에서 목을 조르는 느낌이고, 온몸의 숨구멍을 다 동원해 다른 사람이 되고 싶은 갈망이며, 한순간 종말이 온 것 같은 기분이다.

337

나는 무엇보다도 피곤을 느끼고 불안에 싸이는데, 불안은 피곤이 거기 있다는 사실 외에는 거기 있어야 할 아무 이유도 없는 피곤의 쌍둥이다. 나는 내가 취해야 할 동작들이 은밀히 두렵고, 말해야 할 단어들에 자신이 없어 소심해진다. 내게는 모든 일이 일어나기 전부터 의미 없어진다.

지식을 갖추었거나 갖추지 못한 멍청이들, 행복이나 불행에 역겨울 정도로 괴상하게 반응하는 이들, 단지 존재하기에 끔찍한 이들, 그 모든 사람들에 대한 참을 수 없는 권태, 그리고 나와 상관없이 살아가는 만물이 일으키는 나와 동떨어진 파도……

338

가끔은 우리 역시 다른 사람들에게 타인으로 비치는 개인이라는 사실을 객관적으로 의식하게 된다. 이럴 때면 나는 매일의 일상에서나 우연한 기회에 나와 마주치고 나에게 말을 거는 사람들에게 어떤 육체적이고 정신적인 인상을 줘야 하는지 늘 고심했다.

우리는 자기 자신은 기본적으로 정신적인 실체로 간주하면서 타인은 육체적인 실체로 여기는 데 익숙하다. 그러면서 타인의 눈에는 자신도 육체적인 존재로 보인다는 점을 막연히 인정한다. 또한 타인 역시 정신적인 존재라는 사실을 막연히 인정하긴 하는데, 그러다 타인과 사랑에 빠지거나 갈등을 겪을 때 비로소 그들 역시 우리처럼 영혼을 지닌 존재라는 사실을 진정으로 깨닫는다.

그래서 가끔 나는 다른 이들의 눈에는 내가 어떤 부류의 사람으로 비칠지 궁금해하는 무의미한 상상에 빠진다. 내 목소리는 어떻게 들리는지, 그들의 무의식적인 기억 속에 나는 어떤 인상으로 남았는지, 내 몸짓과 말, 눈에 보이는 나의 인생은 다른 이들의 해석의 망막에 어떻게 새겨지는지 궁금하다. 나는 나를 밖에서 본 적이 없다. 우리로부터 우리 자신을 밖으로 데려갈 수 있는 거울은 없기에, 우리는 밖에서 보이는 우리 자신을 볼 수 없다. 외부에서 보는 우리 자신의 모습을 보기 위해서는 다른 영혼, 다르게 바라보고 생각하는 방식이 필요할 것이다. 내가 스크린에 나오는 영화배우가 되거나 내 높은 목소리를 녹음한다고 해도 여전히 밖에서 보이는 내 모습은 알 수 없을 것이다. 왜냐하면 아무리 나를 밖에서 기록하더라도, 내가 원하든 원치 않든, 나는 나에 대한 나의 의식이라는 나만의 공간, 높은 벽으로 둘러싸인 공간 안에 항상 머물기 때문이다.

다른 사람들도 나와 같은지는 잘 모르겠다. 인생의 과학은 본질적으로 인간을 자신으로부터 멀리 분리하는 것이기에 사람들은 본능적으로 자신을 분리하고, 그래서 자신의 의식으로부터 떨어져나간 상태로 삶에 참여하는지도 모르겠다. 아니면 다른 사람들은 나보다 더 자신 속에 깊이 빠져서 오로지 자기 자신일 수밖에 없는 미개함에 완전히 항복하고 사는 걸까. 그런 상태로 사람들은 꿀벌이나 개미처럼, 꿀벌들이 어떤 인간 사회보다 잘 조직된 사회를 형성하는 기적이나, 복잡하기만 하고 서로 이해하지 못하는 인간의 의사소통을 훨씬 능가하며 개미들이 그 작은 안테나로 소통하는 기적 따위에 의지해 살아가는지도 모른다.

현실에 대한 우리 의식의 지리학은 불규칙한 해안과 높고 낮은 산과 호수가 있는 거대한 복합체다. 이런 생각에 깊이 빠져들다보면 모든 것이 '사랑의 나라'*나 『걸리버 여행기』에 나오는 지도처럼 보인다. 어디에 정말 그런 나라가 있는지 알고 있는 우월한 존재들의 오락을 위해서 환상적이거나 풍자적인 책에 정밀하게 그려놓은 장난 지도 같다는 생각이 든다.

생각하는 사람에게는 모든 것이 복잡하다. 그리고 생각은 사물을 더욱 복잡하게 만들기를 좋아한다. 하지만 생각하는 사람은 포기를 정당화하기 위해 거창한 해석 과정을 동원하려 든다. 흙을 털어내는 순간 거짓의 뿌리가 훤히 드러날 세부 사항들을, 거짓말쟁이들이 온갖 구차한 변명을 늘어놓는 것처럼 지나치게 꾸며대는 것이다.

모든 것은 복잡하다. 어찌 보면 나 자신이 복잡한 인간이다. 그러나 어찌되었든 상관없는데, 결국은 아무 상관도 없기 때문이다. 이 모든 것은, 큰길에서 길을 잃고 빗나간 이 모든 생각들은, 벽에서 떨어져나간 덩굴식물처럼 추방된 신들의 정원에서 성장한다. 그리고 나는 서로 맞물리지 않는 생각들을 결론 없이 매듭짓고 마는 이 밤에, 별들이 존

---

* 프랑스 소설가 마들렌 드 스퀴데리의 『클렐리』에 나오는 '사랑의 지도'를 가리킨다.

재하기 이전부터 이미 '운명'의 위대한 이유로부터 버림받은 고아였던 인간의 영혼에 그런 생각들이 떠오르게 만든 삶의 역설을 마주하며 웃어버린다.

339

석양이 떠난 수면에 아직 남아 있는 광채 비슷한 것이 내 지친 마음 위에서 맴돈다. 나는 상상했던 호수를 마주하듯 나 자신을 보고 있으며, 이 호수에서 내가 보는 것은 바로 나 자신이다. 이 이미지 또는 이 상징, 아니면 내 마음속에 그려진 이 나를 어떻게 설명해야 할지 모르겠다. 하지만 지금 나는, 마치 현실에서 진짜로 보는 것처럼, 산 너머의 태양이 길 잃은 빛줄기를 호수 위로 던지고 호수는 그 빛을 받아 검은 황금처럼 빛나는 모습을 보고 있다는 것을 안다.

생각하는 것의 해로운 점 중 하나는 생각하는 중에도 본다는 것이다. 이성으로 생각하는 이는 집중을 잃고, 감정으로 생각하는 이는 잠들며, 욕망으로 생각하는 이는 죽는다. 그러나 나는 상상으로 생각하기에, 내 안에서 이성이나 슬픔, 충동이 되었어야 할 것들은 모두 마지막 햇빛이 간헐적으로 떠도는 바위산 틈의 이 죽어버린 호수처럼 아득히 멀고 아무 상관 없는 무엇인가로 축소되고 만다.

내가 멈추자 물이 흔들린다. 내 모습이 수면에 비치자 태양이 빛을 거둔다. 졸음이 가득한 두 눈을 천천히 감자, 내 안에는 오직 물풀이 떠다니는 수면에 비친 어두운 갈색 그림자 위로 낮이 밤으로 변해가는 호숫가 풍경이 있을 뿐이다.

글로 썼기에 아무것도 말하지 않았다. 내가 받은 인상은, 존재란 항상 언덕 너머 어딘가 다른 곳에 있고, 만일 우리에게 길을 떠날 마음이 있다면 해볼 만한 위대한 여행이 있다는 것이다.

나의 풍경 속 태양처럼 나도 멈췄다. 이제 내가 말하거나 본 것 중에는, 야생오리 한 마리 없는 죽은 듯하고 축축하고 불길한 평야 안 호수의 생명력 없는 빛으로 가득찬, 이미 닫혀버린 밤이 있을 뿐 아무것도 남지 않았다.

340

그렇다, 나는 풍경을 믿지 않는다. 참을 수 없을 만큼 내면화된 아미엘의 글 중에서 그나마 괜찮은 구절인 "풍경은 영혼의 상태다"라는 말을 믿어서가 아니라, 믿지 않기에 그렇게 말한다.

341

내 자의식의 외적인 실체를 형성하는 인상들을, 나는 매일매일 나의 천박하면서도 심오한 영혼에 기록한다. 글로 쓰이자마자 나를 저버리고 마는 믿지 못할 단어들, 상상의 언덕과 초원, 개념의 오솔길과 혼란의 좁은 길을 헤매고 다니면서 나와 상관없는 실수를 저지르는 단어들

을 기록한다. 이 모든 것이 나에게 아무 소용이 없는데, 그것은 아무것
도 내게 소용없기 때문이다. 하지만 글을 쓰면, 병세는 여전하지만 한
결 숨쉬기 편해진 사람처럼 마음이 진정된다.

딴생각에 빠져 끝이 말린 압지 위에 부조리한 이름들을 쓰고 밑줄을
치는 사람이 있다. 이 종이들은 나의 지성적 무의식이 끄적이는 낙서
다. 나는 햇볕을 쬐는 고양이처럼 졸며 종이에 줄을 치고, 가끔은 늘
잊고 있던 무언가를 기억해낸 양 뒤늦게 모호하게 놀라며 그 종이에
쓰인 것을 다시 읽어본다.

글을 쓸 때면 나 자신 안으로 경건하게 들어간다. 내 상상 속 틈새에
는 내가 아닌 다른 누군가가 기억하는 특별한 방이 있다. 나는 그 방
안에서 내가 느끼지 못하는 것을 분석하며 즐거워하고, 어두운 구석에
걸린 그림을 보듯이 나를 관찰한다.

나는 태어나기도 전에 나의 오래된 성城을 잃었다. 내 조상의 성에
걸려 있던 태피스트리는 내가 존재하기도 전에 팔렸다. 내 삶이 시작
되기 전에 있었던 나의 저택은 무너져 폐허가 되었고, 내 안에서 강변
의 갈대 위로 달이 떠오르는 순간이 되면 나는, 우윳빛을 띤 노란색으
로 점점 옅어지는 진청색 하늘을 배경으로 중간중간 이가 빠진 벽의
일부가 검은 윤곽을 드러내는 장소에 대한 그리움으로 전율한다.

나는 스핑크스 같은 신세인 나를 본다. 내가 잃어버린 여왕의 무릎
에서, 그녀가 쓸데없이 자수를 놓는 도중에 일어난 사소한 사고처럼
내 영혼이 잊고 있던 실뭉치가 떨어진다. 실뭉치는 돋을새김 무늬가
있는 서랍장 밑으로 굴러가고, 무덤과 종말이 풍기는 거대한 공포 속
으로 사라질 때까지 내 안의 일부가 마치 눈으로 좇듯이 실뭉치를 따

라간다.

342

나는 결코 잠들지 않는다. 나는 살면서 꿈을 꾼다. 아니, 정확히 말해서 사는 동안 꿈을 꾸고, 또하나의 삶인 잠 속에서도 꿈을 꾼다. 내의식은 중단되는 일이 없다. 아직 잠들기 전이거나 제대로 잠들지 못할 때면 주위에 있는 것들을 인지한다. 잠에 빠지면 바로 꿈을 꾼다. 그렇게 나는, 연결되었거나 연결되지 않은 채 외부에 있는 양 끝없이 펼쳐지는 이미지다. 그 이미지들은 내가 깨어 있을 때는 빛과 사람들 사이에 끼어들고, 내가 자고 있을 때는 어둠과 유령들 사이에 자리잡는다. 잠잘 때와 깨어 있을 때를 어떻게 구분해야 할지 나는 정말로 모르겠다. 내가 깨어 있을 때 사실은 자고 있는 것인지, 내가 잠이 들 때 실은 깨어나는 것인지 나는 단언할 수 없다.

인생은 누군가 헝클어놓은 실타래다. 잘 감겨 있거나 풀린 채 놓여 있다면 그 안에 의미가 있을 것이다. 그러나 이렇게 헝클어진 상태라면 인생은 형체 없는 문제이고, 어디로 실을 감아야 할지 모르는 혼란이다.

지금 느낀 것을 나중에 쓸 것이다. 반쯤 잠들어 있는 이 밤에, 희미한 꿈들의 풍경이 밖에서 내리는 빗소리 때문에 더욱 희미해지는 걸 느끼면서 내일 말할 문장들을 이미 꿈꾸고 있기 때문이다. 그 문장들은 심연에서부터 전율하는 허무가 보내는 수수께끼다. 그 문장들 사이로 풍경을 가득 채우는 미세하고 끊임없는 빗소리가 하릴없이 흐른다. 희망이라고? 그런 건 없다. 바람에 날리는 비감스러운 물줄기가, 보이지 않는 하늘에서 큰 소리를 내며 떨어진다. 나는 계속 잠을 잔다.

인생이라는 결과를 초래한 비극이 일어난 곳은 공원의 가로수 길이 틀림없다. 그들은 다른 무엇이 되기를 원했던 아름다운 두 사람이었다. 사랑은 앞날을 권태로워할 즈음에 너무 늦게 왔고, 앞으로 다가올 일에 대한 그리움은 가져보지 못한 사랑이 낳은 결실이었다. 그들은 욕망도 희망도 없이 손에 손을 잡고, 나무들 사이로 달빛이 걸러져 내려오는 근처 숲속에서, 버려진 산길을 따라 황량한 곳을 걸어다녔다. 그들은 실제로는 어린아이가 아니었으므로, 완전한 어린아이였다. 길과 길을 따라 나무와 나무 사이로 검은 윤곽을 드러내면서, 누구의 소유물도 아닌 무대 위를 오려놓은 종이인형처럼 돌아다녔다. 그렇게 어느 때보다 함께인 동시에 서로 멀어진 그들은 연못이 있는 쪽으로 사라졌고, 지금 그쳐가는 희미한 빗소리는 그들이 찾아가던 분수에서 들리는 소리다. 나는 그들이 지녔던 사랑이기에, 잠들지 못하는 지금 이 밤에 그 소리를 들을 수 있고, 그래서 불행하게 사는 법을 안다.

343

어느 날(지그재그)

하렘*의 여주인이 되었더라면! 그렇게 되지 못했으니 나는 참 불쌍하도다!

  오늘이 끝나갈 무렵에 남아 있는 것은 어제 남았던 그것이고 내일
남을 그것이다. 언제나 같으면서 다른 것이 되고 싶다는, 만족할 줄 모
르는 끝없는 열망.

  나의 꿈과 피곤의 계단을 밟고 너의 비현실에서 내려오라, 내려와서
이 세상을 대신해다오.

344

불임 여성들을 위한 찬가

  언젠가 내가 지구상의 여자들 중에서 아내를 택해야 한다면, 나를
위해 이렇게 기도해다오. 어쨌거나 그녀가 불임이기를. 또한 내가 이
런 상상 속 아내를 절대 만나지 않기를.
  오로지 불임만이 고귀하고 신성하다. 존재해본 적이 없는 것을 죽이
는 일만이 고결하고 사악하고 부조리하다.

＊ 이슬람 사회에서 남자들의 출입을 금한 여자들만의 장소.

345

너를 갖고 싶다는 꿈을 꾸지 않는다. 왜 그래야 하는가? 그것은 내 꿈의 품위를 떨어뜨리는 일이다. 육체를 소유하는 것은 속물이 되는 것이다. 그런데 육체를 소유하고자 꿈꾸는 것은, 그것이 가능하다면, 그보다 더 나쁜 일이다. 속물이 되기를 꿈꾸는 것이야말로 가장 끔찍하다.

우리는 이미 불임을 원하는 바이니 순결을 지키자. 자연의 생산성을 거부하면서, 거부한 것 가운데 우리가 좋아하는 것만 취하는 일만큼 비천하고 저급한 행위는 없기 때문이다. 일부만 건드리는 것은 우아하지 못하다.
속세를 떠난 은자처럼 순결해지고, 꿈속의 육체처럼 순수해지자. 정신 나간 수녀처럼 이 모든 것을 받아들이자……

우리의 사랑이 기도가 되기를…… 그대를 바라보는 행위로 성유를 바르고, 그대를 꿈꾸는 순간들로 묵주를 만들 것이다. 그때 나의 권태는 주기도문이 되고, 나의 고뇌는 성모송이 되리라.
우리는 그렇게 스테인드글라스 위의 서로 마주보는 남자와 여자 형상처럼 영원히 남아 있자…… 우리 사이로 발소리를 차갑게 울리며 걸어가는 그림자처럼 인류가 지나가고…… 우리 사이로 기도하는 이가 중얼거리는 소리, □의 비밀이 지나가고…… 가끔 공기가 □ 향내로 가득찬다. 또 가끔은 조각상이 이쪽저쪽으로 성수를 뿌린다……

우리는 햇빛이 우리를 비출 때 색깔이 항상 똑같고 밤이 깊었을 때 윤
곽이 언제나 변함없는 스테인드글라스로 남을 것이다…… 몇 세기가
흘러도 우리의 말없는 색유리창은 여전할 것이다…… 저 바깥에서는
문명들이 생겨났다 소멸하고, 폭동이 벌어지고, 축제의 회오리바람이
일고, 온순한 서민들의 일상이 흘러갈 것이다…… 그리고 나의 비현
실적인 사랑이여, 우리는 언제까지나 똑같이 덧없는 몸짓, 똑같은 거
짓 존재, 똑같은 □을 가질 것이다.

그러다 어느 날 여러 제국을 거치며 몇 세기가 지나서 '교회'가 마침
내 무너지고 모든 것이 끝날 때까지……

그것을 모르는 우리는, 어떻게, 어디서, 얼마 동안일지는 몰라도, 두
천사가 손을 겹치고 죽음의 의미를 대리석 안에 얼려놓은 고딕식 무덤
안에 벌써 오래전에 잠들었을 어떤 예술가가 그린 천진한 그림, 그 영
원한 색유리창 그림으로 계속 남을 것이다.

346

우리가 꿈에서 보는 것들에는 한 면만 있다…… 반대편에 무엇이
있는지 볼 수 없다…… 반대편을 보기 위해 주위를 빙 돌아볼 수 없
다…… 현실에 있는 것들의 나쁜 점은 우리가 그것들을 모든 측면에
서 다 볼 수 있다는 것이다. 꿈에서 보는 것들에는 우리가 보는 면밖에
없다…… 우리의 영혼이 그렇듯이 한 면만 있다.

347

부치지 않을 편지

당신에 대한 내 생각 속에 당신이 없어도 괜찮다.

당신의 인생은 □
그것은 나의 사랑이 아니다. 다만 당신의 인생일 뿐.

석양과 달빛을 사랑하는 방식으로 당신을 사랑한다. 그 순간이 머무르기를 바라지만, 나는 오직 그 순간을 소유한다는 느낌을 소유하기를 원할 뿐이다.

348

다른 사람의 사랑보다 더 부담스러운 건 없다. 심지어 다른 이의 증오도 그렇게까지 부담스럽지 않다. 왜냐하면 증오는 사랑과 달리 지속되는 감정이 아니기 때문이다. 증오는 불쾌한 감정이라서 사람의 본능은 이런 감정이 줄곧 지속되도록 놔두지 않는다. 하지만 증오나 사랑이나 우리를 억누르는 건 마찬가지다. 두 감정 모두 우리를 찾아내고, 쫓아오고, 우리를 가만 내버려두지 않는다.

내가 무엇보다 바라는 것은, 소설 속에서만 인생을 살고 현실의 삶에서는 휴식을 누리는 것이다. 책에서 감정을 읽고 현실에서는 감정을 무시하는 것이다. 상상력이 예민하고 섬세한 사람은 소설 속 주인공의 모험을 통해 진정한 감정을 느낀다. 주인공의 모험은 곧 독자의 모험이 된다. 진실하고 열렬한 마음으로 맥베스 부인을 사랑하는 일보다 더 근사한 모험은 없다. 그런 사랑을 해본 사람이라면 현실의 삶에서는 아무도 사랑하지 않고 쉴 뿐 달리 무엇을 할 수 있겠는가?

우주 전체를 동반자로 삼아서 떠나도록 강요된 여행, 고작 하룻밤에서 그다음날 밤 사이에 불과한 이 여행에 무슨 의미가 있는지 모르겠다. 시간을 때우기 위해 책을 읽을 수도 있다. 독서는 다른 여행에서도 그렇듯이 이 여행을 즐겁게 만드는 가장 간단한 방법이라고 생각한다. 그리고 가끔, 내가 진정한 감정을 느끼는 책에서 눈을 들어, 스쳐지나가는 들판과 도시와 남자와 여자와 사랑과 그리움 같은 풍경들을 이방인의 시선으로 바라본다. 내게 이 모든 풍경들은 열중해 읽고 있는 책에서 눈을 돌려 잠시 쉴 수 있는 휴식의 순간이고, 긴장을 풀 수 있는 순간이다.

우리가 꿈꾸는 것만이 진정 우리의 소유이고, 현실에서 이루어진 것들은 세상과 다른 모든 사람들에게 속한다. 만일 내가 어떤 꿈을 이루었다면, 그 꿈을 시기할 것이다. 왜냐하면 꿈을 이루려고 나 자신을 배신했기 때문이다. 나약한 이들은 자신이 원하는 모든 것을 이루었노라고 말하지만 이는 사실이 아니다. 그들은 삶이 그들을 통해 실현한 모든 것을 예감하여 꿈꾸었을 뿐이다. 우리는 아무것도 실현하지 않는다. 삶은 우리를 돌멩이처럼 던지고, 우리는 공중으로 날아가면서 "여기 내가 움직인다"라고 외친다.

태양의 스포트라이트와 별들의 반짝임 아래에서 공연되는 이 막간극이 무엇을 의미하든, 그것이 막간극에 불과하다는 사실만 확실히 안다면 괜찮다. 극장문 바깥에 있는 것이 삶이라면 우리는 삶을 살 것이고, 그것이 죽음이라면 우리는 죽을 것이다. 공연은 그것과는 아무 상관이 없다.

그래서 나는 가끔 연극이나 서커스를 보러 갈 때면 어느 때보다 진실에 가까워지고 삶의 비밀을 알기 시작한 듯 느낀다. 그리고 마침내 인생이 완벽하게 공연되는 장면을 보고 있음을 깨닫는다. 남자 배우와 여자 배우, 광대와 마술사 들은 해와 달, 사랑과 죽음, 질병, 기아, 인류의 전쟁처럼 중요하고 또 덧없다. 모든 것은 연극이다. 내가 원하는 것은 진실인가? 내가 읽던 소설책으로 돌아가야겠다……

349

가장 비참한 욕구는 고백하고 싶다는 욕구다. 외부로 자신을 드러내고 싶어하는 영혼의 욕구다.

그래, 고백하되, 그대가 느끼지 않는 것을 고백하라. 당신의 비밀을 고백함으로써 비밀의 족쇄에서 영혼을 자유롭게 하되, 한 번도 품어본 적 없는 비밀을 털어놓으라. 그 진실을 말하기 전에 그대 자신에게 거짓말을 하라. 자신을 표현하는 행위는 언제나 실수다. 반드시 기억하라. 그대에게 자신을 표현하는 것이 거짓말과 동의어가 되도록 하라.

시간이란 무엇인지 모르겠다. 시간을 재는 정확한 척도가 무엇인지, 있기는 한 건지 모르겠다. 시계로 시간을 잰다는 건 외부에서 시간을 공간으로 나누는 것이므로 가짜다. 감정으로 시간을 잰다는 건 시간이 아니라 시간을 느끼는 감각을 재는 것이므로 역시 가짜다. 꿈에서 시간을 재는 것 역시 잘못됐다. 꿈속에서 우리는 때로는 천천히 때로는 급하게 시간을 스칠 뿐이고, 성격을 파악할 수 없는 흐름 속의 무언가로 인해 바쁘거나 느리게 산다.

가끔은 나는 모든 것이 거짓이고, 시간이란 그저 관련없는 일들을 모아 테두리를 씌워놓는 액자에 지나지 않는다고 생각된다. 과거의 삶에 대한 기억 속에서 시간은 매우 부조리한 단계와 차원으로 배열되는데, 이를테면 기억 속 에피소드에서는, 진지한 소년이었던 열다섯 살 때의 내가 장난감 사이에 앉아 있던 유년 시절의 나보다 더 어릴 때도 있다.

이런 일들을 생각하면 의식은 뒤죽박죽으로 얽혀버린다. 뭔가 잘못됐다는 느낌은 드는데 어디가 잘못됐는지 알 수 없다. 마치 마술쇼를 볼 때 우리가 속고 있다는 것은 알면서 속임수의 기술이나 원리는 전혀 모르는 것과 같다.

그럴 때면 부조리하지만 전적으로 부조리하지만은 않기에 내칠 수 없는 생각을 하게 된다. 예를 들면 빠른 속도로 달리는 차 안에서 느린 명상에 잠긴 사람이 있다면, 그는 빨리 가고 있는 것인지 천천히 가고 있는 것인지 궁금해진다. 바다에 뛰어들어 자살한 사람과 전망대에서 실수로 떨어진 사람의 속도는 같은지 궁금해진다. 내가 담배를 피우는 것과 이 글을 쓰는 것과 모호한 생각을 하고 있는 것이 같은 시간에 일어나는데, 이것들이 정말 동시에 일어나는지 궁금해진다.

같은 축의 두 바퀴 중 하나는 비록 몇 분의 일 밀리미터의 차이로라도 항상 앞서간다고 상상해보자. 현미경은 그 차이를 거의 믿을 수 없을 만큼, 사실이 아니라면 불가능해 보일 정도로 확대해서 보여줄 수 있을 것이다. 현미경이 우리의 형편없는 시력보다 믿을 만하지 않을 이유가 무엇인가? 이런 생각들은 다 부질없을까? 사실 그렇다. 생각이 만든 환상일까? 그럴 수 있다. 하지만 기준도 없으면서 우리를 재고, 존재하지도 않으면서 우리를 죽이는 이것은 무엇일까? 시간이 정말 존재하는지조차 모를 이런 순간에는 시간이 사람처럼 느껴진다. 그리고 나는 잠들고 싶다.

351

카드놀이

휑하니 큰 시골집에 석유등을 켜는 저녁이면 하녀는 주전자 물 끓는 소리에 졸고, 누군가의 친척인 나이든 아주머니들은 혼자 하는 카드놀이를 하며 시간을 보냈다. 내 안에서 내 자리를 차지한 누군가는 이런 무의미한 평화를 그리워한다. 찻잔과 오래된 카드 한 벌이 탁자 구석 언제나 놓는 자리에 차려진다. 어스름한 부엌은 커다란 중국식 서랍장의 그림자 때문에 더욱 어둡다. 느릿느릿하지만 얼른 일을 마치려 하는 하녀의 얼굴은 졸음에 겨워 땀에 젖어 있다. 내 안에 있는 이 모든 것을 무엇과도 상관없는 슬픔과 그리움으로 바라본다. 어느새 나는 혼자 하는 카드놀이를 하는 사람의 마음 상태에 대해 생각하고 있다.

352

내가 봄이 오는 것을 보는 곳은 넓은 들판이나 커다란 정원이 아니다. 도시의 작은 광장에 있는 몇 안 되는 볼품없는 나무들에서다. 그런 나무의 초록색은 특별한 선물처럼 쉽게 눈에 띄고, 선량한 슬픔처럼 유쾌하다.

나는 인적이 드문 거리 사이에 있는, 거리보다 더 인적이 드문 작은 광장들을 사랑한다. 아무 쓸모 없는 이런 빈터들은 먼 곳에서 들리는 소음들 사이에서 언제나 같은 자리에 있다. 이런 장소는 도시에 있는 한 조각의 시골이다.

광장을 지나 아무 길이나 따라 올라갔다가 다시 광장으로 내려온다. 다른 쪽에서 바라보는 광장의 모습은 조금 전과 다르지만, 그래도 똑같은 평화로움이 갑작스레 그리움의 빛깔을 띠고 아까 보지 못한 쪽을 금빛으로 물들인다.

모든 것이 다 부질없다. 나는 그것을 있는 그대로 느낀다. 내가 살았던 모든 삶을, 마치 어쩌다 들은 이야기인 양 잊어버렸다. 앞으로 살 날에 대해서도 이미 겪었고 잊어버린 일인 양 아무것도 떠오르지 않는다.

부드러운 슬픔을 품은 석양이 막연히 떠돌고 있다. 갑자기 추워지는데, 날이 추워져서가 아니라 작은 광장을 떠나 좁은 거리로 들어섰기 때문이다.

353

반쯤은 춥고 반쯤은 미지근한 아침이 도시 끝자락인 산비탈에 점점이 흩어져 있는 집들 위로 솟아올랐다. 졸음에 겨운 산비탈 위로 잠에서 완전히 깨어난 옅은 안개가 형체 없이 흩어지고 있었다. (삶을 다시 시작해야 한다는 사실만 잊는다면 그다지 춥지 않았다.) 그리고 이 모든 것—부드러운 아침의 느긋한 신선함—은 그가 한 번도 느껴보지 못했던 행복과 비슷했다.

전차는 대로를 따라 천천히 내려갔다. 집들이 밀집한 지역이 가까워지자 그의 영혼은 막연히 상실감에 사로잡혔다. 인간 세상의 현실이 눈에 들어오기 시작했다.

그림자는 이미 사라졌지만 그의 가벼운 무게가 남아 있는 이런 이른 아침이면, 순간의 자극에 자신을 내맡긴 영혼은 떠오르는 아침해와 그 해를 맞는 오래된 항구를 보며 감탄한다. 장엄한 경치나 강 위에 드리운 차분한 달빛을 볼 때처럼 이 순간이 멈추기를 바라기보다는, 자신의 삶이, 이런 순간이 자신의 본질과 더욱 가깝다고 느낄 수 있도록,

다른 삶이었기를 원했으리라.

희미한 안개가 더욱 엷어졌다. 태양의 기세는 한층 강해졌다. 주위에서 들려오는 삶의 소리가 점점 더 커지고 있었다.

이런 시간에는 우리 삶의 목적지인 인간 현실에 결코 도달하지 않는 편이 옳겠다. 영혼이 아니라 삶에 날개를 달고 영혼이 된 육체로서, 안개와 아침 사이에 가볍게 떠 있으면 좋겠다. 그럴 수 있다면, 이유 없이 도망갈 곳을 갈망하는 우리의 욕망이 어느 때보다 잘 충족될 것이다.

모든 것을 섬세하게 느끼면 무심해진다. 그러나 우리가 가질 수 없는 것들, 즉 정신이 좀더 발달해야 누릴 수 있는 감각, 사물을 심도 있게 느끼게 만드는 인간 활동, 다른 무언가를 성취하며 잃어버린 열정과 감정한테는 무심해지지 않는다.

큰길에 줄지어 선 나무들은 이 모든 것과 아무 상관이 없다.

배가 건너편 강둑 나루터에 닿을 때처럼 도시의 아침이 끝났다. 배가 강둑에 도착하기 전까지는 맞은편 강변의 풍경이 뱃전에 달라붙어 있다가, 배가 강둑에 닿아 뱃전이 돌에 닿는 소리를 낼 때에야 비로소 떨어져나간다. 무릎 위로 바지를 걷어올린 한 남자가 쇠쇠로 밧줄을 고정시켰다. 자연스러운 그의 동작은 확고했고 결정적이었다. 배가 안전하게 도착할지 의심스러워하는 즐거운 갈등을 내 영혼이 계속 누릴 수 있는 가능성을 형이상학적으로 종결지었다. 나루터에서 놀던 소년들은 배가 닿는 평범한 일에 지나치게 몰입하지 않는 평범한 보통 사람을 보는 시선으로 나를 쳐다보았다.

354

더위가 마치 눈에 보이지 않는 옷 같아서, 벗어던지고 싶다.

355

나는 이미 불안한 상태였다. 별안간 침묵이 숨을 멈췄다.

영원해 보이던 하루가 갑자기 쇳조각처럼 쪼개졌다. 나는 책상 위로 짐승처럼 몸을 웅크렸고, 짐승이 책상의 매끈한 표면 위로 헛되이 앞발을 내밀듯이 그곳에 손을 얹었다. 삭막한 햇빛이 방구석과 사람들의 영혼을 파고들었다. 가까운 산에서 나는 소리는 심연의 베일을 찢는 굉음과 함께 높은 곳에서 무너져내렸다. 내 심장이 멈췄다. 목구멍이 벌컥 뛰었다. 나의 의식은 종이 위 잉크 얼룩만을 보고 있었다.

356

더위가 지나가고 처음에는 가볍게 내리기 시작하던 비가 소리가 들릴 만큼 거세질 무렵, 뜨거운 공기에는 없던 고요가, 그리고 비와 함께 불어온 미풍에 깃든 새로운 평화가 대기에 머물렀다. 폭풍우도 치지 않고 아직 어두워지지도 않은 가운데 감미롭게 내리는 비가 어찌나 상쾌한지, 사람들은 대부분 우산도 없고 비옷도 없는 상태였지만 빗물로 번질거리는 거리를 빠르게 걸으면서 웃고 이야기를 나누고 있었다.

아무 할 일 없는 휴식 시간에 사무실의 열린 창가—더워서 창문을 열었고 비가 오는데도 닫지 않은—로 가서 늘 하던 대로 강렬하면서도 무심하게 집중한 채, 보지 않고도 지금 바로 정확하게 묘사한 창밖 풍경을 바라봤다. 그렇다, 역시나 창밖으로는 평범한 두 사람이 가늘어진 비를 맞으며 급하다기보다는 빠른 발걸음으로, 베일이 쳐진 듯하지만 맑게 빛나는 거리를 지나가며 웃고 이야기하고 있었다.

그런데 갑자기 거리 뒤쪽 모퉁이에서 나이들고 심술궂어 보이는, 초라하고 거만한 남자 하나가 이미 잦아들기 시작한 빗속으로 서둘러 걸어왔다. 확실한 목적지가 없는 게 분명한 그 사람은 참을성도 없었다. 나는 사물을 보는 무심한 시선이 아니라 어떤 상징을 볼 때의 확고한 관심을 갖고 그를 지켜봤다. 그는 아무것도 아닌 사람들의 상징이었기에 서두르고 있었다. 아무것도 되지 못했던 사람들의 상징이었기에 고통스러워하고 있었다. 그는 비가 주는 가벼운 불편의 즐거움에 웃어버리는 사람들에 속하지 않았고, 비 자체에 속해 있었다. 너무나 무의식적인 존재이기에 현실을 느끼고 있었다.

그런데 내가 말하고 싶었던 것은 따로 있다. 계속 지켜보지 않아 결국 시야에서 사라져버린 행인에 대한 관찰과, 내가 관찰한 대상들을 연결한 결합 사이에 뭔가 끼어들었다. 불가사의한 부주의함이, 더는 관찰하지 못하게 만드는 영혼의 위기감이 끼어들었다. 그리고 나는 마음이 산란한 상태로, 사무실 뒤편 창고 입구에서 상품을 포장하는 직원들의 말소리를 듣지 않으면서 듣는다. 안뜰을 향해 난 창문 근처 탁자에서, 사람들이 농담을 나누고 가위질을 하면서 두꺼운 갈색 종이로 싼 우편물을 소포용 노끈으로 두 번 돌려 묶고 두 번 매듭을 짓는 모습을 보지 않으면서 본다.

본다는 것은 이미 보았다는 것이다.

357

모든 사람들로부터 배울 수 있고 배워야 하는 것이 인생의 규칙이다. 사기꾼들과 도둑들로부터 배울 수 있는 인생의 진지함이 있고, 바보들이 가르쳐주는 철학이 있다. 우연으로부터, 그리고 우연히 만나는 사람들로부터 알게 되는 신의와 정의에 대한 교훈이 있다. 모든 것이 모든 것 안에 있다.

가끔 거리를 관찰하며 돌아다니는 이른 오후처럼, 사고가 명료해지는 특별한 순간에는, 모든 사람이 내게 소식을 전하고, 모든 집이 새로운 경험을 선사하고, 모든 포스터가 메시지를 전달한다.

나의 고요한 산책은 실상 계속 이어지는 대화다. 우리 모두는, 사람들과 집과 바위와 포스터와 하늘은, 운명의 거대한 행진 속에서 서로 팔꿈치로 쿡쿡 찌르듯이 대화하며 나아가는 거대하고 친밀한 군중이다.

어제는 위대한 인물을 만나 그의 이야기를 들었다. 그는 위대하다고
소문이 난 사람이 아니라 정말로 위대한 사람이다. 이 세상에 가치라
는 것이 있다면, 그는 정말 가치 있는 인간이다. 사람들은 그것을 알아
보고, 그는 사람들이 그것을 알아본다는 사실을 안다. 그러니까 그는
내가 위대한 인간이라고 부를 만한 모든 조건을 갖춘 셈이다. 그러므
로 나는 그를 위대한 사람이라고 부른다.

외모로 보면 그는 피곤한 상인처럼 보인다. 얼굴에는 피로한 기색이
역력한데, 생각을 너무 많이 해서 그런 것일 수도 있고 단순히 건강하
지 않아서 그런 것일 수도 있다. 그의 몸짓에는 별 특징이 없다. 눈빛
은 일종의 활기를 띠고 있는데, 그것은 근시가 아닌 사람의 특권이다.
목소리는 약간 엉켜 있고 불분명하다. 마치 전반적인 마비 증상이 시
작되면서 그의 영혼의 이 특정한 표현에 영향을 준 것 같은 인상이다.
그리고 목소리로 표현된 그의 영혼은 정당정치와 이스쿠두*화의 평가
절하를 논하고, 위대한 동료들의 견해 중 무엇이 틀렸는지를 이야기
한다.

그가 누구인지 몰랐더라면, 겉모습만으로는 그를 알아보지 못했으
리라. 위대한 사람이라고 해서 평범한 사람들이 외모에 대해 그에게
거는 기대를 충족시키리란 법은 없다. 위대한 시인이니까 아폴론의 외
모를 지니거나 나폴레옹의 표현력을 자랑하리라는 기대, 적어도 보통

---

* 포르투갈의 화폐단위.

사람과는 다르고 표정이 풍부한 사람일 거라는 기대를 품는 것은 인간적이기는 하지만 사실 터무니없다. 하지만 우리는 모든 것, 또는 거의 모든 것을 기대할 수는 없더라도 여전히 뭔가를 기대하기 마련이다. 눈에 보이는 외모가 아니라 영혼이 말하는 내용을 보면서, 영적인 힘이나 활력을 기대하진 않는다 해도 적어도 지성적인 면과 어떤 고양된 정신을 보기를 기대한다.

이런 인간적인 실망을 겪으며 우리는 영감靈感이라는 통속적인 개념 속에 어떤 진실이 있기는 한 건지 의구심을 품게 된다. 상인의 육체와 교육받은 자의 교양 있는 영혼이 함께 어우러져 있으면, 자기와 어울리지 않는 내면의 특징을 불가사의하게 부여받은 것처럼 보인다. 그들이 말하는 게 아니라, 어떤 목소리가, 그들이 말했으면 거짓말로 들렸을 이야기를, 그들을 통해 말하는 것 같다.

느닷없고 쓸모없는 생각들이다. 이런 생각을 하게 되어 유감스럽다. 이 생각이 그 남자의 가치를 떨어뜨리지도 않고, 그의 육체의 존재감을 높이지도 않는다. 사실 어느 것도 다른 무엇을 바꾸지 않는다. 우리의 말이나 행동은 모든 것이 잠든 골짜기 위에 있는 산봉우리를 스칠 뿐이다.

359

아무도 다른 사람을 이해하지 못한다. 어느 시인이 말했듯이, 우리는 인생의 바다에 떠 있는 섬이고, 우리 사이에는 우리의 형태를 결정하고 분리하는 바다가 흐른다.* 한 영혼이 다른 영혼을 이해하려고 아무리 애를 써본들 그는 고작 타인이 말한 단어 하나—이해의 땅에 드리워진 형태 없는 그림자—를 알 뿐이다.

나는 그것들이 표현하고자 하는 것을 전혀 모르기 때문에 표현을 사랑한다. 나는 성녀 마르타의 스승**처럼 주어진 것에 만족한다. 나는 보고, 그것으로 충분하다. 누가 이해라는 것을 할 수 있겠는가?

아마도 나는 우리의 이해력에 대한 이런 회의론적인 태도로 나무와 얼굴을, 포스터와 미소를 똑같은 방식으로 대하는지도 모른다. (모든 자연물과 모든 인공물은 다 마찬가지다). 나는 오직 초록빛을 띤 흰색이 섞인 밝아오는 아침의 높고 푸른 하늘이든, 증인들 앞에서 사랑하는 이의 죽음에 고통스러워하는 사람의 거짓으로 일그러진 얼굴이든, 그저 눈에 보이는 대상을 볼 뿐이다.

인형들, 삽화들, 한번 훑어보고 넘기는 책의 낱장들. 내 마음은 그들에게 있지 않고, 종이 위를 날아다니는 파리처럼 밖에서 맴도는 나의 관심도 그들에게 머무르지 않는다.

내가 느끼는지, 내가 생각하는지, 내가 존재하는지 나는 알고 있는가? 모르겠다. 나는 색깔과 형태와 표현의 객관적인 도식이 있음을, 나는 그것을 비추는 거울, 팔려고 내놓은 쓸모없이 흔들리는 거울이라는 사실을 알 뿐이다.

---

* 영국 시인이자 평론가인 매슈 아널드의 시 「마거릿에게—계속해서」의 한 구절.
** 예수를 뜻한다. 「누가복음」 10장 38~42절 참조.

360

카페에 죽치고 앉아 있는 사람들의 모습을, 자연스럽고 적절한 목표를 세우고 인생길을 걸어가는 평범하고 현실적인 사람들과 비교해 설명하려면, 꿈속의 요정을 예로 들 수밖에 없다. 잠에서 깨어날 때 요정들이 등장한 꿈은 악몽이나 괴로움까지는 아니지만 왠지 모를 과거의 구역질나는 맛, 왜 그들에게서 느껴지는지 설명하기 힘든 어떤 불쾌함을 남긴다.

나는 크고 작은 승리를 거둔 사람들과 천재들이, 포장용 지푸라기와 코르크 찌꺼기가 해초처럼 떠다니는 바다에서, 높이 솟은 뱃머리가 무엇을 가르고 있는지 모른 채 사물의 밤을 항해하는 모습을 본다.

그런 사람들이 노닥거리는 카페는 세상 모든 것의 축소판이다. 창고의 창살 너머로 마치 쓰레기를 가둬놓은 감방처럼 보이는, 사무실 건물의 안마당처럼.

361

진실을 찾는 일은, 신념의 주관적인 진실이든, 현실의 객관적인 진실이든, 돈이나 권력의 사회적인 진실이든 간에, 진실은 존재하지 않는다는 궁극적인 깨달음을, 진실을 찾는 노력으로 상 받을 자격이 있는 사람에게 가져다준다. 인생의 커다란 행운은 우연히 티켓을 산 사람에게만 주어진다.

예술의 가치는 우리를 여기서 먼 곳으로 데려간다는 데 있다.

362

상위의 도덕률을 준수하기 위해 평범한 도덕률을 위반하는 행위는
정당하다. 배가 고파 빵을 훔치는 행위는 용서될 수 없다. 하지만 예술
가가 안정된 생존을 2년 더 연장하기 위해 10콘투를 훔치는 일은 용납
될 수 있다. 그의 작품이 인류 문명의 발달을 추구한다면 그렇다는 이
야기이고, 평범한 미학적 작품이라면 해당되지 않는 이야기다.

363

아들아, 우리는 사랑할 수 없다. 사랑은 환상 중에서 가장 육체적인
것이다. 들어봐라, 사랑은 소유하는 것이다. 그런데 사랑하는 사람은
무엇을 소유할까? 육체? 육체를 소유하기 위해서는 육체를 우리 것으
로 만들고, 먹고, 우리 안에 포함시켜야 한다…… 그리고 상대의 육체
를 소유할 수 있다 해도 일시적일 것이다. 왜냐하면 우리의 육체는 시
간이 지나면서 변화하기 때문이고, 우리는 우리의 육체가 아니라 육체
의 감각만을 소유하기 때문이고, 또 사랑받은 육체가 더이상 타인의
것이 아니라 우리의 것이 된다면 그의 존재가 사라짐과 동시에 사랑
역시 사라질 것이기 때문이다……

그렇다면 우리는 영혼을 소유하는 걸까? 조용히 잘 들어라. 우리는 영혼을 소유하지 않는다. 우리의 영혼조차 우리 것이 아니다. 하물며 다른 이의 영혼을 어찌 소유하겠는가? 영혼과 영혼 사이에는 그것이 두 개의 서로 다른 영혼이라는 건널 수 없는 심연이 있다.

우리는 무엇을 소유하는가? 무엇을 소유하는가? 무엇이 우리를 사랑하게 하는가? 아름다움? 그렇다면 우리는 사랑할 때 아름다움을 소유하는가? 한 육체를 너무나도 열렬하고 철저하게 소유했다면, 과연 무엇을 소유한 것인가? 육체도 아니고 영혼도 아니고 아름다움도 아니다. 매력적인 육체를 소유했을 때 우리가 품에 안은 것은 아름다움이 아니라 살과 지방 덩어리다. 우리가 키스를 하면 우리의 입술은 아름다운 입술이 아니라 언젠가는 부패할 점액질의 축축한 살덩이에 닿는다. 섹스조차도 가까운 접촉이며 마찰일 뿐 한 육체와 다른 육체의 진정한 교합이 아니다…… 우리는 무엇을 소유하는가? 무엇을 소유하지?

적어도 우리의 감각이라도 소유하나? 적어도 사랑은 우리의 감각을 통해 우리 자신을 소유하는 방법이 아닐까? 적어도 우리가 존재한다는 꿈을 더욱 생생히, 그리하여 더욱 눈부시게 꾸는 방법이 아닐까? 감각이 사라진 후에도 최소한 기억만은 언제까지나 우리 곁에 남아 있으니 결국 우리가 진정으로 소유하는 것은……

—이런 착각마저 던져버리자. 우리는 우리의 감각조차도 소유하지 못한다. 말하지 마라. 기억이란 결국 과거에 대한 감각에 불과하다…… 그리고 모든 감각은 환상이다.

—내 말을 들어다오, 언제나 내 말을 들으렴. 내 말을 들을 뿐, 열린

창 밖으로 강 건너편에 펼쳐진 들판도, 저 석양도, 먼 허공을 가로지르는 기차의 기적 소리도 바라보거나 듣지 마라. 그저 아무 말 없이 내 말을 들어다오……

우리는 우리의 감각을 소유하지 않는다…… 감각을 통해 우리 자신을 소유할 수도 없다.

(기울어진 석양의 항아리가 우리 위로 □의 기름을 붓고 그 안에서 시간이 장미꽃잎처럼 흩어져 떠돈다.)

364

내가 내 몸을 소유하지 않는데 어떻게 내 몸으로 뭔가를 소유할 수 있을까? 내가 내 영혼을 소유하지 않는데 어떻게 내 영혼으로 뭔가를 소유할 수 있을까? 내가 내 마음을 이해하지 못하는데 어떻게 내 마음으로 뭔가를 이해할 수 있을까?

우리는 육체도 진실도 소유하지 않는다. 환상조차 갖지 못한다. 우리는 거짓말로 꾸민 유령, 환상의 그림자이고 우리의 인생은 안팎으로 텅 빈 공허다.

자기 영혼의 경계선을 알고 '이것이 바로 나'라고 말할 수 있는 사람이 과연 있을까?

하지만 나는 내가 느끼는 것을 느끼는 사람이 나임을 안다.

누군가 다른 사람이 내 육체를 소유한다면, 그는 몸안에 있는 것을 내가 소유하듯이 나를 소유할까? 아니다. 그는 다른 감각을 소유한다.

우리가 소유하는 것이 있기는 한가? 우리가 누구인지 우리가 알지 못한다면, 우리가 무엇을 소유하는지 어찌 알겠는가?

당신이 만일 먹을거리를 가리켜서 "나는 이것을 소유한다"고 말한다면, 나는 이해할 것이다. 왜냐하면 의심의 여지 없이 당신은 먹을거리를 당신 안에 포함하고, 당신의 일부로 변화시키고, 당신 안에 들어간 음식이 당신에게 속한다고 느끼기 때문이다. 하지만 먹는 행위를 두고 '소유'라는 말을 쓰지는 않는다. 당신이 생각하는 소유란 무엇인가?

365

뭔가를 단언하는 미친 짓, 신념이라 불리는 질병, 행복이라 불리는 오명, 이 모든 것에서 세상의 냄새가 느껴지고, 지구라는 슬픈 존재의 맛이 난다.
무관심해질 것. 지는 해와 다시 밝는 아침을 사랑할 것. 왜냐하면 그 것들을 사랑해도 당신에게 아무 이득이 없기 때문이다. 흰 구름 속의 오월과 한적한 시골 마을 처녀들의 미소와 함께 활짝 핀 장미들의 아침을 맞은 퇴위한 왕처럼, 죽어가는 오후의 황금빛으로 옷을 지어 입어라. 당신의 열망은 도금양 관목 사이에서 죽게 놔두고, 당신의 권태는 타마린드 나무 사이에서 멈추게 하라. 그리고 먼 바다로 영원히 흘러가는 것 말고는 아무 의미가 없는 강의 둑에 내리는 황혼인 양, 물소리가 이 모든 것과 함께 가게 하라. 나머지는 우리를 떠난 인생, 우리 눈동자에서 꺼진 불빛, 입기도 전에 낡아버린 자줏빛 예복, 우리가 도망가던 길을 밝혀준 달빛, 우리 환멸의 시간 위에 침묵을 뿌려 덮어준 별빛이다. 사랑으로 우리를 가슴에 끌어안은, 부지런하고 다정한 불임의 슬픔이다.

쇠락은 나의 운명이다.

나의 오래전 영토는 깊은 골짜기 속에 있다. 한 번도 피로 더럽혀진 적 없던 물소리가 내 꿈의 귓전을 적신다. 생을 잊은 나무들의 우듬지는 나의 망각 속에서 언제나 푸른빛이었다. 달빛이 바위틈에서 물처럼 흘렀다. 사랑은 한 번도 그 골짜기에 온 적 없었기에 그곳에서는 모두 행복했다. 꿈도, 사랑도, 신전에 모신 신도 없는 그곳에서 우리는 나눌 수 없는 시간과 산들바람 사이를 거닐었고, 술주정 같은 쓸모없는 신념을 돌이켜보는 향수鄕愁 따위는 알지 못했다.

366

손잡이에서 출발해 빙 돌다가 다시 손잡이로 돌아와 끝나버리는 중국식 찻잔의 그림처럼 덧없는 풍경. 찻잔들은 항상 참 작다…… 찻잔의 손잡이 너머로 풍경이 늘어날 수 있다면, 도자기의 어느 □과 함께 어디까지 이어질까?

어떤 영혼들은 중국 부채에 그려진 풍경이 삼차원이 아니라는 이유로 깊이 상심할 수도 있다.

367

……그리고 국화꽃들로 인해 어둑어둑한 정원에서 그 꽃의 나른한 생명이 시들어가고 있다.

……분명히 이차원뿐인 일본식 관능.

……희미한 반투명 찻잔을 둘러싼 알록달록한 일본풍 그림들.

……점잖은 차모임을 위해 차려놓은 식탁—완벽하게 비생산적인 대화를 위한 배경—은 항상 내게 살아 있는 존재, 영혼을 지닌 인격체를 연상시킨다. 하나의 유기체처럼 통합적인 전체를 이루는구나! 그것

은 구성 요소들을 단순히 합친 것 이상이다.

368

찻잔 주위를 무한히 돌고 있는, 환상적인 정원에서 이루어지는 대화는? 찻주전자를 앞에 두고 앉은 두 사람은 얼마나 고상한 대화를 나누고 있을까? 그리고 둘의 대화를 듣지 못하는 나는 가지각색의 인간들 사이에서 죽은 사람이나 다름없구나!

영원성으로 짜인, 불변하는 사물들의 실로 정교한 심리학! 색칠 그림 속 형상은 자신의 가시적인 영원함의 정점에서, 한 자세를 취했던 창문에서 길게 어정거리지 않고 다른 동작을 취했던 현관에서 시간을 끌지도 않는, 일회성으로 지나가고 마는 우리의 열기를 경멸한다.

그림 안에 사는 알록달록한 인물들의 민속 문화는 얼마나 흥미로울까! 그림 속에 수놓인 형상들의 사랑—기하학적으로 순결한, 이차원적인 세계의 사랑—은 대담한 심리학자들의 즐거움을 위한 □임이 틀림없다.

우리는 사랑하지 않는다, 그저 사랑하는 척할 뿐이다. 실용성을 따지지 않는 진정한 사랑, 불멸의 사랑은 본질적으로 정지되어 있고 변화가 있을 수 없는 그림 속 형상들에나 해당되는 것이다. 내 찻주전자의 튀어나온 윗부분에 그려진 일본인은 처음 봤을 때부터 지금까지 움직인 적이 없다…… 그는 자신과 영원히 떨어져 있는 여인의 손을 한 번도 만져본 적이 없다. 빛을 다 쏟아붓고 텅 비어버린 태양의 빛깔처럼 무기력한 색깔이 언덕의 비탈길을 영원히 비현실적으로 만든다. 그리고 이 모든 것은 찰나의 슬픔─내 지친 시간의 공허를 부질없이 채우는 슬픔보다 더욱 충실한 슬픔─의 명령을 따른다.

369

야만스러운 금속시대인 오늘날에는 꿈꾸고 분석하고 매혹시키는 우리의 능력을 끊임없이 조직적으로 함양해야 한다. 그래야만 우리의 개별성이 해체되어 아예 없어지거나 우리가 다른 이들과 똑같아지는 사태를 막을 수 있다.

우리의 감각 중에서 사실적인 것은 우리만의 것이 아닌 감각이다. 우리 모두에게 공통된 감각들이 현실을 구성한다. 그러므로 우리의 감각 중에서 개인적인 것은 오로지 잘못된 부분 안에 있다. 언젠가 진홍색 태양을 본다면 기쁠 것이다. 그것은 온전히 나의 것, 나만의 태양일 테니까!

370

내가 내 감정들로 하여금 무엇을 느끼도록 만들지 내 감정들이 결코 알지 못하게 한다…… 나는 활기차고 커다란 고양이들을 데리고 놀다 지루해진 공주처럼 내 감정들을 갖고 논다……

나는 어떤 감정들이 자신을 실현하기 위해 지나가려는, 내 안의 문을 갑자기 닫아버린다. 그것들로 하여금 어떤 동작을 취하게 만드는 마음속의 목표를 그 길에서 재빨리 치워버린다.

우리가 나누려는 대화 사이에 끼어드는 의미 없는 짧은 문장들, 의미 없기는 마찬가지인 상대방의 발언의 재로 만들어진 의미 없는 발언들……

— 당신의 눈빛은 맞은편에 숲이 보이는 신비스러운 강, 그 강 위를 떠가는 배에서 연주되는 음악을 떠올리게 합니다……

= 어느 추운 달밤이라고는 말하지 마요. 나는 달밤을 싫어합니다…… 달밤이면 실제로 음악을 연주하는 사람이 있지요……

— 그것 역시 가능하지요…… 물론 유감스러운 일입니다…… 하지만 당신의 눈빛은 분명히 뭔가를 그리워하고 싶어하는군요…… 그 눈빛에는 표현하려는 감정이 부족해요…… 당신의 거짓된 표현에서 내가 일찍이 품었던 많은 환상들을 봅니다……

= 때로는 내가 말하고 있는 것을 느낀다는 사실을, 내가 여자이긴 하지만 내가 시선으로 말하고 있는 것도 느낀다는 걸 믿어주세요……

— 당신 자신에게 너무 가혹하지 않나요? 우리는 우리가 느낀다고 생각하는 것을 정말로 느끼는 걸까요? 예를 들어 지금 이 대화는 현실성을 띠고 있나요? 당연히 아니죠. 소설에서였다면 받아들여지지 않았을 겁니다.

= 당신 말이 맞아요…… 들어보세요, 나는 지금 당신과 말하고 있

다고 확신할 수 없어요…… 나는 여자면서도 어느 미친 화가의 그림책 속 삽화가 되겠다는 의무감을 키웠답니다…… 나의 어떤 특징들은 지나치게 세밀하고 선명해요…… 그래서 사실감이 지나쳐 다소 억지스러운 느낌까지 준다는 사실을 잘 알지요…… 삽화가 되는 것이 현대 여성의 위엄을 지키는 유일하고 이상적인 방법이라고 생각한답니다. 어렸을 적에 나는 집에 있던 오래된 카드 속의 여왕이 되고 싶었어요…… 그것이 정말 누구나 공감할 소명이라고 생각했죠…… 어릴 적에는 다들 이런 도덕적인 열망을 가져요…… 나중에 우리의 모든 열망이 부도덕해지면, 이 점을 진지하게 생각하게 된답니다……

— 한 번도 어린아이들과 말해본 적이 없기에, 나는 그애들의 예술적인 본능을 믿습니다…… 아시다시피, 나는 지금 대화하면서 당신이 하는 말의 진정한 의미를 헤아리고 싶어요…… 이런 나를 용서해줄 수 있나요?

= 다 용서할 수는 없지요…… 상대방이 갖고 있는 척하는 감정들을 절대로 파헤쳐서 드러내면 안 됩니다. 그것들은 항상 너무도 은밀한 것이니까요. 그대에게 이런 내밀한 고백들을 하는 것이 내게 얼마나 아픈 일인지 알아주세요. 모든 말들이 거짓이기는 해도 내 불쌍한 영혼의 넝마 조각 같은 진실은 들어 있으니까요…… 마음 깊은 곳에서 우리에게 가장 고통스러운 것은 실제로는 우리가 아니라는 것, 그리고 최악의 비극은 우리가 자신에 대해 품고 있는 생각 속에서 발생한다는 것을 기억하세요.

— 그건 정말 사실입니다. 왜 그런 말을 하나요? 당신은 그 말로 나를 아프게 했어요. 왜 우리 대화의 영원한 비현실성을 망치는 건가요? 그

런 식이라면 아름다운 여인과 감각을 통해 꿈꾸는 몽상가가 찻잔을 놓고 마주앉아 나누는 그럴싸한 대화와 다를 게 없습니다.

= 그렇군요. 맞아요…… 이번에는 제가 용서를 청할게요. 잠시 딴 생각에 빠져서 정말로 이치에 맞는 말을 했다는 사실을 미처 알아채지 못했네요…… 화제를 바꾸지요…… 언제나 이렇게 늦는군요!…… 기분 상해하지 마세요…… 지금 한 말에는 절대 아무 의미도 없으니까요……

− 내게 사과하지 말고 우리가 나누는 대화에 그리 신경쓰지 마세요…… 모든 좋은 대화는 두 사람의 독백 같은 것이어야겠지요…… 우리가 정말 누군가와 대화하고 있는지 아니면 그저 혼자서 모든 대화를 상상하고 있는지 알 수 없어야 합니다…… 가장 훌륭하고 심오한 대화, 무엇보다 도덕적으로 교육적인 대화는 소설가들이 지어낸 이야기 속의 두 등장인물이 주고받는 대화입니다. 예를 들어서……

= 맙소사! 나한테 예를 들어줘봐야 소용없어요…… 그런 건 문법에서나 필요하니까요. 당신은 우리가 문법을 배워본 적이 없다는 것을 잊었나봅니다.

− 문법책을 읽어본 적 있나요?

= 난 한 번도 없어요. 바르게 말하는 방법을 배운다는 것에 늘 깊은 반발심을 갖고 있었죠…… 문법 중에 유일하게 마음에 드는 것은 예외, 그리고 중복을 통한 강조예요. 규칙을 위반하는 것과 쓸데없는 말을 늘어놓는 것이 현대적인 태도의 핵심이지요…… 내 말이 맞나요?

− 맞고말고요…… 문법에서 가장 짜증나는 것은(이 주제에 관한 대화가 불가능하고 그게 얼마나 다행인지 이미 알아채셨나요?)—문법에

서 가장 짜증나는 부분은 동사입니다⋯⋯ 동사는 문장의 의미를 결정하는 단어거든요⋯⋯ 정직한 문장이라면 항상 여러 의미를 함축해야 합니다⋯⋯ 그런데 그놈의 동사들!⋯⋯ 일전에 자살한 친구가 하나 있는데―대화가 길어질 때마다 자살한 친구가 하나씩 등장하는군요― 그 친구는 전 인생을 바쳐서라도 동사를 파괴하려 했었지요⋯⋯

= 그 사람은 왜 자살했는데요?

― 글쎄요, 나도 아직 잘 모릅니다⋯⋯ 그 친구는 문장을 끝내지 않으면서도 끝난 것처럼 보이게 만드는 방법을 개발해 정착시키려고 했어요⋯⋯ 자신이 의미의 미생물을 찾고 있다고 말하곤 했지요. 자살한 이유는 물론, 어느 날 자신이 짊어진 거대한 책임감을 깨달았기 때문이겠지요⋯⋯ 너무도 중요한 문제라 머리가 돌았어요⋯⋯ 권총을 집어들고는 그만⋯⋯

= 아, 맙소사⋯⋯ 어떻게 그럴 수가⋯⋯ 왜 꼭 권총이어야만 했을까요? 그런 사람은 절대 자기 머리에 총을 쏘아서는 안 되는데⋯⋯ 당신은 결코 두어본 적 없는 친구들에 대해 잘 모르는군요⋯⋯ 그건 심각한 결함인데요, 안 그런가요?⋯⋯ 내 가장 절친한 여자친구 하나는, 내가 공상 속에서 만들어낸 아주 아름다운 젊은이인데 말이죠.

― 그 친구와 잘 통하나요?

= 그런 편이죠⋯⋯ 그렇지만 그 아가씨, 말도 마세요⋯⋯

찻잔을 사이에 두고 마주앉은 두 인물은 이런 대화를 나누지 않았음이 틀림없다. 하지만 그렇게 잘 차려입고 외모도 말쑥한 두 사람이 그런 대화를 나누지 않았다니 참 안타까운 일이다⋯⋯ 그래서 나는 그들이 나눴을 수도 있는 그 대화를 여기에 적었다. 대화를 나누다 자신의 존재를 잊는 짧은 틈새에 드러내는 그들의 태도, 사소한 몸동작, 장난스러운 눈빛과 미소, 이런 것들이 여기에 내가 사실인 양 충실히 기록한 것들을 분명하게 말해주고 있었다…… 언젠가 그들이 각자 다른 사람과 결혼한 뒤―왜냐하면 그들은 결혼하기에는 사고방식이 너무 비슷하니까―이 기록을 우연히 보게 된다면, 그들은 자신들이 말하지 않았던 것을 곧 알아볼 테고 내가 그들을 그토록 잘 해석해준 데 감사하리라고 믿는다. 그들의 진정한 모습을 잘 해석했을 뿐만 아니라 그들은 한 번도 원한 적 없었고 알지도 못했던 그들의 모습을 해석했기 때문에……

그들이 만일 내 글을 읽는다면, 위에 적은 대화야말로 자신들이 했던 말이었다고 믿을 것이다. 그들이 서로의 말을 들었던 것처럼 보이는 대화에서 많은 □이 빠졌다. 그 시간에 맴돌던 향기, 차의 향긋한 내음, 그녀의 가슴에 달려 있던 □ 모양 장식의 의미가 빠졌다…… 깜빡하고 언급하지 않았지만 모든 것이 대화의 일부였다…… 모든 것이 거기에 있었으니 내가 하는 것은 문학가의 작업이라기보다 역사가의 작업이다. 나는 빠진 것을 보완하여 새로이 구성한다…… 이는 그들이 말하지 않았고, 말하고 싶어하지 않았을 것까지 그토록 열심히 엿들었던 나의 변명이 될 것이다.

371

부조리에 대한 찬가

나는 진지하고 슬프게 말한다. 이 화제는 즐겁지 않다. 꿈이 주는 행복이란 모순되고 우울해서 특별하고 비밀스러운 방식으로 향유되기 때문이다.

가끔 나는 우리 눈에 비논리적이기에 내가 보게 될 거라고 상상도할 수 없는 유쾌하고 부조리한 일들을 마음속에서 아무 선입견 없이 바라본다. 이를테면 아무데도 아닌 두 곳을 연결하는 다리, 처음과 끝이 없는 길, 위아래가 거꾸로 뒤집힌 풍경 따위다. 이렇게 부조리하고 비논리적이고 모순적인 것들은, 우리를 현실로부터, 그리고 현실에 붙어다니는 수행원격인 실용적인 사고, 인간적인 감정, 모든 유용하고 가치 있는 행동 개념 등으로부터 분리시키고 멀어지게 만든다. 부조리는, 꿈을 꾸는 일이 달콤한 분노라고 느끼는 우리의 영혼이 권태에 시달리지 않게 막아준다.

내게는 이런 부조리를 지켜보는 특별하고 불가사의한 방식이 있다. 어떤 방식인지 설명할 수 없지만, 나는 다른 누구도 상상할 수 없는 방식으로 부조리를 지켜본다.

372

부조리에 대한 찬가

동쪽에서 서쪽까지, 인생을 부조리하게 만들자.

373

인생은 우리의 의지와 상관없이 떠나는 실험적인 여행이다. 물질을 통해 떠나는 정신의 여행이고, 여행하는 것은 정신이므로 우리는 정신 안에 산다. 그러므로 외향적으로 사는 사람들보다 더욱 강렬하고 폭넓고 격동적으로 사는, 관조하는 영혼이 있다. 중요한 건 마지막 결과다. 살면서 느꼈던 것이 바로 그가 살았던 삶이다. 육체노동을 한 다음처럼 꿈을 꿀 때도 사람은 피로해진다. 어느 누구도 머릿속으로 깊이 생각할 때처럼 그렇게 열심히 살 수는 없다.

댄스홀 한구석에 있는 사람이 모든 댄서들과 춤을 춘다. 그는 모든 것을 보고, 그렇기에 모든 것을 경험한다. 궁극적으로 모든 것은 우리의 감각이므로, 어떤 대상을 눈으로 보고 기억하는 것은 육체적인 접촉이나 다름없다. 그러므로 남들이 춤추는 것을 보고 있다면 내가 춤추는 거나 마찬가지다. 어느 영국 시인처럼 풀밭에 누워 멀리서 농작물을 수확하는 세 사람을 바라보며 "네번째 농부도 일하고 있는데, 그 사람이 바로 나"*라고 말할 수 있다.

내가 느낀 바를 그대로 적은 이 모든 것은, 오늘 아무 이유 없이 나에게 갑자기 다가온 극심한 피로와 관련 있다. 나는 피로할 뿐만 아니라 마음이 비통한데 이 비통의 정체를 모르겠다. 마음이 너무 괴로워서 눈물이 터지기 직전이다. 밖으로 흐르는 눈물이 아니라 안에 고이는 눈물이고, 감각적인 통증에서 오는 눈물이 아니라 영혼의 병에서 비롯된 눈물이다.

경험하지도 않으면서 참 많이도 경험했구나! 생각하지도 않으면서 참 많이도 생각했구나! 움직이지 않은 폭력의 세계, 내가 손 하나 까딱하지 않고 경험한 모험의 세계가 나를 무겁게 짓누른다. 내가 한 번도 못 가져봤고 앞으로도 가질 수 없는 것들에 넌더리가 나고, 아직 존재하기 전인 신들에게도 싫증이 난다. 나는 기피했던 모든 전투에서 부상을 입은 채 살아간다. 나의 육신은 내가 해보겠다고 생각도 한 적 없는 노력 때문에 저리고 아프다.

흐릿하고, 조용하고, 의미 없는…… 지나버린, 불완전한 여름의 드높은 하늘. 나는 하늘이 거기에 없는 양 하늘을 쳐다본다. 나는 생각하면서 잠이 들고, 걸어다니면서 누워 있고, 아무것도 느끼지 않으면서 고통스럽다. 나의 가장 큰 그리움은 아무것도 아닌 것에 대한 그리움이고, 이는 내가 쳐다보지 않으면서 아무 생각 없이 바라볼 뿐인 저 높은 하늘처럼 아무것도 아니다.

---

* 에드먼드 고스의 시 「풀밭에 누워」의 한 구절.

완벽하게 맑은 날씨지만 태양빛이 가득한 공기는 무겁게 정지해 있다. 그것은 천둥 번개가 다가오기 직전의 긴장감도 아니고, 아무것도 내키지 않는 육신의 불쾌한 상태도 아니고, 정말로 파란 하늘의 모호한 흐릿함도 아니다. 오히려 휴식이 다가온다는 예감이 불러일으킨 무기력이며, 졸린 얼굴을 가볍게 쓰다듬는 깃털이다. 한창 뜨거운 여름이다. 야외를 좋아하지 않는 이들조차도 밖으로 나가고 싶어할 때다.

내가 아닌 다른 사람이라면 이런 날, 생각하지 않고 그냥 느낄 테니 하루가 행복할 것이다. 정상적인 하루의 업무—나에게는 지루할 정도로 매일같이 비정상적인 업무—가 끝나기를 설레는 마음으로 기다릴 것이다. 미리 약속한 친구들과 벤피카로 가는 전차를 탈 것이다. 노을이 질 무렵에 맞춰 야외에서 저녁식사를 할 것이다. 우리의 행복은 풍경의 일부가 되고, 우리의 모습을 보는 사람이라면 누구나 그 행복을 알아볼 것이다.

하지만 나는 나이므로, 내가 다른 사람이라고 상상하는 짧은 순간을 잠시 즐길 뿐이다. 그렇다, 다른 사람인 나는 포도덩굴이나 어느 나무 아래에서 내가 평소 먹는 양의 두 배를 먹고, 보통 마시는 양의 두 배를 마시고, 내가 상상할 수 있는 웃음의 두 배로 웃을 것이다. 곧 그런 사람이 될 것이나, 지금은 나다. 그렇다, 한순간 나는 다른 사람이었다. 다른 사람 안에서 나는, 와이셔츠를 입은 짐승처럼, 존재하는 삶의 소박하고 인간적인 즐거움을 보았고 경험했다. 그런 꿈을 꾸게 했던 위대한 하루다! 무슨 요일인지 모르지만 하루 일과를 끝낸 건장한 세일즈맨이 되는 나의 꿈, 그 잠깐 동안의 꿈처럼 하늘은 장엄하게도 푸르다.

375

들판은 늘 우리가 없는 곳이다. 그곳, 오직 그곳에만 진짜 그림자와 진짜 나무가 있다.

인생은 감탄사와 의문사 사이의 머뭇거림이다. 의심에는 마침표가 있기 마련이다.

기적은 신의 게으름이다. 보다 정확히 말하자면, 우리가 기적을 꾸며낼 때 신의 탓으로 돌리곤 하는 게으름이다.

신들은 우리가 결코 될 수 없는 것의 화신化身이다.

모든 가설들의 지겨움……

376

미열에 가볍게 취하는 기분, 쑤시는 뼈마디에서는 한기가 느껴지고 떨리는 관자놀이 밑 눈에서는 열이 느껴지는 가운데 부드럽게 스며드는 불편함, 이 불편함을 나는, 노예가 군주를 흠모하듯이 사랑한다. 이 불편함은 나를 꼼짝 못하게 하고 힘없이 떨리는 상태로 몰아넣는다. 그 상태에서 나는 환각을 보고, 생각의 모퉁이를 돌고, 예기치 못한 감정들 사이에서 길을 잃는다.

생각하고 느끼고 원하는 것들이 한 가지 혼란스러움으로 변한다. 신념과 감각과 상상한 것들과 현실적인 것들이, 마치 뒤집힌 여러 개의 서랍에서 땅에 쏟아져 섞여버린 물건들처럼 뒤죽박죽으로 흩어져 있다.

377

질병에서 회복될 때의 감정에는 일종의 슬픈 행복이 포함되어 있다. 특히 그 질병이 신경을 괴롭혔던 것이라면 더욱 그렇다. 우리의 감정과 생각에는 가을이 하나 있다. 보다 정확히 말하자면, 가을처럼 낙엽이 떨어지지는 않지만 대기와 하늘이 가을과 흡사한 초봄이 있다.

우리의 피로는 쾌적하되, 다소 우리를 아프게 하는 쾌적함이다. 우리는 마치 삶의 베란다에 나와 있는 것처럼, 삶 속에 있으면서도 삶과 약간 떨어져 있는 것처럼 느낀다. 우리는 생각하지 않으면서 생각에 잠기고, 설명할 수 있는 감정 없이 감정을 느낀다. 우리에겐 의욕이 필요 없기에 우리의 의욕은 편안한 상태다.

이럴 때면 어떤 기억, 어떤 희망, 어떤 모호한 욕망이, 산의 높은 지점에서 희미하게 내려다보이는 여행자처럼 의식의 비탈길을 타고 천천히 올라온다. 쓸데없는 일들에 대한 기억이, 실현되지 않아도 상관없었던 희망이, 본질적으로도 혹은 발현된 형태로도 격정적이지 않았던 욕망, 정말 이루어지리라고 기대할 수 없었던 욕망이, 올라온다.

오늘처럼 아직 여름이지만 푸른 하늘에는 약간의 구름이 껴 있고, 열기가 아니라 쌀쌀한 기운이 느껴지는 산들바람이 불어와 날씨가 기분과 일치하는 날에는, 그런 기억과 희망과 욕망을 한결 강렬하게 생각하고 느끼고 경험한다. 우리의 기억, 희망, 욕망이 더 선명해지는 건 아니다. 다만 이를 더욱 강하게 느끼고, 부조리하게도 이것들의 불확실한 총합이 심장을 조금 더 짓누를 뿐이다.

지금 이 순간 나는 아득히 멀리 있는 느낌이다. 삶의 베란다에 서 있기는 한데 지금의 이 삶은 아니다. 나는 삶 위에 있고, 내가 있는 곳에서 삶을 내려다본다. 삶은 움푹 파인 곳과 비탈진 길을 내려와 골짜기 안 마을의 하얀 집 위로 솟아나는 연기로 이어지는 다양한 풍경처럼 내 앞에 누워 있다. 눈을 감아도 계속 보이는 이유는, 나는 사실 아무것도 보고 있지 않기 때문이다. 눈을 떠도 아무것도 보이지 않는 이유는, 나는 처음부터 아무것도 보고 있지 않았기 때문이다. 나는 과거도 아니고 미래도 아닌 현재를 향한 막연한 그리움, 장황하고 이해할 수 없고 정체 모를 그리움일 뿐이다.

사물을 분류하는 사람들, 즉 과학이란 사물을 분류하는 일이라고 생
각하는 과학자들은, 사물의 분류는 끝이 없기에 결국 사물을 분류할
수 없다는 사실을 무시한다. 정말 놀라운 일은, 지식의 틈새에는 영혼
과 의식의 일부가 숨어 있고 이 역시 분류될 수 있다는 사실을 과학자
들이 무시한다는 것이다.

나는 존재하는 현실 세계와 존재하지 않는 현실인 꿈의 세계를 구분
하지 않는다. 아마도 내가 생각을 너무 많이 하기 때문이거나 꿈을 너
무 많이 꾸기 때문일 것이다. 나는 하늘과 땅에 대한 명상 사이사이에
햇빛을 받지 않아도 빛나고 발로 밟히지 않는 것들, 즉 내 상상의 경이
로운 흐름을 끼워넣는다.

내가 상상한 석양빛으로 나에게 금빛을 두르지만, 상상한 것은 나의
상상 속에서만 살아 있다. 상상 속의 산들바람을 즐기지만 상상한 것
은 내가 상상할 때에만 살아 있다. 내 영혼은 다양한 가설에 의지하고,
그 가설들은 각자의 영혼을 내게 데려온다.

유일한 문제는 현실의 문제인데 이는 해결할 수 없는, 살아 숨쉬는
문제다. 나무와 꿈의 차이에 대해 내가 무엇을 알까? 나무는 내가 만질
수 있고, 꿈은 내가 가진 것이다. 그게 정말로 다 무엇인가?

그게 뭐란 말이지? 나는 아무도 없는 사무실에서 홀로 나의 지성을
포기하지 않고 계속 상상의 나래를 펼 수 있다. 내 생각은 텅 빈 책상
과 종이와 노끈만 남은 수화물 부서 같은 것에 방해받지 않는다. 나는
승진했다고 상상하면서 내 높다란 의자가 아니라 모레이라의 팔걸이

의자에 기대앉아 있다. 어쩌면 사무실에 앉아 있다는 상황이 방심의 성유를 발라주는지도 모른다. 날씨가 몹시 더워서 졸리다. 기운이 없으므로 나는 잠들지 않은 채로 잔다. 그런 까닭에 이런 생각을 한다.

379

고통스러운 간주곡

거리가 지겹다. 아니다, 지겹지 않다. 인생의 모든 것이 거리다. 오른쪽 어깨 너머로 보면 건너편에 선술집이 있고, 왼쪽 어깨 너머로는 상자 더미가 보인다. 고개를 완전히 돌려야 보이는 그 중간에는 '아프리카 회사'의 사무실이 있고 그 입구에서 구두 수선공이 규칙적으로 망치 두들기는 소리를 내고 있다. 이층에는 무엇이 있는지 모르겠다. 삼층에는 사람들이 수상쩍은 곳이라고 말하는 하숙집이 하나 있다. 하지만 인생이란 다 그런 거다.

나는 거리가 지겨운가? 생각할 때만 지겹다. 거리를 바라볼 때나 느낄 때는 생각하지 않는다. 여기 사무실에서 나는 아무런 존재감이 없다. 구석진 내 자리에 앉아 아주 차분한 마음으로 일한다. 나에게는 영혼이 없고, 여기 어느 누구에게도 영혼은 없고, 모든 것은 넓은 사무실 안에서 하는 일일 뿐이다. 백만장자들이 여유로운 삶을 누리는 외국 어느 곳을 가더라도 일이 있을 뿐 마찬가지로 영혼은 없다. 결국 남는 것은 한 시인 또는 다른 시인이다. 단 하나의 문장만이라도 남긴다면,

내가 평생 장부에 베껴 쓰고 있는 숫자들처럼 사람들로부터 "잘 썼네!"라는 말을 들을 단 한 줄의 글이라도 남길 수 있다면 좋으련만.

나는 언제까지나 직물 창고의 장부를 기록하는 회계사무원으로 남을 것이다. 간절한 진심을 담아 밝히건대, 나는 결코 회계관리장으로 승진하고 싶지 않다.

380

며칠 전부터인지 몇 달 전부터인지는 모르지만, 어떠한 인상도 내 마음에 남지 않은 지 한참 됐다. 나는 생각하지 않는다, 고로 존재하지 않는다. 내가 누구인지도 잊어버렸다. 내가 나일 수 없으므로 글을 쓸 수도 없다. 어슴한 졸음 속에서 나는 다른 사람이었다. 내가 나를 기억하지 못한다는 사실을 깨달았다는 것은 내가 깨어났다는 것을 뜻한다.

나는 잠시 인생과 단절되었던 것이다. 돌아왔을 때는 그동안 내가 누구였는지 기억나지 않았고, 그전에 가졌던 기억은 중단되었다. 알 수 없는 중간의 끊긴 부분에 대한 혼란스러운 개념만 남았다. 기억의 일부가 다른 일부를 만나려는 헛된 노력을 기울이지만, 나를 하나로 끌어모을 수가 없다. 그 시간을 내가 살았다 해도 그 삶에 대해 기억하는 것을 잊은 것이다.

진정한 가을을 느끼는 첫날—햇빛이 줄어들고 지나버린 여름을 옷처럼 걸친, 상쾌하지 않은 추위가 찾아온 첫날—이라서 산만한 느낌의 투명한 대기 사이로 이미 죽어버린 의도나 가짜로 꾸민 욕구를 떠올린 것은 아니다. 내가 의식을 잃어버린 단절된 부분에 쓸모없는 기억의 희미한 흔적이 남아 있는 것도 아니다. 그보다 더 고통스러운 것은, 기억나지 않는 것을 기억해내려는 노력에 대한 권태이고, 어딘지 모를 강변의 수초와 갈대 사이에서 나의 의식이 잃어버린 것에 대한 낙담이다.

나는 맑고 바람 없는 날에는 여름의 깊은 파란색보다 덜 선명한 파란색을 띤 진짜배기 하늘이 있다는 걸 안다. 예전보다 희미해진 태양빛이 벽과 창문을 축축한 금빛으로 물들인다는 걸 안다. 떠올렸다가 부인할 미풍도 바람도 없지만 잠 못 이루는 상쾌함이 흐릿한 도시에서 졸고 있다는 걸 안다. 나는 생각하거나 알려 하지 않아도 이 모든 것을 안다. 그리고 졸린 것을 기억할 때에만 졸리고, 불안스러울 때에만 옛날을 그리워한다.

나는 내가 걸려본 적 없는 병에서 회복될 기미조차 보이지 않는다. 민첩하게 잠에서 깨어나, 감히 엄두가 나지 않는 일을 준비한다. 어떤 졸음이 나를 잠 못 들게 하는가? 어떤 애착이 나를 말 못하게 하는가? 활기찬 봄의 찬 공기를 한 모금 깊이 들이켜고 다른 사람이 되는 일이란 참 좋구나! 멀리서 내가 기억하는 강가의 청록색 갈대들이 바람 한 점 없는데도 고개를 숙이는 동안, 적어도 다른 사람이 되는 일을 생각할 수 있다는 건 인생보다 훨씬 낫구나!

아주 여러 번, 내가 아니었던 시간을 기억하면서 나 자신이 젊다고 생각하고 나머지는 다 잊어버린다! 존재하지만 내가 한 번도 보지 못한 풍경은 다른 것이었고, 존재하지 않지만 내가 정말 봤던 풍경은 새로운 것이었다. 무슨 상관인가? 나는 우연히 생긴 그 틈새를 막아버렸다. 그리고 햇빛이 서늘해진 지금, 내 것이 아니지만 내가 보고 있는 석양 아래 강변의 어두운 갈대들이 추위에 떨며 잠든다.

381

권태를 경험해보지 못한 사람에게 권태를 이해시킬 만큼 권태를 잘 정의한 사람은 아직 아무도 없다. 어떤 사람들이 말하는 권태란 단순히 지루한 감정이다. 또 어떤 이들은 불쾌할 때 그 말을 쓰고, 심지어 어떤 이들은 피로할 때 권태롭다고 말한다. 그러나 권태가 피로와 불쾌함과 지루함을 다 포함하기는 해도 그것들과 비슷하지는 않다. 물은 산소와 수소로 구성되어 있지만 산소와 수소와 비슷하지 않은 것과 마찬가지다.

그런 식으로 어떤 이들은 권태에 제한적이고 불완전한 의미를 부여하는가 하면, 어떤 이들은 권태를 넘어선 의미를 갖다붙인다. 그들은 세상의 불확실함과 복잡함으로 인한 내면적, 영적인 불만을 권태라고 부른다. 우리를 하품하게 만드는 것은 지루함이다. 우리를 가만히 있지 못하게 만드는 것은 불쾌함이다. 우리를 꼼짝도 하기 싫게 만드는 것은 피로감이다. 이중 어느 것도 권태가 아니다. 마찬가지로 권태는, 좌절된 열망을 표면으로 떠오르게 하고 실망한 염원을 깨우고 장차 신비주의자나 성자로 피어날 씨를 영혼에 뿌리는, 인생의 허무에 대한 심오한 자각도 아니다.

권태는 세상에 대한 지루함이고, 사는 것에 대한 불쾌함이며, 여태까지 살아온 것에 대한 피로함이다. 권태란 진정, 모든 것의 끝없이 늘어지는 공허함을 온몸으로 겪는 자각이다. 아니다, 권태는 그 이상이다. 현실 속이든 상상 속이든 다른 세상에 대한 지루함이다. 다른 세상에서 다른 방식으로 다른 사람으로 산다 하더라도 겪어야 할 불쾌함이다. 그리고 피로, 어제나 오늘의 것만이 아닌, 내일의 것이고 만약 영원이 있다면 영원의 것이며, 무無 자체가 영원이라면 그 무의 피로다. 권태에 시달리는 영혼을 괴롭히는 건 사물과 존재의 공허뿐만이 아니다. 사물과 존재가 아닌 다른 것의 공허, 공허를 느끼는 영혼 자체의 공허, 자신이 공허하다고 느끼고 그 안에서 스스로에게 염증을 내고 자신을 거부하게 만드는 공허다.

권태는 혼돈을 느끼는 육체적 감각이고 모든 것이 다 혼돈이라는 느낌이다. 지루한 사람, 불쾌한 사람, 피곤한 사람은 자신이 좁은 감옥 안에 갇힌 죄수인 것처럼 느낀다. 인생의 협소함 자체를 혐오하는 사람은 자신이 커다란 감방 안에서 수갑을 차고 있다고 느낀다. 그러나 권태로운 사람은 무한한 감옥에서 아무 소용 없는 자유에 감금되어 있다고 느낀다. 지루하거나 불쾌하거나 피로한 사람은 좁은 감옥의 벽이 무너지면 그 밑에 파묻힐 수 있다. 세상의 협소함을 혐오하는 사람은 수갑이 풀려서 도망갈 수도 있고 아니면 수갑을 벗으려고 몸부림치면서 느낀 아픔 때문에 혐오감을 잊고 다시 살아갈 수도 있다. 하지만 무한한 감옥의 벽은 존재하지 않기에 우리를 파묻을 수 없다. 아무도 수갑을 우리 손목에 채운 적 없기에 그로 인한 아픔이 우리를 소생시킬 수도 없다.

그것이 바로 영원히 저물어가는 이 저녁의 고요한 아름다움 앞에서 내가 느끼는 감정이다. 나는 높고 맑은 하늘을 올려다본다. 거기 보이는, 구름의 그림자같이 떠도는 분홍빛 형상은 날개를 달고 멀리 떠 있는 인생의 만질 수 없는 솜털이다. 강으로 눈을 돌려 강물보다 더 깊은 하늘이 거울에 비친 듯한 푸른 물을, 그 물이 어느 때보다 잔잔하게 흔들리는 광경을 본다. 다시 눈을 들어 하늘을 본다. 거기에는 보이지 않는 공기 속으로 흔적도 남기지 않고 흩어지는 희미한 하늘색 사이, 흐릿한 흰빛의 차가운 그림자가 나타난다. 마치 아주 높고 공기 희박한 곳에 있는 것들도 자신만의 구체적인 권태와 아무것도 될 수 없다는 불가능을 견디고, 고뇌와 슬픔을 떠안은 가늠할 수 없는 육신을 가지고 있는 것 같다.

하지만 무엇인가? 드높은 하늘에는 아무것도 아닌 드높은 하늘 외에 무엇이 있는가? 하늘에는 하늘의 색깔이 아닌 색깔 외에 무엇이 더 있는가? 있는지조차 의심스러운 구름보다 작은 넝마 같은 것들 안에는 이미 저물어가는 햇빛의 우연한 반사 이상의 무엇이 있는가? 이 모든 것 안에는 나 외에 무엇이 있는가? 아, 그러나 권태란 바로 이런 것, 단지 이런 것이다. 하늘과 땅과 세상, 이 모든 것 안에 오로지 나밖에 없다는 것이다!

382

이제는 권태가 육체를 가진 상상 속 친구가 되어, 나와 동반하는 지경에 이르렀다.

383

외부 세계는 무대 위의 배우처럼 존재한다. 거기에 있지만 뭔가 다른 것이다.

384

……그리고 모든 것은 치료될 수 없는 병이다.

마치 □ 같은, 감정의 나태함, 무엇을 어찌할지 모르겠다는 절망감, 움직일 힘 없는 무력함.

385

안개일까, 아니면 연기일까? 땅에서 올라왔을까, 아니면 하늘에서 내려왔을까? 알 수 없었다. 어디서 내려오거나 퍼져나온 것이라기보다 공기가 앓는 질병 같았다. 때로는 자연 안의 현실이라기보다 눈에 생긴 이상 증세 같기도 했다.

그게 무엇이든 망각과 쇠약으로 이루어진 혼탁한 불안이 모든 풍경을 가리고 있었다. 마치 병든 태양의 침묵이 불완전한 육체를 빌려 자신의 것으로 삼은 것 같았다. 무슨 일인가 곧 일어날 것 같은 예감이 보이는 세계를 곧 베일 뒤로 숨게 만든 듯 보였다.

하늘을 덮은 것이 구름인지 안개인지 구별하기 어려웠다. 약간의 노란색이 섞인 회색이 여기저기 덩어리진 하늘은 흐릿하고 활기가 없었다. 군데군데 가짜 분홍빛으로 조각이 나 있기도 하고 푸른빛이 고여 있기도 한데, 하늘의 푸른색인지 하늘을 덮고 있는 다른 푸른색인지 구별하기 어려웠다.

확실한 것은 전혀 없었고 불확실한 것도 없었다. 그래서 안개를 연기라고 부르고 싶었는데, 안개가 안개처럼 보이지 않았기 때문이다. 혹은 그것이 무엇인지 알아볼 수 없었기에 안개인지 아니면 연기인지 묻고 싶었다. 심지어 대기 속의 열기조차 그런 의심을 부추겼다. 대기는 뜨겁지도 차갑지도 선선하지도 않았고, 열기와는 관련없는 다른 것에서 추출한 성분으로 온도를 형성한 것 같았다. 마치 촉각과 시각이 동일한 감각을 느끼는 두 가지 방식인 양, 안개는 눈에는 차갑게 보이지만 만져보면 뜨거울 것 같았다.

나무 주위나 건물 모퉁이에서 진짜 안개가 나타나 사물의 윤곽이나 가장자리를 모호하게 만드는 건 아니었다. 진짜 연기 때문에 사물의 모습이 어렴풋이 드러나거나 시야가 흐려진 것도 아니었다. 마치 모든 사물들이 모호한 낮의 그림자를 모든 방향으로 투사하되, 그림자라고 설명해주는 빛도 없이, 투영된 그림자가 눈에 띄는 장소도 없이 투사하는 것 같았다.

그것은 보이지도 않았다. 마치 어떤 사물이 자기 모습을 드러내길 망설이는 듯 도처에서 한꺼번에 서서히 나타나기 시작하는 것 같았다.

거기에 어떤 느낌이 남았는가? 어떤 느낌도 가질 수 없는 불가능, 머릿속에서 부서진 마음, 혼란스러운 감정, 깨어 있는 존재의 무기력함, 언제나 드러나기 직전에 있는 진실처럼, 영원히 드러나지 않는 것의 쌍둥이와 같은 진실처럼 무언가가 괜스레 온전한 모습을 드러내는 것을 듣기 위해 영혼의 청력을 높이는 것.

잠을 청하려는 가벼운 하품조차 지나친 노력처럼 느껴지면서 마음속으로 기억했던 수면욕마저 위축된다. 보기를 멈추는 것조차 눈을 아프게 한다. 영혼 전체를 완전히, 무미건조하게 포기한 가운데 불가능한 세상의 유산 중에서 멀리 밖에서 들려오는 소리만이 남아 있다.

아, 다른 세상, 다른 사물, 그것들을 느낄 다른 영혼, 그 영혼을 아는 다른 생각! 무엇이든, 심지어 권태도 괜찮다. 영혼과 사물이 함께 흐릿해져버리는 이 상태와 모든 것이 불확실한 이 푸르스름한 외로움만 아니라면!

386

굴곡이 심한 숲길을 따라 우리는 함께 그리고 따로 걸었다. 우리에게 낯선 우리 발자국은 울퉁불퉁한 땅 위에 깔린, 폭신하고 바삭거리는 노랗거나 반쯤 초록색인 낙엽들 위에서 같은 음을 내며 합쳐졌다. 하지만 그 발자국들 역시 서로 멀어지고 말았는데, 왜냐하면 우리는 같은 소리를 울리는 땅 위를 같은 음을 내며 걷고 있는 것이 우리가 아니었다는 사실만 빼면 아무 공통점이 없는 두 생각이었기 때문이다.

가을이 이미 시작되었다. 우리가 걷고 있거나 걸었던 모든 곳에서,

우리가 밟는 낙엽 소리 말고도 거친 바람을 동반자 삼아 끊임없이 떨어지는 나뭇잎 소리, 또는 나뭇잎이 내는 소리를 들었다. 거기에는 풍경은 없었고 모든 것을 가린 숲만 있었다. 하지만 죽은 땅 위를 한 가지 음을 내면서 다르게 걸어갈 뿐 다른 삶이 없는 우리 같은 사람들에게는 나무랄 데 없는 곳이었다. 내 생각에 그건 모든 다른 가을과 다름없는 가을이었고, 숲은 상상 속의 숲인 동시에 현실의 숲이었으며, 어느 날이나 아무 날이나 모든 날이 저물 무렵이었다.

우리가 버리고 떠난 집과 의무, 사랑에 대해 말할 수도 없었다. 그 순간 우리는 우리가 잊어버린 것과 우리가 모르는 것 사이에서 헤매는 여행자이며, 이미 포기한 이상을 지키는 기사일 뿐이었다. 하지만 끊임없이 들려오는 낙엽 밟는 소리와 언제나 거칠고 불분명한 바람 소리 안에 우리가 떠나는 이유나 돌아온 이유가 있었으니, 우리가 가는 길이 어떤 길인지 또는 왜 그 길인지 모르는 우리는, 돌아오는 길인지 떠나는 길인지도 알지 못했기 때문이다. 언제나 우리를 둘러싼, 어디에 떨어지는지 알 수 없고 볼 수 없는 낙엽 소리는 숲을 잠재우는 슬픈 자장가처럼 들렸다.

우리 둘은 서로를 알고 싶지 않았으나 그렇다고 상대방 없이 혼자 길을 가고 싶지도 않았다. 우리의 동행은 각자 품었던 일종의 꿈이었다. 같은 음으로 합쳐진 발소리는 옆 사람에게 신경쓰지 않고 각자 생각에 잠길 수 있도록 도와줬다. 혼자 걷는 발소리였다면 생각을 방해했을 것이다. 숲은 온통 가짜 빈터 천지였고, 그래서 마치 숲 자체가 가짜이거나 숲이 끝난 것 같았지만, 숲도 거짓도 언제까지고 끝나지 않았다. 같은 음을 내는 우리의 발걸음은 한없이 계속됐다. 우주 자체인 숲, 모든 것이 되어버린 숲에 나뭇잎이 아주 부드럽게 떨어지는 소리가, 우리가 밟고 있는 낙엽이 부서지는 소리 주위에서 들렸다.

우리는 누구였을까? 우리는 둘이었을까, 아니면 한 사람의 두 가지 형태였을까? 우리는 그것을 알지 못했고 물어보지도 않았다. 숲에 있을 때 밤이 아니었으므로 아마도 흐릿한 태양이 있었을 것이다. 걸어갔으니 뭔가 목적이 있었을 것이다. 숲이 있었으니 어떤 세상이든 존재했을 것이다. 그러나 우리는 거기 있거나 있을 수 있었던 것과는 아무 상관이 없었고, 죽은 나뭇잎 위를 같은 음을 내며 끝없이 걸어가며 나뭇잎 떨어지는 소리를 듣던, 이름도 없고 실제 존재하지도 않는 행인들이었다. 그뿐이었다. 정체 모를 바람의 때로는 거칠고 때로는 부드러운 속삭임, 아직 나뭇가지에 달려 있는 나뭇잎들의 때로는 높고 때로는 낮은 중얼거림, 어떤 흔적, 어떤 의심, 이미 소멸한 어떤 의도, 존재한 적 없는 어떤 환상인 숲, 두 명의 행인, 그리고 나, 둘 중 누구인지 모르거나 아니면 둘 다이거나 둘 다 아닌 나는, 가을과 숲, 항상 거칠고 불안한 바람과 이미 떨어졌거나 떨어지고 있는 낙엽들 외엔 결코 어떤 것도 존재한 적 없다는 비극을 끝까지 보지는 않으면서 지켜봤다. 그리고 언제나, 마치 바깥에는 정말로 태양과 낮이 있다는 듯이, 숲의 소란스러운 침묵 속에서 아무데도 닿지 않는 시선으로 또렷이 볼 수 있었다.

387

내게는 사람들이 흔히 데카당스적이라고 부르는 특징이 있다고 생

각한다. 그런 인물의 특징을 거칠게 정의 내린다면, 인위적으로 꾸며
낸 기이함에서 오는 서글픈 번득임, 그것이 엉뚱한 어휘들 안에 구현
된 불안하고 기만적인 영혼이라고 말할 수 있다. 나는 바로 그런 사람
이며 부조리한 인간이라고 생각한다. 그러므로 나는 고전주의 작가들
의 가설을 따라, 나를 대체한 데카당스적인 영혼의 장식적인 감정을
적어도 수학적 표현으로 설명하려 한다. 내 생각을 적다가 어느 시점
에 이르면 내 관심의 중심이 어디에 있는지 모르겠다. 내가 묘사하려
했던, 해독하기 힘든 카펫의 무늬처럼 흩어진 감각들 안에 있는지, 묘
사하는 활동 자체를 묘사하려다 그 안에 빠져들어 길을 잃고 다른 것
을 보게 된 단어들 안에 있는지 모르겠다. 글을 쓸 때면 내 안에서 생
각과 이미지와 단어 들—모두 선명하고 산만하게 흩어져 있다—이 합
쳐지고, 나는 내가 느낀 것과 느낀다고 상상한 것을 다 이야기한다. 이
때 나는 내 영혼이 보았다고 일러주는 이미지와, 내 영혼에서 땅으로
굴러떨어져 거기서 꽃피운 이미지를 구별하지 못한다. 이미 불확실해
진 화제와 이미 자리잡은 감정에 계속 몰두하게 만들고, 그럼으로써
마치 휴식을 위한 긴 여행이라도 되는 양 나를 생각하고 말하는 일에
서 면제해주는 것이, 귀에 거슬리는 단어의 발음인지 중간에 끼워넣은
문장의 리듬인지도 구별하지 못한다. 그런데 내게 허무와 좌절과 고통
의 감정을 안겨주어야 마땅할 이 모든 상황이 오히려 나에게 황금의
날개를 달아준다. 이미지에 대해 말하기 시작하면, 이미지를 남용하지
않아야 한다고 말할 때조차도 이미지들은 즉시 내 안에서 태어난다.
내가 느끼지 않는 것을 거부하기 위해 내 안에서 일어나는 순간, 나는
바로 그것을 느끼기 시작하고 나의 거부는 레이스의 가장자리를 오려

낸 듯 윤곽을 드러낸다. 그러다 마침내 내 노력에 대한 신뢰를 상실하고 나를 되는대로 내버려두고 싶어지면, 차분한 문장과 구체적이고 명료한 형용사가 햇빛인 양 갑자기 나타나서, 졸면서 글을 쓴 페이지를 내게 뚜렷하게 보여준다. 내 펜으로 쓴 글자들은 마법의 기호들이 적힌 부조리한 지도다. 그리고 나는 펜처럼 나를 옆으로 눕히고, 먼 침대에서 간절하게 꿈꾸었던 보라색으로 빛나는 바다가 둘러싼 환상적인 섬을 눈앞에 보면서 빠져 죽는 불운한 조난자처럼, 멀리 중간에 홀로 떨어져 운명에 맡기고 기댄 상태로 흔들리게 놔둔다.

388

감각의 수용 능력을 순수하게 문학적으로 만들자. 그리고 감정이 어쩌다 우연히 자신을 낮추어 나타날 때에는, 그것을 형체가 보이는 재료로 바꾸어 유연하고 재치 있는 단어들로 이루어진 조각상을 만들자.

389

오늘 내 영혼을 위해 선택한 언명은 '무관심의 창조자'다. 무엇보다도 내가 인생에서 맡고 싶은 역할은, 사람들이 감정을 느낄 때 사회 법칙의 영향은 점점 더 적게 받고 대신 자신의 판단을 더 따를 수 있도록 가르치는 일이다…… 영혼의 상처를 소독하고 처치하는 방법을 가르쳐서 저속함에 오염되지 않게 하는 일. 그것이야말로 내가 되고 싶은, 자기 관리 교육자가 껴안을 수 있는 가장 찬란한 운명이다. 내 글을 읽는 사람들이 다른 사람의 시선과 의견에 완전히 무감각해지는 법을 배운다면—주제의 성격이 그렇듯 당연히 천천히—이는 내 삶의 학문적 정체停滯를 보상하고도 남는 꽃다발일 것이다.

행동하지 못하는 나의 무능력은 언제나 형이상학적 원인이 있는 질병이었다. 내가 취하는 모든 동작이 이 세상을 방해하고 세상에 나쁜 영향을 끼칠 것 같았다. 내가 조금만 움직여도 별들과 하늘이 동요할 것 같았다. 그러므로 아주 미세한 동작의 형이상학적 중요성은 내게는 놀랍도록 큰 비중을 차지했다. 나는 내 모든 행동에 대해 상상을 초월하는 정직함과 신중함을 취했다. 이러한 자세는 내 의식 안에 굳게 자리잡았고, 내가 현실 세계와 긴밀한 관계를 맺지 못하도록 가로막았다.

390

미신을 믿는 법을 아는 것은, 만일 완벽의 경지까지 이른다면 우월한 인간임을 드러내는 예술이다.

391

시간이 날 때마다 명상하고 관찰해온 결과, 사람들은 인생에서 정말로 중요하거나 유용한 진실을 알지 못하며 그것을 두고 합의를 이루지도 못한다는 걸 알게 됐다. 가장 정확한 과학인 수학은 자신의 법칙과 규칙의 은신처 안에서만 산다. 수학은 다른 과학을 해명하는 데 적용될 수는 있지만, 다른 과학의 발견을 해명할 뿐이지 발견하도록 돕지는 못한다. 모든 과학 분야를 통틀어 유일하게 납득되는 분명한 사실들은 인생의 궁극적인 목적과는 아무 상관이 없다. 물리학은 철의 팽창계수는 알아도 세계를 구성하는 진정한 메커니즘은 모른다. 그리고 우리가 알고 싶은 것을 파고들수록 우리가 아는 것은 점점 줄어든다. 형이상학은 삶의 최종 목적과 궁극의 진실을 찾으려는 유일한 학문이기에 최고의 지침서가 될 수 있을 것 같다. 하지만 그것은 과학적인 이론조차 되지 못하고, 이 손 저 손으로 마구 쌓아올린 벽돌더미라서 어떤 회반죽으로도 이어붙일 수 없는 엉망인 집에 불과하다.

또한 나는 인간과 동물은, 그들이 스스로를 속이고 스스로의 삶에 무지한 상태로 남는 방식에서 차이가 있을 뿐이라는 사실을 알게 됐다. 동물은 그들이 무엇을 하는지 모른다. 동물은 과거를 회상하거나 미래를 생각하는 일 없이 태어나고, 자라고, 살고, 죽는다. 얼마나 많은 사람들이 동물과 다르게 살고 있을까? 우리는 모두 잠을 자는데 차이는 우리가 꾸는 꿈에, 그리고 꿈의 차원과 질에 있다. 어쩌면 죽음이 우리를 모두 깨우겠지만 그것도 확실하지 않다. 믿음이 곧 소유인 사람에게는 신앙의 대답이, 욕망이 곧 소유인 사람에게는 희망의 대답이, 주는 것이 곧 받는 것인 사람에게는 박애의 대답이 있을 뿐이다.

세상의 첫날부터 단조롭게 비만 계속 온 것처럼, 이 슬픈 겨울의 차가운 오후에 비가 내린다. 비가 오고, 내 마음이 비 때문에 꺾이기라도 한 것처럼, 내리는 비가 아무것도 키우지 못하고, 씻어내지 못하고, 기쁘게 하지 못하는 도시의 땅바닥을 멍한 시선으로 내려다본다. 비가 오고, 나는 불현듯, 자신이 무엇인지 모르는 동물, 오두막에 있는 양 존재의 한구석에 웅크린 채 미약한 열기가 영원한 진실인 양 만족해하며 생각과 감정을 꿈꾸는 동물이 되었다는 거대한 무게감에 짓눌린다.

392

대중은 보통 사람들이다.

대중은 결코 인도주의적이지 않다. 대중이라는 집단의 근본 특징은 자신의 이익에만 편협한 관심을 쏟고, 타인의 이익에는 가능한 한 조심스럽게 등을 돌린다는 것이다.

대중이 전통을 잃는다는 것은 곧 그들의 사회적 유대가 끊어졌다는 뜻이다. 사회적 유대가 끊어졌다는 것은 소수집단과 대중의 사회적 유대가 단절됐다는 이야기다. 그리고 소수집단과 대중의 유대가 끊어지면 예술과 진정한 과학이 끝장나고, 문명을 만든 기본제도도 종말을 맞는다.

존재한다는 것은 부정하는 것이다. 오늘을 사는 나는 어제 살았던 것, 어제 살았던 나를 부정하는 게 아니고 무엇인가? 존재한다는 것은 스스로를 부인하는 것이다. 같은 신문에 실었던 어제의 오보를 정정하는 오늘의 뉴스야말로 인생을 가장 상징적으로 보여준다.

원한다는 것은 이룰 수 없다는 것이다. 자신이 이룬 무엇인가를 원했던 사람은 그럴 능력을 가지기 전에는 그것을 원하지 않았다. 원하는 사람은 욕망으로 인해 길을 잃어버리기 때문에 결코 이루지 못한다. 내가 보기에 그것이 기본 원리다.

393

……그런 목적을 원하지 않았지만, 우리가 결국 추구하며 살고 있는 비루한 목적들.

모두는 아닐지라도 대부분의 인간은 비루한 인생을 산다. 모든 행복한 순간에도 비루하고, 거의 모든 고통의 순간에도 비루하다. 죽음을 초래하는 고통만은 죽음 후에 무엇이 올지 모른다는 '불가사의'가 있으니 제외한다.

마치 다른 세상에서 온 것처럼, 바깥에서 간헐적으로 밀려오는 파도처럼 올라와서 퍼지고 흐르는 소음들을 내 무관심의 필터로 걸러서 듣는다. 야채 같은 자연 상품을 팔거나 복권 같은 사회적 상품을 파는 장사꾼의 고함, 서둘러 달리는 마차와 수레의 바퀴 긁히는 소리, 방향을 돌릴 때 가장 커지는 자동차 소음, 창문에서 천을 흔들어 터는 소리,

소년의 휘파람 소리, 위층에서 들리는 웃음소리, 다른 거리를 지나가는 전차의 금속성 신음, 교차로에서 들리는 소리들의 뒤섞임, 높은 소리와 낮은 소리와 침묵의 뒤죽박죽, 굼뜨게 움직이는 교통수단의 굉음, 어떤 발소리, 말소리의 시작과 중간과 끄트머리, 이 모든 것이, 자기 자리가 아닌 풀숲을 비집고 나온 돌멩이처럼, 이 모든 것을 생각하며 잠자는 나를 위해 존재한다.

그다음으로는 집안의 서로 다른 소리들이 섞여 흐른다. 발걸음, 그릇들, 빗자루질, 들려오다가 중간에 끊어진 파두*, 전날 밤 발코니에서의 만남, 식탁에 뭐가 빠졌다고 부리는 짜증, 서랍장 위의 담배를 달라는 누군가의 부탁. 이 모든 것이 현실, 나의 상상이 아니라 성욕을 떨어뜨리는 현실이다.

하녀가 사뿐히 걷는 소리가 들리자 나는 그녀의 주황색과 검은색 술이 달린 슬리퍼를 떠올린다. 한번 그렇게 떠올리고 나니 그 소리는 주황색과 검은색 술이 달린 뭔가를 연상시킨다. 큰 소리로 인사하고 집을 나서는 주인집 아들이 성큼성큼 걷는 장화 소리, '다녀' 다음에 이어지는 '올게요'의 메아리를 잘라버리는 문 닫는 소리, 이곳 사층에서 세상이 끝나버린 듯한 정적, 설거지를 위해 부엌으로 옮겨지는 그릇들 소리, 흐르는 물, "그러게, 내가 얘기했잖아"…… 그리고 마치 경적 소리처럼 강에 울려퍼지는 정적.

나는 상상을 하고 소화도 시키면서 잠에 빠진다. 나의 시간은 공감각 사이에 있다. 지금 나에게 이 짧은 인생에서 무얼 원하느냐고 묻는

---

* 포르투갈의 전통 민요.

다면, 이 길고 느린 순간, 생각과 감정과 행동과 거의 모든 감각이 사라진 상태, 산산이 흩어진 욕망이 마음속에 일으킨 석양, 그보다 더 나은 걸 원한다고 말할 수 없을 테니 참 경이로운 일이다. 그러면서 거의 아무 생각 없이 나는 모두는 아닐지라도 대부분의 인류가 이렇게 산다는 것을 깨닫는다. 사람들은 의식 수준이 높든 낮든, 정체해 있든 활발히 움직이든, 궁극적인 목표에 대해 똑같이 무심하고, 각자의 목적을 똑같이 포기하고, 인생을 똑같이 느끼면서 살아간다. 햇볕을 쬐고 있는 고양이를 볼 때마다 나는 인류를 떠올린다. 누군가 잠자는 모습을 볼 때마다 모든 것이 졸음이라고 생각한다. 누가 나에게 꿈을 꿨다고 말할 때마다 나는, 꿈꾸는 일 말고는 아무것도 하지 않았음을 그가 아는지 궁금하다. 어디서 문이 열렸는지 거리의 소음이 커지고 초인종이 울린다.

문이 금세 닫히는 걸 보니 아무것도 아니었다. 걸음 소리가 복도 끝에서 멈췄다. 그릇 씻는 소리와 물소리가 더욱 커진다. (…) 트럭이 지나가면서 건물 뒤뜰이 흔들렸고, 모든 것이 끝나듯이 나도 생각에서 몸을 일으켰다.

394

그리고 나는 합리적인 추론도 꿈처럼 내 마음대로 하는데, 이 역시 다른 종류의 꿈에 불과하기 때문이다.

더 좋은 시절의 왕자여, 나는 한때 당신의 공주였고 우리는 다른 종류의 사랑으로 서로를 사랑했다. 그 기억은 지금도 나를 아프게 한다.

395

그 부드럽고 가벼운 시간은 기도를 위한 제단이었다. 우리의 만남이 상서로운 결합이라고, 점성술이 보장했음이 틀림없다. 잠깐 들여다본 꿈의 애매모호한 실체가 비단처럼 매끄럽고 섬세하게 우리의 자각과 어우러졌다. 인생은 살아볼 가치가 없다는 우리의 쓰라린 확신은 또 한번의 여름이 지나가듯 완전히 끝나버렸다. 착각일지 몰라도 한때 우리의 것이었다고 생각할 수 있었던 봄이 다시 시작됐다. 나무들 사이의 호수, 가리개를 씌우지 않은 화단의 장미, 삶의 막연한 멜로디는 인간을 닮아 품위를 잃은 모습으로 대책 없이 슬퍼한다.

예감하거나 잘 알고 있어도 소용없다. 모든 미래는 우리를 둘러싼 안개이고, 얼핏 보이는 내일은 오늘처럼 느껴진다. 나의 운명은 서커스단 일행이 버리고 간 광대들, 큰길을 비추는 달빛보다 환한 달빛도 없이, 산들바람이 일으킨 게 아니라면 나뭇잎의 떨림도 없이, 시간의 불확실성과 그곳에 떨림이 있다는 우리의 믿음도 없이 버려진 광대들이다. 멀리서 보이는 자줏빛 꽃, 지나가버린 그림자들, 항상 불완전하고 죽음이 완전하게 만들어주리라는 희망도 없는 꿈, 죽어가는 태양의 빛, 언덕 위 집의 불빛, 고뇌에 찬 밤, 책에서만 풍기는 죽음의 향기, 바깥에 있는 삶, 산 너머 다른 쪽보다 별빛이 더 빛나는 광활한 밤에 녹색 내음을 풍기는 나무들. 그렇게 당신의 슬픔들은 장엄하고 은혜로운 인연을 맺었다. 당신은 짧은 몇 마디 말로 제왕처럼 여행을 축복했고, 두 번 다시 어떤 배도 돌아오지 않았고, 심지어 진짜 배들도 돌아오지 않았다. 삶이 피워올린 연기는 주위 사물의 윤곽을 모두 벗기고, 그림 자와 새겨넣은 글씨와, 멀리서 보면 바토*의 그림 같은 회양목 사이 괴기스러운 호수의 쓰디쓴 물과 괴로움만 남겨놓았다. 당신이 오기를 기다리며 지난 천년의 세월, 그러나 길에는 구부러진 곳이 없으므로 당신은 결코 도착할 수 없을 것이다. 당신의 것이 아니라 우리 모두의 인생인, 피할 수 없는 독배毒杯, 그리고 가로등들, 구석진 틈, 우리에겐 퍼덕이는 소리만 들리는 희미한 날개들, 숨막히는 불안한 밤에 혼자 천천히 일어나 자신의 괴로움을 가로질러 밖으로 나가버리는 생각. 노란색, 초록색이 섞인 검은색, 사랑 같은 파란색—모두 죽어버린, 나의 유모, 모두 죽어버린, 그리고 모든 배들은 항해를 떠난 적 없는 바로 그 배! 나를 위해 기도해주오. 어쩌면 신은 당신이 나를 위해 기도하기 때문에 존재할지도 모르니까. 멀리서 낮게 소리 내는 분수, 불확실한 인생, 밤이 깊어가는 마을에서 사위어가는 연기, 아주 흐릿한 기억, 머나먼 강…… 나를 잠들게 하소서, 내가 나를 잊게 하소서, 스스로의 존재와 모순되는, 모호한 의도의 성녀, 애정과 축복의 성모시여……

---

* 18세기 로코코미술을 대표하는 프랑스 화가.

396

마지막 비가 하늘을 떠나 지상에 내려와 하늘은 깨끗하게, 땅은 축
축하고 거울처럼 빛나게 만들었다. 높은 곳에서는 푸른빛이 돌아왔고,
낮은 곳에서는 비 온 뒤의 신선한 물기를 즐겼던, 삶의 눈부신 청명함이
우리의 영혼에는 하늘 자체를, 우리의 마음에는 신선함을 남겨놓았다.

우리는 원하든 원하지 않든 시간의 노예다. 우리는 시간의 색깔과
형상이 부리는 노예이고, 하늘과 땅에 매인 하인이다. 심지어 자신을
둘러싼 것을 무시하고 자기 안으로만 숨는 사람들도 마찬가지다. 그들
에게도 역시 날이 맑을 때 찾아 숨는 길과 비가 올 때 숨는 길이 다르
다. 추상적인 감정의 깊은 내면에서만 감지되는 모호한 변화는 비가
오거나 혹은 비가 그치기 때문에 이루어진다. 이는 그들이 느끼지 않
았던 날씨가 스스로를 느껴지게 만든 것이므로, 느낀다는 감정 없이
감지된다.

우리들 각자는 한 명 이상이고 여러 명이며 수많은 자아다. 그러므
로 주위 환경을 무시하는 자아는 그 환경 때문에 즐거워하거나 고통받
는 자아와 같은 자아가 아니다. 우리의 존재라는 거대한 영토 안에는
다양한 방식으로 생각하고 느끼는 수많은 유형의 사람들이 있다. 일이
적은 편인 오늘, 정당한 휴식 시간을 틈타 내 생각을 짧은 글로 옮기는
이 순간, 나는 집중해서 글을 쓰는 사람이고, 이 시간에 일을 하지 않
아도 되니 만족스러운 사람이고, 이 안에서는 보이지 않는 바깥의 하
늘을 보는 사람이고, 이 모든 것을 생각하는 사람이고, 손은 약간 차갑
지만 몸 상태는 괜찮다고 느끼는 사람이다. 서로 타인인 이 모든 영혼

들이 살고 있는 나의 세계는, 마치 잡다하게 섞인 것 같지만 하나로 단단하게 모여 있는 군중처럼, 단 하나의 그림자를 투사한다. 그것은 글을 쓰는 회계사무원의 육체, 빌려준 압지를 돌려받으려고 동료 보르즈스의 높은 책상에 구부정하게 기대선 나의 육체다.

397

건물 사이로 빛과 그림자 ─혹은 빛과 그보다 약한 빛─가 교차하는 동안 아침이 도시 위로 펼쳐진다. 아침은 태양이 아니라 도시에서 오는 것 같고, 햇빛은 벽과 지붕에서 떨어져나오는 듯하다. 실제로 그래서가 아니라 그것들이 거기 있기 때문에 그렇다.

그 광경을 보며 커다란 희망이 솟는 것을 느낀다. 하지만 희망이란 문학적 창작임을 잘 알고 있다. 아침, 봄, 희망, 이런 것들은 같은 곡조를 만들려는 의도를 통해 음악으로 연결된다. 같은 목적을 가진 같은 기억에 의해 영혼에 연결된다. 아니다. 도시를 관찰하듯이 나 자신을 관찰해보면, 나는 오로지 오늘도 다른 날과 다름없이 지나가기를 빌어야 함을 알 수 있다(이성도 여명을 본다). 하루가 시작될 때 내가 품은 희망이 있다면 그건 내 것이 아니었다. 흘러가는 시간을 사는 사람들의 것이고, 한순간 밖으로 드러난 그들의 생각을 어쩌다 내가 구현했을 뿐이다.

희망? 내가 희망할 게 무엇이지? 하루는 나에게 그 하루밖에 약속하지 않는다. 나는 하루가 얼마 동안 진행되다 끝난다는 사실을 안다. 햇빛은 기운을 북돋워주지만 나를 더 향상시키지는 않는다. 나는 집에 돌아왔을 때와 같은 모습으로 집을 나설 것이고 몇 시간 더 늙을 것이다. 어떤 기분은 더 즐겁고 어떤 생각은 더 슬플 것이다. 무엇인가 태어나면 우리는 그것을 탄생이라고 느낄 수도 있고, 그것이 언젠가는 죽을 거라고 생각할 수도 있다. 지금 중천에 떠오른 태양 아래 도시의 풍경은 건물로 이루어진 들판처럼 자연스럽고 광대하고 조화롭다. 하지만 그 모든 것을 보는 동안 내가 존재한다는 사실을 잊을 수 있을까? 도시에 대한 나의 의식은 결국 따지고 보면 나에 대한 나의 의식이다.

나의 어린 시절이 불현듯 떠오른다. 나는 아침이 도시 위로 밝아오는 광경을 지금은 볼 수 없는 방식으로 바라보곤 했다. 그 시절의 아침은 내가 아니라 인생을 위해 밝아왔는데, 왜냐하면 그때는 내가 (의식하지는 못했지만) 바로 인생이었기 때문이다. 그 시절에 나는 아침을 보았고 행복했다. 오늘 나는 아침을 보며 행복하지만 한편으론 슬프다…… 내 안에는 그 어린아이가 남아 있지만 아무 말이 없다. 옛날처럼 지금도 보고 있지만, 나는 지금은 눈 뒤에서 보고 있는 나를 본다. 그것만으로 나에게는 태양이 어두침침해지고 나무의 초록색이 바래고 꽃들은 피기도 전에 시들어버린다. 그렇다, 한때 나는 여기에 속했다. 하지만 오늘은 모든 풍경 앞에서, 풍경이 얼마나 새롭든, 외국인이 되고 손님이 되고 순례자가 된다. 내가 보고 듣는 것을 모르는 이방인이 되고, 늙어버린 내가 된다.

아직 본 적 없고 앞으로 절대 보지 못할 것들을 포함해서 나는 모든 것을 보았다. 내 핏줄 속으로는 심지어 미래의 풍경에 대한 기억들도 흐르고 있기에, 그것을 또 봐야 한다는 괴로움은 내게 미리 다가온 지루함이다.

창문 난간에 기대 상체를 숙이고 각양각색인 도시의 모습을 바라보며 여유를 즐길 때에도 오직 한 가지 생각이 내 영혼을 채운다. 바로 죽어버리고 싶다는 욕망이다. 다 끝내버리고, 더는 어느 도시 위의 햇빛도 보지 않고, 생각하지 않고, 느끼지 않고, 태양과 시간의 행진을 포장지 조각처럼 뒤에 남겨두고, 존재하고자 하는 무의식적인 노력을 큰 침대 옆에서 무거운 옷을 벗어버리듯 벗고 싶다는, 마음 깊은 곳의 욕망이다.

398

나 같은 인간에게는 어떤 물질적인 환경도 상서로울 수 없고, 삶의 어떤 경우도 유리한 결과를 가져다주지 않는다는 사실을 나는 직관적으로 확신한다. 이미 내게 삶을 멀리할 충분한 이유들이 있다고 하더라도 이 사실 하나를 더 보탠다. 보통 사람들에게 틀림없이 성공을 가져다줄 요소들이 내 경우에는 예상치 못한 불리한 결과를 초래한다.

때로 이런 생각을 하다보면 신이 나를 미워한다는 고통스러운 감정에 빠진다. 내 인생을 결정지은 일련의 재앙이 발생한 이유는, 상황적 요인들이 내게 불리하도록 의도적으로 작동했기 때문이라고 볼 수밖에 없을 것 같다.

그 결과 이제 나는 절대 지나친 노력을 기울이지 않는다. 행운은, 원한다면 행운이 내게 올 것이다. 최선을 다해 아무리 노력해도 다른 이들이 얻는 만큼 얻을 수 없다는 걸 이제는 알고도 남는다. 그러므로 나는 행운에게 조금도 기대하지 않으면서 행운의 처분에 나를 맡긴다. 왜 기대하겠는가?

나의 스토아철학은 육체의 생존을 위해 필요하다. 나는 삶에 대항해 스스로 무장해야 한다. 모든 스토아철학이 결국은 엄격한 쾌락주의에 지나지 않으므로, 나는 가능하다면 내 불행에서 즐거움을 찾아내려고 노력한다. 어느 정도까지 가능할지는 모르겠다. 뭔가를 내가 어느 정도까지 이룰 수 있을지도 모르겠다. 그게 무엇이든 어느 정도까지 이룰 수 있는 일이긴 한지 그것 역시 모르겠다.

다른 사람이라면 그의 노력을 통해서가 아니라 불가피한 상황 때문에 성취하는 것들조차도, 나는 노력을 통해서도 불가피한 상황을 통해서도 성취하지 못하며 앞으로도 그럴 것이다.

아마도 내 영혼은 어느 짧은 겨울날 태어난 것 같다. 나의 존재에 밤이 일찍 도착했다. 나는 오로지 좌절과 포기 안에서만 내 인생을 살 수 있다.

정확히 말해서 이것은 스토아철학이 아니다. 내 고통에 고결함이 있다면, 문장 안에 있을 뿐이다. 나는 몸이 아픈 하녀처럼 불평을 늘어놓는다. 나는 주부처럼 속을 태운다. 내 인생은 온통 쓸모없고 처음부터 끝까지 슬프다.

399

철학자 디오게네스가 알렉산드로스대왕에게 요구한 것처럼, 내가 인생에게 부탁한 것은 단 하나, 해를 가리지 말아달란 것이었다. 원했던 것들이 있었으나, 내가 그것을 원할 이유가 없다고 거절당했다. 내가 찾아낸 것들을 현실의 삶에서 찾았더라면 더 좋았을 것이다. 꿈은 □

———————

산책하는 동안 완벽한 시구가 머릿속에서 떠오르는데, 나중에 집에 오면 기억나지 않는다. 글로 나타낼 수 없는 그 시는, 내가 잊어버린 구절들이 전부인지 아니면 원래 존재하지 않았던 구절들의 일부인지 모르겠다.

———————

모든 일에 대해 망설이는데 왜 그러는지 모를 때가 많다. 내가 보기에는 직선이고 내 머릿속에서는 가장 이상적인 직선이었는데 실제로는 두 지점 사이를 잇는 가장 먼 길이었던 경우가 빈번했다. 나는 한 번도 활동적인 삶을 영위하는 능력을 지녀본 적이 없었다. 아무도 실수하지 않는 동작에서 나는 매번 실수했고, 다른 이들은 자연스럽게 할 줄 아는 일을 하기 위해 나는 늘 노력해야 했다. 다른 이들은 원치 않는데도 얻는 것들을 얻기 위해 나는 간절히 소망했다. 인생과 나 사이에는 항상 반투명 유리가 있었다. 그 유리는 보거나 만져봐도 무엇인지 알 수 없었고, 나는 그 인생 또는 계획을 살지 못했다. 나는 내가 되고 싶었던 것의 백일몽이었고, 나의 꿈은 나의 의지 안에서 시작되었다. 내가 이루려던 목표는 언제나 내가 될 수 없었던 것을 말하는 첫 번째 허구였다.

나의 지성에 비해 나의 감성이 지나친지, 나의 감성에 비해 나의 지성이 지나친지 결코 알 수 없었다. 나는 항상 늦었는데 감성과 지성 중 무엇이 늦는지, 둘 다 늦는지 아니면 제3의 다른 것이 늦는지 도통 모르겠다.

———————

이념(?)의 몽상가들—사회주의자, 이타주의자, 모든 종류의 휴머니스트—에게 나는 위장이 뒤틀리는 생리적인 구토감을 느낀다. 그들은 이상이 없는 이상주의자다. 생각이 없는 사상가다. 인생의 표면을 보고 황홀해하는 자들이고, 물위에 떠 있는 쓰레기가 조개와 같이 떠 있다는 이유로 아름답다고 여기고 그 쓰레기를 갖고 싶어한다.

400

지그시 눈감고 비싼 시가 한 대를 피우면 부자가 된다.

젊었을 때 살았던 장소를 다시 가보는 사람처럼, 나는 싸구려 담배 한 대를 피우면 그 시절의 나로 완전히 돌아갈 수 있다. 구수한 담배 맛을 따라 모든 과거가 되살아난다.

어떤 날은 달콤한 과자가 그 역할을 한다. 때로는 평범한 초콜릿 한 개가 강렬한 추억을 불러일으켜 신경을 흔들고 허물어뜨릴 수 있다. 어린 시절이여! 이 사이로 초콜릿의 검고 부드러운 질감이 느껴지면 어느새 나는 장난감 병정과 함께 즐거웠던 시절, 말馬이 되어준 막대기와 더불어 기사로 변신하곤 했던 시절의 소박한 행복을 씹고 맛보게 된다. 내 눈에는 눈물이 차오르고, 초콜릿의 맛이 내 지나간 행복과 떠나간 어린 시절의 맛과 뒤섞이고, 나는 그 부드러운 고통을 육감적으로 누린다.

이러한 나의 미각의 의례는 간소하지만, 다른 의례들과 마찬가지로 엄숙하다.

하지만 과거의 순간을 내 영혼에 가장 민감하게 되살리는 건 역시 담배 연기다. 미각을 감지하는 의식에 담배 연기가 스치기만 해도 죽었던 시간들이 한꺼번에 밀려온다. 멀리 있는 시간일수록 현재처럼 느껴지고, 그 시간들이 나를 둘러쌀수록 안개에 싸인 것 같고, 그 시간을 몸으로 느끼려 들면 이 세상 것이 아닌 듯 더욱 가벼워진다. 박하향 담배 한 개비나 싸구려 시가는 나의 어떤 순간들을 달콤하고 부드럽게 감싸준다. 맛과 향의 섬세하고 그럴듯한 조합에 힘입어 나는 죽어 있던 무대를 다시 세우고 과거의 색깔을, 보기만 해도 진절머리나고 짜증나는 고고함 때문에 무척이나 18세기 같고, 회복할 수 없는 상실이라는 점에서 너무나 중세 같은 과거의 색깔을 다시 한번 그 무대 위에 입힌다.

401

치욕이 깊다못해 치욕으로 화려해진 나를 위해 고통과 소멸의 화려한 행렬을 만들었다. 나는 나의 고통으로 시를 짓지는 않았지만 그 고통으로 행렬을 만들었다. 나의 내면을 향한 창문을 통해 자줏빛 일몰과 원인 모를 고통의 흐릿한 노을을 놀란 눈으로 바라본다. 본질적으로 삶의 무능력을 타고난 나의 위험과 부담과 실패 들이 길을 잘못 든 나의 행렬 속에 있다. 내 안의 죽지 않은 어린아이는 내가 나를 위해 무대에 올린 서커스를 열렬히 응시한다. 그 어린아이는 서커스 속에만 존재하는 어릿광대들을 보며 웃는다. 서커스의 재주꾼들과 곡예사들이 마치 인생의 전부인 양 그들에게 시선을 고정하고 지켜본다. 그렇게 한 영혼 안에 넘쳐흐르는 예기치 못한 고뇌와 신에게 버림받은 마음에 고인 치료할 길 없는 절망은, 행복하진 못해도 만족스럽게, 내 방의 흉하고 낡은 벽지가 발린 네 개의 벽 안에서 어린아이처럼 천진난만하게 잠들어 있다.

거리가 아니라 나의 고통 사이로 걸어간다. 길옆에 늘어선 건물들은 나의 영혼을 둘러싼 온갖 몰이해를 의미한다. □ 나의 발소리는 우스꽝스러운 장례식 종소리같이, 밤에 들려오는 괴기스러운 소음같이, 영수증이나 맹수 우리처럼 마지막으로 길바닥에 울려퍼진다.

나로부터 떨어져나와 내가 바로 우물의 밑바닥임을 본다.

내가 되어본 적 없던 누군가 죽었다. 신은 내가 누구여야 했는지 잊었다. 나는 그저 공허한 간주곡이다.

내가 만일 음악가라면 정말 정당한 이유로 내 장송곡을 만들 텐데!

402

돌멩이 한 개나 먼지 한 알로 다시 태어날 수 있다면…… 내 영혼은
이 소원으로 사무쳐 운다.

모든 것에 대한 미각을 잃어간다. 맛이 나지 않는 것을 감지하는 그
미각마저 잃어버린다.

403

아무런 의미를 찾을 수 없다…… 삶은 무겁고…… 모든 감정은 내
게 너무 버겁고…… 신만이 내 마음을 안다…… 언젠가 따라갔던 행
렬의 기억나지 않는 화려함이 불러일으킨 피로가 나의 향수를 달래주
는가?
　어느 장막이? 어느 별들의 행진이? 어느 백합이? 어느 깃발이? 어느
색유리창이?
　이 세상의 호수와 사이프러스 나무와 회양목을 그토록 생생히 기억
하고, 오로지 포기함으로써 그들의 행렬에 씌울 장막을 얻는, 우리의
가장 훌륭한 환상들은 어느 불가사의한 나무 그늘 아래를 지나갔는가?

———

말하지 마라…… 당신은 너무 자주 나타난다…… 당신을 바라보는 것만으로도 안타깝다…… 언제쯤 당신은 단지 나의 그리움으로 남을 것인가? 그때까지는 얼마나 많은 당신이 내게 있을 것인가? 당신을 볼 수 있을 것이라는 나의 가정은 아무도 지나가지 않는 낡은 다리다…… 인생은 그런 것이다. 다른 이들은 노를 버렸다…… 보병 부대는 이미 규율을 잃었다…… 날이 밝자 기사들은 창槍 소리를 내며 떠나버렸다…… 당신의 성은 폐허가 되기를 기다리고 있었다…… 어떤 바람도 일렬로 늘어선 나무들 위를 떠나지 않았다…… 쓸모없는 주랑 현관, 잘 보관된 값비싼 그릇들, 예언의 징후. 이 모든 것은 오래된 사원의 기울어가는 석양에 속할 뿐, 지금 이 순간 우리의 만남에는 없다. 왜냐하면 당신의 손가락과 때늦은 손동작이 아니라면 보리수나무가 그림자를 드리울 이유가 없으니까……

　머나먼 영토를 가지려는 그 모든 이유…… 스테인드글라스 속 왕들이 체결한 조약…… 종교화 속의 백합꽃…… 수행단은 누구를 기다리고 있는가?…… 잃어버린 독수리는 어디로 갔는가?

404

　창가에 기댄 채 꿈에 잠긴 여자가 실이나 리본을 손에 걸고 만지작거리듯, 세상을 우리의 손가락 주위로 굴려보기.

모든 것은 결국, 우리를 아프게 하지 않는 방식으로 권태를 느끼려는 노력으로 귀결된다.

동시에 두 명의 왕이 될 수 있다면 흥미로울 것이다. 하나의 영혼을 공유하는 두 왕이 아니라, 서로 다른 영혼을 가진 두 왕.

405

대부분의 사람들에게 인생은, 거의 알아채지 못하고 지나가는 고역이고, 이따금 즐거운 일이 중간에 낀 슬픈 사연이고, 상갓집에 모인 사람들이 밤을 새우는 의무를 수행하는 길고 조용한 밤에 이런저런 이야기를 나누는 시간 같은 것이다. 나는 인생을 눈물의 골짜기라고 이해하는 것은 아무 의미 없는 일이라고 항상 생각했다. 인생은 눈물의 골짜기이기는 하지만, 아주 드물게 눈물을 흘리는 곳이다. 하이네는 참극이 지나간 뒤에 우리는 고작 코를 푼다고 말했다. 그는 유대인답게 보편적인 정신으로 인류의 보편적인 본질을 명확히 파악했다.

우리가 인생을 의식한다면 인생을 견딜 수 없을 것이다. 다행히도 우리는 의식하지 못한다. 우리는 동물과 마찬가지로 무의식적으로, 하찮고 의미 없이 산다. 동물은, 확실치는 않지만 아마도 죽음을 대비하지 않는다. 이에 반해 우리는 죽음을 예상한다지만, 죽음에 대한 생각이라고 말하기 힘든 수많은 망각과 잡념과 옆길로 빠진 생각을 통해서 죽음을 예측한다.

그것이 우리가 사는 방식이기에 동물보다 인간이 우월하다고 간주하기에는 근거가 약하다. 인간과 동물의 차이점은 말하고 글을 쓴다는 순전히 외부적인 세부 사항, 그리고 구체적인 지식으로부터 우리의 관심을 돌리게 만드는 추상적인 지식, 마지막으로 불가능한 일들을 상상하는 능력이다. 그러나 이 모든 것은 우리의 유기체적인 속성의 부수적인 결과에 불과하다. 말하고 쓰는 것은 우리 삶의 원초적인 본능, 어떻게 그리고 왜 작동하는지 알지 못해도 상관없는 본능에 아무런 영향을 주지 않는다. 우리의 추상적인 지성은 동물로 치면 햇빛을 찾는 일에 해당하는 체계나 그 비슷한 개념을 개발하는 일에만 사용된다. 그리고 불가능을 상상하는 것은 어쩌면 인간만의 고유한 특징이 아닐 수도 있다. 고양이가 달을 쳐다보는 눈빛을 본 적이 있는데, 그것이 간절히 원하는 눈빛이 아니었다고 말하기는 어렵다.

세상과 인생 전체는 개별 의식을 통해 작동하는 무의식의 광대한 체계다. 두 종류의 기체에 전기를 흐르게 하면 액체가 만들어지는 것처럼 두 의식—구체적인 존재의 의식과 추상적인 존재의 의식—이 상위의 무의식을 형성하고 인생과 세계가 그 사이로 흘러간다.

그러므로 생각하지 않는 사람은 행복하다. 생각하는 사람인 우리가 몹시 길을 헤매면서 비유기체적이거나 사회적인 운명을 통해 실현하는 것들을 그는 단지 본능과 유기체적 운명을 통해 실현하기 때문이다. 동물과 더 많이 유사할수록 행복한 인간인데, 왜냐하면 우리가 힘들게 이르는 경지에 힘들이지 않고 도달하기 때문이다. 우리는 거짓 지름길과 다시 돌아오는 길을 거쳐서야 집에 가는데, 그런 사람은 집에 가는 길을 잘 알고 있다. 우리가 풍경 속 신화이고 헛됨과 망각을 의상으로 걸친 단역배우인 데 비해, 그는 나무처럼 뿌리를 내린 풍경의 일부이고 따라서 아름다움의 일부이기 때문이다.

406

나는 동물들의 행복을 별로 믿지 않는다. 어떤 특별한 감정을 강조하기 위한 장치로 이 개념을 사용할 때가 아니라면 더욱 그렇다. 행복하기 위해서는 행복하다는 사실을 알아야 한다. 꿈도 없이 잠을 자서 행복한 순간은 잠에서 깨어나 꿈도 없이 잠을 잤다는 사실을 깨달을 때뿐이다. 행복은 행복 바깥에 있다.

행복을 인식하지 않으면 행복이 있을 수 없다. 하지만 행복의 인식은 곧 불행을 가져온다. 왜냐하면 행복을 안다는 것은, 자신이 지금 행복을 경험하고 있다는 것과 이제 곧 행복을 뒤에 남겨놓고 떠나야 한다는 것을 알고 있다는 뜻이기 때문이다. 다른 모든 것과 마찬가지로 행복에서도 어떤 대상을 안다는 것은 곧 그걸 죽이는 것이다. 하지만 알지 못한다면 그것은 존재하지 않는다.

오직 헤겔의 절대정신*만이 글 안에서 동시에 두 가지가 되는 데 성공했다. 존재와 비존재는 삶의 법칙과 감각 속에서 서로 섞이거나 혼재하지 않는다. 그들은 정반합의 법칙에 의해 서로를 배제한다.

---

* 주관과 객관을 동일화하여 완전한 자기 인식에 도달한 정신.

무엇을 할 것인가? 순간을 마치 사물처럼 고립시키고, 우리가 지금 느끼는 것 외에 아무것도 생각하지 말고 나머지는 모두 배제하며, 우리가 행복을 느끼는 지금 이 순간 행복하기. 우리의 생각을 우리의 감각 안에서 묶어버리기. □

그것이 오늘 오후, 내가 믿고 있는 것이다. 내일 아침이면 다른 것을 믿을 텐데, 왜냐하면 내일 아침이면 나는 다른 사람일 것이기 때문이다. 내일 아침 어떤 신념을 가질 거냐고? 모른다. 그 순간이 와야 알 수 있을 것이다. 오늘 내가 믿는 영원한 신조차도, 오늘이든 내일이든, 그것을 알 수 없다. 왜냐하면 오늘 나는 나이고, 내일이 되면 신은 어쩌면 한 번도 존재하지 않았을지도 모르기 때문이다.

407

신은 나를 어린아이로 창조했고, 언제까지나 어린아이로 남겨두었다. 그런데 신은 왜, 인생이 나를 두들겨 패고, 내게서 장난감을 빼앗고, 오락 시간에 나만 홀로 내버려두고, 한참 동안 흘린 눈물로 더러워진 푸른색 턱받이를 그토록 연약한 손으로 구기는 것을 허락했는가? 나는 애정 없이 살 수 없었는데, 왜 그 애정을 쓰레기처럼 던져버렸을까? 아, 길에서 울고 있는 어린아이, 홀로 남겨진 아이를 볼 때마다 지친 내 심장에 예고 없이 찾아온 두려움이 그 아이의 슬픔보다 더 아프다. 내가 느끼는 삶의 모든 것이 아프다. 턱받이의 한 귀퉁이를 비트는 것은 나의 손이고, 진정한 눈물로 일그러진 것은 나의 입이고, 허약함도 나의 것, 외로움도 나의 것이다. 지나가는 어른의 웃음소리는 내 심장의 민감한 솜털에 불을 긋는 성냥불이다.

408

남자는 매우 감미로운 목소리로 먼 나라의 노래를 부르고 있었다. 알아들을 수 없는 가사가 곡조 때문에 친근하게 들렸다. 영혼을 울리는 느낌으로 보아 파두 같았지만 파두와는 비슷한 구석이 전혀 없는 노래였다.

그 노래는 얼굴을 숨긴 단어들과 인간적인 멜로디를 통해, 모든 이들의 영혼에 있지만 어느 누구도 모르는 것들을 말하고 있었다. 그는 듣는 이들은 아랑곳없다는 눈빛으로, 일종의 반수면 상태로 거리 한구석에서 약간의 무아지경 속에서 노래하고 있었다.

주위에 둘러선 몇몇 사람들이 조롱하는 기색 없이 노래를 듣고 있었다. 노래는 모든 사람의 것이었고, 때로 가사는 어느 소멸된 민족의 동양적 비밀을 우리에게 말해주고 있었다. 도시의 소음이 있었지만 우리에게는 그 소리가 들리지 않았다. 마차들이 어쩌나 가깝게 지나다니는지 한 대는 내 코트 깃을 거의 스치고 지나갔는데, 그걸 느꼈지만 소리를 듣지는 못했다. 그 낯선 이의 노래는 우리가 꿈꾸는 것 또는 우리가 이루지 못한 것을 어루만져서 우리는 깊이 몰입했다. 어쨌든 그것은 행인들의 눈길을 끄는 소란이었고, 경찰이 길모퉁이를 돌아 천천히 걸어오는 걸 우리 모두 알아차렸다. 경찰은 느린 걸음으로 다가오더니,

뭔가에 시선이 붙들린 듯, 우산 파는 소년 뒤에서 잠깐 걸음을 멈췄다. 그 순간 남자가 노래를 멈추었다. 그 누구도 말이 없었다. 경찰이 앞으로 걸어왔다.

409

무슨 까닭인지 모르지만 어느 순간 사무실에는 나 혼자 남았다. 혼자라는 사실을 불현듯 깨닫긴 했지만 이미 막연하게 감지하고 있었다. 내 의식의 어느 한구석에서 넉넉한 안도감이 느껴졌고, 양쪽 폐가 한층 깊은 숨을 내쉬고 있었다.

대체로 사람들로 가득하고 소란스러운 곳, 또는 자기 집이 아닌 장소에서 혼자 있게 되는 시간. 이때가 바로 우연한 만남과 부재가 불러일으키는 흥미로운 감정을 경험할 기회다. 우리는 갑자기 절대 권력자가 된 듯하고, 수월하고 폭넓게 지배력을 행사하는 듯하고, 이미 말했듯 안도감과 평온함을 누린다.

온전히 혼자라니, 얼마나 좋은가! 크게 혼잣말을 할 수 있고, 남의 시선을 의식하지 않은 채 걸어다녀도 되고, 뒤로 기댄 채 방해받지 않고 백일몽에 잠길 수도 있다! 건물 전체가 들판이 되고, 모든 사무실들이 농장처럼 넓어진다.

모든 소음은 가까이 있다 해도 나와 무관한 우주에 속하기에 외부의 것이다. 마침내 우리가 왕이다. 이것이야말로 우리 모두가 간절히 바라는 것이고, 어쩌면 가짜 황금을 가진 자들보다 우리 같은 서민이 이것을 더 열렬히 원할지도 모른다. 한순간 우리는 고정적으로 급료를 받으며 아무 필요도 걱정도 없이 사는 우주의 하숙생이 된다.

아, 그런데 누군가 계단을 걸어 올라오는 소리가 들린다. 나의 즐거운 고독을 방해하러 누군가 나타날 것이다. 암암리에 세웠던 나의 왕국은 야만인들에게 침범당할 것이다. 발소리가 내게 누구인지 말해주는 것도 아니고, 아는 누군가의 발소리라고 기억나는 것도 아니다. 내영혼의 가장 귀먹은 본능이 누군가 곧 여기로 온다고 나에게 알려준다. 지금 발소리만 들리는 가운데 올라오고 있는 사람을 생각하자 갑자기 눈앞에 계단이 보인다. 그렇다, 사무실 직원 중 한 명이다. 발소리가 멈추더니 문이 열리고 그가 들어온다. 나는 그를 쳐다본다. 그가 들어오면서 말한다. "소아르스 씨, 혼자 계세요?" 나는 대답한다. "예, 좀 됐어요……" 그러자 그는 외투를 벗으면서 옷걸이에 걸려 있는 다른 낡은 옷을 쳐다보며 말한다. "우리만 여기 있다니 진짜 따분하네요. 소아르스 씨, 더구나 또……" 내가 맞장구친다. "그러네요, 정말." 낡은 작업복을 걸친 그가 자기 책상 쪽으로 가며 말한다. "잠이나 한숨 잤으면 좋겠어요." 나는 미소 지으며 대답한다. "그러게요." 그러고 나서 잊고 있던 펜을 집으려고 팔을 뻗으며, 평범한 인생 속 익명의 건전함 안으로 활기차게 돌아온다.

410

그들은 기회만 되면 언제나 거울 앞에 앉는다. 우리와 얘기하는 동안, 자신과 이야기하며 거울 속 자신과 눈을 맞추고 구애한다. 연애에 빠진 이들이 흔히 그렇듯 가끔은 하던 대화를 잊고 다른 길로 빠진다. 그들은 나에게 호감을 갖는 편인데, 성인이 된 후 생긴 내 외모에 대한 혐오감으로 나는 거울만 보면 으레 등지고 앉기 때문이다. 그들은 내가 남의 말을 잘 들어줌으로써 그들의 허영심과 과시욕을 마음껏 발산할 수 있게 해주는 사람임을 직감하고 언제나 나에게 잘해준다.

전체를 놓고 보면 대체로 나쁘지 않은 인간들이었다. 개인별로 보면 괜찮은 사람도 있고 형편없는 사람도 있었다. 그들에게는 평범한 관찰자가 예상하기 힘든 관대함과 부드러운 매너도 있고, 보통 사람들이 상상하기 어려운 천박함과 비열함도 있었다. 한심함, 질투심, 착각, 이런 말들로 그들을 요약할 수 있고, 어쩌다 한때 진흙탕에 잠시 빠졌던 훌륭한 사람들의 작품에 스며든 주변 환경도 같은 말로 요약할 수 있겠다. (이것이 피알류*의 작품에 나오는 노골적인 시기심, 천박한 난폭함, 혐오스러운 무례함을 설명해준다……)

어떤 이들은 유머가 있고, 어떤 이들은 유머만 있으며, 어떤 이들은 아직 오지 않았다. 카페 안의 유머는 거기 없는 사람들에 대한 농담과 거기 있는 사람들에 대한 험담, 두 종류로 나뉜다. 이런 종류의 유머는 대체로 저속하다고 여겨진다. 다른 사람을 깎아내리는 농담밖에 할 줄 모른다면 이는 정신의 빈곤을 드러내는 징표다.

나는 지나왔고, 보았고, 그들과는 달리 나는 이겼다. 나의 승리는 그들을 알아보았다는 사실에 있다. 나는 모든 저급한 사회집단의 정체성

---

* 텍스트 259 참조.

을 꿰뚫어보았다. 여기 내 셋방이 있는 집으로 돌아오면 카페에서 보았던 것과 똑같이 저질스러운 영혼들과 마주치는데, 그나마 신들의 가호 덕분에 파리에서 성공했다는 식의 허풍만은 모면한다. 내가 세 들어 사는 집 여주인은 리스본의 노바스 아베니다스*에 대한 환상이 있지만, 외국에 가보고 싶다는 꿈은 꾸지 않는다. 그런 면이 내게는 감동적이다.

인간 의지의 무덤 같았던 그곳에서 보낸 시절의 메스꺼운 권태와 몇 개의 농담을 기억한다.

그들은 묘지로 가고 있고, 이제는 아무 말 없는 것을 보니, 그들의 과거는 그곳 카페에 남겨둔 것 같다.

……그리고 후손들은 말로만 떠들었던 전투에서 승리해 얻은 검은 깃발 뭉치 아래 영원히 숨어 있는 그들을 결코 알 수 없을 것이다.

411

자부심이란 자신의 위대함에 대한 감정적인 확신이다. 허영심은 다른 이들이 우리에게서 위대함을 보거나 우리를 위대하다고 여길 것이라는 감정적인 확신이다. 이 두 감정은 반드시 함께 다니는 것도 아니고, 본질적으로 서로 적대하는 감정도 아니다. 둘은 서로 다른 감정이고 양립 가능하다.

허영심을 동반하지 않는 자부심은 망설이면서 자신을 드러낸다. 자

---

* 리스본의 고급 주택가.

신이 훌륭하다고 생각하지만 남들도 그렇게 생각한다고 확신하지 않는 이는 자신에 대한 자신의 의견과 남들의 의견이 다를까봐 걱정한다.

자부심을 동반하지 않는 허영심은 가능하기는 해도 매우 드문 경우로, 무모하게 자신을 드러낸다. 다른 이들이 자신을 가치 있는 인간으로 여긴다고 믿는 이에게는 걱정할 일이 없다. 육체적 용기와 도덕적 용기는 허영심 없이도 가능하다. 하지만 허영심 없는 무모함은 있을 수 없다. 여기서 무모함이란 무엇인가를 주도하는 자신감이다. 무모함은 육체적 용기나 도덕적 용기 없이도 가능하다. 무모함과 용기는 서로 완전히 달라서 비교할 수 없는 특성이기 때문이다.

412

고통스러운 간주곡

나는 심지어 내 자부심으로도 위로를 삼지 못한다. 내가 나를 창조하지 않았는데 무엇에 자부심을 갖겠는가. 설령 내게 뽐낼 만한 게 있다 하더라도, 그만큼 부끄러운 것도 많다.

드러누운 채 인생을 보낸다. 꿈속에서조차 나는 나를 일으킬 수 없고, 나는 너무나 무능한지라 아무런 노력도 기울일 수 없다.

형이상학적 체계의 창안자와 심리학적 설명의 □는 고통에 대한 이해가 아직 초기 단계에 머물러 있다. □과 구성이 아니라면, 체계화와 설명은 대체 무엇인가? 그리고 정리하고 배열하고 조직하는 이 모든 일은 노력을 실현했다는 것 외에 무슨 의미가 있는가? 비통하게도 바로 이것이 인생이다!

나는 비관주의자가 아니다. 자신의 고통을 보편적 언어로 표현할 수 있는 자는 행복하다. 나는 과연 세상이 슬픈지, 그게 나와 무슨 상관이 있는지 모르겠다. 왜냐하면 나는 다른 이들의 고통에 아무 관심이 없기 때문이다. 그들이 울거나 통곡하더라도 그저 짜증나고 불쾌한 일일 뿐, 나는 그들의 고통에 어깨 한번 움츠리지 않는다. 다른 이들의 고통을 거들떠보지 않는 내 태도는 그토록 철저하다.

그러나 나는 인생이란 절반은 빛이고 절반은 그림자라 믿고 싶다. 나는 비관주의자가 아니다. 인생의 끔찍함에 대해 불평하지 않는다. 다만 내 인생의 끔찍함을 불평할 뿐이다. 내게 중요한 유일한 사실은 내가 존재하고 고통받는다는 것, 이 고통에서 벗어나리라고 꿈조차 꿀 수 없다는 것이다.

행복한 몽상가들이야말로 비관주의자다. 그들은 자기 좋을 대로 세상을 만들기 때문에 언제나 편안해한다. 나를 가장 괴롭히는 것은 세상의 행복한 소음과 나의 슬프고 지겨운 침묵 사이의 격차다.

자신의 모든 아픔과 걱정과 격동이 따르는 인생은 좋은 동반자와 함께(이 사실을 즐길 줄 알면서) 낡은 역마차를 타고 달리는 여행처럼 즐거운 것임에 틀림없다.

나의 고통을 '위대함'의 징표로 볼 수 없다. 그런 것인지 아닌지 잘 모르겠다. 나는 너무 사소한 일들로 고통받고 너무 평범한 일들로 상처받는지라, 고통이 위대함의 징표라는 가설로 내가 천재일지도 모른다는 가설을 감히 모욕하지 않으련다.

아름다운 석양의 찬란함은 그 아름다움으로 나를 슬프게 한다. 그 광경을 보며 나는 항상 생각한다. 행복한 사람이라면 이런 장면을 보면서 정말로 황홀할 텐데!

이 책은 일종의 한탄이다. 완성되면 포르투갈에서 가장 슬픈 책인 『나 홀로』*를 능가할 것이다.

내 고통에 비하면 다른 고통은 가짜 같거나 미미해 보인다. 그 고통은 행복한 사람들, 또는 살아가고 불평하는 사람들의 고통이다. 나의 고통은 삶에서 단절되어 감옥에 갇힌 자신을 발견한 사람의 고통이다.

나와 인생 사이에……

나는 나를 괴롭히는 것을 모두 볼 수 있다. 그리고 기쁨을 주는 것은 전혀 못 느낀다. 나는 고통은 느껴지는 것보다 더 많이 보이고, 행복은 보이는 것보다 더 많이 느껴진다는 걸 깨달았다. 그러므로 생각하지 않고 보지 않는다면, 신비주의자나 보헤미안, 그리고 파렴치한 인간들처럼 어느 정도의 만족을 얻을 수 있다. 모든 고통은 관찰이라는 창문과 생각이라는 문을 통해 집안으로 들어온다.

---

* 포르투갈 시인 안토니우 노브르의 시집.

413

꿈꾸는 순간의 기분에 따라 아무렇게나 우주를 허물고 다시 구성하면서, 꿈에 의해 살고 꿈을 위해 살자. 그렇게 할 때의 □와 무용성을 철저히 인식하면서 그렇게 하자. 온몸으로 삶을 무시하고, 모든 감각을 동원해 현실에서 벗어나고, 온 마음을 다해 사랑을 포기하자. 우물가에 가져간 항아리를 쓸모없는 모래로 채웠다가 비우자. 아무 의미 없이 다시 채우고 다시 비우기 위해.

완성하자마자 전부 잘게 부숴버리기 위해 화관을 만들자.

그림을 그릴 캔버스도 없는데 물감을 집어 팔레트 위에 섞자. 조각가도 아니고 끌도 없으면서 조각할 돌을 주문하자. 모든 것을 부조리하게 만들고, 우리의 모든 불임의 시간들을 순수한 무용지물로 만들자. 삶에 대한 우리의 의식과 숨바꼭질을 하자.

우리의 존재에 대해 시간이 들려주는 말을 불신의 기쁜 미소를 띠고 듣자. 시간이 세상을 색칠하는 것을 보면서 그 그림이 가짜일 뿐 아니라 허무하다고 생각하자.

소리가 아닌 소리와 색깔이 아닌 색깔로 크게 말하면서 서로 모순되는 문장들로 생각하자. 우리는 의식하지 못한다는 걸 의식하고, 우리는 우리가 아니라는 것을 말하고, 불가능하지만 그것을 이해하자. 모든 것을 사물의 성스러운 이면에 숨겨진 역설적 의미를 통해 설명하자. 그리고 그 설명을 지나치게 믿어버린 나머지 설명을 포기하지는 말자.

우리가 말하려는 모든 꿈을 절망적인 침묵으로 조각하자. 행동하려는 우리의 모든 생각이 무기력하게 시들도록 하자.

산다는 것의 끔찍함이 이 모든 것들 위에서, 단 하나의 푸른 하늘처럼, 멀리서 떠돌아다닌다.

414

그러나 우리가 꿈꾸는 풍경은 우리가 이미 보았던 풍경의 연기煙氣에 불과하며, 그 풍경을 꿈꾸는 일의 권태로움은 이 세상을 바라보는 권태로움만큼 엄청나다.

415

상상 속의 인물들은 현실 속의 인물보다 더 선명하고 진실하다.

나의 상상 속 세상은 언제나 나에게 하나뿐인 진실한 세상이었다. 나 자신이 창조한 인물들과 나눴던 사랑만큼 사실적이고 열정과 피와 생명으로 넘치는 사랑을 결코 해본 적이 없다. 이건 미친 짓이다! 다른 것들이 그렇듯 이 또한 지나가버리는 것이기에 나는 상상 속 사랑이 그립다······

416

상상 속의 아름다운 저녁에 나는 종종 노을빛이 내려앉은 상상 속의 거실에 앉아 내 안에 있는 여러 명의 나와 지치도록 대화를 나누곤 한다. 가끔 그들 중에서 나와 가장 비슷한 나와 잠시 단둘이 남으면 내가 제기하는 의문이 있다. 과학의 시대에 살고 있는 우리는 대체 어떤 이유로 인공적인 것을 이해하려고 하지 않느냐는 질문이다. 또하나 내가 더욱 무기력한 심정으로 곰곰이 생각하는 의문은, 인간과 동물에 대한 평범한 심리학과 더불어 카펫이나 그림에만 등장하는 인공적인 인물과 창조물에 대한 심리학—분명히 있을 것인데—은 왜 발달하지 않느냐는 것이다. 영혼의 개념을 유기체의 영역에만 한정하고 조각상이나 자수품에는 부여하지 않는 건 현실에만 치우친 슬픈 관점이다. 형상이 있는 곳에는 영혼이 있다.

이러한 나의 고찰은 게으른 망상이 아니라 다른 모든 과학적 연구와 대등한 성찰이다. 그러므로 대답을 얻기 전에 먼저, 그런 심리학이 존재한다면 무엇이 가능할지를 추측해보고, 이 desideratum*이 실현될 경우 나타날 결과들을 내면의 분석을 통해 떠올려본다. 이 생각을 하자마자 나의 마음속에는 과학자들이 그림이 인생이라고 생각하면서 상체를 굽히고 그림을 들여다보는 모습이 떠오른다. 현미경을 들고 직물조직을 연구하는 과학자들이 카펫 위에 나타난다. 가장자리가 소용돌이무늬인 커다란 그림을 연구하는 물리학자들과 그림의 색깔과 형

* 라틴어로 '원하는 것'이라는 뜻.

태와 개념을 공부하는 화학자들이 나타나고, 여러 겹으로 새겨진 호박琥珀 조각 위로는 지질학자들이 떠오른다. 마침내 가장 중요한 심리학자들이 나타나, 분명 작은 조각품들이 느낄 감정과, 그림이나 색유리 창 속 인물들의 희미한 심리 상태를 가로지를 생각, 미친 충동, 멈출 수 없는 열정, 저부조低浮彫로 새겨진 영원한 동작이나 그림 속 인물들의 불멸의(?) 의식 속에 있는, 이미 죽어버려 영원히 변하지 않는 그 특별한 우주에 수시로 나타나는 동정심과 혐오와 □을 하나하나 기록하고 분류한다.

특히 문학과 음악은 다른 예술 분야에 비해 심리학자의 섬세한 연구와 잘 어울리는 분야다. 소설 속 인물들은 다들 알다시피 우리만큼 사실적이다. 음향의 어떤 측면은 빠르게 사라지는 날개 달린 영혼을 갖고 있지만 그래도 심리학과 사회학 연구를 허용한다. 몰랐던 이들이라면 이 사실을 알아두는 게 좋다. 색깔과 소리와 문장 안에 사회들이 존재하며, 교향곡을 연주하는 악기들의 앙상블 속에, 소설의 잘 조직화된 구조 속에, 그리고 크고 복잡한 그림 전체에, 은유가 아니라 글자그대로의 제도와 혁명과 왕국과 정치가 존재한다는 것을. 거기서 가지각색의 형상을 띤 전사들과 연인들 또는 상징적인 인물들이 즐거움을 누리고 고통을 겪으며 함께 어울린다는 것을.

일본산 찻잔 세트의 잔 하나가 깨졌을 때, 나는 그 원인이 하녀의 부주의한 손길이 아니라 도자기에 그려진 그림 속에 살고 있는 인물들의 고뇌라고 상상했다. 그들의 은밀한 자살 결단은 내게 그다지 놀랍지 않다. 우리가 권총을 자살에 이용하듯 그들은 하녀를 이용했다. 이 사실을 안다는 것은(나처럼 정확히 안다는 것은) 현대 과학을 초월하는 것이다.

417

독서만한 쾌락을 알지 못한다. 사실 나는 아주 적게 읽는 편이다. 책이란 꿈으로 이끄는 문인데, 인생에서 가장 쉽고 자연스러운 일이 꿈과의 대화인 나 같은 사람에게는 그런 문이 필요 없다. 나는 독서할 때 책 속에 온전히 빠져드는 법이 없다. 책을 읽을 때면 항상 내 지성이나 상상이 내리는 평가가 읽는 대목마다 끼어들어 책의 고유한 서술적 진행을 방해한다. 몇 분 지나지 않아 내가 바로 그 글을 쓰는 사람이 되어버리고, 거기 원래 적혀 있던 글은 어디론가 사라져버린다.

내가 가장 좋아하는 독서는, 침대 머리맡에서 나와 함께 잠드는 따분한 책들을 반복해서 읽는 것이다. 항상 머리맡에 두는 두 권의 책이 있다. 피게이레두 신부*의 『수사학』과 프레이르 신부**의 『포르투갈어에 대한 고찰』이다. 이 책들을 항상 되풀이해서 읽고 있는데, 이미 여러 번 읽었지만 처음부터 끝까지 순서대로 읽은 적이 없다. 이 책들 덕분에 나는 내가 갖출 수 없을 줄 알았던 덕목, 즉 이성의 법칙에 따라 객관적으로 글쓰는 능력을 얻었다.

피게이레두 신부의 꾸민 듯하면서도 건조하고 금욕적인 문체는 나

---

* 교재용 저술을 많이 남겼고 페소아에게 큰 영향을 끼친 포르투갈 신부.
** 필명 칸디두 루지타누로 더 잘 알려진 포르투갈 신부.

의 지성을 유쾌하게 해준다. 프레이르 신부의 규율로부터 자유로운 장
황한 수다를 읽으며 내 영혼은 지치는 법 없이 즐거워하고, 나는 아무
걱정 없이 가르침을 받는다. 그들의 영혼은 박학다식하고 평온해서,
그들처럼 되고 싶지 않고 다른 어느 누구처럼 되고 싶지도 않은 내 성
향과 잘 맞는다.

나는 책을 읽으면서 나를 포기한다. 읽은 글이 아니라 나 자신을 버
린다. 나는 읽으면서 잠에 빠진다. 그건 마치 몽롱한 상태로 피게이레
두 신부가 수사학적 문체로 써내려간 인물 묘사를 따라가는 것 같고,
근사한 숲속에서 프레이르 신부가, 무식한 사람들처럼 '마달레나'라고
하지 말고 '막달레나'라고 말하라고 설명*하는 걸 듣는 듯하다.

418

독서를 정말 싫어한다. 처음 보는 글이 적힌 페이지를 생각만 해도
권태가 밀려온다. 나는 내가 이미 읽었던 글밖에 못 읽는다. 침대 머
리맡에 있는 책은 피게이레두 신부의 『수사학』으로, 수도원식의 정확
한 포르투갈어로 쓰인 책이다. 나는 매일 밤 그 책을 펼쳤기 때문에 지
금까지 천 번쯤 읽었는데도 수사학적 문체로 묘사한 등장인물들의 이
름을 아직 구별하지 못한다. 하지만 그 책의 언어는 나를 재우는 자장
가다. c와 함께 쓰인 예수회식의 단어들이 없다면 편히 잠들지 못할 것

---

* 포르투갈어에서 모음과 자음 사이에 나오는 g를 묵음 처리하지 말고 발음하라는 뜻.

이다.*

그렇기는 해도, 나 자신을 정확히 표현하는 언어를 비교적 신중하게 쓰는 능력이야말로 나의 전부인데, 피게이레두 신부의 책과 그의 과장된 순수주의 덕분이다.

그리고 읽는다.
(피게이레두 신부의 글 중 한 구절)
―거만하고 공허하고(?) 차가운,
그리고 이것이 산다는 것으로부터 나를 위로하네.
아니면
(인물에 대한 구절)
서문으로 다시 돌아온.

내 말에는 조금도 과장이 없다. 나는 이 모든 것을 느낀다.
다른 이들이 성경 구절을 읽듯이 나는 『수사학』을 읽는다. 덕분에 충분히 휴식할 수 있고 헌신할 필요가 없다는 두 가지 이득을 취한다.

---

* 18세기의 예수회식 철자에서 사용했던 c가 후대에 와서 묵음이라는 이유로 없어지거나 s 혹은 ss로 대체되었다. 피게이레두 신부의 『수사학』에 'c와 쓰인 단어들'의 목록이 있다.

419

인생을 형성하는 사소한 일들, 되풀이되는 일상의 무의미, 내 인간 존재의 탐욕과 비열함을 끔찍하고 더러운 선으로 밑줄 그어 강조하는 먼지, 동양의 나라들을 꿈꾸는 자의 눈앞에 펼쳐진 회계장부. 직장 상사의, 우주 전체를 모욕하는, 별 뜻 없는 농담. 미학적이고 지성적인 이론 가운데 가장 비성적非性的 분야에 대한 명상에 잠긴 순간 걸려오는 전화. 사장에게 전화를 부탁한다고 전해달라는 그의 친구 아무개 부인 의 전갈이다.

그리고 친구들이, 아주 훌륭한 청년들이 있다. 같이 대화를 나누고 점심을 먹고 저녁식사를 함께 하기에 유쾌한 친구들, 정말 좋은 청년 들이다. 그런데 그들은 왜 그런지 모르지만, 거리에 있어도 직물회사 안에 있는 것처럼, 외국에 있어도 회계장부를 앞에 둔 것처럼, 영원 속 에 있어도 사장과 함께 있는 것처럼, 모두 탐욕스럽고 비루하고 소심 하다.

누구에게나 부적절한 농담을 하는 직장 상사가 있고, 누구에게나 자 기 주변을 둘러싼 우주 바깥으로 정신이 팔리는 순간이 있다. 누구에 게나 사장과 사장의 여자친구가 있고, 노을이 아름답게 저물어가는 저 녁이면 항상 부적절한 순간에 울리는 전화벨 소리가 있다. 자기 애인 이 멋진 곳으로 차 마시러 간 것을 우리 모두 알고 있는데, 그에게 전 갈을 남겨달라고 여자친구들이 정중하게 부탁하는 전화다.

모든 사람들이 리스본의 사무실이나 직물회사의 회계장부 앞에서 꿈꾸진 않지만, 모두들 자기 앞에 회계장부 하나씩을 놓고 꿈을 꾼다.

앞으로 결혼할 여인에 대한 꿈이든 상속받을 미래를 경영할 꿈이든, 그게 무엇이든 분명히 존재하는 것을 꿈꾼다.

꿈을 꾸고 사색을 하는 우리는 어느 직물회사, 또는 어딘가 다른 도시에 있는 어느 회사의 회계사무원이다. 우리는 장부에 숫자를 기록하고 손실을 파악한다. 총액을 계산하고 그것을 넘긴다. 우리는 회계를 마감하고, 드러나지 않은 잔고는 언제나 우리에게 손해다.

미소를 띠고 이 글을 쓰지만 나의 마음은 부서지는 것 같다. 부서져 조각이 나고 파편이 된 물건처럼 내 마음은 누군가가 어깨에 짊어진 쓰레기통 속에 처박혀 세상의 모든 시청에서 운영하는 영원한 쓰레기차로 운반되는 것 같다.

그리고 모든 것들은 옷을 차려입고 기대에 차서 곧 도착할 왕을 기다린다. 왕의 행렬이 일으킨 먼지는 천천히 밝아오는 동녘의 새로운 안개가 되고, 창槍들은 멀리서 그들의 새벽을 맞아 벌써 빛나고 있다.

420

장례 행렬

서열을 알 수 없는 신관들이 회랑에 줄지어 서서 당신을 기다린다. 부드러운 금발의 소년들이, 섬광이 번득이는 칼날과 이 칼을 든 □의 청년들이, 광택을 잃은 황금과 비단의 어슴푸레한 빛 속에, 철모와 고급스러운 장식품에 반사된 일그러진 형태 안에 서 있다.

축제 행렬을 우울하게 만들고 심지어 승리한 우리를 패배감으로 짓누르는 장례식 느낌, 무無의 신비주의, 절대적 부정이 낳은 금욕주의, 이 모든 것들은 상상에 오염되어 있다.

뜨거운 태양 아래 푸른 풀밭 옆에서 감은 눈, 그 위를 덮은 차가운 일곱 뼘의 땅이 아니라 우리의 인생을 능가하는 죽음과 인생 자체—어떤 신 안의 죽어버린 존재, 내 '신들'의 종교 안의 어떤 정체 모를 신.

도라도레스 거리에도 갠지스 강이 흐른다. 모든 시대가 이 비좁은 방 안에 있다. □의 혼합, 형형색색의 관습들의 행렬, 문화들 사이의 거리, 국가들의 광범위한 다양성이 여기 다 있다.

바로 그 거리에서 나는 황홀경에 빠져 검과 성가퀴 사이에서 '죽음'을 기다릴 수 있다.

421

마음속 여행

나의 사층 방에서 무한대를 내려다보면서, 저녁 무렵에 어울리는 친밀감에 잠겨 창가에 기댄 채 별이 뜨기를 기다린다. 나의 꿈들은 내가 알지 못하거나, 상상 속에 그릴 뿐이거나, 존재할 수 없는 나라를 향해 여행을 떠난다. 그런 나라들에 이르는 거리에 맞는 리듬에 몸을 맡겨 떠난다.

422

황금색 달이 동쪽에서 금빛을 뿌리고 있다. 넓은 강 위에 드리워진 달빛의 흔적은 바다로 흘러가는 뱀 모양의 길을 열어놓는다.

423

풍성한 공단과 요란스러운 자줏빛 무늬 속에서 제국들은 널따란 길을 채운 이국적인 깃발들과 멈추는 곳마다 펼쳐진 호사스러운 휘장들 틈에서 죽음으로 향한 길을 걸어간다. 천개天蓋*가 지나갔다. 행렬이 지나가는 여정에는 칙칙한 거리도 있고 깨끗한 거리도 있었다. 특별한 목적 없이 견딜 수 없을 정도로 느린 행렬 속에서 무기들이 차갑게 반짝였다. 변두리 지역의 정원은 잊히고, 분수대의 물은 버려진 채로 남아 있고, 빛에 대한 기억 사이로 아득히 먼 웃음소리가 내려앉았다. 그렇다고 해서 숲길의 조각상들이 말을 하는 것은 아니고, 무덤들을 장식하는 가을의 색조가 계속 이어지는 노란색 틈에서 빛이 바랜 것도 아니었다. 모퉁이의 미늘창은 화려한 시대에 걸맞았고, 의상들의 색깔

---

* 종교 행렬에서 사용되는 장막형 덮개.

은 암녹색, 탈색된 자주색과 석류석 색이었다. 사람들이 떠난 텅 빈 광
장. 수도교를 떠난 그림자들은 두 번 다시 광장의 화단 사이를 지나가
지 않을 것이다.

북 두들기는 천둥 같은 소리가 시간을 떨게 했다.

424

이 세상에는 우리가 아는 사물의 법칙으로 설명할 수 없는 일들이
매일 일어난다. 그 일들은 날마다 거론되고, 잊히고, 그것들을 데려온
불가사의가 그것들을 다시 데려가고, 비밀은 망각 속에 묻힌다. 그것
은 바로 설명될 수 없는 것들은 잊혀야 한다는 법칙이다. 우리 눈에 보
이는 세상은 태양빛 아래 한결같고, 다른 세상은 그림자 속에서 우리
를 관찰한다.

425

꿈꾸는 것조차 내게는 형벌이다. 꿈을 꿀 때 나는 모든 것을 현실처
럼 명료하게 보게 됐다. 그 결과, 꿈이 단지 꿈이었을 때 가졌던 모든
가치가 없어졌다.

나는 내가 유명해지기를 꿈꾸는가? 그런 꿈을 꾸는 순간, 나는 유명
세와 더불어 겪을 공공연한 노출이 부담스럽다. 사생활과 익명성을 모

두 잃게 만들 명예가 고통스럽게 느껴진다.

426

우리의 가장 큰 괴로움을 우주적 삶에서뿐만 아니라 우리의 영혼 속에서도 대수롭지 않은 사고로 간주함으로써 비로소 지혜를 얻을 수 있다. 고통 한가운데 있을 때 이런 식으로 생각한다면 이미 최고의 지혜를 얻은 것이다. 우리는 괴로울 때면 인간의 고통이 무한한 것처럼 느낀다. 하지만 인간에게 무한한 건 없기에 고통도 무한하지 않다. 우리의 고통은 그것이 우리가 느끼는 고통이라는 사실 외에는 다른 의미가 없다.

미쳐버릴 것 같은 권태에 짓눌릴 때나 미치는 걸 넘어설 듯한 고통의 무게가 느껴질 때면 얼마나 여러 번, 폭발하기 전에 주저하며 멈추고, 나를 신격화하기 전에 멈추면서 주저하는지 모른다. 세상의 불가사의를 알 수 없다는 고통, 사랑받지 못하는 고통, 부당한 대우를 견디는 고통, 인생이 우리를 짓누르고 숨막히게 하고 구속하는 고통, 이가 아픈 고통, 꽉 끼는 구두가 주는 고통—이 모든 고통 중에서 어느 것이 자신에게 또는 남들에게, 아니면 존재하는 모든 이들에게 가장 큰 고통인지, 누가 말할 수 있단 말인가?

평소 나와 대화를 나누는 이들은 나를 무감각한 사람이라고 여긴다. 하지만 내 생각에 나는 대부분의 남자들보다 훨씬 민감한 편이다. 나는 스스로를 잘 아는 민감한 사람, 즉 민감함에 대해 아는 사람이다.

아, 인생이 고통스럽다는 것은 사실이 아니다. 또는 인생에 대해 생각하는 것이 고통스럽다는 것도 사실이 아니다. 진실은, 우리의 고통은 우리가 고통스러운 척 꾸밀 때만 심각하고 무겁다는 것이다. 우리가 만일 있는 그대로 놔둔다면 고통은 올 때처럼 떠나버릴 테고 커질 때처럼 줄어들 것이다. 모든 것은 아무것도 아니고, 우리의 고통도 마찬가지다.

내 안에 모두 담기에는 너무 많아서 내 영혼 외에 다른 머물 곳이 필요한 듯한 권태의 중압감에 눌린 채 이 글을 쓴다. 모든 것이 나를 짓누르고 내 목을 조르고 나를 미치게 한다. 타인들로부터 철저히 오해받는다는 물리적인 느낌은 나를 압박하고 혼란스럽게 만든다. 하지만 나는 고개를 들어 무심한 파란 하늘을 보고, 무의식적으로 신선한 바람에 얼굴을 맡긴다. 하늘을 보았으니 눈을 감고, 바람을 느꼈으니 얼굴에 닿은 감각을 잊어버린다. 기분이 나아지지는 않지만 다른 사람이 된 듯하다. 다른 사람이 되어 나 자신을 바라보면 나로부터 자유로워진다. 미소에 가까운 표정을 지을 수 있는 이유는, 나를 이해해서가 아니라 다른 사람이 됨으로써 나를 이해할 수 없어졌기 때문이다. 저 높은 하늘에 마치 눈에 보이는 무無처럼 떠 있는 미세한 구름 한 점은 우주 전체의 하얀 망각이다.

427

나의 꿈: 꿈속에서 나와 동행할 친구들을 만든다. 그들은 제각기 다른

방식으로 불완전하다.

고결하거나 강건해지기 위해서가 아니라 자기 자신이 되기 위해 순수해져라. 사랑을 주는 자는 사랑을 잃는다.

스스로를 포기하지 않으려면, 인생을 포기하라.

여성은 꿈의 훌륭한 원천. 절대 그들과 접촉하지 마라.

관능과 쾌락에 대한 생각을 끊는 법을 배워라. 모든 것에서 그것 자체가 아니라 그것이 불러일으킨 생각과 꿈을 음미하는 법을 배워라. (왜냐하면 그것 자체인 것은 없지만 꿈은 항상 꿈이기 때문이다.) 그러기 위해서는 무엇과도 접촉하면 안 된다. 손을 대는 순간 당신의 꿈은 죽어버릴 테고, 접촉한 대상이 당신의 감각을 점령할 것이다.

시각과 청각은 인생에서 유일하게 고결한 것이다. 나머지 감각들은 비속하고 세속적이다. 유일한 귀족성은 아무것도 건드리지 않는 것이다. 가까이 다가가지 않는 것, 그것이 진정한 고결함이다.

428

무관심의 미학

몽상가라면 어떤 대상이든 그 사물이 자신에게 불러일으키는 감정을 완전한 무관심으로 대하도록 노력해야 한다.

각각의 대상과 사건으로부터 꿈의 소재가 될 만한 것만 즉각적인 본능으로 추출해내고, 그 밖에 현실적인 것은 '바깥세상'에 죽은 채로 남겨두는 것, 그것이 현명한 자라면 마땅히 추구해야 할 일이다.

자신의 감정을 결코 진정으로 느끼지 말 것. 자신의 야망과 고뇌와 욕망을 무심히 바라보는 수준까지 끌어올려 창백한 승리를 거둘 것. 마치 모르는 사람을 대하듯 자신의 기쁨과 고뇌를 지나칠 것.

자신을 가장 확실하게 지배하는 길은 자신을 향해 무관심해지는 것으로, 자기 육체와 영혼을 마치 '운명'이 원해서 우리가 살게 됐을 뿐인 집이나 땅처럼 취급하는 것이다.

자신의 꿈과 내밀한 욕망을 당당하고 고상한 자세로 대하고, 예의바른 태도로 무시할 것. 스스로에게 겸손할 것. 우리는 우리 자신일 뿐만 아니라 우리 앞에 선 증인이기에 결코 혼자 있는 것이 아님을 명심할 것. 그러므로 우리 앞에서 타인 앞인 양, 잘 훈련된 침착한 모습과, 고귀하기에 무심하고 무심하기에 차가운 태도로 행동할 것.

자기 눈앞에서 몰락하지 않으려면, 야망과 열정, 욕망과 희망, 충동과 불안을 죄다 끊어버리면 된다. 그러기 위해서는 우리는 항상 우리 자신 앞에 있다는 사실을, 편안하고 느긋하게 혼자 있는 게 아니라는 사실을 기억하자. 그럼으로써 열정과 야망을 가지려는 마음을 억제할 수 있는데, 열정과 야망은 우리에게 상처를 입히는 원인이다. 욕망과 희망은 저속하고 우아하지 못한 것이니 욕망도 희망도 갖지 말자. 충동과 불안도 갖지 말아야 하는데, 왜냐하면 성급함은 다른 이들이 보기에 점잖지 못하고 불안한 행동은 늘 천박한 것이기 때문이다.

귀족이란 자신이 혼자 있지 않다는 사실을 결코 잊지 않는 자다. 그래서 예절과 격식은 귀족들의 특권이다. 내면으로부터 귀족이 되자. 귀족을 그들의 거실과 정원에서 끌어내 우리에게 존재하는 의식과 영혼 안에 데려다놓자. 예의와 격식을 갖추고, 남들을 위해 준비한 훈련된 동작으로 우리 자신을 대하자.

우리들 각자는 하나의 사회이고, 하나의 복잡한 동네다. 우리는 적어도 이 동네에 사는 이웃들의 삶이 우아하고 독특하도록, 우리의 감정이 개최한 잔치가 세련되고 품위 있도록, 우리의 생각이 연 파티가 고상하고 절도 있도록 만들어야 한다. 우리 주위에는 더럽고 가난한 동네에 거주하는 다른 영혼들이 있을지 모른다. 우리 동네가 어디서 시작되고 어디서 끝나는지 분명히 해두자. 우리가 사는 건물은 전면에서부터 은밀한 골방에 이르기까지 모든 것이 고귀하고 침착하고 절제 있고 허식이 없게 하자.

모든 감각을 평화롭게 실현하는 방법을 찾을 것. 사랑을 단지 사랑에 대한 꿈의 그림자로, 달빛 부딪히는 두 개의 작은 파도의 정점 사이에서 창백하게 떨리는 간격으로 축소할 것. 욕망을 무용無用하고 무독無毒한 것으로, 영혼이 홀로 짓는 섬세한 미소 같은 것으로 만들 것. 욕망을 실현하겠다는 생각은 하지도 말고 말로 꺼내지도 말 것. 분노는 포획해놓은 뱀처럼 잠재울 것. 그리고 두려움에게는 우리 눈 속의 고뇌로만, 유일하게 미학적인 태도인 영혼의 눈길 속 고뇌로만 나타나라고 타이를 것.

429

내가 살아온 모든 장소와 상황과 사회관계에서 나는 항상 다른 사람들에게 일종의 침입자였다. 아니면 적어도 늘 이방인이었다. 친척들이나 잘 아는 사람들과 있을 때에도 나는 항상 나 자신을 외부인처럼 느꼈다. 사람들이 일부러 나를 그렇게 대하진 않았다. 그건 그들의 자연스러운 반응이었다.

어디를 가든 모든 사람들은 내게 친절했다. 나는 다른 사람이 내게 목소리를 높이거나 눈살을 찌푸리거나 화내며 따지는 상황을 거의 초래하지 않는다. 그러나 그들의 친절에는 언제나 애정이 빠져 있었다. 가장 친분이 두터운 사람들에게조차 나는 늘 손님이라는 이유로 잘 대접받았지만, 이방인이므로 신경을 써야 하고, 침입자이므로 애정 없이 대해도 되는, 그런 손님이었다.

사람들의 이러한 태도는 본래 내 성향 속에 있는, 모호한 원인 때문이라는 건 의심의 여지가 없다. 아마도 내게는 소통하기 어려운 차가움이 있고, 다른 이들이 자연스럽게 나의 메마른 감정을 되비추는 것 같다.

나는 사람들과 빨리 사귀는 성격을 타고났다. 대체로 사람들은 쉽게 나와 가까워진다. 하지만 결코 애정을 주는 법은 없다. 헌신이라고는 본 적도 없다. 낯선 사람이 친한 사이인 양 나를 '너'라고 부르는 일이 있을 수 없듯이, 누군가로부터 사랑받는 일은 언제나 불가능해 보였다.

그 때문에 마음이 괴로워야 하는지, 아니면 괴로워할 것도 받아들일 것도 없는 무심한 운명으로 수용해야 하는지 모르겠다.

나는 항상 사람들에게서 호감을 얻고 싶었다. 누가 나를 무심하게 대할 때마다 상처받곤 했다. 행운이 버린 고아인 나에게는, 다른 모든 고아들이 그렇듯, 누군가의 애정을 받고 싶다는 욕구가 있다. 이 욕구를 채우고 싶었고, 늘 허기에 시달렸다. 그 피할 수 없는 허기에 어찌나 익숙한지 가끔 내게 식욕이 있기는 한가 궁금할 정도다.

어찌되었든 인생은 나를 고통스럽게 한다.

다른 사람들에겐 헌신적인 누군가가 있다. 하지만 내게 헌신할 사람은 꿈에도 본 적이 없다. 다른 이들은 보살핌을 받고, 나는 그저 친절한 대우를 받는다.

나는 타인의 존경을 불러일으킬 수는 있지만 애정을 얻지는 못한다. 불행히도 나는 다른 사람들이 처음에 내게 느낀 존경심을 계속 지속시킬 만한 일을 한 적 없기에 그들이 정말로 나를 존경하는 일은 생기지 않는다.

가끔은 내가 고통을 즐긴다는 생각이 든다. 하지만 내가 정말 원하는 것은 다른 것이다.

나는 지도자가 될 자질도 추종자가 될 자질도 없는 사람이다. 그런 자질이 없을 때 중요한 자질이 될 만한, 자신에게 자족하는 사람의 자질조차 없다.

다른 사람들은 나보다 영리하지 못하지만, 나보다 강하다.

그들은 사람들 사이에서 자신의 삶을 더 잘 구축하고 지식을 더 능숙하게 써먹는다. 나는 남들에게 영향을 줄 만한 모든 자질을 갖고 있지만, 그렇게 할 수 있는 요령도, 그렇게 하고자 하는 의지도 부족하다.

언젠가 내가 사랑을 한다 해도, 사랑을 받지는 못할 것이다.

내가 어떤 대상을 원하기만 하면 그것은 사라져버린다. 내 운명은, 어떤 것에도 치명적인 힘을 발휘하지 못하지만 나와 관련된 일에서는 치명적인 것이 된다는 약점을 지녔다.

430

어떤 미친 사람들이 명료함과 논리적 일관성을 갖고 정신 나간 주장을 스스로에게 그리고 다른 이들에게 정당화하는 것을 보았다. 그후로 나는 내 명료함의 명료함을 두 번 다시 확신할 수 없었다.

431

내 인생의 가장 큰 비극 중 하나는—그림자 안에서 슬쩍 벌어지는 속임수 같은 비극이지만—그 무엇도 자연스럽게 느낄 수 없다는 것이다. 나는 다른 모든 이들처럼 사랑하고 증오하고 두려워하고 열광하지만, 나의 사랑과 증오와 두려움과 열광은 다른 사람들의 것과 어딘가 다르다. 어떤 요소가 빠져 있거나 첨가돼 있다. 분명한 건 어딘가 다르다는 것이고, 내 느낌은 삶과 잘 일치하지 않는다.

계산적인 사람들—이 단어는 정말 딱 들어맞는다—의 마음속에는 계산과 치밀한 자기 이익 추구로 감정이 형성되기 때문에 결국에는 감정이 감정이 아닌 것처럼 보인다. 품성이 치밀하다고 말할 수 있는 사람들의 경우에도 자연스러운 본능이 어긋나 있기는 마찬가지다. 나는 계산적인 사람도 치밀한 사람도 아니지만, 나의 감정도 그들처럼 혼란을 겪는다. 내가 보통 사람처럼 느끼지 못한다는 점에는 변명의 여지가 없다. 나는 본능적으로 내 본능을 변질시킨다. 나도 모르는 사이에 내 의지가 잘못된 길로 향한다.

432

환경의 노예일 뿐 아니라 내 성격의 노예이기도 한 나는, 다른 사람들의 무관심뿐만 아니라 그들이 나라고 여기는 사람에게 보여주는 애정도 모욕으로 느낀다.

'운명'이 내게 준 인간적인 모욕.

나는 그들 사이에서 이방인이었지만 아무도 그걸 알아보지 못했다. 나는 그들 사이에서 스파이로 살았는데 아무도, 심지어 나조차 그럴 거라고 의심한 적이 없었다. 그들 모두 나를 친척으로 알고 있었다. 내가 태어날 때 바뀌었다는 것을 아무도 알지 못했다. 그렇게 나는 그들과 아무런 공통점도 없으면서 그들 중 한 명이 되었고, 가족이 아니면서 그들의 형제가 되었다.

나는 삶보다 더 아름다운 풍경을 지닌 신비한 나라에서 왔는데 그 나라에 대해 나 자신을 제외하고는 누구에게도 말한 적 없고, 꿈에서 본 그 풍경에 대해서도 아무 말도 하지 않았다. 나는 그들처럼 마루판과 석판 위를 걸었고, 추방당한 이방인의 몸의 가짜 주인인 나의 심장은 비록 가까이서 뛰고 있었지만 사실은 멀리 떨어져 있었다.

내가 다른 이들과 똑같아 보이는 가면을 쓰고 있다는 것을 아무도 몰랐고, 그게 가면인 줄도 몰랐다. 이 세상에 가면을 쓴 이들이 있음을 그들 중 아무도 몰랐기 때문이다. 내 옆에 사실은 바로 나인 어떤 사람이 있음을 어느 누구도 상상하지 못했다. 그들은 언제나 내가 그저 나일 뿐이라고 생각했다.

그들은 나를 자신들의 집에 재워주었고, 자신들의 손으로 내 손을 잡아주었으며, 내가 마치 거기 있기라도 하듯 거리를 지나가는 내 모습을 쳐다보았다. 하지만 진짜 나인 나는 그들의 거실에 있어본 적이 없으며, 삶을 살아가는 나는 그들의 손을 잡은 적이 없다. 그 거리가 세상의 모든 거리가 아닌 한 내가 아는 나는 어떤 거리도 지나간 적이 없고, 내가 아는 내가 다른 모든 사람이 아닌 한 다른 사람은 그 거리를 지나가는 내 모습을 본 적이 없다.

우리는 모두 서로 멀찍이 떨어져서 익명으로 살아간다. 위장을 하고, 서로를 모르는 채로 괴로워한다. 그러나 어떤 이들은 자신과 다른 사람 사이의 이 거리를 결코 알아채지 못한다. 또 어떤 이들에게는 이 사실이 끝없이 켜지는 섬광처럼 결코 완전히 묻히지 않고 이따금 밝혀져서 그들에게 두려움과 상처를 안긴다. 그러나 또다른 이들에게는 그것이 매일 이어지는 고통스러운 일상이다.

우리는 우리가 누구인지 결코 알 수 없고, 우리가 생각하거나 느끼는 것은 항상 변형된 것이며, 우리가 원하는 것은 우리는 물론이거니와 그 누구도 원했던 것이 아니라는 사실. 이를 매 순간 깨닫고 모든 감정을 통해 느낀다면, 이는 자신의 영혼 안에서 이방인이 되고 자신의 감각 안으로 유배당한 게 아니겠는가?

카니발의 마지막 밤에 나는 길모퉁이에서 가면을 쓴 사람이 가면을 쓰지 않은 사람과 이야기를 나누는 모습을 보고 있었다. 이윽고 가면을 쓴 사람이 상대방에게 손을 내밀었고 웃으며 작별 인사를 건넸다. 가면을 쓰지 않은 사람은 그가 서 있던 모퉁이에서 왼쪽 길로 걸어갔다. 평범한 모양의 가면을 쓴 사람은 앞으로 걸어갔고, 내 생각하고는 아무 상관 없이 그림자와 드문드문한 불빛 사이로 완전히 사라졌다. 그제야 나는 거리에는 가로등만 있는 게 아니라, 가로등 불빛이 닿지 않는 곳에 흐릿하게 가려진 말없는 달이, 인생이 그렇듯 무無로 가득찬 달이 떠 있음을 알았다.

434

달빛

……축축하고 지저분하고 생기 없는 밤색

……중첩된 지붕들의 선명한 경사면 위, 회색 섞인 흰색과 축축하고 지저분하고 생기 없는 밤색.

435

……한쪽 면이 하얗게 오려진 채, 차가운 자개의 서로 다른 푸른빛과 함께, 그림자가 뭉친 덩어리 안에서 일그러진다.

436

(비)

그리고 마침내 미지근한 아침의 차가운 햇살이 빛을 받아 환해지기 시작하는 지붕의 어스름 위로 묵시록의 고난처럼 퍼진다. 또다시 점점 밝아지는 광활한 밤이다. 또다시 항상 같은 공포, 그러니까 하루, 일생, 꾸며낸 유용성, 어쩔 도리 없는 활동이다. 또다시 그것은 육체적이고 가시적이고 사회적인 나의 개별성, 아무 의미 없는 단어를 통해 전달되고 타인의 행동과 의식에 의해 이용되는 나의 개별성이다. 또다시 나, 내가 아닌 나다. 미심쩍은 잿빛으로 창의 덧문 틈을 메우는 어두운 빛이 비치기 시작하면—아, 애당초 밀폐된 방일 수 없는 곳!—나는 더이상은 침대에 누운 채 도피를 지속할 수 없으리라고 느끼기 시작한다. 잠들지 않지만 잠들 수 있고, 진실 혹은 현실이 있는지 모르면서 꿈을 꾸고, 육신의 존재에서 편안함만 취해서 깨끗한 옷의 신선한 따스함 안에 머무는 내 도피를 지속할 수 없으리라고 느끼기 시작한다. 나의 의식을 즐기는 행복한 무의식이 사라짐을 느낀다. 따스한 햇볕을 쬐며 졸고 있는 고양이의 나른한 눈꺼풀을 통해 내 자유로운 상상의 논리적 움직임을 지켜보는 편안한 동물의 잠이 사라지는 걸 느낀다. 어둠의 특권이 사라지고, 내 속눈썹의 나무 아래 천천히 흘러가는 강물이 사라지고, 귓속에서 느리게 피 흐르는 소리와 희미하게 이어지는 빗소리 사이에서 길 잃은 폭포의 속삭임이 사라지는 걸 느낀다. 살아 있는 상태가 될 때까지 나는 계속 사라진다.

내가 잠든 것인지, 아니면 잔다고 느끼기만 하는 것인지 모르겠다. 나는 꿈을 꾸는 게 아니라, 마치 잠들지 않은 잠에서 깨어난 것처럼, 텅 빈 공간에서 조수처럼 올라오는 도시의 삶의 첫번째 소리들이 신이 만든 거리가 있는 저 아래에서 들리는 걸 알아챈다. 지금 내리고 있거나 아니면 이제는 들리지 않는 것으로 보아 이미 멈춘 비의 슬픔으로 걸러낸 행복한 소리들이다. 정확히 몇시인지는 몰라도 새벽이라 하기에는 밝기가 너무 약한 그림자 안에서 틈새로 터지는 빛줄기가 너무

진한 회색이란 것만 감지한다…… 그 소리들은 즐겁게 울려퍼지면서 마치 시험이나 재판 집행에 호출하는 소리인 양 내 심장을 아프게 조인다. 하루가 시작되는 소리를 달콤한 무의식 상태로 침대에 누워 듣노라면, 하루하루가 내가 마주할 용기가 없는 커다란 사건이 일어날 바로 그날일 것 같다. 날마다 새날이 침대보와 이불을 거리와 골목길에 떨어뜨리며 어둠 속에서 솟아올라 나를 재판정에 소환하러 온다. 나는 날마다 재판을 받으러 간다. 그리고 내 안에 있는, 영원히 유죄를 선고받은 자는 잃어버린 어머니인 양 침대를 움켜쥔다. 유모가 사람들로부터 자기를 지켜줄 거란 듯이 베개를 쓰다듬는다.

나무 그늘 아래 커다란 짐승의 행복한 낮잠, 키 큰 풀들 사이에 누운 떠돌이의 아늑한 피곤함, 따뜻하고 아득한 오후에 졸고 있는 흑인, 피곤한 눈을 감기는 달콤한 하품, 우리가 잊고 잠들도록 도와주는 모든 것, 우리 영혼의 덧문을 부드럽게 닫는 마음의 휴식이 주는 평화, 잠을 재우는 이름 없는 애무.

잠들기, 어디인지 모른 채 멀리 있기, 육신을 잊어버리기, 멀고 광활한 숲속의 무성한 나뭇잎 사이에 있는 고요한 호숫가, 잊힌 호숫가의 은신처에서 무의식의 자유를 누리기.

숨쉬는 무無, 새로운 기분으로 그리움을 느끼며 깨어나는 가벼운 죽음, 영혼의 살결을 마사지하는 망각.

아, 납득하지 못한 이가 다시 항의를 하듯이, 맑게 개었던 우주를 갑작스럽고 떠들썩하게 적시는 빗소리가 다시 들린다. 나는 겁에 질릴 때처럼 뼛속 깊이 냉기를 느낀다. 아직 남아 있는 약간의 어둠 속에 몸을 웅크린 채 아무것도 아닌 상태로 홀로 남은 인간인 나는 운다. 그렇다, 나는 외로움과 인생 때문에 울고, 바퀴 없는 마차처럼 쓸모없는 내 고통은 버려진 거름더미 사이에 놓인 현실의 가장자리에 눕는다. 모든 것 때문에 운다. 내가 안겼던 가슴을 잃어서 울고, 내게 내밀었던 손이 죽어서 울고, 나를 안아줄 수 없었던 두 팔 때문에 울고, 내가 기댈 수 없었던 어깨 때문에 운다⋯⋯ 이윽고 완전히 밝은 날, 하루의 생생한 진실처럼 내 안에서 솟아나는 슬픔, 내가 꿈꾸었고 생각했고 잊어버렸던 것들, 그 모든 것들이 그림자와 허구와 후회의 혼합물이 되어 세상이 흘러가는 자취 안에 섞이고, 포도를 훔친 소년들이 길모퉁이에서 먹고 내버린 포도 가지처럼 인생의 일부가 되어버린다.

하루를 살아가는 사람들의 소음이 누군가를 호출하는 종소리처럼 갑자기 커진다. 하루 일과를 시작하는 누군가가 처음으로 조심스럽게 문 여는 소리가 집안에 퍼진다. 내 심장까지 이어진 부조리한 복도를 걷는 실내화 소리가 들린다. 마침내 자살에 성공하는 사람처럼 돌연한 몸짓으로, 나는 내 뻣뻣한 몸의 안식처였던 푹신한 이불을 힘차게 걷어젖힌다. 잠에서 깨어났다. 빗소리가 무한한 바깥세상의 더 높은 곳으로 사라진다. 기분이 나아진다. 나는 뭔지 모르지만 뭔가를 해냈다. 몸을 일으켜 창가로 가서 용감한 결단을 내린 사람처럼 덧문을 연다. 투명한 비에 젖은 날이 흐릿한 빛으로 내 눈을 어루만진다. 유리창을 연다. 상쾌한 공기가 내 뜨거운 살갗을 적신다. 그렇다, 비가 오고 있지만 생각보다 훨씬 적게 내린다! 생기를 되찾고 싶고, 살고 싶다. 나는 거대한 굴레를 내 목에 씌우듯이 인생에 내 목을 기울인다.

437

가끔은 도시에도 시골에서와 같은 고요함이 깃든다. 특히 한여름날 정오 무렵의 햇살 가득한 리스본에서는 시골이 바람처럼 우리 틈에 침입하는 순간이 있다. 그러면 여기 도라도레스 거리의 우리는 평온한 졸음을 즐긴다.

높이 떠 한결같이 내리쬐는 태양 아래서 밀짚을 실은 마차, 반쯤 꾸려진 상자들, 어느 시골 마을에서 온 듯 천천히 걸어가는 행인들 위로 고요가 흐르는 모습을 지켜보는 영혼은 얼마나 상쾌한지! 사무실에 홀로 남아 그 풍경을 창문 너머로 바라보노라면 나도 어디론가 옮겨간다. 나는 어느 조용한 시골의 이름 모를 마을에 와 있고, 나를 다른 사람으로 느껴서 행복하다.

물론 알고 있다. 눈을 들면 맞은편으로 지저분하게 줄지어 선 주택가, 도심에 있는 모든 사무실의 더러운 유리창과 그 위층 살림집의 평범한 창문, 옥상에 놓인 화분과 식물들 사이 볕 좋은 곳에 널린 언제나 변함없는 옷가지들이 보인다는 것을. 잘 알지만 그래도 이 모든 것을 금빛으로 물들이는 햇빛이 너무나 부드럽고, 나를 둘러싼 공기는 아무 의미 없이 너무나 고요해서, 나는 상상 속 작은 마을, 상거래가 조용히 이루어지는 나의 시골 동네를 보지 않을 이유가 전혀 없다.

물론 나는 잘 알고 있다…… 이토록 조용한 까닭은 사실 지금이 점심시간이거나 쉬는 시간이거나 잠깐의 휴식 시간이기 때문이다. 모든 것이 삶의 표면에서 부드럽게 흘러간다. 심지어 나조차 미지의 땅을 향해 항해하는 배의 뱃전에 기대듯 베란다에 몸을 기댄 채 졸고 있는 참이다. 심지어 나조차 마치 시골에 온 듯 마음이 편안하다. 그러다 갑자기 다른 뭔가가 떠오르더니 나를 둘러싸고 내게 명령한다. 이제 나는 한낮의 마을 뒤편으로 모든 마을 속의 모든 삶을 본다. 평범한 가정의 일상 속 어리석고 커다란 행복을 보고, 시골 생활의 어리석고 커다란 행복을 보고, 비루함 속 평화의 어리석고 커다란 행복을 본다. 보이기 때문에 본다. 그러나 나는 더이상 보지 않았고 잠에서 깨어난다. 미소 지으며 주위를 둘러보고, 다른 일을 하기 전에 먼저, 운 나쁘게도 진한 색 양복 소매에 묻은 먼지를 턴다. 언젠가 비록 한순간일지언정, 끝없는 관광을 떠나 항해하는 유람선의 마땅히 먼지가 없어야 할 뱃전이 될 줄 모르고 아무도 닦아놓지 않은 베란다에 기대었다가 묻은 먼지를 턴다.

438

차갑고 울퉁불퉁한 건물들이 밤의 초록빛이 섞인 창백한 푸른색 하늘과 여름의 지평선을 배경 삼아 갈색이 섞인 검은 윤곽을 그리며 떠올랐고, 그 주위를 노란색을 띤 잿빛 후광이 희미하게 둘러쌌다.

과거에 우리는 지구의 바다를 정복함으로써 온 세상의 문명을 창조했다. 이제 우리는 심리의 바다, 감정, 모성적 기질을 정복함으로써 지성의 문명을 창조할 것이다.

439

……행복할 때조차도 내 감각의 예민함으로 고통스럽고, 슬플 때조차도 내 감각의 예민함으로 행복하다.

일요일, 해가 높이 솟은 아침에 글을 쓴다. 부드러운 햇빛이 풍성하고, 높고 낮은 지역으로 나뉜 도시의 지붕들 너머로 언제나 처음 같은 하늘의 푸른색이 별들의 신비스러운 존재를 망각 속에 가두는 일요일이다……
내 마음속에서도 오늘은 일요일이다……
내 마음 역시 어디인지 모르는 성당으로 간다. 내 마음은 어린아이들이 입는 벨벳 양복을 입고, 첫 경험이라 상기된 얼굴로, 너무 큰 옷깃 위로 슬픈 눈빛을 드러내지 않고 미소 짓는다.

440

길어진 여름 하늘은 매일 아침 칙칙한 청록색으로 깨어났다가 얼마 안 가 조용한 흰색으로, 잿빛을 띤 파랑으로 바뀌곤 했다. 하지만 서쪽 하늘은 우리가 평소에 부르는 색깔 그대로였다.
발밑에서 땅이 내려앉아 기울어질 때 진실을 말하고, 원하는 것을 찾고, 모든 환상을 거부할 수 있는 사람이 얼마나 될까! 그들의 저명한 이름은 지도에서나 볼 수 있는 대문자로 표시되고, 냉철하고 조예 깊은 책들에 통찰력을 남긴다!

결코 오지 않을 수도 있는 내일 일어날 요지경! 지속되지 않는 감정의 청금석! 얼마나 많은 기억들이 상상으로 꾸며낸 추측을 포함하는지 당신은 기억하는가? 확신이 드문드문 섞인 망상 안에, 모든 공원에 흐르는 물들의 가볍고 짧고 부드러운 속삭임이 나타나고, 내 자의식 깊은 곳에서 감정이 솟구친다. 텅 비어 있는 낡은 벤치 주위로 오솔길들이 아무도 지나다니지 않는 길의 울적한 심정을 퍼뜨린다.

헬리오폴리스의 밤! 헬리오폴리스의 밤! 헬리오폴리스의 밤! 그 누가 나에게 아무 소용 없는 말을 들려주고, 피와 망설임으로 보상할 것인가?

441

창문 밖으로 이름 없는 램프가 밤의 고독 속에서 높이 꽃을 피운다. 거리의 희미한 불빛이 흐릿하게 반사되어 올라와, 창백하게 뒤집힌 달빛이 여기저기 표류하게 만드는 곳을 제외하고 이 도시에서 내 시선이 닿는 곳은 온통 어둡다. 밤의 어둠 속에서 건물들의 다양한 색깔과 질감을 거의 알아볼 수 없다. 거의 추상적이라 부를 만한 애매한 차이만이 뒤섞인 전체를 불규칙하게 만든다.

보이지 않는 끈이 나를 그 램프의 이름 모를 주인과 연결한다. 둘 다 깨어 있다는 사실이 우리의 공통점은 아니다. 내가 어두운 창가에 서 있어서 그가 나를 볼 수 없으므로 서로 무언가를 주고받을 수는 없다.

그것은 별개의 문제이고, 나만의 문제다. 밤과 침묵으로 인해 약간의 고립감을 느끼면서, 그 램프만이 유일하게 의지할 수 있는 것이기에 그 램프를 의지하고 있는 것은 나만의 문제다. 그 램프가 불을 밝히고 있어서 밤은 이리도 어두운가보다. 내가 어둠 속에서 꿈꾸며 깨어 있어서 그 램프가 빛나나보다.

존재하는 모든 것은 어쩌면 다른 것들이 존재하기 때문에 존재하는지도 모른다. 무無라는 것은 모든 것의 공존이다, 이것은 사실인지도 모른다. 지금 이 순간, 저 램프가 아무 의미 없이 허울만 그럴듯한 높은 곳 어딘가에서 불을 밝히고 있지 않았다면 나는 존재하지 않았으리라는 생각이 든다. 적어도 지금의 내가 존재하는 이 방식, 즉 현존하는 의식을 갖고, 의식하고 현존하기에 지금 이 순간 온전하게 나인 바로 이 방식으로 존재하지는 않았으리라. 그런 느낌이 드는 이유는 내가 아무것도 느끼지 않기 때문이다. 이런 생각을 하는 이유는 이게 아무 것도 아니기 때문이다. 아무것도 아니다. 밤과 침묵의 한 자락, 내가 이 밤과 침묵과 나누는 공허와 부정적 성향과 중간성, 나와 내 자아 사이에 벌어진 틈, 신들이 망각한 어떤 것, 모두 아무것도 아니다.

442

나는 지금 지성 없이도 지적인 즐거움을 누리게 되는, 그런 졸리지 않는 졸음 속에서 내가 쓴 글들을 다시 읽어본다. 아무런 연결고리 없이 단상들을 모아서 엮을 내 책에 들어갈 글들이다. 그런데 나의 글에서 마치 잘 아는 냄새처럼 지루하고 건조한 느낌이 난다. 나는 심지어 내가 항상 다른 사람이라고 말할 때조차도 항상 같은 것을 말하는 것 같다. 나는 내가 인정하는 것보다 더 많이 나 자신과 닮은 것 같다. 글 전체를 놓고 셈을 해보니, 얻었다고 기뻐할 일도 잃었다고 슬퍼할 일도 없었다. 나는 나 자신과의 셈을 맞추지 못했고, 자연스러운 균형을 잃었기에 기운이 없고 마음이 괴롭다.

내가 쓴 모든 글이 잿빛이다. 정신적인 삶까지도 포함한 나의 삶은 비가 부슬부슬 내리는 날, 아무 일도 일어나지 않고 어스름이 깔리는 날, 공허한 특권과 잊힌 의도만 있는 날이라고 말할 수 있으리라. 찢어진 비단에 싸여 비탄에 잠긴다. 빛과 권태 안에 있는 나를 봐도 나를 모르겠다.

적어도 내가 누구인지 말하고, 마치 신경이 있는 기계처럼, 나의 주관적이고 민감한 인생의 세밀한 감정들까지 기록하기 위해 겸손히 노력했다. 하지만 어딘가에 부딪혀 물이 몽땅 땅에 쏟아지고 만 양동이처럼 나는 텅 비고 말았다. 나는 가짜 잉크로 나 자신을 꾸몄고, 그 결과 물홈통의 제국이 생겨났다. 오늘 다른 영혼이 되어 오래전에 내가 쓴 글들을 읽어보니, 실을 자아내듯 훌륭한 산문들을 써낸 내 심장이, 마치 본능에 의해 설치된 후 계속 사용해온 시골 농장의 펌프 같다. 나는 서 있을 수 있을 만큼 얕은 바다에서 폭풍도 없는데 조난당했다.

존재하지 않는 것들 사이에서 혼란스러운 간주곡이 계속되는 가운데, 나는 아직 내게 남은 의식의 흔적에 묻는다. 내 것이라고 믿었던 문장들과, 내가 생각했다고 느꼈던 감정들과, 결국은 처마 밑 거지의 딸이 침 발라 붙여놓은 종이들에 불과했던 깃발과 군기가 다 무슨 소용이었느냐고.

아직 내게 남아 있는 나에게, 쓰레기와 방황에 바쳐지고, '운명'이 찢어발긴 종잇장들 틈에 끼기도 전에 사라진 이 종이들이 다 무엇이었느냐고 묻는다.

나는 질문을 던지고 앞으로 나아간다. 질문을 적고, 새로운 문장으로 포장하고, 새로운 감정으로 다시 풀어헤친다. 그리고 내일이면 나의 어리석은 책의 다음 페이지로 돌아가서 나의 차가운 불신을 통해 얻은 매일의 감상을 계속 써나갈 것이다.

지금처럼 계속 나아가리라. 도미노 게임이 끝나면, 게임에서 이기든 지든, 패는 제자리로 돌아가고 끝난 게임은 암흑이 될 것이다.

443

대체 내 안에는 어떤 지옥과 연옥과 천국이 있는가! 하지만 내가 삶을 반대하는 어떤 행동이라도 하는 걸 본 적 있는가…… 나처럼 조용하고 평화로운 사람이?

나는 포르투갈어로 쓰지 않는다. 나 자신으로 쓴다.

444

나는 삶을 제외하고는 그 무엇도 견딜 수 없다. 사무실이, 집이, 거리가—그 정반대의 것이 있다면 그것도—나를 압박하고 억누른다. 나는 이들이 합쳐질 때에만 안심이 된다. 그렇다, 합쳐진 전체에서 오는 거라면 무엇이라도 나를 위로하기에 충분하다. 활기 없는 사무실에 변함없이 들어오는 한줄기 햇빛, 내 방 창문까지 튀어올라오는 장사꾼의 외침, 사람들의 존재, 기후라는 것이 있고 날씨가 달라진다는 사실, 세계의 놀라운 객관성……

햇빛이 갑자기 내가 있는 자리로 들이닥치는 바람에 나는 그것을 보았다. 그것은 짙은 색 나무를 깐 마룻바닥을 베어내는 아주 날카롭고 색깔 없는 한줄기 빛이었다. 칼로 잘라내듯 빛이 지나가는 자리 주위로, 희지 않은 바탕에 검은 줄이 쳐진 나무판 사이의 오래된 못과 홈이 별안간 활기를 띠었다.

이어지는 몇 분 동안 나는 조용한 사무실 안을 통과하는, 거의 알아채기 힘든 빛의 효과를 지켜보았다…… 죄수의 시간 때우기! 오직 감금된 자들만이 마치 개미를 관찰하듯이 햇빛의 움직임을 이런 식으로 지켜본다.

445

권태는 게으른 자의 병이라거나, 할 일 없는 사람들을 공격하는 병이라고 알려져 있다. 하지만 이 영혼의 질병은 사실 그보다 더 미묘하다. 권태에 빠지는 성향이 있는 사람들을 주로 공격하는데, 일하는 사람이나 일하는 척하는 사람(일하는 사람의 경우와 마찬가지다)이 실제로 게으른 사람보다 이 병에 더 취약하다.

풍부한 자연의 나라 인도하고 이름 모를 나라들이 있는 내면적인 삶의 자연스러운 광채와 실제 일상의 누추함(사실은 그렇게까지 누추하지는 않더라도)의 대조만큼 잔혹한 것은 없다. 무기력하다는 변명을 할 수 없을 때 권태는 더 견디기 힘들어진다. 그러므로 부지런히 노력하는 자의 권태는 모든 것 중에서 최악이다.

할 일이 없어서 지겨운 건 권태가 아니다. 권태는 무슨 일이든 할 가치를 못 느끼는 상태인 더 심각한 병이다. 이런 상태일 때는 할 일이 많을수록 더 심한 권태를 느끼게 된다.

작성하던 회계장부에서 고개를 드는 순간 머릿속이 아무것도 없이 텅 빈 상태일 때가 얼마나 많은지! 나는 차라리 무력한 상태로 아무것도 하지 않고 아무것도 할 필요 없는 채로 있는 편이 더 나았을 것이다. 그랬다면 그 권태는 비록 현실이지만 적어도 즐길 수는 있었을 테니까. 내게 와 있는 이 권태에는 휴식도 없고, 고상함도 없고, 뭔가 나빠질 게 있는 좋은 상태도 없다. 그것은 내가 하지 않을 행동이 일으킬 가상의 피곤이 아니라, 내가 취했던 행동 전반에 걸친 소멸이다.

오마르 하이얌*

하이얌의 권태는 아무것도 할 수 없고 할 줄 모르는 자, 그래서 뭘 해야 할지 모르는 자의 권태가 아니다. 이는 죽은 거나 다름없는 상태로 태어난 이들의 권태이며, 모르핀이나 코카인에 의지하는 성향을 가진 이들의 것이다. 페르시아 현자의 권태는 그보다 훨씬 심오하고 고상하다. 그의 권태는, 명료한 사고를 거쳐 모든 것이 불가해하고 모호하다는 사실을 알았던 자, 모든 종교와 철학을 섭렵한 후에 솔로몬처럼 "모든 게 헛되고 성가실 뿐"이라고 말하거나 셉티미우스 세베루스 황제처럼 권력을 넘기면서 "모든 것이 되어봤지만, 아무 의미도 없었다Omnia fui, nihil……"고 말하는 자의 권태다.

타르드**는 인생은 부질없는 것들을 통해 불가능한 것을 추구하는 과정이라고 말했다. 하이얌이 말했다면 아마 같은 말을 했을 것이다.

그래서 페르시아 시인은 포도주를 마시자고 주장한다. 마셔라! 마셔라! 이것이 그의 실용주의 철학이다. 더 행복해지고 고양되려고 마시는 즐거운 음주가 아니다. 잊기 위해 마시고 덜 비참해지려고 마시는 비통의 음주도 아니다. 포도주의 행복에는 활력과 사랑이 있는데, 하이얌에게서는 활력이나 사랑에 대한 글을 찾아볼 수 없다. 『루바이야트』에 잠깐 등장하는 가냘프고 아름다운 인물인 사키는 단지 '포도주

---

* 페르시아 시인이자 천문학자, 수학자. 사행시집 『루바이야트』로 유명하다.
** 텍스트 238 참조.

를 대접하는 처녀'에 불과하다. 시인은 포도주가 담긴 항아리의 우아
함을 감상하듯 그녀의 우아함에 감탄할 뿐이다.

올드리치 학장*은 포도주의 행복을 이렇게 말한다.

내 생각에 우리에게는
술을 마시는 다섯 가지 이유가 있다.
좋은 술, 친구, 또는
갈증, 아니면 나중에 갈증이 생길까봐.
아니면 아무거나 다른 이유로.

하이얌의 실용주의 철학은 기본적으로 에피쿠로스 철학**의 순화된
형태이며 쾌락을 향한 욕망을 최소한으로 남긴 쾌락주의다. 장미를 보
고 포도주를 마시면 그걸로 충분하다. 가벼운 산들바람, 논점도 목적
도 없는 대화, 한 잔의 포도주, 꽃들, 더 바랄 것 없이 딱 여기까지가 페
르시아 현자가 가진 욕망의 최대치다. 사랑은 우리를 불안하게 만들고
지치게 한다. 행위는 소멸하고 실패한다. 아무도 어떻게 알아야 할지
모르고, 생각은 모든 걸 뒤죽박죽으로 만든다. 그러니 우리는 욕망과
희망, 세상을 설명하려는 부질없는 허세, 세상을 개선하고 운영하려는
어리석은 야망을 죄다 버리는 게 좋다. 모든 것은 아무것도 아니거나,
그리스 명문 선집에서 말하듯이 "모든 것은 이유 없이 존재한다". 이

---

* 영국 성공회 신학자이자 철학자. 옥스퍼드 크라이스트 처치의 학장이었다.
** 헬레니즘 시대의 철학으로 육체적, 정신적인 고통에서 벗어나기 위해 쾌락주의를 주
창했다.

말을 한 사람은 합리적인 그리스 사람이다.

447

모든 종교와 철학, 그리고 우리가 과학이라고 부르는, 아무 쓸모도 없이 그저 증명할 수 있을 뿐인 모든 가설들이 참인지 거짓인지, 우리는 이에 대해 궁극적으로 아무런 관심이 없다. 그뿐만 아니라 소위 인류라는 것의 운명이라든가 전체로서의 인류가 어떤 고통을 겪을지 또는 고통을 겪지 않을지에 대해서도 별로 신경쓰지 않는다. 복음서에서 말하는 자선은 '이웃'을 위한 것일 뿐 인간은 전혀 언급되지 않는다. 어느 정도까지는 우리 모두 그런 식이다. 우리 중 가장 훌륭한 자들일지라도 중국에서 벌어지는 학살을 얼마나 걱정할까? 우리 중 가장 상상력이 풍부한 자라 할지라도 길에서 이유 없이 따귀를 얻어맞는 아이를 볼 때 더 마음 아파할 것이다.

모두를 위해 자선을 베풀지만, 그 누구와도 친밀감을 나누지 않는 것. 피츠제럴드*는 그의 연구에서 하이얌의 윤리학을 그렇게 풀이했다.

복음서는 우리에게 이웃을 사랑하라고 권한다. 인간 또는 인류를 사랑하라고 말하지 않는다. 아무도 인류를 구제할 수 없다.

어쩌면 나에게 하이얌의 철학에 동조하느냐고 물어볼 사람이 있을지도 모르겠다. 나는 정확성을 기하며 그의 철학을 다시 쓰고 해석할

---

* 하이얌의 『루바이야트』를 번역한 영국 시인이자 번역가인 에드워드 피츠제럴드.

뿐이며, 결국은 모르겠다고 대답할 것이다. 어떤 날은 그의 철학이 가장 훌륭한 것 같고, 심지어 유일하게 존재하는 실용주의 철학으로 보일 때도 있다. 그런데 다른 날 보면 무의미하고, 이미 수명을 다했고, 텅 빈 컵처럼 공허해 보인다. 나는 생각하기 때문에, 나 자신을 모른다. 내가 정말로 무엇을 생각하는지 모르겠다. 나에게 신념이 있다면 나는 지금과 다를 것이다. 내가 미쳤더라도 역시 지금과는 다를 것이다. 만일 내가 지금과 다르다면 그건 내가 아닐 것이다.

이렇게 세속적인 세상이 주는 교훈들 외에도 밀교의 비밀스러운 가르침이 있고, 공공연히 인정되지만 엄격하게 숨기고 대중적인 의례로 구체화될 때면 베일로 가리는 비밀들이 있다. 가톨릭의 거창한 의례 안에는 로마가톨릭교회의 마리아 숭배나 프리메이슨의 영혼 의식처럼 숨겨져 있거나 반쯤 숨겨진 것들이 있다.

하지만 불가사의한 내면의 성지에 앞서 들어간다고 해서, 그가 새롭게 드러난 환상 앞에 기꺼이 희생양이 되려고 나선 것만은 아니라고 누가 말할 수 있는가? 미친 사람일수록 자신의 미친 생각을 더욱 확신한다면 그의 확신이란 대체 무엇인가? 스펜서*는 우리의 지식을 구체球體와 비교하여, 지식이 커질수록 우리와 모르는 것의 접점이 더 많아진다고 말했다. 또한 나는 비밀 조직의 가입 규정에 있는, '위대한 마법사'의 냉혹한 언명을 기억한다. "이미 이시스**를 보았고 이시스를 만졌으나, 그녀가 정말 존재하는지 알지 못한다."

---

* 영국 철학자이자 사회학자.
** 고대 이집트에서 숭배한 최고의 여신.

448

오마르 하이얌

하이얌에겐 자기만의 개별성이 있었다. 행운인지 불행인지 내게는 개별성이 없다. 한순간 나였던 것은 다음 순간이면 나와 멀어진다. 어느 날 나였던 것을 다음날이면 잊는다. 하이얌은 한 사람으로서 단 하나의 현실 세계에서 살았다. 한편 나 같은 사람은 나라는 한 사람이 아니고, 현실 세계에서만 살지 않으며, 다양하게 계속 바뀌는 내면의 세계에서 산다. 아무리 원한다 해도 하이얌의 철학과 같은 철학을 결코 가질 수 없을 것이다. 내가 비판하는 철학들은, 마치 내가 원한 적 없으나 갖게 된 영혼인 양 내 안에 있다. 하이얌이라면 그 모든 것이 외부의 것이었기에 거부할 수 있겠지만, 나는 그것들이 바로 나 자신이기에 거부할 수 없다.

449

아주 미묘하고 산만하게 퍼져 있어서 어떻게 구분해야 할지 모르는 내밀한 고통들이 있다. 육신에 속하는지, 영혼에 속하는지, 삶이 하잘 것없어서 느끼는 낙담인지, 위장이나 간장 또는 뇌 같은 신체조직의 심연에 생긴 우환인지 알 수 없는 고통이다. 불안하게 가라앉아 있던 마음속 앙금을 휘젓는 바람에 얼마나 자주 내 평범한 자의식이 부옇게 흐려졌던가. 권태 때문인지 실제로 구토가 나려 해서인지 정체가 불분명한 메스꺼움을 느끼며 존재한다는 것이 얼마나 자주 고통스러웠는지! 얼마나 자주……

오늘은 영혼이 어쩌나 슬픈지 몸까지 아프다. 기억과 두 눈과 두 팔, 내 모든 것이 다 아프다. 내가 나로 존재하는 모든 것에 류머티즘 같은 것이 있다. 청명한 대낮의 날씨, 맑고 푸른 저 광대한 하늘, 높이 솟아올라 멈춘 파도같이 퍼지는 햇빛, 이 모든 것이 나에게 어떤 영향도 주지 않는다. 가을바람이지만 여름의 흔적이 남아 있어 개성이 느껴지는 상쾌하고 부드러운 바람도 나를 위로하지 못한다. 모든 것이 나에게는 아무것도 아니다. 나는 슬픈데 그 슬픔의 정체가 분명하지 않고, 그렇다고 애매하지도 않다. 버려진 상자들로 어수선한 저 바깥 거리에서 나는 슬프다.

이 글은 지금의 내 느낌을 정확히 전달하지 못한다. 그 무엇도 누군가의 느낌을 정확하게 전달할 수는 없는 법이다. 그래도 내 안에 존재하는 여러 종류의 나와 저 바깥 거리의 어떤 것을 섞어서 지금의 느낌을 어떻게든 전달하려고 시도해본다. 저 거리 역시 내가 그것을 봄으로써, 분석할 수 없는 은밀한 방식으로 나의 일부가 되기 때문이다.

먼 나라에서 다른 삶을 살고 싶다. 알지 못하는 깃발 사이에서 내가 아닌 다른 사람으로 죽고 싶다. 오늘이 아니기에 오늘보다 훨씬 나은 어느 시대, 어렴풋하고 총천연색이고 스핑크스의 무대인 진기한 시대로 옮겨가서 환호받는 황제가 되고 싶다. 나를 우스꽝스럽게 만들 수 있는 건 모두 원한다. 그로 인해 내가 우스꽝스러워질 것이기 때문이다. 그랬으면 좋겠다, 내가 바라는 것은, 바라는 것은…… 하지만 햇빛이 비칠 때면 늘 태양이 있고, 밤이 되면 밤이 있다. 고통이 우리를 아프게 할 때면 항상 고통이 있고, 꿈이 우리를 달래줄 때면 꿈이 있다. 존재하는 것은 항상 존재하기 마련이며, 존재해야 할 것은 결코 존재하지 않는데, 더 좋거나 더 나쁘기 때문이 아니고 다만 다르기 때문이다. 언제나 그러하다……

상자가 가득 쌓인 거리에서 짐꾼들이 길을 청소한다. 웃고 떠들면서 상자들을 하나씩 마차에 싣고 있다. 나는 잠든 눈꺼풀 아래 나른하게 움직이는 눈으로 사무실 창문을 통해 그들을 내려다보고 있다. 미묘하고 이해할 수 없는 뭔가가 내가 느끼는 것과, 내가 보고 있는 화물차를 연결한다. 뭔지 알 수 없는 감각이 나의 모든 권태, 고통, 또는 역겨움을 상자로 만들어 큰 소리로 웃어대는 사람의 어깨에 올려놓고 그곳에 없는 마차에 싣는다. 그리고 언제나처럼 청명한 햇빛이 좁은 거리로 비스듬히 내려와 일꾼들이 상자를 들어올리고 있는 곳을 비춘다. 그늘에 있는 상자들 위가 아니라, 배달부 소년들이 언제까지고 아무 일도 하지 않고 있는 모퉁이 끝 부분을 비춘다.

450

검은 예감처럼 뭔가 불길한 느낌이 대기에 떠돌아 비마저 두려움을 느끼는 것 같았다. 말없는 어둠이 대기 중에 가라앉았다. 그러더니 갑자기 무시무시한 하루가 고함소리처럼 산산이 부서졌다. 차디찬 지옥의 빛이 모든 걸 꿰뚫고 들어와 사람들의 심장과 뇌를 채웠다. 모두 놀라 얼이 빠졌다가, 충격이 지나가자 안도의 한숨을 쉬었다. 구슬픈 빗줄기의 소박하고 거친 소리가 오히려 즐겁게 들렸다. 심장이 저절로 두근거리고 생각은 어지러웠다. 사무실 안에는 모호한 종교적인 분위기가 감돌았다. 아무도 자기 자신이 아니었고, 바스케스 사장은 무슨 말인가 하려는 생각에 사장실 문가에 나와 섰다. 모레이라가 웃었지만 노래졌던 얼굴 가장자리에는 갑작스럽게 놀란 기색이 남아 있었다. 그의 미소는 다음번 번개의 충격은 틀림없이 더 멀리까지 갈 것이라고 말하고 있었다. 빠르게 지나가는 마차 소리가 거리의 소음 사이로 요란하게 끼어들었다. 전화벨이 어쩔 수 없다는 듯 울어댔다. 바스케스 사장은 사장실로 돌아가지 않고 사무실에 놓인 전화기 쪽으로 갔다. 잠깐의 휴식과 침묵이 있었고, 비는 악몽처럼 계속 쏟아졌다. 바스케스 사장은 더이상 울리지 않는 전화를 잊어버렸다. 사환 아이가 사무실 구석에서 신경 거슬리게 부스럭댔다.

휴식과 구원의 느낌으로 충만한 커다란 즐거움에 우리는 모두 당황스러웠다. 우리는 약간 멍한 상태로 하던 일을 계속했고, 사교적이고 친절한 태도를 회복했다. 아무도 시키지 않았는데 사환 아이가 창문을 활짝 열었다. 신선한 내음이 습기를 머금은 공기와 함께 사무실 안으로 들어왔다. 이미 잦아든 빗줄기가 가늘게 내리고 있었다. 거리의 소음은 전과 같으면서도 달랐다. 마부들이 외치는 소리가 들렸는데, 그들은 정말로 사람이었다. 한 길 건너 지나가는 전차의 선명한 종소리가 우리에게 붙임성 있게 다가왔다. 혼자 노는 어린아이의 웃음소리는 청명한 대기를 뚫고 울려퍼지는 카나리아 소리 같았다. 가는 비가 더 가늘어졌다.

오후 여섯시, 퇴근 시간이었다. 바스케스 사장이 열린 문틈 사이로, 축복이라도 배푸는 말투로 "모두들 가도 좋네"라고 말했다. 나는 얼른 자리에서 일어나 장부를 덮고 제자리에 간수했다. 신중한 동작으로 펜을 잉크병 옆에 꽂아놓고서, 모레이라에게 다가가 대단한 은혜라도 입은 듯 그의 손을 잡고 희망찬 어조로 "안녕히 가십시오"라고 말했다.

451

여행? 살아 있는 자라면 누구나 여행할 수 있다. 나는 내 육신 혹은 운명이라는 기차를 타고 날마다 한 역에서 다른 역으로 여행을 떠난다. 거리와 광장과 사람들의 동작과 얼굴을 고개를 숙이고 바라본다. 모든 것은 풍경이 그렇듯 항상 똑같지만 항상 다르다.

뭔가를 상상하면, 나는 그것을 본다. 내가 여행을 정말 떠난다면 그 이상 무엇을 할 수 있겠는가? 느끼기 위해서 장소를 옮겨야 한다면 그 것은 상상력이 극도로 빈곤한 탓이다.

"여기 소박한 엔테풀의 길을 포함해 모든 길은 당신을 세상의 끝으로 데려갈 것."* 하지만 세상을 한 바퀴 돌고 나서 도착하는 끝은 결국 처음 출발했던 엔테풀이다. 사실 세상의 끝이란 세상의 시작과 마찬가지로 세상에 대한 우리의 개념일 뿐이다. 풍경이 풍경이 되는 것은 우리 안에서다. 그러므로 내가 풍경을 상상하면, 풍경을 만들어낸다. 만

---

* 텍스트 138 참조.

들어내면, 존재한다. 존재하면, 그것을 다른 풍경을 보듯이 볼 수 있다. 그러니 왜 여행을 가겠는가? 마드리드, 베를린, 페르시아, 중국, 그리고 남극과 북극, 어디서든 나는 나 자신 속에, 나만의 고유한 유형의 감정 안에 있을 뿐이 아닌가?

삶이란 우리가 삶으로 만드는 것이다. 여행이란 결국 여행자 자신이다. 우리가 보는 것은 우리가 보는 것이 아니라 우리 자신의 존재다.

452

예전에 한동안 근무하던 회사에서 함께 일했던 사환 아이는 내가 아는 유일한, 진정한 여행자의 영혼을 가진 사람이었다. 그는 여러 도시, 나라, 운송회사의 안내 책자를 수집하곤 했다. 여기저기서 얻거나 신문, 잡지 등에서 찢어낸 지도들을 갖고 있었고 역시 신문, 잡지에서 오려낸 풍경 사진과 이국적인 풍습을 담은 판화, 크고 작은 배들의 그림 등을 많이 갖고 있었다. 그는 여행사에 가서 가상의 회사 이름, 아니면 실제로 있는 회사, 아마도 그가 일하는 회사의 이름을 대고 이탈리아, 인도 등의 여행안내 책자, 포르투갈과 오스트레일리아를 연결하는 여행에 대한 자료 등을 요청하곤 했다.

그는 내가 아는 가장 진실하고 위대한 여행자였을 뿐 아니라 내가 아는 사람 가운데 가장 행복한 사람 중 하나였다. 그후로 어떻게 지내는지 알지 못해 유감이다. 아니 유감이어야 할 것 같다. 사실은 그다지 유감스럽지 않은데, 내가 그를 알고 지낸 짧은 시간 이후 십 년도 더

된 지금, 아마도 그는 착실히 자기 의무를 수행하는 멍청이로 살면서 결혼도 했을 테고 누군가를 부양하면서, 말하자면 살아 있지만 죽은 거나 다름없이 살고 있을 것이기 때문이다. 그는 영혼을 통해서도 그렇게 잘 여행하곤 했으니 어쩌면 실제로 여행을 다녀왔을 수도 있다.

갑자기 기억난다. 그는 파리에서 부쿠레슈티까지 가는 철도 노선과 영국 내 모든 철도 노선을 정확히 알고 있었고, 그가 생소한 지명을 틀리게 발음할 때면 그의 위대한 영혼이 더욱 확실히 빛나곤 했다. 오늘날엔 죽은 거나 다름없이 살고 있겠지만 언젠가 나이가 들면, 실제로 보르도에 가는 것보다 보르도를 꿈꾸는 편이 더 좋을 뿐만 아니라 더욱 진실하다는 사실을 상기할 것이다.

어쩌면 이 이야기에는 다른 설명이 있을 수도 있다. 그는 단지 누군가를 흉내냈을 뿐인지도 모른다. 아니면…… 그렇다. 어린아이의 총명함과 어른의 멍청함 사이의 끔찍할 만큼 엄청난 차이를 떠올릴 때 나는 이런 생각을 하게 된다. 아마도 유년기에는 영혼의 수호자가 우리와 동행하고 영적 지성을 빌려주지만, 나중에 어른이 되면 유감스럽게도 상위의 법칙을 따라 우리를 버리고 떠나는 것이라고. 마치 어미가 새끼를 키운 후에 그러하듯 수호자는 우리의 운명대로 살찐 돼지가 되게 놔두고 우리를 떠나는 것이다.

453

나는 카페 테라스에서 떨리는 눈으로 인생을 바라본다. 인생은 나의 광장에 무질서하게 모여 있고, 나는 그중 적은 일부만을 본다. 술에 취하기 시작할 때처럼 몽롱하게 내면에서 밝아오는 불빛이 사물의 영혼을 밝힌다. 한결같고 뻔한 인생이 행인들의 발소리를 따라, 그들의 동작에 담긴 규칙적인 분노와 함께, 나의 외부에서 지나간다. 감각이 정지된 이런 순간에는 모든 것이 다르게 보인다. 이럴 때면 나의 감정은 명료하고 혼란스러운 실수에 불과하다. 나는 상상 속의 콘도르처럼 날개를 펴지만 날아오르지 않는다.

이상을 지닌 사람인 나의 가장 큰 야망은 어쩌면 이 카페 테이블을 차지하고 앉아 있는 것 이상은 아닐지도 모른다.

모든 것은 잿더미를 뒤지는 일처럼 허무하고, 새벽이 오기 전처럼 희미하다.

햇빛은 너무나도 청명하고 완벽하게 사물들 위로 쏟아지며, 슬프고도 우스운 현실로 사물 위에 금박을 입히는구나! 세상의 모든 불가사의가 이렇게도 평범한 사물들과 거리로 구체화되어 내 눈앞에 모습을 드러낸다.

아, 일상적인 것들로 인해 우리는 불가사의와 마주치는구나! 햇빛이 스치는 이 복잡한 인간 삶의 표면 위에서, '불가사의'의 입술 위에서 '시간'은 알 수 없는 미소를 짓는구나! 이 모든 것은 얼마나 현대적으로 들리는지! 그러면서도 어쩌면 그리도 오래되고, 비밀스럽고, 우리 주변에서 빛나는 것들이 지닌 의미와는 다른지!

신문을 읽는 것은 미학적인 관점에서 볼 때 항상 불쾌한 일이고, 도덕적인 관점에서도 종종 그러하다. 심지어 도덕에 대한 관심이 없는 사람에게도 마찬가지다.

전쟁 아니면 혁명이 항상 신문에 나오는데, 전쟁이나 혁명이 미치는 영향을 신문에서 읽다보면 공포보다도 권태를 느끼게 된다. 읽다보면 우리의 영혼을 혼란에 빠뜨리는 것은, 그 모든 죽음과 부상의 잔인함이나 싸우다 죽은 자들 또는 싸우지도 못하고 죽은 자들의 희생이 아니다. 무의미할 수밖에 없는 것들 때문에 인명과 재산을 희생하는 인간의 어리석음이 우리를 혼란스럽게 한다. 모든 이상과 야망은 남자 같은 여자의 시끄러운 히스테리나 마찬가지다. 어린아이의 인형을 망가뜨려가면서까지 지켜야 할 가치가 있는 제국이란 없다. 장난감 양철 기차를 희생시켜도 될 만큼 가치 있는 이상이란 없다. 대체 어떤 제국이 인류에게 유용하며, 어떤 이상이 사람들에게 유익하단 말인가? 모든 것은 다 인류의 문제이고, 인류는 항상 똑같다. 늘 변화할 수 있지만 결코 개선될 수 없으며, 언제나 기복이 심하지만 결코 진보할 수 없다. 변함없이 지속되는 세상의 행진, 이유도 모르면서 우리에게 주어졌고 언제가 될지 모르지만 잃어버릴 인생, 1만 번의 체스 게임처럼 사람들과 겨루며 함께하는 우리의 삶, 결코 이룰 수 없는 것을 무력하게 지켜보아야 하는 권태로움. 이 모든 것 앞에서 현명한 사람은 무엇을 할 수 있는가. 휴식하게 해달라는, 사는 것만으로 충분히 고달프니 삶에 대해 생각하지는 않게 해달라는, 그리고 약간의 햇빛과 신선한 공기와

적어도 저 산 너머에는 평화가 있을 거라는 꿈을 갖게 해달라는 요구만
을 할 수 있다.

455

인생에서 불행했던 모든 순간들, 우스꽝스러운 꼴이 되었거나 천박
하게 굴었거나 남보다 뒤떨어졌던 순간들을 우리는, 마음의 평정에 의
지하여, 여행중의 불편함 정도로 간주해야 한다. 우리는 이 세상에서,
자의든 타의든, 무와 무 사이에 있든 모든 것과 모든 것 사이에 있든,
여행객일 뿐이며 길에서 생기는 귀찮은 충돌이나 여행중에 발생하는
작은 사고 따위를 너무 중요하게 생각하면 안 된다. 이런 생각으로 나
를 위로하는데, 그런 생각이 단순히 나를 위로해서인지 거기에 나를
위로해주는 뭔가가 있어서인지는 잘 모르겠다. 하지만 꾸며낸 위로일
지라도 꾸며낸 거라고 생각하지 않으면 정말로 위로가 된다.
  그리고 얼마나 많은 것들이 우리를 위로하는가! 신기한 모양의 구름
들이 항상 떠다니는 파랗고 깨끗하고 맑은 하늘이 있다. 가벼운 산들
바람이 불어와 시골에서는 굵은 나뭇가지를 흔들고, 도시에서는 사층
이나 오층쯤에 걸린 빨래들을 흔든다. 더울 때에는 뜨거움이, 서늘할
때에는 시원함이 있으며, 언제나 마음속에는 그리움이나 희망이 함께
하는 추억이 있다. 그리고 세상을 향한 창가에는 마법의 미소가 있어,
우리는 그 미소가, 사실은 예수그리스도인 거지처럼 우리라는 문을 두
드려주길 원한다.

얼마나 오랫동안 글을 쓰지 않았는지! 지난 며칠간은 불확실한 단념 속에서 보낸 몇 세기 같았다. 나는 존재하지 않는 풍경 속에 버려진 호수처럼 침체되어 있었다.

그럼에도 불구하고 매일 여러 가지로 달라지는 단조로움이, 결코 똑같은 시간이 반복되는 일 없는 시간의 연속이, 즉 삶이 잘 흘러갔다. 모든 것이 잘 지나갔다. 내가 만일 그 시간에 잠만 잤더라도 마찬가지였을 것이다. 나는 버려진 풍경 속의 존재하지 않는 호수처럼 침체되어 있었다.

가끔 나 자신이 낯설게 느껴진다. 이것은 스스로에 대해 잘 알고 있는 사람들한테 흔히 일어나는 일이다. 살아가는 데 써먹는 여러 가지 위장僞裝을 걸친 나를 지켜본다. 변하는 모든 것들 중에서 항상 같은 모습으로 남아 있는 게 내 것이다. 내가 이룬 모든 일 중에서 결국 아무것도 아니었던 게 내 것이다.

마치 내 안으로 여행이라도 떠난 듯이, 내 마음속 아득한 곳에 있는, 내가 지금 느끼는 단조로움과는 매우 다른, 오래된 시골집의 단조로움을 기억한다…… 그곳에서 어린 시절을 보냈는데 그때가 지금보다 더 행복했는지 아니었는지 말해야 한다면, 뭐라고 해야 할지 모르겠다. 거기서 살았던 나는 지금의 나와는 다른 나였다. 그 삶과 지금의 삶은 비교 불가능한 다른 삶이다. 모두 단조롭다는 점에서 겉보기에 비슷할지 몰라도 내용은 의심의 여지 없이 다르다. 이는 두 종류의 단조로움이 아니라 두 종류의 삶이었다.

나는 무엇 때문에 그것을 기억하는가? 피곤해서다. 기억하기 위해 행동할 필요는 없으므로 기억은 일종의 휴식이다. 그래서 가끔은 오로지 휴식을 충분히 취하기 위해 있지도 않았던 일들을 기억한다. 그러다보니 내가 정말로 살았던 시골의 기억보다도 내가 결코 살아본 적 없지만 삐걱거리던 마루판 한 조각까지 다 생각나는 커다란 거실의 기억이 더 선명하고 더 그립다.

바로 그런 방식으로 나는 나 자신의 허구가 되어버렸기 때문에, 결국 나에게는 어떤 자연스러운 감정도 생겨나자마자 상상 속의 감정으로 바뀌고 만다. 기억은 꿈이 되고, 꿈은 내가 꿈꾸었던 것에 대한 망각이 되고, 나를 아는 것은 나를 생각하지 않는 것이 된다.

이렇게 나 자신에게서 나를 너무 많이 벗기다보니 내게 있어 존재한다는 것은 내게 옷을 입히는 것이다. 위장한 상태일 때에만 나는 내가 된다. 그리고 내 주위로는 내가 모르는 모든 석양빛이 내가 결코 보지 못할 풍경을 물들이며 저물어간다.

457

현대적인 것이란 다음 두 가지다.
   (1) 거울의 진화
   (2) 옷장
우리의 육체와 영혼은 옷 입는 피조물로 진화했다.
그리고 영혼은 항상 육체와 조응하기에 영혼의 옷도 발달했다. 인간이 진화하여 옷을 입는 동물이 된 것과 마찬가지로 우리가 진화함에 따라 영혼도 옷을 입게 된 것이다.

의상이 우리의 일부가 되었다는 사실은 중요하지 않다. 의상의 복잡함, 그리고 우리의 육체와 움직임을 자연스럽고 우아하게 만드는 요인들과 의상 사이에는 아무런 현실적인 관련이 없다는 기묘한 사실이 핵심이다.

누군가 내 영혼의 상태가 어떠한지를 사회적인 요인과 관련시켜 설명해달라고 요구한다면, 나는 말없이 거울과 옷걸이와 펜을 가리킬 것이다.

458

완연한 봄날의 옅은 아침 안개 속에서 도시는 비틀거리며 잠에서 깨어나고 태양은 느리게 떠오른다. 냉기가 절반 정도 남은 대기에 고요한 기쁨이 흐르고 아직 다가오지 않은 산들바람의 가벼운 숨결이 느껴질 때, 삶은 이미 지나가버린 추위에 살짝 몸을 떤다. 지금 남아 있는 추위가 아니라 추위에 대한 기억 때문에, 오늘의 날씨 때문이 아니라 앞으로 다가올 여름과 비교하며 몸을 떤다.

우유 파는 가게들과 카페들을 제외하면 아직 상점들은 문을 열지 않았지만, 이 고요함은 일요일의 아침 같은 무기력한 느낌과는 다르다. 그냥 고요함일 뿐이다. 모습을 드러내는 대기에 금빛 흔적이 지나가고, 푸른빛은 조금씩 흩어지는 안개 사이로 조금씩 붉은빛을 띤다. 거리에는 행인들이 드문드문 찍은 점처럼 나타나 사람들이 지나다니기 시작했음을 알리고, 높은 층의 열려 있는 몇몇 창문 너머로 사람들 모습이 보인다. 노란 몸체에 번호를 단 전차가 공기 중에 금을 긋고 지나간다. 거리는 시시각각 감각적으로 적막에서 깨어난다.

나는 아무런 생각도 감정도 없이 감각에만 집중한 채 둥둥 떠다닌다. 일찍 일어나 아무 선입견 없이 거리로 나섰다. 나는 깊이 사색하는 사람처럼 관찰하고, 생각하는 사람처럼 응시한다. 이윽고 터무니없게도 내 안에서 감정의 가벼운 안개가 차오른다. 마치 몸 바깥에서 점차 옅어지는 안개가 내 몸안에 스며드는 것 같다.

나는 무심코 내 인생을 생각하고 있었다는 걸 깨닫는다. 미처 의식하지 못한 사이에 그렇게 됐다. 이 게으른 여정에서 나는 보고 듣기만 할 뿐인, 주어진 이미지의 반사경에 불과하다고 생각했다. 그림자 대신 실물이 빛과 색깔을 투사하는 하얀 화면에 불과하다고 생각했다. 하지만 나도 모르는 사이에 나는 그 이상이었다. 나는 스스로를 부정하는 영혼이었고, 심지어 나의 추상적인 관찰마저 일종의 부정이었다.

안개가 옅어지자 안개를 흡수한 듯한 창백한 빛이 퍼져 어둑해졌다. 거리의 소음이 더 커졌고 사람들이 더 많아졌음을 나는 갑자기 알아차린다. 늘어난 행인들은 이제 그다지 발걸음을 서두르지 않는다. 한결 여유로워진 사람들 사이로 생선 파는 여인들이 바삐 뛰어가고, 엄청나게 큰 광주리를 머리에 인 빵장수가 몸을 흔들며 지나간다. 종류가 다양하다기보다는 색깔이 더 다양한 광주리 속 물건들 덕분에 단조로움을 면한 장사꾼들의 다양하면서 똑같은 모습이 지나간다. 우유장수들의 서로 다른 크기의 우유 깡통들이 부딪쳐, 속이 텅 빈 장난감 열쇠처럼 땡그랑거리는 소리를 낸다. 경찰은 교차로에 우두커니 서 있다. 문명의 제복을 입은 그들이 밝아오는 하루의 보이지 않는 움직임을 부정하는 것 같다.

그것들을 본다는 것 외에는 그것들과 아무런 관련도 없는 사람처럼 이 모든 것을 볼 수 있다면 얼마나 좋을까. 오늘 막 삶의 표면에 도착한 성숙한 여행자처럼 이 모든 것을 관찰할 수 있다면! 태어나 지금까지, 모든 사물한테 이미 결정된 의미를 갖다붙이는 것을 배우지 않았더라면 좋았을걸. 그들에게 사회가 부여한 표현과는 다른, 그들의 타고난 자기표현을 식별할 수 있다면 좋겠다. 생선 파는 여인을 볼 때, 그 여인은 생선장수라 불리고 거기 존재하며 생선을 판다는 사실과 별개로, 그 여인의 인간적인 실체를 알아볼 수 있다면 좋겠다. 경찰을 볼 때도 '신'이 그를 보듯 볼 수 있다면 좋겠다. 모든 것을 볼 때, 종말에 이르러 삶의 '불가사의'가 비로소 드러나는 방식이 아니라, '현실'이 활짝 꽃피는 순간을 보는 것처럼 첫눈에 바로 이해하고 싶다.

종소리 혹은 교회 첨탑의 시계 소리가 들린다. 세어보지는 않았지만 여덟시일 것이다. 시간을 잰다는, 사회가 시간의 영속성에 부여한 속성, 시간의 추상성에 울타리를 두르고 알 수 없는 것에 경계선을 그어놓은 진부한 속성 덕분에 나는 나로부터 깨어난다. 나로부터 깨어나서 인생과 평소와 다름없는 사람들로 가득한 모든 것을 바라본다. 이제 안개는 파란 하늘에서 아직 완전히 파랗지 않은 부분을 제외하고 거의 다 걷혔다. 정말 내 영혼 안으로 안개가 들어왔다. 동시에 안개는 모든 사물의 은밀한 곳, 내 영혼과 맞닿는 지점으로 들어왔다. 더는 내가 보고 있던 것이 보이지 않았다. 나는 보고 있지만 장님이었다. 이미 진부한 지식을 통해 사물을 인식하고 있다. 내가 보고 있는 것은 더이상 '현실'이 아니라 그저 '삶'일 뿐이다.

……그렇다, 내가 속해 있는 삶이며 또 나에게 속해 있는 삶. 오직 신에게 속하거나 스스로에게 속하는, 그 안에 수수께끼도 진실도 없는, 그런 '현실'이 더이상 아니다. 진짜이건 진짜인 척하건, 일시적이거나 영원하지 않아도 되는, 영혼이 그대로 밖으로 표출되어 하나의 절대적 이미지로 어딘가에 고정되어 존재하는 그런 '현실'이 아닌 것이다.

느린 걸음으로 그러나 내가 생각하는 것보다는 빠르게, 다시 내 방이 있는 건물의 정문으로 향한다. 하지만 들어가지 않고 잠시 망설이다가 계속 걷는다. 갖가지 색깔의 점포들과 행인들로 가득한 피게이라 광장이 시야를 가려 지평선은 보이지 않는다. 천천히 앞으로 걸어가지만 나는 이미 죽은 이나 다름없고, 내가 보는 것은 이미 내 것이 아니며 아무것도 아니다. 자기도 모르는 사이에 그리스 문화와 로마 율법과 기독교 도덕과 내가 속한 사회의 문명을 형성한 다른 모든 환상을 유산으로 물려받은 동물인 인간의 눈으로 보는 것일 뿐이다.

살아 있는 사람들은 어디에 있는 걸까?

459

시골에 있고 싶어하는 이유는 도시에 있는 것을 좋아하기 위해서다. 그렇지 않더라도 도시에 있는 걸 좋아하지만, 시골에 있을 때는 도시가 두 배로 더 좋아진다.

460

감수성이 풍부하고 감각이 예민한 사람일수록 사소한 일로 터무니없이 동요하고 몸서리를 친다. 날씨가 흐리다고 괴로워하는 자는 비범한 지성을 갖춘 사람이다. 대체로 인류는 둔감해서 날씨로 인해 괴로워하지 않는다. 왜냐하면 날씨는 항상 거기 있는 거니까. 인류는 비가 자기 머리에 떨어지지만 않으면 비를 느끼지도 못한다.

날씨가 우중충하고 나른하고 축축하고 덥다. 사무실에 홀로 남아 내 인생을 돌이켜보면 오늘 날씨처럼 인생에서 나를 짓누르고 괴롭혔던 것들이 보인다. 아무 이유 없이 행복한 어린아이였던 나, 야망에 찬 청소년이었던 나, 그리고 지금 행복도 야망도 없는 어른인 나를 본다. 모든 것은 내 인생을 떠올리게 하는 오늘 날씨 같은 흐릿함과 무기력 안에서 지나갔다.

우리 중 과연 누가, 돌아갈 수 없는 길을 돌이켜볼 때, 왔어야 했던 대로 제대로 왔노라고 말할 수 있을까?

461

아주 사소한 일들이 얼마나 쉽게 나를 고문하는지 잘 알기 때문에 나는 되도록 사소한 일들과의 접촉을 피하는 편이다. 구름이 태양을 가린다고 괴로워하는 나 같은 사람에게 항상 먹구름 낀 어두운 날 같은 인생이 어찌 고통스럽지 않겠는가?

내가 고립된 것은 행복을 추구해서가 아니다. 내 영혼은 행복을 느낄 줄 모른다. 평화를 원하지도 않는다. 한번 평화를 잃어버린 사람은 다시는 가질 수 없기 때문이다. 내가 추구하는 것은 졸음, 사라짐, 사소한 포기 따위다.

내 초라한 방의 네 벽은 감옥이자 황무지이며, 침대이자 관이다. 가장 행복한 시간은 우연히 자라난 식물이나 삶의 표면에서 돋아난 이끼와도 같은 무기력에 빠져 길을 잃은 상태로, 아무것도 생각하지 않고 아무것도 원하지 않고 아무것도 꿈꾸지 않는 그런 순간이다. 나는 내가 아무것도 아니라는 부조리한 자각을, 죽음과 소멸을 미리 맛보는 것을 아무 쓰라림 없이 즐긴다.

내게는 '스승'이라고 부를 만한 사람이 아무도 없었다. 나를 위해 목숨을 버린 예수그리스도는 없었다. 나에게 길을 가르쳐준 부처도 없었다. 내 꿈속의 가장 고양된 순간에 나타나 영혼을 밝혀준 아폴론이나 아테나도 없었다.

462

하지만 인생의 활동과 목적들로부터 자발적으로 도망치고 세상과의 접촉을 일부러 단절한 결과, 나는 내가 그렇게도 피하려 했던 것과 마주쳤다. 나는 삶을 느끼고 싶지 않았고, 세상과 접촉하고 싶지도 않았다. 나의 기질이 세상과 만났던 경험을 통해, 삶을 느낄수록 고통스럽기만 하다는 사실을 잘 알고 있었기 때문이다. 하지만 접촉을 피해 나를 고립시키자 그러잖아도 예민한 나의 감수성은 고립으로 인해 더욱 극대화되었다. 만일 세상과의 모든 접촉을 완벽히 차단할 수 있다면 내 감수성에도 문제가 없을 것이다. 하지만 완벽한 차단이란 있을 수 없다. 아무리 아무것도 하지 않으려 해도 숨은 쉬어야 하고, 아무리 활동하지 않으려 해도 조금은 움직일 수밖에 없다. 그렇게 고립으로 나의 감수성이 악화되자 이전에는 내게 별 영향을 미치지 않던 정말로 사소한 일들마저 파국적인 재난인 양 나에게 상처를 입혔다. 내 도피 방법은 잘못됐다. 나는 불편하고 힘든 길을 돌아서 결국 원래 있던 곳으로 도망쳐 왔다. 삶에 대한 역겨움 위에 여행의 피곤까지 더 짊어진 셈이었다.

한 번도 자살을 해결책으로 생각해본 적은 없다. 삶에 대한 나의 증오는 사실은 삶에 대한 사랑에서 비롯되었기 때문이다. 내가 안고 있는 이 불행한 모순을 이해하는 데 오랜 시간이 걸렸고, 마침내 그것을 이해한 후에는 깊은 좌절감에 빠졌다. 이는 내가 무언가를 이해하려 할 때면 늘 일어나는 일로서, 이해한다는 건 결국 하나의 환상을 잃어버리는 일이기 때문이다.

나의 의지를 분석함으로써 내 의지를 죽였다. 분석하기 전의 어린 시절로 돌아갈 수 있다면 얼마나 좋을까. 그 시절이 내가 의지를 갖기 전이라 하더라도!

죽음 같은 잠이 지배하는 나의 공원에서 연못은 높이 떠오른 태양 아래 잠들고, 벌레들이 웅웅거리는 소리만 높아진다. 산다는 것은 하나의 상처가 아니라 끝나지 않을 육체적 고통이 되어 나를 짓누른다.

머나먼 궁궐, 깊은 생각에 빠진 공원, 길게 뻗은 좁다란 오솔길, 한때 존재했던 이들을 위한 석조 벤치의 죽어버린 품위—생기 없는 광채, 사라져버린 매력, 잃어버린 모조 보석. 잊어버린 나의 열망이여, 내가 너를 꿈꿨을 때의 그 아픔을 다시 가질 수만 있다면!

463

마침내 평화가 찾아왔다. 찌꺼기였고 낭비였던 모든 것이 언제 그랬냐는 듯이 내 영혼에서 사라졌다. 나는 지금 홀로 차분하다. 마치 어떤 종교에 귀의하기라도 한 것 같은 순간이다. 여기 아래 있는 그 무엇에도 이끌리지 않지만 저 위에서 나를 끌어당기는 것도 없다. 마치 존재하기를 멈추었고 이 사실을 분명히 의식하듯 지금 나는 자유롭다.

평화, 그렇다, 평화다. 잉여로 남은 상태처럼 부드럽고 커다란 고요가 내 안에서 존재의 밑바닥으로 내려앉는다. 이미 읽은 글들, 완수한 의무들, 삶의 발걸음과 우여곡절들, 이 모든 것이 내가 모르는 어떤 고요한 것을 둘러싼 희미한 그림자, 잘 보이지 않는 후광으로 변해버렸다. 때로 영혼을 잃고 빠져들었던 노력도, 때로 모든 행동을 다 잊고 몰두했던 생각도, 두 가지 다 아무 느낌 없는 위로, 시시하고 허무한 연민이 되어 나에게 돌아온다.

나른하고 부드럽고 구름 낀 날씨가 아니다. 공기가 정체되어 있다고 하기에는 흐름이 조금 느껴지는 정도인, 아주 약한 바람도 아니다. 맥없이 여기저기 파란색인 특징 없는 하늘도 아니다. 아무것도 아니다. 내가 느끼지 못하므로 아무것도 아니다. 나는 보겠다는 의지도 어쩌할 도리도 없이 바라본다. 아무 일도 벌어지지 않는 것을 집중해서 본다. 내 영혼이 느껴지지 않지만 평화롭다. 선명하게 구분되고 심지어 움직이고 있어도 정지한 것처럼 보이는 현실의 모든 것들이 지금 내게는, 사탄이 유혹할 때 예수그리스도가 굽어보던 세상과도 같다. 저 세상은 정말 아무것도 아니구나. 나는 예수가 왜 유혹에 넘어가지 않았는지 이제 이해한다. 내가 이해할 수 없는 것은, 저 세상은 정말 아무것도 아닌데, 왜 그 영악하고 늙은 사탄이 예수가 유혹에 넘어갈 거라고 생각했느냐는 점이다.

느낄 수 없는 삶이여, 잊힌 나무 그늘 아래 침묵의 시냇물이 되어 가볍게 지나가라! 알 수 없는 영혼이여, 땅에 떨어진 커다란 나뭇가지 너머로 보이지 않는 바스락거림이 되어 나른하게 지나가라! 아무것도 아님을 자각한 의식이여, 나뭇잎 사이 공터에서 아득히 멀고 희미한 빛이 되어, 어디서 오고 어디로 가는지 모르지만, 아무 소용 없이, 아무 이유 없이 지나가라! 지나가라, 지나가라, 나를 그만 잊게 하라!

감히 살아보려 하지 않은 것의 허약한 호흡, 느끼지 못했던 것의 소리 없는 한숨, 생각하길 거부했던 것의 부질없는 중얼거림. 천천히 가라. 한가로이 가라. 필히 네가 가져야 했던 회오리바람과 너에게 주어졌던 비탈길을 따라가라. 세상의 형제여, 그림자를 향해 가거나 아니면 빛을 향해 가라. '혼돈'과 '밤'의 아들이여, 영광을 향해서 가거나,

심연을 향해서 가라. 신들이 그후에 왔지만 그들 역시 가버린다는 사실을 마음속으로 기억하며 가라.

464

지금까지 이 책을 읽은 사람이라면 분명 나를 몽상가로 생각할 것이다. 그렇게 생각했다면 당신은 틀렸다. 나는 몽상가가 되기에는 너무 가난하다.

깊은 비애와 권태로 가득찬 슬픔은 안락한 분위기, 절도 있게 호화로운 분위기 안에서만 존재할 수 있다. 그래서 포의 작품 속 에게우스*는 자신이 누워 있는 넓은 거실 문 밖에서 눈에 띄지 않는 집사들이 음식을 준비하고 살림을 꾸리는 고풍스러운 오래된 성에 살면서 긴 시간 병적인 망상에 집착하는 것이다.

위대한 꿈을 꾸려면 일정 수준 이상의 사회적 환경이 필요하다. 어느 날 내가 쓰고 있던 글의 리드미컬하고 흥분된 활력에 취해 샤토브리앙을 떠올렸다가 곧 내가 자작도 브르타뉴** 사람도 아님을 떠올렸다. 또 한번은 루소를 연상시키는 내용의 글을 쓰다가 마찬가지로 나는 성城을 소유한 귀족도 아니고 스위스 태생의 방랑자라는 특권을 타고나지도 않았음을 깨달았다.

하지만 도라도레스 거리에도 우주가 있다. 신은 이곳에도 경계 없는

---

* 에드거 앨런 포의 단편 「베레니케」의 화자.
** 프랑스 서부 지방으로 샤토브리앙이 태어난 곳.

삶의 수수께끼를 마련해놓았다. 그러므로 비록 바퀴와 나무판자들 사이에서 추출한 나의 꿈들이 마차와 상자들이 있는 풍경처럼 초라할지라도, 여전히 그것들은 내가 가진 것이고 내가 가질 수 있는 것이다.

석양이 지는 곳은 물론 어딘가 다른 곳이다. 그렇기는 해도 도시를 내려다볼 수 있는 이곳 사층 방에서도 무한에 대해 명상할 수 있다. 가게 창고를 아래에 둔 채로 무한을 명상하긴 하지만 위로는 별들이 있다⋯⋯ 이것이야말로, 하루가 저물어가는 지금 창가에 서서, 내가 아닌 부르주아의 불만족과 내가 결코 될 수 없는 시인의 슬픔에 싸인 채 내가 하는 생각이다.

465

여름이 시작되면 나의 슬픔도 커진다. 여름의 햇볕은 비록 맹렬하지만 자신이 누구인지 모르는 사람들에게는 위안을 주는 듯하다. 하지만 나에게는 해당되지 않는다. 활동이 왕성한 바깥세상과, 어떻게 느끼고 생각해야 하는지 모르면서 내가 느끼고 생각하는 것들—언제까지고 파묻지 못하는 시체 같은 나의 감정들—사이에는 엄청난 격차가 있다. 나는 우주라고 불리는 경계선 없는 나라에, 나를 직접 압제하지는 않지만 내 영혼의 비밀스러운 원칙들 중 일부를 범죄시하는 독재 정권 아래에서 사는 것 같다. 이럴 때면 불가능한 망명을 떠나고 싶다는 터무니없는 욕구에 천천히 부드럽게 사로잡힌다.

나는 주로 졸린 상태에 있다. 그런데 병으로 인한 졸음까지 포함한 일반적인 졸음처럼, 휴식이라는 육신의 특권을 잠재적으로 가져오는 졸음이 아니다. 삶을 잊게 하고 꿈을 가져다주고 위대한 포기라는 평온한 선물을 쟁반에 담아 우리 영혼에 가져다주는 졸음이 아니다. 아니다. 이 졸음은 결코 잠을 이루지 못하는 졸음이고, 눈꺼풀을 무겁게 하되 닫지는 못하는 졸음이며, 불신의 입술 가장자리를 오므려서 바보 같고 혐오스러운 느낌의 동작을 일으키는 졸음이다. 영혼은 거대한 불면증을 앓고 있는데 쓸데없이 육체만 짓누르는 졸음이다.

오직 밤이 올 때에만 나는 행복은 아니지만 일종의 휴식을 느낀다. 휴식이란 본래 만족스러운 것이기에 휴식 비슷한 것도 만족스럽다. 그러면 졸음은 지나가고, 졸음이 데려온 혼란스러운 정신의 황혼이 희미해지다가 선명해지면서 거의 찬란해진다. 한순간, 다른 것들에 대한 희망이 다가온다. 하지만 아주 잠깐이다. 그다음에 오는 것은 졸음도 희망도 없는 권태, 결국 잠들지 못한 자의 불쾌한 각성이다. 그리고 가없는 영혼과 피곤한 육체로 창가에 서서 수많은 별들을, 아무것도, 정말 아무것도 아니지만 수많은 별들을 바라본다⋯⋯

466

인간은 자신의 얼굴을 볼 수 있어서는 안 된다. 그보다 더 끔찍한 일은 없다. 자연은 인간에게 자기 얼굴을 보지 않아도 되는 능력을 선물했고, 자신의 눈을 들여다볼 수 없게 해줬다.

인간은 강물이나 호수에만 자기의 얼굴을 비춰볼 수 있었다. 게다가 취하는 자세 역시 상징적이다. 자신의 얼굴을 본다는 수치스러운 행위를 하기 위해서는 고개를 숙이고 허리를 굽혀야 했다.

거울을 발명한 자는 인간의 영혼에게 독약을 준 것이다.

467

내가 낭송하는 자작시를 듣더니—그날 나는 별로 긴장하지 않아서 비교적 잘 읽었다—그는 자연법을 읊듯이 간명한 말투로 말했다. "선생은 얼굴만 좀 잘생겼으면 아주 매력적인 사람이었을 겁니다." 그가 말한 '얼굴'이라는 단어는 본래의 뜻 이상으로 강렬하게, 나를 둘러싸고 있던 나 자신에 대한 무지로부터 나를 일깨웠다. 나는 내 방에 걸린 거울을 봤고 가난하지 않은 거지의 가난한 얼굴을 보았다. 그 순간 거울은 나를 두고 뒤돌아 사라져버렸고, 마치 우체부의 열반이 도래하기라도 한 듯, 도라도레스 거리가 유령처럼 투명하게 내 앞에 펼쳐졌다.

이제는 내 감각의 날카로움이 내 것이 아니라 남이 앓는 질병 같다. 마치 그 병이 내가 아닌 다른 사람을 괴롭히고 있고, 나는 그 사람 신체의 일부에 불과한 것 같다. 나는 더 큰 감각 능력에 의존한다고 확신하기 때문이다. 나는 한 유기체 전체를 책임지는 특별한 피부조직이나 세포인 것 같다.

내가 만일 생각한다면, 그것은 헤매기 때문이다. 내가 만일 꿈을 꾼다면, 그것은 내가 깨어 있기 때문이다. 내 안의 모든 것은 나와 마구 뒤섞여 각자 어떻게 존재해야 하는지 알지 못한다.

468

추상적인 생각이든 추상적인 감정이든 추상적인 세상에 계속 머물러 있다보면, 우리의 감정과 의지와는 반대로, 현실 세계의 일들이 유령처럼 느껴지는 일이 종종 일어난다. 우리 자신의 성격에 따라 마땅히 더 민감하게 느껴야 하는 일마저도 그렇게 된다.

아무리 친한 친구, 정말 친한 친구라고 하더라도 그가 아프거나 죽었다는 소식을 들었을 때 내 느낌은 애매하고 불분명하고 흐릿할 뿐이라서 부끄러울 정도다. 그런 일은 직접 목격해야만 어떤 감정이 살아날 것이다. 너무 상상에 의지해 살다보니, 결국 상상하는 능력을 잃었고, 특히 현실에 대한 상상력을 잃고 말았다. 존재하지 않거나 존재할 수 없는 것들로 정신적인 삶을 영위한 결과, 우리는 존재할 수 있는 것을 성찰하는 능력을 잃었다.

오늘 나는 오래된 친구 하나가 수술하러 병원에 입원했다는 소식을 들었다. 만난 지 오래됐지만 그리움이라고 부를 수 있는 감정으로 늘 기억하는 친구다. 그런데 그 소식이 내게 불러일으킨 확실하고 선명하고 유일한 감정은, 그를 위문하러 병원에 가야 할 터이니 성가시다는 심정과, 가기 싫지만 가지 않으면 후회할 거라는 난처함이었다.

그것뿐이었다…… 그림자를 오래 상대하다보니 생각하고 느끼고 나로 존재하는 가운데 나 자신이 그림자가 되어버렸다. 내가 한 번도 되어보지 못한 보통 사람에 대한 그리움이 나의 존재를 구성하는 실체가 됐다. 정말 그것만을 느꼈다. 곧 수술을 받을 친구의 소식을 들었는데도 적절한 안타까움이 느껴지지 않는다. 수술을 받을 예정인 모든 사람들과 이 세상의 고통받고 동정받는 모든 사람들에게 느껴 마땅한 안타까움을 느끼지 않는다. 나는 다만 안타까움을 느끼지 못하는 사람이라는 사실이 안타까울 뿐이다.

그리고 잠시 후에는 뭔지 모를 충동 때문에 피할 수 없이 어떤 다른 일을 생각하게 된다. 그렇게 되면 마치 미쳐버리기라도 한 듯이, 내가 미처 느끼지 못한 것과 내가 될 수 없었던 모든 것들이 나무들의 웅성거림, 연못의 물 흐르는 소리, 존재하지 않는 어느 정원 등과 뒤섞여버린다…… 느끼려고 애쓰지만 이미 어떻게 느끼는지 모른다. 나는 나 자신의 그림자가 되어버렸고, 그림자에 내 존재를 내준 것 같다. 독일 소설 속 페터 슐레밀*과는 반대로 나는 '악마'에게 내 그림자가 아니라 실체를 팔았다. 고통스럽지 않아서, 고통을 느낄 수 없어서, 나는 고통스럽다. 나는 살아 있는 것일까, 아니면 살아 있는 척하는 것일까? 자고 있는 걸까, 아니면 깨어 있는 걸까? 한낮의 더위 사이로 불어오는 한줄기 상쾌한 산들바람이 모든 것을 잊게 한다. 눈꺼풀이 기분좋게 무거워온다…… 지금 이것과 똑같은 햇빛이 내가 없는, 내가 있고 싶지도 않은 들판 위를 비추는 걸 느낀다…… 도시의 소음 한가운데에서 거대한 정적이 피어오른다…… 얼마나 부드러운지! 하지만 내가

---

* 텍스트 263 참조.

만일 느낄 수 있다면, 얼마나 더 부드러울까!……

469

글을 쓰는 일마저 이젠 달콤하지 않다. 감정을 적절한 말로 표현하는 일과 문장을 고급스럽게 매만지는 일이 너무 따분해져서 나는 이제 적당히 관심을 기울이고, 약간 거리를 두고, 흥미를 잃고, 대충 집중하면서, 열정도 활기도 없이, 그저 먹고 마시는 행위를 하듯 글을 쓴다.

470

말한다는 것은 타인을 지나치게 배려하는 것이다. 물고기와 오스카 와일드의 공통점은 입 때문에 죽는다는 것이다.

471

이 세상은 하나의 환상이자 유령이라고 간주할 수 있으므로, 우리에게 일어나는 모든 일은 하나의 꿈일 뿐이고 우리가 잠든 사이 존재한 척했을 뿐인 일들이라고 볼 수 있다. 그렇게 생각하면 인생의 모든 시련과 재난에 대한 교묘하고 뿌리깊은 무관심이 생겨난다. 죽은 자들은 길모퉁이를 돌아갔고 그래서 더는 볼 수 없다. 고통받는 자들은 우리 앞을 지나간다. 우리가 만일 느낀다면 악몽같이, 우리가 만일 생각한다면 기분 나쁜 백일몽같이 지나간다. 우리 자신의 고통도 이러한 무無에 지나지 않을 것이다. 이 세상에서 우리는 왼쪽으로 누워 잠들고, 꿈속에서 짓눌린 심장의 박동 소리를 듣는다.

그 외에 아무것도 아니다…… 약간의 햇빛, 약간의 바람, 거리의 윤곽을 이루는 몇 그루의 나무, 행복해지고 싶은 욕망, 지나간 날들의 상처, 언제나 불확실한 과학과 언제나 감춰져 있는 진실…… 그 외에 아무것도, 아무것도 아니다…… 그렇다, 아무것도 아니다……

472

신비주의의 엄격한 조건을 견딜 필요 없이 신비주의의 만족스러운 상태에 도달하기, 어떤 신도 섬기지 않으면서 황홀경에 빠지기, 신입 절차 없이 에폽트*가 되기, 믿지 않는 천국에 대해 명상하면서 여러 날을 보내기, 이 모든 것은 자기가 아무것도 모른다는 사실을 아는 영혼이 좋아하는 일이다.

그림자 안에 갇힌 나의 육체 위로 말없는 구름들이 높이 떠 흘러간다. 육체 안에 갇힌 영혼인 나의 머리 위에서 숨겨진 진실들이 높이 떠 흘러간다…… 저 높이 모든 것이 흘러간다……그리고 높은 곳에서처

---

* 고대 그리스에서 가장 유명한 비밀종교의식 '엘레우시스 신비의식'은 참석하는 것 자체가 큰 영예였다. 에폽트는 그중 높은 서열에 있는 신참자를 가리킨다.

럼 그 아래 낮은 곳에서도 이 모든 것이 흘러간다. 비보다 많은 것을 남기는 구름도 없이, 아픔보다 많은 것을 남기는 진실도 없이 흘러간다…… 그렇다, 모든 고귀한 것들은 높은 곳에서 지나가고 또 지나간다. 모든 탐나는 것들은 멀리에 있고 멀리서 흘러간다…… 그렇다, 모든 것이 매혹적이고, 모든 것이 낯설며, 모든 것이 흘러간다.

햇빛이 내리쬘 때나 비가 올 때, 육체로든 영혼으로든, 나 역시 흘러가리라는 사실을 아는 게 무슨 의미가 있는가? 모든 것은 아무것도 아니기에 아무것도 아닌 것이 모든 것이라는 희망을 제외하고 아무 의미가 없다.

473

정상적인 모든 영혼은 '신'을 믿는다. 정상적인 모든 영혼은 명확히 한정된 '신'을 믿지 않는다. 신은 실재하는 동시에 불가능한 존재로서 모든 것을 지배한다. 신이 존재한다 해도 아무도 정의내릴 수 없고, 신이 어떤 의도를 갖고 있다 해도 아무도 이해할 수 없다. 이 존재를 '신'이라고 부름으로써 우리는 모든 것을 다 말하는 셈이다. '신'이라는 단어에는 정확한 의미가 없기 때문에 결과적으로 아무것도 말하지 않으면서 신을 확인하는 셈이 된다. 우리가 때때로 신에게 갖다붙이는, 무한하다든가 영원하다든가 전지전능하다든가 정의롭고 자비롭다든가 하는 모든 속성은, 명사가 그 자체로 충분할 때의 불필요한 형용사처럼 저절로 떨어져나간다. '그'는 정의할 수 없기에 우리는 그에게 어떤 속성도 부여할 수 없고, 바로 그런 이유로 절대명사다.

영혼의 생존을 둘러싸고 똑같은 확신과 똑같은 의심이 존재한다. 모두가 자신이 죽는다는 사실을 안다. 그러면서도 우리 모두는 영원히 살 것처럼 느낀다. 죽음의 정체를 알 수 없다는, 이런 애매모호한 직관을 우리에게 데려오는 것은 희망이나 욕심이 아니다. 그것은 □을 거부하는, 우리의 내장으로 구성되는 논리다.

474

어느 날

어쩔 수 없이 내가 매일 채워야 하는 욕구인 점심식사를 거르고 나는 테주 강을 보러 갔다. 그러고는 강을 본 게 내 정신 상태에 도움이 되었으리라는 생각은 하지 않고 거리를 헤매다 돌아왔다. 그럼에도 불구하고……

산다는 것은 아무 가치가 없다. 보는 것만이 가치 있다. 살지는 않고 보기만 하는 것이 진정한 행복이겠지만, 그건 우리가 평소에 꿈꾸는 모든 것과 마찬가지로 불가능하다. 삶을 배제한 황홀경이야말로 최고일 텐데!……

우리의 어떤 것이 비록 나쁠지라도 지속될 거라는 환상을 갖기 위해 적어도 새로운 비관주의와 새로운 부정을 만들어낼 것!

475

"왜 그렇게 웃고 있는 거요?" 모레이라가 내 자리를 경계짓는 두 책장 사이에서 순진하게 물었다.

"이름을 바꿔 쓸 뻔해서요……" 나는 대답하며 가슴을 진정시켰다.

"아." 모레이라가 얼른 응수했고, 다시 평화로운 먼지가 사무실 안과 내 위에 내려앉았다.

샤토브리앙 자작이 여기서 회계를 하고 있는 거야! 아미엘 교수가 여기 높은 의자에 앉아 있다! 알프레드 드 비니 백작이 여기서 그란델라 상회의 출납 금액을 계산하고 있는 거라고! 도라도레스 거리에 세낭쿠르*가 출현하다!

그러나 부르제**, 엘리베이터가 없는 건물처럼 피곤한 책을 쓴 그 딱한 사람은 아니다…… 내가 다시 한번 나의 생제르맹 거리***를 보기 위해 창가에 기댄 바로 그 순간 농장 주인의 동업자가 거리에 침을 뱉고 있다.

이 모든 것을 생각하는 일과 담배를 피우는 일 사이에서 하나를 다른 하나와 잘 연결하지 못해, 속으로만 웃으려 했으나 웃음이 목구멍에서 담배 연기와 섞이고 수줍게 터져서 퍼져버린다.

---

* 텍스트 49 참조.
** 프랑스 소설가이자 평론가.
*** 프랑스 파리의 서쪽 센 강가에 있는 거리.

476

내가 쓴 이 일기는 많은 사람들이 보기에 지나치게 작위적일지 모른다. 하지만 내 본질 자체가 작위적이다. 그리고 내 영혼의 기록을 꼼꼼히 적는 일 외에 무엇으로 소일거리를 삼을 수 있단 말인가? 그것들을 어떻게 기록하느냐에 신경을 많이 쓰지는 못했다. 사실은 조심성 없고 두서없이 정리한 것이다. 내 글의 정제된 언어들은 그냥 자연스럽게 떠오른 것이다.

나는 외부 세계를 내면적인 현실로 받아들이는 사람이다. 이를 어떤 형이상학적인 방식이 아니라 우리가 현실을 파악하는 데 사용하는 감각을 통해 느낀다.

어제의 경솔했던 사건들이 오늘은 내 삶을 물어뜯는 그리움이 된다.

시간 안에는 수도원이 있다. 우리의 도피 위로 밤이 내린다. 연못의 푸른 눈 속에서 마지막 절망이 태양의 죽음을 반사한다. 우리는 오래된 공원의 여러 가지 사물들이었다. 우리는 오솔길의 영국식 조경과 거기 있는 조각품들의 모습 안에 매우 관능적으로 형상화되었다. 그 의상과 검과 가발, 우아한 동작과 행렬은 우리 영혼을 이루는 실체의 진정한 일부로구나! 이때 '우리'란 누구인가? 날아오르려는 슬픈 시도에도 불구하고 높이 솟을 수 없는, 황폐한 정원 분수의 날개 달린 물줄기일 뿐이다.

477

……그리고 진실한 대륙 깊은 곳에서 영원히 지속되는 오후, 머나
먼 강가에 핀 차갑고 엄숙한 백합들.
그 이상 아무것도 없지만, 그럼에도 불구하고 진실하다.

478

(*달빛 장면*)

모든 풍경은 그 어디에도 없다.

479

내가 서 있는 높은 곳에서부터 들쭉날쭉한 그림자를 만들어내며 비
스듬히 내려가는 싸늘한 도시가 저 아래 달빛 속에 잠들어 있다.
나로 존재하는 절망, 내 안에 영원히 갇힌 괴로움은, 부드러움과 두
려움과 아픔과 적막함 속에 내 모습을 빚고, 흘러나갈 곳을 찾지 못해
내 존재를 온통 채운다.
부조리한 고통은 설명할 길 없이 과도하고, 너무나 외로운 슬픔, 모
든 것을 상실한, 너무나 형이상학적으로 나의 □

480

그리워하는 나의 두 눈앞에 적막하고 흐릿한 도시가 펼쳐진다.

가지각색의 집들은 혼란스럽지만 하나의 덩어리를 이루는데, 이 생기 없는 구조물은 진주색 달빛에 잠겨 있다. 거기에는 지붕과 그림자와 창문과 중세의 세월이 있을 뿐이다. 눈길이 닿는 저멀리 반짝이는 불빛이 쉬고 있다. 내가 서 있는 곳 위로는 검은 나뭇가지들이 있고, 도시 전체의 졸음이 모든 것을 단념한 내 마음을 채운다. 리스본은 달빛 아래 있고, 나의 내일은 권태롭구나!

굉장한 밤이다! 내가 알아왔던 나 자신을 전혀 알 수 없게 되는 이 달빛 비치는 순간보다 더 좋은 상태나 노래는 나에게 있을 수 없다는 사실을, 이 세상의 세밀한 요소들을 만든 이에게 증명하는 밤이다.

바람도 불지 않고, 아무 생각 없는 나를 방해하는 이도 없다. 내가 살아 있는 것과 마찬가지로 나는 졸리다. 내 눈썹 위를 뭔가가 무겁게 누르는 것 같은 느낌만이 있다. 나의 숨소리가 들린다. 나는 깨어 있는가, 자고 있는가?

집으로 돌아가는 발걸음이 마음에 얹은 납덩이처럼 무겁다. 소멸이 주는 위로, 부질없음이 피워낸 꽃, 결코 불리지 않는 나의 이름, 강둑 사이를 흐르는 강물 같은 나의 불안, 포기해버린 의무의 특권, 그리고 오래된 공원의 마지막 굽잇길에 있는 장미꽃 화단 같은, 다른 한 세기.

익숙한 장소에 스스럼없이 들어가는 편안한 느낌으로 언제나처럼 이발소에 들어섰다. 나는 감수성이 예민해서 새로운 곳을 잘 견디지 못하고 힘들어한다. 이미 가본 곳에서만 편안함을 느낀다.

의자에 앉아 내 목에 깨끗하고 차가운 천을 두르는 젊은 이발사에게 그의 동료에 대해 물었다. 그의 오른쪽 옆자리에서 일하던, 더 나이 많고 나이에 비해 빈틈없어 보이나 좀 아픈 것 같던 동료 이발사가 문득 기억났던 것이다. 그것은 안부를 물어야 한다는 의무감 때문이 아니라 단지 그 장소가 그 사람을 생각나게 했기 때문이다. "어제 돌아가셨습니다." 내 뒤에 서 있던 이발사가, 내 목덜미와 옷깃 사이로 끼워넣은 수건의 가장자리를 손가락으로 매만지면서 무덤덤한 목소리로 대답했다. 영원히 돌아오지 않는 옆자리의 이발사처럼, 나의 이유 없이 좋았던 기분이 불시에 사라져버렸다. 내 모든 생각 안으로 냉기가 스며들었다. 나는 아무 말도 하지 않았다.

그리움! 심지어 내게 아무것도 아니었던 사람들과 사물들에까지 그리움을 느낀다. 왜냐하면 시간이 도망가버려 고통스럽고, 삶의 불가사의가 아프기 때문이다. 일상적으로 찾는 장소에서 일상적으로 마주치던 사람들, 그들을 못 보게 된다면 나는 슬플 것이다. 그들은 그저 모든 삶의 상징이었을 뿐 내게 아무것도 아니었는데도 말이다.

아침 아홉시 반에 길에서 자주 마주치던 더러운 각반을 찬 평범한 노인은? 공연히 나를 성가시게 하던 절름발이 복권장수는? 담뱃가게 앞에서 시가를 피우던 얼굴이 둥글고 혈색 좋은 노인은? 낯빛이 창백한 담뱃가게 주인은? 규칙적으로 보는 사람들이기에 내 인생의 일부가 되어버린 그들에게 무슨 일이 있었던 걸까? 내일이면 나도 프라타 거리, 도라도레스 거리, 판케이루스 거리에서 사라질 것이다. 내일이면 나 역시, 그렇다, 느끼고 생각하는 영혼이며 내가 나를 위해 존재하는 우주인 나 역시 이 거리를 더이상 지나지 않을 테고, 다른 사람들이 "그 사람 어떻게 됐지?"라고 어렴풋이 떠올리는 사람이 될 것이다. 그리고 내가 했던 모든 일, 내가 느끼고 살아왔던 모든 것은 어느 도시에나 있는 일상의 거리에서 사라진 한 명의 행인일 뿐, 아무것도 아니리라.

불안과 공허, 무능과 무기력을 파헤치는
영원한 조각내기

리스본의 영혼

페르난두 페소아는 1888년 포르투갈 리스본에서 태어났다. 공무원이면서 신문 칼럼니스트, 음악평론가로도 활동했던 아버지 조아킹은 그가 다섯 살 때 결핵으로 사망했다. 어머니 마리아 마달레나의 재혼으로 페소아는 여덟 살 때 의붓아버지 주앙 미겔을 따라 당시 영국령이었던 남아프리카공화국 더반으로 이주했다. 그곳에서 9년간 살았고 성인이 되어 포르투갈로 돌아온 후로는 여생 동안 리스본을 거의 떠나지 않았다.

어린 시절의 페소아는 말이 없고 상상력이 풍부하며 성적이 우수한 학생이었다. 열다섯 살 때 케이프 오브 굿 호프 대학 입학시험에 제출한 영어 에세이가 최우수작으로 뽑히기도 했다.

열일곱 살 생일 직후 그는 가족들과 떨어져 리스본으로 혼자 돌아왔다. 대학에 들어갔지만 곧 자퇴하고 홀로 도서관에서 철학, 역사, 사회학을 공부하며 문학책을 탐독했다. 더반에서 유년기를 보낼 때 배운 영어로 번역 일을 하면서 생계를 유지하며 자기 글을 쓰는 생활을 했다.

1907년에 돌아가신 할머니가 남겨준 유산으로 인쇄소를 차렸으나 삼 년 만에 문을 닫았다. 1912년에 잡지『아기아』에 처음으로 문학평론을 발표했는데, 포르투갈 최고 시인인 루이스 드 카몽이스에 대한 글이었다. 페소아의 이 평론은 당시 포르투갈 문학계에서 가장 중요한 논쟁의 단초를 제공했다는 평가를 받는다.

1915년에는 마리우 드 사카르네이루, 루이스 드 몬탈보르 등 동시대 문인들과 함께 문학잡지『오르페우』를 창간했다.『오르페우』는 포르투갈 문학계에 영미 계통 모더니즘 운동을 처음 소개한 잡지였다. 계간지였던『오르페우』는 1915년에 첫 호와 2호를 냈고 3호는 재정 악화로 나오지 못하다가 1984년에야 비로소 출간됐다.

페소아는 이 잡지에 자신의 '이명異名'인 알바루 드 캄푸스라는 이름과 본명으로 작품을 발표했다. 이후『헤나센사』『콘템포라네아』등 여러 잡지에 작품을 발표했고, 1924년 문학잡지『아테나』에는 히카르두 헤이스라는 또다른 이명을 등장시켰다.

문학잡지 편집에 참여하고 시인으로 활동하는 동안 페소아는 혼자 셋방을 얻어 살았으며 무역용 서신을 영어나 프랑스어로 번역하고 작성하는 일을 밥벌이로 삼았다. 천성적으로 고독했고 사교생활이나 이성교제도 거의 없이 지냈던 그의 생전 모습은『불안의 책』머리말에 잘 나타나 있다.

그는 지켜야 할 의무라곤 없는 사람이었다. 어렸을 때부터 혼자 자랐다. 어느 집단에도 속해본 적이 없었다. 학교를 다닌 적도 없었다. 어떤 단체의 일원이 된 적도 없었다. 많은 사람이 그러하듯—생각해보면 다들 그렇지 않은가?—그가 인생에서 맞닥뜨린 우연한 상황들은 희한하게도, 무기력과 고립된 본능의 형상을 따라 본능의 모양대로 잘 맞아떨어졌던 것이다.

페소아는 셰익스피어, 밀턴, 스펜서, 워즈워스, 바이런, 셸리, 키츠 등 여러 영어권 작가에게서 영향을 받았으며, 리스본으로 돌아온 후에는 보들레르, 말라르메 등의 프랑스어권 작가들과 포르투갈 작가인 안테루 드 켄탈, 고메스 레알, 세자리우 베르드, 안토니우 노브르 등의 작품에 심취했다. 『오르페우』를 중심으로 활동하던 시기에는 예이츠, 에즈라 파운드, T. S. 엘리엇 등 영미 모더니즘 작가들의 영향을 받았다.

그는 생전에 크게 각광받았던 작가는 아니었고 일부 절친했던 문학 동료들만이 그의 예술성을 인정했다. 하지만 페소아는 자신의 천재성을 확신하고 있었고, 작품 전체를 포르투갈어와 영어로 집대성한다는 원대한 계획이 있었기에 자신이 쓴 글들을 꼼꼼히 보관하는 편이었다.

페소아는 시, 산문, 연극, 철학, 비평, 번역, 언어학 이론, 정치 평론 등 여러 영역에 걸쳐 포르투갈어와 영어와 프랑스어로 글을 썼고 알아보기 힘든 필체로 방대한 저술을 남겼다. 회사에서 잠깐 쉴 때나 카페에서 시간을 보낼 때면 공책이나 종이 낱장, 편지나 광고지, 계산서의 뒷면이나 전에 쓴 글의 여백, 봉투 등을 이용해서 닥치는 대로 글을 썼다. 이런 식으로 엄청난 양의 글을 쓰는 과정에서 페소아는 수많은 이명을 사용했는데, 이는 그가 어린 시절부터 평생에 걸쳐 유지했던 집필 습관이자 페소아 문학을 이해하는 데 가장 중요한 열쇠다.

많은 글을 썼음에도 불구하고 그의 생전에 출간된 책은 영어로 쓴 시집 세 권과 포르투갈어 시집 한 권뿐이었다. 페소아가 사망한 지 80년이 지난 지금도 그의 방대한 저술 대부분은 아직 발굴되지 않은 채 남아 있다. 어쩌면 그는 사후에야 명성을 얻을 작가로서의 운명을 예감했던 것 같다.

> 때때로 나는 서글프면서도 기쁜 마음으로 이런 생각을 한다. 언젠가 내가 더이상 살아 있지 않은 미래에, 지금 내가 쓰는 이 글들이 찬사를 받는 날이 오고, 마침내 나를 '이해'하는 사람들이 생기고, 진정한 가족들 사이에서 태어나 사랑받을 수 있을 거라고. 하지만 그 가족의 일원으로 태어나기 한참 전에 나는 이미 죽어 있을 것이다. (텍스트 191)

1차대전 중 페소아는 영국의 여러 출판사에 자신의 영문 시집 출판을 제안했지만 모두 거절당했고, 1921년에 자신이 만든 출판사에서 영어 시집 『페르난두 페소아의 영시집』을 펴냈다. 에드거 앨런 포, 월트 휘트먼 같은 시인들의 작품을 포르투갈어로 번역하기도 했다. 한편 페소아는 신비주의와 강신술, 점성술을 신봉했던 아마추어 점성술가이기도 했다. 영국의 유명한 신비주의 시인 알레이스터 크롤리와 직접 교류하면서 그의 시를 포르투갈어로 소개했다.

페소아는 스스로를 정치적으로 "신비주의적 민족주의자"라고 소개하곤 했으며 포르투갈 왕정의 복귀에 반대하는 편이었다. 자유주의자인 동시에 보수주의자로서 공산주의, 사회주의 사상과 파시즘을 배격했다. 1917년과 1926년의 군사 쿠데타의 심정적 동조자였고, 1928년에는 군사정부를 지지하는 팸플릿을 쓰기도 했다. 하지만 1933년의 군사독재 정부 수립 후에는 안토니우 살라자르 정부의 파시즘 체제와 일당 독재를 비판했다.

페소아의 정치사상은 개인주의에 기반을 둔 무정부주의라고 볼 수 있다. 개인의 자각과 독립을 어떤 사회 개혁 사상보다 우선순위에 놓았으며, 모든 형태의 조직적인 정치투쟁을 부정적으로 보았다.

혁명가와 개혁가는 같은 오류를 범한다. 자신에게 전부인 인생 또는 거의 전부인 자신을 위해 자신의 행동을 혁신하거나 지배할 능력이 없는 자들의 도피처. 그것이 바로 외부 세계와 다른 사람들을 변화시키겠다는 노력이다. 모든 혁명가와 개혁가는 다 도피자다. (텍스트 160)

페소아는 간질환이 악화되어 1935년 마흔일곱의 나이로 사망했다. 오펠리아라는 여인을 흠모했던 시절에 연애편지와 연애시를 남겼을 뿐 평생 독신으로 지냈다. 그의 생전에 포르투갈어로 출판된 저서는 죽기 일 년 전에 나온 시집 『메시지』 단 한 권뿐이었다. 그가 남긴 미출간 자료들은 무려 2만 7500장에 달하는데, 1988년 이래 포르투갈 국립도서관에 보관되어 아직도 분류 작업중이다. 페소아의 유해는 사망 50주기였던 1985년에 바스코 다 가마, 루이스 드 카몽이스 등 포르투갈의 문호들이 잠들어 있는 국립묘지로 이장되었다.

페르난두 페소아의 다른 이름들

페소아 문학에서 가장 중요한 개념은 '이명異名', 즉 가상 인물이다. 페소아에게 창작은 "자신의 내면에 존재하는 또다른 '나'를 분리해내고 그들에게 삶과 영혼을 부여하여 완전한 하나의 독립체를 형성하는 일"이었다.* 공상에 빠지기 좋아하는 내성적인 소년 시절부터 페소아는 여러 이름과 다양한 정체성을 가진 가상 인물들을 만들어냈다. 그가 여섯 살의 나이에 처음으로 만든 가상 인물은 '슈발리에 드 파'였고 청소년기에 만들어낸 이명인 '알렉산더 서치'는 영어로 시를 쓰는 시인이었다. 페소아는 친구 카자이스 몬테이루에게 보낸 편지에서 이명에 대해 다음과 같이 털어놓고 있다.

나는 어렸을 때부터 상상 속 세상을 만들고 실제로는 존재하지 않는 친구들을 내 옆에 두기를 좋아했다네(그들이 정말 존재하지 않는 인물인지, 아니면 내가 존재하지 않는지 잘 모르겠어. 모든 일이 그러하듯 이런 문제에서 독단에 빠지면 안 되지). 나를 나로 인식하던 때부터 나는, 우리가 함부로 '현실'이라고 부르는 대상들만큼이나 내게는 생생한 비현실 속 인물들의 성격과 사연, 여러 특징을 정교

---

* 송필환, 「페르난두 뻬쏘아의 시 "Autopsicografia"와 가상 인물(Heterónimos)」 (『Foreign Literature Studies』, 29호, 2008년).

하게 다듬어왔네.

페소아는 평생에 걸쳐 수십 명에 이르는 이명과 가상 인물을 만들어
냈고, 그들 각각에게 개별적인 페르소나를 부여했다. 그에게 글을 쓴
다는 일은, 고유한 인생 경력, 심리 상태, 성격, 정치적 관점, 종교적 견
해와 문학적 소양을 가진 개개인이 되어 작품을 집필하는 일이었다.
작가가 다른 필명을 사용하는 건 흔한 일이다. 하지만 일반적으로 필
명 또는 가명은 작가가 꾸며낸 인물을 통해 본인의 목소리를 내는 경
우인 데 비해, 페소아의 이명은 인격과 정체성 자체가 완전히 다른 인
물이 목소리를 낸다는 점에서 구분된다.

페소아에게 '나'라는 존재는 단일한 것이 아니라 동시에 여러 공간
에서 실재하는 복수의 존재였다. 현실과 비현실, 사실과 가상의 경계
선이 일상적인 의미를 잃고 뒤섞이고, 자기 안에 있는 수많은 '나'들은
개별적인 독립체가 되어 사고하고 창작하여 자기만의 문학 세계를 갖
게 된다. 『불안의 책』에는 자신 안에 존재하는 여러 인격체에 대한 언
급이 자주 나온다.

내 안에 여러 인물들을 만들었다. 나는 끊임없이 인물들을 만들어
낸다. 꿈 하나가 시작되면 바로 한 인물이 나타나고, 그 꿈은 내가
아니라 그 인물이 꾸는 꿈이 된다.
창조하기 위해 나는 나 자신을 파괴했다. 내 안의 나 자신을 너무
많이 밖으로 드러낸 나머지 이제 내 안에서 나는 껍데기로만 존재한
다. 나는 다양한 배우들이 다양한 작품을 공연하는 텅 빈 무대다.

(텍스트 299)

상상 속의 인물들은 현실 속의 인물보다 더 선명하고 진실하다.

나의 상상 속 세상은 언제나 나에게 하나뿐인 진실한 세상이었다. 나 자신이 창조한 인물들과 나눴던 사랑만큼 사실적이고 열정과 피와 생명으로 넘치는 사랑을 결코 해본 적이 없다. (텍스트 415)

페소아가 사용한 이명은 70개가 넘는데 이 중에서 가장 유명한 것은 각각 알베르투 카에이루, 히카르두 헤이스, 알바루 드 캄푸스라는 이름을 가진 세 명의 시인이다. 노벨문학상 수상자인 포르투갈의 소설가 주제 사라마구는 소설 『히카르두 헤이스의 사망 연도』를 통해, 헤이스가 페소아의 사망 소식을 듣고 포르투갈로 건너가 그곳에서 죽는다는 내용으로 페소아의 이명 문학을 다루기도 했다. 또한 이탈리아 작가이자 페소아 연구가인 안토니오 타부키는 짧은 소설 『페르난두 페소아의 마지막 사흘』을 통해, 리스본의 한 병원에서 숨을 거두기 직전의 페소아와 그의 이명들(카에이루, 헤이스, 캄푸스, 소아르스, 모라)의 마지막 대화를 환상적으로 그려냈다.*

알바루 드 캄푸스는 산업화와 현대문명을 선망하는 선박기술자다. 자연현상과 전원생활을 노래한 카에이루와는 달리 기계문명과 현대과학의 힘을 찬양하는 시를 쓴다. 초기에는 시가 정치, 경제, 과학, 종교

---

*『페르난두 페소아의 마지막 사흘』, 김운찬 옮김, 문학동네, 2015.

의 기본적 진실을 노래해야 한다는 주장을 폈지만 후기로 갈수록 침울하고 우울한 정서를 드러낸다.

알베르투 카에이루는 히바테주라는 시골에 사는 목동 시인으로 초등교육을 받았을 뿐이고 전원에서 양을 키우며 자연과 더불어 살아가는 인물이다. 페소아에게 지성적 사고란 정신적 한계와 인식의 무능력을 일깨워주는 고통과 다름없었다. 카에이루는 지성적 사고가 아니라 무념의 감성으로 세상을 바라보는 시인이었으며 페소아의 이상형이었다.

반면 사라마구의 소설에서 주인공으로 등장하는 히카르두 헤이스는 높은 수준의 교육을 받은 의사이며 시인이다. 라틴어와 그리스 문화에 능통하고 쾌락주의와 금욕주의를 추종하는 지식인이지만, 헤이스는 목동 시인 알베르투 카에이루를 존경하고 그의 작품에 대한 글을 쓴다. 이처럼 페소아의 이명들은 서로 문학적인 영향을 주고받으며 직접 만나 토론하기도 한다.

이 세 시인 외에 중요한 이명으로는 페소아가 자신과 아주 흡사한 캐릭터라는 이유로 반半이명이라고 부른 베르나르두 소아르스(『불안의 책』의 화자), 영어 시와 산문의 저자인 알렉산더 서치와 찰스 로버트 어넌, 프랑스어 저술의 저자인 장 쇨 등이 있다. 그 밖에도 번역가, 콩트 작가와 점성가, 철학자, 비평가, 너무 불행해서 자살에 이르는 지식인 등 수많은 인물들을 만들어냈다. 그중에는 곱사등이에다 상사병에 걸린 마리아 주제라는 여성 페르소나도 있었다.

마음속에 항상 살아 있는 인물들을 나란히 줄 세우는 상상을 한다. 그러고 나니 겨울날 난로 앞에서 불을 쬐는 사람처럼 편안해진다. 내 안에는 친구들의 세상이 있고 거기에서 그들은 각자의 사실적이고 개별적이고 불완전한 삶을 산다. (텍스트 92)

페소아는 페르난두 페소아라는 본명으로도 글을 썼는데, 이 역시 또 다른 이명에 불과했다. 포르투갈 사회의 전통적인 시인 캐릭터를 따서 만든 페소아라는 이름의 작가는 페소아 자신이 아니라 다른 이명들이 그렇듯이 그의 내면에 있는 여러 인격 중 하나였다. 페소아는 자신을 여러 개의 이명으로 끝없이 분열시킨 결과, 아무것도 아닌 동시에 모든 것이 되고 모든 사람이 된다.

나는 아무것도 아니다.
아무것도 될 수 없을 것이다.
아무것도 아니고 싶을 수도 없다.
그럼으로써 나는 세상의 모든 꿈을 내 안에 품는다.
―「담뱃가게」 중에서

알바루 드 캄푸스의 이름으로 발표한 이 시에서 말하듯이 페소아는 하나의 고정된 정체성 갖기를 거부함으로써 모든 존재의 가능성을 실현한다.

페소아의 '이명'은 그의 자아를 계속 조각내고 무한대로 다중화하는 개념이며, 페소아 이전의 문학과 철학에서 등장한 적이 없는 인식 주체다. 그의 작품 안에서 존재의 모든 가능성은 해체되고 파편화된 채로 "감각 하나하나에 나는 다른 사람이 되고 규정할 수 없는 인상 하나

하나에 고통스럽게 새로 태어난다.”(텍스트 93) 그의 이명 개념은 서양 근대 철학에서 다루어온 인식 주체인 '나'의 한계와 범위에 대해 던지는 페소아의 질문이자 해답인 셈이다.

『불안의 책』, 영원한 분열

페소아가 사망한 지 47년 만인 1982년에 처음 출판된『불안의 책』은 포르투갈 문학을 연구하는 사람들에게 기념비적인 사건이었다. 생전에 시인과 시문학 평론가로 활동했던 페소아의 작품 연구가 이 책을 계기로 시를 넘어 산문까지 넓혀졌다.『불안의 책』은 수차례에 걸쳐 여러 개의 편집본이 나올 만큼 많은 독자들과 연구자들의 관심을 모아 포르투갈 문학에서 페소아의 위치를 재정립한 작품이었다.

페소아의 작품 대부분의 저자가 이명인 것처럼『불안의 책』역시 이명 중 하나인 베르나르두 소아르스의 작품이다. 베르나르두 소아르스는 페소아의 수많은 이명 중에서 페소아 자신과 가장 흡사한 인격체라는 이유로 '반半이명'이라고 불렸다.

페소아가 자신을 조각내어 수많은 이명을 만들었다면,『불안의 책』은 소아르스의 존재론적 성찰을 수백 개의 조각으로 나눠놓은 독백이자 고백록이자 영혼의 기록이다. 베르나르두 소아르스의 일기라는 형식 아래 페소아의 자전적 요소가 많이 들어 있다.

『불안의 책』에 묘사된 베르나르두 소아르스의 일상생활은 실제 페소아의 삶과 매우 닮은꼴이다. 소아르스는 리스본의 도라도레스 거리에 위치한 한 회계사무소에서 일하는 직원으로 시간이 날 때마다 리스본 시내와 테주 강변을 산책하며 명상에 잠긴다. 그가 출근하고 식당에서 식사를 하고 셋방에 돌아오던 거리는 실제로 페소아가 경제적인 어려움 때문에 수많은 셋방을 전전하며 살던 곳이었다.

또한 페소아는 1935년 세상을 떠날 때까지 실제로 리스본에 있는 스물한 곳의 회사를 옮겨다니며 근무했는데, 그 경험을 살린 회사 사무실의 모습과 회사원의 생활상이 『불안의 책』 곳곳에 잘 묘사되어 있다. 리스본의 풍경 역시 『불안의 책』에서 매우 중요한 비중을 차지한다. 글 안에 그려져 있는 리스본의 상세한 정경을 보면, 페소아를 리스본의 작가라 부를 수도 있을 정도다.[*]

언제나 그래왔듯이, 앞으로도 그렇겠지만, 적막한 내 방에서 홀로 서글픈 심정으로 글을 쓴다. (…) 여기 이 사층 방에 있는 내가 삶에 대해 묻고, 영혼이 느끼는 바를 말하고, 천재나 유명 작가라도 되는 듯이 글을 쓰고 있다니! 여기, 내가, 이렇게!…… (텍스트 6)

베르나르두 소아르스처럼 페소아 역시 리스본의 오래된 상업 지구에서 월세방을 얻어 살고 도라도레스 거리의 식당에서 식사를 하는 직장인이었다. 소아르스가 정해진 시간에 출근해 회계장부에 상품의 가격과 개수를 채워넣는 사무원이었다면 페소아는 영어와 프랑스어로 무역 서한을 작성하는 번역가였다는 차이가 있을 뿐이다.

---

[*] 1925년에 페소아가 영어로 쓴 리스본 여행 가이드북이 무려 60여 년이 지난 1992년에 출간된 일도 있었다.

"진실로 사랑받았던 것은 단 한 번뿐이었다"라는 문장으로 시작되는 텍스트 235도 페소아의 인생에서 단 한 번의 연애 경험이었던 오펠리아 케이로즈와의 추억에 대한 고백으로 보인다. 하지만 소아르스를 페소아의 복제나 미니어처로 볼 수는 없고 그보다는 몇 부분을 잘라내고 재구성한 페소아라고 보는 편이 적절하다. 페소아 역시 "베르나르두 소아르스는 나로부터 합리성과 감정을 제거하고 남은 형상"이라고 언급한 바 있다.

페소아가 『불안의 책』을 처음 언급한 것은 그의 3대 주요 이명인 알베르투 카에이루, 히카르두 헤이스, 알바루 드 캄푸스가 등장하기 직전인 1913년이었다. 당시 한 문학잡지에 페소아가 준비중인 원고의 일부로 처음 소개된 것이다. 페소아는 거의 평생에 걸쳐 이 책을 준비했지만, 갈수록 점점 완성하기 어렵고 정의내리기 힘든 작품이 돼버렸음을 스스로 인정했다.

페소아는 친구인 시인 코르테스 호드리게스에게 1914년에 쓴 편지에서 "나도 모르게 내 마음은 『불안의 책』 집필에 매진하라고 밀어붙인다네. 하지만 모두 조각, 조각, 조각들이야"라고 말했다. 이 편지에서 그는 파편화되고 조각나고 연결되지 않는 짧은 글만을 쓰게 하는 '깊고 고요한 우울'에 대해 언급하기도 했다. 1920년대 초반에 이 글은 이미 부진의 늪에 빠졌고, 결국 '사실 없는 자서전'이라는 부제가 달린 미완성 원고로 페소아 사후에 발견됐다.

작가가 사망하고도 47년이라는 긴 시간이 흘러 출간된 『불안의 책』의 운명은 어찌 보면 페소아 자신이 추구했던 문학과 흡사한 길을 걸었다. 1982년에 자신투 두 프라두 코엘류의 첫번째 편집본 이후 적어도 네 차례 이상 서로 다른 편집본이 출간되었다. 이 편집본들은 글의 배열 순서나 본문에 포함된 텍스트 개수 등이 모두 다르다. 페소아 본인과 이명 사이의 경계가 불분명했던 것처럼 어느 것이 작가 본인의 작품과 가장 가까운지 따져볼 의미가 있는지조차 불분명해진 것이다. 1998년에 편집본을 낸 리처드 제니스는 여러 개의 편집본이 나온 것에 대해 "이로써 『불안의 책』을 읽는 독서법은 독자 자신들에게 맡겨졌다. 책의 순서와는 다른 순서로 읽는 것이야말로 책 비슷한 형태를 갖춘 이 작품을 읽는 가장 바람직한 방법일 것"이라고 말했다.

책의 일부는 베르나르두 소아르스가 아닌 다른 이명, 비센트 게드스*의 작품으로 보아야 한다는 등 이 책의 구성에 대해서는 아직도 연구자들 사이에 견해가 엇갈리고 있다. 본 번역서의 저본은 리처드 제니스의 포르투갈어판 편집본(Companhia de Bolso, 2010)이며, 리처드 제니스의 영역본(*The Book of Disquiet*, Penguin Classics, 2001)을 참고했다.

『불안의 책』은 페소아의 영원한 조각내기, 파편화를 충실히 구현한 작품이다. 페소아가 자신을 수십 개의 문학적 인격체로 쪼개버린 것처럼 불안의 책은 작가 안의 감성과 상념, 이성과 상상, 꿈과 몽상들을 때로는 이런 목소리로 때로는 저런 목소리로 조각내어 들려주는 이야기다. 페소아 안의 여러 작가가 이명으로 탄생했던 것처럼 결과적으로 『불안의 책』은 한 권의 책이 아니라 여러 권의 책으로 출간되

---

* 처음에 페소아는 비센트 게드스라는 이명으로 『불안의 책』을 쓰기 시작했으나 추후에 베르나르두 소아르스로 대체했다.

었고, 여러 명의 작가가 편집한 책이 된 셈이다. 그가 말하는 '불안'의 의미 역시 시대와 환경에 따라, 독자의 감상에 따라 여러 개의 의미로 변주된다.

이 책을 구성하는 총 481개의 조각 어느 곳을 펼쳐봐도 독자는 작가가 말하는 '불안'의 정서를 쉽사리 감지할 수 있다. "나는 언제까지나 회계사무원으로 살아갈 운명을 타고났을지도 모른다. 시나 문학은 내 머리에 앉은 나비와 같아서, 그것이 아름다울수록 나를 더 우스꽝스럽게 만들 것이다"(텍스트 18) 같은 대목에서는 이상과 현실의 괴리를 버거워하며 살아가는 자의 불안이 읽힌다. "정말로 내 것이라고 느끼는 건 거대한 무능, 커다란 공허, 인생의 모든 것에 대한 무기력뿐이다. 나는 진짜로 행동하기 위한 자세조차 취할 줄 모른다"(텍스트 215)에서는 현실을 마주할 때마다 발을 걸어 주저앉히는 뿌리깊은 무기력으로 인한 불안이 느껴진다. "심지어 나조차 내 말을 잘못 알아듣고 여러 번 나 자신에게 무슨 뜻인지 물어봐야 하는 판이니 다른 이들은 얼마나 많이 나를 오해하겠는가! 우리에 대한 타인의 이해는 참으로 복잡한 오해들로 구성된다."(텍스트 328) 여기서는 타인과의 소통은 요원한 희망일 뿐이고, 이해를 추구하지만 오해만 쌓이는 고달픈 세상에서 버텨야 하는 사람의 불안이 엿보인다.

이렇듯 불안은 여러 가지 얼굴로 가지각색의 성격을 띠고 나타난다. "우리는 결코 어느 한 문제와 관련된 모든 요인을 알 수는 없으므로, 절대 문제를 풀 수 없다"(텍스트 333)라고 한 말처럼 불안은 너무 다양한 측면을 갖고 있기에 무슨 수를 써도 해결할 수 없는 문제가 돼버린다.

"인간의 삶은, 참다운 감수성을 갖춘 자라면 느껴야 마땅한 괴로움의 연속"(텍스트 313)이고 "인생은 부질없는 것을 통해 불가능한 것을 추구하는 여정"(텍스트 446)이라면서 우리를 괴롭히는 불안, 절망, 권태, 두려움을 끝없이 파헤치고 뒤적거리는 소아르스의 일기장.

그러나 한편으로 어떤 이는 "나는 아무것도 아니므로, 모든 것이 되는 상상을 할 수 있다. 내가 만일 무언가 대단한 것이었다면, 그런 상상을 할 수 없었을 것이다"(텍스트 171)라는 대목에서 페소아가 추구했던 생각의 위대한 힘과 상상력을 통해 비로소 얻는 자유에 대해 생각할 것이다. "유려하고 아름다운 글을 쓰도록 하는 우리 내면의 정의, 죽은 감수성을 되살리는 진정한 개혁, 이런 것이야말로 진실이고, 우리의 진실이고, 유일한 진실이다"(텍스트 160)라고 했을 때는 이 덧없고 서글픈 불안한 세상에서 우리를 붙들어 일으키는 진실이란 무엇인지를 스스로에게 질문할지도 모른다. "몽상가의 우월함은 현실을 그냥 사는 것보다 꿈꾸며 사는 쪽이 훨씬 더 실용적이라는 이유에서 비롯된다. 몽상가들은 행동하는 사람들보다 삶으로부터 훨씬 폭넓고 다양한 쾌락을 취하기에 실용적이다. 더 정확히 말하자면, 몽상가야말로 진정한 활동가인 것이다"(텍스트 91)라는 대목을 읽으면서, 불안과 좌절, 고통만이 줄지어 기다리는 듯한 이 땅의 삶에서 눈을 들어, 인생이 허락하는 기쁨과 행복을 자신만의 꿈과 몽상 속에서 찾아보라는 작가의 권유에 공감하는 이도 있을 것이다.

페소아처럼 극단적으로 자기 안에 수십 명의 파편화된 자아를 품고 살지는 않더라도 우리는 누구나 상황에 따라 또는 세월의 흐름에 따라 다른 모습들을, '내 속에 너무 많은 나'를 자기 안에서 만나게 된다. 『불안의 책』은 마음이 슬픔에 부대낄 때, 인생이 평온하고 순조로울 때, 삶이 한 편의 슬픈 영화처럼 신산스러울 때, 순간마다 모습이 달라지는 우리 안의 수많은 독자들이 가장 마음에 와 닿는 글을 만날 수 있는, 여러 개의 얼굴을 가진 책이라 하겠다.『페르난두 페소아의 마지막 사흘』에서 페소아는 소아르스에게 다음과 같이 마지막 인사를 건넨다. "고맙습니다, 사랑하는 소아르스. 당신이 쓴『불안의 책』에 최대의 찬사를 보냅니다."

책 제목은 '불안의 책'이지만 우리 안에 사는 여러 독자 중 어떤 독자는 "우리 중 가장 높이 올라간 이는 바로 모든 것이 얼마나 불확실하고 공허한지를 깊이 깨달은 자"(텍스트 179)라는 대목에서 위안을 얻을지도 모른다. 또 어떤 이는 너를 위한 나의 기도 속에, 나를 위한 너의 기도 속에, 그들을 위해 기도하는 우리의 기원 속에 신이 존재한다는 페소아의 말에서 치유를 경험할지도 모른다. "나를 위해 기도해주오. 어쩌면 신은 당신이 나를 위해 기도하기 때문에 존재할지도 모르니까."(텍스트 395) 그 누구도 페소아가 그랬듯이 불안의 밑바닥까지 가라앉아 불안의 정체를 뚫어져라 들여다보기 전에는 위로와 치유에 도달할 수 없을 테니까.

『불안의 책』은 그대 안에 있는 여러 명의 독자들이 이 책 안에 있는 여러 명의 작가와 만나, 알지 못했고 기대한 적 없는 곳으로 떠나는 기이하고 진귀한 경험으로 당신을 초대할 것이다.

오진영

1888년   6월 13일 리스본에서 출생. 페르난두 안토니우 노게이라 페소
아Fernando António Nogueira Pessoa.

1893년   다섯 살 때 아버지 조아킹이 결핵으로 사망.

1895년   어머니 마리아 마달레나가 외교관과 재혼, 이듬해 가족이 남아
프리카공화국의 더반으로 이주함.

1903년   케이프 오브 굿 호프 대학 입학시험에 제출한 영어 에세이가
최우수작으로 뽑혀 퀸 빅토리아 메모리얼 상을 수상함.

1905년   가족들을 더반에 두고 홀로 리스본으로 돌아옴.

1906년   리스본 대학 문학부 고급 과정(현재의 리스본 대학 문학대학)
에 입학했으나 일 년도 채우지 않고 학업을 중단함. 이 무렵부
터 세자리우 베르드, 안토니우 비에이라 등 포르투갈 문학가들
의 작품에 심취함.

1908년   영어 무역 서신 번역 일을 시작함.

1911년   출판사의 제안을 받아 영시와 산문들을 포르투갈어로 번역하
기 시작함.

1912년   『아기아A Águia』에 포르투갈 시문학에 대한 글을 발표하면서
작가 활동을 시작함.

1913년   잡지에 실은 글을 통해 『불안의 책』 집필에 대해 처음 언급함.

1914년   런던의 한 출판사에서 출간한 포르투갈어 격언집을 영어로 번
역함. 페소아의 이명 중 알베르투 카에이루를 비롯한 주요 3인
이 이 시기에 등장함. 『헤나센사A Renascença』에 시 「우리 마을
의 종소리Ó Sino da Minha Aldeia」와 「황혼에 대한 단상

Impressões do Crepúsculo」을 발표.

1915년   지인들과 함께 동인지 『오르페우*Orpheu*』를 창간하여 두 호를
        출간. 『오르페우』는 후에 포르투갈 모더니즘 문학의 시초이자
        당시의 포르투갈어 문학에 큰 영향을 미친 잡지라고 평가됨.
        이 잡지에 이명인 알바루 드 캄푸스라는 이름과 본명으로 작품
        을 발표함.

1918년   영어 시집 『안티누스*Antinous*』와 『35편의 소네트*35 Sonnets*』를 발
        표함.

1920년   어머니와 형제들이 포르투갈로 돌아옴. 심한 우울증을 겪고 정
        신과 치료를 받으려다 포기함. 생애 단 한 번의 사랑이었던 오
        펠리아를 만나고 헤어짐.

1921년   영어 시선집 3부작을 자신이 만든 올리지푸 출판사에서 출간.

1922년   『콘템포라네아*Contemporânea*』 편집에 참여하여 시와 콩트를
        발표함.

1924년   『아테나*Athena*』 편집에 참여하여 히카르두 헤이스와 알베르투
        카에이루의 이름으로 작품을 발표함.

1925년   어머니가 사망함.

1926년   매제와 함께 경영 및 회계 잡지를 창간함.

1927년   『프레젠사*Presença*』 편집에 참여.

1934년   페소아 생전에 출간된 유일한 포르투갈어 저서인 시집 『메시
        지*Mensagem*』를 발표함.

1935년   11월 30일 간질환이 악화되어 47세를 일기로 영면.

1943년   동료 루이스 드 몬탈보르에 의해 작품들이 정리되어 출간되기
        시작함. 『시집*Poesias*』『인상적인 시들*Poemas Dramáticos*』『미발
        표 시모음*Poesias Inéditas*』 등 본명으로 발표된 작품과 『송시
        Odes』(히카르두 헤이스), 『시*Poemas*』(알베르투 카에이루), 『시
        모음*Poesias*』(알바루 드 캄푸스) 등 이명으로 발표된 시집과 산

문, 문학평론, 사회 정치 평론 들이 출간됨.

1985년   사후 50년 되던 해 유해가 포르투갈의 문호들이 잠든 국립묘
지에 이장됨.

문학동네 세계문학전집 발간에 부쳐

세계문학은 국민문학 혹은 지역문학을 떠나 존재하는 문학이 아니지만 그것들의 총합도 아니다. 세계문학이라는 용어에는 그 나름의 언어와 전통을 갖고 있는 국민문학이나 지역문학의 존재를 인정하면서 그것을 넘어서는 문학의 보편적 질서에 대한 관념이 새겨져 있다. 그 용어를 처음 고안한 19세기 유럽인들은 유럽 문학을 중심으로 그 질서를 구축했지만 풍부한 국민문학의 전통을 가지고 있는 현대의 문학 강국들은 나름의 방식으로 세계문학을 이해하면서 정전(正典)의 목록을 작성하고 또 수정한다.

한국에서도 세계문학 관념은 우리 사회와 문화의 변화 속에서 거듭 수정돼왔다. 어느 시기에는 제국 일본의 교양주의를 반영한 세계문학 관념이, 어느 시기에는 제3세계 민족주의에 동조한 세계문학 관념이 출현했고, 그러한 관념을 실천한 전집물이 출판됐다. 21세기 한국에 새로운 세계문학전집이 필요하다는 것은 명백하다. 우리의 지성과 감성의 기준에 부합하는 세계문학을 다시 구상할 때가 되었다.

문학동네 세계문학전집은 범세계적으로 통용되는 고전에 대한 상식을 존중하면서도 지난 반세기 동안 해외 주요 언어권에서 창작과 연구의 진전에 따라 일어난 정전의 변동을 고려하여 편성되었다. 그래서 불멸의 명작은 물론 동시대 세계의 중요한 정치·문화적 실천에 영감을 준 새로운 작품들을 두루 포함시켰다.

창립 이후 지금까지 한국문학 및 번역문학 출판에서 가장 전문적이고 생산적인 그룹을 대표해온 문학동네가 그간 축적한 문학 출판 경험을 바탕으로 새로운 세계문학전집을 펴낸다. 인류가 무지와 몽매의 어둠 속을 방황하면서도 끝내 길을 잃지 않은 것은 세계문학사의 하늘에 떠 있는 빛나는 별들이 길잡이가 되어주었기 때문이다. 우리가 자부심과 사명감 속에서 그리게 될 이 새로운 별자리가 독자들의 관심과 애정에 힘입어 우리 모두의 뿌듯한 자산이 되기를 소망한다.

문학동네 세계문학전집 편집위원
민은경, 박유하, 변현태, 송병선, 이재룡, 홍길표, 남진우, 황종연

세계문학전집 130
불안의 책

1판 1쇄 2015년 9월 18일
1판 18쇄 2024년 1월 30일

지은이 페르난두 페소아 | 옮긴이 오진영

책임편집 문서연 | 편집 박신양 박기효 오동규 | 독자모니터 황은주 | 모니터링 이희연
디자인 김마리 이주영 | 저작권 박지영 형소진 최은진 서연주 오서영
마케팅 정민호 서지화 한민아 이민경 안남영 왕지경 황승현 김혜원 김하연 김예진
브랜딩 함유지 함근아 고보미 박민재 김희숙 박다솔 조다현 정승민 배진성
제작 강신은 김동욱 이순호 | 제작처 영신사

펴낸곳 (주)문학동네 | 펴낸이 김소영
출판등록 1993년 10월 22일 제2003-000045호
주소 10881 경기도 파주시 회동길 210
전자우편 editor@munhak.com | 대표전화 031)955-8888 | 팩스 031)955-8855
문의전화 031)955-1927(마케팅), 031)955-3560(편집)
문학동네카페 http://cafe.naver.com/mhdn
인스타그램 @munhakdongne | 트위터 @munhakdongne
북클럽문학동네 http://bookclubmunhak.com

ISBN 978-89-546-2576-0 04870
     978-89-546-0901-2 (세트)

www.munhak.com

● 문학동네 세계문학전집은 계속 출간됩니다